U0126003

長春真人西遊記校注

國威邊疆

由國家民委哲學社會科學重點研究基地（培育）
中央民族大學中國邊疆民族歷史與地理研究基地資助出版

[元] 李志常◎原著

尚衍斌　黃太勇◎校注

中央民族大學出版社
China Minzu University Press

图书在版编目（ＣＩＰ）数据

长春真人西游记校注／（元）李志常原著；尚衍斌，
黄太勇校注．—北京：中央民族大学出版社，2015.11（2023.11重印）
ISBN 978 - 7 - 5660 - 1095 - 7

Ⅰ．①长…　Ⅱ．①李…②尚…③黄…　Ⅲ．①笔记
小说—小说集—中国—元代②《长春真人西游记》—注释
Ⅳ．①I242.1

中国版本图书馆 CIP 数据核字（2015）第 262509 号

长春真人西游记校注

原　　　著	（元）李志常
校　　　注	尚衍斌　黄太勇
责任编辑	黄修义
封面设计	汤建军
出版发行	中央民族大学出版社
	北京市海淀区中关村南大街 27 号　邮编：100081
	电话：68472815（发行部）　传真：68933757（发行部）
	68932218（总编室）　　　68932447（办公室）
经 销 者	全国各地新华书店
印 刷 厂	北京鑫宇图源印刷科技有限公司
开　　　本	787×1092　1/16　印张：26.5
字　　　数	380 千字
版　　　次	2015 年 11 月第 1 版　2023 年 11 月第 6 次印刷
书　　　号	ISBN 978 - 7 - 5660 - 1095 - 7
定　　　价	68.00 元

版权所有　翻印必究

《中國邊疆民族歷史與地理研究系列叢書》前言

中國民族史及中國邊疆地理研究是中央民族大學的傳統優勢學科。1952 年全國高校院系調整，撤銷了燕京大學、輔仁大學、清華大學的歷史系、社會學系，三校的民族史、民族學、社會學方面的專家學者匯集于當時的中央民族學院，建立了民族研究部。1956年，又創建歷史系，著名蒙古史和元史專家翁獨健教授擔任系主任，分設民族歷史和民族學兩個專業方向，招收本科生和研究生。吳文藻、潘光旦、林耀華、費孝通、傅樂煥、王鍾翰等著名學者在系任教。50 年代全體師生參加了國家民族事務委員會組織的全國少數民族社會歷史調查和民族識別工作，並參加《中國少數民族簡史叢書》的編寫。爾後部分教師接受國家有關部門的委託，參加整理了中印、中蘇、中越邊界資料（包括南海諸島資料），並負責《中國歷史地圖集》東北部分的編繪工作。由歷史系和民族研究部人員構成了中央民族大學中國邊疆民族研究的基本學術隊伍。50 多年以來，發表了大量具有重要影響的中國民族史和邊疆史地論著，編輯出版了多部有關中國少數民族歷史的文獻資料。如費孝通、陳連開等著的《中華民族多元一體格局》，王鍾翰先生主編的《中國民族史》、譚其驤主編、張錫彤等編繪的《中國歷史地圖集·東北卷》、譚其驤主編、張錫彤等著的《〈中國歷史地圖集〉釋文彙編·東北卷》等著作，在學術界產生了重大的影響。

2004 年，中央民族大學的邊疆史地研究學科被列入國家教育部"985 工程"重點建設的學科，建立了中央民族大學中國邊疆民族地區歷史與地理研究中心。自 2007 年開始陸續出版《中國邊疆民族地區歷史與地理研究系列叢書》（12 部書）和《中國邊疆民族地區歷史與地理研究文獻資料叢書》（5 部書），兩部叢書合計 17 部著作，在學術界產生了很好的影響。

2013 年 "985 工程" 第三期結項，資助結束。2014 年本中心被國家民族事務委員會確定為國家民委人文社會科學重點研究基地（培育），名稱為 "中國邊疆民族歷史與地理研究基地"。基地決定繼續出版學術著作，將原兩套叢書合二為一，改稱《中國邊疆民族歷史與地理研究系列叢書》。

在叢書重新出版之際，謹向一直關心和支持我們的國家民族事務委員會和學校的領導，中央民族大學歷史文化學院的領導，中央民族大學出版社領導，以及所有參與和支持此項工作的同仁表示衷心的感謝。

達力扎布

2015 年 10 月 16 日

Contents 目录

李志常和《長春真人西遊記》

——代校注前言

陳得芝

李志常的《長春真人西遊記》是記載十三世紀蒙古高原和中亞歷史地理的一部最重要著作。在漢文載籍中，它是第一部橫貫蒙古高原的親身遊歷記錄，同時也是唐代以後第一部根據實地見聞記述從天山東部到河中廣闊地域的書，其價值可與玄奘的《大唐西域記》相比倫。

李志常（1193—1255）字浩然，開州觀城（今山東莘縣西南）人，生於金章宗明昌四年（1193）。幼年，父、母先後故去，養於伯父家，伯父是士人，賜同進士出身，因從之習儒。年十九，無意功名，攜書作雲水遊，學道於萊州即墨諸山。金宣宗興定二年（1218），至萊州（今山東萊州市）投全真教主長春真人丘處機門下為弟子。金山東東路轉運使田琢聞其在即墨時曾助主帥籌畫守城，頗有謀略，遂邀至益都。次年冬，成吉思汗從漠北派來迎請丘處機的使者劉仲祿一行到達益都，時益都治中張林已逐走田琢，以其地歸宋，宋與蒙古正在聯合，張林遂迎蒙古使者入城。先是金、宋兩國相繼遣使邀請丘處機，均被拒絕，李志常建議劉仲祿先到濰州（今山東濰坊），請丘的大弟子尹志平同去萊州勸駕，說以“道其將行，開化度人，今其時矣”，於是丘處機接受了成吉思汗的邀請。從當時形勢看，金朝已亡在旦夕，南宋一向甘弱幸存，雖因紅襖軍的依附而暫時獲得山東之地，但決無力保守，只有新興的蒙古勢力最強，這是全真道決計投靠蒙古的主要原因。當然，蒙古統治者對宗教的優待政策，以及成吉思汗詔書中對丘處機的推崇，也是一個因素。

蒙古太祖成吉思汗十五年（金宣宗興定四年，1220年）正月，七十三歲高齡的丘處機從萊州出發，選門弟子十八人從行，尹志平、李志常均在列。二月至燕京，五月至德興（今河北涿鹿），八月至宣德（今河北宣化）。次年二月出塞，七月，至阿不罕山。沿山居有漢民千家，系蒙古軍攻取燕京和中原各地時所俘工匠等，並將金章宗二妃及"公主哈敦"（衛紹王女）之母遷至此，命大臣鎮海領之，於其地建城，設局製作，開渠屯田。漢民請求在該地立觀，丘處機遂留弟子宋道安、李志常等九人在此主持，觀成，名曰"棲霞觀"。丘與其餘弟子繼續西行，十一月至邪米思干（今撒馬爾罕）。十七年（1222）四月，至大雪山（今興都庫什山）八魯灣川（今阿富汗查里卡東北）成吉思汗行營觀見。十月，從邪米思干啟程東還。次年五月，復至阿不罕山棲霞觀少住，宋道安等遂從之東還，七月抵雲中。十九年（1224）二月，入燕京，居大天長觀（尋改名長春宮）。

二十二年（1227）七月，丘處機病逝，遺命由宋道安嗣主教事。未幾，宋道安因老疾讓位於尹志平。李志常則任都道錄，兼領長春宮事，主管教門公務。蒙古太宗元年（1229）七月，至怯綠連河觀見窩闊台，並參加了他的即位大典。時窩闊台命漢人通經之士教諸子，李志常進講《易經》、《詩經》、《書經》、《道德經》、《孝經》，十一月還燕。二年，有人告發長春宮處順堂"繪事有不應者（按：當指《老子八十一化圖》有化胡成佛內容，為僧人所告），尹志平被捕，李志常以教門諸事皆已所掌，自承罪責，代之入獄，未久獲釋。五年，窩闊台命令於燕京立學，選蒙古子弟學習漢文，李志常薦道士馮志亨佐課稅使陳時可董之。七年，和林建城，又命李志常選拔高材道士到和林建立道觀。當時全真教主雖是尹志平，但和蒙古朝廷打交道都由李志常負責。十年，尹志平讓位於李，遂主全真教門，燕京行省大斷事官忽禿忽奉朝命授以"玄教正派嗣法演教真常真人"稱號。憲宗元年（1251），復頒詔命李志常掌道教事，賜金符、璽書。

蒙金戰爭，河北、山東之人遭罹兵禍，弱者多依託宗教以避難，全真道信徒大增。成吉思汗正是看到它在中原人民中有很大影響，所以極力拉攏利用。自丘處機奉召西觀之後，全真道依仗蒙古統治者的護持聖旨，進一步擴展勢力。李志常憑借其才能和與蒙古統治者的密切關係，在發展全真勢力中起了很大作用。在他掌教期間（實際上應從 1227 年算起），數百所佛寺被改為道觀，佛寺田產也歸於道家，僧道矛盾日益尖銳。憲宗五年，禪僧福裕向皇弟阿里不哥控告道士刊行《老子化胡經》和《八十一化圖》謗訕佛教，以及占奪佛寺及其田產事件，阿里不哥轉奏蒙哥，於是有旨召李志常到和林，在皇宮萬安閣內蒙哥面前與佛教首領那摩國師（克什米爾人）、福裕等進行辯論。此時佛教在蒙古宮廷的地位已居於道教之上，李志常辯論失敗，蒙哥降旨毀道教"偽經"，歸還所占佛寺和田產。不過，蒙哥對李志常的才幹學識還是十分器重的，多次召見，"咨以治國保民之術"。次年四月，李志常回到燕京，可能因御前敗訴的沉重精神打擊，六月即病死。

李志常以儒門出身，在金末戰亂中遁入道門，利用特殊的歷史條件壯大道教勢力，一方面固然是用宗教為蒙古統治者服務（全真道宣揚"除情去欲，忍恥含垢"，"以柔弱為本，以清靜為基"，勸說人民歸順蒙古，不進行抵抗，這正是蒙古統治者所需要的），另一方面也使許多人免於被屠殺或淪為奴隸，對社會生產力和文化起了一定的保護作用。王鶚《真常真人道行碑銘》說：金亡後"士大夫之流寓於燕者，往往竄名道籍。公委曲招延，飯於齋堂，日數十人。或者厭其煩，公不恤也。"他著述頗豐，有《玄集》二十卷、《長春真人西遊記》二卷行世。

《西遊記》著成於丘處機死後一年（1228 年），孫錫《序》（作于同年）稱其"凡山川道里之險易，水土風氣之差殊，與夫衣服、飲食、百果、草木、禽蟲之別，粲然靡不畢載。"王國維尤加推崇，謂志常"文采斐然，其為是《記》，文約事盡，求之外典，惟釋家《慈恩傳》可與抗衡，三洞之中未嘗有是作也。"都是很確切的評價。長春本人及其從行門徒多文墨之士，逐日記錄行程和異域見聞亦意料中事，李志常的成就當有不少得力于他師父、師兄弟們的精細考察和記錄。當然，他本人的功績仍是不可磨滅的。

《西遊記》長期湮沒于《道藏》之中，鮮為人知。清乾隆六十年（1795），錢大昕在蘇州玄妙觀閱《道藏》，見其"於西域道里風俗多可資考證者"，借來抄出，並為作跋，遂顯於世。道光年間，徐松、程同文、董祐誠、沈垚都有考證文字，楊尚文將它刊入《連筠簃叢書》。後駐京俄羅斯東正教傳道團修道長巴拉弟（Палладий Кафаров）將此書譯成俄文並加注釋，1866 年刊於《俄羅斯傳道團成員著作集》第四卷。1875 年，俄國駐華公使館醫生布萊資奈德（E. Bretschneider）又譯成英文，其注釋更為廣博（後收人其兩卷本《中世紀研究》Medieval Researches from Eastern Sources，Ⅱ）。1926 年，王國維著《長春真人西遊記注》。1931 年，又有 Arthur Waley 的新英語譯本問世。

《西遊記》作為研究蒙元朝初期歷史最重要史料之一，早已受到國內外學術界的重視，毋庸贅言。本文僅就其對十三世紀蒙古高原和西域歷史地理研究的無可比擬的史料價值加以闡發。

蒙古高原與中原漢地自古以來就有着非常密切的交往，然而，以前的史籍中除《新唐書·地理志》節錄的賈耽《邊州人四夷道里》外，絕無有關行程的詳細記載。《西遊記》第一次記錄了出野狐嶺（今張家口北）至哈拉哈河北斡赤斤牙帳（今內蒙古呼倫貝爾盟新巴爾虎左旗境）的蒙古東部行程，以及從斡赤斤帳西行抵金山（阿爾泰山）的橫貫蒙古高原行程。其中每一段記錄都是研究歷史地理的珍貴資料，難以一一縷述，這裏僅舉最重要的幾點言之：

其一，關於蒙古族遊牧生活和習俗的記錄，見於多處。如記述過魚兒濼（今內蒙古克什克騰旗達里諾爾）東北行，謂"四旁遠有人煙，皆黑車白帳，隨水草放牧。盡原隰之地，無復寸木，四望惟黃雲白草"，所記即今阿巴哈納爾及東、西烏珠穆沁旗情況，自古為良好的牧場，金朝與蒙古部落為爭奪這個地區打過多次仗；成吉思汗與克烈部王罕就在其北部兀魯灰河（今烏拉根果勒）附近進行過決戰，建國後授與其弟合赤溫家為"農土"（nuntuq，營盤草地）。在記述丘處機一行沿陸局河（今克魯倫河）西行時，謂其地"時有野蔴可食"，"兩岸多高柳，蒙古人取之以造廬帳"。自陸局河上遊往西十日程，"漸見大山峭拔"，知已至土拉河南之汗山一帶；"從此以西，漸有山阜。人煙頗眾，亦皆以黑車白帳為家。其俗牧且獵，衣以韋毳，食以肉酪。男子結髮垂兩耳；婦人冠以樺皮，高二尺許，往往以皂褐籠之，富者以紅綃其末，如鵝鴨，名曰'故故'，大忌人觸，出入盧帳須低徊。俗無文籍，或約定以言，刻木為契。"這些記載可和《蒙韃備錄》、《黑韃事略》及卡爾平尼、盧勃魯克等人所記相互印證、補充，使我們對當時蒙古人的生活情景獲得清楚的認識。

其二，關於斡赤斤帳所在。成吉思汗建國後，分封諸弟於蒙古東部，據拉施都丁《史集》記載，幼弟斡赤斤"領地位於蒙古遙遠的東北角，因此在他們的那一面再也沒有蒙古部落了"。洪鈞譯文作"分地在蒙古東北面，界外已無蒙古人"。但屠寄卻強解為"在蒙古東北面界外"，遂謂斡赤斤分地在松花江以北，跨有嫩江；箭內亙也將其置於興安嶺以東。近來學者們根據《西遊記》所載斡赤斤帳方位，與《史集》及其他史料相印證，得出了斡赤斤原分地應在興安嶺西麓、海拉爾河以南至哈拉哈河流域的正確結論，糾正了前人的誤說。據《西遊記》，渡沙河（今哈拉哈河）北行三日至斡赤斤帳，自帳西北行五日至呼倫湖，則斡赤斤帳應在今新巴爾虎左旗之東的輝河旁，可以大致確定。

其三，關於稱海城方位。稱海城（亦稱鎮海城）是蒙古建國後在漠北最早建立的城池，蒙古攻略中原漢地，遷移所俘工匠人等萬口至此居作、屯田，命大臣鎮海領之，建城戍守，因名鎮海城。許有壬《鎮海神道碑》謂"辟兀里羊歡地為屯田，建城守之"，《元史·鎮海傳》則作"命屯田於阿魯歡，立鎮海城戍守之"。學者或以此阿魯歡為鄂爾渾河，乃定稱海城於鄂爾渾河上遊附近，實誤。據《西遊記》所載行程，長春一行於太祖十六年（1221）四月十七日從斡赤斤帳出發，二十二日至呼倫湖旁，五月十六七日至克魯倫河上遊，六月初至契丹故城（今喀魯哈河旁），二十八日至皇后所居斡耳朵，此斡耳朵應在杭愛山北側。七月九日由斡耳朵西南行，十七日南出山峽，見一水西流，當是札布罕河上遊；二十五日至阿不罕山，漢民沿山而居，稱海城就在此山北。八月八日繼續西行，十五日抵金山北，度山（行四日）至烏倫古河上遊。其所記十八年之回程，則四月二十八日過金山，又東北行三日即至阿不罕山前。據此可知稱海城必西去金山不遠，又據《西遊記》中記述其地稍西有海子、山產石炭等地理條件分析，稱海城當在今蒙古科布多省與戈壁阿爾泰省接界處之宗海爾罕山、杜爾格湖附近。稱海城是元代僅次於和林的漠北重鎮，依據李志常的記錄，我們才得以考知它的大致地理位置，從而對它在當時政治上、軍事上的重要性才能有更深入的了解。

《西遊記》對西域各地的記錄，提供了比漠北地區更為豐富的有關中西交通路線、山川物產、各地經濟生活、宗教文化，以及成吉思汗西征史事等多方面重要資料。與同時代許多東西旅行家的西域地區行記相比較，它無疑是價值最高的一種。

由蒙古高原越金山而南，沿天山北麓西行，過伊犁河、楚河、塔拉斯河、錫爾河，至河中地區，是自古以來東西內陸交通幹線之一，但前代史籍中卻沒有留下有關這條路線的完整記錄。九至十二世紀間的幾位穆斯林著作家（如 Ibn Khurdādhbeh 伊本·忽爾達茲貝赫、Qudāmaq 忽達馬、Gardīzī 嘎爾的孜、al－Idrīsī 伊德利思）記錄了從塔拉斯至東部天山、阿爾泰山及其以北一些地區的行程，自然都是極為寶貴的資料，然而這些記錄有不少模糊不清之處。最早完整而詳明地記載這條交通線路的，當推《西遊記》。如關於東部天山北麓別十八里（今新疆吉木薩爾北）東西諸城及賽里木湖東南塔勒奇峽道路的詳細記錄，均為前人著述以及同時代耶律楚材《西遊錄》、《海屯行記》、《常德西使記》等書所不及。

更可貴的是，《西遊記》記錄了所歷各城的特產、風俗、居民的生產和生活、宗教活動等情況。其記長春師徒一行抵別十八里（《西遊記》作鱉思馬）大城，"王官、士庶、僧、道數百具威儀遠迎。僧皆赭衣，道士衣冠與中國特異"。至輪台之東，"迭屑頭目來迎"（迭屑，波斯語 Tarsa，基督教聶思脫里派教徒）。至昌八剌（今新疆昌吉），"其王畏午兒……率眾部族及回紇僧皆遠迎"，"有僧來侍坐，使譯者問看何經典，僧云：'剃度受戒，禮佛為師。'蓋此以東昔屬唐，故西去無僧，回紇但禮西方耳"。以上記錄說明，當時畏兀兒地區宗教以佛教為主，並有景教和道教；昌八剌之西，"回紇但禮西方"，則以信奉伊斯蘭教為主了，這是有關當時伊斯蘭教東傳地域的一條重要資料。及至阿力麻里城（《西遊記》作阿里馬，今新疆霍城西北），則有"鋪速滿國王暨蒙古塔剌忽只（達魯花赤）領諸部人來迎"，鋪速滿為波斯語 Musulmān 的譯音，即伊斯蘭教徒。

有關各地生產情況的記錄。如別十八里東二小城"皆有居人。時禾麥初熟，皆賴泉水澆灌得有秋，少雨故也"。昌八剌城主"敬蒲萄酒，且獻西瓜，其重及秤；甘瓜如枕許，其香味蓋中國未有也。園蔬如中區"。阿力麻里城"土人呼果為阿里馬（Alma，突厥語蘋果），蓋多果實，以是名其城。……農者亦決渠灌田，土人惟以瓶取水戴而歸，及見中原汲器，喜曰：'桃花石①諸事皆巧'，桃花石謂漢人也"。大石林牙城（即西遼都城虎思斡耳朵）"其風土氣候與中國同，惟經夏、秋無雨，皆疏河灌溉，百穀用成"。這些記載對了解當地經濟生活無疑是很重要的資料。

丘處機師徒於太祖十六年十一月十八日至邪米思干（撒馬爾罕），次年十月二十六日啟程東還。其間，丘處機兩次前往成吉思汗行營觀見，但留尹志平等於館，在該城居住了近一年，所以《西遊記》關於邪米思干城的記載最為詳細。雖然漢文史籍和穆斯林文獻（參見巴爾托里德《蒙古入侵時期的突厥斯坦》，1928 年英文版，頁83—92）中，對邪米思干城都有大量記載，但十三世紀初期特別是蒙古佔領後的該城情況，則主要依據《西遊記》得以了解。《西遊記》謂"方算端氏（花剌子模算端摩訶末）之未敗也，城中常十萬餘戶，國破而來，存者四之一。其中大率多回紇人，田園不能自主，須附漢人及契丹、河西等。其官長亦以諸色人為之。漢人工匠雜處"。據志費尼《世界征服者史》記載，成吉思汗攻克撒馬爾罕後，將軍民全趕出城外，隨即進行了大屠殺，因率先歸降的哈的和主教（Shaikh al – Islam）的保護免於離城者有五萬人；刀下餘生的一部分人在交納贖金後也獲准回城。這和《西遊記》所載城中

---

① 此詞即突厥人用以稱唐朝的 Tabghach，見突厥文《嗽欲谷碑》第一行，就是"拓跋"的譯音。这是古代西域和北方民族稱呼中國的名稱之一（最早是"秦"＝佛經漢譯或作"脂那"、"支那"等），来自北朝時期統治中原的鮮卑拓跋氏。李志常這裏指的是"中國人"或"中原人"。

人口數量比較接近。據《西遊記》，可知這些劫後遺民都淪為佔領者的附庸了。成吉思汗命耶律阿海太師駐守該城，建立了新的統治機構，在征服者的統治和奴役下，生產很快恢復起來。《西遊記》中對邪米思干城內外物產、園林勝景，人民的飲食、服飾、習俗、器皿、錢幣、伊斯蘭教禮拜制度等，都有記載，與當時的穆斯林地理學家的著述相比毫不遜色。這裏僅舉一例：《西遊記》中謂此"國中有稱'大石馬'者，識其國字，專掌簿籍"。大石馬即答失蠻，蓋當時河中地區人讀波斯語 danismand（有知識者）為 dashumand 之譯音。

　　《西遊記》另一重要部分是丘處機從邪米思干前往大雪山成吉思汗行營的旅行路線和見聞記錄。其中記載了當年阿母河南北尚有人民舉兵反抗蒙古征服者，以及班里城（巴里黑）人民起義事件，是非常重要的歷史資料。1222 年和 1223 年成吉思汗的活動和班師的準確時間，也依賴《西遊記》記錄下來，補充了其他史料的不足。此外，《西遊記》記錄了丘處機沿途所作的紀行詩詞近 50 首，也是很有價值的歷史地理資料。

校注說明

　　一、本校注以《正統道藏》（文物出版社、上海書店、天津古籍出版社 1988 年影印的涵芬樓本）為底本，并參照以下版本：

　　（一）《連筠簃叢書》本，道光二十八年（1848）刊刻，現藏於國家圖書館。

　　（二）《皇朝藩屬輿地叢書》本，光緒二十九年（1903）金匱浦氏靜寄東軒石印，現藏於國家圖書館。

　　（三）王國維《長春真人西遊記》校注本，此書多家出版社刊印，通行本為《王國維遺書》第 13 冊（上海古籍書店 1983 年版）和《王國維全集》第 11 卷（浙江教育出版社、廣東教育出版社 2009 年版）。

　　（四）《四部備要》本，中華書局 1936 年出版。

　　（五）《叢書集成初編》本，商務印書館 1937 年出版，中華書局 1985 年重印。

　　（六）張星烺《長春真人西遊記》注釋本，收入張星烺編注、朱傑勤校訂《中西交通史料彙編》第 3 冊（中華書局 2003 年版）。

　　（七）紀流《成吉思汗封賞長春真人之謎》本，1988 年旅遊出版社出版。

　　（八）《西北史地文獻》本，收入《中國西北文獻叢書》第 3 輯第 31 卷，1990 年蘭州古籍書店出版。

　　（九）黨寶海《長春真人西遊記》譯注本，2001 年河北人民出版社出版。

　　（十）宛委別藏清抄本《長春真人西遊記》，《續修四庫全書》第 736 冊，2002 年上海古籍出版社影印出版。

　　由於以上諸本在校注中出現的較為頻繁，故以縮略語標出，並且在校記中以出版時間先後排序，具體如下：

底　　本　　指《正統道藏》本。

連　　本　　指《連筠簃叢書》本。

輿地本　　指《皇朝藩屬輿地叢書》本。

王　　本　　指王國維《長春真人西遊記》校注本。

備要本　　指《四部備要》本。

初編本　　指《叢書集成初編》本。

張　　本　　指張星烺《長春真人西遊記》注釋本。

紀　　本　　指紀流《成吉思汗封賞長春真人之謎》本。

史地本　　指《西北史地文獻》本。

黨　　本　　指黨寶海《長春真人西遊記》譯注本。

宛委本　　指宛委別藏清抄本《長春真人西遊記》。

二、本校注嚴格遵循底本，除非發現底本有明顯訛誤，并具備充分的改正依據，否則不予更改。對某些特殊情況具體處理如下：

（一）如果底本出現以現行輸入法無法錄入的異體字、俗寫字或不規範漢字時，根據其他參照本及句意判斷確為此字時，將其改為規範的繁體字。

（二）原書有誤字或易引發歧異的字，如底本或其他參本中“己”、“已”、“巳”常混淆誤寫者，以及“聞”、“間”、“閑”等易於引起誤判者，一律進行改正，不再單獨出校記。

（三）因避諱等原因出現的避諱字，如“丘”、“邱”，“玄”、“元”，對底本進行改正，并參照他本出校記，以便讀者參考。

（四）對於校注過程中出現的各種異體、繁簡混用字體，現將其羅列於下，謹供辨識：

於—扵—于、歷—歴—厤—厯、蓋—葢—盖、囬—廻—囘—迴—迴—回、餘—余、爾—尔、糧—粮、遊—游、爭—争、淨—净、爲—為、宜—宜、嘆—歎、唯—惟、脈—脉、茲—兹、啟—啓、舘—館、疏—疏、負—員、往—徃、佗—他、冐—冒、経—經、沿—沿、胷—胸、徧—遍、荅—答、恖—忘、緣—緣、邊—邉、豎—竪、塲—場、氷—冰、溉—溉、隂—陰、既—旣—槩—概、鮮—解、刄—刃、寫—冩、嘗—甞、畧—略、峯—峰、羣—群、寇—冠、衆—眾、皁—皂。

以上這些字，為便於讀者閱讀，將參照其他版本改為規範的繁體字，不再單獨出校記，特殊情況出校記予以說明。

（五）除以上情況外，其他均出校記加以說明。

三、底本原不標點，不分段，在點校過程中，我們將根據文意進行標點斷句，分段。

四、底本中出現的說明小字，今遵照底本以小五號字錄入。

五、注釋條目，以首次出現出注，後文復現，若有說明的必要，則再出注釋說明之。

六、在校注過程中，對於一般字詞的解釋，主要依據《辭源》（商務印書館 1979 年修訂版），《古代漢語詞典》（商務印書館 2002 年版），《漢語大詞典》（漢語大詞典出版社 1997 年版），《中華道教大辭典》（胡孚琛主編，中國社會科學出版社 1995 年版），《佛教大辞典》（任继愈主編，江蘇古籍出版社 2002 年版）等常用工具書，茲不一一標示出處。

七、對於正文中出現的年號、干支紀年，將其換算為公元紀年，以注釋條目形式出現。

八、本書校注，不僅參考了王國維、張星烺、陳正祥、楊建新、紀流、黨寶海等學者的注釋本，還廣泛吸收前賢的相關研究成果，充實注釋內容。對於引用的相關書目、研究成果，盡量做到使用統一版本、統一標注格式。所有引用古籍、論著，其完整信息將列於書後的徵引文獻中，在注釋正文中僅標明作者，書名或論著名稱、頁碼等可幫助讀者查檢的簡要信息，具體如下：

（一）注釋中引用的道教經籍，凡收入《正統道藏》的，一律使用由文物出版社、上海書店、天津古籍出版社 1988 年影印的涵芬樓影印本，後以阿拉伯數字標明冊數、頁碼；二十四史均用中華書局出版的點校本，後以阿拉伯數字標明卷數，頁碼。

（二）對古代文獻，為了便於讀者查檢，如果有權威點校本，一般予以使用，如：《大唐西域記》一律使用季羨林等校注的《大唐西域記校注》（中華書局 2004 年版）；《西遊錄》一律使用向達校注的《西遊錄》（中華書局 1981 年版）《湛然居士文集》一律使用謝方點校的《湛然居士文集》(中華書局 1986 年版);《黑韃事略》、《蒙韃備錄》、《聖武親征錄》等使用王國維校注本,見《王國維遺書》第 13 冊 (上海古籍書店 1983 年版),此種情況亦僅在注文中標明書名、頁碼,完整信息在徵引文獻中注明。

(三) 引用古代刻本史籍,僅在注文中標明卷數,出版社、出版時間,其他相關信息在徵引文獻中注明。

(四) 對一般徵引書目,注釋正文僅標明作者、頁碼。如屬譯著,則在注釋正文標明作者,譯者,頁碼。完整信息參見徵引文獻。

(五) 引用的論文,如果是論文集論文,注釋中標明作者、論文標題、論文集標題、頁碼,如果是期刊論文,僅出現作者,論文標題,完整信息詳見徵引文獻。

(六) 其他未列情況,或與上述情況相似,一律按照以上標準處理。除此之外,確實超出以上標準的,可酌情靈活處理。

九、校注古籍是一項需要深厚學術功底、複雜而細致的學術活動,限於校注者的學識和能力,未盡、錯漏之處在所難免,敬請讀者批評、指正。

長春真人西遊記序

　　長春子^{(1)(一)}，蓋有道之士。中年以來，意此老人固已飛昇變化，侶雲將⁽²⁾而友鴻⁽³⁾濛^{(4)(二)}者⁽⁵⁾夂⁽⁶⁾矣，恨其不可得而見也。己卯^(三)之冬，流聞師在海上^(四)，被安車^(五)之徵。明年春⁽⁷⁾，果次於燕，駐車玉虛觀^(六)，始得一識其面。

【校記】
　　（1）長春子：連本、輿地本、王本、備要本、張本、初編本、史地本、黨本作“長春真人”。
　　（2）將：張本作“霞”。
　　（3）鴻：王本、黨本作“洪”。
　　（4）濛：張本作“蒙”。
　　（5）者：王本、黨本脱此字。
　　（6）夂：餘本皆作“久”。
　　（7）春：史地本脱此字。

【注釋】
　　（一）長春子：丘處機的道號。丘處機（1148—1227），字通密，號長春子，山東棲霞人，金、元之際全真道領袖。丘處機幼亡父母，十九歲入山學道，與馬鈺、譚處端、劉處玄、王處一、郝大通、孫不二等同師重陽真人王喆，後代全真教徒稱他們為“七真”。金泰和三年（1203），丘處機繼劉處玄任全真教掌教。元太祖元年（金章宗泰和六年，1206），成吉思汗在漠北建立大蒙古國，六年（1211）二月始，蒙古軍多次南下攻金，至元太祖十年（1215），攻佔金中都（今北京），將勢力伸向華北，丘處機所在的山東，成爲蒙、金、宋三方角逐之地。由于全真教此時在北方勢力强大，故成爲三方爭相羅致的對象。元太祖十四年（1219）冬，成吉思汗在西征途中遣使召請丘處機。次年（1220）正月，丘處機率弟子十八人從山東萊州（今山東掖縣）出發，二月至燕京（今北京），在燕京遷延數月，於四月中旬出居庸關，備歷艱險，於十七年（1222）四月在大雪山（今阿富汗興都庫什山）覲見成吉思汗，論道數日，被成吉思汗稱爲“神仙”。是年四月東歸，十九年（1224）二月到達燕京，居住在大天長觀（后改名長春宮，即今北京白雲觀）。歸來後的丘處機得到極大的優待，受命掌管天下道門，全真教得以大盛。元太祖二十二年（1227）七月，丘處機病死於長春宮，有《磻溪集》、《鳴道集》等著作傳世。詳細情況可參見本書附錄《丘處機傳記資料》。

（二）侶雲將而友鴻濛：典出《莊子·在宥》，雲將東游，遇見鴻蒙，便向其請教“合六氣之精以育群生”的方法，鴻濛告訴雲將應當“無爲”而使萬物自然生化，雲將頓悟其理。（曹礎基、黃蘭發點校本：《南華真經注疏》，頁222—223）雲將與鴻濛都是莊子寓言中虛擬的人物。此處“侶雲將而友鴻濛”當指超然物外。

（三）己卯：元太祖十四年，公元1219年。此時成吉思汗正在西征花剌子模的路上，是年夏，駐扎在原乃蠻境的也兒的石河（今額爾齊斯河）畔，於此派劉仲祿等人前去召請長春真人丘處機。

（四）海上：古人常稱沿海的地區爲海上。《史記》卷112《平津侯主父列傳》：“（公孫弘）家貧，牧豕海上。”（頁2949），《後漢書》卷62《荀爽列傳》：“（荀爽）後遭黨錮，隱於海上，又南遁漢濱。”（頁2056）此處當指山東沿海一帶。

（五）安車：古代一種與立乘有別的坐乘小車，供年老位尊的高級官員及貴婦人乘用。古代帝王徵求賢人，有所謂“束帛加璧，安車蒲輪”之規制。此處指成吉思汗以高規格的禮遇徵召丘處機。

（六）玉虛觀：道觀名。燕京玉虛觀本爲大道教道觀。金元之際，其第四代掌教毛希琮，居燕京玉虛觀，毛死後，北地處於持續動盪之中，教團内部發生了分裂，各派鬥爭激烈。第五祖酈希誠棄玉虛觀，移居天寶宮。關於玉虛觀的方位，《日下舊聞考》卷59引《析津日記》云："原金有玉虛觀，元有玉虛宮。今之玉虛觀未審即其遺址否。觀有正統中禮部尚書胡濙碑、刑部侍郎周瑄篆蓋，中書舍人吳謙書，文稱正統丁巳鍊師吳元真來遊斯地，其址已為錦衣千戶呂儀別墅……"（頁954）同書又引《元一統志》："玉虛觀在舊城僤露坊，按舊碑金泰和八年尚書戶部主事雲騎尉龐鑄所撰《重修玉虛觀三清殿記》，文簡而理明。觀中有故太師梁忠烈王祠堂。"（頁955）在此兩則材料之後，《日下舊聞考》的著者記載道："玉虛觀在罐兒衚衕，已頹廢。金龐鑄二碑，元楊果一碑及梁忠烈王祠今俱無考。惟明胡濙、李錦二碑尚存。"可見玉虛觀至清代已衰敗不堪，至今無存。今北京宣武門外玉虛觀街出土"敕賜玉虛觀碑"，有拓片為證。

尸居^(一)而柴立^(二)，雷動而風行，真異人^(三)也。與之言，又知博⁽¹⁾物洽聞^(四)，於書無所不讀。由是^(五)日益敬。聞^{(2)(六)}其風^(七)而願執弟子禮^(八)者，不可勝計^(九)。自二三遺老^(十)，且樂與之游，其餘可知也。居無何^(十一)，有龍陽^(十二)之行。

【校記】

（1）博：連本、王本、備要本、初編本、張本、史地本、黨本、宛委本作"博"。

（2）聞：連本、王本、備要本、初編本、張本、史地本脫此字。

【注釋】

（一）尸居：謂安居而無為。

（二）柴立：如枯木獨立，多用來形容人清瘦。

（三）異人：神人，方士。

（四）博物洽聞：見多識廣，知識淵博。

（五）由是：因此，由此。

（六）聞：聽說，得知。

（七）風：作風，風度。

（八）執弟子禮：意即拜師，或施弟子禮。

（九）不可勝計：計，計算。意指不能全部計算完，形容數量極多。

（十）遺老：指前朝耆老或舊臣。

（十一）無何：曾幾何時，不久。

（十二）龍陽：即德興龍陽觀。據下文推知，該觀在德興（今河北涿鹿縣）禪房山之陽。丘處機本人曾多次前往龍陽觀。尹志平做過龍陽觀主持，在他的《葆光集》中有《龍陽觀清明日述》、《龍陽觀冬至作》等詩，該觀今已不存。

　　及使者⁽一⁾再至⁽二⁾，始啓途而西。將別，道衆請還期，語以三載，時辛巳⁽三⁾夾鍾之月⁽四⁾也。迨⁽五⁾甲申⁽六⁾孟陬⁽七⁾，師至自西域，果如其旨，識者歎異之。自是月七日，入居燕京⁽八⁾大天長觀⁽九⁾，從疏請⁽十⁾也。

【注釋】

（一）使者：指受命出使的人，此處指成吉思汗派遣召請丘處機的人。《元史》卷 202《釋老傳》："歲己卯，太祖自乃蠻命近臣札八兒、劉仲祿持詔求之。處機一日忽語其徒，使促裝，曰：'天使來召我，我當往。'翌日，二人者至，處機乃與弟子十有八人同往見焉。"（頁 4524）陶宗儀《南村輟耕錄》卷 10《丘真人》："己卯，居萊州。時齊魯入宋，宋遣使來召，亦不起。是年五月，太祖自乃蠻國遣近侍劉仲祿，持手詔致聘，十二月，至隱所。詔文云：'……選差近侍官劉仲祿，備輕騎素車，不遠千里，謹邀先生暫屈仙步，不以沙漠悠遠為念……五月初一日筆。'"（頁 120—121）

（二）再至：根據《長春真人西遊記》正文，劉仲祿等人第一次在萊州（今山東掖縣）見到丘處機，丘處機以該處艱食，讓仲祿返回益都（今屬山東青州市），并約好啟程時間。使者再次到達萊州，丘處機率弟子與之俱行。

（三）辛巳：元太祖十六年，公元1221年。

（四）夾鍾之月：即二月。古樂以十二律（黃鍾、大呂、太簇、夾鍾、姑洗、中呂、蕤賓、林鍾、夷則、南呂、無射、應鍾）對應十二個月：十一月黃鍾、十二月大呂、正月太簇、二月夾鍾、三月姑洗、四月中呂、五月蕤賓、六月林鍾、七月夷則、八月南呂、九月無射、十月應鍾。

（五）迨：等到。

（六）甲申：元太祖十九年，公元1224年。

（七）孟陬：孟春正月，農曆正月為陬，故稱。

（八）燕京：地名，即今北京市。遼置析津府，遼太宗會同元年（938）號為南京，又稱燕京。金海陵王貞元元年（1153）定都於此，是為金中都。1215年，被蒙古軍隊攻佔，成為蒙古貴族統治漢地的重要據點。窩闊臺開始在這裏派駐斷事官，建立行政機構，統轄漢地諸路，時稱燕京行臺或行尚書省。1260年，忽必烈即帝位於開平，在漢地分置十路宣撫司，並在燕京設行中書省，分遣宰執人員，行省事於燕京。後將設在開平的中書省移至燕京，與燕京行中書省調整合並。中統四年（1263）升開平為上都，至元元年（1264）改燕京為中都。九年（1272）二月，改中都為大都（突厥語稱為"汗八裏"，意即"汗城"），定為都城。《元史》卷58《地理志》謂："大都路，唐幽州範陽郡。遼改燕京。金遷都，為大興府。元太祖十年，克燕，初為燕京路，總管大興府。太宗七年，置版籍。元世祖至元元年，中書省臣言：'開平府闕庭所在，加號上都，燕京分立省部，亦乞正名。'遂改中都，其大興府仍舊。四年，始於中都之東北置今城而遷都焉。至元九年，改大都。"（頁1347）

（九）大天長觀：道教宮觀，即今北京白雲觀，位於北京市西便門外。始建於唐玄宗開元二十七年（739），初名天長觀。金正隆五年（1160），天長觀遭兵燹焚毀，大定七年（1167）敕令重修，更名十方天長觀。金章宗泰和二年（1202）上元之夜再次被火焚盡。次年（1203）在原址重建一座太極殿，遂改名太極宮。元太祖十九年（金哀宗正大元年，1224）丘處機西行覲見成吉思汗后歸大都（今北京），入居太極宮，因丘處機被封為長春真人，太極宮改稱長春宮，經丘三年修葺，規模更為壯觀。成為元代全真教歷任掌教的駐地，元代宮廷許多重大祭祀活動都在此舉行。元太祖二十二年（1227）七月，丘處機羽化於長春宮，為安葬師傅，其弟子尹志平遂改建長春宮東部建築為白雲觀，觀內修建處順堂安置丘處機遺柩。元末長春宮被毀，明永樂年間白雲觀被重建，后又陸續修建了三清殿、玉皇閣、延慶殿、山門等主要殿堂。明英宗正統八年（1443）正式賜匾額"白雲觀"。清順治十三年（1656）龍門第七代宗師王常月先後三次在白雲觀開壇說戒，傳戒弟子一千餘人，白雲觀遂成為"龍門派祖庭"，康熙為太子時在該觀受方便戒。在此期間，白雲觀又進行了較大規模的擴建，後經屢次修葺，如乾隆、嘉慶年間建西路元君殿、八仙殿。建國后，成為全國道教重點宮觀和北京市文物保護單位。

（十）從疏請：見本書下卷"甲申之春二月朔……燕京行省金紫石抹公、宣差便宜劉公以下諸官遣使持疏懇請師住大天長觀。許之。"與"仲夏，行省金紫石抹公、便宜劉公再三疏請師主持大天長觀。是月二十有二赴其請。"附錄存有請疏原文。

　　噫！今人將事行役^(一)，出門徬徨^(二)有離別可憐之色。師之是行也，崎嶇^(三)數萬里之遠，際^(四)版圖之所不載，雨露之所弗濡^(五)，雖其所以禮遇^(六)之者，不為不厚，然勞憊亦甚矣。所至輒⁽¹⁾徜徉^(七)容與^(八)，以樂山水之勝^(九)，賦詩談笑，視死生若寒暑，於其胸⁽²⁾中曾不蒂芥^{(3)(十)}，非有道者⁽⁴⁾能如是乎？門人^(十一)李志常^(十二)，從行者也。掇^(十三)其所歷，而為之記，凡山川道里^(十四)之⁽⁵⁾險易^(十五)，水土風氣^(十六)之差殊^(十七)，與夫衣服、飲食、百果、草木、禽蟲之別，粲然^(十八)靡^(十九)不畢載。⁽⁶⁾

【校記】

（1）輒：史地本作"則"。連本、輿地本、王本、備要本、初編本、張本、紀本、黨本作"輶"。

（2）胸：史地本作"脅"。

（3）蒂芥：王本作"芥蒂"。

（4）非有道者：王本、黨本在其後衍"而"字。

（5）之：史地本脫此字。

（6）輿地本《長春真人西遊記序》從開始到此段"然勞憊亦甚矣"部分，置於"於是途中作詩云："高如雲氣白如沙，遠望那知"之後，系刊刻致誤。

【注釋】

（一）行役：舊指因服兵役、勞役或執行公務而出外跋涉。

（二）彷徨：徘徊不定的樣子。

（三）崎嶇：山道險阻不平的樣子。也用來比喻處境困難。

（四）際：至，接近。

（五）濡：浸漬。

（六）禮遇：禮，用作動詞，以禮待人。遇，對待、對付。

（七）徜徉：徘徊、徬徨。

（八）容與：安逸自得的樣子。

（九）勝：優越美好之稱，如"形勝"、"名勝"。

（十）蒂芥：蒂，瓜果等與枝莖相連的部分。後作"蒂"。蒂芥，果蒂，草芥。也作"芥蒂"。比喻心裏的嫌隙或不快。

（十一）門人：即弟子。

（十二）李志常（1193—1256），金元之際觀城（今河南範縣西北觀城）人，字浩然，號真常子，元初著名全真道士，早年於萊州（治今山東掖縣）師事丘處機。元太祖十五年（1220）隨丘處機西行，謁成吉思汗於西域，后同返燕京（今北京）。二十二年（1227），為都道祿，兼領長春宮事。太宗十年（1238）賜號"玄門正派嗣法演教真常真人"，主道教事。成為全真道第七代掌門。憲宗即位，賜以金符寶誥，奉詔遍詣嶽瀆，以行齋醮祀事。後刊印貶抑佛教的《老子八十一化圖》、《老子化胡經》，縱容全真道士侵佔寺廟、毀佛像，引起釋氏僧人不滿。憲宗五年（1255），奉詔與僧人在御殿辯論《化胡經》真偽，理屈詞窮，敗訴遭貶。次年憤愧而卒。元世祖中統二年（1261）追贈“真常上德宣教真人”。著《長春真人西遊記》二卷，另有《又玄集》二十卷（已佚），具體內容可參閱本書附錄十八侍行弟子傳記資料《通玄大師李志常》。

（十三）掇：拾取。

（十四）道里：路程、里程。

（十五）險易：險阻與平坦。

（十六）風氣：風土氣候。

（十七）差殊：差異、不同。

（十八）粲然：明白、明亮的樣子。

（十九）靡：無。

  目^(一)之曰《西遊》⁽¹⁾，而徵^(二)序於僕^(三)。夫以四海^(四)之大，萬物之廣，耳目未接，雖有⁽²⁾大智，猶不能遍知而盡識也。況四海之外者乎？所可考者，傳記而已。僕謂是集之行，不特⁽³⁾新^(五)好事者之聞見，又以知⁽⁴⁾至人^(六)之出處，無可無不可^(七)，隨時之義云。戊子^{(5)(八)}秋后二日，西溪居士孫錫^(九)序⁽⁶⁾。

【校記】

（1）《西遊》：宛委本作“游記”。

（2）有：王本、黨本脱此字。

（3）特：王本、黨本作“獨”。

（4）知：王本、黨本作“見”。

（5）戊子：輿地本作“戊子”。

（6）輿地本《長春真人西遊記序》從“所至輒徜徉容與”到“西溪居士孫錫序”這部分，置於“師謂宣差曰：‘聞河以南千里絕無種養，吾食須’”之後，疑刊刻排版時出錯。

【注釋】

（一）目：稱，名。

（二）徵：徵集，徵求。

（三）僕：舊時之謙稱，我。

（四）四海：因中國以四海環繞，古時以此引申為天下。

（五）新：更新。使好事者得到新的見聞。

（六）至人：謂有至德之人。

（七）無可無不可：表示怎麼樣都行。

（八）戊子：公元1228年，時為睿宗拖雷監國。丘處機卒於丁亥歲，即公元1227年。孫錫此序，作於真人卒後一年。李志常《西遊記》應完成於丁亥（1227）、戊子（1228）年間。

（九）孫錫：字天錫，具體事跡不詳。《朝元觀記》有碑題稱"長平進士孫天錫篆額"，即指孫錫。文末又謂："禹都孫仲陽，道風孤峻，時人有玄門臨濟之目，與吾辛、劉交甚款，辨疑其高弟云。"（陳垣編纂：《道家金石略》，頁494）據此，孫仲陽應為孫錫之別稱。

長春真人西遊記卷上

門人真常子李志常述

父師^(一)真人^(二)長春子，姓丘氏，名處機，字通密，登州棲霞^(三)人，未冠^(四)出家，師事重陽真人^(五)。既⁽¹⁾而^(六)住⁽²⁾磻溪^(七)、龍門^(八)十有^(九)三年。真積力久^(十)，學道乃成。暮年^(十一)還海上。戊寅歲^(十二)之前，師在登州，河南^(十三)屢欲遣使徵聘。事有齟齬^(十四)，遂已。明年^(十五)，住⁽³⁾萊州昊天觀^(十六)。夏四月，河南提控^(十七)邊鄙使至，邀師同往。師不可。使者攜⁽⁴⁾所書詩頌歸。繼⁽⁵⁾而復有使自大梁^(十八)來，道聞山東為宋人所據⁽⁶⁾，乃還。其年八月，江南大帥李公^{(7)(十九)}、彭公^{(8)(二十)}來請，不赴。爾後，隨處往往邀請。萊之主者難其事。師乃言⁽⁹⁾曰："我之行止^(二十一)，天也。非若輩^(二十二)所及知。當有留不住時，去也。"居無何，成吉思皇帝遣侍臣劉仲祿^(二十三)縣^{(10)(二十四)}虎頭金牌^(二十五)，其文曰："如朕親行，便宜^{(11)(二十六)}行事。"及蒙古人二十輩^(二十七)傳旨敦請。^(二十八)

【校記】

（1）既：連本、輿地本、備要本、初編本、張本、史地本脫此字。

（2）住：史地本作"往"。

（3）住：餘本皆作"往"。

（4）攜：宛委本作"僐"。

（5）繼：王本、紀本、黨本作"既"。

（6）據：黨本作"聚"。

（7）李公：除底本、黨本、宛委本外，餘本作"李公全"。

（8）彭公：除底本、黨本、宛委本外，餘本作"彭公義斌"。

（9）乃言：王本、黨本脫此二字。

（10）縣：紀本、黨本作"悬"。

（11）冝：餘本皆作"宜"。

【注釋】

（一）父師：指稱所尊敬的長者。

（二）真人：道家稱"修真得道"或"成仙"者為真人。唐以後少數道教人士亦被帝王贈號真人，如莊子為"南華真人"。

（三）登州棲霞：指金代的登州棲霞縣，位於今山東蓬萊市和棲霞市境。

（四）未冠：未滿二十歲。古時，男子二十歲行冠禮，表示已成年。陶宗儀《南村輟耕錄》卷10《丘真人》記載道："（丘處機）金皇統戊辰正月十九日生，生而聰敏，有日者相之曰'此子當為神仙宗伯'。大定丙戌，年十九，辭親居崑崳山，依道者修真。丁亥，謁重陽全真開化王真君嘉於海寧，請為弟子。"（頁120）"大定丙戌"為公元1166年，而丘處機生於皇統戊辰（1148），時年十九歲，未滿二十，因此李志常稱其"未冠出家"。

（五）重陽真人：即全真教創始人王喆（1112—1170），原名中孚，字允卿，京兆咸陽（今陝西咸陽）人。學道后易名嚞，字知明，號重陽子，又自稱害風，世稱重陽真人。初，王重陽業儒不成，習武不就，遂出家為道人，雲游於終南山一帶。後東遊至山東，收馬鈺、孫不二、譚處端、劉處玄、丘處機、郝大通、王處一等七位弟子，宣揚儒、釋、道"三教合一"，希望通過集三教之優，建立更具影響的教派，於是便以"全真"為名，創立全真教。金大定九年（1169）九月，王重陽攜弟子馬鈺、譚處端、劉處玄、丘處機四人返抵關中，第二年正月，卒於大梁（今河南開封）。死後被全真教尊奉爲“北五祖”（王玄甫、鐘離權、呂洞賓、劉海蟾、王重陽）之一，元世祖至元六年（1269），被朝廷追贈為“重陽全真開化真君”，元武宗至大三年（1310）封贈“重陽全真開化輔極帝君”。著有《重陽全真集》、《重陽教化集》、《重陽分梨十化集》、《重陽立教十五論》、《重陽真人金闕玉鎖訣》等，均收入《正統道藏》。金完顏璹《全真教祖碑》云：“又有登州棲霞縣丘哥者，幼亡父母，未嘗讀書，來禮先生，使掌文翰，自後日記千言，亦善吟詠，訓名處機，號長春子者是也。”（陳垣編纂：《道家金石略》，頁451）陶宗儀《南村輟耕錄》卷10《丘真人》記曰：丘處機“金皇統戊辰正月十九日生，生而聰敏，有日者相之曰‘此子當為神仙宗伯’。大定丙戌，年十九，辭親居崑崙山，依道者修真。丁亥，謁重陽全真開化王真君嘉於海寧，請為弟子。”（頁120）丁亥年，即金世宗大定七年（1167），是年九月，丘處機拜王重陽為師。

（六）既而：猶已而、不久。

（七）磻溪：亦作“磻谿”、“磻磎”，一名璜河，水名。在今陝西寶雞市東南，源出南山茲穀，北入渭水。相傳是姜太公釣魚的地方。酈道元《水經注》卷9《清水》記載：“城西北有石夾水，飛湍瀿急，人亦謂之磻溪，言太公嘗釣於此也。”（陳橋驛校證本，頁226）丘處機於金世宗大定十四年（1174）至二十年（1180），隱居於磻溪。

（八）龍門：山名，位於今陝西隴縣西北。據《七真年譜》和《玄風慶會圖說》（日本天理圖書館珍存大德九年重刊本）記載，丘處機曾於金世宗大定二十年（1180）到大定二十六年（1186）冬，在龍門苦修，其後居終南祖庭。

（九）有：古代常用於整數和零數之間。

（十）真積力久：真，指修煉的最高功夫。道教認為修仙成道靠真功、真行。真功指澄心定意，抱元守一，存神固氣之功。真行指修仁蘊德，濟貧拔苦，先人後己，與物無私之行。“真積力久”指修道的功力十分深厚。

（十一）暮年：老年，晚年。其時丘處機年齒四十有四。王國維注曰：“《磻溪集》《〈世宗挽詞〉引》臣處機，以大定戊申（二十八年）春二月，自<u>終南山</u>召赴闕下。中秋，以他事得旨許放還山。逮<u>己酉</u>春，途經<u>陝州</u>，遽承哀詔。是<u>長春</u>於<u>己酉</u>歲復入<u>關中</u>。又卷一《〈途中作〉序》：<u>明昌</u>二年十月，余到<u>棲霞</u>，三年五月<u>蓬萊</u>道友相邀度夏，自後數年為例，五月相邀耳。則<u>長春</u>歸<u>海上</u>在<u>明昌</u>二年，時年四十四。"

（十二）戊寅歲：<u>元太祖</u>十三年，公元 1218 年。

（十三）河南：<u>金朝</u>遷<u>汴</u>之後，為<u>金</u>之代稱。<u>金宣宗</u>時，<u>中都</u>已被<u>蒙古</u>軍佔領，為避其鋒芒，遂遷都至今<u>河南開封</u>。

（十四）齟齬：上下牙齒對不齊，比喻意見不合，互相抵觸。此前，<u>丘處機</u>和<u>金朝</u>統治者是比較合作的。<u>金大定</u>戊申年（1188），<u>丘處機</u>從<u>陝西終南山</u>奉詔前往<u>燕京</u>，主持<u>金世宗</u>的萬春節醮，中秋后放還山中。1211 年應<u>金朝衛紹王</u>邀請，<u>丘處機</u>又到<u>中都</u>。後來因<u>金朝</u>迅速崩潰，他才和<u>金朝</u>統治者保持一定的距離。<u>陶宗儀</u>《<u>南村輟耕錄</u>》卷 10《<u>丘真人</u>》稱："<u>貞祐乙亥</u>，<u>太祖</u>平<u>燕城</u>，<u>金</u>主奔<u>汴</u>。丙子，復召，不起。己卯，居<u>萊州</u>，時<u>齊魯</u>入<u>宋</u>，<u>宋</u>遣使來召，亦不起。"（頁 120）

（十五）明年：即己卯年，<u>元太祖</u>十四年，公元 1219 年。是年六月，<u>成吉思汗</u>進攻<u>西域花剌子模</u>。

（十六）<u>萊州昊天觀</u>：位於今<u>山東萊州大基山</u>。相傳，<u>北魏太平真君</u>初年（440—442），<u>北天師道</u>創立者<u>寇謙之</u>在<u>萊州大基山</u>設道場，建立<u>昊天大帝</u>廟，名曰<u>昊天觀</u>，又稱<u>掖山祠</u>。然據古代典籍，在<u>山東萊州大基山</u>並無<u>昊天觀</u>的相關記載，僅有<u>掖山祠</u>和<u>先天觀</u>的相關載述。清人<u>張思勉</u>《<u>乾隆掖縣志</u>》卷 1 有曰："<u>大基山</u>，城東二十里，<u>掖</u>水出焉。中為窸谷曰<u>道士谷</u>，<u>劉長生</u>棲真處也，巘崿蒼翠，流泉潺湲，松竹花卉，最為勝地。有<u>鄭道昭</u>修道廬，其西巖<u>先天觀</u>，即古<u>掖山祠</u>。"疑<u>先天觀</u>即<u>昊天觀</u>。

（十七）提控：按<u>金代</u>官制，提控之官初為臨時官職，多督辦一專門軍政事務，提控官本身以職位高低，又分為不同等級，位尊權重者冠以"都提控"，現在我國收藏品中即有<u>朝陽縣四家子</u>出土"都提控"金印。都提控掌正三品印，<u>金代</u>官制，品級之大小，以（印）分寸別之，這是古代等級森嚴的官本位制，在印符制度上的反映。《金史》卷44《兵志》記載說："元光間，時招義軍以三十人為謀克，五謀克為一千戶，四千戶為一萬戶，四萬戶為一副統，兩副統為一都統，此復國初之名也。然又外設一總領提控，故時皆稱元帥為總領云。"（頁1004）元代府、州均設同知、判官、推官、知事及提控。提控遂成為各衙署常設的低級官員。據《元史》卷85《百官志》記載，元代"常和署，提控二人。天樂署，提控四人。"（頁2139）。另外，元代設置提控案牘，為流外吏員，負責掌管一個部門的文籍檔案等事。《元史·百官志一》謂："都提舉萬億寶源庫，掌寶鈔、玉器。……提控案牘一員……"。（頁2127）

（十八）大梁：战国時期魏国的都城，在今河南开封西北，此處指金朝自中都（今北京）南遷后的都城汴京（開封）。

（十九）李公（？—1231）：即李全，南宋、蒙古將領。金濰州北海（今山東濰坊）人。元太祖九年（1214），起兵反金。娶紅襖軍首領楊安爾妹妙真為妻。十二年（1217），襲取莒州（治今山東莒縣）。十三年（1218），投南宋，授封為京東路總管。十四年（1219），招來益都府（治今山東青州）張林。十五年（1220），攻東平，不克。十七年（1222），取泗州（治今江蘇盱眙西北），又入據益都府。二十年（1225），與同僚彭義斌發生衝突，敗於恩州（治今山東武城）。二十一年（1226），北上攻取青州，駐軍於此。被蒙古軍圍攻一年，因糧盡投降蒙古，被任命為山東淮南楚州行省，專制山東。元太宗二年（1230），攻佔楚州（今屬江蘇淮安）。明年正月，親自搏戰，陷於泥淖，被宋軍襲殺。

（二十）彭公：即彭義斌（？—1224）。金末紅襖軍將領，曾任南宋京東安撫兼總管統制。元太祖十九年（1224）夏，彭義斌以兵援武仙叛蒙古，被史天澤擒斬。

（二十一）行止：行動；活動，行蹤。

（二十二）若輩：你們。

（二十三）劉仲祿：生卒年不詳，名劉溫，字仲祿，馬邑（今山西朔州市）人。成吉思汗伐金時歸順，以醫藥、善作鳴鏑受到賞識。向成吉思汗推薦丘處機，被任命為便宜宣差前去召請丘，晚年居住在燕京（今北京）。關於其事跡，王國維考訂曰："仲祿，姓名它書未見，惟《元史·河渠志》載：'太宗七年歲乙未八月敕，近劉冲祿言，率水工二百餘人，已依期築閉盧溝河，元破牙梳口'云云，即此記之劉仲祿也。足本《西遊錄》昔劉姓而溫名者，以醫術進渠謂邱公行年三百，有保養長生之秘術，乃奏舉之。《至元辨偽錄》（三）：道士丘處機繼唱全真本，無道術，有劉溫，字仲祿者，以作鳴鏑幸於太祖。首信僻說阿意甘，言以醫藥進於上，言邱公行年三百餘歲，有保養長生之術乃奏舉之，是劉仲祿名溫以字行。"今檢《析津志輯佚》，有兩條材料可補王本不足。其一"劉便宜，名仲祿。其先馬邑人，天兵南下，建策於上，因而獲寵用。有孫，為名宦。有祠。在白馬神祠之東，有公之故宅也。"（北京圖書館善本組輯校本，頁146）同書另收趙孟頫撰寫的《劉便宜祠堂》碑一通："劉便宜祠堂，在白雲祝西北隅故行省。便宜劉公仲祿，事太祖聖武皇帝。帝方滅西夏，取中原，略定西域，兵威所至，無不臣服。旋師金山之西，乃命公以手詔迎丘真人於山東，持金虎符，長廣尺餘，使佩之。其文曰：如朕親行，便宜從事。當是時，官制未定，故但稱公為便宜公。時金將亡，山東諸郡南附於宋。而丘真人在萊州。公涉兩國之軌，蹈不測之險，竟致帝命迎丘真人以北。古所謂使於四方，不辱君命，便宜公有焉。初，帝遣公南，謂公曰：汝能致丘真人，我當居汝於善地。還，故俾公居於燕。公之弟子曰琬孝，為奉議大夫，蔚州知州。有女曰弟弟，世祖時以婉容淑德選入後宮。世祖升遐，仁裕至皇后以嫁故平章政事張乙九思，封魯國大夫人。夫人之言曰：'吾祖竭忠於國，受國厚恩。吾之所以至此者，皆吾祖之澤也。吾其敢忘之哉！'於是捐己貲，即白雲觀處順堂之右，創建新祠，以祀公。歲時享祀，庶與真人之祠同為不朽。嗚呼！夫人可謂賢矣。人之所以異於物者，以知尊祖也。傳曰：顯揚尊祖，所以崇孝也。夫人有焉。余嘗遊張公之門，故命記祠堂。堂成，實延祐三年六月也。集賢大學士趙孟頫記並書。"（北京圖書館善本組輯校本，頁61—62）

（二十四）縣：系也。

（二十五）虎頭金牌：也稱金虎牌，元代牌符的一種。《蒙韃備錄·官制》記載："韃人襲金虜之制，亦置領錄尚書令、左右相、左右平章等官，亦置太師元帥等職，所佩金牌，第一等貴臣，帶兩虎相向，曰虎斗金牌，用漢字曰：天賜成吉思皇帝聖旨，當便宜行事。其次素金牌，曰：天賜成吉思皇帝聖旨疾。又其次乃銀牌，文與前同。”王國維箋曰：“蒙古虎符世尚有之，其上作虎頭，《元史·兵志》所謂‘符跌為伏虎形’是也，無作兩虎相向者。”（《王國維遺書》第 13 冊，頁 14b—15a）。《元史》卷 98《兵志》記載：“萬户、千户、百户分上中下。萬户佩金虎符。符跌為伏虎形，首為明珠，而有三珠、二珠、一珠之別。千户金符，百户銀符。萬户、千户死陣者，子孫襲爵，死病則降一等。總把、百户老死，萬户遷他官，皆不得襲。是法尋廢，後無大小，皆世其官，獨以罪去者則否。”（頁 2508）。元朝掌管金虎符的機構，為典瑞院。《元史》卷 22《武宗紀》謂：“舊制，金虎符及金銀符典瑞院掌之，給則由中書，事已則復歸典瑞院。”（頁 491）。《元史》卷 88《百官志四》稱：“典瑞院，秩正二品。掌寶璽、金銀符牌。”（頁 2218）。另據當代學者蔡美彪研究認為，元朝的牌符分為兩類，一類是所謂“做官底牌子”。此類牌子統由朝廷頒發。軍官職任有所升降或去職時，應按制度“倒換”或交還。世襲軍官則可以“子孫襲替”；第二類是遣使牌子。此類又可區分為兩種。一種是蒙古皇帝或元朝朝廷直接派遣負有特殊使命的使臣臨時頒發的牌子。它的作用是據以執行使命，行使特予的權力。如成吉思汗派去敦請丘處機的使臣劉仲錄“懸虎頭金牌，其文曰如朕親行，便宜行事”。另一種是軍務遣使的圓牌。這種圓牌是應軍事急需遣使之用，它的作用是取信於驛站。圓牌由朝廷掌管、頒發，但可以發給外地蒙古官長，由各地官長遣發使用（蔡美彪：《元代圓牌兩種考釋》，《歷史研究》1980 年第 4 期）。

（二十六）便宜：方便，適宜。指根據情況，自行決定採取適當的措施或辦法。

（二十七）輩：同列同等者，謂之輩。

（二十八）敦請：懇請。此指成吉思汗誠摯邀請丘處機，其切切之意在《輟耕錄》卷 10《丘真人》所引元太祖詔書得以窺見：“天厭中原，驕華太極之性，朕居北野，嗜欲莫生之情。反樸還淳，去奢從儉，每一衣一食，與牛豎馬圉，共弊同饗。視民如赤子，養士若兄弟。謀素和，思素畜，練萬眾以身人之先；臨百陣，無念我之後。七載之中成大業，六合之內為一統。非朕之行有德，蓋金之政無恒。是以受天之祐，獲承至尊，南連趙宋，北接回紇，東夏西夷，悉稱臣佐。念我單于國千載百世以來未之有也。然而任大守，重治平，猶懼有闕，且夫刳舟剡楫，將欲濟江河也；聘賢選佐，將以安天下也。朕踐祚以來，勤心庶政，而三九之位，未見其人。訪聞邱師先生，體真履規，博物洽聞，探賾窮理，道沖德著，懷古君子之肅風，抱真上人之雅操，久棲岩穀，藏身隱形，闡祖宗之遺化，坐致有道之士，雲集仙徑，莫可稱數。自干戈而後，伏知先生猶隱山東舊境，朕心仰懷無已，豈不聞渭水同車、茅廬三顧之事，奈何山川懸闊，有失躬迎之禮。朕但避位側身，齋戒沐浴，選差近侍官劉仲祿，備輕騎素車，不遠千里，謹邀先生，暫屈仙步，不以沙漠悠遠為念，或以憂民當世之務，或以恤朕保身之術。朕親侍仙座，欽惟先生將咳唾之餘，但授一言斯可矣。今者，聊發朕之微意萬一，明于詔章。誠望先生既著大道之端要，善無不應，亦豈違眾生之願哉！故茲詔示，惟宜知悉，五月初一日筆。"（頁120—121）

　　師躊躇^(一)間，_{仲祿}曰："師名重四海，皇帝特詔_{仲祿}踰⁽¹⁾越山海，不限歲月，期必致之。"師曰："兵革^(二)以來，彼疆此界^{(2)(三)}。公冒險至此，可謂勞矣。"_{仲祿}曰："欽奉君命，敢不竭力？_{仲祿}今年五月在_{乃滿國}^(四)_{兀里}朵^(五)得旨。

【校記】
（1）踰：張本、紀本、黨本作"逾"。
（2）彼疆此界：除宛委本，餘本皆作"此疆彼界"。

【注釋】
（一）躊躇：徘徊不前，猶豫的樣子。關於<u>丘處機</u>躊躇的心裡活動，<u>陳得芝</u>先生在《李志常和〈長春真人西遊記〉》一文論述道：

"從當時形勢看，金朝已亡在旦夕，南宋一向甘弱幸存，雖因紅襖軍的依附而暫時獲得山東之地，但決無力保守，只有新興的蒙古勢力最強，這是全真道決計投靠蒙古的主要原因。當然，蒙古統治者對宗教的優待政策，以及成吉思汗詔書中對丘處機的推崇，也是一個因素。"（陳得芝：《蒙元史研究叢稿》，頁479）丘處機需要對當時形勢做出判斷，亦是情理中之事。

（二）兵革：指戰爭。

（三）彼疆此界：指此間與彼處的界限。

（四）乃滿國（Naiman）：即乃蠻的異譯。乃蠻，又譯乃馬、乃滿、迺蠻、奈曼、奈蠻、耐滿等。於11世紀開始居住在蒙古高原西部操突厥語的部落，遊牧地在阿爾泰山之陽，北接斡亦剌惕，西臨回鶻，其族源可能同唐代南下的點戛斯人有關。當時乃蠻已經脫離原始部落階段，具有簡單的國家機構。其國君稱為太陽汗，太陽（Tayang）一詞來源於漢語的"大王"。1203年，成吉思汗滅克烈部，造成對乃蠻的直接威脅。1204年春，太陽汗進兵杭海山（今杭愛山），討伐蒙古，成吉思汗起兵迎敵，太陽汗負重傷而死。成吉思汗追擊至按台山（今阿爾泰山）前，征服了太陽汗的乃蠻部眾。太陽汗的兒子屈出律奪路逃竄至西遼，被西遼皇帝直魯古接納，并招為駙馬，屈出律趁機竊取了西遼政權。1218年，成吉思汗派哲別征西遼，屈出律聞訊出逃，在巴達哈傷的撒里渴兒（Sariq–köl）地區，被蒙古軍擒斬於山谷中，乃蠻徹底滅亡。

（五）兀里朵：該詞為突厥語 ordu 和蒙古語 ordo 的譯音。突厥語、蒙古語、阿拉伯語、波斯語文獻中所見該詞及其釋義，已為 G. Doerfer 收羅大備。可參見 Gerhard Doerfer 所著《新波斯語中的突厥蒙古語成分》（Türkisehe and Mongolisohe Elmente in Neupersisohen）卷 Ⅱ（威斯巴登，1965 年，頁 32—39）。另可參見陳宗振《古突厥語的 otar 與 "甌脫"》（《民族研究》1989 年第 2 期，頁 55—63）。拉丁文獻中該詞的訓釋，可以參看 L. V. Clark 所著《魯不魯克行紀中的突厥蒙古語詞》（The Turkic and Mongol Words in William of Rubruck's Journey）（《美國東方學會會志》JAOS，第 93 卷第 2 號，1973 年，頁 187，ordo 條）。

在漢文載籍中，由於農耕地區沒有這種居住方式，此詞沒有定譯，遼、金、元時有斡耳朵、斡朵里、兀魯朵、窩里陀等不同譯寫。《遼史》卷116《國語解》："斡魯朵，宮也。"（頁1541），《元史》卷77《祭祀志下·國俗舊禮條》稱為"帳房"（頁1925），至於大汗的斡耳朵，《元史》譯為"帳殿"（《元史·忙哥撒兒傳》，頁3055），《元朝秘史》旁譯作"宮"。實際上，遼、元時期的"斡耳朵"不僅指宮帳，還指皇室成員佔有和繼承財產、私屬人口的一種組織形式。該詞最早出現在鄂爾渾碑銘中，具體來說是闕特勤碑北面第9行。成吉思汗有四大斡耳朵，分別屬於四個皇后，帝、后死後，大斡耳朵由幼子拖雷的家族繼承。元世祖亦有四大斡耳朵，也佔有大量財富和人口。其他皇帝皆各有斡耳朵，死後由后妃繼承守宮并領有私屬人口（詳見張廣達：《蒙元時期大汗的斡耳朵》，載《西域史地叢稿初編》，頁347—371）。此處指乃蠻太陽汗的宮帳。王國維注云："乃滿國兀里朵，謂乃蠻太陽可汗之故宮，當在金山左右。是歲，帝親征西域，至也兒的石河駐夏，故五月初在乃滿國兀里朵也。耶律楚材《湛然居士文集》卷9《和張敏之學士七十韻》述西征事云：'仲春辭北望，初夏過西涼'，可知起師尚在二月也。"

六月^{（一）}至白登^{（二）}北威寧^{（1）（三）}，得羽客^{（四）}常真諭。七月至德興^{（五）}，以居庸路梗，燕京發士卒來迎。八月抵京城。道衆皆曰："師之有無未可必也。"過中山^{（六）}，歷真定^{（七）}，風聞師在東萊^{（八）}。

【校記】

（1）寧：輿地本作"甯"。

【注釋】

（一）六月：即公元1219年7月13日—8月11日。

（二）白登：《遼史》卷41《地理志五》："長青縣。本白登臺地。冒頓單于縱精騎三十餘萬圍漢高帝於白登七日，即此。遼始置縣。有青陂。梁元帝橫吹曲云：'朝跋青陂，暮上白登。'在京東北一百一十里。戶四千。"（頁506—507）。《金史》卷24《地理志上》謂："白登本名長清，大定七年更。有白登臺、採掠山。"（頁565）《元史》卷58《地理志》稱："白登，下。至元二年，廢爲鎮，屬大同縣，尋復置。"（頁1375）其地即今山西省大同市大白登鎮。

（三）威寧：金代威寧，《金史》卷24《地理志》記載說："威寧，承安二年以撫州新城鎮置。"（頁567）其地在今內蒙古自治區興和市北部。

（四）羽客：道士。

（五）德興：治所在今河北涿鹿縣。《金史》卷24《地理志》稱："大安元年升為府，名德興府。"（頁567）元至元三年（1266）降為奉聖州。《元史》卷58《地理志》載曰："保安州，下，唐新州。遼改奉聖州。金為德興府。元初因之。舊領永興、縉山、懷來、矾山四縣。至元二年，省矾山入永興。三年，省縉山入懷来，仍改為奉聖州，隸宣德府。五年，復置縉山。延祐三年，以縉山、懷來隸大都。仍至元三年，以地震改保安州。領一縣。"（頁1351）。當時轄境相當今河北省的懷來、涿鹿、赤城及北京市延慶等地。

（六）中山：金代中山府。《金史》卷24《地理志》稱："中山府。宋府，天會七年降為定州博陵郡定武軍節度使，後復為府。戶八萬三千四百九十。縣七、鎮二。"（頁606）即今河北省定州。

（七）真定：金代真定府。《金史》卷25《地理志》謂："真定府，上，總管府，成德軍。宋常山郡鎮州成德軍節度，正隆間依舊次府，置本路兵馬都總管府、轉運司。"（頁602）即今河北正定。剌木學（Ramusio）本《馬可波羅遊記》曾提到涿州附近有一大城，名為 Acbaluch，即波斯語的阿克八里（Acbaliq），義為"白色的城"。關於此城的地望，或指為正定。蔡美彪在河北元氏的開化寺蒙、漢文碑銘中發現，漢文中的真定路，相應的八思巴字蒙古文寫作察罕巴剌哈孫（Caqan balaqasun），即蒙古語白色的城。這一蒙古地名，曾見於波斯文《史集》（Jamiut—Tawariq），在中國文獻中應是第一次出現。（蔡美彪：《試論馬可波羅在中國》，載《遼金元史考索》，頁339）

（八）東萊：即金代萊州，今山東省萊州市。《金史》卷25
《地理志》："萊州，上，定海軍節度。宋東萊郡。戶八萬六千六百
七十五。縣五、鎮一。"（頁612）

又得益都府^(一)安撫司^(二)官吳燕、蔣元，始得其詳。
欲以兵五千迎師。燕等⁽¹⁾曰："京東^(三)之人，聞兩朝議
和^(四)，衆心稍安。今忽提兵以入，必皆⁽²⁾據險自固。師⁽³⁾
亦將乘桴^(五)海上矣。誠欲事濟^(六)，不必尒⁽⁴⁾也。"從之，
乃募自願者，得二十騎^(七)以行。將抵益都，使燕、元馳報
其師⁽⁵⁾張林^(八)。林以甲士萬郊迎^(九)。

【校記】

（1）等：黨本脫此字。

（2）皆：紀本漏此字。

（3）師：連本、輿地本、備要本、初編本、張本、紀本、史地
本脫此字。

（4）尒：餘本作"爾"。

（5）師：連本、輿地本、備要本、初編本、張本、紀本、宛委
本作"帥"。

【注釋】

（一）益都府：金代改宋青州為益都府，轄境相當今山東青州、
博興、廣饒、壽光、臨朐等市、縣。《金史》卷25《地理志》記
載："益都府，上，總管府。宋鎮海軍，國初仍舊置軍，置南青州
節度使，後升為總管府，置轉運司。大定八年置山東東西路統軍
司。"（頁609）元改置益都路。

（二）安撫司：官署名。隋煬帝置安撫大使，為行軍主帥之兼
職，安撫之名始於此。唐代前期派大臣巡視戰亂或受災地區，亦稱
安撫使。宋真宗咸平三年（1000）始置安撫司，又稱帥司。金承安
三年（1198）沿置，初名宣撫司。掌鎮撫人民，稽查邊防軍旅，審
錄重囚。長官則以提刑使兼宣撫使勸農採訪事署銜，以二品以上大

臣充任。另於上京、東京等路設按察司並安撫司，專管猛安謀克，教習武藝並令其保持本土習俗。元初一度沿置，後專設於四川、湖廣少數民族地區，秩正三品，各置達魯花赤、安撫使、同知、副使、僉事等官署，下設經歷、知事。

（三）京東：即金代的山東東路，或泛指京東路。《金史》卷25《地理志》："山東東路，宋為京東東路，治益都。"（頁609）治青州（今山東青州市）。

（四）兩朝議和：指蒙古与南宋通好。王國維注曰："是歲，京東已為宋有，《元朝秘史》續集一：'成吉思差使臣主不罕通好於宋，被金家阻擋了。'《蒙韃備錄》：'近者人聘於我副使速不罕者，乃白韃靼也。'案《備錄》作於寧宗嘉定十四年辛巳，是辛巳以前，蒙古已有信使至宋，疑即在此年，所謂兩朝和議者指此。"今從之。

（五）桴：以竹木編成的舟，大曰筏，小曰桴。

（六）濟：成功，成就。

（七）騎：馬兵。也指一人一馬。

（八）張林：時為南宋武翼大夫，京東安撫兼總管。原為金山東東路轉運使、權知益都府事、行六部尚書便宜招討使田琢的部下。初為府卒，後為益都治中。因田琢在山東徵索過當，不得人心，林便取而代之，其勢力很大，金不能制。南宋嘉定十二年（1219），張林与李全結為兄弟，附表奉十二州版籍投宋，授武翼大夫，京東安撫兼總管。元太祖十六年（1221）十一月，張林以京東諸郡降蒙古，授滄、景、濱、棣等州行都元帥。其事跡詳見《宋史·李全傳》、《金史·田琢傳》、《元史·太祖本紀一》。

（九）郊迎：前往郊外迎接，以示隆重。

仲[1]祿笑曰："所以過此者，為求訪長春真人。君何以甲士[一]為？"林於是散其卒，相與接[2][二]轡[三]以[3]入。所歷皆以此[4]語之，人無駭謀。林復給以馹[5]騎[四]，次[6]濰州[7][五]，得尹公[六]。冬十有二月同至東萊，傳皇帝所以宣召[8]之旨。"

【校記】

（1）仲：史地本脫此字。

（2）接：王本、黨本作"案"，連本、輿地本、備要本、初編本、張本、史地本作"按"。

（3）以：王本、黨本作"而"。

（4）以此：王本、黨本作"以此是"。

（5）馹：餘本皆作"驛"。

（6）次：王本、黨本作"至"。

（7）濰州：史地本作"離州"。

（8）召：史地本作"詔"。

【注釋】

（一）甲士：身披甲衣的兵士；泛指士兵。

（二）接：交接。

（三）轡：駕馭牲口用的韁繩。

（四）馹騎：古代驛站所用的傳車、驛馬。

（五）濰州：金代濰州，即今山東濰坊。《金史》卷25《地理志》："濰州，中，刺史。戶三萬九百八十九。縣三、鎮一。"（頁609）

（六）尹公：即尹志平（1169—1251），字太和，號清和子。祖籍河北滄州，宋時徙居萊州掖城（今山東掖縣）。少時師事馬丹陽入道，後師事丘長春，居棲霞觀。又從王玉陽受授口訣，從郝太古研習《易》學，由是道業日隆。元太祖十五年（1220）隨長春真人赴西域。返回雲中（今山西大同）時，奉丘處機之命，前往山東，撫慰兵亂，軍民咸附之。后往德興（今河北涿鹿）主持龍陽觀。丘長春待之甚厚，賜號"清和子"。丘長春歸還燕京後，志平還歸長春宮。邱處機卒時遺命宋道安嗣教。待處機喪事終，宋以年老請志平代之，是為全真道第六代掌教宗師。元太宗四年（1232），窩闊台南征還京，命其入中宮，代祀于長春觀。六年（1234），賜道經一秩。八年（1236）往終南山，修葺祖庭，課受信徒。十年（1238）傳衣缽于李志常。元憲宗元年（1251）病逝，享年八十三歲。中統二年（1261）追贈"清和妙道廣化真人"，著有《葆光集》三卷。事跡詳見本書附錄十八侍行弟子傳記資料《清和大師尹志平》。關於劉仲祿在召請丘處機時拜見尹志平，請其說服丘處機的事情，元人王惲亦提及。王國維對此注曰：“王惲《秋澗先生文集》五十六《尹公道行碑》：大元己卯歲，太祖聖武皇帝遣便宜劉仲祿，起長春於寧海之昆崳山，聞師為其上足，假道於濰以見之，遂同宣詔旨。先是金、宋交聘，公堅臥不起，至是，師請曰：‘開化度人，今其時矣。’長春為肯首，決意北觀。”

師知不可辭，徐^(一)謂仲祿曰：“此中艱食^(二)，公等且往益都。俟^(三)我上元醮^(四)竟^(五)，當遣十五騎來。十八日即行。”於是宣使^(六)與眾西入益都。師⁽¹⁾預選門弟⁽²⁾子十有九⁽³⁾人^(七)以俟其來。

【校記】

（1）師：連本、輿地本、王本、備要本、初編本、張本、紀本、史地本脫此字。

（2）弟：輿地本作“第”。

（3）九：紀本作“八”。

【注釋】

（一）徐：緩慢。

（二）艱食：缺乏食物。艱，艱難。

（三）俟：等待。

（四）上元醮：醮，指道士設壇祈禱。上元日設醮、打醮活動。道教“三元日”分別為天、地、水三官誕辰及審定功過之日，上元日為賜福天官誕辰，屆時，道觀中例行設齋、醮慶賀天官誕辰，並代信眾向三界上章言功，祈求保佑。唐代朱法滿《要修科儀戒律鈔》謂：“正月十五日，天官校戒，上元齋日；七月十五日，地官校戒，中元齋日；十月十五日，水官校戒，下元齋日。”（《道藏》第6冊，頁956）釋法琳《辯正論》卷8有曰：“道家金篆、玉篆、黃祭等齋儀，及洞神自然等八齋之法，唯有三元之節，言功舉遷，上言功章。三會男女，具序鄉居戶屬以請保護。正月五日為上元節，七月七日為中元節，十月五日為下元節。恰到此日，道士奏章，上言天曹，冀得遷達，延年益算"。（《大正新修大藏經》，頁548）

（五）竟：本意為奏樂完畢，引申為完、盡。如竟日、竟夜。

（六）宣使：指宣召的使臣，主要負責傳達汗廷政令、宣召等事務。此處指劉仲祿等負責召請丘處機的使臣

（七）預選門弟子十有九人：實際隨行者僅十八人，雖然此處言道："師預選門弟子十有九人以俟其來。"（紀流本直接將"十九人"改為"十八人"）而本書所提及僅十八人，分別為：趙道堅、宋道安、尹志平、孫志堅、夏志誠、宋德方、王志明、于志可、張志素、鞠志圓、李志常、鄭志修、張志遠、孟志穩、綦志清、何志清、楊志靜、潘德沖。那麼到底是十八人還是十九人？多數道教典籍都記載為十八人，如《終南山祖庭仙真內傳》卷下《清和真人》載曰："至是，長春與師已決北上，時從行弟子十又八人，皆德望素重者。"（《正統道藏》第19冊，頁533）《終南山祖庭仙真內傳》卷下《真常真人》載："庚辰春正月，長春命駕從行者一十八人，師其一也。"（《正統道藏》第19冊，頁535）太原虛舟道人李鼎撰《重玄廣德弘道真人孟公（孟志源）碑銘》記載道："己卯，聖朝遣便宜劉仲祿起長春於海濱，門人中選道行清實可以從行者，得十八人，公其一也。"（陳垣編纂：《道家金石略》，頁553）清代人陳銘珪的《長春道教源流》認為："侍行者十九人，至阿不罕山留九人，以十人從至賽藍城，趙九古逝，計尚有十八人，乃歸至阿不罕山，先後起程者，祇十七人，蓋一人尚留該地棲霞觀也。附錄連趙九古祇十八人，尚缺一人，其姓名今不可考。"（《藏外道書》第31冊，頁61）而《煙霞崇道宮碑記》記載："歲己卯有詔，召長春真人邱公於東海上，選其徒有道業通辯之士十有八人與之，濰州昌樂人玄真大師張鵬舉預中。"但碑文未及張鵬舉是否西行。（王宗昱：《金元全真教石刻新編》，頁109）但據本書"預選"二字可知，最初預選十九人，而被選中的張鵬舉因故未去，故隨侍西行者只有十八人。

如期^(一)，騎至，與之俱行。由濰陽^(二)至青社^(三)，宣使已行矣。問⁽¹⁾之張林，言：“正月七日^(四)有騎四百，軍于臨淄^(五)。青民^(六)大駭^(七)。宣使逆而止之。今未聞所在。”師尋過長山⁽²⁾及鄒平^(八)。

【校記】

（1）問：連本、輿地本、王本、備要本、初編本、張本、紀本、史地本作“聞”。

（2）長山：宛委本作“常山”。

【注釋】

（一）如期：按照約定的時間，結合上文，應為正月十八日。

（二）濰陽：金代山東濰州的濰縣，今山東濰縣，在濰坊市附近。

（三）青社：借指青州，北宋時，青州隸屬於京東東路，治所在益都。即今山東青州市。

（四）正月七日：即元太祖十五年正月初七，為公元1220年2月12日。

（五）臨淄：宋代，臨淄為青州之屬縣。《宋史》卷85《地理志》：“青州，望，北海郡，鎮海軍節度。建隆三年以北海縣置軍。淳化五年，改軍名。慶曆二年，初置京東東路安撫使。……縣六：益都，望。壽光，望。臨朐，緊。博興，上。千乘，上。臨淄，上。”（頁2108）即今山東淄博市臨淄區。

（六）青民：指青州居民。

（七）駭：驚懼。

（八）長山及鄒平：長山、鄒平均為金代淄州屬縣。長山即今山東省鄒平縣長山鎮。鄒平在宋時即為淄州之屬縣，即今山東鄒平縣。長山鎮在鄒平最東端，鄒平在長山之西。《金史》卷25《地理志》：“淄州，中，刺史。宋淄川郡軍。戶一十二萬八千六百二十二。縣四、鎮六：……長山有長白山、栗水。鄒平有系河、濟河。……”（頁612）

二月初，屆^(一)濟陽^(二)。士庶^(三)奉香火迎拜于其邑^(四)南。羽客長吟⁽¹⁾前導，飯於養素庵。會衆僉^(五)曰："先月十八日有鶴十餘自西北來，飛鳴雲間，俱東南⁽²⁾去。翌日辰^(六)、巳^(七)間，又有數鶴來自西南，繼而千百焉。或頡或頏^(八)，獨一鶴拂^(九)庵盤桓^(十)乃去。今乃⁽³⁾知鶴見之日，即師啓行之辰也。"皆以手加額^(十一)。

【校記】

（1）吟：連本、輿地本、備要本、初編本、史地本作"迎"，張本作"吟迎"。

（2）南：紀本無"南"字。

（3）乃：黨本作"始"字。

【注釋】

（一）屆：到，如屆滿。

（二）濟陽：縣名，秦置縣，金代隸屬濟南府，下轄四鎮。《金史》卷25《地理志》："濟南府，散，上。宋齊州濟南郡。初置興德軍節度使，後置尹，置山東東西路提刑司。戶三十萬八千四百六十九。縣七、鎮二十九：……濟陽，鎮四回河、曲堤、舊孫耿、仁豐。"（頁611—612）在今山東省濟南市東北部，面臨黃河。

（三）士庶：士人與庶民。

（四）邑：泛指一般城市。大曰都，小曰邑。

（五）僉：都，皆。

（六）辰：古十二時辰之一，七時至九時。

（七）巳：古十二時辰之一，九時至十一時。

（八）或頡或頏：形容仙鶴上下飛動的樣子。

（九）拂：拂拭，掠過。

（十）盤桓：亦作"磐桓"，徘徊，逗留。

（十一）以手加額：雙手放置額前。舊為禱祝儀式之一。亦用以表示敬意。

留數日，二月上旬宣使遣騎來報："已駐軍<u>將陵</u>^{（一）}，艤^{（二）}舟以待。"明日遂行。十三日宣使以軍來迓⁽¹⁾，師曰："來何暮^{（三）}？"對以道路榛梗^{（四）}，特往<u>燕京</u>，會兵東備<u>信安</u>^{（五）}，西備<u>常山</u>^{（六）}。<u>仲祿</u>親提軍取<u>深州</u>^{（七）}，下<u>武邑</u>^{（八）}，以闢⁽²⁾路構^{（九）}橋於<u>滹沱</u>^{（十）}，括^{（十一）}舟於<u>將陵</u>，是以遲。師曰："此事非公不克^{（十二）}辦。"次日，絕<u>滹沱</u>而北。

【校記】

（1）迓：黨本作"迎"。

（2）闢：王本、張本、紀本、黨本作"辟"，古為異體字。王本在"辟"字後注："藏本作'闢'"。

【注釋】

（一）<u>將陵</u>：金代<u>景州</u>之屬縣，《金史》卷25《地理志》："<u>景州</u>，上，刺史。<u>宋永靜軍</u>，同下州，治<u>東光</u>。國初陞為<u>景州</u>，<u>貞元</u>二年來屬。<u>大安</u>間更為<u>觀州</u>，避章廟諱也。……縣六、鎮四：……<u>將陵</u>置河倉。有永濟渠、鉤盤河。"（頁602）其地即今<u>河北景縣</u>。

（二）艤：將船靠岸。

（三）暮：遲。

（四）榛梗：礙，障礙。

（五）<u>信安</u>：金代<u>霸州</u>之<u>信安縣</u>，《金史》卷24《地理志》："<u>信安</u>，國初因<u>宋</u>為<u>信安軍</u>，<u>大定</u>七年降為<u>信安縣</u>，隸<u>霸州</u>。<u>元光</u>元年四月陞為<u>鎮安府</u>，所以重<u>高陽公張甫</u>也。"（頁577）其地即今<u>河北廊坊霸州市</u>。

（六）<u>常山</u>：在金代<u>河北西路真定府行唐縣</u>境，《金史》卷25《地理志》："<u>真定府</u>，上，總管府，<u>成德軍</u>。<u>宋常山郡鎮州成德軍</u>節度，<u>正隆</u>間依舊次府，置本路兵馬都總管府、轉運司。……縣九，鎮三：……<u>行唐</u>有玉女山、常山。"（頁602—603）其地在今<u>河北正定縣</u>南。關於列兵防備之事，<u>王國維</u>注曰："<u>劉因</u>《靜修先生文集》十六《懷孟萬戶劉公塋碑銘》：當<u>金</u>主<u>貞祐</u>棄<u>河朔</u>徙都<u>汴</u>時，有<u>張甫</u>者，據<u>信安</u>，<u>武仙</u>者，據<u>真定</u>、<u>易定</u>之間，大為所擾。時<u>武仙</u>

雖失<u>真定</u>，尚據<u>西山</u>抱犢諸砦，故以兵防之。"

（七）深州：<u>金河間府</u><u>深州</u>，《金史》卷25《地理志》："<u>深州</u>，上，刺史。宋<u>饒陽郡</u>防禦，國初為<u>刺郡</u>。戶五萬六千三百四十。縣五、鎮一。"（頁601）今<u>河北</u><u>深縣</u>。

（八）武邑：<u>金冀州</u><u>武邑縣</u>。《金史》卷25《地理志》："<u>武邑</u>，有<u>漳河</u>、<u>長蘆河</u>。鎮一：<u>觀津</u>，後廢。"（頁600）其地在今<u>河北</u><u>武邑縣</u>。

（九）構：架築。

（十）滹沱：即今<u>河北</u>南部的<u>滹沱河</u>。清<u>顧祖禹</u>《讀史方輿紀要》卷10《北直一》記載道："<u>滹沱河</u>，源<u>山西</u><u>繁峙縣</u>東北百二十里之<u>大戲山</u>……達<u>深州</u>北，復東出<u>饒陽縣</u>北，歷<u>河間府</u><u>獻縣</u>南、<u>交河縣</u>北，入<u>青縣</u>界，至縣東南岔河口合於<u>衛河</u>，東北流至<u>靜海縣</u><u>小直沽</u>入於海……蓋<u>滹沱</u>橫亙於<u>河北</u>，<u>燕</u>、<u>趙</u>有事，<u>滹沱</u>上下皆津度處矣。"（頁417—418）

（十一）括：搜求。

（十二）克：能夠。

二十二日至<u>瀘溝</u>(1)(一)。京官(二)士庶僧道郊迎。是日，由<u>麗澤門</u>(三)入，道士具威儀(四)，長吟其前。行省(五)<u>石抹公</u>(六)館(2)師于<u>玉虛觀</u>。自爾求頌乞名者日盈門。凡士馬所至，奉道弟子以師輿之名，往往脫欲兵之禍(七)。師之道，廕(3)及人如此。宣撫(八)<u>王巨川楫</u>(九)上詩，師答云(4)："旌旗獵獵(十)馬蕭蕭，北望<u>燕山</u>(5)(十一)度(6)石橋(十二)。萬里欲行沙漠外，三春(十三)遽(十四)別海山遙。良朋出塞同歸鴈(7)(十五)，破帽(8)經霜更續貂(十六)。一自玄(9)元(十七)西去後，到今無似(10)<u>北庭</u>(十八)招。"

【校記】
（1）瀘溝：除宛委本，餘本皆作"盧溝"。
（2）館：史地本作"舘"。

（3）廕：紀本、史地本、黨本作"蔭"。

（4）云：宛委本作"曰"。

（5）山：連本、輿地本、王本、備要本、初編本、張本、紀本、史地本作"師"。

（6）度：連本、輿地本、王本、備要本、初編本、張本、史地本、黨本作"渡"，紀本作"踱"。

（7）鴈：連本作"雁"。

（8）帽：餘本作"帽"。

（9）玄：連本、輿地本、備要本、初編本、史地本、宛委本作"元"。

（10）無似：紀本作"似無"。

【注釋】

（一）瀘溝：水名，即今永定河。源出山西洪壽山，東流經河北，稱盧溝河，也稱渾河。清康熙年間改名永定河。

（二）京官：在京都任職的官員，相對外官而言。

（三）麗澤門：金朝中都城的西門。《金史》卷24《地理志》謂："（中都）城門十三，東曰施仁、曰宣曜、曰陽春，南曰景風、曰豐宜、曰端禮，西曰麗澤……。"（頁572）《析津志輯佚·城池街市》的記載與《金史》相同（北京圖書館善本組輯校本，頁1）。

（四）威儀：莊重的儀容舉止。

（五）行省：此處應是"行尚書省"的簡稱。行省制度淵源於魏晉的行臺。北朝、隋和唐初，都曾置行臺（或稱行臺尚書省）於外州以行使尚書省職權，多因軍事需要而臨時設置，唐太宗以後取消這種建置。金初，曾置行臺尚書省於汴京，以治理河南地，后罷。金末，為抵禦蒙古和鎮壓農民起義，常命宰臣出鎮諸路，或以宰相職銜授予地方長官，皆稱行省。與此同時，蒙古所占金地，多委派降蒙的金朝官員或地方軍閥管轄，並授為行省，如石抹明安、石抹咸得不父子為燕京行省，但與金朝的行省不同。蒙古滅金後，曾置中州斷事官統領諸路民政，在燕京設立官府，時稱燕京行尚書省，或燕京行臺。元世祖中統元年（1260），立中書省總領全國政務，其後，相繼於各地區建立行中書省。

（六）石抹公：即當時燕京行省最高長官、金紫光祿大夫石抹咸得不，又作石抹咸得卜、石抹憨塔卜。簡稱金紫石抹公，契丹人，其父石抹明安（1164—1216）投靠蒙古，受到重用。1216年，石抹明安卒，石抹咸得不襲父職為燕薊留後長官，稱"為金紫光祿大夫、燕京等處行尚書省事"（詳見《元史》卷150《石抹明安傳》，頁3555—3557）。

（七）脫欲兵之禍：指金末戰亂之際，許多金朝士大夫寄身全真教以乞活命。王國維注曰："姚燧《牧庵集》十一《長春宮碑》：癸未至燕，年七十六矣。而河之北南已殘，而首鼠未平，鼎魚方呕，乃大辟元門，遣人招求俘殺於戰伐之際，或一戴黃冠而持其署牒，奴者必民，死賴以生者，無慮二三鉅萬人云云。據此記，則長春於庚辰入燕，已為此事，不待癸巳也。孫錫《序》：己卯之冬，流聞師在海上，被安車之征。明年春，果次於燕。中略。由是日益敬其風，而願執弟子禮者，不可勝計，自二三遺老，且樂與之遊，其餘可知也。此《記》中欲兵之禍，用伯夷事，蓋亦謂諸遺老也。"

（八）宣撫：即宣撫使，官名。唐開元十六年（728）以宇文融充河北道宣撫使，為此官名之由始。後期派朝官巡視遭遇戰爭或受災地區，稱宣慰安撫使或宣撫使。自宋至明清為宣撫司之長官。宋為鎮撫一方之軍政長官。或設宣撫處置使、宣撫大使，而職掌同宣撫使，地位略高於安撫使，然均非常設。金代秩為從一品。元代稱宣撫，正三品，掌軍民之政，其下參用土官。明清為從四品，系土司中之世襲武職。

（九）王巨川楫：即王楫（1184—1243），字巨川，道號紫岩翁，金鳳翔虢縣（今陝西寶雞）人。金末以副統軍守涿鹿隘。蒙古兵南下，戰敗被擒，太祖釋不殺，授都統，從軍攻略華北。升宣撫使。太宗五年（1233）奉命持國書使宋，前後凡五次。后因背部發疽，卒於宋，年六十餘。詳見《元史》卷153《王楫傳》。

（十）獵獵：風吹動旗幟的聲音。

（十一）燕山：即今河北北部、北京市北境的燕山山脈。西接太行，東伸至山海關，餘脈入北京，歷來為北京屏障。

（十二）石橋：即指盧溝橋。

（十三）三春：春季三個月，農曆正月稱"孟春"，二月稱"仲春"，三月稱"季春"，合稱"三春"。

（十四）遽：急，倉猝。

（十五）歸鴈：大鴈春天北飛，秋天南飛，候時去來，故稱"歸鴈"。

（十六）續貂：語出《晉書》卷59《趙王倫傳》，相傳晉惠帝時，趙王司馬倫專朝政，封爵極濫，冠飾所用貂尾不足，至以狗尾代充，時人諺曰："貂不足，狗尾續。"（頁1602）比喻拿不好的東西續接在好的東西後面，前後兩部分非常不相稱。也常用作自謙之辭，即不敢與人等列並美之意。這裡是丘處機的自謙之辭，因為傳說中道教之祖老子曾經西行傳道，丘處機声言自己此次西遊不敢與老子西行並稱。

（十七）玄元：指老子。唐奉老子為始祖，於乾封元年（666）二月追號為"太上玄元皇帝"，天寶二年（743）正月加尊號"大聖祖"三字，天寶八年（749）六月又加尊號為"聖祖大道玄元皇帝"。

（十八）北庭：東漢建武二十四年（48），匈奴分裂為南北兩部，史稱北單于庭為北庭。至唐代，在伊州以西設北庭都護府，故通稱北庭，亦稱伊西北庭。統轄伊、西、庭三州及北庭都護府境內諸軍、鎮、守捉。此處借指成吉思汗駐地。

　　師聞行宮漸西，春秋^{（一）}已高，倦冒風沙⁽¹⁾，欲待駕廻朝謁。又仲祿欲以選處女偕行。師難之曰："齊人獻女樂，孔子去魯^{（二）}。余雖山野，豈與處子⁽²⁾同行哉？"仲祿⁽³⁾乃令曷剌^{（三）}馳奏，師亦遣人奉表^{（四）}。

【校記】

（1）沙：連本、輿地本、備要本、初編本、張本、紀本、史地本作"霜"。

（2）子：連本、輿地本、王本、備要本、張本、初編本、紀本、史地本作"女"。

（3）祿：連本、輿地本、備要本、初編本、史地本作"孫"。

【注释】

（一）春秋：謂年齡，此時丘處機已七十三歲。

（二）孔子去魯：典出《史記》卷47《孔子世家》，說孔子在魯定公時爲魯國相，執政三月，魯國大治。齊國懼，因魯齊相鄰，懼魯强伐齊。於是，齊君選齊女樂遺魯君。季桓子與魯君接受齊女樂，觀而廢朝禮三日，郊祀時又失禮，於是孔子離開魯國，以爲不可再相魯（頁1918）。

（三）曷剌：即《附錄》中奉特旨護持丘處機的蒙古人喝剌八海，具體事跡不詳。

（四）師亦遣人奉表：丘處機到燕京後希望能等到成吉思汗歸來后再去朝謁，於是上表陳情。表文見陶宗儀《輟耕錄》卷10《丘真人》："登州棲霞縣志道丘處機，近奉宣旨，遠召不才。海上居民，心皆恍惚。處機自念，謀生太拙，學道無成，辛苦萬端，老而不死。名雖播于諸國，道不加於眾人。內顧自傷，衷情誰惻。前者南京及宋國屢召不從，今者龍庭一呼即至，何也？伏聞皇帝天賜勇智，今古絕倫，道協威靈，華夷率服。是故便欲投山竄海，不忍相違，且當冒雪沖霜，圖其一見。兼聞車駕只在桓撫之北，及到燕京，聽得車駕遙遠，不知其幾千里，風塵瀕洞，天氣蒼黃，老弱不堪，竊恐中途不能到得。假之皇帝所，則軍國之事，非己所能，道德之心，令人戒欲，殊為難事。遂與宣差劉仲祿商議，不若且在燕京德興府等處盤桓住坐，先令人前去奏知。其劉仲祿不從，故不免自納奏帖。念處機肯來歸命，遠冒風霜，伏望皇帝早下寬大之詔，詳其可否。兼同時四人出家，三人得道，惟處機虛得其名，顏色憔悴，形容枯槁，伏望聖裁。龍兒年三月日奏。"（頁121—122）

一日，有人求跋閻立本[一]《太上過關圖》[二]，題："蜀郡西遊日，函關東別時。[三]群胡[1]皆稽首[四]，大道復開[2]基。"又以二偈[五]示眾。其一云："雜[3]亂朝還暮，輕狂古到今。空華^(六)空寂念，若有若無心。"其二云："觸情^(七)常決⁽⁴⁾烈^(八)，非道莫參差^(九)。忍辱調猿馬^(十)，安閑度歲時。"

四月上旬，會眾請望日^{(5)(十一)}醮於天長，師以行辭。眾請益力，曰："今茲兵革未息，遺民^(十二)有幸得一覿^(十三)真人，蒙道廕⁽⁶⁾者多矣。獨死者冥冥⁽⁷⁾長夜，未沐薦拔，遺恨不無耳。"師許之。時方大旱，十有四日，既啓醮事，雨大降⁽⁸⁾。

【校記】

（1）群胡：宛委本作"眾人"。

（2）開：備要本、史地本作"明"。

（3）雜：王本、張本、紀本作"離"。

（4）決：王本、備要本、初編本作"决"。

（5）望日：王本、黨本作"望日齋"。

（6）廕：紀本、史地本、黨本作"蔭"。

（7）冥冥：宛委本作"宾宾"

（8）降：紀本作"落"。

【注释】

（一）閻立本（？—673）：唐代著名畫家，雍州万年（今陝西臨潼）人。《舊唐書》卷77《閻立本傳》稱："立本雖有應務之才，而尤善圖畫，工於寫真，《秦府十八學士圖》及貞觀中《凌煙閣功臣圖》，並立本之跡也，時人咸稱其妙。"（頁2680）。閻立本代表作有《步輦圖》、《歷代帝王圖》。

（二）《太上過關圖》：即《老子過關圖》。太上老君是老子的尊號。

（三）蜀郡西遊日，函關東別時：蜀郡，戰國時秦滅古蜀國置，漢因之，屬益州，治所在今成都。主要管轄今四川、重慶境，故後來往往以此代稱四川。函關，即函谷關，舊函谷關始置於戰國時，在今河南靈寶縣東北弘農河（澗河）左岸。相傳老子曾入蜀，四川盛傳的"蜀之八仙"中就包括老子。老子做過周朝守藏室之史（管理藏書的史官），周衰，西出函谷關，退隱。以此演繹出老子西去"化胡"之說。

（四）稽首：舊時所行跪拜禮。有二說：一，行跪拜禮時，頭至地。二，行跪拜禮時，兩手拱地，頭至手，不觸及地。此處指西邊的胡人接受了老子的教化。

（五）偈：偈語，不一定有韻的唱詞，佛教，道教皆有。梵語"偈佗（Gatha）"的簡稱，即佛經中的唱頌詞，通常以四句為一偈。後多指釋家雋永的詩作。道教也借用了這種形式。

（六）空華：即空花，虛空中的花。按，虛空本無花，病眼錯看作有花，佛家用來比喻万物世界本非真實存在，只是妄心俗念所造成。

（七）觸情：遇外物而興感。

（八）決烈：矛盾的雙方不能諧和。

（九）非道莫參差：非道教之尊不予仰視。參差，低仰貌，即由低向高處仰望。這裏有仰望、尊崇的意思。

（十）忍辱調猿馬：忍受欺淩、辱罵，調教像行猿、野馬那樣的人物。猿和馬都是難以控制的，這裏代指心神流蕩散亂，難以控制的人。

（十一）望日：月圓之時。農曆的每月十五日為望。

（十二）遺民：中國古代遺民大體有三種指向，一是泛指後裔，二是指亡國之民，三則特指改朝換代後不仕新朝之人。

（十三）覩：同"睹"。

眾且以行禮^(一)為憂，師於午後⁽¹⁾赴壇^(二)將事，俄而開霽^(三)。眾喜而歎曰："一雨一晴，隨人所欲。非道高德厚者⁽²⁾感應^(四)若是乎？"明日，師登寶玄堂^{(3)(五)}傳戒。時有數鶴自西北來，人⁽⁴⁾皆仰之。焚簡^(六)之際，一簡飛空而滅，且有五鶴翔舞其上。士大夫咸謂師之至誠動天地。南溏⁽⁵⁾老人張天度^(七)子真作賦，美其事。諸公皆有詩。

【校記】

（1）後：宛委本作"夜"。

（2）非道高德厚者：王本、黨本在"者"後衍"能"字。

（3）寶玄堂：連本、輿地本、備要本、初編本、張本、紀本、史地本、宛委本作"寶元堂"。

（4）人：底本作"入"。

（5）溏：王本、張本、紀本、黨本作"塘"。

【注釋】

（一）行禮：按一定的儀式或姿勢致敬。

（二）壇：祭場。

（三）霽：雨止。

（四）感應：佛教謂眾生以其精誠感動神明，而神明應之，故曰感應。《道藏》有《太上感應篇》。

（五）寶玄堂：長春宮中道侶所居齋室。尹志平《葆光集・序》有曰："自承教一十三年，常坐於大長春宮寶玄堂之重室，葆光之軒，日有在京士大夫及遠方尊宿參問請益求索唱和。"（《正統道藏》第25冊，頁502）尹志平有多首吟誦寶玄堂的詩，如《寶玄堂作》云："出門開眼見西山，只為綠輕未得還。身在葆光雖散誕，此心常憶白雲間。"（《正統道藏》第25冊，頁503）又有《寶玄堂下得房二間》："兩間靜室一間空，片席安眠樂在中。莫怪忘貧隨份過，都緣造道未精通。"（《正統道藏》第25冊，頁504）。

（六）簡：古代用以書寫的狹長竹片，此指道士作法用的紙符之類的東西。

（七）張天度：字子真，南塘人。與耶律楚材有交往。王國維注："《湛然居士文集》六《寄南塘老人張子真》詩：'知來何假靈龜兆，作賦能陳瑞鶴祥。'謂此賦也。又《寄巨川宣撫》詩序云：'今觀瑞應鶴詩，巨川首唱焉。'又有《觀瑞鶴詩卷獨子進治書無詩》，詩云：'只貪瞻酒長安市，不肯題詩《瑞應圖》。'蓋長春有瑞鶴圖卷，燕京士大夫皆有題詠，後攜至西域，故文正見之。文正素不喜全真，目為老氏之邪，故於王巨川首唱則譏之，於李子進無詩則美之。後此卷仍藏長春宮，文正子鑄有題《長春宮瑞應鶴詩》七律二首。"

醮竟，宣使劉公從師北行。道出居庸^(一)，夜⁽¹⁾遇群盜于其北，皆稽顙^(二)以退，且曰：“無驚父師。”五月，師至德興龍陽觀度夏，以詩寄燕京士大夫，云⁽²⁾：“登真^(三)何在泛靈楂^{(3)(四)}，南北東西自有嘉。碧落^(五)雲峰天景致，滄波海市^(六)雨生涯。神游八極^(七)空雖遠，道合三清^(八)路不差。弱水^(九)縱⁽⁴⁾過三十萬，騰身頃刻到仙家。”時京城⁽⁵⁾吾道孫周楚卿^(十)、楊彪仲文^(十一)、師諤⁽⁶⁾才卿^(十二)、李士謙子進^(十三)、劉中用之^(十四)、陳時可秀玉^(十五)、吳章德明^(十六)、趙中立正卿^(十七)、王銳威卿、趙昉德輝^(十八)、孫錫天錫，此數君子，師寓玉虛日所與唱和者^(十九)也。王覿逢⁽⁷⁾辰、王直⁽⁸⁾哉清甫^(二十)，亦與其遊。

【校記】

（1）夜：宛委本作“路”。

（2）云：王本、黨本作“曰”。

（3）楂：輿地本、王本、張本、紀本、史地本、黨本、宛委本作“槎”。

（4）縱：黨本作“雖”。

（5）京城：宛委本作“京師”。

（6）師諤：連本、輿地本、備要本、初編本、張本、紀本、史地本作“師諤才”。

（7）逢：張本、紀本作“逄”。

（8）直：連本、輿地本、備要本、初編本、張本、紀本、史地本作“真”。

【注釋】

（一）居庸：即居庸關，在今北京市西北，為入蒙古地必經之峽道。《黑韃事略》謂：“其地出居庸則漸高漸闊，出沙井則四望平曠荒芜，際天間有遠山，初若崇峻，近前則坡阜而已。……其氣候寒冽，無四時八節。四月、八月常雪，風色微變。近而居庸關，北如官山、金蓮川等處，雖六月亦雪。”（《王國維遺書》第13冊，頁

3a—3b）

（二）稽顙：稽，叩；顙，額頭。稽顙，即叩頭。

（三）登真：成仙。

（四）楂：同"槎"，水中浮木，木筏。

（五）碧落：謂天空、天界，道教經典說，東方第一天，有碧霞遍佈，叫碧落。

（六）海市：即海市蜃樓，大氣中由於光線的折射作用而形成的一種自然現象。

（七）八極：八方最邊遠的地方。

（八）三清：具有道教天神和天神所居之勝境雙層含義。天神三清為元始天尊、靈寶天尊、道德天尊，天神所居三清為玉清、太清、上清三境。

（九）弱水：古人稱水淺或地僻不通舟楫之地為弱水，意謂水弱不能勝舟。輾轉傳譌，遂成有力不能負芥或不勝鴻毛之說。

（十）孫周楚卿：孫周，字楚卿，元好問《中州集》卷2《病中寄楚卿》吟誦道："月滿江樓午夜鍾，多情多病一衰翁。行雲不道無行雨，只恐相逢是夢中。"（頁69）耶律楚材《湛然居士文集》卷8《寄趙元帥書》："京城楚卿、子進、秀玉輩，此數君子皆端人也。"（謝方點校本，頁189）丘處機逝世後，孫周等人曾來拜祭，李道謙《甘水仙源錄》卷2《祭文》曰："維丁亥歲七月十五日，燕京儒學官孫周等謹以香茶之奠致祭於長春真人邱仙翁之靈。"（《正統道藏》第19冊，頁736）

（十一）楊彪仲文：楊彪，字仲文，《蒙韃備錄》之《諸將功臣》言："燕京現有移剌晉卿者，契丹人登第，見為內翰掌文書。又有楊彪者，為吏部尚書。"（《王國維遺書》第13冊，頁11b）耶律楚材《湛然居士文集》卷6《寄仲文尚書》："知仲文尚書投老而歸，嘆其清高作詩以寄。仲文曾作黑頭公，輔弼明時播美風。治粟貨泉流冀北，提刑姦跡屏膠東，笑觀桃李新恩遍，拜掃松楸老計終。西域故人增喜色，萬全良策不謀同。"（謝方點校本，頁131）

（十二）師譜才卿：師譜，字才卿，耶律楚材有《才卿外郎五年止惠一書》詩，詳見《湛然居士文集》卷6（謝方點校本，頁128）。

（十三）李士謙子進：<u>李士謙</u>，字<u>子進</u>，<u>耶律楚材</u>《湛然居士文集》卷6《觀瑞鶴詩卷獨子進治書無詩》曰："丁年蘭省識君初，緩步鳴珂遊帝都。象簡嘗陪天仗立，玉驄曾使禁臣趨。只貪殢酒<u>長安</u>市，不肯題詩瑞應圖。我念李侯端的意，<u>大都好事不如無</u>。"（<u>謝方</u>點校本，頁127）

（十四）劉中用之：<u>劉中</u>，字<u>用之</u>，<u>元好問</u>《過寂通庵別陳丈序》："奏立十路課稅所，設使、副二員，皆以儒者為之，如<u>燕京陳時可</u>、<u>宣德路劉中</u>，皆天下之選。"（《元好問全集》上，頁290）《元史》卷2《太宗本紀》："二年冬十一月，始置十路徵收課稅使，以<u>陳時可</u>、<u>趙昉</u>使<u>燕京</u>，<u>劉中</u>、<u>劉桓</u>使<u>宣德</u>。"（頁30）"九年秋八月，命<u>尤虎乃</u>、<u>劉中</u>試諸路儒士。"（頁35）<u>耶律楚材</u>《湛然居士文集》卷6有《寄用之侍郎》詩（<u>謝方</u>點校本，頁130），<u>用之即劉中</u>。

（十五）陳時可秀玉：<u>陳時可</u>，字<u>秀玉</u>，號<u>通寂老人</u>，<u>燕京</u>（今北京）人。<u>金</u>翰林學士，後來在<u>窩闊台</u>時期任<u>燕京</u>課稅所官員。他本人信奉<u>佛教</u>，但與<u>丘處機</u>交游久，常有詩唱和。<u>丘處機</u>死後，他撰有《長春真人本行碑》和《燕京白雲觀處順堂會葬記》。<u>元好問</u>《過寂通庵別陳丈序》謂："<u>通寂老人陳時可</u>字<u>秀玉</u>，<u>燕</u>人，<u>金</u>翰林學士，仕國朝為<u>燕京</u>課稅所官。"（《元好問全集》上，頁290）《析津志輯佚·學校》："教<u>陳時可</u>提領揀選好秀才二名管勾，並見看守夫子廟道人<u>馮志亨</u>，及約量揀選好秀才二，通儒道人二名，分作四牌子教者。"（北京圖書館善本組校注本，頁197—198）<u>陳銘珪</u>《長春道教源流》卷3稱："<u>陳時可</u>，<u>元</u>初儒者也，與<u>長春</u>遊最久，所爲碑與記其推挹又最至。"（《藏外道書》第31冊，頁46）<u>鮮于樞</u>《困學齋雜錄》："<u>寂通老人陳時可</u>，字<u>秀玉</u>，<u>燕</u>人。<u>金</u>翰林學士，仕國朝為<u>燕京路</u>課稅所官。"（頁12）《元史》卷2《太宗本紀》："二年冬十一月，始置十路征收課稅使，以<u>陳時可</u>、<u>趙昉</u>使<u>燕京</u>。"（頁30）

（十六）吳章德明：<u>吳章</u>，字<u>德明</u>，號<u>定庵老人</u>。<u>李庭</u>《寓庵集》卷2《挽吳德明》序："公<u>太原石州</u>人，承安初中乙科，崇慶末始赴召南渡回，丙午春捐館，竟不曾還家。"（《元人文集珍本叢刊》第 1 册，頁 16）《甘水仙源錄》卷 6《佐玄寂照大師馮公道行碑銘》：“陳翰林秀玉、吳大理卿德明輩，每論及當世人物，至以宰輔之器許之”（《道藏》第 19 册，頁 770），依此可知吳章在金朝曾任大理寺卿。

（十七）趙中立正卿：趙中立，字正卿，耶律楚材《湛然居士文集》卷 6《和正卿待制韻》，此正卿即趙中立（謝方點校本，頁131）。

（十八）趙昉：字德輝，清人施國祁在《元遺山詩集箋注》卷 10《過寂通庵別陳丈序》中引《寶坻縣志》云：“歲庚寅，國朝設十路徵收所，前學士陳公秀玉為舉首，充燕路長，前大中正趙德輝副之。”（麥朝樞校注本，頁473—474）《金史》卷 14《宣宗本紀》：貞祐二年（1214）五月“上決意南遷，詔告國內，太學生趙昉等上章極論利害，以大計已定，不能中止，皆慰諭而遣之。”（頁 304）《元史》卷 146《耶律楚材傳》：“奏立燕京等十路徵收課稅使，凡長貳悉用士人，如陳時可、趙昉等皆寬厚長者，極天下之選，參佐皆用省部舊人。”（頁 3458）

（十九）所與唱和者：據王國維注：“《湛然居士集》六《西域寄中州禪老士大夫一十五首》中有《觀瑞鶴詩卷獨子進治書無詩》一首，《寄德明》一首，《才卿外郎五年止惠一書》一首，《寄清溪居士秀玉》一首，《戲秀玉》一首，《寄用之侍郎》一首，《和正卿待制》一首，《寄仲文尚書》一首，《謝王清甫》一首，均辛巳年長春抵西域後所作。蓋長春西行時，燕京士大夫多託其致書於湛然，或湛然見瑞鶴卷中有其人題詩，故作詩寄之耳。諸題中除仲文尚書外，如子進治書，才卿外郎，用之侍郎，正卿待制，皆稱其金時故官。《黑韃事略》：爾外有亡金之大夫，混于雜役，墮於屠沽，去為黃冠，皆尚稱舊官。王宣撫家有推車數人，呼運使，呼侍郎。長春宮多有亡金朝士，既免跋焦，免賦役，又得衣食，真令人慘傷也。”

（二十）王直哉：字清甫，耶律楚材《湛然居士文集》卷 6《謝王清甫惠書》：“西征萬里扈鑾輿，高閣文章束石渠。只道昔年周夢蝶，却疑今日我為魚。一簪華髮垂垂老，兩眼黃塵事事疎。多謝貴人憐遠客，東風時有寄來書。”（謝方點校本，頁132）

　　觀居禪房山^(一)之陽，其山多洞府^(二)，常有學道修真之士棲焉，師因挈^{(1)(三)}衆以遊。初入峽門^(四)，有詩云⁽²⁾："入峽清遊分外嘉，群峰列岫^(五)戟查牙^(六)。蓬萊^(七)未到神仙境，洞府先觀道士家。松塔倒縣⁽³⁾秋雨露，石樓斜照晚雲霞。卻思舊日終南^(八)地，夢斷西山不見涯。"

　　其地爽塏^(九)，勢傾東南，一望三百餘里。觀之東數里，平地有湧⁽⁴⁾泉，清冷⁽⁵⁾可愛，師往來其間，有詩云："午後迎風背⁽⁶⁾日行，遙山極目亂雲橫。萬家酷暑熏腸熱，一派寒泉入骨清。北地往來時有信，東皐^{(7)(十)}遊戲俗無爭。耕夫牧竪堤⁽⁸⁾陰讓坐，溪邊浴罷林間坐，散髮披襟暢⁽⁹⁾道情。"

【校記】

（1）挈：底本原作"契"；餘本皆作"挈"，今據餘本改。

（2）云：王本、黨本作"曰"。

（3）縣：王本、張本、紀本、史地本、黨本作"懸"。

（4）湧：王本、張本、紀本、黨本作"涌"。

（5）冷：王本、張本、紀本、黨本作"泠"。

（6）背：連本、輿地本、初編本、備要本、史地本脫此字。

（7）皐：餘本作"皋"。

（8）堤：宛委本作"隄"。

（9）暢：連本、輿地本、王本、備要本、初編本作"暘"，史地本作"暘"。

【注釋】

（一）禪房山：《元史》卷153《劉敏傳》："歲壬申，太祖師次山西，敏時年十二，從父母避地德興禪房山。"（頁3609）尹志平有詩作，題曰《攜杖上禪房山》，詳見《葆光集》。（《正統道藏》第25冊，頁520）根據上下文可知，禪房山在德興（今河北涿鹿縣）境內，疑為德興境內之龍門山。

（二）洞府：謂神仙所居之地，此處指環境幽靜的山洞。

（三）挈：帶領，率領。

（四）峽門：疑即龍門峽，楊養正《龍門疊翠記》曰："龍門者，以石顯、以瀑齊，此疊翠所由名也。若夫兩峽之間，平沙漫流，澄清見底，每谷風淒雨旋轉升降於峽中，加以鳥聲乍驚，與泉聲相為斂散。其或流雲度峽，與山光相為吞吐，令人神思蕭然，不知俗慮之頓除也"（《康熙保安州志》卷10《藝文志》）明李賢《明一統志》卷5有曰："龍門山，在雲州堡東北五里，兩山對峙，高數百尺，望之若門，塞外諸水出其下，故又名龍門峽。"（頁105）此亦可印證前及"禪房山"為"龍門山"的推論，與上下文意相合。

（五）岫：峰巒，山谷。

（六）查牙：同"杈枒"、"槎枒"，指山巖峭拔錯出的樣子。

（七）蓬萊：山名，道教仙境"三島"之一，古代方士傳說為仙人所居。

（八）終南：即終南山，秦嶺山峰之一，位於陝西西安市南，又稱南山。丘處機為師父王重陽守喪，曾居於此。

（九）爽塏：亦作壊塏，高朗乾燥。

（十）皋：指水旁地、岸邊。

　　中元日^{（一）}，本觀醮。午後傳符授戒^{(1)（二）}，老幼露坐^{（三）}，熱甚，悉苦之。須臾^{（四）}有雲覆其上，狀如圓蓋⁽²⁾，移時^{（五）}不散，眾皆喜躍讚歎。又觀中井水可給百眾⁽³⁾，至是踰⁽⁴⁾千人⁽⁵⁾，執事^{（六）}者謀他汲。前後三日，井泉⁽⁶⁾忽溢，用之不竭，是皆善緣天助之也。醮後，題詩云："太上^{（七）}弘⁽⁷⁾慈救萬靈，眾生薦福^{（八）}藉⁽⁸⁾群經。三田^{（九）}保護精神氣，萬象^{（十）}欽崇日月星。自揣肉身潛有漏^{（十一）}，難逃科教^{（十二）}入無形。且遵北斗齋儀法^{（十三）}南斗北斗皆論齋醮⁽⁹⁾，漸陟^{（十四）}南宮^{（十五）}火煉⁽¹⁰⁾庭。"

【校記】

（1）傳符授戒：王本作"授符傳戒"。

（2）蓋：連本、輿地本作"葢"。

（3）衆：輿地本、張本、紀本、史地本作"人"。

（4）踰：張本、紀本、黨本作"逾"。

（5）人，輿地本、張本、紀本、史地本作"衆"。

（6）泉：史地本作"水"。

（7）弘：連本、輿地本、備要本、初編本、張本、紀本、史地本、宛委本作"宏"。

（8）藉：黨本作"籍"。

（9）南斗北斗皆論齋醮：紀本漏此句。黨本將此句移至"漸陟南宮火煉庭"后。

（10）煉：連本、輿地本、王本、備要本、初編本、史地本作"鍊"。

【注釋】

（一）中元日：即中元節，又稱"盂蘭盆節"和"鬼節"。"盂蘭盆"由梵文音譯而來，為"救倒懸"之意，原系佛教徒為追薦祖先而舉行的節日。道教將農曆七月十五日作為中元節，認為是地官的生日，地官赦罪是中元節的主題。

（二）傳符授戒：符，是道士書寫的一種筆劃屈曲、似字非字的圖形。戒，即道教戒律，道教約束道士思想言行，防止"惡心邪欲"、"乖言戾行"的條規。初期戒律簡約，主旨為戒貪欲、守清靜。兩晉南北朝時期，由上清派、靈寶派、新天師道等沿襲佛教戒律，並汲取儒家名教綱常觀念而制定"五戒"、"八戒"、"十戒"和其他戒律。金代全真道出，丘處機開創傳戒制度，公開設壇說戒，廣收門徒。

（三）露坐：露天而坐。

（四）須臾：片刻，極短的時間。佛教謂一日一夜有三十須臾。

（五）移時：少頃，一段時間。

（六）執事：道教宮觀負責職司的稱謂，如首領執事、八大執事等，也指侍從左右供使令的人。

（七）太上："太上"二字是至高無上之義。最上，也作"大上"。道教在最高最尊之神的名前常冠以"太上"二字，以示尊崇。

（八）薦福：祭祀神靈以祈求福緣。

（九）三田：道教稱人體有三丹田，在兩眉間者為上丹田，在心下者為中丹田，在臍下者為下丹田。

（十）萬象：通常指宇宙間一切事物或景象。

（十一）潛有漏：指暗中洩露煩惱。道教中有“六欲不生”，即“眼觀無色，神不邪視；耳聽無音，聲色不聞；鼻息沖和，不容香臭；舌餐無味，不甘酸甜；身守無相，不著有漏；意抱天真，不迷外境。”

（十二）科教：道教的齋醮科儀、修道方術以及相應的規範條文，目的是通過一定的道教專門儀式及禁忌使學道者能專習一意，不受世俗習慣及欲望的影響。

（十三）北斗齋儀法：杜光庭的《道門科範大全集》中有《南北二斗同醮儀》與《北斗延生儀》二則。北斗七星在道教信仰中擁有十分重要的地位，古人以為天上星垣分別對應著人間的秩序，北極星是帝星，因此在齋醮科儀中，北斗為十分重要的齋醮對象。

（十四）陟：登，升進。

（十五）南宮：仙宮名，猶言火府。《皇經集註》卷10《慶驗品續三十三章》：“即得南宮受煉。南宮，朱陵府，度魂煉魄之宮也。受煉，受南宮煉度也。”（《道藏》第34冊，頁725）《度人經集註》嚴東注曰：“南宮者，長生之宮也，度命君治在其中，諱呀員，得入南宮之中，呀員即煉度朽骸。”（胡道靜等選輯：《道藏要籍選刊》第4冊，頁478）道教發展分化又有南宮派、南宮宗。

八月初，應宣德州^{（一）}元帥移剌公^{（二）}請，遂居朝元觀^{（三）}。中秋夜⁽¹⁾，有《賀聖朝》^{（四）}二曲，其一云：“斷雲歸岫，長空凝翠，寶⁽²⁾鑑^{（五）}初圓。大光明，^{（六）}弘⁽³⁾照亘流沙外，直過西天。人間是處，夢魂沈⁽⁴⁾醉，歌舞華筵。道家門別是一般⁽⁵⁾清，暗⁽⁶⁾開悟心田^{（七）}。”其二云：“洞天^{（八）}深處，良朋高會，逸興無邊。上丹霄，飛至廣寒宮^{（九）}，悄擲下金錢。靈虛^{（十）}晃耀，睡魔^{（十一）}奔迸⁽⁷⁾，玉兔嬋娟^{(8)（十二）}。坐忘機^{（十三）}，觀透本来真，任⁽⁹⁾法界^{（十四）}

周旋。"

　　是後，天氣清肅，靜夜安閑，復作二絕，云："長河耿耿^(十五)夜深深，寂寞寒窗⁽¹⁰⁾萬慮沈⁽¹¹⁾。天下是非俱不到，安閑一片道人心。"其二云："清夜沈沈⁽¹²⁾月向高，山河大地絕纖毫^{(13)(十六)}。唯餘道德渾淪^{(14)(十七)}性，上下三天^(十八)一萬遭。"

【校記】

（1）夜：王本、黨本脫此字。

（2）寶：紀本作"空"。

（3）弘：餘本皆作"宏"。

（4）沈：紀本、黨本作"沉"。

（5）般：連本、輿地本、備要本、初編本、史地本作"船"。

（6）暗：王本、張本、紀本、黨本作"朗"。

（7）迸：連本、輿地本、備要本、初編本、史地本作"送"。

（8）娟：連本、輿地本、王本、備要本、初編本、史地本、宛委本作"娟"。

（9）任：王本、張本、紀本、黨本作"性"。

（10）窗：連本、輿地本作"窗"，宛委本作"牕"。

（11）沈：紀本、黨本作"沉"。

（12）沈沈：紀本、黨本、宛委本作"沉沉"。

（13）毫：王本、宛委本作"豪"。

（14）淪：輿地本、張本、史地本作"侖"。

【注釋】

（一）宣德州：今河北宣化。金為州，元為府。《金史》卷24《地理志》："宣德州，下，刺史。遼改晉武州為歸化州雄武軍，大定七年更為宣化州，八年復更為宣德。"（頁567—568），《元史》卷58《地理志》："唐為武州。遼為德州。金為宣德州。元初為宣寧府。太宗七年，改山〔西〕東路總管府。中統四年，改宣德府，隸上都路。仍至元三年，以地震改順寧府。領三縣、二州。"（頁1350）。

（二）移剌公：移剌即耶律。《遼史》卷 116《國語解》：“《本紀》首書太祖姓耶律氏，繼書皇后蕭氏，則有國之初，已分二姓矣。有謂始興之地曰世里，譯者以世里為耶律，故國族皆以耶律為姓。有謂述律皇后兄子名蕭翰者，為宣武軍節度使，其妹復為皇后，故後族皆以蕭為姓。其說與紀不合，故陳大任不取。又有言以漢字書者曰耶律、蕭，以契丹字書者曰移剌、石抹，則亦無可考矣。”（頁 1534）。移剌公即耶律禿花，其兄阿海由金朝派遣出使克烈部汪罕處，與成吉思汗結納。據徐霆《黑韃事略》疏曰：“禿花，即阿海之弟，元在宣德府。”（《王國維遺書》第 13 冊，頁 23a）宋子貞《中書令耶律公神道碑》載：“宣德路長官太傅禿花，失陷官糧萬餘石，恃其勳舊，密奏求免。”（《元文類》卷 57，頁 833）《元史》卷 149《耶律禿花傳》：“耶律禿花，契丹人。世居桓州，太祖時，率眾來歸。大軍入金境，為嚮導，獲所牧馬甚眾。後侍太祖，同飲班朮河水。從伐金，大破忽察虎軍。又從木華黎收山東、河北，有功，拜太傅、總領也可那延，封濮國公，賜虎符、銀印，歲給錦幣三百六十匹。統萬戶紮剌兒、劉黑馬、史天澤伐金，卒於西河州。”（頁 3532）。

（三）朝元觀：又作朝玄觀、朝天觀，在今河北宣化縣觀門口街（舊朝元觀街）北側。明人葉盛《水東日記》卷 16《文字等語識宜避》稱：“宣府有朝元觀，胡毗陵尚書扈從寓宿，易之曰“朝玄”（頁 166），《嘉靖宣府鎮志》卷 17《祠祀考》收明人楊榮撰《敕修朝玄觀記》謂：“城之北舊有朝玄觀，毀於元季，蕪廢有年矣……（譚廣）遂因農暇，以士卒餘力，具群材，即觀之故址中建三清殿，左右翼以廊廡，而龍虎台、玉皇閣居其後。”（《中國方志叢書·塞北地方》第 19 號，頁 168 下）《乾隆宣化府志》卷 13《典祀》：“朝天觀，明宣德九年鎮帥譚廣修，大學士楊榮有記。九天殿後中壁有白雲山水最為生動，相傳為仙筆。門內有松樹數株，皆百年物。順治丁酉毀，重建後遠不及昔矣。”（《中國方志叢書·塞北地方》第 18 號，頁 268）《明一統志》卷 5 記載道：“朝玄觀在宣府城內西北，宣德九年因舊重修。”（頁 106 上）

（四）《賀聖朝》：曲牌名，丘處機所作二曲為雙調，五十字，前後闋各五句，兩平韻。

（五）寶鑑：即寶鏡，宋人以避宋太祖祖父趙敬諱，改"寶鏡"為"寶鑑"，此處代指明月。

（六）大光明：道教认为人自道體稟賦真性，即稟有一點光明，善性修道就是擴充這點光明，使之愈聚愈大，直至"積之成大光明"，達到通體光明、光瑩皎潔之境界，性與道相合，打成一片。

（七）心田：宗教語，即心。謂心藏善惡種子，隨緣滋長，如田地生長五穀黃稗，故稱。

（八）洞天：別有洞天之意。道家以此稱仙人所居之處有王屋山等十大洞天、泰山等三十六洞天之說。

（九）廣寒宮：本為虛構，後遂以為月中仙宮。

（十）靈虛：猶言太虛、宇宙。

（十一）睡魔：謂使人昏睡的魔力，比喻強烈的睡意。全真教提倡克制睡欲，王惲撰《大元故清和妙道廣化真人玄門掌教大宗師尹公道行碑銘》謂："師摘要訣，誨之曰：'修行之害，食、睡、色三欲為重，多食即多睡。睡多情欲所由生，人莫不知，少能行之者。必欲制之，先減睡欲。日就月將，則清明在躬，昏濁之氣，自將不生。'"又曰："道家者流，以禁睡眠謂之消陰魔。"（王惲：《秋澗集》卷56，頁159）王國維注引《遺山先生文集》卷三十一《紫虛大師于公墓碑》曰："吾全真家禁睡眠，謂之煉陰魔，向上諸人，有脅不沾席數十年者。"

（十二）嬋娟：形態美好。

（十三）坐忘機：坐忘，為物我兩忘、內外俱忘、神歸虛寂的修煉境界。道教以之作為修心煉性的功法。在內丹修煉中，坐忘還指修煉高級階段，即煉神還虛功法的運用。忘機，謂心無紛爭，恬淡無私欲。

（十四）法界：佛教指整個宇宙現象界。"界"是分界、種類之意。梵語達摩馱都，有時又指現象界的本質，義同真知、法性。法界一詞，在佛學中一般指意識所緣的境。法泛指宇宙萬有一切事物，包括世出世間法，通常釋為"軌持"，即一切不同的萬事萬物都能保持各自的特性，互不相紊，並按自身的軌則，能讓人們理解是什麼事物。界，含有種族、分齊的意思，即分門別類的不同事物各守其不同的界限，不同的經論和宗派，對法界的開合分類有所不同，有一法界、三法界、四法界、五法界、十法界等說法。如，《雜阿含經》、《大般若經》、《華嚴經》、《大乘起信論》等講一法界，華嚴宗講三法界、四法界、五法界、十法界，天臺宗、密宗也講十法界。

（十五）耿耿：形容十分明亮。

（十六）纖毫：極其細微。

（十七）渾淪：渾然一片，氣形質具而未相離，意同"渾沌"。

（十八）三天：道家稱清微天、禹餘天、大赤天為三天。

朝元觀⁽¹⁾據州之乾隅^(一)，功德主^(二)元帥移剌公因師欲北行，剏⁽²⁾構堂殿，奉安^(三)尊像，前後雲房^(四)、洞室，皆一新之。

十月間，方繪祖師堂壁^(五)，畫史^(六)以其寒，將止之。師不許，曰："鄒律^(七)尚且廻春，況聖賢陰有所扶持邪⁽³⁾？"是月，果天氣溫和如春，絕無風沙，由是畫史得畢其功，有詩云："季秋^{(4)(八)}邊朔苦寒同，走石吹沙振大風。旅鴈⁽⁵⁾翅垂⁽⁶⁾南去急，行人心倦北征⁽⁷⁾窮。我来十月霜猶薄，人訝千山水尚通。不是小春^(九)和氣暖，天教成就畫堂功。"

【校記】

（1）朝元觀：王本脫"朝元"二字。

（2）剏：張本、紀本、黨本、宛委本作"創"。

（3）邪：王本、史地本、黨本作"耶"。

（4）秋：連本、輿地本、備要本、初編本、張本、紀本、史地本作"春"。

（5）鴈：餘本作"雁"。

（6）垂：餘本作"垂"。

（7）征：王本、黨本作"途"。

【注釋】

（一）乾隅：按照八卦的地理分位，乾居西北，乾隅即西北角。

（二）功德主：佛教、道教中稱廣爲布施的人爲功德主。

（三）奉安：恭敬安置。

（四）雲房：謂隱士山居之處，道士所居之所。

（五）祖師堂壁：堂壁，古人鐘愛之題字、題畫處。祖師堂壁，即祖師殿的堂壁。祖師殿亦稱真武宮，其中供奉有真武祖師等仙靈塑像及壁畫。

（六）畫史：畫工，畫吏。

（七）鄒律：指鄒衍吹律事。鄒衍，戰國齊臨淄人。相傳燕國有地名寒谷，土地肥沃而氣候寒冷，不長五穀。鄒衍去了吹動律管，使氣候變暖，可生長黍穀，從此名爲黍穀。

（八）季秋：陰曆九月，秋季的最後一個月。

（九）小春：即小陽春，在孟冬十月，百花間有開一二朵者，似有初春之意。

尋(1)阿里鮮(一)至自斡辰大王(二)帳下，使來請師。繼(2)而宣撫王公巨川亦至，曰(3)："承大王鈞旨：'如師西行，請過我。'"師首肯(4)之。

是月，北遊望山(三)。曷刺進表廻，有詔曰："成吉思皇帝勅(5)真人丘師。"又曰："惟師道踰(6)三子(四)，德重多方(7)。"其終曰(8)："雲軒(五)既發於蓬萊，鶴馭(六)可遊於(9)天竺(七)。達磨(10)東邁(八)，元印法以傳心(九)；老氏(11)西行，或化胡(12)而成道。(十)顧川途之雖闊(13)，瞻几(14)杖(十一)以非遥。爰答來章，可明朕意。秋暑，師比平安好，指(15)不多(16)及。"(十二)其見重如此。又勅(17)劉仲祿云："無(18)使真人飢且勞，可扶持緩緩來。"

【校記】

（1）尋：王本作“會”。

（2）繼：黨本作“既”。

（3）曰：張本、紀本脫此字。

（4）肯：連本、輿地本、備要本、初編本作“肎”，古同“肯”。

（5）勑：連本、輿地本、王本、備要本、初編本、張本、紀本、史地本、黨本作“敕”。下同。

（6）踰：張本、紀本、黨本作“逾”。

（7）方：連本、輿地本、備要本、初編本、張本、史地本作“端”。

（8）曰：輿地本、史地本作“日”。

（9）於：黨本作簡體字“于”。

（10）磨：輿地本、王本、備要本、張本、紀本、史地本、黨本作“摩”。

（11）氏：王本、黨本作“子”。

（12）胡：宛委本作“僧”。

（13）闊：連本、史地本、宛委本作“澗”。

（14）几：史地本作“九”。

（15）指：紀本作“旨”。

（16）不多：史地本作“多不”。

（17）勑：同本頁校記（5）。

（18）無：輿地本、備要本、張本、紀本、史地本作“毋”。

【注釋】

（一）阿里鮮：王國維認為：此人是“《金史·宣宗紀》之乙里只，《元朝秘史續集》二之阿剌淺也。近人屠敬山（寄）撰《蒙兀兒史記》以《元史·札八兒火者》及《邱處機傳》並有命札八兒聘處機事，遂以阿里鮮與札八兒為一人。又以《劄八兒傳》有飲班朱尼河水事，乃又並《秘史》六之回回人阿三為一人。膠州柯學士《新元史》亦從其說，其實非也。案，《金史·宣宗紀》：貞祐元年九月，大元遣乙里只來。十月辛丑，大元乙里只來。二年二月丙申朔，大元乙里只剳八來。壬戌，大元乙里只復來。三月甲申，大元乙里只剳八來。六月癸丑，大元乙里只來。凡四稱乙里只，兩稱乙里只札八，明四次乙里只一人奉使，其兩次則乙里只與札八兩人奉使也。《元史·太祖紀》：十年秋七月，遣乙職里往諭金主，以河北山東未下諸城來獻。乙職里疑亦乙里職之倒誤。要之，乙里只、乙里職者，即《秘史》之阿剌淺，此《記》之阿里鮮。剳八者，《元史》之札八兒火者，《黑韃事略》之剳八，此《記》之宣差剳八相公也。此《記》阿里鮮與宣差剳八相公，截然二人。《黑韃事略》作于太祖辛巳，云：次曰剳八者，回鶻人，已老，亦在燕京同任事。與《剳八兒傳》言卒年一百一十八歲，可相參證。而阿里鮮則於癸未自西域送長春東歸，七月十三日至雲中，九月二十四日又於行在面奉聖旨。以百歲左右之人，兩月之中，奔馳萬里。殆非人情，此亦阿里鮮非剳八之一證。"當代學者楊志玖在《〈新元史·阿剌淺傳〉證誤》中指出："柯、屠、王三先生把阿剌淺、阿里鮮、乙里只三人視作一人，原因何在，並未說明。可能因這三人的讀音有點相近吧。其實，阿里鮮和阿剌淺發音相近，而乙里只與前二者的發音則頗有距離，不能強通。而重要的是，就他們三個人的事跡來看，實在找不出什麼關聯來。"并進一步指出，"乙里只"極可能是札八兒火者，而"阿剌淺"也絕非"阿里鮮"，阿里鮮事跡僅見於《長春真人西遊記》（《元史三論》，頁 163—170）。

（二）斡辰大王：即成吉思汗第四弟鐵木哥·斡赤斤，其時奉命留守蒙古本土。《史集》第 1 卷第 2 分冊記曰："（也速該把阿禿兒）的第四個兒子為鐵木哥·斡惕赤斤。'鐵木哥'是名字，'斡惕赤斤'意為'灶火和禹兒惕之主'，幼子也稱'斡惕赤斤'。（後來）斡惕赤那顏成了他的名字，他以此名為人們所知。"（余大鈞、周建奇漢譯本，頁71）

（三）望山：在今河北宣化東北地區。

（四）三子：指丘處機的三位師兄馬鈺、譚處端、劉處玄。王國維注曰："長春《表》云：兼同時四人出家，三人得道，惟處機虛得其名。此云道踰三子，即答《表》語。三子者，馬鈺、譚處端、劉處玄。密國公璹《全真教祖碑》云：此四子者，世所謂邱、劉、譚、馬也。"

（五）雲軒：傳說神仙以雲為車，此謂丘處機一行。

（六）鶴馭：指仙人，傳說成仙得道者多騎鶴，故名。

（七）天竺：即古代印度的稱謂。《大唐西域記》載："詳夫天竺之稱，異議糾紛，舊云身毒，或曰賢豆，今從正音，宜云印度。"（季羨林等校注：《大唐西域記校注》，頁161—163）。印度起源於梵文 Sindhu 一詞，義為河流，後又專指今之印度河。漢文文獻記載，印度早稱身毒，見《史記·大宛列傳》和《西南夷傳》，後又有天竺、賢豆諸名，唐時亦云婆羅門。劉祁《北使記》作印都，《黑韃事略》作脛篤，《元史》沿用身毒、印度諸名，又作忻都、欣都思。

（八）達磨東邁："達磨"即達摩，印度高僧，相傳他于南朝梁天監初渡海入中國弘揚佛法，至北魏孝昌三年（527）在河南少林寺首創禪宗。後佛教禪宗尊達摩爲初祖，尊少林寺爲祖庭。

（九）印法以傳心：佛陀在靈鷲山為眾人說法時，閉口不言，拈花而立。全場只有摩訶迦葉尊者破顏微笑。就在眾人不明原委的情況下，佛陀以"佛心印心"的方式傳給了摩訶迦葉尊者。佛陀曰："吾有正法眼藏，涅盤妙心，實相無相，微妙法門，不立文字，教外別傳，付囑與摩訶迦葉"，因此摩訶迦葉尊者為西天禪宗第一代初祖。摩訶迦葉尊者秉承世尊衣缽，將法脈傳給二祖阿難尊者，法脈迭傳至第二十八祖菩提達摩祖師，達摩祖師秉承師父般若多羅尊者的囑咐，來到中國以"印法傳心"弘法，成為中土禪宗初祖。

（十）老氏西行，或化胡而成道：此說來源於從東漢以來在社會上流傳的"老子化胡說"，是當時道教興起之初為神化老子，附會史籍中有關老子晚年西去而"莫知其所終"等記載而出現的。"老子化胡說"後來在佛道之爭中經常被道教利用來攻擊、貶低佛教，特別是西晉道士王浮造《老子化胡經》以後，此說就一直被道教徒渲染著。直至元代時，全真道與佛教仍就此發生過激烈的爭論，最後導致此經的被禁和焚毀。（洪修平：《老子、老子之道與道教的發展—兼論"老子化胡說"的文化意義》）。

（十一）几杖：几案與手杖，以供老年人平時倚靠和走路時扶持之用。

（十二）根據《長春真人西遊記》卷上的相關內容可知，此詔書為 1219 年 10 月由喝剌八海傳給丘處機。其目的是在敦促丘處機盡快西行。1219 年 3 月，丘處機曾以"行宮漸西，春秋已高，倦冒風沙，欲待駕回朝謁"而上表成吉思汗，表文見於陶宗儀《南村輟耕錄》卷 10《丘真人》（頁 121）。因此成吉思汗命耶律楚材起草了這篇詔書，以答復丘處機，耶律楚材從 1219 年起，扈從成吉思汗西征，比丘處機早抵尋思干（今烏茲別克斯坦撒馬爾罕）兩年。楚材崇奉儒、釋，不贊成全真道，但在丘處機生前，兩人的私交不錯，有多首詩唱和。耶律楚材在《西遊錄》中提到："詔下徵至德興。丘公上表云，形容枯槁，且恐中途不達，願且於德興盤桓。表既上，朝廷以丘公憚於北行，命僕草詔，溫言答之，欲其速致也。"（向達校注本，頁 14）《詔書》全文，見本書《原書附錄》。

師與宣使議曰："前去已寒，沙路縣遠^(一)，道衆所須⁽¹⁾未備。可往龍陽，乘春起發。"宣使從之。十八日，南往龍陽，道友送⁽²⁾別⁽³⁾多泣下，師以詩示衆云⁽⁴⁾："生前暫別猶然可，死後長離更不堪。天下是非心⁽⁵⁾不定，輪迴^(二)生死苦難甘。"

翌日，到龍陽觀過冬。十一月十⁽⁶⁾有四日，赴龍巖寺^{(7)(三)}齋^(四)，以詩題殿西廡云："杖藜^(五)欲訪山中客，空山⁽⁸⁾沉沉⁽⁹⁾淡無色。夜來飛雪滿⁽¹⁰⁾巖阿^(六)，今日山⁽¹¹⁾光映天白。天高日下松風清，神遊八極騰虛明。欲寫山家本来面⁽¹²⁾，道人活計^(七)燕⁽¹³⁾能名。"

【校記】

（1）須：輿地本、備要本、張本、紀本、史地本、黨本作"需"。

（2）送：黨本作"道"。

（3）別：輿地本、史地本作"則"。

（4）云：王本、黨本作"曰"。

（5）心：輿地本、史地本作"而"。

（6）十：黨本脫此字。

（7）巖：史地本作"嚴"。

（8）空山：連本、輿地本、備要本、初編本、張本、紀本、史地本作"空水"，且注曰："一作山"；王本作"清夜"。

（9）沉沉：連本、輿地本、王本、備要本、初編本、張本、史地本作"沈沈"。

（10）滿：王本、黨本作"映"。

（11）山：紀本作"三"。

（12）面：史地本、宛委本作"面"。

（13）燕：餘本作"無"。

【注釋】

（一）緜遠：形容連續不斷。

（二）輪迴：佛家認為世界眾生莫不輾轉生死於六道之中，如車輪旋轉，稱為輪迴。道教借用了這一概念。

（三）龍巖寺：此寺在德興趙家堡境，本名興聖寺。耶律鑄《雙溪醉隱集》卷3《遊奉聖州龍巖寺》云："臥龍高臥幾晨昏，依約靈巖隱臥根。雲磴屈蟠侵鳥道，翠屏環合掩山門。淨名花界開中葉_{其方丈茶榜云：萬松中興}，興聖蓮宮庇上尊_{龍巖寺，本舊興聖寺}。不就卜居殊勝地，忍衝煙靄下孤村_{余時客宿趙家堡北村}。"（《景印文淵閣四庫全書》第1199冊，頁429）又有《遊龍巖寺》二絕，其一云："上方鐘磬隔花聞，便覺仙凡勢自分。爭信草堂靈也笑，笑他猿鶴戀松雲_{北山移文，青松落蔭，白雲誰侶，其山主自號松雲}。"其二云："錯落巖花是醉茵，景因人勝畫難真。林泉盛迹幽棲地，誰分松雲不戀人_{其山主松雲者，林泉和尙嗣也}。"（《景印文淵閣四庫全書》第1199冊，頁453）

（四）齋：道教儀式的一大類，與醮合稱為齋醮。總指道教儀式，齋的願義是潔淨、禁戒，古人祭祀鬼神必先齋，即所謂"齋戒以告鬼神"，通常指在祭祀之前，必先沐浴更衣，不飲酒，不吃葷，清心潔身，禁絕房事，以示誠敬，道教齋分為三種：設供齋、節食齋、心齋，實際施實中，這三者仍是統一的，齋作為一種宗教儀式，有一定的規範，稱為齋科或齋法。此處"齋"指主持儀式。

（五）杖藜：持藜莖為杖，泛指扶杖而行。

（六）巖阿：山窟邊側的地方。

（七）活計：生活，謀生的手段。

十二月，以詩寄<u>燕京</u>道友云："此行真不易，此別話應長。北蹈⁽¹⁾<u>野狐嶺</u>^{（一）}，西窮天馬鄉^{（二）}。<u>陰山</u>^{（三）}無海市，白草^{（四）}有沙塲。自嘆非玄⁽²⁾聖^{（五）}，何如⁽³⁾歷大荒^{（六）}。"又云："<u>京都</u>若⁽⁴⁾有餞行詩，早寄龍陽出塞時。昔⁽⁵⁾有上牀鞋履別^{（七）}，今無發軫^{（八）}夢魂思。"復寄<u>燕京</u>道友云："十年兵火萬民愁，千萬⁽⁶⁾中無一二留。去歲幸逢慈詔下，今春⁽⁷⁾須合冒寒遊。不辭<u>嶺北</u>^{（九）}三千里^{皇帝舊兀里多⁽⁸⁾}，仍念<u>山東</u>二百州^{（十）}。窮急⁽⁹⁾漏誅⁽¹⁰⁾殘喘在，早教身命得消憂。"

【校記】

（1）蹈：張本、紀本作"踏"。

（2）玄：餘本皆作"元"。

（3）何如：王本、黨本作"如何"。

（4）若：紀本作"如"。

（5）昔：史地本作"若"。

（6）萬：黨本作"年"。

（7）春：王本、黨本作"年"。

（8）兀里多：紀本作"行宮"。

（9）急：紀本作"極"。

（10）誅：史地本作"珠"。

【注釋】

（一）野狐嶺：又名<u>扼胡嶺</u>，位於河北省<u>張家口</u><u>張北縣</u>與<u>萬全縣</u>交界處，嶺高險峻，自古是通往<u>壩上</u><u>蒙古</u>高原的一條重要的軍事驛道。<u>耶律鑄</u>《雙溪醉隱集》卷3《經扼狐嶺得勝口會河戰場》詩曰："烏兔縱飛走，急於寒女梭。扼狐名好在，得勝事如何。暮雨連芳草，秋風捲素波。戰塵如可洗，當與侍中過。"（《景印文淵閣四庫全書》第 1199 冊，頁 410）關於野狐嶺地望的考證歷來詳盡，王國維注引張德輝《紀行》稱："至宣德州復西北行，過沙嶺子口，及宣平縣驛，出得勝口，抵扼胡嶺，由嶺而上，則東北行，始見氈幕氈車，逐水草畜牧，非復中原風土。"案：野狐、扼胡，一聲之轉。普爾賴考證《元朝秘史》中出現之野狐嶺蒙語稱"忽捏堅·答巴"，并實地考察其地"民國年間位於張家口西向三十里處"（X. 普爾賴，魯青譯：《〈蒙古秘史〉地名考》），為紀流等參引。賈敬顏認為野狐嶺"在張北縣城南五十里，長約五里。高約一百丈，形勢險要。"（參見《五代宋金元人邊疆行紀十三種疏證稿》，頁 338）張星烺考證其在膳房堡北五里，長春真人一行穿翠帡口—野狐嶺一線，為大蒙古國時期至中統前的主要驛路"孛老站道"，為連通大都至上都之西路，凡侍臣、官員乘驛均取此道。元代皇帝每年秋從上都返回均取道此路，故又稱"捺鉢西路"。《元一統志》云："額狐嶺，在順寧府，一名野狐嶺，在宣城縣北五十里。金大安三年（1211）九月抗拒元兵，金人敗於此。"（頁 64）下文宋德方等人目賭"戰場白骨"當指此地，為公元 1211 年成吉思汗、木華黎擊敗金兵之處，史稱"野狐嶺之戰"；因此戰役規模巨大，金精銳號稱四十萬盡没於此，《元史》卷 119《木華黎傳》稱"殭尸百里"（頁 2930），留下白骨累累。

（二）天馬鄉：指西域所產的好馬、駿馬。《史記》卷 123《大宛列傳》記載道："初，天子（漢武帝）發書，易云：'神馬當從西北來'。得烏孫馬好，名曰'天馬'。及得大宛汗血馬，益壯，更名烏孫馬曰'西極'，名大宛馬曰'天馬'云。"（頁 3170）《漢書》卷 6《武帝本紀》謂："四年春，貳師將軍廣利獲汗血馬來，作西極天馬之歌。"（頁 202）此處"天馬鄉"當泛指西域，並非具體某地。

（三）陰山：今新疆天山，元代人所稱陰山多為今新疆天山，而秦漢時期人們所說的天山，多指今內蒙古自治區呼和浩特市北的陰山，又名大青山，金元時期在淨州路設置天山縣，故而得名。

（四）白草：即牧草，干熟時呈白色，故名。

（五）玄聖：指玄元皇帝老子。

（六）大荒：指遼闊的無人地帶。

（七）鞋履別：上牀時與鞋子告別，比喻感情深厚。

（八）軫：車廂底部四面的橫木，是車的代稱。

（九）嶺北：十六國姚氏後秦時期，“嶺北”一詞屢見於史冊，之後被更為廣泛地應用。據學者考證，後秦時期的“嶺北”泛指關中北緣山系（古稱北山勾以北，甚至以西）廣大的範圍，就其廣義的地域範圍而言，不僅兼有關中以北、隴山東西的雍、秦二州，雍州以北的朔方、上郡諸地也都在“嶺北”範圍之內。（參見吳宏歧：《後秦“嶺北”考》）之後的“嶺北”範圍不斷擴大，至元代設立嶺北行省，治和寧，元代相關文獻並沒有提到其具體的範圍，大體上北至北海（今西伯利亞北部）之地，包括西伯利亞中部、外蒙古大部，西南至也兒的石河，西接欽察汗國和察合台汗國；東南至哈刺溫山（今大興安嶺），以勒拿河東接遼陽行省；凡屬元朝的各森林部落和諸王地等均歸統轄，包括漠北、漠西諸地，南隔大漠與中書省和甘肅行省轄地接。大體上包含了今蒙古國、內蒙古部分地區以及俄羅斯的西伯利亞地區。

（十）山東二百州：崤山或華山、函谷關以東。古代秦居西方，秦地以外，統稱山東。所謂“山東二百州”，代指富庶的中原地區。

辛巳（一）之上元，醮（二）於宣德州朝元觀。以頌（三）示衆云：“生下一團腥臭物（四），種成三界（五）是非魔。連枝帶葉（六）無窮勢，跨古騰（1）今（七）不（2）奈（3）何。”

【校記】

（1）騰：党本作“勝”。

（2）不：史地本作“又”。

（3）奈：興地本、黨本、宛委本作“奈”。

【注釋】

（一）辛巳：元太祖十六年，公元 1221 年。

（二）上元醮：見前注。

（三）頌：<u>道教</u>中一種主要的文體及音樂形式，早期經典如《道德經》，往往以韻散結合形式，多爲四言。<u>宋代</u>以後，出現了眾多道學者以韻語闡發經義、揭示玄妙等五言、六言、七言的詩作，也稱頌，并產生“夾頌解注”文體；另在常規<u>道教</u>科儀中，奉道者均要念誦頌語，多為對道法、神靈之讚頌，如《學仙頌》、《行香頌》、《奉戒頌》。

（四）腥臭物：<u>紀流</u>注曰：“指腹中胎兒”，在<u>佛、道</u>觀念中，前世不持戒之俗子或破戒之信徒，接觸各種庸俗污濁，來世投胎為人後身帶腥臭氣味。《雜阿含經》：“食五辛人觸穢三寶，死墮屎糞地獄，出為野狐豬狗；若得人身，其體腥臭。”<u>姬志真</u>《浮生》稱：“浮生都在百年中，畢竟勞勞到底空。爭奈這團腥臭物，卻交攖擾主人公。”（《全金詩》第 4 冊，頁 351）

（五）三界：泛指宇宙世界。據《俱舍論》卷 8《分別世品》界定的“三界義”，<u>佛教</u>把“眾生”所住的世界分為三界：一“欲界”，是淫欲和食欲旺盛的眾生所住的世界；二“色界”，在欲界之上，已離開粗淺的欲念，而享受精妙境象的眾生所住的世界，一名“四禪天”，三“無色界”，在色界之上，是離開物質享受，一無所有，只有心識（精神）存在於深妙的禪定狀態的眾生所住的世界，一名“四虛空”。三者合稱“三界”。（《中華大藏經》編輯局：《中華大藏經》漢文部分，第 45 冊，頁 69）

（六）連枝帶葉：又作“連枝分葉”，同根所生的枝葉，常比喻兄弟之間的親情，這裏用來形容凡夫俗子在世間錯綜複雜的關係。《洛陽伽藍記・永寧寺》謂：“朕之於卿，兄弟非遠，連枝分葉，興滅相依。”（<u>范祥雍</u>校注本，頁 8）《南村輟耕錄》卷 12《連枝秀》：“銷金帳冷落風情，養丹爐消磨火性。半世連枝帶葉，算從前，歷盡虛花。一朝鏟草除根，到此際方成結果。”（頁 147）

（七）跨古騰今：又作“照古騰今”、“騰今跨古”，跨越古代、超越當今，比喻人的成就出眾，或能力、魅力超凡。<u>元人王吉昌</u>《綠頭鴨・大圓覺海》：“括慧灼、天真至理，悟入奮威權。妙中妙、騰今跨古，無像功全。”（<u>唐圭璋</u>編：《全金元詞》上，頁 549）

以二月八日啟行⁽¹⁾，時天氣晴霽^(一)，道友餞行於西郊，遮馬首^(二)以泣曰：“父師去萬里外，何時復獲瞻禮^(三)？”師曰：“但若輩道心堅固^(四)，會有日矣。”衆復泣請：“果何時邪⁽²⁾？”⁽³⁾師曰：“行止^(五)非人所能爲也，兼遠涉異域，其道合與不合，未可必^(六)也。”衆曰：“師豈不知，願預告弟子等⁽⁴⁾。”度不獲已^(七)，乃重言曰：“三載歸，三載歸。”

【校記】

（1）行：宛委本作“天”。

（2）邪：王本、張本、紀本、宛委本作“耶”。

（3）“師曰：……果何時邪”句：黨本、張本脫此句，共21個字。

（4）等：王本、黨本脫此字。

【注釋】

（一）晴霽：雨後天氣晴朗。霽，雨止。

（二）遮馬首：人群密集到遮住了所騎之馬頭，多用以形容民衆攔路喊冤或為人送行場面之壯觀。元趙汸《書蘇奉使本末后》云：“使者所至，持訴牒遮馬首号呼者千百余輩。”（蘇天爵：《滋溪文稿·附錄二》，頁542）

（三）瞻禮：瞻仰、禮拜。

（四）道心堅固：崇道、向道之信念堅定，不會動搖。宋姚勉《帖請瑩和尚住成覺》記載說：“共惟瑩公和尚，苦志修行，道心堅固。利刃在手，要斫開荊棘叢林。”（《姚勉集》，頁536）

（五）行止：行步止息，猶言人之動靜或行蹤，也指人一舉一動中的禮儀。

（六）未可必：不可以預料其必然如此，不可預期、也有未可知之意。

（七）度不獲已：典出《舊唐書》卷170《裴度傳》：“上以其（裴度）足疾，不便朝謁，而年未甚衰，開成二年五月，復以本官

兼太原尹、北都留守、河東節度使。詔出，度累表固辭老疾，不願
更典兵權，優詔不允。文宗遣吏部郎中盧弘往東都宣旨曰：'卿雖
多病，年未甚老，為朕臥鎮北門可也。'促令上路，度不獲已之任。
三年冬，病甚，乞還東都養病。"（頁4432）比喻自己感覺到責任重
大、擺脫不掉。

　　十日宿翠崄⁽¹⁾口^(一)。明日北度野狐嶺，登高南望，俯
視太行諸山^(二)，晴嵐^(三)可愛；北顧但寒沙⁽²⁾衰⁽³⁾草^(四)，
中原^(五)之風自此隔絕矣。道人之心，無適⁽⁴⁾不可^(六)。宋
德方⁽⁵⁾輩指戰場⁽⁶⁾白骨曰："我歸當薦以金籙⁽⁷⁾，此亦余
北行中一端因緣^{(8)(七)}耳。"

【校記】

（1）崄：王本作"嶍"，黨本作"屏"。
（2）沙：王本、黨本作"煙"。
（3）衰：輿地本作"哀"。
（4）適：王本作"所"。
（5）方：連本、輿地本、備要本、初編本、張本、紀本、史地
本作"芳"。
（6）塲：連本、輿地本、備要本、初編本、史地本作"場"。
（7）籙：張本、紀本、黨本作"篆"。
（8）一端因緣：除底本、宛委本外，餘本皆作"因緣一端"。

【注釋】

（一）翠崄口：即翠屏口，又稱翠平口，因翠屏山得名。其名
稱在金后期屢有變更，金時曾稱北望淀，大定二十年（1180）改稱
得勝口（《金史》卷24《地理志上》，頁566）。《日下舊聞考》卷
134《京畿》引《大元混一方輿勝覽》稱："翠平口在昌平北二里，
舊名得勝口，金大定二十年五月改名'大安'"（頁2164）。《讀史
方輿紀要》卷18《北直九》："翠屏山，衛北三里。兩峽高百餘丈，
望之如屏。宋嘉定四年，蒙古攻金西京。金將胡沙虎棄城遁，蒙古

主追敗之於翠屏山，遂取西京，西京即大同府也。"（頁 801）

（二）太行諸山：指太行山脈，太行山又名五行山、王母山、女娘山，是中國東部地區（黃土高原和華北平原）的重要山脉和地理分界綫。位於北京、河北、山西、河南四省、市間，呈東北—西南走向，局部地段近於南北走向。北起北京西山（北拒馬河谷地），南達豫北黃河北崖（山西、河南邊境的泌河平原），西接山西高原，東臨華北平原。是山西東部、東南部與河北、河南兩省的天然界山。

（三）晴嵐：天氣晴朗時山間瀰漫的薄霧。

（四）寒沙衰草：形容到處是一片荒涼冷落的景象，這裡通過描繪野狐嶺以北的自然環境，反映了以古長城為界的農牧區環境的自然分界。

（五）中原：狹義的中原，指今河南一帶。廣義的中原，指黃河中下游地區或整個黃河流域。有時也用來指內地，別於邊疆地區而言。

（六）無適不可：適，前往。無處不可，到處都是，李志常以此來形容丘處機等全真派道人們堅毅寬廣、四海為家的胸襟。

（七）因緣：原為佛教用語，謂使事物生起、變化和壞滅的主要條件為因，輔助條件為緣。佛教認為萬物皆為"四大"（地、水、火、風）在因緣作用下而產生、消亡，四大皆空，虛幻無我；而傳統道教持一切秉道而生，自然真實、長生久視，正與佛家對立。受大乘佛教"性空緣起"說影響，東晉時期道教靈寶派教義中已開始滲入因緣、報應觀，如"轉輪成仙"說。從初唐至晚唐道教典籍對"自然"的解釋來看，已經將道家自然與佛家因緣充分進行調和。王重陽創教時其思想也吸收"因緣說"，將因緣限於萬物之中，并融入道家的"道氣演化論"，以破除對肉體成仙的執迷，引導人識心見性。

北過撫州[一]。十五日，東北過盖[(1)]里泊[二]，盡丘[(2)]垤[三]、醎[(3)]鹵地[四]，始見人煙二十餘家。南有鹽[(4)]池，池邐[(5)]東北去。自此無河，多鑿沙井[五]以汲。南北數千里，亦無大山。馬行五日，出<u>明昌界</u>^(六)。以詩紀實云：
"坡陁^{(6)(七)}折疊路彎環，到處鹽場⁽⁷⁾死水灣^(八)。盡日不逢人過往，經年時⁽⁸⁾有馬迴還⁽⁹⁾。地無木植唯荒草，天產⁽¹⁰⁾丘⁽¹¹⁾陵沒大山。五穀^(九)不成資乳酪^(十)，皮裘氈⁽¹²⁾帳^(十一)亦開顏。"

【校記】

（1）盖：連本、輿地本、史地本作"葢"。

（2）丘：連本、輿地本作"邺"。王本、備要本、初編本、史地本、宛委本作"邱"。下同。

（3）鹹：連本、輿地本、王本、備要本、初編本、史地本作"鹹"，張本、紀本、黨本作"咸"。

（4）鹽：連本、輿地本、備要本、初編本、張本、紀本、史地本皆有小注："一作咸"。

（5）池邐：連本、輿地本作"迤邐"，餘本作"迤邐"，王本於此兩字前衍一"池"字。

（6）陁：連本、輿地本、王本、備要本、初編本、張本、紀本、史地本作"陀"，下同；黨本作"坨"。

（7）場：王本作"塲"。

（8）時：王本、張本、紀本、黨本作"惟"。

（9）還：連本、初編本作"環"。

（10）產：輿地本、張本、紀本、史地本作"涯"。

（11）丘：同本頁校記（2）。

（12）氈：王本、備要本、史地本作"氈"。

【注釋】

（一）撫州：《金史》卷24《地理志上》："<u>撫州</u>，下，<u>鎮寧軍</u>節度使。<u>遼秦國大長公主</u>建為州，<u>章宗明昌</u>三年復置刺史，為<u>桓州</u>支郡，治<u>柔遠</u>。<u>明昌</u>四年置司候司。<u>承安</u>二年升為節鎮，軍名<u>鎮寧</u>，撥<u>西北路招討司</u>所管<u>梅堅必剌</u>、<u>王敦必剌</u>、<u>拿憐术花速</u>、<u>宋葛斜忒渾</u>四猛安以隸之。戶一萬一千三百八十。縣四：<u>柔遠</u>、<u>集寧</u>、豐利、威寧。”（頁566）轄境相當於今河北張北縣以西，內蒙古集寧市以東地區，丘處機一行所經翠屏口、野狐嶺等地皆在撫州治下。

（二）蓋里泊：《金史》卷24《地理志上》：“撫州，……縣四……豐利_{明昌四年以泥灤置，有蓋里泊。}”（頁566—567），據此，蓋里泊應在金代撫州治下豐利縣（約在今河北張北縣西北）境內。王國維注引《黑韃事略》稱：“霆出居庸關，過野狐嶺更千餘里，入草地，曰界里泊，其水暮沃，而夜成鹽。客人以米來易，歲至數千石。”認為“據徐霆說，泊與鹽池為一，據此《記》，則泊與鹽池為二。案：蓋里泊在撫州東北，當即今太僕寺牧場東之克勒湖。其南鄰無迤邐東北去之鹽池，疑此《記》誤也。自出塞至此，始見人煙，則撫州無人，可知。張德輝《紀行》亦云：北過撫州，惟荒城在焉。”張德輝《嶺北行紀》謂：“北入昌州……州之東有鹽池，周廣可百里，土人謂之‘狗泊’。”賈敬顏認為此“狗泊”即蓋里泊，“今猶稱為好萊諾爾，又曰九連城泡子，在九連城（黑城子）東北”。（賈敬顏：《五代宋金元人邊疆行記十三種疏證稿》，頁340）今人葉新民等在《元代的興和路與中都》一文提到：“在興和路附近地區，設有許多納鉢。鉢，契丹語，意為‘行營’、‘行帳’，指皇帝及扈從人員‘行幸宿頓之所’。例如寶昌州境的蓋里泊納鉢（今內蒙古錫林郭勒盟太僕南巴彥查幹諾爾），它附近有狗泊（今九連諾爾）。蓋里泊又稱懷禿腦，漢意為後海。”（葉新民等：《元代的興和路與中都》）

（三）丘垤：低矮的小土堆。

（四）醶鹵地：即咸鹵地，指植物難以生長的鹽城地，古稱“烏鹵”。此處自遼代即於鹽池附近設鹽場；金代隸興和路昌州，設西京鹽司，蓋里泊與張德輝《嶺北行紀》所提及附近之“狗泊”，並為當地兩大鹽池。民國初年，屬錫盟察哈爾—蘇尼特旗產鹽區，產池鹽稱“蒙白鹽”。

（五）沙井：形制不明，約於北宋以後頻見諸史料，為漢地之人對當時西北地區飲水設施的稱呼。宋蔡肇《上呈子方鄉丈》云：“軍行旱海口生煙，沙井無泉天不雨。”（李逸安等校點：《張耒集》

卷62，頁911）元人袁桷隨駕上都，吟《上京雜詠》十首，內有
"晚汲喧沙井，晨炊斸木槎"詩句（《元詩選·初集》，頁651），表
明元代上都地區獲取生活用水的途徑也是通過鑿沙井。元代以後，
長城以北，敦煌至張北地區，皆有沙井或含沙井字樣的地名出現，
說明此種汲水形式的普及，疑與坎兒井構造相似。

（六）明昌界：金明昌年間所修的界壕與邊堡。王國維注曰：
"謂金章宗明昌中所築堡障也。張德輝《紀行》：'昌州之北，行百
里，有故壘，隱然連亙。山谷南有小廢城，問之居者，云：此前朝
所築堡障也。城有成者之所居。'王惲《秋澗先生文集·中堂事
記》：'新桓州西南十里外，南北界壕，尚宛然也，距舊桓州三十
里。'案：長春自蓋里泊北行，則所經界壕，當在桓州之西，昌州
之東北。與張、王二人所見，正為一物。此《記》目之為明昌界，
則張氏所記，魚兒濼西北四驛之外堡，當是世宗大定中所築也。"
王國維另有《金界壕考》，對此考述甚詳。1964年，賈敬顏攜同中
央民族學院歷史系師生數十人在太僕寺旗黑渠山村（寶昌東北）作
民族、社會歷史調查。村外界壕及其故壘依稀可見（賈敬顏：《五
代宋金元人邊疆行記十三種疏證稿》，頁340）。

（七）坡陁：同"陂陁"，不平坦。

（八）死水灣：即死水湖、閉口湖，又稱不排水湖、不流通湖、
無出流湖，其水不能通過河流向外排洩的湖泊，青海、內蒙古等地
多分佈；常位於內流區，湖水主要消耗於蒸發和滲漏，礦化度大，
富含鹽類。

（九）五穀：五種穀物，說法不一：一說指麻、菽、麥、稷、
黍。一說指黍、稷、菽、麥、稻。後來統稱穀物為五種，不一定限
於五種。

（十）乳酪：因漠北高原五穀產量較少，人們在飲食方面依賴
於乳製品。《黑韃事略》："其食肉而不粒，……牧而庖者以羊為最，
牛次之。……其飲食馬乳與牛羊酪。"（《王國維遺書》第13冊，頁
5b—6a）十三世紀史料所反映的蒙古社會早期飲食常見乳製品原料
有馬湩、牛乳，制成酸乳或成酪，皆須發酵。

（十一）皮裘氈帳：指當地居民衣著皮裘，居於氈帳之中。關

於蒙古人居住的氊帳形制、内部構造，當時來到蒙古高原的外國傳教士柏朗嘉賓在其《蒙古行紀》有較爲詳盡的描述：“他們的住宅爲圓形，利用木樁和木杆而支成帳篷形。這些幕帳在頂部和中部開一個圓洞，光綫可以通過此口而射入，同時也可以使煙霧從中冒出去，因爲他們始終是在幕帳中央升火的。四壁與幕頂均以氊毯覆蓋，門同樣也是以氊毯做成的。有些幕帳很寬大，有的則較小，按照人們社會地位的高低貴賤而有區別。有的幕帳可以很快地拆卸並重新組裝，用馱獸運載搬遷，有些則是不能拆開的，但可以用車搬運。……無論他們走到哪裏，去進行征戰還是到别的地方，他們都要隨身攜帶自己的幕帳。”（耿昇、何高濟譯：《柏朗嘉賓蒙古行紀·魯布魯克東行紀》，頁 30）

又行六七日，忽入大沙陁[(1)(一)]。其蹟[(2)]有矮榆[(二)]，大者合抱。東北行千里外，無沙處絶無樹木。

三月朔[(三)]，出沙陁至魚兒濼[(3)(四)]，始有人煙聚落，多以耕釣爲業[(五)]。時已[(4)]清明，春色渺然[(六)]，凝冰未泮[(七)]，有詩云：“北陸祁寒[(八)]自古稱，沙陁三月尚凝冰。更尋若士[(九)]爲黄鵠[(5)(十)]，要識修鯤化大鵬[(十一)]。蘇武北遷[(十二)]愁欲死，李陵南望[(十三)]去無憑。我今返學盧敖[(十四)]志，六合[(十五)]窮觀最[(6)]上乘。”

三月五日，起之東北。四旁遠有人煙，皆黑車白帳[(十六)]，隨水草放牧[(7)]。盡原隰[(十七)]之地，無復寸木，四望唯黄雲白草[(十八)]。行不改途[(8)(十九)]，又二十餘日方見一[(9)]沙河[(二十)]，西北流入陸局河[(二十一)]。水濡馬腹，傍[(10)]多叢柳[(二十二)]。渡河北行三日，入小沙陁[(二十三)]。

【校記】

（1）陁：連本、王本、備要本、初編本、張本、紀本、史地本、黨本作“陀”。

（2）蹟：連本、輿地本、王本、備要本、初編本、張本、紀本、史地本、黨本作"磧"。

    （3）鱼兒濼：黨本作"魚兒泊"。

    （4）已：宛委本作"以"。

    （5）鵠：史地本作"鵲"。

    （6）最：連本、興地本、備要本作"寂"。

    （7）牧：張本作"收"。

    （8）途：王本作"塗"。

    （9）一：興地本、張本、紀本、史地本作"西"。

    （10）傍：王本、黨本作"旁"。

【注釋】

（一）沙陁：即沙漠。元人耶律鑄《雙溪醉隱集》卷2《涿邪山》詩注云："處月部居金娑山之陽，蒲類海之東，皆沙漠磧、鹵地也。《西漢書》注：薛瓚曰'沙土曰漠'其說得之。即今華夏猶呼沙漠爲沙陀，突厥諸部遺俗至今亦呼其磧鹵爲朱邪，豈可謂以諸人為父耶。"（《景印文淵閣四庫全書》第1199冊，頁388）張德輝《嶺北紀行》云："自堡障行四驛，始入沙陀。"賈敬顏注疏："此（沙陀）元人所稱之也可迭烈孫，明人所稱之也可的里速，即大沙窩，又曰瀚海。而今人名曰渾善達克沙漠者之東南邊際。長春書名明昌界北之大沙陀。張、丘入沙陀處，約在今哈嘎淖附近（正藍旗所在地黃旗大營子西北）。"（賈敬顏：《五代宋金元人邊疆行記十三種疏證稿》，頁341）

（二）矮榆：此處當指低矮的沙榆。沙榆是沙地植被中較常見的一種喬木，樹皮厚而粗糙，木質堅硬。根系發達，具有易種植，生長快，抗旱耐寒等特點。

（三）朔：農曆每月初一為朔日。

（四）魚兒濼：又稱答兒海子，答兒腦兒，即今內蒙古克什克騰旗境內的達里諾爾或達里泊，蒙語稱為 Dal nor 或 Dari nor，張德輝《嶺北行紀》稱，經六驛出大沙陀後，"復西行一驛，過魚兒泊。"賈敬顏註疏："魚兒泊多見《元史》等書並元人詩文。又稱打兒海子。唐曰大洛泊，遼曰達里淀。又曰大水泊（撒里曩），今作達里泊或達里諾爾，以盛產魚出名。"（賈敬顏：《五代宋金元人邊疆行記十三種疏證稿》，頁342）沈垚《西遊記金山以東釋》：“元之魚兒濼與遼之魚兒濼，名同地異。元魚兒濼直昌、撫等州沙漠之北，遼魚兒濼則與長春州混同江相近。”（沈垚：《落帆樓文稿》卷6，《續修四庫全書》第1525冊，頁433）王國維注：“《紀行》（張德輝《嶺北紀行》）：‘凡經六驛而出陀，復西北行一驛，始過魚兒泊。泊有二焉，周廣百餘里，中有陸道，達於南北。泊之東涯有公主離宮。’案：魚兒泊即今達里泊。張氏謂泊有二，正與今達里泊及岡愛泊形勢同。又，中有陸道達於南北，正與今驛路出二泊之間者同。又謂泊之東涯有公主離宮，考《元史·特薛禪傳》，甲戌太祖在迭蔑可兒諭案陳曰：可木兒溫都兒、答兒腦兒、迭蔑可兒之地，汝則居之。又至元七年，斡羅陳萬戶及其妃囊加真公主，請於朝曰：本藩所受農土，在上都東北三百里答兒海子，是實本藩駐夏之地，可建城邑以居。帝從之，遂名其地為應昌云云。案：答兒腦兒、答兒海子即達里泊，太祖以之封弘吉剌氏。弘吉剌氏世尚公主，故泊之東涯，有公主離宮。是魚兒濼即今達里泊，更不容疑。近人乃或以《秘史》之捕魚兒海子，今之貝爾湖當之，度以地望，殊不然也。”并認為：“沈子敦曰：驛路本由魚兒濼西北行。徑抵臚朐河曲，當黑山之陽，張參議所行是也。真人以赴斡辰之請，改向東北行，由王帳下西至臚朐河曲，方與魚兒濼驛路合，故《記》云然。自河曲以西，與參議行程合矣。”

（五）耕釣為業：當地居民以耕種和打魚為生。王國維注：“《蒙古遊牧記》：‘達里諾爾產魚最盛。諾爾之利，蓋克什克騰、阿巴噶、阿巴哈納爾三部蒙古共享之。所產滑子魚，每三、四月間，自達里諾爾溯流而進，填塞河渠，殆無空隙，人馬皆不能渡。’然則魚兒泊之名，蓋本於此。”

（六）渺然：微小，渺小。

（七）泮：溶解，融化。

（八）祁寒：嚴寒。

（九）若士：猶言“其人”，後來成為道士的通稱。

（十）黃鵠：指鴻鵠，即天鵝。

（十一）修鯤化大鵬：語出《莊子·逍遙遊》：“北冥有魚，其

名爲鯤，鯤之大不，知其幾千里也，化而爲鳥，其名爲鵬。"（曹礎基、黃蘭發點校：《南華真經註疏》卷1，頁1）

（十二）蘇武北遷：典出《漢書》卷54《蘇建傳》所記載漢朝使臣蘇武的故事。（頁2459—2469）蘇武（？—前60年），字子卿，西漢杜陵（今陝西西安）人，武帝時爲郎中。天漢元年（前100年）奉命以中郎將持節出使匈奴，被扣留。匈奴貴族多次威脅利誘，欲使其投降；後將他遷到北海（今貝加爾湖）邊牧羊，揚言公羊生子方可釋放他回漢地。蘇武留居匈奴十九年持節不屈，至始元六年（前81年），方獲釋回漢。蘇武去世後，漢宣帝將其列爲麒麟閣十一功臣之一，以彰顯其節操。

（十三）李陵南望：典出《史記》卷190《李將軍列傳》與《漢書》卷54《李陵傳》。據載，漢將軍李陵（？—前74年），字少卿，隴西成紀（今甘肅秦安）人，西漢將領李廣之孫。天漢二年（前99年）奉漢武帝之命出征匈奴，率五千步兵與數萬匈奴騎兵英勇作戰，最後因寡不敵眾，兵敗投降。聞悉李陵投降匈奴，漢武帝下令將其全家處死，使他斷絕了回歸漢朝的念想，後病死匈奴。

（十四）盧敖：據《史記》卷6《秦始皇本紀》記載，盧敖為秦時燕地的方士，曾爲秦始皇尋求古仙人羨門、高誓及芝奇長生仙藥，受到秦始皇賞識，進爲博士，後見始皇剛愎拒諫，專橫失道，遂避難隱遁。後多用來泛指隱者。

（十五）六合：天、地（或上、下）與東、西、南、北四方合稱六合。

（十六）黑車白帳：指黑色的勒勒車和白色的氈帳。

（十七）原隰：原，寬廣平坦之處；隰，低濕的地方。

（十八）黃雲白草：形容邊塞的荒涼景象。

（十九）改途：亦作"改塗"，改變路徑。比喻變更方針、辦法或態度。

（二十）沙河：丁謙考訂此沙河即海拉爾河，張星烺、陳正祥認為是哈拉哈河。據文意及斡辰大王駐地推知，當是哈拉哈河。

（二十一）陸局河：《遼史》作驢駒河，《金史》作龍駒河或龍居河，《元史》作驢駒河或怯綠連河。《湛然居士文集》作閭居河，

《嶺北紀行》作驢駒河。張德輝《紀行》云："自外堡行一十五驛，抵一河，深廣約什滹沱之三。北語云翕陸連，漢言驢駒河也。"（賈敬顏：《五代宋金元人邊疆行記十三種疏證稿》，頁343）《金史》卷24《地理志》："長泰有立列只山，其北千餘里有龍駒河，國言曰喝必剌。有撒里葛靚地。"（頁562）即今克魯倫河，發源于今蒙古國肯特山東南，東流至中國內蒙古自治區呼倫貝爾盟西部，東北流入呼倫湖。

（二十二）叢柳：紅柳，又名檉柳，是高原或干旱、半干旱地區最普通、最常見的一種植物。屬紅柳科灌木或小喬木，在我國新疆、甘肅、內蒙古等地廣泛分佈。張德輝《紀行》亦云：驢駒河"夾岸多叢柳，其水東注，甚湍猛。"（賈敬顏：《五代宋金元人邊疆行記十三種疏證稿》，頁343）

（二十三）小沙陁：即小沙漠，此指呼倫貝爾沙地。

　　四月朔，至斡辰大王$^{(1)}$帳下$^{(一)}$，冰始泮，草$^{(2)}$微萌矣。時有婚嫁之會，五百里內首領，皆載馬湩助之。皂$^{(3)}$車、氈$^{(4)}$帳成列數千。七日，見大王，問以$^{(5)}$延生事。師謂$^{(6)}$："須$^{(7)}$齋戒$^{(二)}$而後可聞。"約以望日授受。至日，雪大作，遂已。大王復曰："上遣使$^{(8)}$萬里請師問道，我曷敢先焉$^{(9)}$。"且諭阿里鮮："見畢東還，須奉師過此。"十七日，大王以牛馬百數、車十乘送行。馬首西北$^{(三)}$，二十二日抵陸局河，積水成海$^{(四)}$，周數百里。風浪漂出大魚，蒙古人各得數尾。$^{(五)}$並河南岸西行，時有野薤$^{(10)(六)}$得食。

【校記】

（1）斡辰大王之"辰"：黨本作"臣"。

（2）草：王本、黨本作"水"。

（3）皂：連本、輿地本、王本、備要本、初編本作"皁"。

（4）氈：王本、備要本作"氊"。

（5）以：輿地本、備要本、史地本脫此字。

（6）謂：輿地本、張本、紀本、史地本作“曰”。

（7）須：輿地本、張本、紀本、史地本在此字後衍“虔”字，紀本衍“虔誠”二字。

（8）使：宛委本作“師”。

（9）焉：輿地本、紀本、史地本脫此字。

（10）薤：連本、輿地本、王本、備要本、初編本、史地本作“韰”。

【注釋】

（一）斡辰大王帳下：當指鐵木哥·斡赤斤的王庭。白拉都格其在《成吉思汗時期斡赤斤受封領地的時間和範圍》一文中認為其統治區域在哈拉哈河流域。此時他很可能駐扎於此。

（二）齋戒：道教徒在祭祀前沐浴更衣，不飲酒，不食葷，不與妻妾同寢，潔淨心身，以示虔誠。

（三）馬首西北：即向西北前行。斡赤斤的汗廷在哈拉哈河流域，克魯倫河在哈拉哈河西，從汗廷向呼倫湖行進，其正是朝著西北方向而行。

（四）積水成海：沈垚認為此海即杜勒鄂謨，丁謙考證的呼倫湖。王國維注曰：“丁氏之說近之。斡辰大王卓帳之地，亦可由此推知矣。”紀本、黨本皆依據丁氏、王氏之說，今從之。其地在今內蒙古自治區呼倫貝爾市新巴爾虎左、右旗與滿洲里市之間。

（五）風浪漂出大魚，蒙古人各得數尾：張德輝北行至此亦知聞，“居人云：‘中有魚，長可三四尺。春夏及秋捕之，皆不能得，至冬，可鑿冰而捕也’。”賈敬顏按：“溫都爾罕西南有一時令湖，以吐納克魯倫之水，當即此海，昔漲而今涸矣，風浪漂魚，言語不誣，余於1959年在克魯倫河親睹其狀。”（賈敬顏：《五代宋金元人邊疆行記十三種疏證稿》，頁344）

（六）薤：百合科蔥屬多年生草本植物，葉細長，開紫色小花，鱗莖和嫩葉可以食用，也叫藠頭。在今內蒙古境內廣泛分佈。《元朝秘史》第74節提及薤，蒙古語漢譯音“忙吉兒”（烏蘭校勘本，頁44上欄）。說明當時蒙古人也以此為食。

　　五月朔亭午^(一)，日有食之^(二)。既，衆⁽¹⁾星乃見，須臾復明。時在河南岸，蝕自西南，生自東北。其地朝凉⁽²⁾而暮熱，草多黄花。水流東北，兩岸⁽³⁾多高柳，蒙古人取之以造廬帳^(三)。行十有六日，河勢遶⁽⁴⁾西北山去^(四)，不得窮其源，西南⁽⁵⁾桉⁽⁶⁾魚兒⁽⁷⁾濼驛路。蒙古人喜曰："年前⁽⁸⁾已聞父師來。"因獻黍米石^{(9)(五)}有五斗，師以斗棗酬之。渠^(六)喜曰："未嘗見此物"。因舞謝^(七)而去。

【校記】

（1）衆：輿地本作"眾"，下同。

（2）凉：王本作"涼"。

（3）岸：宛委本："岍"。

（4）遶：連本、輿地本、王本、備要本、初編本、史地本、張本、紀本、黨本作"繞"。

（5）西南：王本、張本、紀本、黨本在"西南"前衍"其"字。

（6）桉：餘本作"接"。

（7）桉魚兒：連本、輿地本、備要本、初編本、紀本、史地本缺此三字。

（8）年前：除宛委本，餘本皆作"前年"。

（9）石：黨本作"十"。

【注釋】

（一）亭午：正午，中午。

（二）日有食之：這是發生在宋寧宗嘉定十四年、金宣宗興定五年、元太祖十六年（1221）五月一日的一次日全食，長春真人一行所經克魯倫河（位於今蒙古國境內），可見日全食。（趙洋：《〈長春真人西遊記〉見日食處地理考》，《嶗山論道》，頁343）《金史》卷16《宣宗下》謂："（五年）五月甲申朔，日有食之。"（頁357）《宋史》卷40《寧宗四》稱："（嘉定十四年）五月甲申朔，日有食之。"（頁776）史料相互印證，說明此記載是可靠的。

（三）盧帳：帳篷，帳幕做的房子，類似蒙古包，即"穹廬"。《黑韃事略》有曰："其居穹廬，無城壁。……穹廬有二樣，燕京之制，用柳木為骨，如南方罘罳，可以舒卷，面前開門，上如傘骨，頂開一竅，謂之天窗，皆以氈為衣，馬上可以載。草地之制，以柳木織成硬圈，徑用氈靰定，不可卷舒，車上載行，水草盡則移，初無定日。"（《王國維遺書》第 13 冊，頁 4a—4b）程大昌《演繁錄》卷 13 "百子帳"條云："唐人昏禮多有百子帳……蓋其制本出塞外，特穹廬、拂廬之具體而微者。棬柳為圈，以相連瑣，可張可闔，為其圈之多也，故以百子總之，亦非真有百圈也。其施張既成，大抵如今尖頂圓亭子，而用青氈通冒四隅上下，便於移置耳。白樂天有《青氈帳詩》，其規模可考也。其詩始曰：'合聚千羊毳，施張百子棬，骨盤邊柳健，色染塞藍鮮。'"（頁 151）

（四）河勢遠西北山去：克魯倫河自蒙古國烏蘭巴托東部肯特山發源，先南流，再折向東流，經喬巴山市，流入中國內蒙古自治區呼倫貝爾盟新巴爾虎右旗，東北流入呼倫湖。丘處機一行沿河南岸往西走，故有此說。《長春真人西遊記·程同文跋》："……五月十六日，河勢繞西北山去，不得窮其源。喀魯倫河發源肯特山，南流及平地，始轉東流。長春由河南岸溯河西行，故不見其北來之源也。"張德輝《嶺北紀行》："自瀠（魚兒泊）之西北行四驛，有長城頹址。望之綿延不盡。亦前朝所駐之外堡也。自外堡行一十五驛，抵一河，深廣約什溥沱之三。北語雲龠陸連，漢言驢駒河也。夾岸多叢柳。"（賈敬顏：《五代宋金元人邊疆行記十三種疏證稿》，頁 343）

（五）石：容量單位，十斗為一石。

（六）渠：方言，代指"他"、"她"或"它"。

（七）舞謝：手舞足蹈的拜謝。

又行十日，夏至，量日影三尺六七寸，漸見大山^{（一）}峭拔^{（二）}，從此以西，漸有山阜^{（三）}，人煙頗眾，亦皆以^{（1）}黑車、白帳^{（四）}為家。其俗牧且獵，衣以韋毳^{（五）}，食以肉酪^(六)。男子結髮垂兩耳^(七)。婦人冠以樺皮^(八)，高二尺許，往往以皂⁽²⁾褐^(九)籠之，富⁽³⁾者以紅綃^(十)。其末如鵝鴨，名曰"故故"^(十一)，大忌人觸，出入廬帳須低佪^(十二)。俗無文籍，或約之以言，或刻木爲契^(十三)。遇食同享，難則爭赴。有命則不辭，有言則不易。有上古^(十四)之遺風焉。以詩敘其實云："極目^(十五)山川無盡頭，風煙不斷水長流。如何造物開天地^(十六)，到此令人放馬牛。飲血茹毛^(十七)同上古，羚⁽⁴⁾冠^(十八)結髮異中州^(十九)。聖賢不得垂文化，歷代縱橫只自由。"

【校記】

（1）以：張本、紀本脱此字。

（2）皂：連本、輿地本、王本、備要本、初編本、宛委本作"皁"。

（3）冨：餘本皆作"富"。

（4）羚：王本、紀本、黨本作"峨"。

【注釋】

（一）大山：沈垚《西遊記金山以東釋》曰："其地在土剌河之南，喀魯哈河之東。近今喀爾喀土謝圖汗中右旗地。"（沈垚：《落帆樓文稿》卷6，《續修四庫全書》第1525冊，頁435）王國維沿襲沈氏之說，今從其說。

（二）峭拔：形容山高而陡。

（三）阜：土山，丘陵。

（四）黑車白帳："黑車"即蒙古人所乘大車。《元朝秘史》卷2有載："豁阿黑臣名字的老婦人，欲將字兒帖夫人要藏，教坐在黑車子里，著個花牛駕著車子，逆著騰格里小河行了。"（烏蘭校勘本，頁63下欄）白帳，見前"廬帳"之釋義。

（五）韋毳：韋，柔皮，去毛熟制的皮革；毳，鳥獸的細毛。韋毳，借指少數民族的裝束。

（六）酪：《秘史》稱作"塔剌黑"，即蒙古语 taragh 的音譯。

《馬可波羅行紀》第 69 章《韃靼人之神道》注二曰："韃靼人取牛乳先制酪，已而留乳使酸，煮之使其凝結，復于日中曝之，遂硬如鐵滓，然後以囊盛之，以備冬日缺乳時之用。欲飲時，置凝結之酸乳於囊中，澆以熱水，攪之使溶，然後飲之，蓋彼等常不飲清水，而以此代鮮乳也。"（沙海昂注，冯承钧譯，頁 155—156）

（七）結髮垂兩耳：王國維注引鄭思肖《心史·大義略敘》："三搭者，環剃去頂上一彎頭髮，留當前髮，剪短散垂，卻析兩旁髮，垂縮兩髻，懸加左右肩衣襖上，曰不狼兒。言左右垂髻，礙於回視，不能狼顧，或合辮為一，直拖垂衣背云云。"又言"余見烏程蔣氏藏元無名氏《羽獵圖》，人皆垂兩辮，與二書合。"《蒙韃備錄·風俗》云："上至成吉思，下及國人，皆剃婆焦，如中國小兒留三搭頭，在鹵門者稍長則剪之，在兩旁者總小角垂於肩上。"（《王國維遺書》第 13 冊，頁 15b）

（八）樺皮：樺樹的皮。

（九）皂褐：皂，黑色；褐，粗毛或粗麻織的短衣。

（十）綃：生絲織成的薄紗、薄絹。

（十一）故故：蒙古語稱作孛黑塔（boqtaq），漢文文獻稱爲罟罟冠，並有故故、固故、顧姑等同音異寫，但不是蒙古語音譯。《元朝秘史》卷 2 音譯蒙古語作孛黑塔。波斯拉施特《史集》、志費尼《世界征服者史》描述這種頭飾均作 boqtaq。故故冠是蒙古族平民婦女的頭飾，以柳條或鐵絲作骨架，盤作高髻，飾以羽毛，元朝建國前已見使用。後貴族婦女裝飾以特制的雉尾。漢人對蒙元婦女頭戴雉尾冠好奇，戲稱爲罟罟冠。詳細介紹可參見蔡美彪《罟罟冠一解》（《中華文史論叢》2010 年第 2 輯）。赵珙《蒙韃備錄·婦女》謂："凡諸酋之妻，則有顧姑冠，用鐵絲結成，形如竹夫人，長三尺許，用紅青錦繡或珠金飾之，其上又有杖一枝，用紅青絨飾之。"（《王國維遺書》第 13 冊，頁 17b）《黑韃事略》："婦人頂故姑。"徐霆疏："霆見其故姑之制，用畫木爲骨，包以紅絹金帛，頂之上用四五尺長柳枝或鐵打成枝，包以青氈，其向上人則用我朝翠花或五采帛飾之，令其飛動，以下人則用野鷄毛．婦女真色，用狼糞塗面。"（《王國維遺書》第 13 冊，頁 6b—7a）

（十二）低回：低頭回護。

（十三）契：官方文書，分為兩半，雙方各持一半作為憑證。關於蒙古國時期的官方文契使用，《蒙韃備錄》記載道："今韃之始起，並無文書，凡發命令，遣使往來，止是刻指以記之。為使者，雖一字不敢增損，彼國俗也。"（《王國維遺書》第 13 冊，頁 4b）《黑韃事略》："徐霆考之，韃人本無字書，然今之所用，則有三種，行于達人本國者，則只用小木長三四寸，刻之四角，且如差十馬，則刻十刻，大率只刻其數也。"（《王國維遺書》第 13 冊，頁 8b—9a）

（十四）上古：指有文字以前的時代。如與中古並提時，一般指秦漢以前。

（十五）極目：瞭望，盡目力所及。

（十六）開天地：典出中國古代關於盤古開天地的傳說故事。該故事最早見於三國時徐整所撰的《三五曆紀》，該書已軼，但部分內容被諸如《太平御覽》、《藝文類聚》等類書引用。唐代歐陽詢等奉敕撰《藝文類聚》卷 1《天部上》引《三五曆紀》云："天地混沌如雞子，盤古生其中萬八千歲，天地開闢。陽清為天，陰濁為地，盤古在其中一日九變，神於天，聖於地，天日高一丈，地日厚一丈，盤古日長一丈。如此萬八千歲，天數極高，地數極深，盤古極長，後乃有三皇。數起於一，立於三，成於五，盛於七，處於九，故天去地九萬里。"（汪紹楹校本，頁 2—3）

（十七）飲血茹毛：生食連毛帶血的鳥獸，言太古之時不知熟食。

（十八）羨冠：高冠。羨，豎起，高聳。

（十九）中州：古豫州處九州中間，稱為中州。後泛指黃河中遊地區。也代指中國。

又四程$^{（一）}$，西北渡河$^{（二）}$，乃平野$^{（1）}$。其旁山川皆秀麗，水草且豐美。東西有故城，基址$^{（2）（三）}$若新，街衢$^{（四）}$巷陌$^{（五）}$可辨，制作類中州。歲月無碑刻可考，或云契丹所建。既而地中得古瓦，上有<u>契丹</u>字，盖⁽³⁾<u>遼</u>亡士馬不降者西行所建城邑也。^(六)又言西南至<u>尋思干</u>⁽⁴⁾城^(七)，萬里外<u>回紇國</u>^(八)最⁽⁵⁾佳處，<u>契丹</u>^(九)都焉，歷七帝^(十)。

【校记】

（1）乃平野：<u>王本</u>脱此三字。

（2）址：<u>連本</u>、<u>初編本</u>作"趾"。

（3）盖：<u>連本</u>、<u>輿地本</u>、<u>王本</u>、<u>備要本</u>、<u>初編本</u>作"蓋"，<u>史地本</u>作"葢"。

（4）干：<u>宛委本</u>作"千"。

（5）最：<u>連本</u>、<u>輿地本</u>作"冣"。

【注釋】

（一）程：里程，路程。古代計算行程的單位，一日之行為一程。

（二）西北渡河：《蒙古遊牧記》跋認為："四程，西北渡河者，<u>土拉河</u>也。"（頁376）<u>土拉河</u>，亦作<u>圖拉河</u>，即今<u>蒙古國</u>西北之<u>圖拉河</u>。

（三）基址：建築物的最下層。

（四）衢：四通八達的道路。

（五）巷陌：街道的通稱。陌，街道。

（六）東西有故城……盖<u>遼</u>亡士馬不降者西行所建城邑也：<u>張德輝</u>《嶺北紀行》有："遵河而西，行一驛，有<u>契丹</u>所築故城，可廣三里，背山面水，自是水北流矣。由故城西北行三驛，過<u>畢里紇都</u>，乃弓匠積養之地。又經一驛，過<u>大澤泊</u>……泊之正西有小故城，亦<u>契丹</u>所築也。"（<u>賈敬顏</u>：《五代宋金元人邊疆行記十三種疏證稿》，頁345—346）<u>王國維</u>注："此《記》之<u>契丹</u>東西二故城，與《紀行》之二故城，殆未可遽視為一。此《記》'東西有故城'一語，緊接於西北渡河之後，河者<u>喀魯哈河</u>，則所謂東西者，當指<u>喀魯哈河</u>之東西。<u>拉特祿夫</u>《蒙古圖志》：<u>喀魯哈河</u>右有二廢城，隔河相望，殆謂是矣。……至有<u>契丹</u>所築故城，背山面水，自此水北流，是<u>張氏</u>所經故城，在<u>土拉河</u>西流北折之處，殆<u>遼</u>時<u>防</u>、<u>維</u>二州

城之一。沈子敦據俗本《紀行》譌遵河而西為過河而西，遂置此城
於土拉河及喀魯哈河之西。不知由驛路西行不必過土拉河，若既渡
土拉河，則所云自此水北流者又指何水乎？故張記之東故城實在土
拉河曲之南，而此記之東故城則在喀魯哈河南岸，此兩書之東故城
不能遽視為一者也。至二西故城，則此《記》之西故城，以《記》
文敘次言之，當東距喀魯哈河不遠，而《紀行》之西故城，則遠在
鄂爾昆河岸。《紀行》謂吾悞竭腦兒之正西，有小故城，案：吾悞
竭腦兒即今之額歸泊，今泊西有湖名 Tsaidam 者，其旁有廢城，《苾
伽可汗》及《闕特勤》二碑，皆在其左右。張氏所稱，殆謂是城。
沈子敦並為一談，非是。"沈垚《西遊記金山以東釋》認為該城即
可敦城，"是大石西行駐軍於可敦城，故記以契丹城，為遼亡士馬
不降者西行所建城邑矣，亦可證是城之當即鎮州也"（沈垚：《落帆
樓文稿》卷 6，《續修四庫全書》第 1525 冊，頁 438—439）陳得芝
進一步考證指出："根據丘處機所走的路線，他所見到的契丹故城
應在喀魯哈河下游之南，和遼鎮州的位置正相符合。考古工作者在
今蒙古布爾根省南部喀魯哈河下游之南、哈達桑之東二十公里的青
托羅蓋，發現一遼代古城，周約六里，城中有大量遼代瓦片、陶器
等物留存，尚有一大石碑座（碑已不存）。哈達桑亦有一遼代古城，
周約四里，城內街衢遺跡尚可辨識，並有灌漑渠從城外引入；城內
外還發現大面積耕地遺跡。此外，在青托羅蓋遼古城東南，土拉河
曲之西還有一座古城，名烏蘭巴剌合思；哈達桑古城之西，鄂爾渾
河與烏歸湖之間也有一座古城。後兩個古城見於元人張德輝的記載
（見《秋澗先生大全文集》卷 100《張耀卿紀行》），據說是遼城。
以上四座遼城中，以青托羅蓋遼古城規模最大，且立有大石碑，地
位較附近三城重要，應即遼鎮州可敦城遺址。哈達桑古城、烏蘭巴
剌合思古城和烏歸湖西古城，當是防州、維州和招州遺址。"（陳得
芝：《遼代的西北路招討司》，《蒙元史研究叢稿》，頁 33）

（七）尋思干城：今烏茲別克斯坦之撒馬爾罕（Samarkand）。
《史記》、《漢書》、《魏略》、《晉書》記其為康居地。《隋書》作康
國，同書卷 83 載："康國者，康居之後也，遷徙無常，不恒故地。
然自漢以來相承不絕，其王本姓溫，月氏人也。舊居祁連山北昭武

城，因被匈奴所破，西踰葱嶺，遂有其國，支庶各分王，故康國左右諸國並以昭武為姓，示不忘本也"。（頁 1848）《大唐西域記》作颯秣建。故址在今撒馬兒罕以北約 3.5 公里外的一處高地上，本名 Afrasiab，面積約 218.9 公頃，約建於公元前六世紀。《西遊錄》作尋思干，"訛打剌之西千餘里有大城曰尋思干。尋思干者，西人雲'肥'也，以地土肥饒故名之。西遼名是城曰河中府，以瀕河故也……"（向達校注本，頁 13）劉郁《西使記》亦載。"撏思干，城大而民繁，時羣花正圻，唯梨花、薔薇、玫瑰如中國，餘多不能指名。城之西所植，皆蒲萄、粳稻。有麥，亦秋種。又其滿地產藥，十數種皆中國所無，藥物療疾甚效……"（元王惲著，楊曉春點校：《玉堂嘉話》，頁 59）其波斯文名稱為 Semiscant，cant（干）在波斯文中的意思為"城"，semis 的漢譯音為"邪米思"、"尋思"、"薛米思"等，源于突厥語，意為"肥沃"。

（八）回紇國：回紇早先受突厥汗國統治，公元 744 年，回紇在唐朝的幫助下，攻滅突厥汗國，建立回紇汗國，788 年改名回鶻。840 年，因受到黠戛斯的進攻，分四支外遷：一部南下依附唐朝，其他三部西走分別進入了葱嶺西、西州、河西。進入葱嶺西與西州的回鶻人分別與當地民族一起建立了黑汗王朝（哈喇汗王朝）和高昌回鶻王國（即元代的畏兀兒）。在十三世紀前期的一些漢文文獻中，把天山東部的高昌回鶻和其他中亞突厥語民族和國家，以及突厥王朝（如花剌子模）治下的突厥語族，都統稱為回紇或回回。後來因為中亞突厥人及突厥人統治下的其他民族逐漸信奉伊斯蘭教，回紇或回回逐漸被用來稱呼伊斯蘭教徒，而天山東部的高昌回鶻直到元代還未信奉伊斯蘭教（主要信奉佛教、景教等），所以被稱為畏兀兒（即下文的畏午兒）。因此，這裡的回紇國泛指中亞地區信仰伊斯蘭教的部落或政權。

（九）契丹：即指西遼王朝。唐代，契丹游離於突厥汗國與唐朝之間。公元 916 年，建立政權，國號"契丹"，1066 年改為"大遼"，是長期與北宋王朝並立的中國北方民族政權。1125 年，被興起的女真人攻滅。遼朝滅亡的前一年，契丹貴族耶律大石率部西走，1132 年，在葉密立稱帝立國，建立"西遼"（西方文獻稱為哈喇契丹），1134 年進軍<u>撒馬爾罕</u>，即上文的<u>尋思干城</u>，并定都於此。1211 年，<u>西遼</u>政權被<u>乃蠻</u>王子<u>屈出律</u>篡奪，後被<u>蒙古</u>滅亡。

（十）歷七帝：1124 年，<u>耶律大石</u>西走，至 1211 年，<u>西遼</u>共存在 88 年。據<u>魏良弢</u>《<u>西遼史綱</u>》考證，歷任執政者分別為<u>耶律大石</u>（1124—1143）、<u>蕭氏塔不煙</u>（1144—1150）、<u>大石子夷列</u>（1151—1163）、<u>大石女甘氏普速完</u>（1164—1178）、<u>夷列次子直魯古</u>（1178—1211）。<u>屈出律</u>在 1211 年俘獲<u>直魯古</u>後，僭居帝位，<u>西遼國</u>滅亡。若將<u>屈出律</u>算入<u>西遼</u>執政者世系，<u>西遼</u>當歷六帝，此處稱"七帝"，誤。（《附一》頁 146，《附二》頁 152）

六月十三日，至<u>長松嶺</u>⁽一⁾後宿，松栝⁽¹⁾⁽二⁾森森，干⁽²⁾雲蔽日⁽三⁾，多生山陰澗道間，山陽極少。十四日過山，度⁽³⁾淺河⁽四⁾。天極寒，雖壯者不可當⁽五⁾。是夕宿⁽⁴⁾平地。十五日曉⁽六⁾起，環帳皆薄冰。十七日宿嶺西。時初伏⁽七⁾矣，朝暮⁽⁵⁾亦有水⁽⁶⁾，霜已三降，河水有澌⁽⁷⁾⁽八⁾，冷⁽⁸⁾如嚴冬。土人云："常年五、六月有雪。今歲幸晴暖。"師易其名曰"<u>大寒嶺</u>"。凡遇雨多雹。山路盤曲，西北且⁽⁹⁾百餘⁽¹⁰⁾里，既而復西北，始見平地。有石河⁽九⁾長五十餘里，岸深十餘丈，其水清冷⁽¹¹⁾⁽十⁾可愛，聲如鳴玉⁽十一⁾。

峭壁之間有大葱，高三、四尺。澗上有松，皆⁽¹²⁾十餘丈。<u>西山</u>⁽¹³⁾連延，上有喬松⁽十二⁾欝⁽¹⁴⁾然。山⁽¹⁵⁾行五、六日，峰迴路轉，林巒秀茂。下有溪水注焉。平地皆⁽¹⁶⁾松樺雜木，若有人煙狀。尋登高嶺⁽十三⁾，勢若長虹⁽十四⁾，壁立千仞⁽¹⁷⁾⁽十五⁾。俯視海子⁽十六⁾，淵深恐人。

【校記】
（1）栝：黨本作"檜"。
（2）干：史地本作"千"。
（3）度：王本、張本、紀本、黨本作"渡"。

（4）夕宿：備要本作"宿夕"。

（5）暮：王本作"莫"。

（6）水：餘本作"冰"。

（7）澌：王本、紀本、黨本作"澌"。

（8）冷：宛委本作"冰"。

（9）且：王本作"約"。

（10）餘：紀本脫此字。

（11）冷：連本、輿地本、王本、備要本、初編本、張本、紀本、黨本作"泠"。

（12）皆：王本、黨本作"高"。

（13）山：宛委本作"上"。

（14）欝：餘本作"鬱"。

（15）山：王本、黨本脫此字。

（16）皆：黨本在此字後衍"有"字。

（17）仅：史地本、宛委本與底本同，餘本作"仞"。

【注釋】

（一）長松嶺：在今蒙古國杭愛山一帶。張星烺注引俄國人博塔寧（Potanin）的說法："杭愛山東部有支脈名叫恩都兒那日蘇（Undur narsu）"。蒙語即"高松"之義。長春真人所過之長松嶺當指此，紀流本亦採用此種說法。《蒙古遊牧記》卷8記載說："此長松嶺，或即喀里呀拉山，已在北極，出地四十九度處，是以寒甚。"（頁376）至於喀里呀拉山的地望，今不知所在。

（二）栝：樹名，即檜樹。

（三）干雲蔽日：形容樹木參天，高及雲際，蔭可蔽日。

（四）淺河：王國維認為這條河即鄂爾昆河，陳正祥認為是土拉河的支流瑪拉金河。鄂爾昆河也叫鄂爾渾河或斡耳罕河，《元史》卷132《玉哇失傳》載："諸王和林及失剌等叛，從皇子北安王討之，至斡耳罕河，無舟，躍馬涉流而渡，俘獲甚眾。"（頁3209）《蒙古遊牧記》卷8亦云："淺河者，博羅河也。"（頁376）

（五）當：抵擋。

（六）曉：明亮，天明。

（七）初伏：夏至以後的第三個庚日謂“初伏”。

（八）澌：解冰曰澌，解凍時流動的水。

（九）石河：王國維認為是博爾哈爾台河。

（十）泠：水清的樣子。

（十一）鳴玉：古人佩戴在腰間的玉飾，行走時相擊發聲。此處形容水聲清越。

（十二）喬松：高大的松樹。

（十三）高嶺：丁謙認為是由石河直南取道賽坎山脊。《清史稿》卷78《地理志二十五》曰：“右翼前旗賽音諾顏之裔。……牧地胡努伊河至是合於哈綏河。胡努伊舊作呼納衣，又作庫諾衣，源自西南山中，東北四百里，迄賽坎山北麓，又東北入哈綏河。賽坎山甚高大，即巴顏濟魯克山之北行正幹，又折而東北，為厄勒黑圖諸山。”（頁2430）張星烺認為此山是杭愛山。

（十四）長虹：虹霓，其形長亙於天，故名。

（十五）千仞：古以八尺為仞，千仞言其高或深。

（十六）海子：王國維在注中認為，此海子疑即集爾瑪台河相連之察罕泊也。丁謙認為海子者，東面山（賽坎山）下阿蘇圖泊也。陳正祥認為，此一“淵深恐人”的海子，就是烏蓋泊，在庫倫以西約三百公里，泰咪爾河流入鄂爾渾河的匯口之東，即張德輝《嶺北紀行》之“吾誤竭腦兒”。張星烺認為，俯視之海子，即察罕腦兒，齊老圖河由此發源者也。程同文跋《蒙古遊牧記》認為：此即“今賽音諾顏中左旗之南中左末旗之西北齊老圖河側近。”（頁377）《清史稿·地理志》：“齊老圖河即石河，源出杭愛西界山下之額爾哲伊圖察罕泊，泊周六十里，在鄂勒白稽山之南幹大山下，西北經隔山之桑錦達賚泊。自泊東北流出，徑烏爾圖烏雅山南麓，稍東，會西北來一水，又東，會西南來二水，始曰齊老圖河。”（頁2428）

二十八日，泊窩里朶[(1)][(一)]之東。宣使[(2)]先[(3)]往奏稟皇后[(二)]，奉旨請師渡河[(三)]。其水東北流，涨[(4)]漫[(四)]没軸，絕^(五)流以濟^(六)。入⁽⁵⁾營，駐車南岸^(七)，車帳千百。日以醍醐、湩酪^(八)為供。<u>漢</u>、<u>夏公主</u>^(九)皆送寒具等食。黍米斗，白金十兩，滿五十兩可易麪⁽⁶⁾八十斤。蓋麪⁽⁷⁾出<u>陰山</u>之後二千餘里，<u>西域</u>賈胡⁽⁸⁾以橐馳⁽⁹⁾負至也^(十)。中伏^{(十一)(10)}，帳房無蠅。窩里朵⁽¹¹⁾，漢語⁽¹²⁾行宮也。其車輿、亭帳望之儼然，古之大單于未有若此⁽¹³⁾之盛也。

【校記】

（1）朵：輿地本、備要本作"朵"。

（2）使：底本為一無法辨認的生僻字，餘本作"使"，據改。

（3）先：連本、輿地本、備要本、初編本、張本、紀本、史地本脫此字。

（4）瀰：紀本、黨本作"彌"；餘本作"瀰"。

（5）入：黨本作"人"。

（6）麪：連本、輿地本、王本、初編本、宛委本作"麫"。

（7）麪：同本頁校記（6）。

（8）胡：輿地本、張本、紀本、史地本、宛委本脫此字。

（9）馳：宛委本與底本同，餘本作"駝"。

（10）中伏：輿地本、備要本、張本、紀本、史地本在此詞後衍"時"字。

（11）朵：輿地本、備要本作"朵"。

（12）語：王本、黨本作"言"。

（13）此：王本、黨本作"是"。

【注釋】

（一）<u>窩里朵</u>：見前文已注<u>兀里朵</u>

（二）<u>皇后</u>：即<u>蒙古</u>語 khatun（哈敦、哈屯），也就是<u>突厥</u>語的可敦。<u>波斯</u>文作 khātun。由於當時的<u>蒙古</u>社會流行多妻制度，從理論上來說妻的地位是平等的，都可以稱哈敦。<u>成吉思汗</u>有四大斡耳朵，《元史》卷 160《后妃表一》記載，這四位皇后分別是主持大斡耳朵的<u>孛兒台旭真太皇后</u>、第二斡耳朵的<u>忽蘭皇后</u>、第三斡耳朵

的也速皇后、第四斡耳朵的也速干皇后（頁 2693—2696）。張廣達
認為，"成吉思汗的原配孛兒帖主持大斡耳朵，當是隨成吉思汗有
了忽蘭、也速、也速倫，從而確立第二、第三、第四斡耳朵而定
型。成吉思汗死後，四個斡耳朵仍然保留。這又形成了蒙元時期諸
先朝斡耳朵一概保留的定例"。（《西域史地叢稿初編》，頁 352）
《史集》第 1 卷第 2 分冊《成吉思汗紀》中關於成吉思汗後妃的記
載是這樣的：大皇后孛兒帖旭真，弘吉剌惕部首領和君主德那顏的
女兒。二皇后忽蘭哈敦是遵命歸順〔成吉思汗〕的兀合兒—蔑兒乞
惕首領帶兒—兀孫的女兒。三皇后也速干，塔塔兒氏。四皇后公主
哈敦，乞台君主阿勒壇汗之女。五皇后也速倫，也速干的姊姊，塔
塔兒氏。（余大鈞、周建奇譯本，頁 85—90）通常認為成吉思汗只
有四大斡耳朵，日本學者箭內亙依據《西遊記》這段記載，把岐國
公主排除在四大皇后之外，邵循正也認為《元史·后妃表》記載源
於當時的內廷簡牘，較為可信。因此，四大皇后當以《后妃表》的
記載為確。《元朝秘史》第 257 節記載說："兔兒年，太祖去征回
回，命弟斡（惕）赤斤居守。以夫人忽蘭從行。"（烏蘭校勘本，頁
359 上欄）因此，本書此處的皇后應當是指孛兒帖、也速和也速干
中的一人。

　　（三）河：王國維認為是察罕鄂倫河，并贊同張德輝《紀行》
中所說："由川（和林川）之西北行一驛，過馬頭山……過一河曰
唐古，以其源出於西夏故也。其水亦東北流，水之西有峻嶺，嶺之
石皆鐵如也。嶺陰多松林，其陽，帳殿在焉，乃避夏之所也。"（賈
敬顏：《五代宋金元人邊疆行記十三種疏證稿》，頁 347—348）上及
"避夏之所"與《西遊記》所說"窩里朵"，在地望、道里方面相
合。蓋定宗時避夏之所，與太祖時略同矣。惟張德輝稱：此河名唐
古，又云源出西夏，皆非事實。陳正祥認為是和林川。張星烺認為
是色楞格河的上流支河鄂疊爾（Eter）河，王說當是。

　　（四）瀰漫：充滿、布滿，到處都是。

　　（五）絕：越過，橫渡。

　　（六）濟：渡，過河。

　　（七）入營，駐車南岸：王國維注："既云河水東北流而濟河之

後，不得駐車南岸也，此恐有誤"。王說足可信據，按上述所考，應該是駐山之南，水之北岸。此疑李志常表述有誤。

（八）醍醐、湩酪：醍醐，又稱"馬思哥油"，俗稱"純酥油"。醍醐爲酥油的精華，其加工的方法是將牛、羊奶（牛奶爲佳）入鍋内煮二三開，置盆内，冷却後，取其表面凝結的奶皮，再煎熬，濾去渣子，即爲酥油，再經提煉，就是醍醐。湩酪，即牛馬羊乳及其製品的古代稱謂，其實湩和酪是兩種東西，湩即馬湩或馬奶子。《元朝秘史》稱之爲額速克。扎奇斯欽考證說："額速克（esüg），亦可作 ösög，isüg，指發酵後有酸味之乳類的總稱，ayiragh及 chige 才是酸馬乳或馬湩的正名。這就是見於西文的 kumis（忽迷思）。"（《蒙古秘史新譯并注釋》，頁 25—26）《魯布魯克東游記》描述說："他們還生產哈喇忽迷思，也就是'黑色忽迷思'，供大貴人使用。"（耿昇、何高濟譯本，頁 214）

（九）漢、夏公主：即指金朝和西夏國的公主，成吉思汗進攻金和西夏時，兩國分別被迫獻女求和，此指所獻公主被帶到蒙古高原。《金史》卷 14《宣宗紀上》："（貞祐二年三月）庚寅，奉衛紹王公主歸于大元太祖皇帝，是爲公主皇后。"（頁 304）《聖武親征録》亦云："甲戌……（金主）遣使求和，因獻衛紹王公主令福興來，送上至野麻池而還。"（《王國維遺書》第 13 冊，頁 66b—67a）《史集》亦有夏公主的記載："另一個妃子爲唐兀惕王的女兒。成吉思汗（向他）要禮物作紀念，他給了他這個女兒。"（第 1 卷，第 2分冊，余大鈞、周建奇譯本，頁 91）《元史》卷 1《太祖本紀》載："（太祖四年）遣太傅訛答入中興，招諭夏主，夏主納女請和。"（頁 14）《聖武親征録》："庚午夏，上避暑龍庭，復征西夏，入字王朝，其主失都兒忽出降，獻女爲好。"（《王國維遺書》第 13 冊，頁 60b）

（十）蓋麵出陰山之後二千餘里，西域賈胡以橐駝負至也：西域，有狹義、廣義之分。狹義西域主要指今新疆地區。廣義西域則指通過新疆所能到達的地區，包括中亞、西亞、印度、東歐等廣大區域。西域賈胡，指畏兀兒或中亞、西亞的回回商人，他們以善於經商而聞名。蒙古地區自身糧食產量有限，需從農耕地區輸入。俄國學者巴托爾德認為，成吉思汗在位期間，由於華北一帶戰爭頻繁，地方糜爛，以致蒙古地區有從"陰山之後"輸入穀物的必要。而所謂"陰山之後"當指葉尼塞河兩岸（即《西遊記》後來提到的儉儉州）地區。（《西遊記》）後文提到該地區亦收禾麥，拉施都丁也說該地"城鎮甚多"。而操縱這一貿易的"西域胡商"是畏兀兒人和穆斯林。（《蒙古入侵時期的突厥斯坦》，張錫彤、張廣達譯本，頁449）實際上，蒙古地區的糧食供應，都是依靠從外地運輸。《史集》有載："（窩闊台）下令在斡兒寒河岸修建一座大城，被稱為哈剌和林。從乞台國到該城，除伯顏站以外，還設置了一些站，被稱為'納鄰站'。每隔五程就（有）一站，共37站……讓每天有五百輛載著食物和飲料的大車從各方到達該處［哈剌和林］，把它們儲於倉中，以便取用，為運送穀物和酒造了一種龐大的大車，每輛車要用八頭牛運送。"（第2卷，余大鈞、周建奇譯本，頁69）《史集》還提到："（忽必烈和阿里不哥交戰時期）哈剌和林城的飲食，通常是用大車從漢地運來的。忽必烈合罕封鎖了運輸，那裏便開始了大饑荒，物價騰漲。"（第2卷，余大鈞、周建奇譯本，頁296）

（十一）中伏：三伏中的第二伏，夏至後第四個庚日為"中伏"。

七月九日，同宣使西南行五、六日。屢見山上有雪，山下往往有墳墓。及升^(一)高陵，又有祀神之跡。又三、二⁽¹⁾日，歷一山^(二)。高峰如削，松杉鬱茂。西⁽²⁾有海子，南出⁽³⁾大峽，則一水^(三)西流，雜木叢映於水⁽⁴⁾之陽。韮⁽⁵⁾茂如芳草，夾⁽⁶⁾道連數十里。北有故城，曰⁽⁷⁾"曷剌肖"^(四)。西南過沙場二十里許，水草極少。始見回紇決渠灌麥。

【校記】
（1）三、二：史地本作"二、三"。
（2）西：連本、輿地本、備要本、初編本、張本、紀本、史地本作"而"。

（3）出：黨本作"有"。

（4）水：王本作"山"。

（5）韮：連本、興地本、王本、備要本、初編本、張本、紀本、黨本、宛委本作"韭"。

（6）夾：張本、紀本作"峽"。

（7）曰：初編本作"日"。

【注釋】

（一）升：登上。

（二）山：黨寶海認為此山為烏里雅蘇台東側的鄂特洪騰格里峰，今從之。

（三）水：王國維認為此為烏里雅蘇台河。陳正祥認為是扎布汗河。烏里雅蘇台河是扎布汗河的上游支流。

（四）曷剌肖：王國維認為曷剌肖的地望與烏里雅蘇台合，懷疑它是烏里雅蘇台的音轉。並指出上文所謂一水西流者，当指烏里雅蘇台河。紀流亦懷疑其為烏里雅蘇台。丁謙認為曷剌肖所在地已無從得知，推測其在察罕爾台附近。按，曷剌肖與烏里雅蘇台發音差別較大，曷剌肖的發音應為 herešö 或 helešö。而烏里雅蘇台則可直接拼讀為 oriyasu 或 uriyasu，üriyesü，öriyesü。二者很難通過對音而聯繫起來。在現代蒙古語中，"肖"對應的發音為 šo，意為"骰子"，與"城"意不合。因此，曷剌肖有可能在地名記錄中發生了變化。其發音或為 harahot，即黑城。因為在古代漢語中，h、x 可以相互出入。同時 hot 一詞的尾輔音—t 存在弱化現象，如漢文史籍在記錄花剌子模的國王摩訶末沙，其本音當為 mohmad shah。然 shah 一詞最後的輔音—h 弱化，就變成了"沙"，而 hot 的尾輔音—t 弱化，就讀成了 ho 或 xo。據此可以推斷，曷剌肖是哈喇浩特的異稱，意為"黑色的城"。張星烺認為曷剌肖與烏里雅蘇台相近。指出烏里雅蘇，蒙古語白楊樹也。清代在烏里雅蘇台設烏里雅蘇台將軍，管轄喀爾喀四部、唐奴烏梁海等地。此外尚有科布多參贊大臣和庫倫辦事大臣。即三者管轄著今蒙古國的大片疆土。烏里雅蘇台即今蒙古國扎布哈郎特，蒙古語之意為"雄壯的"、"莊嚴的"。由此可知，此區域應在今蒙古國扎布汗省、烏布蘇諾爾省、科布多省。即蒙古國西部地區，與新疆、哈薩克斯坦以及俄羅斯接壤。長春真人一行經過此地，其後又到達鎮海城。鎮海城在今蒙古國科布多省哈剌烏斯湖和杜爾格湖之間，較曷剌城更靠近新疆和哈薩克斯坦地區。據此，曷剌城大體上同烏里雅蘇台接近。但曷剌肖是否爲後來的烏里雅蘇台，尚需進一步考察。

又五、六日，踰[^1]嶺而南，至蒙古營宿。拂[^2]旦行，迤[^3]邐[一]南山，望之有雪。因以詩記[^4]其行：“當時悉達[二]悟[^5]空[三]晴[^6][四]，發軔[五]初来燕子城[六]撫州是也。北至大河[七]三月數[^7]即陸局河也，四月盡到，約二千餘里，西臨積雪半年程即[^8]此地也，山常有雪，東至陸局河約五千里，七月盡到。不能隱地迴風坐道法有迴風、隱地、攀斗、藏天[八]之術，卻使彌天[九]逐日行。行到水窮山盡[^9]處，斜陽依舊向西傾。”

【校記】

（1）踰：張本、紀本、黨本作“逾”。

（2）拂：連本、輿地本、備要本、初編本、張本、紀本、史地本衍“廬”字。

（3）迤：連本、輿地本、備要本、初編本、史地本作“迆”。

（4）記：餘本作“紀”。

（5）悟：宛委本作“晤”。

（6）晴：紀本作“情”。

（7）三月數：黨本作“三數月”。

（8）即：王本作“謂”。

（9）水窮山盡：史地本作“山窮水盡”。

【注釋】

（一）迤邐：曲折連綿。

（二）悉達：即佛教創始人釋迦牟尼，母系族姓爲喬答摩，名悉達多。本是古印度迦毗羅衛國（今尼泊爾境内）的太子，十九歲時捨棄王族生活，出家修行。後創立佛教。

（三）悟空：佛教語，謂了然於一切事物。是佛教入法的門徑。

（四）晴：本指雨止無雲，天氣清朗。比喻佛祖頓悟成佛。

（五）發軔：軔，古代指車箱底部四周的橫木，借指車。此處意為車子出發。借指出發，起程。

（六）燕子城：金代撫州柔遠縣。即今河北張北縣舊城。遼屬西京道歸化州，稱燕子城或燕賜城。金設柔遠鎮。後設柔遠縣，復設撫州，俱治於此。元改高原縣，為隆興路治。元皇慶元年（1312）改隆興路為興和路，治所在高原（今張北），此乃張北城古稱"興和城"的來歷及其肇端。明洪武年間（1368—1398）改為興和守禦千戶所，以重兵駐守，永樂二十年（1422）為蒙古部落襲陷，遂棄。今內蒙古烏蘭察布有興和縣，黨寶海認為此興和縣即"燕子城"，誤。

（七）大河：即陸居河，今克魯倫河。

（八）廻風、隱地、攀斗、藏天：都是傳說中道教的法術。

（九）彌天：滿天，極言其大。此處的意思是，雖然沒有道教法術，但天下再大，路程再遙遠，也要西行。

郵人⁽⁻⁾告曰："此雪山北是田鎮海⁽⁻⁾八剌喝孫⁽⁻⁾也。八剌喝孫，漢語為'城'，中有⁽¹⁾倉廩，故又呼曰'倉頭'"。七月二十五日，有漢民工匠絡繹⁽²⁾來迎，悉皆歡呼歸⁽⁴⁾禮，以彩⁽³⁾幡⁽⁵⁾、華蓋⁽⁶⁾、香花⁽⁷⁾前導。又有章宗⁽⁴⁾⁽⁸⁾二妃曰徒單氏、曰夾谷氏⁽⁹⁾及漢公主母欽聖夫人袁氏⁽¹⁰⁾，號泣相迎，顧謂師曰："昔日稔聞⁽⁵⁾⁽¹¹⁾道德高風⁽¹²⁾，恨不一見，不意此地有緣也！"

【校記】

(1) 有：紀本作"多"。

(2) 絡繹：宛委本作"繹絡"。

(3) 彩：宛委本作"綵"。

（4）宗：底本、宛委本缺，據餘本補。

（5）聞：王本、黨本在“聞”後衍“師”字。

【注釋】

（一）郵人：在古代，郵人有兩層意思，一是傳遞公文書信的人；二是驛站的小吏。

（二）田鎮海：又作稱海、鎮海。《元史》卷120《鎮海傳》記其為蒙古克烈部人，初以軍伍長從太祖同飲班朱尼河水，與諸王共同擁戴成吉思汗稱帝。追隨成吉思汗四處征戰，屢立戰功，曾率俘人屯田於阿魯歡，立鎮海城戍守之（頁2963—2964）。關於鎮海城的方位，眾說紛紜。陳得芝先生在其《元稱海城考》一文通過對各家之說分析研究的基礎上指出，元稱海城所在之阿不罕山，即今蒙古科布多省東部之宗海爾罕山，城在山之北某處，疑即清代地圖上之庫楞塔拉地（《蒙元史研究叢稿》，頁55—60）。

（三）八剌喝孫：蒙古語balaqasun的漢譯名，意為“城”。

（四）歸：嚮往，依附。

（五）彩幡：用竹竿等挑起來懸掛的長條形彩色旗子。

（六）華蓋：帝王或顯貴使用的傘蓋。

（七）香花：香料和鮮花。

（八）章宗：即金章宗完顏璟（1168—1208），小字麻達葛，金世宗雍之孫，金顯宗允恭之子，幼習女真語文及漢籍，大定二十九年（1189）即位，為金朝第六位皇帝，在位十九年。

（九）二妃曰徒單氏、曰夾谷氏：《金史》卷56《百官志二》記載章宗有五位妃子：真妃徒單氏、麗妃徒單氏、柔妃唐括氏、昭儀夾谷氏、修儀吾古論氏。（頁1267）此中所說徒單氏、夾谷氏是蒙古軍佔領金中都時掠至北疆的。《金史》卷101《抹撚盡忠傳》云：“宣宗遷汴，與右丞相承暉守中都。承暉為都元帥，盡忠復為左副元帥。……是日，凡在中都妃嬪，聞盡忠出奔，皆束裝至通玄門。盡忠謂之曰：‘我當先出，與諸妃啟途。’諸妃以為信然。盡忠乃與愛妾及所親者先出城，不復顧矣。中都遂不守。盡忠行至中山，謂所親曰：‘若與諸妃偕來，我輩豈能至此！’……九月，尚書省奏：‘遙授武寧軍節度副使徒單吾典告盡忠謀逆。’上憮然曰：

'朕何負象多，彼棄<u>中都</u>，凡祖宗御容及道陵諸妃皆不顧，獨與其妾偕來，此固有罪。'乃命有司鞫治，問得與兄<u>吾里也</u>相語事，遂并<u>吾里也</u>誅之。"（頁 2228—2230）

（十）漢公主母欽聖夫人袁氏：<u>漢公主</u>當為前及<u>皇后窩里朵</u>所見之<u>漢公主</u>，即<u>金衛紹王</u>之女，那麼袁氏可能是<u>衛紹王</u>妃嬪之一。她在<u>金中都</u>陷落時被掠至<u>北疆</u>，留居<u>漠北</u>十年，後來出家并回到<u>燕京</u>。尹志平《葆光集》中《臨江仙》詞序記載說："袁夫人住沙漠十年後，出家回都，作詞以贈之。詞云：'十載飽諳沙漠景，一朝復到都門。如今一想一傷魂，休看《蘇武傳》，莫說<u>漢昭君</u>。過去未來都撥置，真師幸遇<u>長春</u>。知君道念日添新。皇天寧負德，后土豈虧人?'"（《正統道藏》第 25 冊，頁 522）

（十一）稔聞：素聞，一向聽說。

（十二）高風：高卓之風範。

翌日，<u>阿不罕山</u>⁽⁻⁾北<u>鎮海</u>来謁⁽⁼⁾，師與之語曰："吾壽已⁽¹⁾高，以皇帝二詔丁寧⁽²⁾⁽³⁾，不免遠行數千里方臨治下⁽⁴⁾。沙漠中多不以耕耘為務，喜見此間⁽³⁾秋稼已成。余欲於此過冬，以待鑾輿⁽⁵⁾之迴，何如?"宣使曰："父師既有法旨，<u>仲祿</u>不敢可否，惟⁽⁴⁾<u>鎮海</u>相公度之。"公曰："近⁽⁵⁾有勑⁽⁶⁾：'諸處官員如遇<u>真人</u>經過，無得稽⁽⁶⁾其⁽⁷⁾程。'蓋欲速見之也。父師若需⁽⁸⁾於此，則罪在<u>鎮海</u>矣。願親從行，凡師之所用，敢不備?"

【校記】

（1）已：輿地本、史地本作"以"。

（2）丁寧：黨本作"叮嚀"。寧：連本、史地本作"寕"；輿地本作"甯"。

（3）間：輿地本、備要本、張本、紀本、史地本作"地"。

（4）惟：黨本作"唯"。

（5）近：史地本作"近日"。

（6）勑：宛委本與底本同，餘本作"敕"。

（7）其：王本、黨本在此字後衍"行"字。

（8）需：紀本作"寓"。

【注釋】

（一）阿不罕山：今蒙古國西部科布多省東南之宗海爾汗山。王本認為即《元史‧鎮海傳》之阿魯歡，今烏里雅蘇台西南之阿爾洪山也。

（二）謁：請見，覲見。一般用於下對上、幼對長，或用作謙詞。

（三）丁寧：亦作"叮嚀"。一再囑咐。

（四）治下：所管轄的範圍。

（五）鑾輿：鑾是古代皇帝車駕所用的鈴，輿本指車中裝載東西的部分，即車廂，後泛指車。鑾輿即鑾駕，指皇帝的車駕，這裏指成吉思汗。

（六）稽：留止，延遲。

師曰："因緣如此，當卜(1)日(一)行。"公曰："前有大山高峻，廣澤(二)沮(三)陷，非車行地(2)。宜減車從，輕騎以進。"用其言，留門(3)弟子宋道安(四)輩九人，選地為觀。人不召而至，壯者効(4)(五)其力，匠者効(5)其技，富者施其財。聖堂方丈(六)，東厨(6)西廡(七)，左右雲房(八)無瓦(7)，皆土木，不一月落成。榜(九)曰"棲(8)霞觀"。時稷黍(十)在地。

【校記】

（1）卜：連本、輿地本、備要本、初編本、史地本作"十"。

（2）地：史地本作"也"。

（3）門：王本、黨本脫此字。

（4）効：連本、輿地本、王本、備要本、初編本、張本、紀本、史地本、黨本作"效"。

（5）効：同本頁校記（4）。

（6）厨：連本、輿地本、備要本、初編本作"廚"。

（7）瓦：黨本脫此字。

（8）棲：王本、張本、紀本、黨本作簡體字"栖"。

【注釋】

（一）卜日：古人用火灼龜甲取兆，以預測吉凶，謂卜。後來用其他方法預測未來也叫卜。在古漢語中，"卜"也有選擇的意思。所以此處當為占卜選擇時日。

（二）澤：水匯聚處，水草叢雜之地也稱澤。

（三）沮：濕潤，常和"澤"組成"沮澤"，意為水草叢生的沼澤地帶。

（四）宋道安：生卒年不詳，丘處機西行侍從十八弟子之一，關於他的資料基本上都保存於《長春真人西遊記》中：至阿不罕山，"留弟子宋道安輩九人選地為觀"。丘處機仙逝後將掌教之位傳給了宋道安。"眾欲哭臨。侍者張志素、武志擄等遽止眾曰：'真人適有遺語令門人宋道安提舉教門事，尹志平副之，張志松又次之，王志明依舊勾當。宋德方、李志常等同議教門事。'"不久，宋道安以"吾老矣，不能維持教門，君可代吾領之。"將教長位傳給了尹志平。清人陳教友在《長春道教源流》卷四為宋道安立傳（詳見附錄），其材料來源也僅限《西遊記》所載。

（五）劾：盡力效勞。

（六）方丈：常見於佛教用語，指的是佛寺長老及主持說法之處，後用作寺院長老或主持的代稱。道教觀主的寓所稱方丈，觀主也稱方丈。此指道教觀主的寓所。

（七）廡：堂下周圍的走廊、廊屋。

（八）雲房：僧道或隱者居住的房屋。後標注"無瓦，皆土木"。因內陸地區少雨干旱，房屋多以土木建造。丘處機一行來自中原，對此有好奇之心，故李志常特別對此加以注明。

（九）榜：木片，匾額。

（十）稷黍：稷是穀物名，別稱粢、穄、糜。古今著錄，所述形態不同，漢以後誤以粟為稷，唐以後又以黍為稷，視其為最早的穀物，古稱百穀之長，谷神、農官皆名稷。黍也為穀物名，性黏，子粒供食用或釀酒，去皮後北方稱作黃米子，有時也稱糯米。稷和黍的區別是黍黏，稷不黏。"稷"與"黍"常被用來泛指五穀。

八月初，霜降^(一)。居人^(二)促收麥^(三)，霜故也。大風傍北山^(四)西来，黃沙蔽天，不相^(五)物色^(六)。師以詩自嘆⁽¹⁾云⁽²⁾："丘⁽³⁾也東西南北人^(七)，從来失道^(八)走風塵^(九)。不堪白髮垂垂老，又踏⁽⁴⁾黃沙遠遠巡。未死且令⁽⁵⁾觀世界^(十)，殘生無分樂天真^(十一)。四山五嶽^(十二)都⁽⁶⁾遊徧，八表^(十三)飛騰後入神^(十四)。"

【校記】

（1）嘆：輿地本、備要本、史地本作"歎"。

（2）云：王本、黨本作"曰"。

（3）丘：宛委本作"邱"，餘本作"某"。

（4）踏：連本、輿地本、備要本、初編本、張本、紀本、史地本作"蹈"。

（5）令：史地本作"今"。

（6）都：宛委本與底本同，餘本作"多"。

【注釋】

（一）霜降：二十四節氣中的第十八個節氣。在每年公曆10月23日或24日。

（二）居人：定居某地的人，指當地居民。

（三）麥：根據對溫度的不同要求，小麥可分冬小麥和春小麥兩種，不同地區種植不同品類。在中國黑龍江、內蒙古和西北種植春小麥，於春天3—4月播種，7—8月成熟收割，最晚可以延至9月份。在遼東、華北、新疆南部、陝西、長江流域各省及華南一帶栽種冬小麥，秋季10—11月播種，翌年5—6月成熟收割。此處的麥當指春小麥。

（四）北山：據《西遊記》所載行程，此北山應為阿不罕山。

（五）相：視，觀察

（六）物色：該詞有形貌，景色，物品等意。

（七）東西南北人：走南闖北、遊歷四方的人。

（八）失道：古代有兩層意思，一是違背道義；無道。一是"迷失道路"。此處應該解釋為"不擇道路"。

（九）風塵：謂行旅艱辛。

（十）世界：源出佛教語，猶言宇宙。世，指時間；界，指空間。該詞在古漢語中有很多種意思，此處應為世道、世事。

（十一）天真：指不受禮俗拘束的生活。

（十二）四山五嶽："四山"最早出自佛經《別譯雜阿含經》：一是老山；二是病山；三是死山；四是衰耗山。喻眾生老病死衰之四相也。後來變成佛教的四大名山，指四川峨嵋山，山西五臺山，安徽九華山，南海普陀山。"五嶽"最早出現于《周禮·春官·大宗伯》："以血祭祭社稷、五祀、五嶽。"（頁132）是遠古山神崇拜、五行觀念和帝王巡獵封禪相結合的產物，又加上封建時代帝王們常以雄偉險峻的大山為祥瑞，在峰頂上設壇祭祀，舉行封禪大典。對許多大山進行加封。後為道教所繼承，被視為道教名山。現在指東嶽泰山（位於山東省泰安市）、南嶽衡山（位於湖南省衡陽市）、西嶽華山（位於陝西省華陰市）、北嶽恒山（位於山西省渾源縣）、中嶽嵩山（位於河南省登封市）。在這里泛指四面八方或各個地區。

（十三）八表：八方之外，指極遠的地方。與此意相同的詞彙還有"八極"。

（十四）入神：多用以指一種技藝達到精妙的程度。這裏指丘處機修道達到一定境界。

八日，攜門人虛靜先生趙九古（一）輩十人，從以二車、蒙古驛騎（二）二十餘，傍（三）大山西行。宣使劉公、鎮海相公（四）又百騎。李家奴（五），鎮海從者也，因曰："前此山下（1）精截我腦後髮（六），我甚恐（2）。"鎮海亦云："乃滿國王（七）亦曾在此為山精（八）所惑，食以佳饌。"師默而不答。

【校記】

（1）山下：史地本作"下山"。

（2）甚恐：史地本作"恐甚"。

【注釋】

（一）虛靜先生趙九古：即為趙道堅（1161—1221），原名九古，道號虛靜子，人稱虛靜先生。家世檀州（今北京密雲），一說南陽新野（今河南南陽新野）人。1176年入道，1179年拜入馬丹陽門下。1180年，拜長春真人丘處機為師，丘處機為其取名"道堅"，此後一直跟隨丘處機。丘處機應成吉思汗召請西行，趙道堅是首選侍行弟子。1211年11月，到達中亞賽藍城時，趙道堅病逝，年五十九歲。1250年，李志常任全真教教主，掌管天下道教事務，奉命褒美道門師德，贈趙道堅"中貞翊教玄應真人"號，並葬趙道堅的冠履於五華山，每歲進行祭祀。元至大三年（1310），朝廷下令，正式敕封道堅為"中貞翊教玄應真人"。后又被清代全真教龍門派尊奉為第一代大律師。詳細情況可參照本書附錄十八侍行弟子傳記資料《虛靜先生趙道堅》及黃太勇、王麒的研究文章《趙道堅生平考略》（《吉林師範大學學報》2014年第3期）。

（二）驛騎：驛站的馬，蒙古軍隊在西征時沿路設置了驛站，以方便與本部聯絡。

（三）傍：依附，接近。

（四）相公：漢至元代，相公多用來稱呼宰相，自元始濫用，运糧萬戶及都水監等都有尊稱相公者。明代，吏人亦濫稱为"相公"。入清，奴隸稱主人爲相公。

（五）李家奴：田鎮海的隨從，生平不詳。

（六）截我腦後髮：疑為民間俗稱的"鬼剃頭"。實際上是神經性脫髮（斑禿）的症狀，往往頭部突然發生局部斑狀禿髮，禿髮的形狀常爲圓形或橢圓形，多數人沒有自覺症狀，常由他人發現。所以被稱為"鬼剃頭"。

（七）乃滿國王：乃滿，見前注乃滿國。此處所指乃滿國王即為太陽汗。

（八）山精：傳說中的山中怪獸。形如鼓，赤色，一足，稱為暉。或如龍而五色赤角，名叫飛飛。又作"揮"、"飛龍"。

西南約行三日，復東南過大山，經大峽^(一)。中秋日，抵金山^(二)東北，少駐。復南行，其山^(三)高大，深谷長坂^(四)，車不可行。三太子^(五)出軍，始闢其路^(六)。乃命百騎挽繩縣⁽¹⁾轅以上，縛輪以下。約行四程，連度三⁽²⁾嶺，南出山前，臨河^(七)止泊，從官連幕爲營，因水草便，以待鋪牛^(八)、驛騎。

【校記】

（1）縣：紀本、史地本、黨本作"懸"。

（2）三：連本、輿地本、王本、備要本、初編本、張本、史地本、黨本作"五"。

【注釋】

（一）過大山、經大峽：張星烺注稱：先度闊克達巴山口，繼越雅瑪特山峽。而布萊特施耐德爾認爲，長春是從科布多西南之烏蘭山口越過金山的（《中世紀研究》第 1 卷，Medieval Researches from Eastern Sources，Ⅰ，頁 13—14 注 5）。

（二）金山：即阿爾泰山，位於中國新疆北部、哈薩克斯坦東南部和蒙古戈壁西南部，西北—東南走向。《後漢書》稱金微山，兩《唐書》、《元史》稱金山，《聖武親征録》、《元史》稱按台，《元朝秘史》稱阿勒臺山，按台、阿勒臺山均爲 Altan 之譯音，蒙古語譯爲"金"。北魏太武帝時，突厥阿史那氏居金山之陽，即此。又興安嶺亦稱東金山，因其在阿爾泰山之東，故名。

（三）其山：指烏蘭達巴山口，東北烏圖霍提里井地。烏蘭達巴山口爲阿爾泰山正脊。

（四）長坂：長春真人經烏蘭達巴（阪）關度過金山。阪，山坡，斜坡。

（五）三太子：即窩闊台（Öködei，1186—1241），又譯作月古歹、月可台、月闊歹、斡歌歹等，成吉思汗第三子，大蒙古國第二任大汗。1211 年蒙古伐金，窩闊台領兵攻掠云内、東勝、武、朔諸州。成吉思汗分封諸子，他受封葉密立、霍博之地（今新疆額敏、和布克塞爾二縣境）。1229 年，經忽里台大會選舉，窩闊台即大汗位。在窩闊台統治的 13 年中，除了在軍事上繼續擴張之外，在政權建設、頒布法令、確定賦稅、設立驛站等方面皆有新的發展。1241年暴死，廟號太宗。

（六）始闢其路：耶律楚材《西遊錄》載曰："越明年，天兵大舉西伐，道過金山。時方盛夏，山峰飛雪，積冰千尺許。上命斸冰為道以度師。"（向達校注本，頁 1）此處之越明年即指己卯年（1219），這一年六月，蒙古軍大舉進攻西域花刺子模，"斸冰為道"和"始闢其路"很可能就是當時的開路之舉。

（七）河：王國維認為此河指今新疆北部之烏倫古河，即劉郁《西使記》所謂龍骨河也，詳見陳得芝《劉郁［常德］〈西使記〉校注》（《中華文史論叢》2015 年第 1 期，頁 76）。

（八）鋪牛，驛站所提供的牛。

數日乃行，有詩三絕云："八月涼風爽氣清，那堪日暮碧天晴。欲吟勝槩^{(1)(一)}無才思，空對金山皓月^(二)明。"其二云："金山南面⁽²⁾大河流^(三)，河曲^(四)盤桓賞素秋^(五)。秋水暮天山月上，清吟獨嘯^(六)夜光毹^(七)。"其三云⁽³⁾："金山雖大不孤高，四面⁽⁴⁾長拖⁽⁵⁾拽⁽⁶⁾腳牢。橫截大山⁽⁷⁾心腹樹；干⁽⁸⁾雲蔽日競呼號。"^(八)

【校記】
（1）槩：連本、輿地本、備要本、初編本、張本、史地本、黨本作"概"。
（2）面：史地本、宛委本作"面"。
（3）云：宛委本作"曰"。
（4）面：同本頁校記（2）。
（5）拖：連本、輿地本、王本、備要本、初編本、張本、紀本、史地本作"挖"。

（6）拽：黨本作"曳"。

（7）大山：連本、興地本、備要本、初編本、史地本作"山天"；紀本作"山中"；宛委本作"大江"。

（8）干：史地本作"千"。

【注釋】

（一）勝槩：美麗的景色，佳境。

（二）皓月：明月。皓，光亮，潔白。

（三）金山南面大河流：金山南面有兩條大河，即額爾齊斯河，又名也兒的石河。烏倫古河，又稱龍骨河。詩句中的大河，應指新疆北部的烏倫古河。

（四）河曲：長春一行所駐之河曲，其地當在今烏倫古河上游布爾根河與青吉里河匯流處附近。即《元朝秘史》之忽木升吉兒（Qum‒Šinggir）、《元史·定宗紀》之橫相乙兒（Qum‒Sengir，突厥語，意為"沙岬"），常德《西使記》所載昏木輦（Qum‒müren）均指這個地方（P. Pelliot, Les Mongols et la Papauté《蒙古人與羅馬教廷》，巴黎，1993，頁196—197；同氏《聖武親征錄譯注》，Histoire des Campagnes de Gengis Khan，萊頓，1951，頁315—316；陳得芝《蒙元史研究叢稿》，頁58）。

（五）素秋：秋季。古代五行說，以金配秋，其色白，故稱素秋。按時令，至秋草木逐漸彫落，故以素秋比喻晚暮。

（六）嘯：鳴，凡發聲悠長者多曰嘯。

（七）夜光毬："毬"同"球"，即夜光球。此處指月亮。

（八）關於丘處機這三首詩，耶律楚材《湛然居士文集》卷7《過金山和人韻三絕》有和詩三首，其一云："金山突兀翠霞高，清賞渾如享太牢。半夜穹廬伏枕臥，亂雲深處野猿號。"其二："金山前畔水西流，一片晴山萬里秋。蘿月團團上東嶂，翠屏高挂水晶毬。"其三："金山萬壑鬬聲清，山氣空濛弄晚晴。我愛長天漢家月，照人依舊一輪明。"（謝方點校本，頁147—148）雖然詩的順序有變化，但還是可以明顯看出耶律楚材這三首詩是為唱酬丘處機詩而作。

渡河而南，前經小山⁽一⁾，石雜五色⁽二⁾，其旁草木不生。首尾七十里，復有二紅山⁽三⁾當路。又三十里，鹹⁽1⁾鹵⁽四⁾地中有一小沙井，因駐程挹⁽五⁾水爲食。傍⁽2⁾有青草，多爲羊馬踐履⁽六⁾。宣使與鎮海議曰：“此地最⁽3⁾難行處，相公如何則可？”公曰：“此地我知之久矣⁽4⁾。”同往諮師。公曰：“前至白骨甸⁽七⁾，地皆黑石。約行二百餘里，達沙陁⁽5⁾⁽八⁾。北邊頗有水草，更涉大沙陁⁽6⁾百餘里，東西廣袤⁽九⁾不知其幾千里。及回紇城方得水草。師曰：“何謂白骨甸？”公曰：“古之戰場。凡疲兵至此，十無一還，死地也。頃者乃滿大勢亦敗于是⁽十⁾。遇天晴晝行，人馬往往困斃。唯⁽7⁾暮起夜度，可過其半。明日向午，得及⁽8⁾水草矣。”

【校記】

（1）鹹：連本、輿地本、王本、備要本、初編本、史地本作“鹹”。

（2）傍：紀本作“旁”。

（3）最：連本、輿地本作“冣”。

（4）矣：黨本作“已”。

（5）陁：連本、輿地本、王本、備要本、初編本、張本、紀本、史地本作“陀”；黨本作“坨”，下同。

（6）陁：同本頁校記（5）。

（7）唯：除底本、宛委本外，餘本作“惟”。

（8）及：輿地本、備要本、初編本、史地本脫此字。

【注釋】

（一）渡河而南，前經小山：此經小山，即今阿爾曼太山，清代名胡圖斯山。據《科布多政務總冊》，此山產金砂，呈五色，但水草不茂，與長春所記相符合。

（二）五色：青黃赤白黑五色。舊時把這五種顏色作爲主要的顏色。也泛指各種色彩。

（三）二紅山：即今艾比烏拉、胡魯木林二山，位於阿爾曼太山之南，山體都呈紅色，精確的地圖上注有"紅山"字樣。張承志通過實地探訪在其隨筆《荒蕪英雄路》中提到："阿爾泰的 Bake 和 Ike（小、大）兩座山都是紅色，中有 Dabsu，蒙語'鹽池'。"他認為"Bake"和"Ike"即為此二紅山。

（四）鹹鹵：即鹽城地，指土地貧瘠。

（五）挹：舀，酌取。

（六）踐履：踐踏。踐，踩、踏。

（七）白骨甸：即今新疆昌吉回族自治州北境將軍廟一帶之戈壁灘。耶律鑄《雙溪醉隱集》卷 2《戰城南》詩注曰："白骨甸在唐燭龍軍地，有西僧智全者，該通漢字，云：'古老相傳，白骨甸從漢時有此名。'"（楊鐮主編：《全元詩》第 4 冊，頁 14）

（八）沙陁：即新疆維吾爾自治區奇台北之庫姆沙漠。

（九）廣袤：廣闊、寬廣。我國古代把東西的長度叫"廣"，南北的長度叫"袤"。

（十）頃者乃滿大勢亦敗于是：1203 年，成吉思汗滅克烈部，造成對乃蠻的直接威脅。1204 年春，乃蠻太陽汗部與成吉思汗大軍在杭愛山相遇，大戰於納忽山，乃蠻軍大敗，太陽汗受重傷死於山頂。成吉思汗軍隊追至按台山（今阿爾泰山）前，征服了太陽汗的部眾。太陽汗之子屈出律逃竄。1206 年，成吉思汗大軍一直追至白骨甸北的也兒的石河流域，將其擊潰，屈出律逃亡西遼。此處所言即指成吉思汗軍擊潰乃蠻太陽汗部眾的事情。

"少憩[(1)(一)]，俟[(二)]晡時[(三)]即行。當度沙嶺百餘，若舟行巨浪然[(四)]。又明日辰[(五)]巳[(六)]間，得達彼城[(七)]矣。夜行良便，但恐天氣黯黑，魑魅魍魎[(2)(八)]爲祟[(九)]，我輩常[(3)]塗血馬首以厭[(十)]之。"師乃笑曰："邪精妖鬼，逢正人遠避，書傳所載，其孰不知。道人家何憂此事。"日暮遂行。牛乏，皆道棄之，馭以六馬，自爾不復用牛矣。初在沙陁[(4)]北，南望天際，若銀霞。問之左右，皆未詳。師曰：

"多是陰山。"翌日，過沙陁⁽⁵⁾，遇郊⁽⁶⁾者^(十一)，再問之，皆曰："然"。於是途中作詩云："高如雲氣白如沙，遠望那知是眼花。漸見山頭堆玉屑，遠觀日腳^(十二)射銀霞。橫空一字長千里，照地連城及萬家。從古至⁽⁷⁾今常不壞⁽⁸⁾，吟詩寫向直南^(十三)誇。"^(十四)

【校記】

（1）憇：諸本作"憩"。

（2）魍魎：王本作"罔兩"。

（3）常：宛委本與底本同，餘本作"當"。

（4）陁：連本、輿地本、王本、備要本、初編本、張本、紀本、史地本、黨本作"陀"，下同。

（5）陁：同本頁校記（4）。

（6）郊：宛委本與底本同，餘本作"樵"。

（7）至：史地本作"到"。

（8）不壞：紀本作"崇偉"。

【注釋】

（一）少憇：稍稍休息。

（二）俟：等待。

（三）哺時：又名日鋪、夕食，即申時，指下午三點到五點。哺亦用來泛指傍晚。

（四）若舟行巨浪然：此為沙漠形狀之一種。在半圓形凹地的邊緣形成一種類似新月形沙丘的弧形壟脊沙地。它的兩側較對稱。梁窩狀沙地是由橫向沙丘鏈發展而成。當兩個風力不等、風向相反的風交替作用時，形成擺動前進的橫向新月形沙丘鏈，假如在略有植被覆蓋的地區，有一部分沙丘鏈前進受阻，一部分沙丘鏈和另一部分沙丘鏈相接而成。在俄羅斯的喀拉庫姆東南部和中國的准噶爾盆地的古爾班通古特沙漠西部均顯現此地貌。

（五）辰：古代時間單位中的辰時，上午七點到九點。

（六）巳：古代時間單位中的巳時，上午九點到十一點。

（七）彼城：即上文所說的回紇城。

（八）魑魅魍魎：魑，山神；魅，怪物；魍魎，水神。亦作"魑魅罔兩"。借指各種各樣的壞人。

（九）祟：鬼神予人的災禍。

（十）厭：鎮壓，抑制。以迷信的方法，鎮服或驅避可能出現的災禍。

（十一）郊者：郊野居民，農人。

（十二）日腳：穿過雲隙下射的日光。

（十三）直南：正南，這裏指代中原地區。

（十四）耶律楚材對丘處機此詩也有唱和，《湛然居士文集》卷2《過陰山和人韻》，其三云："八月陰山雪滿沙，清光凝目眩生花。插天絕壁噴晴月，擎海層巒吸翠霞。松檜叢中疏畎畝，藤蘿深處有人家。橫空千里雄西域，江左名山不足誇。"（謝方點校本，頁23）

八月二十七[(1)]日，抵陰山[(一)]後。回紇郊迎，至小城[(二)]北，酋[(2)]長設蒲[(3)]萄酒及名果、大餅、渾葱[(三)]。裂波斯布[(四)]，人一尺。乃言曰[(4)]："此陰山前三百里和州[(五)]也。其地大熱[(5)]，蒲[(6)]萄至夥[(六)]。"翌日，沿川[(七)]西行，歷二小城[(八)]，皆有居人。時禾麥初熟，皆賴泉水澆灌得有，秋少雨故也。西即鼇[(7)]思馬大城[(九)]。王官、士庶、僧道[(8)]數百[(十)]，具威儀遠迎。僧皆赭衣[(十一)]，道士衣冠與中國特異。泊[(十二)]于城西蒲[(9)]萄園之上閣，時回紇王部族[(十三)]勸[(10)]蒲[(11)]萄酒，供以異花、雜果、名香，且列俳優伎樂[(十四)]，皆中州人。

【校記】

（1）二十七：紀本作"二十八"。

（2）酋：宛委本作"隊"。

（3）蒲：輿地本、備要本、張本、紀本、史地本、宛委本作"葡"。

（4）曰：張本、黨本脫此字。

（5）熱：輿地本、備要本、史地本作“熟”。

（6）蒲：輿地本、備要本、張本、紀本、史地本、宛委本作“葡”。

（7）鼇：輿地本、張本、紀本、史地本、黨本作“鼈”。

（8）道：連本、輿地本、備要本、初編本、史地本作“道教”。

（9）蒲：輿地本、備要本、張本、紀本、史地本作“葡”。

（10）勸：王本、黨本作“供”。

（11）蒲：輿地本、備要本、張本、紀本、史地本作“葡”。

【注釋】

（一）陰山：黨本認為是天山的東支博格達山，從之。徐松《西域水道記》載曰：“烏魯木齊……建治之地曰鞏寧城，城南阻阿拉癸山，東扼博克達山。”（朱玉麒整理本，頁 170）

（二）小城：此小城指獨山城，遺址在今新疆木壘縣城南半公里處，當地群眾稱之為破城子（參見戴良佐：《獨山城故址踏勘記》）。《海屯行紀》記載：“（亞美尼亞王海屯）離開蒙哥，在三十天內抵達胡木升吉兒（突厥語 Qum‒singgir，“沙岬”）。然後，他到達別兒八里（Berbalex），又至別失八里（Beshbalex）。”（何高濟譯本，頁 14）此處出現的 Berbalex 以及元《經世大典》所記“白八里”，皆突厥語 birbaliq 的音譯，意為“獨城”。《遼史》卷 94《耶律化哥傳》記載：“開泰元年，伐阻卜，阻卜棄輜重遁走，俘獲甚多。帝嘉之，封豳王。後邊吏奏，自化哥還闕，糧乏馬弱，勢不可守，上復遣化哥經略西境。化哥與邊將深入，聞蕃部逆命，居翼只水，化哥徐以兵進。敵望風奔潰，獲羊馬及輜重。路由白拔烈，遇阿薩蘭回鶻，掠之。都監裹里繼至，謂化哥曰：‘君誤矣！此部實效順者。’”（頁 1381—1382）此處的白拔烈，也是突厥語 birbaliq 的音譯，意為獨山城。

（三）渾蔥：指洋蔥。元忽思慧著《飲膳正要》把洋蔥稱作“回回蔥”（尚衍斌等校注本，頁 325），而在漢地多稱“胡蔥”，或因這種蔥來自胡地而得名。明李時珍《本草綱目》卷 26“胡蔥”條謂：“釋名蒜蔥，《綱目》回回蔥，時珍曰：‘按孫真人食忌作葫蔥，因其根似葫蒜故也，俗稱蒜蔥，正合此義。元人《飲膳正要》作回回蔥，似言其來自胡地，故曰胡蔥耳。'"（王育傑整理本，頁1293）。可見，宋、元時期，人們就已經知道洋蔥源自西域，並把它稱作"胡蔥"或"回回蔥"。

（四）波斯布：黨本認為是一種來自中亞的名貴絲織品。王國維認為此處的波斯布即後文的禿鹿麻，但根據李志常下文的描述，禿鹿麻可能是一種棉布，在當地就有出產。王說值得進一步探討。

（五）和州：又作火州，亦稱高昌，其地位於我國新疆維吾爾自治區吐魯番縣東南六十餘里的高昌古城遺址。西漢時稱高昌壁，南北朝時稱高昌。五世紀中葉至七世紀，為高昌國都城，公元640年，唐在此置高昌縣，屬西州，一度置安西都護府。遼、金、元、明時漢文史籍又依回鶻語寫作和州、霍州、火州等。元耶律楚材《西遊錄》稱："別石把……城之南五百里有和州，唐之高昌也。"（向達校注本，頁2）《遼史》及《金史》常用"和州回鶻"指代高昌回鶻。《元史·巴爾朮阿而忒的斤傳》作"火州"（頁3000），《元史·西北地附錄》作"哈剌火者"（頁1569）。此外，《元史》還有哈剌火州、哈剌霍州等稱謂。在漢文典籍中，當以"和州"的名稱出現時間最早。《明史》卷329《西域傳》載曰："火州，又名哈剌，在柳城西七十里，土魯番東三十里，即漢車師前王地。隋時為高昌國。唐太宗滅高昌，以其地為西州。宋時回鶻居之，嘗入貢。元名火州，與安定、曲先諸衛統號畏兀兒，置達魯花赤監治之。"（頁8528）

（六）夥：盛多。

（七）川：這裡指平野、平地。

（八）二小城：王國維認為，長春一行所經過的鱉思馬大城東的三個小城，就是《元和郡縣志》所說的往回鶻之東路上的一堡二鎮，其中之一即為獨山城。唐人李吉甫撰《元和郡縣志》卷40《庭州下》稱："郝遮鎮，在蒲類東北四十里，當回鶻路。鹽泉鎮，在蒲類縣東北二百里，當回鶻路。特羅堡子，在蒲類縣東北二百餘里，四面有磧，置堡子處周迴約二千里，有好水草，即往回鶻之東路。"（頁1034）《元史》卷124《哈剌亦哈赤北魯傳》："（哈剌亦哈赤北魯）從帝西征。至別失八里東獨山，見城空無人，帝問：
'此何城也?'對曰：'獨山城。往歲大饑，民皆流移之它所。然此
地當北來要衝，宜耕種以為備。臣昔在唆里迷國時，有戶六十，願
移居此。'帝曰：'善。'遣月朵失野訥佩金符往取之，父子皆留居
焉。後六年，太祖西征還，見田野墾闢，民物繁庶，大悅。問哈剌
亦哈赤北魯，則已死矣。迺賜月朵失野訥都督印章，兼獨山城達魯
花赤。"（頁 3047）獨山城即為此三城之一。

　　（九）鼈思馬：即別失八里。故城在今新疆吉木薩爾境內。耶
律楚材《西遊錄》稱為別石把，《元史·地理志·西北地附錄》作
"別失八里"（頁 1569）。著於 10 世紀末期的一部佚名波斯文地理著
作《世界境域志》（Hudūd al—'Ālam）稱此城為 panjikath，即"五
城"（王治來譯注本，頁 69）。寫於 925 年的敦煌于闐文書《鋼和泰
藏卷》中也出現了該地名。法國漢學家哈密屯（Hamilton）將其轉
寫成 pamjäkamtha，同樣來源於"五城"。《世界征服者史》和《史
集》都已經採用了該城的突厥語稱謂，即別失八里。耶律鑄《雙溪
醉隱集》卷 5《庭州》詩小注："庭州，北庭都護府也，輪台隸
焉……後漢車師後王故庭有五城，俗號五城之地，即今其俗，謂之
伯什巴里，蓋突厥語也。伯什，華言'五'也；巴里，華言'城'
也。"（《景印文淵閣四庫全書》第 1199 冊，頁 448；《全元詩》第 4
冊，頁 93）歐陽玄《高昌偰氏家傳》稱："北庭者，今之別失八里
城。"（《圭齋文集》卷 11）此鼈思馬即別失八里、別石把、伯什巴
里之異譯。此地為元代西北重要城鎮，也稱北庭。1209 年，畏兀兒
亦都護巴而尤·阿而忒的斤降成吉思汗，別失八里歸併蒙古，仍由
亦都護治理，隸屬於大汗。1221 年，丘處機經此。

　　（十）關於高昌回鶻王國境內的宗教，文獻中有多種宗教並存
的記載。斯坦因編號的敦煌寫本 S6551 講經文記載："且如西天有
九十六種外道，此間則有波斯、摩尼、火祆、哭神之輩，皆言我已
出家，永離生死，並是虛誑，欺謾人天，唯有釋迦弟子，是其出
家，堪受人天廣大供養。"據張廣達、榮新江先生推斷，該寫本描
寫的是大約 930 年前後的高昌回鶻王國內的情況。其中的波斯教，
據向達先生指出即景教。摩尼即摩尼教，火祆教便是瑣羅亞斯德教

（祆教），哭神似指突厥、回鶻人原有的薩滿教。這是最早反映高昌回鶻境內多種宗教並存的文獻（張廣達、榮新江：《有關西州回鶻的一篇敦煌漢文文獻——S. 6551 講經文的歷史學研究》）。王延德《使高昌記》："（高昌）佛寺五十餘區，皆唐朝所賜額，寺中有《大藏經》、《唐韻》、《玉篇》、《經音》等……後有摩尼寺，波斯僧各持其法，佛經所謂外道者也……至北庭，憩高臺寺……又明日，遊佛寺，曰應運太寧之寺，貞觀十四年造。"（《王國維遺書》第 13 冊，頁 6a—7a；王明清：《揮塵錄》前錄卷 4，頁 30）魯布魯克在《東行記》中也提到在畏兀兒人居住地看到了聶思脫里教和佛教以及截然不同的宗教儀式（耿昇、何高濟譯本，頁 248—249）。

（十一）关于佛教僧侶的服飾，魯布魯克的描述与李志常有所不同，他说："所有（偶像徒的）和尚都剃光了頭，穿上紅色袍子……這些畏兀兒和尚有如下裝束：他們到任何地方都穿上相當緊身的紅色衣袍，像法蘭克人那樣有腰帶，而且他們在左肩上披一件袈裟（pallium），繞到胸部和右背，像四旬齋時助祭所披的法衣（casula）。"（耿昇、何高濟譯：《魯布魯克東行紀》，頁 250—251）

（十二）洎：及，到達。

（十三）回紇王部族：王國維指出，此時畏兀兒亦都護巴而朮·阿而忒的斤從成吉思汗西征，所以只有部族來迎接。波斯史籍《世界征服者史》載曰："成吉思汗親征算端摩訶末（Muhamad）的國土，亦都護再次奉命帶兵出征。察合台和窩闊台兩王領旨圍攻訛答剌（Otrar），他也跟隨他們……成吉思汗再出兵唐兀時，亦都護同樣奉旨帶領人馬從別失八里（Besh – Baligh）出師與成吉思汗會合"（何高濟漢譯本，頁 50）。《史集》也有相關記載："龍年（1220 年），……當他（成吉思汗）到達海押立境內時……畏兀兒亦都護從別失八里帶著自己的左右（khaīl），速黑塔黑別乞，從阿力麻里帶著自己的軍隊都來為（成吉思汗）效勞。"（第 1 卷，第 2 分冊，余大鈞、周建奇漢譯本，頁 272）

（十四）侏儒伎樂：侏儒，身材特別矮小的人，古代常以侏儒爲倡優表演雜技。伎樂，指歌舞女藝人。該地有以雜技、歌舞招待貴賓的傳統，王延德《使高昌記》亦有相關記載："至七日，見其

王及王子、侍者，皆東向拜受賜，旁有持磬者，擊以節拜，王聞磬
聲，乃拜。既而王之兒女親屬，皆出羅拜以受賜。遂張樂飲宴，為
優戲至暮。明日，泛舟于池中，池四面作鼓樂。"（《王國維遺書》
第 13 冊，頁 6b—7a；《揮塵錄》前錄卷 4，頁 30）。這段材料所描
寫的場景與《西遊記》的記述頗為類似。

　　士庶日益敬。侍坐者有僧、道、儒，因問風俗，乃曰：
"此大唐時北庭端[(1)]府[(一)]。景龍三[(2)]年[(二)]，楊公何[(三)]爲
大都護[(四)]，有德政，諸夷[(3)]心服，惠及後人，于今賴之。
有龍興西寺[(五)]二石刻[(六)]在[(4)]，功德煥然可觀。寺有佛書
一藏[(七)]。唐之邊城往往尚存。其東數百里有府曰'西
涼'[(八)]。其西三百餘里有縣曰輪臺[(九)]。"師問曰："更[(5)]幾
程[(6)]得至行在[(十)]？"皆曰："西南更行萬餘里即是。"其夜
風雨作，園外有大樹，復出一篇示衆云[(7)]："夜宿陰山下，
陰山夜寂寥。長空云黯黯[(十一)]，大樹葉蕭蕭。萬里途程[(8)]
遠，三冬[(十二)] 氣候韶[(十三)]。全身都放下，一任斷
蓬[(十四)]飄。"[(十五)]

【校記】
（1）端：宛委本作"瑞"。
（2）三：初編本、史地本、宛委本作"二"。
（3）夷：宛委本作"路"。
（4）在：輿地本、備要本、張本、紀本、史地本作"載"。
（5）更：張本、紀本作"更經"。
（6）程：王本、黨本作"時"。
（7）云：史地本、宛委本作"曰"。
（8）途程：王本作"程塗"、黨本作"程途"。
【注釋】
（一）北庭端府：清人陶保廉言："端府，即都護府之合音。"
（《辛卯侍行記》，頁 429）據此，北庭端府即北庭都護府。唐長安

二年（702），由金山都護府改（為大都護府之前都是庭州刺史兼任北庭都護），治所在庭州（今新疆吉木薩爾护堡子古城）。其轄境據《舊唐書》卷40《地理志三》記載："長安二年，改為北庭都護府。自永徽至天寶，北庭節度使管鎮兵二萬人，馬五千匹；所統攝突騎施、堅昆、斬啜；又管瀚海、天山、伊吾三軍鎮兵萬餘人，馬五千匹。至上元元年，陷吐蕃。舊領縣一，戶二千三百。天寶領縣三，戶二千二百二十六，口九千九百六十四。在京師西北五千七百二十里，東至伊州界六百八十里，南至西州界四百五十里，西至突騎施庭一千六百里，北至堅昆七千里，東至廻鶻界一千七百里。"（頁1645—1646）貞元五年（789），北庭被吐蕃攻佔。元代史料中的北庭，專指別失八里（besh baliq），即今新疆吉木薩爾护堡子古城。《高昌偰氏家傳》載："北庭者，今之別失八里城也"。（《圭齋集》卷11）

（二）景龍三年：景龍（707—710）是唐中宗李顯的年號，景龍三年，即公元709年。

（三）楊公何：黨本認為是唐代中宗、玄宗時期出任邊疆的重要將領楊和。薛宗正在《唐代磧西二府建制沿革考索》（《龟兹文化研究1》，頁492）一文中，也認為是楊和。

（四）大都護：即大都護府的最高長官。據《通典》載云，其品階為"從二品"，《通典》卷32《職官十四》記載唐代大都護的執掌時稱："統諸蕃慰撫、征討、斥堠，安輯蕃人，及諸賞罰、敘錄勳功，總判府事。"其下有副都護二人，長史、司馬各一人，錄事、功曹、倉曹、戶曹、兵曹、法曹參軍各一人，參軍事三人（王文錦等點校本，頁896）。

（五）龍興西寺：即北庭龍興寺，《佛說十地經》卷1記載說："大唐國僧法界從中印度持此梵本請于闐三藏沙門尸羅達摩於北庭龍興寺譯。"（《大正新修大藏經》第10冊，頁287），《宋高僧傳》卷3《唐北庭龍興寺戒法傳》亦言："釋尸羅達摩，華言戒法也，本于闐人，學業該通，善知華梵，居於是國為大法師。唐貞元中，悟空廻至北庭，其本道節度使楊襲古與龍興寺僧請法為譯，主翻《十地經》。"（頁46）

（六）二石刻：耶律楚材《西遊錄》云："金山之南隅有回鶻城，名曰別石把，有唐碑……城之西二百餘里有輪台縣，唐碑在焉"。（向達校注本，頁2）

（七）佛書一藏：據上條注，龍興寺藏有佛書是完全可能的。

（八）有府曰西涼：西涼府，即西漢的武威郡，又稱涼州，五代、北宋、西夏時稱西涼府，元至元十五年（1278）降為西涼州，隸永昌路。其地即今甘肅省武威市。

（九）有縣曰輪臺：輪臺縣，其故址在今新疆昌吉市、米泉市至烏魯木齊市南郊之烏拉泊古城一帶。耶律楚材《西遊錄》載其在別石把西二百餘里（向達校注本，頁2）。《元和郡縣圖志》："輪台縣，東至州（庭州）四十二里。"（頁1034）《太平寰宇記》："（庭州）西北至北庭五百四十里。"（頁2944）《西域水道記》卷3《巴爾庫勒淖爾所受水》言："至博克達山之陰，為阜康縣。又東，並山行一百九十里，為唐沙鉢鎮，在今雙岔河堡西。"（朱玉麒整理本，頁172）由此觀之，耶律楚材、李志常及《太平環宇記》的記述不應有誤，其中尤以徐松所言較為可信。

（十）行在：中國古代將皇帝的駐蹕之地稱為行在。此指成吉思汗停留之地，時在公元1221年。

（十一）黯黯：光線昏暗。

（十二）三冬：即冬季三月（10月、11月、12月），分別稱為孟冬、仲冬、季冬。

（十三）韶：美好。

（十四）斷蓬：折斷的蓬草。比喻漂泊不定。

（十五）耶律楚材《湛然居士文集》卷2《過陰山和人韻》其二云："羸馬陰山道，悠然遠思寥。青巒雲靄靄，黃葉雨蕭蕭。未可行周禮，誰能和舜韶？嗟吾浮海粟，何礙八風飄。"（謝方點校本，頁22）此詩即耶律楚材與丘處機的唱酬之作。

九月二日西行，四日，宿輪臺之東。迭⁽¹⁾屑^{（一）}頭目來迎。南望陰山，三峰突兀^{（二）}倚天^{（三）}，因述詩贈書生李伯祥，生^{（四）}，相^{（五）}人。詩云："三峰^{（六）}並起插⁽²⁾雲寒，四壁橫陳遶⁽³⁾澗盤。雪嶺界天人不到，氷⁽⁴⁾池^(七)耀⁽⁵⁾日俗難觀_{人云向}此⁽⁶⁾氷池⁽⁷⁾之間觀看⁽⁸⁾，則魂⁽⁹⁾識昏⁽¹⁰⁾昧。嵓深可避刀兵害_{其嵓險固，}逢亂世堅守，則得免其難，水衆能⁽¹¹⁾滋稼穡軋⁽¹²⁾_{下有泉源可以灌溉田}禾，每歲秋成。名鎮北方爲第一，無人寫向畫圖看。"^(八)

【校記】

（1）迭：宛委本作"送"。

（2）挿：餘本作"插"。

（3）遶：宛委本與底本同，餘本作"繞"。

（4）氷：宛委本作"水"。

（5）耀：宛委本作"曜"。

（6）此：史地本無此字。

（7）氷池：宛委本作"池水"。

（8）看：宛委本作"此"。

（9）魂：王本作"神"。

（10）昏：連本、初編本作"昬"。

（11）能：張本、紀本、史地本作"難"。

（12）軋：餘本皆作"乾"。

【注釋】

（一）迭屑：波斯語 Tersā 的音譯（《漢波辭典》，頁562），是古波斯和中亞人對景教徒的稱呼。此稱謂在《大秦景教流行中國碑》中被譯作"達娑"，指修士。但"迭屑"和"達娑"二者語源無關，"達娑"之"達"，在切韻中為定母（字）曷韻，擬音為dat，由於用以收聲－t的入聲字譯寫他族語言中以－r為尾音的音節在隋唐時代是很常見的，故"達娑"是 Tersā 很妥切的譯音（伯希和：《唐元時代中亞及東亞之基督教徒》，《通報》1994年；劉迎勝：《蒙元時代中亞的聶思脫里教分佈》）。這裡出現的"迭屑頭目來迎"一語，進一步表明在當地確實存在著有組織的景教團體。

（二）突兀：山峰高聳的樣子。

（三）倚天：大山背靠着天空，形容山體極高。

（四）生：指有才學之人，亦為讀書人之通稱，自漢以來儒者皆號"生"，亦"先生"省字呼之耳。後世師稱弟子曰生，弟子自稱亦曰生，常用作謙詞。

（五）相：即相州之簡稱，在金代稱彰德府。今河南安陽市。《金史》卷25《地理志六》記載道："彰德府，散，下。宋相州鄴郡彰德軍節度，治安陽。天會七年仍置彰德軍節度，明昌三年陞為府，以軍為名。戶七萬七千二百七十六。縣五、鎮五"（頁606）

（六）三峰：即天山博格達等山峰。

（七）冰池：似指今新疆天池，位於新疆阜康市南33公里處，在天山的博格達峯下面。

（八）耶律楚材《湛然居士文集》卷1《過金山用人韻》："雪壓山峯八月寒，羊腸樵路曲盤盤。千巖競秀清人思，萬壑爭流壯我觀。山腹雲開嵐色潤，松巔風起雨聲乾。光風滿貯詩囊去，一度思山一度看。"（謝方點校本，頁7）該詩即用丘處機詩韻。

又歷二城，重九日(一)至回紇昌八刺(二)城。其王畏午(1)兒(三)與鎮海有舊，率諸(2)部族及回紇僧皆遠迎。既入，齋于臺上，泊(3)(四)其夫人勸蒲(4)萄(5)(五)酒，且獻西瓜，其重及秤(6)，甘瓜如枕許，其香味盖中國未有也(六)。園蔬同中區(七)，有僧來侍坐(八)，使譯者問："看何經典(九)?"僧云："剃度受戒，禮佛爲師。"盖此以東昔屬唐故，西去無僧道(7)，回紇但禮西方耳(十)。

【校記】

(1) 午：史地本作"兀"。

(2) 諸：宛委本與底本同，餘本作"衆"。

(3) 泊：史地本作"泊"。

(4) 蒲：輿地本、備要本、張本、紀本、史地本作"葡"。

(5) 萄：備要本作"萄"。

(6) 秤：史地本作"枰"，黨本作"稱"。

（7）道：王本、黨本脫此字。

【注釋】

（一）重九日：農曆九月初九。

（二）昌八剌（Janbaliq）：此為《突厥語大辭典》所列畏兀兒五城之一，《元史》作彰八里、摻八里或昌八里。此城的具體位置目前還有爭議，較為普遍的看法認為當在今新疆昌吉（參見劉迎勝：《察合台汗國史研究》，頁 588—589）。

（三）畏午兒：元、明時期對高昌（西州）回鶻的稱呼，來自突厥語 Uighur。本文"畏午兒"一詞是人名還是族稱，尚不能確定。不過，注者認為很可能是族稱，《魏書》寫作袁紇、烏護。《隋書》為韋紇、回紇。《舊唐書》稱迴紇，至唐中葉改稱回鶻，《北使記》中稱為瑰古。《元史》中寫作畏兀兒、畏吾兒等。馬祖常《薊國忠簡公神道碑》作衛兀。

（四）泊：及、到。

（五）蒲萄：同"葡萄"，源於中古波斯語 bāta。漢文史籍對葡萄和葡萄酒最早的記載首推司馬遷的《史記·大宛列傳》，該書記載說："宛左右以蒲陶為酒，富人藏酒至萬餘石，久者數十歲不敗。俗嗜酒，馬嗜苜蓿。漢使取其實來，於是天子始種苜蓿、蒲陶肥饒地。及天馬多，外國使來眾，則離宮別觀旁盡種蒲陶、苜蓿極望。"（頁 3173—3174）彭大雅《黑韃事略》載："又兩次金帳中送葡萄酒，盛以玻璃瓶，一瓶可得十餘小盞，其色如南方柿漆，味甚甜。聞多飲亦醉，但無緣得多耳。回回國貢來。"（《王國維遺書》第 13 冊，頁 19b）元代時西域廣泛種植葡萄，時任宮廷太醫的忽思慧在《飲膳正要》一書介紹蒙古皇室葡萄酒種類時說："有西番者，有哈剌火者，有平陽、太原者"，但是，"其味都不及哈剌火者田地酒，最佳"（尚衍斌等校注本，頁 207）。元人熊夢祥《析津志》對火州（即哈剌火州）葡萄酒的製作工藝記述尤詳。其具體制法如下："醞之時，取葡萄帶青者。其醞也，在三五間磚石甃砌乾淨地上，作甃甕缺嵌入地中，欲其低凹以聚，其甕可容數石者。然後取青葡萄，不以數計，堆積如山，鋪開，用人以足揉踐之使平，卻以大木壓之，覆以羊皮並氈毯之類，欲其重厚，別無麯藥。壓後出閉其門，十日半月後窺見原壓低下，此其驗也。方入室，眾力挤下氈木，搬開而觀，開而觀，則酒已盈甕矣。乃取清者入別甕貯之，此謂頭酒。復以足蹋平葡萄滓，仍如其法蓋，復閉戶而去。又數日，如前法取酒。窨之如此者有三次，故有頭酒、二酒、三酒之類。直似其消盡，卻以其滓逐旋澄之清為度。"（北京圖書館善本組輯校：《析津志輯佚》，頁 239）

（六）甘瓜如枕許，其香味蓋中國未有也：此甘瓜，應指厚皮甜瓜，即哈密瓜。參見黃太勇撰《〈西遊錄〉與〈長春真人西遊記〉所載"馬首形瓜"名稱考：兼論甜瓜與哈密瓜名稱源流》（《中國農史》2015 年第 1 期）。

（七）中區：指中原地區。

（八）侍坐：在尊長者近旁陪坐。

（九）經典：佛教經典一般由經、律、論三部分組成。"經"是指釋迦牟尼佛親口所說，由其弟子集成的法本。"律"是指佛陀為其弟子制定的戒條。"論"是佛陀的弟子研習佛經後的心得。

（十）回紇但禮西方耳：西域中亞地區存在著一些信奉伊斯蘭教的民族和地方性政權，按伊斯蘭教法，他們應面向西邊的麥加方向朝聖，故有此記載。

翌日，並^{(1)（一）}陰山而西，約十程，又度⁽²⁾沙場^{（二）}。其沙細，遇風則流，狀如驚濤，乍聚乍⁽³⁾散，寸草不萌^{（三）}。車陷馬滯，一晝夜方出。蓋白骨甸大沙分流也。

【校注】

（1）並：王本、黨本作"傍"。

（2）度：輿地本、備要本、張本、史地本作"渡"。

（3）乍：輿地本作"年"。

【注釋】

（一）並：一齊、並排。這裡，"並"字通"傍"，意為依靠，靠著。

（二）沙場：黨本認為是艾比湖和精河之間的沙漠，今從。

（三）萌：發芽，長芽。

南際<u>陰山</u>之麓，踰[(1)][(一)]沙，又五日，宿<u>陰山</u>北。詰朝[(二)]，南行長坂[(2)][(三)]七八十里，抵暮乃宿[(四)]。天甚寒，且[(3)]無水。晨起，西南行約二[(4)]十里，忽有<u>大</u>[(5)]池[(五)]，方圓幾二百里。雪峰環之，倒影池中。師名之曰"天池"。

【校記】

（1）踰：<u>張本</u>、<u>紀本</u>、<u>黨本</u>作"逾"。

（2）坂：<u>史地本</u>作"坡"。

（3）且：<u>王本</u>、<u>黨本</u>作"又"。

（4）二：<u>初編本</u>作"三"。

（5）大：<u>輿地本</u>、<u>史地本</u>作"文"；<u>張本</u>、<u>紀本</u>脫此字。

【注釋】

（一）踰：跳過，超越。

（二）詰朝：明晨。

（三）坂：山坡，斜坡。

（四）抵暮乃宿：據<u>陳得芝</u>先生考證，<u>丘處機</u>一行入<u>長坂</u>前應宿頓於<u>字羅城</u>，即位於今<u>新疆維吾爾自治區額敏</u>至<u>伊寧</u>和<u>昌吉</u>至<u>伊寧</u>兩路會和點附近（<u>陳得芝</u>：《<u>劉郁</u>〈［<u>常德</u>］西使記〉校注》，頁78）。

（五）大池：即<u>丘處機</u>在下文所稱之"天池"，即指今<u>新疆賽里木湖</u>，位於新疆維吾爾自治區博乐市西南。<u>耶律楚材</u>《<u>西遊錄</u>》亦提到："（<u>陰山</u>）東西千里，南北二百里。其山之頂有圓池，周圍七八十里許。既過圓池，南下皆林檎木，樹陰翁鬱，不露日色。"（<u>向達</u>校注本，頁2）<u>吉爾吉斯</u>人稱<u>賽里木湖</u>為"色忒庫爾（Sutkul）"，華言"乳海"。<u>蒙古</u>語稱作"<u>賽里木淖爾</u>"，意為"山脊梁上的湖"，在突厥語中"<u>賽里木</u>"意為"平安"。<u>賽里木湖</u>在哈薩克語中是"祝願"的意思。<u>賽里木湖</u>，古籍稱<u>天池</u>。當地人稱呼為<u>三台海子</u>，因<u>清</u>代在湖的東岸設有<u>鄂勒著依圖博木</u>軍台（即<u>三台</u>）而得名。徐松《西域水道記》卷5《賽喇木淖爾所受水》記載說："其水陽焊不耗，陰霖不濫。池中曾無片艸及其風葦，鯤鮞孑孓，皆所不生。"（朱玉麒整理本，頁277）

　　沿池正南下，左⁽¹⁾右峰巒峭拔，松樺陰森^(一)，高踰⁽²⁾百尺，自巓及麓，何啻^(二)萬株。衆流入峽，奔騰洶湧，曲折灣⁽³⁾環^(三)，可六、七十⁽⁴⁾里。二太子^(四)扈從^(五)西征，始鑿石理⁽⁵⁾道，刊^(六)木爲四十八橋^(七)，橋可並車。薄暮^(八)宿峽中。翌日方出，入東西大川，水草豐⁽⁶⁾秀，天氣似春，稍有桑棗。

【校記】

（1）左：張本、紀本脱此字。

（2）踰：張本、紀本、黨本作"逾"。

（3）灣：連本、輿地本、王本、備要本、初編本、張本、紀本、史地本、黨本作"彎"。

（4）十：王本無此字。

（5）理：備要本作"埋"。

（6）豐：連本、輿地本、王本、備要本、初編本、張本、紀本、史地本、黨本作"盈"。

【注釋】

（一）松樺陰森：松，即松樹。樺，雙子葉植物的一種，落葉喬木或灌木。樹皮容易剝離，木材緻密，可制器具。"白樺"、"黑樺"均是這一屬。此處自然景觀，耶律楚材《西遊錄》多所記載："既過圓池，南下皆林檎木，樹陰翁翳，不露日色。"（向達校注本，頁2）王國維認爲此地爲今松樹頭，金元間謂之松關。《湛然居士文集》卷3《過夏國新安縣》詩曰："昔年今日度松關_{西域陰山有松關}，車馬崎嶇行路難。瀚海潮噴千浪白，天山風吼萬林丹。氣當霜降十分爽，月比中秋一倍寒。回首三秋如一夢，夢中不覺到新安。"（謝方點校本，頁57）

（二）何啻：何止，豈止。

（三）灣環：曲水環繞。

（四）二太子：即察合台（Čaqadai，？—1241），又譯察合帶、察哈歹、茶合帶等，成吉思汗正妻孛兒台所生第二子。大蒙古國建立後，成吉思汗以蒙古軍民分授子弟，察合台得四千戶。1211年，隨成吉思汗伐金，他與尤赤、窩闊台攻掠云內、東勝、武、朔諸州。1213年，再次大舉分道伐金，與尤赤、窩闊台率領大軍，破太行山東西兩側諸州郡，大掠而還。1219年，隨成吉思汗西征，參與攻取訛答剌、別納客忒、玉龍傑赤等地。1222年夏，與成吉思汗合軍，追擊花剌子模算端札闌丁至申河。成吉思汗把畏兀兒以西直至阿姆河之間的草原地區分封給他。設斡耳朵宮帳於阿力麻里（今新疆霍城縣克干山南麓）附近的虎牙思。察合台與長兄尤赤不和，與其弟窩闊台關係融洽。成吉思汗逝世后，察合台遵照遺命擁戴窩闊台即大汗位，親執臣屬之禮。窩闊台對察合台亦極為尊重，汗國大事，必先遣使咨詢。察合台于1241年5月病逝。其子孫繼承封地，後建立統治中亞地區的察合台汗國。

（五）扈從：隨從，侍從。

（六）刊：砍斫，削除。

（七）四十八橋：即當時建的四十八座橋。耶律楚材跟隨成吉思汗西征時，作有詩文《過陰山和人韻四首》，其中有："四十八橋橫雁行，勝遊奇觀真非常。臨高俯視千萬仞，令人凜凜生恐惶。"的詩句（謝方點校：《湛然居士文集》卷1，頁22）。徐松《西域水道記》卷3載："谷中跨水架橋四十有二，峭壁夾路，蒼松據崖，山鳥鳴飛，林木陰翳"。"蓋四十八橋其來已舊，今因其遺址為四十二橋，彼土不知"。（朱玉麒整理本，頁247）依據徐松記載，殆至清代橋仍存，只不過變為四十二座或更少。現在位於新疆綏定縣西北之石壁溝。木橋。舊有四十八橋。據傳鐵木真西征時，開鑿山道，砍木架設爲橋。可行並車。王樹楠在《新疆圖志》卷87載："果子溝舊有四十八橋，乾隆時保文瑞改為四十二，餘六橋均峭壁懸崖，寬僅十尺"（《中國邊疆叢書》，頁3219）。它打開了我國中原通往伊犁、中亞和歐洲的重要通道。關於清代對果子溝道路和橋

梁的修繕，可參見新疆大學圖書館所藏馬亮廣福《紅格奏稿》中奏摺。（洪濤：《歷史上新疆伊犁的果子溝路》）

（八）薄暮：傍晚，太陽快落山的時候。

次及^(一)一程，九月二十七日至阿里馬城^(二)。鋪速滿^(三)國王暨蒙古答⁽¹⁾剌忽只^(四)領諸部人來迎。宿於西果園。土人呼"果"爲"阿里馬"，蓋多果實，以是名其城。其地出帛，目曰"禿鹿麻"^{(2)(五)}，盖俗所謂種羊毛^(六)織成者。時得七束爲禦寒衣。其毛類中國柳花^(七)，鮮潔細軟，可爲線⁽³⁾、爲繩、爲帛、爲綿⁽⁴⁾。農者亦決渠灌田，土人唯以瓶取水，戴⁽⁵⁾而歸，及見中原汲器，喜曰："桃花石^(八)諸事皆巧"，"桃花石"謂漢人也。

【校記】

（1）答：連本、輿地本、王本、備要本、初編本、張本、紀本、史地本、黨本作"塔"。

（2）禿鹿麻：黨本作"禿麻林"。

（3）線：史地本作"綿"。

（4）綿：連本、輿地本、王本、備要本、初編本、史地本作"緜"。

（5）戴：史地本作"載"。

【注釋】

（一）次及：依次而及。

（二）阿里馬（Almaliq）：又譯爲阿力麻里、阿里麻、野里麻里等，即突厥語"蘋果園"之意。其遺址在今新疆伊犁哈薩克自治州霍城縣西十三公里處的阿爾泰古城（參見黃文弼：《元阿里麻里古城考》，載《考古》1963年第10期）。阿里馬城在元代是西北重鎮，察合台汗國都城。《元史》作阿力麻里、阿里馬里或野里麻里。不過，《元史》中和林北有一個地方也叫阿力麻里，但並非伊犁河谷的阿力麻里，這一點已爲何高濟先生明示。《西遊錄》記載："既出陰山，有阿里馬城。西人目林檎曰阿里馬，附郭皆林檎園圃，由此名焉。"（向達校注本，頁2）波伊勒（boyle）在《海屯行紀》注釋中引用了英國學者克勞遜（Clauson）的話說："alamlik 不止是一個地方的名字，除已知的這裡提到的名字外，在 usrushuna 還有一處，可能別的地方還有……迄今為止，最早提到 almalik 的材料，是8 世紀初葉的一份粟特文書，得自慕格山（Mount mug）"（何高濟譯本，頁17）。在 12 世紀後期至 13 世紀，此城歸信奉伊斯蘭教的哈剌魯斡匝兒（Ozar）汗家族管轄（據《蘇拉赫辭典補編》的說法，他也稱脫斡鄰汗），斡匝兒汗被屈出律殺死後，統治該城的是他的兒子昔格納黑的斤（Siqnaq tegin）。斡匝兒家族在成吉思汗西征前便已經歸順了大蒙古國，時間在 1211 年後。成吉思汗分封時，把阿力麻里及附近地區分封給了察合台。《世界征服者史》記載說："察合台受封的領域，從畏兀兒地起，至撒麻耳干（Samarqand）和不花剌（Bokhara）止，他的居住地在阿力麻境內的忽牙思。"（何高濟漢譯本，頁45）從《蘇拉赫詞典補編》的記載來看，雖然阿力麻里為察合台斡耳朵所在，為察合台汗國的行政中心。但斡匝兒汗家族在相當長的一段時間內統治著阿力麻里城。中統年間，阿里不哥與忽必烈爭奪合罕之位時，曾攻佔阿力麻里，並引發了嚴重的饑荒（華濤：《賈瑪爾‧喀爾施和他的〈蘇拉赫詞典補編〉》）。此後該地為窩闊台後王海都所據。《元史》卷 63《地理志六》記載道："諸王海都行營于阿力麻里等處，蓋其分地也。自上都西北行六千里，至回鶻五城，唐號北庭，置都護府。又西北行四五千里，至阿力麻里，至元五年，海都叛，舉兵南來，世祖逆敗之于北庭，又追至阿力麻里，則又遠遁二千餘里。上令勿追，以皇子北平王統諸軍于阿力麻里以鎮之，命丞相安童往輔之。"（頁 1569）此後該地又屢經元與察合台汗國爭奪，最後納入察合台汗國版圖中。1346 年以前，阿力麻里一直是察合台汗國的政治中心，1307 年察合台汗都哇廢黜窩闊台汗察八兒的忽里勒台便是在阿力麻里的忽牙思之地舉行的。14 世紀 40 年代，察合台汗國分裂後，阿力麻里歸東察合台汗國所有。明代仍有關於阿力麻里的記載，明初派往帖木兒汗國的使臣陳誠所著《西域蕃國志》"別失八里"條下記載；"其封域之內，惟魯陳、火州、土爾番、哈巴哈、阿力麻里數處，略有城邑民居，

田園巷陌。其他住所，雖有荒城故址，敗壁頹垣，悉皆荒穢。"（周連寬校注本，頁 102—103）

（三）鋪速滿國王：鋪速滿，《元史》作木速兒蠻，《西遊錄》作謀速魯蠻，《西使記》作沒速魯蠻，皆為波斯語 musulmān（意為穆斯林、伊斯蘭教徒）之音譯。是元代對伊斯蘭教徒的稱呼。元代漢文文獻通常將西域各族木速蠻稱為回回。但回回之名有時也被用於稱呼信奉其他宗教的西域人，如稱猶太人為"尤忽回回"等。根據志費尼的說法，此時昔格納黑的斤已經隨成吉思汗西征，此處的鋪速滿國王應該是他的親戚或部屬。

（四）答剌忽只：即達魯花赤（daruqači）的音譯。蒙古語意為"鎮守者"。為蒙古和元朝的官名，是所在地方、軍隊和官衙的最高監治長官。蒙古貴族征服其他民族和國家後，鑒於單獨進行統治不便，便委付當地統治者代為治理，派出達魯花赤監臨，其權勢位於當地官員之上。早在成吉思汗征金時期，就曾任命西域人札八兒火者為黃河以北、鐵門以南的都達魯花赤。入元以後，路、府、州、縣和錄事司等各級地方政府，皆設置達魯花赤，品秩雖與路總管、府州縣令尹相同，但實權要大於這些官員。至元二年（1265），元廷正式規定，各路達魯花赤由蒙古人充任，總管由漢人、同知由回回人充當。這一官職的設立有明顯的民族歧視和壓迫的性質。

（五）禿鹿麻：下文又稱"禿鹿馬"，根據李志常的描述很像以棉花織成的棉布，很多學者認為此即棉布，《漢語外來詞詞典》"禿魯麻"條釋曰："'禿鹿麻'（tuluma）指一種棉布，又作'禿鹿馬'，源于突厥語 turma。"（頁 346）"禿鹿麻"必非漢語詞，在突厥語中，"turma"意為"蘿蔔"，蒙古語同。現代維吾爾語把"水蘿蔔"稱爲"turup"。《元史》卷 130《不忽木傳》中"禿魯麻"指稱"佛事"：如"西僧為佛事，請釋罪人祈福，謂之禿魯麻。豪民犯法者，皆賄賂之以求免。"（頁 3171）前述內容都與李志常所指相差甚遠。長春一行經行地區確實存在棉布加工，但並非稱"禿鹿麻"。耶律楚材《西遊錄》記載尋思干地區百姓的衣着情況時稱："頗有桑，鮮能蠶者，故絲繭絕難，皆服屈眴。"（向達注釋本，頁 3）"屈眴"一詞，向達先生解釋為棉布（向達注釋本，頁 9），說明當地確實存在棉布加工作坊。或許李志常對當地棉花、棉布情況了解不多，遂產生誤解（參見尚衍斌《元代西域史事雜錄》）。此外，王國維解釋說："此禿鹿麻，卷下又作禿鹿馬，即兜羅綿之異譯也。"據維吾爾族學者阿合買提江·買明函示："'tolima'有兩種意思，一是指'捻的線'（《維吾爾語詳解詞典》，2011年版，頁305）；二是指'大布'（《現代維吾爾語方言詞彙研究·巴楚方言》，2006年版）"。禿鹿麻是否棉布，仍有待進一步研究。

（六）種羊毛：種羊毛的記事亦見於它書，《西使記》稱："壠種羊出西海，［以］羊臍種土中，溉以水，聞雷而生，臍系地中，及長，驚以木，臍斷［便］齧草，至秋可食，臍內復有種。"（陳得芝校注本，頁106）。《北使記》謂："其俗衣縞素，衽無左右，腰必帶。其衣裘茵幙悉羊氄也，其氄植於地。"（崔文印點校本，頁168）；《湛然居士文集》卷12《贈高善長一百韻》："西方好風土，大率無蠶桑。家家植木綿，是為壠種羊。"（謝方點校本，頁266）。陳得芝先生在《劉郁〈［常德］西使記〉校注》中引《舊唐書》卷198《拂菻傳》的記載："有羊羔生於土中，其國人候其欲萌，乃築牆以院之，防外獸所食也。然其臍與地連，割之則死，唯人著甲走馬及擊鼓以駭之，其羔驚鳴而臍絕，便逐水草。"（頁5314）認為《西使記》所言"壠種羊"即"中世紀傳說的植物羊——塞西亞羊（Agnus scythicus）。"（頁107）也有學者根據耶律楚材等人的描述，推斷"種羊毛"或"壠種羊"為棉花，因為當時棉花還沒有在內地廣泛種植，因此致使內地人對西域種植棉花的誤解。

（七）柳花：杨柳科植物垂柳的花。宋唐慎微《證類本草》卷14載曰："以絮爲花，花即初發時黃蕊，子爲飛絮"（頁452）。此處应指柳絮。

（八）桃花石：古代中亞國家對中國的稱呼。"桃花石"作為古代中國的稱謂，最早見於7世紀早期拜占庭歷史學家西莫卡塔（Simocatta）的著作《歷史》，裕爾的《東域紀程錄叢》（Cathay and the way thither）說："西莫卡塔似乎通過特殊的管道，獲得了關於中亞突厥民族中發生的戰爭和劇變的知識……其中一個片段記載了一個名為'桃花石'（taugas）的一個大國及其人民。"（頁22）。西莫卡塔所記載的 taugas，應當來源於突厥語的 tabγa č一詞，此詞亦見於 8 世紀早期的鄂爾渾碑銘（闕特勤碑、毗伽可汗碑和暾欲谷碑中均以此詞來指代唐朝）。關於該詞的來源，學術界主要有二種說法：夏德（Hirth）認為此詞是漢語"唐家"的對音，桑原騭藏進一步發揮為"唐家子"；伯希和認為是"拓跋"的對音，此說為白鳥庫吉附和，也是學術界比較認同的一種觀點。此外，中國學者還有"大漢"、"大汗"、"大國華"等解釋。桃花石一詞，在"契丹"民族崛起以前，常被西方伊斯蘭諸國，乃至東羅馬用來指稱中國。麻赫默德·喀什噶里在《突厥語大詞典》中對 tavghaq（桃花石）的解釋是："'馬秦'國之名，這個國家距秦有四個月的路程。秦原來分作三個部分：第一，上秦，地處東方，被稱為 tavghaq（桃花石）；第二，中秦，稱為 hǐtay（契丹）；第三，下秦，稱為 barhan（巴爾罕），這就在喀什噶爾。但是，現在認為 tavghaq（桃花石）就是'馬秦'，hǐtay（契丹）就是'秦'。"還說："tavghaq，桃花石。突厥人的一部分。因為他們居住在 tavghaq（桃花石）地區，所以稱為'tat tavghaq'。'塔特'就是回鶻；'桃花石'就是秦人。"（校仲彝等漢譯本，頁 479）根據錢幣學資料，喀喇汗王朝的汗常在自己的名字前貫以"桃花石"的稱號。在出土的喀喇汗王朝錢幣上，桃花石一詞寫作 tabghōj。在伊斯蘭作家比魯尼（Al Biruni）的書中，該詞寫作 tamghōj。馬蘇第的《黃金草原》對中國君主的稱呼是 TamghačKhan。巴托爾德轉引奈塞維（Nasawi）的《札蘭丁傳》提及算端摩訶末曾向人詢問成吉思汗是否真的征服了"桃花石"（指中原地區）。很顯然，這些詞語出自同源，只是在讀音上稍有差別而已。"桃花石"並不是 tabghač一詞在漢文中出現的的最早形式。黃時鑒在《"條貫主"考》一文指出，"條貫主"即 tabghač的對音，可能是 tabghač在漢文史籍中出現的最早形式。是哈喇汗王朝把宋朝人稱呼"漢家"的音譯（黃時鑒：《東西交流史論稿》，頁 34—38）。

　　師自金山至此，以詩記[(1)]其行，云："金山東畔陰山西，千巖萬壑[(一)]攢[(2)][(二)]深溪。溪邊亂石當道臥[(3)]，古今不許通輪蹄[(4)][(三)]。前年軍興[(四)]二太子，修道架橋徹[(五)]溪水。三太子修<u>金山</u>，二太子修<u>陰山</u>。⁽⁵⁾今年吾道欲西行，車馬喧闐^(六)復經此。銀山鐵壁千萬重，爭頭競角誇^(七)清雄^(八)。日出下觀滄海近，月明上與天河通。參天松如筆管直，森森動有百餘尺。萬株相倚鬱⁽⁶⁾蒼蒼，一鳥不鳴空寂寂。<u>羊腸</u>^(九)<u>孟門</u>^(十)壓<u>太行</u>，比斯大⁽⁷⁾略猶尋常。雙車上下苦敦⁽⁸⁾攢^{(9)(十一)}，百騎前後多驚惶。<u>天池海</u>在山頭上，百里鏡空含萬象^(十二)。縣⁽¹⁰⁾車束馬西下山，四十八橋低⁽¹¹⁾萬丈。河南海北山無窮，千變萬化規模同。未若茲山太奇絕^(十三)，磊落峭拔加⁽¹²⁾神功^(十四)。我来時當八九月，半山已上皆⁽¹³⁾爲雪。山前草木暖如春，山後衣裘^(十五)冷如鐵。"^(十六)連日所供勝前。

【校記】

(1) 記：餘本皆作"紀"。

(2) 攢：連本、輿地本、備要本、初編本、張本、紀本、史地本作"横"。

(3) 臥：連本、輿地本、備要本、初編本、宛委本作"臥"。

(4) 蹄：輿地本、備要本、張本、史地本作"蹏"。

(5) 三太子修金山，二太子修陰山：王本將此句置於"前年軍興二太子"之後。

(6) 鬱：餘本作"鬱"。

(7) 大：連本、備要本、初編本作"太"。

(8) 敦：張本、紀本、黨本作"頓"。

(9) 攢：黨本作"顛"。

(10) 縣：紀本、史地本、黨本作"懸"。

(11) 低：宛委本作"抵"。

(12) 加：餘本皆作"如"。

(13) 皆：王本作"純"。

【注釋】

(一) 千巖萬壑：形容山巒连绵、重叠。

（二）攢：集聚。

（三）輪蹄：車輪和馬蹄，指代車。

（四）軍興：朝廷征集財物以供軍用。此處當指動用軍隊修路架橋。

（五）徹：通、穿。

（六）喧闐：喧嘩、熱鬧。

（七）誇：自大、誇耀。

（八）清雄：清俊雄渾。

（九）羊腸：山名，或因山形彎曲如羊腸而得名，一說在今山西靜樂縣境，一說在今山西東南地區與河南林縣交界處。

（十）孟門：其具體位置有爭議，一說在今山西吉县与陕西宜川間黃河夾岸的壺口，一說在山西柳林与陕西吳堡間黃河夾岸的孟門渡口。此外還有孟門關，在今河南輝縣西的說法。

（十一）擷：頓。

（十二）萬象：宇宙間一切事物或景象。

（十三）奇絕：奇妙非常。

（十四）神功：神靈的功力。此處比喻陰山的磊落峭拔像神靈賦予的一樣。

（十五）衣衾：衣服和被子。

（十六）耶律楚材《湛然居士文集》卷 2《過陰山和人韻》，其一："陰山千里橫東西，秋聲浩浩鳴秋溪。猿猱鴻鵠不能過，天兵百萬馳霜蹄。萬頃松風落松子，鬱鬱蒼蒼映流水。天丁何事誇神威，天臺羅浮移於此。雲霞掩翳山重重，峯巒突兀何雄雄。古來天險阻西域，人煙不與中原通。細路縈紆斜復直，山角摩天不盈尺。溪風蕭蕭溪水寒，花落空山人影寂。四十八橋橫雁行，勝遊奇觀真非常。臨高俯視千萬仞，令人凜凜生恐惶。百里鏡湖山頂上，旦暮雲煙浮氣象。山南山北多幽絕，幾派飛泉練千丈。大河西注波無窮，千溪萬壑皆會同。君成綺語壯奇誕，造物縮手神無功。山高四更纔吐月，八月山峯半埋雪。遙思山外屯邊兵，西風冷徹征衣鐵。"（謝方點校本，頁21—22）耶律楚材此時用韻意在唱和丘處機的詩作。此外又有《再用前韻》一首，《復用前韻唱玄》一首，《用前韻送王君玉西征》二首,《用前韻感事》二首（謝方點校本,頁24—27）皆屬上述情況。

又西行四日,至答剌速沒輦[一]沒輦[二],河也,水勢深闊[1],抵西北,流從東[2]來[3],截斷陰山。河南復是雪山。

十月二日,乘舟以濟,南下至一大山,北[4]有一小城。又西行五日[5],宣使以師奉詔來,去行在漸邇[6],先徃馳奏。獨鎮海公從師西行。七日度西南一山[7],逢東夏使[三]迴,禮師於帳前。因問來自何時,使者曰:"自七月十二日辭朝,帝將兵追筭端汗[8][四]至印度。"

【校記】

(1) 闊:連本、史地本、宛委本作"濶"。

(2) 東:輿地本、史地本作"哀"。

(3) 來:史地本作"夾"。

(4) 北:王本、黨本作"山北"。

(5) 日:黨本作"里"。

(6) 邇:連本、輿地本、備要本、初編本、張本、紀本、史地本作"近"。

(7) 山:史地本作"大山"。

(8) 汗:紀本脫此字。

【注釋】

(一) 答剌速沒輦:今中亞塔拉斯(talas)河,即唐呾邏斯河,在今哈薩克斯坦境內。從對音上看,"塔拉斯"應為"答剌速"音譯。陳得芝先生認為,此答剌速沒輦即指塔拉斯河(陳得芝:《劉郁〈[常德]西使記〉校注》,頁85)。

(二) 沒輦:正文小注稱沒輦為河也。張星烺、紀流認為該詞是蒙古語 müren。實際上,在突厥語中,mören 一詞亦有河、渡口之意,因此可以說沒輦是一個突厥、蒙古語通用詞彙。

(三) 東夏使:王國維認為即蒲鮮萬奴在遼東所建之東夏國派

遣的使臣。《元史》卷1《太祖本紀一》載："（太祖十年）冬十月，金宣撫蒲鮮萬奴據遼東，僭稱天王，國號大真，改元天泰。"（頁19）同書又載："（太祖十一年）冬十月，蒲鮮萬奴降，以其子帖哥入侍。既而復叛，僭稱東夏。"（頁19）。《聖武親征錄》亦載："金主之南遷也，以招討也奴爲咸平等路宣撫，復移於忽必阿蘭。至是，亦以衆來降，仍遣子鐵哥入質，既而復叛，自稱東夏。"（《王國維遺書》第 13 冊，頁67b—68a）東夏政權對蒙古時叛時降，耶律楚材在其詩文《和搏霄韻代水陸疏文因其韻爲十首》也有反映，其詩寫道："新朝威德感人深，渴望雲霓四海心。東夏再降烽火滅，西門一戰塞煙沉。顒觀頒朔施仁政，竚待更元布德音。好放湛然雲水去，廟堂英俊政如林。"（《湛然居士文集》卷 4，謝方點校本，頁 69）。

（四）帝將兵追算端汗：算端（Sultan），亦稱蘇丹或素丹，阿拉伯語意爲"國王"。這裡提及的算端汗，即花剌子模皇子札蘭丁（jalālaldin）。據拉施特《史集》記載，1222 年夏，成吉思汗在塔里寒山麓度夏時，原本已經窮途末路的花剌子模皇子札蘭丁在哥疾寧收集部衆，並在八魯灣將失吉忽禿忽帶領的蒙古軍擊敗。成吉思汗聽到失吉忽禿忽被擊敗的消息後，親自帶領蒙古軍一路追至辛河（今印度河），札蘭丁策馬跃入河中，渡河逃入印度（第 1 卷，第 2 分冊，余大鈞、周建奇漢譯本，頁 302—308）。《聖武親征錄》亦記載："（壬午）是夏，避暑於塔里寒寨高原，時西域速里壇劄蘭丁遁去，遂命哲別為前鋒追之，再遣速不台、拔都為繼，又遣脫忽察兒殿其後。哲別至蔑里可汗城，不犯而過。速不台、拔都亦如之。脫忽察兒至，與其外軍戰，蔑里可汗懼，棄城走，忽都忽那顏聞之，率兵進襲，時蔑里可汗與劄蘭丁合，就戰，我不利，遂遣使以聞。上自塔里寒寨率精銳親擊之，追及辛目連河，獲蔑里可汗，屠其衆。劄蘭丁脫身入河，泳水而逸。遂遣八剌那顏將兵急追之，不獲。因大擄忻都人民之半而還。"（《王國維遺書》第 13 冊，頁77a—78b）《世界征服者史》也有類似記載（何高濟漢譯本，頁156—168）。

明日遇大雪，至回紇小城。雪盈尺，日出即消。十有六日，西南過⁽¹⁾板橋渡河^(一)。晚至南山^(二)下，即大石林牙^{(2)(三)}大石，學士；林牙，小名⁽³⁾。其國王遼後也。自金師破遼，大石林牙領眾數千，走西北，移徙十餘年，方至此地。其風土、氣候與金山⁽⁴⁾以北不同。平地頗多，以農桑爲務，釀蒲⁽⁵⁾萄⁽⁶⁾爲酒，果實與中國同。惟經夏秋無雨，皆疏河灌溉，百穀用成。東⁽⁷⁾北西南⁽⁸⁾，左山右川^(四)，延袤萬里，傳國幾百年^(五)。乃滿失國^(六)，依大石士馬復振，盜據其土。繼而算端西削其地^(七)。

【校記】

（1）過：宛委本作“遇”。

（2）大石林牙：紀本衍“城”字。

（3）大石，學士；林牙，小名：紀本脫此句。

（4）金山：宛委本無“山”字。

（5）蒲：輿地本、備要本、張本、紀本、史地本作“葡”。

（6）萄：黨本作“桃”。

（7）東：張本、紀本作“城東”。

（8）東北西南：史地本作“東西南北”。

【注釋】

（一）渡河：此河指吹沒輦（chu müren），即楚河。又稱碎葉水、素葉水、細葉川、垂河、吹河。發源于天山山脉，主要流經今吉爾吉斯斯坦和哈薩克斯坦。

（二）南山：此山應是今吉爾吉斯山的阿剌套山（王國維稱為阿曆山大嶺），相對于大石林牙的都城方位，它位於南部，故稱“南山”。

（三）大石林牙：即西遼王朝的建立者耶律大石，為遼朝皇室後裔，曾經考中遼代的進士，後被拔“擢翰林應奉”，不久又遷升翰林承旨。契丹語把翰林稱為林牙，所以常稱耶律大石為大石林牙。1125 年女真滅遼，耶律大石在前一年率眾西走，1132 年，在葉密立（今新疆額敏縣）稱帝。1134 年，耶律大石進軍東哈剌汗王朝，遷都巴剌沙袞。《遼史》卷 30《天祚皇帝本紀》："耶律大石者，世號為西遼。大石字重德，太祖八代孫也。通遼、漢字，善騎射。登天慶五年進士第，擢翰林應奉，尋陞承旨，遼以翰林為林牙，故稱大石林牙。"（頁 355）尹志平《葆光集》卷上有《過大石林牙契丹國（大石，是契丹語學士名。林牙，是小名，中原呼大石林牙為國號）》詩二首，其一云："遼因金破失家鄉，西走番戎萬里疆。十載經營無定止，卻來此地務農桑。"其二云："群雄力戰得農桑，大石林牙號國王，幾帝聚兵成百萬，到今衰落已成荒。"（《正統道藏》第 25 冊，頁 503）此處的大石林牙的居住地，即穆斯林著作中所稱的巴剌沙袞（Balāsāghūn），關於巴拉沙袞的地望與演變，俄國東方學家巴托爾德為《伊斯蘭大百科全書》撰寫專門詞條予以討論，詳見《歷史地理文集》（Работы по исторической географии）（莫斯科，2002 年，頁 355—357）。《突厥語大辭典》"ordu" 條稱："斡耳朵，巴拉沙袞附近的城鎮，巴拉沙袞也稱作虎思斡耳朵。"（何銳等漢譯本，第 1 卷，頁 134）拉施特《史集》稱巴剌沙袞，《遼史》稱虎思斡耳朵，耶律楚材《西遊錄》稱為虎司窩魯朵，《元史》稱為榖則斡耳朵，等等。此地位於今吉爾吉斯斯坦托克瑪克城西南八公里的阿克·貝希姆廢墟（王國維：《西遼都城虎思斡耳朵考》，《觀堂集林》第 3 冊；張廣達：《碎葉城今地考》，《北京大學學報》1979 年第 5 期）。據《新唐書·地理志》和 10 世紀穆斯林地理學家 Muqaddasi 記載，楚河河谷有多處城市，近數十年的考古發現已經證實了這些資料，參看別列尼茨基（А. М. Беленицкий）、別東維奇（И. Б. бентович）、巴里沙科夫（О. Г. большаков）：《中亞中世紀城市》（Средневековый город Средней Азии）（列寧格勒：科學出版社，1973 年，頁 205—207）。

　　（四）左山右川：左山指的是南山，即今吉爾吉斯山之阿剌套山。右川指的是吹沒輦，即楚河。

　　（五）幾百年："幾"作副詞講，意為"幾乎"。西遼從 1124 年耶律大石西走算起，到 1211 年直魯古失國，僅 88 年。即使加上屈出律統治的幾年，到 1218 年屈出律被殺，才 95 年。波斯史籍《世界征服者史》說：“一兩年后菊兒汗（直魯古）去世了，在他們繁榮昌盛的統治了三合恩（qarn，九十）又五年后，那個王朝之風熄滅了，整個這個時期內，他們的運道沒有受到絲毫挫傷。”（何高濟漢譯本，頁422）

（六）乃滿失國，依大石士馬復振，盜據其土：指的是乃蠻部被成吉思汗攻滅之後，其王子屈出律逃到西遼，騙取西遼皇帝直魯古的信任，被招為駙馬，既而將直魯古軟禁，竊取西遼政權的事情。《遼史》卷30《天祚皇帝本紀》云：“仁宗次子直魯古即位，改元天禧，在位三十四年，時秋出獵，乃蠻王屈出律以伏兵八千擒之，而據其位。”（頁358）《史集》亦言：“乃蠻太陽汗的兒子娶了他（古兒汗直魯古）的女兒后，叛變了他，奪取了他的領地，古兒汗在憂愁中病死。”（第1卷，第2分冊，余大鈞、周建奇漢譯本，頁255）

（七）繼而算端西削其地：算端（Sultan），此處指花剌子模沙摩訶末。西遼皇帝直魯古在位時，昏庸荒淫，揮霍無度，國力日趨衰微，本來臣服於西遼的花剌子模卻日益強盛，不願再臣服於西遼，花剌子模沙摩訶末下令將西遼的催貢使者投入河中淹死，宣佈獨立。1211年，花剌子模的軍隊大舉入侵，擊敗西遼軍隊，西遼訛跡邘城（今吉爾吉斯坦烏支根）及其以西地區都被花剌子模攻佔。《史集》載：“花剌子模王馬合謀算端同撒馬爾干算端斡思蠻一起，也向古兒汗出兵了，當時他來到了塔剌思地區，古兒汗的統將塔陽古帶著大軍駐守在那里。雙方展開了戰鬥，塔陽古被馬合謀算端擒獲，他的軍隊被擊潰了。”（第1卷，第2分冊，余大鈞、周建奇漢譯本，頁251）

　　天兵至，乃滿尋滅，筭端亦亡[一]。又聞前路多阻，適壞一車，遂留之。十有八日，沿山而西，七、八日山忽南去，一石城[二]當途[1]，石色盡赤，有駐軍古跡。西有大塚[2][三]，若斗星[四]相聯[3]。又渡[4]石橋，並西南山行五程，至塞藍城[五]，有小塔[六]。回紇王来迎入館。

【校記】

(1) 途：王本、黨本作"路"。

(2) 塚：王本、紀本、黨本作"冢"。

(3) 聯：餘本作"聯"，"聯"乃"聯"異體字，二字通用。

(4) 渡：紀本作"踱"。

【注釋】

(一) 天兵至，乃滿尋滅，算端亦亡：天兵，指蒙古軍隊。1218 年，成吉思汗為在西征前剪除側翼威脅，派哲別領兵，進攻盤踞在喀什噶里及和闐地區的屈出律。當時屈出律正在圍攻阿里麻里，聞蒙古軍將至，撤圍逃歸喀什噶里。哲別自阿里麻里往攻喀什噶里，軍未至，屈出律又從喀什噶里出逃，於遁逃途中被哲別追殺於瓦罕河谷東部的 Darāzī 山谷，即今 sarhad 附近山區（詳見姚大力：《屈出律敗亡地點考》）。算端亦亡，指花剌子模沙摩訶末在蒙古軍的進攻下，一路逃亡，最終死於里海的一座孤島之上。

(二) 石城：王本認為此即呾羅斯城。《大唐西域記》云："素葉城西行四百餘里至千泉……千泉西行百四五十里，至呾邏私城。……南行十餘里有小孤城。……從此西南行二百餘里，至白水城。"（季羨林等校注本，頁76—79）從素葉城至呾邏斯城皆西行，玄奘一行自呾邏斯以往，西南行正與長春一行路線吻合。素葉水城即上文提及的大石林牙城，白水城即下文的賽藍城。呾邏斯城後來又稱塔剌思，位於答剌速河（今塔拉斯河）中游西南岸，其故址在今哈薩克斯坦的江布爾城。

(三) 塚：又作"冢"，墳墓。

(四) 斗星：即"北斗七星"，在北天排列成鬥（或杓）形。此指墳墓相連若北斗，極言墳墓之多，分佈之密。

(五) 塞藍城：故址在今中亞哈薩克斯坦奇姆肯特（Chimkent）東十五公里的地方。麻赫默德·喀什噶里的《突厥語詞典》稱其為 Isbījāb，在波斯、阿拉伯語中意為"白水"，並指出其地又名 Say-ram。該地在唐朝稱為白水城，《元史》卷63《地理志·西北地附錄》稱之為"賽蘭"（頁1571）。

(六) 小塔：《西使記》載曰："二十八日，過塔賴寺。三月一日，過賽藍城，有浮圖，諸回紇祈拜之所。"（陳得芝校注本，頁84—86）。結合下文，校注者認為這裡的"小塔"應指穆斯林的宣禮塔，乃"諸回紇祈拜之所。"（參見尚衍斌：《元代色目人史事雜考》，《民族研究》2001 年第 1 期）

十一月初，連日雨大作。四日，土人以爲年^(一)，旁⁽¹⁾午^(二)相賀。是日，<u>虛靜先生趙九古</u>語<u>尹公</u>曰："我隨師在<u>宣德</u>時，覺有長徃^{(2)(三)}之兆，頗倦行役。嘗⁽³⁾蒙師訓：'道⁽⁴⁾人不以死生動心，不以苦樂介懷，所適無不可。'今歸期將至，公等善事⁽⁵⁾父師。"數日示疾^(四)而逝，蓋十一月五日也。師命門弟子葬⁽⁶⁾<u>九古</u>于郭東原上^(五)，即行。

【校記】

（1）旁：連本、輿地本、備要本、初編本、張本、紀本、史地本作"傍"。

（2）徃：史地本作"住"。

（3）嘗：輿地本、備要本、初編本、張本、紀本、史地本脫此字。

（4）道：紀本作"導"。

（5）事：史地本作"侍"。

（6）葬：餘本作"葬"，"葬"為"葬"的異體字。

【注釋】

（一）土人以為年：即穆斯林大拜拉姆（Great Beiram）節。張本："劉樞及偉烈亞力二氏，皆謂回曆六一八年之元旦，為公元1211 年 2 月 24 日。該年爲中國農曆 11 月 4 日，即陽曆 11 月 20 日，次日斷不能為回曆之新年。故劉樞以為長春所謂之年，實乃勒墨藏月（Ramazan）大齋之末日，回人所謂大拜拉姆（Great Beiram）節也。1211 年（辛巳歲，元太祖十六年）此節應在 11 月 18 日（陽曆）。《西遊記》所載農曆 11 月 4 日，為陽曆 11 月 20 日。較遲二日。偉烈亞力謂此參差之故，實因回人不用推算，而以初見新月之日，為一月之首也。《西遊記》已載明 11 月初，連日雨大作，未得見新月也。"

（二）旁午：交錯、紛繁。

（三）長徃：死亡的委婉說法。

（四）示疾：得病。

（五）郭東原上：郭指城的外墙，即賽藍城東的山坡上。

西南復⁽¹⁾三日，至一城^{（一）}。其⁽²⁾王⁽³⁾亦回紇，年已耄^{（二）}矣。備迎送禮，供以湯餅^{（三）}。明日，又歷一城^{（四）}。復行二日，有河，是爲霍闡沒輦^{（五）}。由⁽⁴⁾浮橋渡⁽⁵⁾，泊於西岸，河橋官獻魚於田相公，巨口無鱗^{（六）}。其河源^{（七）}出東南二大雪山間，色渾而流急，深數丈，勢傾西北，不知其幾千里。河之西南絕無水草者二百餘里^{（八）}。即夜行，復南，望大雪山^{（九）}而西，山形與邪米干^{(6)（十）}之南山相首尾。復有詩云："造物崢嶸不可名，東西羅列自天成。南橫玉嶠^{（十一）}連峰峻，北壓金沙^{（十二）}帶野平。下枕泉源無極潤，上通霄漢有餘清。我行萬里慵開口，到此狂吟不勝情。"^{（十三）}

【校記】

（1）復：輿地本、備要本、張本、紀本、史地本作"復行"。

（2）其：輿地本、備要本、張本、紀本、史地本無此字。

（3）王：初編本作"三"。

（4）由：黨本作"又"。

（5）渡：紀本作"踱"。

（6）邪米干：連本、輿地本、王本、備要本、初編本、張本、紀本、史地本、黨本作"邪米思干"。

【注釋】

（一）至一城：該城故址在今烏茲別克斯坦首都塔什干（Tash-kand）附近，意為"石頭城"。《魏書·西域傳》作者舌，"者舌

國，故康居國，在破洛那西北，去代一萬五千四百五十里"（頁
2274）《隋書·西域傳》為石國柘折城，"石國，居於藥殺水，都城
方十餘里。其王姓石，名涅。國城之東南立屋，置座於中，正月六
日、七月十五日以王父母燒餘之骨，金甕盛之，置於牀上，巡繞而
行，散以花香雜果，王率臣下設祭焉。禮終，王與夫人出就別帳，
臣下以次列坐，享宴而罷。有粟麥，多良馬。其俗善戰，曾貳於突
厥，射匱可汗興兵滅之，令特勤甸職攝其國事。南去鏺汗六百里，
東南去瓜州六千里。甸職以大業五年遣使朝貢，其後不復至。"（頁
1850）杜環《經行紀》謂："（石國）其國城一名赭支，一名大宛。
天寶中，鎮西節度使高仙芝擒其王及妻子歸京師。國中有二水，一
名真珠河，一名質河，並西北流。土地平敞，多果實，出好犬、良
馬。"（頁25—28）《新唐書》作柘折、柘支，"石，或曰柘支，曰
柘折，曰赭時，漢大宛北鄙也。去京師九千里。東北距西突厥，西
北波臘，南二百里所抵俱戰提，西南五百里康也。圓千餘里，右涯
素葉河。王姓石，治柘折城，故康居小王窳匿城地。西南有藥殺
水，入中國謂之真珠河，亦曰質河。"（頁6246）唐在顯慶二年
（657）滅西突厥後，於次年在此設大宛都督府。《大唐西域記》卷
1曰："西行二百餘里至赭時國（唐言石國）。赭時國周千餘里，西
臨葉河，東西狹，南北長。土宜氣序，同笯赤建國。城邑數十，各
別君長，既無總主，役屬突厥。"（季羨林等校注本，頁82）呾羅斯
戰役（天寶十年，751）之後，唐朝勢力退出該地，阿拉伯伊斯蘭
勢力開始進入，薩曼王朝（874—999）時（阿拔斯王朝在中亞地區
建立的伊斯蘭教王朝），稱為屏葛；之後隸屬於喀喇汗王國，稱為
達失干；西遼（1131—1211年）稱為察赤。《元史·西北地附錄》
作察赤，元時先後屬於窩闊台汗國和察合台汗國（頁1569）。公元
10世紀的穆斯林地理書將其稱作Chāch，粟特語意為"石"，阿拉
伯語作Shāsh，即今錫爾河支流 Čir čik 河流域地區，參見巴托爾德
撰《塔什干》，載《歷史地理文集》（Работы по исторической
геграфии）（莫斯科，2002年，頁499—502）《明史》作達失干，
"達失干，西去撒馬兒罕七百餘里。城居平原，週二里。外多園林，
饒果木。土宜五穀。民居稠密。李達、陳誠、李貴之使，與沙鹿海

牙同”（頁 8603）清時名塔什罕。

（二）耄：老，高年。

（三）湯餅：猶今湯麵。參見汪受寬《排橐、革船和湯餅》（《西北民族研究》1989 年第 1 期），沈麗莉《“湯餅”及其古代飲食文化》（《語文學刊》2009 年第 11 期）。

（四）又歷一城：王國維注曰：“《西使記》三月一日過賽藍城，三日過別失蘭，諸回紇貿易如上巳節，四日過忽章河。此一城即別失蘭，亦即拉施特書之白訥克特（Finaketh，又作 Banaketh）也”，陳得芝先生考證認為，別石蘭當指察赤地區之主城 Banākath，或者是該地區之突厥語名 Baskam 的訛譯（《劉郁〈［常德］西使記〉校注》，頁 87），今從之。而《歷代中外行紀》中指出別石蘭應即塔什干（Tashkant）。丁謙考證為畢斯肯特，似不盡確。

（五）霍闡沒輦（Khojandmüren）：阿拉伯—波斯史料所稱的 Khojand 河，即以河旁大城忽氈之名名之，müren 是突厥—蒙古語詞“河”的意思。即今之錫爾河，源於中天山。流經烏茲別克斯坦、塔吉克斯坦和哈薩克斯坦，經克茲爾庫姆沙漠東緣注入鹹海。隋唐五代時期稱為藥殺水，《隋書·西域傳》云：“石國，居於藥殺水，都城方十餘里”（頁 1850）；《新唐書·西域傳下》：“王姓石，治柘折城，故康居小王窳匿城地。西南有藥殺水，入中國謂之真珠河，亦曰質河”（頁 6246）。《大唐西域記》稱為葉河，“赭時國。周千餘里。西臨葉河……”（季羨林等校注本，頁 82）；《大慈恩寺三藏法師傳》作葉葉河，“又西二百里，至赭時國，（此言石國）國西鄰（葉）葉國”（頁 29）；哈剌八剌合孫之突厥漢文合璧碑上漢語之珍珠河，突厥語之 Yän čüügüz。《西遊錄》有苦盞城，“苦盞”即“霍闡”。《西使記》作忽章河，“三月一日過賽藍城……三日過別失蘭，諸回紇貿易如上巳節，四日過忽章河”（陳得芝校注本，頁 86）；《元史》稱為忽章河，《明史》作火站河。

（六）巨口無鱗：張本、紀本認為是鯰魚。此處所述之魚當屬無鱗魚的一種，具體魚種未知。

（七）河源：錫爾河發源於西部天山支脈喀什噶爾山（Kashghar Tag）北麓，東源納倫河發源於伊塞克湖南之帖爾斯克伊山南麓。

《西使記》記其河源為“……四日，過忽章河……土人云：‘河源出南大山，地多產玉。’疑為昆侖山。”（陳得芝校注本，頁 86）

（八）河之西南絕無水草者二百餘里：紀本認為其地是今克孜爾（勒）庫姆沙漠（突厥語意為“紅沙漠”，在中亞錫爾河與阿姆河之間，烏茲別克斯坦、哈薩克斯坦和土庫曼斯坦境內。地面多為沙壠，只生長沙漠植物）。

（九）大雪山：今哈薩克斯坦境內的阿賴山。邪米思干之南山，又稱“伽色那山”。《魏書》卷 102《西域傳》“悉萬斤國，都悉萬斤城，在迷密西，……其國南有山，名伽色那山……” （頁 2269—2270）

（十）邪米干：本書又稱邪米思干。耶律楚材《西遊錄》作尋思干，謂“西人云‘肥’也”，均為 Semizkand 音譯。Semiz，突厥語意為“肥”；Kand，東伊朗語意為“城”（粟特語 Kad/kath）。此名在麻赫穆德·喀什噶里的《突厥語詞典》中亦有著錄，即今烏茲別克斯坦的撒馬爾罕（Samarkand）。

（十一）嶠：尖峭的高山。

（十二）金沙：即上文所說的克孜爾（勒）庫姆沙漠。

（十三）耶律楚材《湛然居士文集》卷 2《過陰山和人韻》，其四云：“陰山奇勝詎能名，斷送新詩得得成。萬疊峯巒擎海立，千層松檜接雲平。三年沙塞吟魂邈，一夜氈穹客夢清。遙想長安舊知友，能無知我此時情。”（謝方點校本，頁 23）即用此詩韻。

又至一城[一]，得接水草。復經一城，回紇頭目遠迎，飯于城南，獻蒲[1]萄酒，且使小兒為緣竿[2][二]、舞刀之戲。再經二城，山行半日，入南北平川，宿大桑樹下，其樹可蔭百人。前至一城，臨道一井，深踰[3]百尺。有回紇叟驅一牛，挽轆轤[三]汲水以飲[4]渴者。初，帝之西征也，見而異之，命蠲其賦役。

【校記】

（1）蒲：輿地本、王本、備要本、張本、紀本、史地本、黨本作"葡"。

（2）竿：黨本作"杆"。

（3）踰：張本、紀本、黨本作"逾"，即"踰"的簡體字。

（4）飲：黨本在此字後衍"解"字。

【注釋】

（一）又至一城：王本認為即今烏剌塔白城，古東曹國。《隋書》稱蘇對沙那，《西域記》謂窣堵利瑟那國，《新唐書·康國傳》"石國"條作堵利瑟那，脫一"窣"字，《新唐書》曰東曹，或曰率都沙那、蘇對沙那、劫布呾那、蘇都識匿。佚名著《世界境域志》（Hudūd al—'Ālam）記載說："蘇對沙那，是一個巨大而繁榮的地區，有一城鎮和許多地區。其地產大量的酒，其山中則產鐵。"（王治來譯註本，頁110）俄國著名東方學家巴托爾德認為此省包括撒馬爾罕和忽氈之間的整個地區，即今烏臘提尤別地區

（二）緣竿：古代百戲雜技中的爬竿技藝，亦稱"緣竿伎"、"緣竿戲"。《唐會要》卷33《雅樂下》載曰："散樂歷代有之，其名不一。非部伍之聲，俳優歌舞雜奏，總謂之百戲跳鈴、擲劍、透梯、戲繩、緣竿、弄枕。"（頁611）《通典》卷146《樂六》亦稱："梁有獼猴幢伎，今有緣竿伎，又有獼猴緣竿伎，未審何者為是。"（頁3729）緣竿在古代又被稱作都盧、尋橦。清翟灝《通俗編》卷31《俳優》"緣竿"條記載道："《文選·西京賦》：'都盧，尋橦。'注引《漢書音義》：'都盧，體輕善緣。'此即今緣竿戲也。《北史》：'禪定寺幡竿繩絕，沈光口銜索，拍竿直上龍頭，繫畢透空而下，以掌拓地，倒行十餘步，人號肉飛仙。'《朝野僉載》：'幽州人劉交，戴長竿高七十尺，有女子十二，于竿置定，跨盤而立。'按：'尋橦'、'戴竿'本二舞名，而王建《尋橦歌》云：'大竿百夫擎不起，裊裊半在青雲裏。纖腰女兒不動容，戴行直舞一曲終。'則以一娼戴竿而數娼環舞其上，并之為一戲也。江北有擎梯戲，以一婦仰臥，翹雙足，而植兩梯柱于足底，使一女緣梯而舞，是其遺意。"（顏春峰點校本，頁432—433）

（三）轆轤：井上汲水的裝置。

　　仲冬^(一)十有八日，過大河^(二)，<u>至</u><u>邪米思干</u>大城之北，太師<u>移剌國公</u>^(三)及<u>蒙古</u>、<u>囬紇</u>帥⁽¹⁾首^(四)載酒郊迎，大設帷幄^(五)，因駐車焉⁽²⁾。宣使⁽³⁾<u>劉公</u>^(六)以路梗^(七)留坐⁽⁴⁾中，白師曰：「頃知千里外有大河^(八)，以舟梁^(九)渡⁽⁵⁾，土寇壞之，況復已及深冬，父師似宜來春朝見。」師從之。少焉，由東北門入。其城因溝岸^(十)為之。

【校記】

（1）帥：張本、史地本、宛委本作「師」。

（2）焉：紀本作「馬」。

（3）使：連本、輿地本、備要本、初編本、張本、紀本作「師」。

（4）坐：王本、張本、紀本、黨本作「座」。

（5）渡：紀本作「踱」。

【注釋】

（一）仲冬：冬季的第二個月，即農曆十一月，處於冬季之中，故稱。

（二）大河：<u>王國維</u>認為此河即那密水，又稱薩寶水，今<u>薩拉夫商河</u>。黨本亦認為這條河是<u>烏茲別克斯坦</u>的<u>澤拉夫善河</u>（Zeravshan）。<u>澤拉夫善河</u>，《隋书·西域傳》稱那密水。又稱粟特河。《世界境域志》（Hudūd al—'Ālam）稱布哈拉河。今<u>澤拉夫善河</u>上游在<u>吉爾吉斯斯坦</u>西北部，下游在<u>烏茲別克斯坦</u>東部，流經<u>中亞</u>名城<u>撒馬爾罕</u>和<u>布哈拉</u>，為<u>撒馬爾罕</u>繁榮所系之水源。

（三）移剌國公：即<u>耶律阿海</u>，<u>金</u>末契丹人，勇略過人，尤善騎射，通諸國語。本<u>金</u>朝官員，<u>金</u>末出使<u>蒙古</u>，後與其弟<u>禿花</u>同歸<u>成吉思汗</u>，受到重用。<u>蒙古</u>建國后，他時常在<u>成吉思汗</u>左右，出入戰陣，參預機謀。<u>元太祖</u>九年（1214），<u>阿海</u>以功拜太師，人稱「阿海太師」。后從<u>成吉思汗</u>征<u>西域</u>，下<u>蒲華</u>、<u>尋斯干</u>等城，留監<u>尋</u>

斯干，專任撫綏之責。《元史》卷 150 有傳。

（四）帥首：軍隊中的主帥或部落首領。

（五）帷幄：軍隊或宮室中的帳幕。

（六）宣使劉公：即劉仲祿。

（七）梗：阻塞、阻礙。

（八）大河：即下文所記"阿姆沒輦"，指阿姆河，發源於帕米爾高原，向西北流經興都庫什山脉、土庫曼斯坦和烏茲別克斯坦，最後注入咸海。《史記》、《漢書》稱嬀水，《隋書·西域傳》、《新唐書·西域傳下》作烏滸水，《大唐西域記》卷 1 稱之縛芻河，《元朝秘史》作阿梅河，《西使記》為暗不河，《元史》作阿母河、莫蘭河，《明史》作阿木河。上述稱謂或因河畔之 Āmul 城得名，古代當地居民以此作為河的稱呼，阿拉伯人和伊斯蘭化波斯人稱之為 Djayhun 河，參見巴托爾德為《伊斯蘭百科全書》所撰"阿姆河"（АМУ‐ДАРЬЯ）條，載《歷史地理文集》（Работы по исторической географии）（莫斯科，2002 年，頁 319—325），或參見巴托爾德《蒙古人侵時期的突厥斯坦》（張錫彤、張廣達漢譯本，頁 64—66、76—77）。

（九）舟梁：連船為橋，以船架設的浮橋。

（十）溝岸：河邊堤埂。

秋、夏常無雨[一]，國人疏二河入城，分遶[1]巷陌，比屋[2]得用。方筭端氏之未敗也，城中常[3]十萬餘戶。國破而[4]來，存者四之一，其中大率多回紇人，田園自不能主[5]，須附漢人及契丹、河西[二]等。其官長亦以諸色人[三]為之，漢人工匠雜處。城中有岡[6][四]，高十餘丈，筭端氏之新宮據焉。太師[五]先居之，以回紇艱食，盜賊多有。恐[7]其變，出居于水北。師乃住[8]宮，嘆曰："道人任運[六]逍遙，以度歲月。白刃[9]臨頭，猶不畏懼。況盜賊未至，復預憂乎！且善惡兩途，必[10]不相害。"從者安之。太師作齋，獻金叚[11]十。師辭不受，遂月奉米麵[12]、鹽油、果菜等物，日益尊敬。公見師飲少，請以蒲⁽¹³⁾萄百斤新作⁽¹⁴⁾釀。師曰："何必酒邪⁽¹⁵⁾？但如其數得之待賓⁽¹⁶⁾客足矣"。其蒲⁽¹⁷⁾萄經冬不壞。

【校記】

（1）遶：連本、輿地本、王本、備要本、初編本、張本、紀本、史地本、黨本作"繞"。

（2）屋：王本作"戶"。

（3）常：紀本作"嘗"。

（4）而：紀本作"以"。

（5）自不能主：宛委本與底本同，餘本皆作"不能自主"。

（6）岡：黨本作"崗"。

（7）恐：底本闕，據其它本補。

（8）住：黨本作"駐"。

（9）刄：連本、輿地本、王本、備要本、初編本、張本、紀本、黨本、宛委本作"刃"。

（10）必：王本、黨本作"決"。

（11）叚：宛委本與底本同，餘本作"段"。

（12）麵：連本、輿地本、王本、初編本、宛委本作"麪"。

（13）蒲：輿地本、王本、備要本、張本、紀本、史地本作"葡"。

（14）新作：餘本作"作新"。

（15）邪：王本、黨本作"耶"。

（16）賓：餘本作"賓"。

（17）蒲：輿地本、王本、備要本、張本、紀本、史地本、宛委本作"葡"。

【注釋】

（一）秋、夏常無雨：根據現在的氣象資料，烏茲別克斯坦為干旱的大陸性氣候。夏季漫長、炎熱，冬季短促、寒冷，年平均降雨量偏少，且大部分時間集中在冬季。

（二）河西：蒙元時期蒙古人對西夏國及西夏人的稱呼，因西夏的領土絕大部分在黃河以西，漢籍稱河西，自蒙古語轉譯，又作合申，如《元朝秘史》將其記作"合申"或"唐兀惕"。《元史》常用"河西"一名指代西夏，在元代漢文文獻中，稱西夏遺民為河西人的記載很多。

（三）諸色人：諸色，各種。指各種各樣的人。在蒙古軍隊的征服區域里，有眾多不同職业、民族、宗教信仰和社會地位的人，這些人被統稱為諸色人。

（四）岡：山脊、山嶺。

（五）太師：即上文提到的耶律阿海。

（六）任運：任憑命運安排。

又見孔雀、大象，皆東南數千里印度國物。師因暇日(一)，出詩一篇云："二月經行十月終，西臨(1)回紇大城墉(二)。塔高不見十三級。以(2)甎刻(3)鏤玲瓏，外無層級，內可通行山厚已過千萬重。秋日在郊猶放象，夏雲無雨不從(4)龍。嘉蔬麥飯蒲(5)萄酒，飽食安眠養素慵。"(三)

【校記】

（1）臨：宛委本作"行"。

（2）以：紀本脫此字。

（3）刻：王本作"刻刻"。

（4）從：宛委本作"成"。

（5）蒲：興地本、王本、備要本、史地本作"萄"。

【注釋】

（一）暇日：休息閑暇之日。

（二）墉：城墙。

（三）耶律楚材《湛然居士文集》卷5《河中春遊有感》五首，即用丘處機此詩的詩韻。其一："西胡尋斯干有西戎梭里檀，故宮在焉搆室未全終，又見頹垣遶故墉。綠苑連延花萬樹，碧堤回曲水千重。不圖舌鼓談非馬，甘分躬耕學臥龍。糲食粗衣聊自足，登高舒嘯樂吾慵。"其二："異域河中春欲終，園林深密鎖頹墉。東山雨過空青疊，西苑花殘亂翠重。杷欖碧枝初着子，葡萄綠架已纏龍。等閑春晚芳菲歇，葉底翩翩困蜻蜓慵。"其三："坎止流行以待終，幽人射隼上高墉。窮通世路元多事，囏險機關有幾重。百尺蒼枝藏病鶴，三冬蟄窟閉潛龍。琴書便結忘言友，治圃耘蔬自養慵。"其四："西域渠魁運已終，天兵所指破金墉。崇朝馹騎馳千里，一夜捷書奏九重。鞭策不須施犬馬，廟堂良算足夔龍。北窗高卧薰風裏，儘任他人笑我慵。"其五："重玄叩擊數年終，大道難窺萬仞墉。舊信不來青鳥遠，故山猶憶白雲重。自知勳業輸雛鳳，且學心神似老龍。忙裏偷閑誰似我，兵戈橫蕩得疎慵。"（謝方點校本，頁100—102）

師既住冬，宣使泊^{(1)(一)}相公鎮海，遣曷剌等同一行使臣，領甲兵數百，前路偵伺^(二)。漢人往往來歸依，時有筭曆^(三)者在旁，師因問五月朔日食事，其人云⁽²⁾："此中辰時^(四)，食至六分止。"師⁽³⁾曰："前在陸局河時⁽⁴⁾，午刻^(五)見其⁽⁵⁾食，既又西南至金山，人言'巳時^(六)，食至七分。'此三⁽⁶⁾處所見各不同。按⁽⁷⁾孔穎達^(七)《春秋疏》^(八)曰⁽⁸⁾：'體映日則日食'，以今料之，蓋當其下，即⁽⁹⁾見其食；既在旁者，則千里漸殊耳。正如以扇翳^(九)燈⁽¹⁰⁾，扇影所及，無復光明。其旁漸遠，則燈⁽¹¹⁾光漸多矣。"

【校記】

（1）泊：史地本作"及"。

（2）云：王本、黨本作"曰"。

（3）師：宛委本缺"師"字。

（4）時：王本、黨本脫此字。

（5）其：紀本脫此字。

（6）三：張本脫此字。

（7）按：王本、黨本作"案"。

（8）曰：連本、興地本、王本、備要本、初編本、張本、紀本、史地本、黨本作"月"，宛委本在"曰"字後衍"月"字。

（9）即：王本、黨本作"則"，紀本脫此字。

（10）燈：連本、興地本、備要本、初編本、張本、史地本、紀本作"鐙"。

（11）燈：同本頁校記（10）。

【注釋】

（一）洎：等到……的時候。

（二）偵伺：窺探。

（三）籌曆：指算法與曆象。金代設有算曆科，隸屬司天臺，置吏員八人，參見《金史》卷 56《百官志》（頁 1270）。元代司天監沿襲金制，設管勾二人，詳見《元史》卷 90《百官志》（頁 2296）。

（四）辰時：早七時至九時。

（五）午刻：即午時，十一時至下午一時。

（六）巳時：早九時至十一時。

（七）孔穎達（574—648）：唐代經學家。字沖遠，冀州衡水（今屬河北）人。生於北朝，少時從劉焯問學。熟悉《左傳》、《尚書》、《易》、《毛詩》、《禮記》，擅長算曆。到唐代，歷任國子博士、國子司業、國子祭酒諸職。曾奉唐太宗命主編《五經正義》。《舊唐書》卷 73、《新唐書》卷 198 有傳。

（八）《春秋疏》：即孔穎達所著《春秋左傳正義》，或稱《春秋左傳注疏》。相傳孔子依據魯國史官所編史書改定而成《春秋》，後出現專門解釋《春秋》的三部書，即《春秋左傳》、《春秋穀梁傳》、《春秋公羊傳》，它們都是儒家的重要經典，歷來受到古今學者們的重視。《春秋左傳》為春秋時期魯國人左丘明所著，歷來研究《春秋左傳》，以及為其作注的人層出不窮，其中西晉杜預所作《春秋左氏經傳集解》對後世影響最大。孔穎達即以杜預之書為底本作《春秋左傳正義》，此書被視為目前研究《春秋左傳》不可或缺的本子。現有中華書局《十三經注疏》影印本。《春秋左傳》中有多處關於當時日食、地震等自然現象的記載。前文所述"體映日則日食"爲丘處機讀《春秋疏》時概括所得，原書未有此句。孔穎達在《春秋左傳正義》卷3有相關內容記載："正義曰：'古今之言曆者，大率皆以周天為三百六十五度四分度之一。日行比月為遲，每日行一度，故一歲乃行一周天。月行比日為疾，每日行十三度十九分度之七，故一月內則行一周天，又行二十九度過半，乃逐及日。言一月一周天者，略言之耳，其實及日之時，不啻一周天也。日月雖共行於天，而各有道，每積二十九日過半，行道交錯而相與會集，以其一會，謂之一月。每一歲之間凡有十二會，故一歲為十二月。日食者，月掩之也。日月之道互相出入，或月在日表，從外而入內；或月在日里，從內而出外。道有交錯，故日食也。'"（《十三經注疏》，頁1722）

（九）翳：障蔽。

　　師一日^(1)故宮^(一)中，遂書《鳳棲^(2)梧》詞二首于壁^(3)。其一云："一點靈明潛啟悟，天上人間，不見行藏處。四海八荒^(二)唯獨步，不空不有^(三)誰能覷。瞬目揚眉^(四)全體露^(五)，混混茫茫，法界^(六)超然去。萬劫^(4)輪迴遭一遇，九玄^(5)(七)齊上三清^(八)路。"其二云："日月循環無定止，春去秋來，多少榮枯事^(九)，五帝三皇^(6)(十)，千百襖，一興一廢長如此。死去生來生復死，生死^(7)輪迴，變化何時已。不到無心休歇^(8)地，不能清淨超於彼。"

【校記】

（1）日：連本、輿地本、王本、備要本、初編本、張本、紀本、史地本、黨本在"日"字後衍"至"。

（2）棲：張本、紀本、黨本作"栖"。

（3）詞二首于壁：連本、輿地本、備要本、初編本、張本、紀本、史地本作"詞于壁"，王本、黨本作"二詞於壁"。

（4）劫：初編本作"刧"；連本、輿地本、王本、備要本、張本、紀本、黨本作"劫"。

（5）玄：餘本皆作“元”。

（6）皇：王本、黨本、宛委本作“王”。

（7）生死：連本、輿地本、備要本、初編本、張本、紀本、史地本脫此二字。

（8）歇：史地本作“息”。

【注釋】

（一）故宮：應指撒馬爾罕的算端舊宮。

（二）四海八荒：四海猶言天下，八荒指八方（東、南、西、北、東南、東北、西南、西北）荒遠之地。四海八荒猶指整個世界。

（三）不空不有：根據法相宗的重要經典之一《解深密經》三時判教的說法：“初時，爲小乘說有教，明人空，五蘊空，未顯法空，很不徹底；第二時，大乘空宗所依之《般若經》，然是有上，有容，未爲了義；第三時，有宗，說非有非空，中道教。”（《佛》，頁71—72）王重陽立教十五論，其中第十四論，養身之法：“法身者，無形之相也。不空不有，無後無前，不下不高，非短非長。用則無所不通，藏之則昏默無跡。若得此道，正可養之。養之多則功多，養少則功少。不可顧歸，不可戀世，去住自然矣。”（《王重陽集》，頁279）

（四）瞬目揚眉：同“眨上眉毛”之意，有動腦思索的意思。

（五）全體露：坦露、明淨，毫無遮蔽，毫無染著。是禪悟的境界。《景德傳燈錄》卷21《清原行思禪師法嗣之八》“復州資院智遠禪師”條中有載，僧問：“師唱誰家曲，宗風嗣阿誰？”（智遠）師曰：“雪嶺峰前月，鏡湖波里明。”問：“諸佛出世，天雨四華，地搖六動，和尚今日有何禎祥？”師曰：“一物不生全體露，目前光彩阿誰知？”（顧宏義譯注本，頁1368）

（六）法界：佛教術語，一是指意識（六識之一）所認知的一切對象的統稱；二是全部世界、一切事物；三是萬事萬物的本源和本性。

（七）九玄：猶言九天。

（八）三清：即玉清、上清、太清，乃道教諸天界中最高者，玉清之主為元始天尊，上清之主是靈寶天尊，太清之主乃太上老君。這三清尊神乃是道教中，世界創造之初的大神，故號稱"三清道祖"。文中所謂"三清路"即指通往三清之主所居之處。

（九）榮枯事：比喻人世間的興衰和窮達。

（十）五帝三皇：即通常所說的"三皇五帝"，傳說中的遠古帝王，具體所指，至今說法不一，"三皇"有七種說法：（1）天皇、地皇、泰皇；（2）天皇、地皇、人皇；（3）伏羲、女媧、神農；（4）伏羲、神農、祝融；（5）伏羲、神農、共工；（6）伏羲、神農、黃帝；（7）燧人、伏羲、神農。"五帝"所指有四：（1）黃帝、顓頊、帝嚳、唐堯、虞舜；（2）太皞（伏羲）、炎帝（神農）、黃帝、少皞、顓頊；（3）少昊（皞）、顓頊、高辛（帝嚳）、唐堯、虞舜；（4）伏羲、神農、黃帝、堯、舜。

又詩二首，其一云："東海西秦數十年[一]，精思道德究重玄[(1)][(二)]。日中一食[(三)]那求飽，夜半三更強不眠。實跡未諧霄漢舉，虛名空播朔方傳。直教大國垂明詔，萬里風沙走極邊。"其二云："弱冠尋[(2)]真傍海濤[(四)]，中年遁跡隴山[(五)]高。河南一別[(六)]昇黃鵠[(七)]，塞北重宣釣巨鰲[(3)][(八)]。無極山川行不盡，有為心跡動成勞。也知[(4)]六合三千界[(九)]，不得神通未可逃。"

【校記】

（1）玄：連本、輿地本、備要本、初編本、史地本、宛委本作"元"。

（2）尋：連本、輿地本、備要本、初編本、史地本作"奉"。

（3）鰲：紀本、黨本作"鰲"。

（4）知：王本、黨本作"和"。

【注釋】

（一）東海西秦數十年：此東海指今山東，西秦指今陝西，都是丘處機修道的地方；數十年，指從 1161 年開始，至 1221 年數十年時間。

（二）重玄：或稱"又玄"，道教教義理論。

（三）日中一食：佛道的一種修行方式。《四十二章經》載曰："剃除鬚髮而為沙門，受道法者，去世資財，乞求取足。日中一食，樹下一宿，慎勿再矣。使人愚蔽者，愛與慾也。"（尚榮譯注本，頁15）依戒律，每日從早晨明相（在屋外伸手能看清手紋即為明相）出現，到日影中午這段時間，允許進食。再從日影過午直到第二天的明相出現，這段時間內如沒有生病等特殊原因是不允許進食的，稱為"過午不食"，也即"日中一食"。"日中一食"也是僧道修行的一種方式。

（四）弱冠尋真傍海濤：指的是 1167 年，丘處機在山東拜王重陽為師的事情，當時丘處機十九歲，故為弱冠。

（五）隴山：位於今陝西隴縣至甘肅平涼一帶，為六盤山南段之別稱。古代又稱隴坂。丘處機曾在此隱居修行七年。其時大約在丘處機三十二至三十八歲之間，故自稱中年。

（六）河南一別：指王重陽於 1170 年客死河南汴梁的事情，王重陽死時，囑咐丘處機跟隨馬鈺宣道。

（七）黃鵠：即天鵝，一般也用來指代隱逸之士或道士。

（八）釣巨鼇：典出自《列子》卷 5《湯問篇》："渤海之東不知幾億萬里，有大壑焉，實惟無底之谷，其下無底，名曰歸墟。……其中有五山焉：一曰岱輿，二曰員嶠，三曰方壺，四曰瀛洲，五曰蓬萊。……而五山之根無所連箸，常隨潮波上下往還，不得暫峙焉。仙聖毒之，訴之於帝，帝恐流於西極，失羣仙聖之居。乃命禺彊使巨鼇十五舉首而戴之，迭為三番，六萬歲一交焉。五山始峙而不動。而龍伯之國有大人，舉足不盈數步而暨五山之所，一釣而連六鼇，合負而趣歸其國，灼其骨以數焉。於是岱輿、員嶠二山流於北極，沈於大海。仙聖之播遷者巨億計。"（楊伯峻：《列子集釋》，頁151—154）此後常以"釣鼇"比喻豪邁的舉止或遠大的抱負。

（九）六合三千界：六合，指東、南、西、北、上、下，即整個宇宙。三千界，又稱三千世界、大千世界、三千大千世界。佛教用語，是古代印度傳說中對廣大無極世界的稱謂。它想像以須彌山為中心，同一日月所照臨的四天下是一千個小世界，綜合這一千個小世界構成一個中小千世界；綜合一千個小千世界構成一個中千世界；綜合一千個中千世界便成大千世界。佛教對廣漠無垠的宇宙，採用其說，卻認為它是一佛的"化境"（參見季羨林等：《大唐西域記校注》"大千"條注釋，頁14）。

　　是年(1)(一)，閏(二)十二月將終，偵騎廻，同宣使來白(三)父師，言二(2)太子發軍復整舟梁(四)，土寇已滅。曷剌等詣(五)營謁太子(3)，言師欲朝帝所。復承命(六)云："上駐蹕(七)大雪山之東南(八)，今則雪積山門百餘里，深不可行，(九)此正其路。爾爲我請師來此聽候良便。來時當就(十)彼城中，遣蒙古軍(4)護送。"師謂宣(5)差(十一)曰："聞河以南千里(十二)絕無種養(十三)。吾食須米麵(6)蔬菜，可廻報太子帳下。"

【校記】

（1）年：王本、黨本作"歲"。

（2）二：史地本脫此字。

（3）太子：張本、紀本作"二太子"。

（4）軍：王本、黨本作"兵"。

（5）宣：史地本作"官"。

（6）麵：連本、興地本、王本、初編本、宛委本作"麪"。

【注釋】

（一）是年：辛巳年，元太祖十六年，即1221年。

（二）閏：農曆一年與地球公轉相比，相差十餘日，由若干年累積之時日稱作閏，故置閏月。

（三）白：稟告、陳述。

（四）梁：橋。

（五）詣：往、到。

（六）承命：接收命令。

（七）駐蹕：帝王出行，中途暫住。

（八）大雪山之東南：大雪山指興都庫什山。王國維認為，此時元太祖在辛目連河，即印度河。張本認為是興都庫什山。《世界征服者史》記載說："那年冬季，成吉思汗下營於不牙迦禿兒（Buya Katur）境內，這是阿昔塔哈爾（Ashtaqar）的一個城市。"（何高濟漢譯本，頁158）不牙迦禿兒和阿昔塔哈爾均未考證出具體位置，一說是斯伐特（Swat）和契特臘耳（Chitral）邊境特區的巴喬爾；一說為白沙瓦附近。

（九）今則雪積山門百餘里，深不可行：《大唐西域記》卷1"大雪山"條謂："東南入大雪山，山谷高深，峰巖危險，風雪相繼，盛夏合凍，積雪彌谷，蹊徑難涉。"（季羨林等校注本，頁128）可見大雪山地形複雜，積雪封山是常有的事情。至於大雪山的艱危情況，另見《慈恩傳》卷2。

（十）就：趨向、接近。

（十一）宣差：一般指帝王派遣的使者。姚從吾先生在其《舊元史中達魯花赤初期的本義為"宣差"說》一文認為，"達魯花赤"即是元朝初年內地人所說的"宣差"。宣差，就是欽差，是可汗為了某一種任務，遣派某人為欽差大臣，專為處置某事而設的差遣；有臨時性的意義。他的職權，亦隨著可汗的意旨增強或削弱，並無特別的明文規定，"達魯花"意思為首領或頭目，只是一種泛泛的官稱，並無特別的職權。所以達魯花赤就性質說實在就是宣差（參見《姚從吾先生全集》，頁431—432）。大蒙古國時期，宣差多為大汗親信充任，權力很大。據《蒙韃備錄》記載："遣發臨民者曰宣差，逐州守臣皆曰節使，在於左右、帶弓矢、執侍曉勇者曰護衛。"（《王國維遺書》第13冊，頁15b）"彼奉使曰宣差，自皇帝或國王處來者，所過州縣及管兵頭目處，悉來尊敬。不問官之高卑，皆分庭抗禮，穿戟門坐於州郡設廳之上。太守親跪以郊勞宿於黃堂廳事之內，鼓吹旗幟妓樂，郊外送迎之。凡見馬則換易，並一行人從，悉可換馬，謂之乘鋪馬，亦古來乘傳之意。"（《王國維遺書》第13冊，頁17a）。

（十二）河以南千里：此河指阿姆河，河以南千里的廣大地區應為呼羅珊地區。呼羅珊一詞來源於波斯語"Khurāsān"，意思是"太陽初升的地方"。據佚名波斯史籍《世界境域志》（Hudūd al—'Ālam）第 23 章《關於呼羅珊及其諸城鎮》記載："這是一個大國，有大量財富和許多宜人之處。它位於世界上人類居住區的中心附近。"（王治來譯注本，頁 89）它在地域上不僅限於今伊朗東北部的霍臘散，而且也包括阿富汗和土庫曼，其邊區則包括錫斯坦和巴達赫尚（Badakhshān）在內。呼羅珊與河中地區當時是穆斯林世界的繁榮地區。俄國東方學家巴托爾德撰《呼羅珊》（XOPACAH）一文對其敘述比較詳細，詳見《伊朗史地論集》（Работы по исторической географии и истории Ирана）（莫斯科，2003 年，頁 102—121）。

（十三）絕無種養：據《多桑蒙古史》記載："是時呼羅珊民物繁庶，分四郡，以馬魯、也里、你沙不兒、巴里黑四城為郡治。"（馮承鈞漢譯本，頁 105）其他各種史書都有對呼羅珊地區繁榮景象的描述。直到 1221 年前後才發生了變化。《多桑蒙古史》又謂："是秋（1221 年），成吉思汗聞札蘭丁擁重兵據哥疾寧（Ghazna），遂進軍往攻之。道經客兒都安（Kerdouan）堡，留攻一月，拔而夷之。……圍攻范延堡……堡陷，不赦一人，不取一物，概夷滅之。成吉思汗欲是地淪為荒墟，故百年之後尚無居民也。"（頁 120）《草原帝國》也有類似記載："成吉思汗於 1221 年春渡過阿姆河，開始從花剌子模殘軍手中奪取阿富汗的呼羅珊。他佔領巴里黑，巴里黑的投降者未能保住該城，城市受到全面的摧毀。在呼羅珊，他派幼子拖雷去奪取莫夫［馬里］，……男人、女人、小孩被分開，按類別分配到各個軍營中，然後把他們砍頭，只有 400 名工匠幸免於難。"（藍琪漢譯本，頁 307）這裏之所以會出現"河以南千里絕無種養"的情景似與蒙古軍在呼羅珊地區進行大規模的戰爭有關。另據《世界境域志》（Hudūd al—'Ālam）以及穆斯林史家馬克迪西所列舉河中諸城鎮的輸出品名看，大多是編織物、手工製品以及乾果類，農作物種植十分有限（王治來譯註：《世界境域志》，頁 89—105；巴托爾德著，張錫彤、張廣達譯：《蒙古入侵時期的突厥斯坦》，頁 271—274）。

壬午^(一)之春正月，把⁽¹⁾欖^(二)始華^(三)，類小桃⁽²⁾。俟秋採其實⁽³⁾，食之，味加⁽⁴⁾胡⁽⁵⁾桃^(四)。

二月二日春分，杏花已落，司天臺判^(五)李公輩請師遊郭西，宣使洎諸官載蒲⁽⁶⁾萄酒以從。是日，天氣晴霽^(六)，花⁽⁷⁾木鮮明，隨處有臺池樓閣，間以蔬圃。憩⁽⁸⁾則藉⁽⁹⁾草，人皆樂之，談玄⁽¹⁰⁾論道，時復引觴。日昃^(七)方歸，作詩云："陰山西下五千里，大石東過⁽¹¹⁾二十程。雨霽雪山遙慘淡，春分河府近清明。邪米思干大城，大石有國，時名爲河中府園林寂寂鳥無語，花木雖茂，並無飛禽風日遲遲花有情。同志暫來閑睥睨^(八)，高吟歸去待昇平。"^(九)

【校記】

（1）把：史地本、宛委本與底本同，餘本作"杷"。

（2）類小桃：紀本脱此三字。

（3）紀本此處衍"如小桃"三字。

（4）加：餘本皆作"如"。

（5）胡：宛委本作"核"。

（6）蒲：輿地本、備要本、紀本、史地本作"葡"。

（7）花：宛委本作"華"。

（8）憩：連本、王本、張本、初編本、史地本、紀本、黨本作"憇"。

（9）藉：黨本作"籍"。

（10）玄：連本、輿地本、初編本、史地本、宛委本作"元"。

（11）過：輿地本、史地本作"遇"。

【注釋】

（一）壬午：元太祖十七年，即公元 1222 年。

（二）把欖：波斯語作"Bādām"，意為"巴丹杏"。巴丹杏的原產地是伊朗，向西傳播到歐洲，向東傳播至印度、西藏和中國。最早記載巴丹杏的漢文史籍首推唐代段成式的《酉陽雜俎》，該書前集卷 18 "扁桃"條記載說："偏桃，出波斯國，波斯呼為婆淡。

樹長五、六丈，圍四五尺，葉似桃而闊大。三月開花，白色，花落結實，狀如桃子而形偏，故謂之偏桃。其肉苦澀不可噉，核中仁甘甜，西域諸國並珍之。"（方南生點校本，頁 178）吳自牧在《夢梁錄》卷 16 "分茶酒店"條亦載："杭城食店……更有乾果子，如……松子、巴欖子……"（頁 141—143）朱弁《曲洧舊聞》卷 4《巴欖子》云："巴欖子，如杏核，色白，褊而尖長，來自西蕃。比年，近畿人種之，亦生。樹似櫻桃，枝小而極低，惟前馬元忠家開花結實，後移入禁籞。予嘗遊其圃，有詩云：'花到上林開。'即謂此也。"（頁 134）《西域番國志》謂："杏子中有名巴旦者，食其核中之仁，香美可嘗。"（周連寬點校本，頁 72—73）河中地區盛產把欖的史實，其他西使遊記亦多所記載。耶律楚材筆下記有"芭欖城"（今列寧納巴德東之 Kan‑i‑Badam），此地所產物產，在《世界境域志》中有記載，芭欖城因城邊皆芭攬（杏）園而得名（米諾爾斯基英譯本，頁 115）。耶律楚材《再用韻記西遊事》云："親嘗芭欖寧論價，自釀葡萄不納官。"（謝方點校：《湛然居士文集》卷 5，頁 67）《西遊錄》亦載，塔剌思城（今哈薩克斯坦的江布爾）西南四百餘里有芭欖城，"芭欖城邊皆芭欖園，故以名焉，芭欖花如杏而微淡，葉如桃而差小。每冬季而華，夏盛而實，狀類匾桃，肉不堪食，唯取其核。"（向達校注本，頁 2）穆斯林史家馬克迪西在其撰述中列舉了河中諸城鎮的輸出品，其中就提到花剌子模輸出的"扁桃糕"，說明他們與中亞突厥人的貿易關係（巴托爾德著，張錫彤、張廣達譯：《蒙古入侵時期的突厥斯坦》，頁 272—274）。

（三）華：開花。

（四）胡桃：屬桃科，又名核桃。落葉喬木，奇數羽狀複葉。核果呈不規則球形，外果皮肉質，不規則开裂，內果皮骨質，具不規則皺脊。裡面種子子葉皺曲，富含油脂，可食用。核桃品種繁多。宜温涼气候，喜光。木材堅韌，耐震。原產西域，相傳張騫出使西域時，從中亞帶回，在内地廣泛種植。晉人張華《博物志》卷 6 有曰："張騫自西域還，乃得胡桃種。"（《博物志校證》，頁 76）《本草綱目》卷 30 "胡桃"條亦記載："釋名羌桃，《名物志》核桃。《頌》曰：'此果本出羌胡，漢時張騫使西域，始得種還，植之秦中，漸及東土，故名之。'時珍曰：'此果外有青皮肉包之，其形如桃。胡桃乃其核也，羌音呼核如胡，名或以此。或作核桃。，梵書名播羅師。'"（王育傑整理本，頁1475）

（五）司天臺判：《金史》卷56《百官志》載："司天臺，提點，正五品。監，從五品，掌天文曆數，風雲氣色，密以奏聞。少監，從六品。判官，從八品。"（頁1270）中統元年（1260），元因金制，立司天臺。太祖西征時日，卜筮之官皆從。耶律楚材在太祖時就任此職。。

（六）霽：雨止。

（七）昃：太陽偏西。

（八）睥睨：斜視。

（九）耶律楚材《湛然居士文集》卷5《壬午西域河中遊春》十首，全部用的是丘處機詩韻，其一："幽人呼我出東城，信馬尋芳莫問程。春色未如華藏富，湖光不似道心明。土牀設饌談玄旨，石鼎烹茶唱道情。世路崎嶇太尖險，隨高逐下坦然平。"其二："三年春色過邊城，萍跡東歸未有程。細細和風紅杏落，涓涓流水碧湖明。花林啜茗添幽興，綠畝觀耕稱野情。何日要荒同入貢，普天鍾鼓樂清平。"其三："春鴈樓邊三兩聲，東天回首望歸程。山青水碧傷心切，李白桃紅照眼明。幾樹綠楊搖客恨，一川芳草惹羈情。天兵幾日歸東闕，萬國歡聲賀太平。"其四："河中二月好踏青，且莫臨風嘆客程。溪畔數枝紅杏淺，墻頭半點小桃明。誰知西域逢佳景，始信東君不世情。圓沼方池三百所，澄澄春水一時平。"其五："二月河中草水青，芳菲次第有期程。花藏徑畔春泉碧，雲散林梢晚照明。含笑山桃還似識，相親水鳥自忘情。遐方且喜豐年兆，萬頃青青麥浪平。"其六："異域春郊草又青，故園東望遠千程。臨池嫩柳千絲碧，倚檻妖桃幾點明。丹杏笑風真有意，白雲送雨太無情。歸來不識河中道，春水潺潺滿路平。"其七："四海從來皆弟兄，西行誰復歎行程。既蒙傾蓋心相許，得遇知音眼便明。金玉滿堂違素志，雲霞千頃適高情。廟堂自有夔龍在，安用微生措治平。"其八："寓跡塵埃且樂生，垂天六翮斂鵬程。無緣未得風雲會，有幸能瞻日月明。出處隨時全道用，窮通逐勢欺人情。憑誰為發豐城劍，一掃妖氛四海平。"其九："不如歸去樂餘齡，百歲光陰有幾程。文史三冬輸曼倩，田園二頃憶淵明。賓朋冷落絕交分，親戚團欒說話情。植杖耘耔聊自適，笑觀南畝綠雲平。"其十："衰翁老矣倦功名，繁簡行軍笑李程。牛糞火熟石炕暖，蛾連紙破瓦窗明。水中漉月消三毒，火裏生蓮屏六情。野老不知天子力，謳歌鼓腹慶昇平。"（謝方點校本，頁95—97）

望日乃一百五旦太上真元節^(一)也。時僚屬請師復遊郭西園林，相接百餘里，雖中原莫能過，但寂無鳥聲耳。遂成二⁽¹⁾篇，以示同遊。其一云："二月中分百五期^(二)，玄⁽²⁾元下降日遲遲。正當月白風清夜，更好雲收雨霽時。帀^{(3)(三)}地園林行不盡，照⁽⁴⁾天花⁽⁵⁾木坐觀奇。未能絕粒^(四)成嘉⁽⁶⁾遁^{(7)(五)}，且向無為樂有為。"^(六)其二云："深蕃^(七)古跡尚橫陳，大漢⁽⁸⁾良朋欲徧巡。舊日亭臺隨處列，向年花卉逐時新。風光甚解留⁽⁹⁾連客，夕照那堪斷送人。竊⁽¹⁰⁾念世間酬短景，何如天外飲長春。"^(八)

【校記】

（1）二：黨本作"兩"。

（2）玄：連本、輿地本、備要本、初編本、史地本、宛委本作"元"。

（3）帀：張本、紀本、史地本作"市"，黨本作"匝"。

（4）照：王本、張本、紀本、黨本作"際"。

（5）花：宛委本作"華"。

（6）嘉：黨本作"佳"。

（7）遁：王本作"遯"。

（8）漢：連本、輿地本、備要本、初編本、史地本作"漠"。

（9）留：餘本皆作"流"。

（10）竊：黨本作"且"。

【注釋】

（一）太上真元節：元好問著《遺山先生文集》卷35《忻州天慶觀重建功德記》載："每歲二月望，道家以為真元節，云是玄元誕彌之日。"（《四部叢刊初編》本，頁364上欄）真元節起源於宋代，宋徽宗迷信道教，政和三年（1113），以二月十五日太上混元上德皇帝（老子）降聖日為真元節。詳見《宋史》卷112《禮志》（頁2681）。

（二）百五期：傳說老子活了150歲，這裏指代老子的生辰。二月中分，指2月15日。

（三）帀：通"匝"，指周圍，引申環繞。

（四）絕粒：斷糧。猶辟穀。指道家以摒除伙食、不進米穀為主的一種修行方法。

（五）嘉遁：也作"嘉遯"，舊時謂合乎正道的退隱。

（六）耶律楚材《湛然居士文集》卷5《遊河中西園和王君玉韻》四首。其一云："萬里東皇不失期，園林春老我來遲。漫天柳絮將飛日，遍地梨花半謝時。異域風光特秀麗，幽人佳句自清奇。臨風暢飲題玄語，方信無為無不為。"其二："清明出郭赴幽期，千里江山麗日遲。花葉不飛風定後，香塵微斂雨餘時。彫鐫冰玉詩尤健，揮掃龍蛇字愈奇。好字好詩獨我得，不來賡和擬胡為。"其三："異域逢君本不期，湛然深恨識君遲，清詩厭世光千古，逸筆驚人自一時。字老本來遵雅淡，吟成元不尚新奇。出倫詩筆服君妙，笑我區區亦強為。"其四："風雲佳遇未能期，自是魚龍上釣遲。巖穴潛藏難遯世，塵囂俯仰且隨時，百年富貴真堪嘆，半紙功名未足奇。伴我琴書聊自適，生涯此外更何為。"（謝方點校本，頁98—99）

（七）深蕃：邊遠地區。

（八）耶律楚材《河中遊西園》四首皆用丘處機詩韻，其一："河中春晚我邀賓，詩滿雲箋酒滿巡。對景怕看紅日暮，臨池羞照白頭新。柳添翠色侵凌草，花落餘香著莫人。且著新詩與芳酒，西園佳處送殘春。"其二："河中風物出乎倫，閑命金蘭玉斝巡。半笑梨花瓊臉嫩，輕顰楊柳翠眉新。銜泥紫燕先迎客，偷蕊黃蜂遠趁人。日日西園尋勝概，莫教辜負客城春。”其三：“幾年萍梗困邊城，閑步西園試一巡。圓沼映空明鏡瑩，芳莎藉地翠茵新。幽禽有意如留客，野卉多情解笑人。屈指知音今有幾，與誰同享瓮頭春。”其四：“金鼓鑾輿出隴秦，驅馳八駿又西巡。千年際會風雲異，一代規模宇宙新。西域兵來擒偽主，東山詔下起幽人，股肱元首明良世，高拱垂衣壽萬春。”（謝方點校本，頁 99—100）王國維注：“文正（耶律楚材）集中詩，用長春韻者，凡四十四首，至此二首而止。此下諸詩，遂不復和，蓋文正於此會後，不復與長春相晤矣。”此後二人人個兩途，耶律楚材《西遊錄》卷下暗蘊批評丘處機的言語，主要基於耶律楚材對丘處機的某些行為不滿，遂致使兩人產生分歧。

三月上旬，阿里鮮至自行宮(一)，傳旨云(1)：“真人來自日出之地，跋涉山川，勤勞至矣。今朕已廻，亟欲聞道，無倦迎我。”次諭宣使仲祿曰：“尔持詔徵聘，能副朕心。他日當置汝善地。”復諭鎮海曰：“汝護送真人來，甚勤。余惟汝嘉。”仍敕萬戶播魯只(二)以甲士千人衛過鐵門(2)(三)。師問阿里鮮以途程(3)事，對曰：“春正月十有三日，自此初(4)發，馳三日，東南過鐵門，又五日，過大河(四)。”

【校記】
（1）云：王本、黨本作“曰”。
（2）鐵門：王本、黨本作“鐵門關”。
（3）途程：輿地本、張本、史地本、紀本作“程途”。
（4）初：紀本作“出”。

【注釋】
（一）行宮：此行當為興都庫什山以南。王國維認為：“即辛巳年（1221）避暑塔里寒寨。《馬可波羅行紀》謂：塔里寒距班勒紇十二日程而自河橋至班勒紇不及一日程，則阿姆河至塔里寒當得十三日程，阿里鮮行十四日者或因積雪難行故也。至長春四月中，所至之行宮則渡河後五日即達，非阿里鮮正月所至者矣。"巴托爾德《蒙古人侵時期的突厥斯坦》研究認為："1222 年 4 月底，長春真人往見成吉思汗。前此不久，阿母河兩岸的交通已告恢復。因是年歲初，察合台重新搭成浮橋，殲滅了叛亂者。3 月間，成吉思汗駐蹕興都庫什山以南，得報長春真人離開撒馬爾罕，四天以後，過碣石城。經過鐵門時，萬戶博兒朮（播魯只）奉成吉思汗命率蒙古及穆斯林戰士 1000 人親自護送。過鐵門後，長春真人南行，護送他的軍隊轉而北入大山，對'賊'作戰；由此可見，住在蘇爾罕河諸上源流域的山民還沒有完全被征服。長春真人等乘船渡過蘇爾罕河與阿母河；當時蘇爾罕河兩岸林木茂盛。5 月 16 日，到達成吉思汗的行在，其地與他們渡過阿母河的渡口相距僅四日程。"（張錫彤、張廣達漢譯本，頁 510）證明了王國維對當時成吉思汗駐地的判斷是正確的，距離阿姆河的行程只有四、五日左右。

（二）播魯只：王本、張本、黨本皆認為此萬戶播魯只為博爾朮（1126—?）。《元朝秘史》有成吉思汗分封左翼萬戶木華黎，右翼萬戶博爾朮和中軍萬戶納牙阿的記載。此及萬戶當為博爾朮。具體內容參閱《元史》卷 119《博爾朮傳》（頁 2945—2947），也可參見蘇天爵編《元文類》卷 23《太師廣平貞憲王碑》（頁 284—288）。

（三）鐵門：又稱"鐵門關"。其地應在今烏茲別克沙赫里夏勃茲(Shahr－i sabz)以南九十公里處，為自布哈拉或撒馬爾罕前往巴里黑必經的要沖。《史集》稱為"timur－qahalqah"。《大唐西域記》載曰："東南山行三百餘里，入鐵門。鐵門者左右帶山，山極峭峻，雖有狹徑，加之險阻，兩傍石壁，其色如鐵。既設門扉，又以鐵錮，多有鐵鈴，懸諸戶扇，因其險固，遂以為名。"季羨林等認為"鐵門"，突厥魯尼字體《闕特勤碑》、《毗伽可汗碑》作 Tämir Qapïγ。在波斯語中作 Darband－i Āhanīn，阿拉伯語作 Bābal－hadīd，均為鐵門之意（季羨林等校注本，頁 98—99）。

（四）大河：即阿姆河。《大唐西域記》卷 1 "覩貨邏國故地"條記載說："出鐵門至覩貨邏國舊曰吐火羅國，訛也故地，南北千餘里，東西三千餘里，東阨蔥嶺，西接波剌斯，南大雪山，北據鐵門，縛芻大河中境西流。"（季羨林等校注本，頁100）此"縛芻大河"即指阿姆河。

　　二月初吉(一)，東南過大雪山(二)，積雪甚高。馬上舉鞭測之，猶未及其半。下所踏者，復五尺許，南行三日至行宮矣。且師至，次第奏訖。上說(1)，留數日方廻。

　　師遂留門人尹公志平輩三人于館，以侍(2)行五六人同宣使輩三月十有五日啟行，四日過碣石城(三)。預傳聖旨令萬戶播魯只領蒙古(3)、回紇軍(四)一千護送過鐵門。東南度山，山勢高大，亂石縱橫。眾軍挽車，兩日方至山前(4)。沿流南行軍，即北入大山破(5)賊(五)。五日至小河(六)，亦(6)船渡。兩岸林木茂盛。七日，舟濟大河，即阿母沒輦也。乃東南行，晚泊古渠上，渠邊蘆葦滿地，不類中原所有。其大者，經冬葉青而不凋，因取以為杖，夜橫轅下，轅覆不折。其小者，葉枯春換。少南，山中有大實心竹(七)，士卒以為戈戟。

【校記】

（1）說：餘本皆作"悅"。

（2）侍：輿地本、備要本、史地本作"待"。

（3）蒙古：紀本脫此二字。

（4）山前：連本、輿地本、備要本、張本、初編本、史地本、紀本作"前山"。

（5）破：王本作"剿破"。

（6）亦：宛委本作"一"。

【注釋】

（一）初吉：指農曆每月的初一至初七、八。古人把每個月分成四部分，自朔至上弦爲初吉，自上弦至望爲既生霸，自望至下弦爲既望（農曆十五為望，望後一日，即十六為既望），自下弦至晦爲既死霸。王國維《觀堂集林》卷1《生霸死霸考》有曰："余覽古器物銘，而得古之所以名曰者凡四，曰初吉、曰既生霸、曰既望、曰既死霸。因悟古者蓋分一月之日為四分，一曰初吉，謂自一日至七八日也。"（頁21）然也有不同的看法，黃盛璋認為上旬十日皆為初吉，朔日也是初吉。一月又三個同干之日，初吉當為初干之日。（黃盛璋：《釋初吉》）陶磊認為初吉舊時新月初生。（陶磊：《初吉月首說》）張聞玉認為在西周初吉仍是朔日。（張聞玉：《西周金文"初吉"之研究》）。

（二）大雪山：即興都庫什山。位於今阿富汗境內，靠近印度的邊界。興都庫什山的名稱當來自於古伊朗人，當他們得知自己的東鄰是印度，就將橫亙其境的山脈稱之為印度山脈。興都庫什山在波斯語中為 Hindukūsh，即由 "Hindu"（古伊朗人對印度的稱呼）和 "kūsh" 組成，"kūsh" 當來自於波斯語 "kūh"（山）。

（三）碣石城：碣石（Kesh），《隋書》作史國，《大唐西域記》作羯霜那，《西遊錄》作碣石，《明史》作渴石，即今烏茲別克斯坦南部的沙赫里夏勃茲（Shahri－sabz，波斯語意為"綠城"）地方。《新唐書》卷 221《西域傳》記載："史，或曰佉沙，曰羯霜那……隋大業中，其君狄遮始通中國。號最強盛，筑乞史城，地方數千里。"（頁 6247—6248）《大唐西域記》載："從颯秣建國西南行三百餘里，至羯霜那國。唐言史國。"（季羨林等校注本，頁 97）《世界境域志》（Hudūd al—'Ālam）第 25 章 "關於河中地區及其諸城鎮" 記載道："渴石，這是炎熱地帶的一個村鎮。下雨很多。有內城、城堡和城郊。流過城門的兩條河，都被利用來灌田。渴石山中發現有藥物的礦藏。其地產好騾，嗎哪和紅鹽，輸往各地。"（王治來譯本，頁 108）俄國學者巴托爾德在《蒙古入侵時期的突厥斯坦》中寫道："碣石城，今名沙赫里夏葡茲，當地發音作沙阿爾—薩比茲；據亞爾庫比的記載，該城曾一度被認為是粟特全境最重要的城市；至薩曼時期，轉趨衰微，這可能是由於撒馬爾罕與布哈拉代之而興的緣故。一如通例，碣石也有一河赫里斯坦，辟門四座：（1）鐵門，（2）烏拜杜拉門，（3）屠戶門，（4）內城門。"（張錫彤，張廣達漢譯本，頁 156）。

（四）回紇軍：文中所指回紇軍身份尚難確定。一種可能是征

服地區所簽發的士兵；另一種可能是歸附蒙古的高昌回鶻軍士。因
為《元史·巴而尤阿爾忒的斤傳》記載其曾隨蒙古軍遠征。此外，
《高昌王世勳碑》也有類似的記載。巴托爾德《蒙古入侵時期的突
厥斯坦》一書引用《長春真人西遊記》此段記載時稱："萬戶博爾
尤奉成吉思汗命率領蒙古及穆斯林戰士 1000 人親自護送"。（張錫
彤，張廣達譯本，頁 510）巴托爾德在這裏將回紇解釋為"穆斯
林"。

（五）賊：巴托爾德《蒙古入侵時期的突厥斯坦》一書指出，
過鐵門後，長春真人南行，護送他的軍隊轉而北入大山對"賊"作
戰，由此可以證明當時住在蘇爾罕河上遊的山民還沒有完全被征服
（張錫彤，張廣達譯本，頁 510）。

（六）小河：張本、紀本、黨本等都認為此河為希拉巴特河。
巴托爾德《蒙古入侵時期的突厥斯坦》則認為此河為蘇爾罕河。
（張錫彤，張廣達譯本，頁 510）

（七）大實心竹：即耶律楚材所說的渾心竹。《湛然居士文集》
卷6《西域河中十詠》其八曰："寂寞河中府，西來亦偶然。每春忘
舊閏，隨月出新年。強策渾心竹，難穿無眼錢。異同無定據，俯仰
且隨緣。西人不計閏，以十二月為歲，有渾心竹。其金銅芽，錢無孔郭。"（謝方點校本，
頁 115—116）。實心竹，為禾本科的一種竹類單子葉植物，竿為實
心，喜陰濕，常分佈在山溝裏和陰坡上。中國四川西南部、雲南東
北部至西北部亦有分佈。

又見蝎蜥[(1)][(一)]皆長三尺許。色青[(2)]黑。時三月二十九
日也，因作詩云[(3)]："志道既無成，天魔[(二)]深有懼。東辭
海上來，西望日邊去。雞犬不聞聲，馬牛更遞鋪[(三)]。千山
及萬水，不知是何處。"

【校記】

（1）蝎蜥：餘本皆作"蜥蝎"。

（2）青：黨本作"清"。

（3）云：王本、黨本作"曰"。

【注釋】

（一）蝎蜥：即蜥蝎。爬行動物。有四肢，尾細長，俗稱四腳蛇，種類甚多。關於西域有蜥蝎的紀事，其他史料亦多所記載，劉祁撰《北使記》云："蛇有四趾。"（參見崔文印點校：《歸潛志》，頁168）《西使記》亦云："四月六日，過訖立兒城，所產蛇皆四趾，長五尺餘，首黑身黄皮，如鯊魚，口吐紫艷。"（陳得芝校注本，頁94）

（二）天魔：佛教用語，即"天子魔"的簡稱。佛教用來稱慾界第六天之主，常擾礙修行者。

（三）遞鋪：又稱"鋪遞"，驛站的一種。早期主要用於軍事上傳遞偵察所得之敵情及緊急情報。《武經總要前集》卷5《遞鋪》："凡軍行，去營鎮二百里以來，須置遞鋪以探報警急。務擇要徑，使往來疾速。平陸別置健卒之人，水路亦作飛艇，或五里或十里一鋪，從非寇來之方，亦須置之。"（《中國兵書集成》第3冊，頁204）。《金史》卷12《章宗本紀四》："泰和六年六月乙卯，初置急遞鋪，腰鈴轉遞，日行三百里，非軍期、河防不許起馬。"（頁276）"遞鋪"也往往被用來傳送文書，《金史》卷99《徒單鎰傳》："初置急遞鋪，本為轉送文牒。今一切乘驛，非便。⋯⋯始置提控急遞鋪官⋯⋯自此郵達無復滯焉。"（頁2188—2189）有時也用來接待過往人員或傳遞其他東西，如《金史》卷8《世宗本紀下》："朕嘗欲得新荔支，兵部遂於道路特設鋪遞。"（頁196）紀本解釋說："'遞鋪'即'遞痡'，過勞而不能行走謂之痡，遞痡就是一個接一個得了痡病。"當誤。

又四日，得達行在。上(1)遣大臣喝剌播得來迎。時四月五日也。館舍定，即入見。上勞(一)之曰："佗國徵聘皆不應(二)，今遠踰(2)萬里而來，朕甚嘉焉。"對曰："山野(3)(三)詔而赴者，天也。"上悅。賜坐。食次，問："真人遠來有何長生之藥以資朕乎？"師曰："有衛生(四)之道而無長生之藥。"

【校記】

（1）上：宛委本作"大"。

（2）踰：張本、紀本、黨本作"逾"。

（3）山野：黨本在此二字後衍"奉"字。

【注釋】

（一）勞：慰勞。

（二）佗國徵聘皆不應：佗（他）國，指金和南宋。陶宗儀《南村輟耕錄》卷10《丘真人》稱："貞祐乙亥，太祖平燕城，金主奔汴。丙子，復召，不起。已卯，居萊州。時齊魯入宋，宋遣使來召，亦不起。"（頁120）

（三）山野：原意指山嶺原野。往往用來喻指民間，與"朝廷"相對，猶粗鄙。此處為丘處機自謙的稱呼。

（四）衛生：道家養生名詞，指護衛生命。

上嘉其誠實⁽¹⁾，設二帳於御幄^(一)之東以居焉。譯者問曰："人呼師為騰吃利蒙古孔^(二)譯語謂天人也，自謂之邪⁽²⁾？人稱之邪？"師曰："山野非自稱，人呼之耳。"譯者再至曰："就奚^(三)呼？"奏以"山野四人^(四)事重陽師⁽³⁾學道，三子羽化矣，唯山野處世，人呼以先生。"上問⁽⁴⁾鎮海曰："真人當何號？"鎮海奏曰："有人尊之曰師父者、真人者、曰⁽⁵⁾神仙^(五)者。"上曰："自今以往，可呼神仙。"時適炎熱，從車駕廬於雪山^(六)避暑。

【校記】

（1）實：王本脫此字。

（2）邪：王本、黨本作"耶"。

（3）師：王本、黨本脫此字，宛委本作"可"。

（4）問：王本作"聞"。

（5）曰：餘本皆脫此字。

【注釋】

（一）幄：帳篷。

（二）騰吃利蒙古孔：黨本認為“騰吃利”為突厥—蒙古語詞彙，意為“天”；“蒙古”，多譯作“蒙哥”，為蒙古語詞彙，意為“長壽”；“孔”是突厥語詞彙，意為“人”。整個詞的意思是“長生的仙人”或“天人”，也就是後文中成吉思汗稱呼丘處機為“神仙”之語。今從。另，“天”在《至元譯語》作“滕急里”；（賈敬顏等：《蒙古譯語、女真譯語彙編》，頁1）《華夷譯語》作“騰吉里，tegri”（賈敬顏等：《蒙古譯語、女真譯語彙編》，頁25）；《元朝秘史》卷1作“騰格理”（烏蘭校勘本，頁1）現代蒙古語“天”的轉寫為“tengri”。“蒙哥”，現代蒙古語轉寫為“möngke”，意為“永恆的，恆久的，長壽的，永生的”。“人”，在《華夷譯語》中作“古溫，hümün”（賈敬顏等：《蒙古譯語、女真譯語彙編》，頁42）。

（三）奚：如何、為何，疑問詞。

（四）四人：指馬鈺、譚處端、劉處玄、丘處機四人。這四個人為全真教創始人王重陽早期比較器重的弟子，王重陽仙逝后，他們先後掌管全真教。

（五）神仙：道家指得道成仙的人，能長生不死，來去無蹤，也稱“仙人”、“真人”，統稱“仙真”，若從神仙一詞的廣義和道教神學理念來看，神與仙是有區別的，神是先天自然之神，誕生於天地未分之前，亦稱先天之聖；仙是後天在世俗中修煉得道之人，亦稱後天仙真。此指丘處機。

（六）雪山：此時成吉思汗避暑於八魯灣。《聖武親征錄》謂：“癸未……夏，上避暑於八魯灣川。”王國維注曰：“《錄》記太祖征西域事，皆後一年，則此實壬午年事，則此雪山即八魯灣也。八魯灣川，《秘史》作巴魯安客額兒。客額兒，本野甸之義。”八魯灣故址在今阿富汗查裏卡東北，是興都庫什山中的重要關隘。

上約四月十四日問道，外使田鎮海、劉仲祿、阿里鮮記之，內使近侍三人記之。將及期，有報[(1)]回紇山賊[(一)]指斥[(二)]者，上欲親征。因改卜十月吉。師乞還舊館[(三)]。上曰："再來不亦勞乎？"師曰："兩旬[(四)]可矣。"上又曰："無護送者？"師曰："有宣差楊阿狗。"

【校記】

(1) 報：紀本脫此字。

【注釋】

(一) 回紇山賊：疑為中亞地區的一次變亂。《聖武親征錄》云："候八剌那顏因討近敵，悉平之。八剌那顏軍至，遂行可溫寨。三太子亦至，上既定西域，置達魯花赤於各城，監治之。"（《王國維遺書》第 13 冊，頁 78b）可見當地仍有未完全被征服的地方，成吉思汗推遲問道日期，很有可能是移師可溫寨的需要。

(二) 指斥：指責，斥責或直呼其名。此指"花剌子模國國王札蘭丁率部向成吉思汗挑戰"。

(三) 舊館：指丘處機在邪米思干的住所——算端新宮。

(四) 兩旬：二十天。

又三日，命阿狗督回紇酋[(1)]長[(一)]以千餘騎從行。由佗路[(二)]廻，遂歷大山，山有石門，望如削蠟[(三)]，有巨石橫其上若橋焉。其下[(2)]流甚急。騎士策其驢以涉，驢遂溺死。水邊尚多橫屍，此地蓋關口，新為兵所破。出峽復有詩二篇，其一云："水北鐵門猶自可，水南石峽太堪驚。兩崖絕壁攙[(3)]天聳，一澗寒波滾地傾。夾道橫屍人掩鼻，溺溪長耳[(四)]我傷情。十年萬里干戈動，早晚廻軍復[(4)]太平。"其二云："雪嶺皚皚上倚天，晨光燦燦下臨川。仰觀峭壁人橫度，俯視危崖栢倒懸[(5)]。五月嚴風吹面冷，三膲[(6)][(五)]熱病[(六)]當時痊。我來演道[(七)]空回首，更卜良辰待下元[(八)]。"

【校記】

（1）酋：宛委本作"隊"。

（2）下：王本、黨本脫此字。

（3）擾：黨本作"攬"。

（4）復：王本、張本、紀本作"望"。

（5）懸：輿地本、備要本、初編本、張本作"縣"。

（6）膲：餘本皆作"焦"。

【注釋】

（一）酋長：部落首領。

（二）佗路："佗"通"他"。有別於前往行宮之路，由其它道路返回邪米思干。張星烺注云："《西遊記》明言長春由大雪山歸邪米思干不由舊道，沿路又不記地名，不悉究由何道。"

（三）望如削蠟：石質細膩，顏色雪白酷似白蠟。

（四）長耳：即指驢。

（五）三膲：膲，人體器官名，通"焦"。中醫以膽、胃、大腸、小腸、膀胱、三焦為六腑。三焦指食道、胃、腸等部分及其生理機能。三焦又分為上、中、下三部分。《難經·三十一難》謂："三焦者，水穀之道路，氣之所終始也。上焦者，在心下下膈，在胃上口，主內而不出。其治在膻中玉堂下一寸六分，直兩乳間陷者是。中焦者，在胃中脘，不上不下，主腐熟水穀。其治在臍傍。下焦者，當膀胱上口，主分別清濁，主出而不內以傳導也，其治在臍下一寸。故名三焦，其腑在氣街，一本曰衝。"（明王九思等輯，穆俊霞等校注：《難經集注》，頁65—66）

（六）熱病：泛指因外感發熱引起的疾病。

（七）演道：闡發教義，此指"推廣或宣講教義"。

（八）下元：農曆十月十五日為下元節。道教以十月十五日水官大帝誕辰為下元，並於此日舉行齋醮活動。

　　始師來覩三月竟，草木繁盛，羊馬皆肥。及奉詔而囬，四月終矣，百草悉枯。又作詩云："外國深蕃事莫窮，陰陽氣候特無從。纔經四月陰魔盡，春冬霖雨，四月純陽，絕無雨。卻旱彌天^(一)旱魃^(二)兇。浸潤百川當九夏^(三)，以水溉田。摧殘萬草若三冬^(四)。我行往復三千里，三月去，五月囘。不見行人帶雨容。”^(五)

【注釋】

（一）彌天：滿天，言其廣大。

（二）旱魃：舊時謂能致旱災的神。

（三）九夏：常代指夏季。因夏季有九十天而得名。

（四）三冬：指農曆的十月、十一月、十二月，分別稱作孟冬、仲冬、季冬。

（五）不見行人帶雨容：因中亞地處內陸，氣候與中國東部差別較大，這首詩主要記述了河中地區奇特的氣候現象。《北使記》也有類似記載：“其回紇國，地廣袤，際西不見疆畛。四五月百草枯如冬。其山，暑伏有蓄雪。日出而燠，日入麗寒。至六月，衾猶綿。夏不雨，迨秋而雨，百草始萌。及冬，川野如春，卉木再華。”（劉祁撰，崔文印點校：《歸潛志》，頁 168）

路逢征西人囘，多獲珊瑚^(一)。有從官^(二)以白金^(三)二鋌^(四)易之近五十株，高者尺餘，以其得之馬上，不能完也。繼日，^(五)乘涼宵征五、六日，達邪米思干⁽¹⁾。大石名河中府。諸官迎師入館，即重午日^(六)也。

【校記】

（1）邪米思干：黨本在此四字後衍“城”。

【注釋】

（一）珊瑚：熱帶海洋中的腔腸動物，骨骼相連，形如樹枝，故又名珊瑚樹。有紅、白等顏色，可用做裝飾品。劉郁《西使記》亦云：“珊瑚出西南海，取以鐵網，高有至三尺者。”（陳得芝校注本，頁 106）早在西漢時期，人們就將珊瑚視作珍貴的裝飾品。《史記》卷 117《司馬相如列傳》稱：“於是乎離宮別館，彌山跨谷，……榮石袱崖，嶔巖倚傾，嵯峨礁礫，刻削崢嶸，玫瑰碧琳，珊瑚叢生，瑠玉旁唐，璸斒文鱗，赤瑕駮犖，雜廂其閒，垂綏琬琰，和氏出焉。"其後正義云："珊瑚生水底石邊，大者樹高三尺餘，枝格交錯，無有葉。"（頁 3026）

（二）從官：指部下、僚屬、侍從官。此處指隨行官員。

（三）白金：古代指白銀。《通典》卷 8《食貨志》載曰："貨幣之興遠矣，夏商以前，幣為三品。珠玉為上幣，黃金為中幣，白金為下幣。白金為銀。"（頁 167）

（四）鎰：古代重量單位。也作"溢"。二十兩為一鎰，另一說是二十四兩為一鎰。

（五）繼日：連日。

（六）重午日：也稱"重五日"。農曆五月五日，即端午節。

長春真人西遊記卷下

門人真常子李志常述

宣差李公東邁^(一)，以詩寄東方道眾云："當時^(二)發軔^(三)海邊城^(四)，海上干戈^(五)尚未平。道德^(六)欲興千里外，風塵^(七)不憚^(八)九夷^{(1)(九)}行。初從西北登高領⁽²⁾即野狐嶺，漸轉東南指上京^(十)。陸局河東畔東南望上京也。迤邐^(十一)直西南下去，西南四千里到兀里朵，又西南兩千里到陰山。陰山之外不知名。"陰山西南一重大山，一重小水。數千里到邪米斯干大城，師館於故宮。

【校記】

(1) 九夷：宛委本作"遠方"。

(2) 領：連本、備要本、初編本作"嶺"，底本作"領"，晉代以後始加"山"字作"嶺"，形容山深的樣子。

【注釋】

(一) 邁：前進。

(二) 當時：指丘處機應召從山東萊州出發的時間，即元太祖十五年（金宣宗興定四年）正月，公元1220年2月6日至3月6日。

(三) 發軔，猶啟程。軔，指擋住車輪不讓它旋轉的木頭。發軔，將軔抽出，車即可前行，通常比喻事業開始。

(四) 海邊城：指山東萊州，丘處機當時從此地出發。

（五）海上干戈：海上，指山東地界。1220 年，蒙古、金、宋三股勢力在山東角逐，戰亂頻仍。據《金史》卷 16《宣宗紀》載："（興定）四年春正月……丁酉，大元兵下好義堡，霍州刺史移剌阿里合等死之。……庚戌，宋步騎十餘萬圍鄧州，聞援軍至，夜焚營去，招撫副使尤虎移剌答追及之，奪其俘還。……癸丑，戶部侍郎張師魯上書，請遣騎兵數千，及春，淮、蜀並進，以擾宋。"（頁351）《宋史》卷 40《寧宗紀》亦提及此次戰事："（嘉定）十三年春正月丁酉，扈再興引兵攻鄧州，鄂州都統許國攻唐州，不克而還。金人追之，遂攻樊城，趙方督諸將拒退之。"（頁 774）同書另載曰："（嘉定十二年）十二月乙酉，金人犯鳳州之長橋。……己丑，京湖制置司遣統制扈再興等引兵六萬人，分三道出境。庚寅，賞茗山捕賊功。"（頁 774）藉此可見當時戰事之頻仍。

（六）道德：原指僧、道修行的功夫、法術。這裏應指道教。

（七）風塵：形容旅途勞頓。

（八）憚：畏懼。

（九）九夷：古代東方九個部落的總稱。《後漢書》卷 85《東夷傳》載："夷有九種，曰畎夷、于夷、方夷、黃夷、白夷、赤夷、玄夷、風夷、陽夷。"（頁 2807）春秋以後，多用於對中原以外各族的蔑稱。

（十）上京：遼代都城。上京地方行政機構稱臨潢府，今內蒙古昭武達盟巴林左旗（林東）南波羅城。《遼史》卷 37《地理志》云："上京臨潢府。本漢遼東郡西安平之地。新莽曰：'北安平'。太祖取天梯、蒙國、別魯等三山之勢于葦甸，射金齪箭以識之，謂之龍眉宮。神冊三年城之。名曰皇都。天顯十三年，更名上京，府曰臨潢。"（頁 438）金代曾一度為北京。《金史》卷 24《地理志》："臨潢府，下，總管府。地名西樓，遼為上京，國初因稱之，天眷元年改為北京。天德二年改北京為臨潢府路，以北京路都轉運司為臨潢府路轉運司，天德三年罷。貞元元年以大定府為北京後，但置北京臨潢路提刑司。大定後罷路，併入大定府路。貞祐二年四月嘗僑置于平州。"（頁 561）

（十一）迤邐：曲折連綿。

師既^(一)還館，館據北崖，俯^{(1)(二)}清溪十餘丈，溪水自雪山來，甚寒。仲夏^(三)炎熱，就^(四)北軒^(五)風臥，夜則寢屋顛^(六)之臺。六月極暑，浴池中。師之在絕域，自適如此。

河中^(七)壤地宜百穀，唯無蕎麥^(八)、大豆。四月中，麥熟。土俗收之亂堆於地，遇用即碾^(九)，六月始⁽²⁾畢。太師府^(十)提控李公^(十一)獻瓜田五畝，味極甘香，中國所無，間⁽³⁾有大如斗者。六月間⁽⁴⁾，二太子廻，劉仲祿乞瓜獻之，十枚可重一擔。果、菜甚贍，所欠者芋、栗耳。茄實若粗指而色紫黑⁽⁵⁾。

【校記】

（1）俯：宛委本衍一"俯"字

（2）始：王本、黨本作"斯"。

（3）間：黨本作"聞"，餘本作"間"。

（4）間：王本、黨本作"中"。

（5）紫黑：黨本脫"紫"字，宛委本作"黑紫"。

【注釋】

（一）既：已，已經。

（二）俯：低頭。因館驛位臨懸崖，面對清溪居高臨下。

（三）仲夏：夏季的第二個月，即農曆五月。也稱"皋月"、"惡月"、"蒲月"、"榴月"。

（四）就：趨向。

（五）軒：帶窗的長廊。

（六）屋顛：屋頂。

（七）河中：指西域的尋思干城，西遼目為"河中府"。"尋思干"是"土地肥沃"之意。關於其地肥沃，宜百穀，而無蕎麥、大豆的情況。耶律楚材在《西遊錄》中亦有記載："訛打剌之西千餘里有大城曰尋思干。尋思干者，西人云肥也，以地土肥饒故名之。西遼名是城曰河中府，以瀕河故也。尋思干甚富庶。用金銅錢，無

孔郭。百物皆以權平之。還郭數十里皆園林也。……八穀中無黍糯大豆，餘皆有之。"（向達校注本，頁3）

（八）蕎麥：亦稱"烏麥"、"花蕎"、"甜蕎"，一年生草本蓼科植物，高二尺許，直立分莖，中空而赤，葉具長柄，呈三角狀，開小白花。其果實三角狀卵形或三角形，先端尖，具三稜，棕褐色，光滑，可供食用。

（九）遇用即碾：耶律楚材有河中地區磨麥舂粳的記載，《湛然居士文集》卷6《西域河中十詠》，其六有詩句曰："寂寞河中府，西流綠水傾。衝風磨舊麥，西人作磨，風動机軸以磨麥。懸碓杵新粳。西人皆懸杵以舂。"（謝方點校本，頁115）

（十）太師府：應指耶律阿海在邪米思干的府邸。《元史》卷150《耶律阿海傳》記載道："耶律阿海，遼之故族也……歲壬戌甲戌，金人走汴，阿海以功拜太師，行中書省事……阿海從帝攻西域，俘其酋長只闌禿，下蒲華、尋思干等城，留監尋思干，專任扶綏之責。未幾，以疾薨於位，年七十三。"（頁3548—3549）俄國著名學者巴托爾德認為："長春真人等一行于12月3日渡過澤拉夫善河，由撒馬爾罕東北門入城。……城總管阿海（Ahai）籍出哈刺契丹，號為太師。"（巴托爾德著，張錫彤，張廣達譯：《蒙古入侵時期的突厥斯坦》，頁509）

（十一）提控李公：疑為李德。耶律楚材撰《燕京大覺禪寺創建經藏記》載："瑞像殿之前無垢淨光佛舍利塔在焉，殘缺幾仆。提控李德者素黨于糠蟹，不信佛教，至是改轍施財，完葺其塔。"（耶律楚材著，謝方點校：《湛然居士文集》卷8，頁198）尹志平《葆光集》卷上有曰："師適有他往，而雲水高人踵門者，日無一二。……因此作《唯太守家李提控日逐一過》：'此道艱行步步高，時人見者謾徒勞。隴西道友知何意，忙里偷閑日一遭。'"（《正統道藏》第25冊，頁503）

男女皆編髮^{（一）}，男冠則或如遠山，帽飾以雜綵⁽¹⁾，刺以雲物^{（二）}，絡^{（三）}之以纓^{（四）}。自酋⁽²⁾長以下，在位者冠之。庶人則以白麼斯^{（五）}布屬六尺許盤於其首。酋豪⁽³⁾之婦纏頭以羅^(六)，或皂或紫，或繡花卉織物象，長可⁽⁴⁾五、六⁽⁵⁾尺。髮皆垂，有袋之以緜^(七)者，或素或雜色或以布帛為之者。不梳髻，以布帛蒙之，若比丘⁽⁶⁾尼^(八)狀，庶人婦女之首飾也。衣則或用白氈^(九)縫如注袋，窄上寬下，綴^(十)以袖，謂之"襯衣"，男女通用。

【校記】

（1）雜綵：輿地本、備要本、張本、紀本、史地本作"雜色綵"。

（2）酋：宛委本作"隊"。

（3）酋豪：宛委本作"隊長"。

（4）可：王本、黨本脫此字。

（5）五、六：連本、輿地本、王本、備要本、初編本、張本、紀本、史地本、黨本作"六、七"。

（6）丘：連本、輿地本、王本、備要本、初編本、宛委本作"邱"。

【注釋】

（一）編髮：即結髮為辮。參見尚衍斌《中國古代西北民族"辮髮"與"斷髮"考釋》（載《西北民族研究》1993 年第 1 期）。

（二）雲物：有三種含義，一為日旁雲氣的顏色，二指景物，三是雲彩。

（三）絡：纏繞、捆縛。

（四）繸：絲、線等做成的穗狀飾物。

（五）麾斯：《馬可波羅行紀》第 1 卷第 23 章記載說："此地之一切金錦同絲綢名曰毛夕里紗（Musselines）。有許多名曰毛夕里（Mossolins）之商人，從此國輸出香料、布疋、金錦、絲綢無算。"（馮承鈞漢譯本，頁 38）法國人沙海昂注曰："此種毛夕里紗，中國人昔已識之。布萊特施奈德（《中世紀研究》一二二頁）曾引《長春真人西遊記》說，1221 年丘處機西行時，見'庶人則以白麾斯六尺許盤於其首'，此麾斯必指毛夕里紗無疑。"（馮承鈞譯本，頁

62—63）陶宗儀《南村輟耕錄》卷 28《嘲回回》條稱："毳絲脫兮塵土昏，頭袖碎兮珠翠黯，壓倒象鼻塌，不見貓睛亮。"並自注云："象鼻、貓睛，其貌也。毳絲、頭袖，其服也。"（頁 348）王國維認為此"毳絲"即摩斯。

（六）羅：一種輕而薄的絲織品。

（七）緜：亦作"綿"。絲綿。

（八）比丘尼：梵語稱出家女子為比丘尼，陰性後綴"尼"（–ni），被分割出來單用，逐漸變成小女子的稱謂，後稱作"尼姑"。

（九）白氎：即棉花。《梁書》卷 54《西北諸戎傳》"高昌"條有曰：此地"多草木，草實如繭，繭中絲如細纑，名為白疊子，國人多取織以為布。布甚軟白，交市用焉。"（頁 811）考古發掘資料顯示，新疆南疆地區出土了不少棉織物，其時代可以上溯至東漢時期。新疆是我國植棉和棉紡織業出現最早的地區之一，早期的棉花品種主要來自非洲（沙比提：《從考古發掘資料看新疆古代的棉花種植和紡織》，《文物》1973 年第 10 期）。耶律楚材筆下的尋思干（撒馬爾罕）"頗有桑，鮮能蠶者，故絲繭絕難，皆服屈眴（即棉布—引向達注）。土人以白衣為吉色，以青色為喪服，故皆衣白。"（《西遊錄》卷上，向達校注本，頁 3）8—15 世紀中亞的棉花種植是高度發達的，在澤拉夫善河谷，謀夫綠洲、察赤以及其他地區，都有大規模種植（C. E 博斯沃思、M. S 阿西莫夫主編，劉迎勝譯：《中亞文明史》第 4 卷下，頁 244）。

（十）綴：縫合，用線連綴。

車舟（一）農器（二）制度頗異中原。國人皆以鍮石（三）、銅為器皿，間以磁（四），有若中原定磁者。酒器則純用琉璃（五），兵器則以鑌（六）。市用金錢，無輪孔（七），兩面鑿回紇字（八）。

【注釋】

（一）舟：關於中亞諸地舟之樣式，《西使記》載曰："四日，

過忽章河，渡舡如弓鞵然。"（陳得芝校注本，頁 86）

（二）農器：在應用範圍方面，"中亞最普遍的農用工具是類似鋤頭而且今天仍在繼續使用的砍土曼（ketmen），還有帶有鐵製鏵頭被稱為'窩莫尺'（omoch）的犁。後者是整個中亞耕作土地所使用的唯一工具"。（C. E. 博斯沃思，M. S. 阿西莫夫主編，劉迎勝譯：《中亞文明史》第 4 卷（下），第 11 章，頁 243—244）該地屬於灌溉農業，有先進的灌溉系統和眾多的水渠。在中亞的丘陵地區，"9—11 世紀為開發山間溪流裏融化的雪水，以及儲存稀有泉流，小型水庫（hauza，波斯語，中亞方言，意為水塘——譯者注）建造了起來……通過建造地下溝渠（qanāt 或 kāriz，即坎兒井——譯者注）……漫灘之上的臺地，在當時則廣泛使用波斯水車（char-kh，波斯語，意為輪子、圓圈——譯者注）來灌溉，尤其是在花剌子模綠洲，經常使用駱駝來推轉水車。"（C. E. 博斯沃思，M. S. 阿西莫夫主編，劉迎勝譯：《中亞文明史》第 4 卷（下），第 11 章，頁 243）

（三）鍮石：是一種天然精銅（或黃鐵礦）。中國其他漢文載籍對鍮石亦有記載。《魏書》卷 102《西域傳》謂："波斯國……出金、銀、鍮石……"（頁 2270）《大唐西域記》卷四載曰："磔伽國，周萬餘里……多宿麥，出金、銀、鍮石、銅、鐵……"（季羨林等校注本，頁 352）同書又載："婆羅吸摩補羅國，周四千餘里……出鍮石、水精"（頁 407）。美國學者勞費爾（B. Laufer）在《中國伊朗編》中認為，"鍮"在波斯語中記作 tūtiya，石字乃漢語所加（林筠因譯本，頁 340—344）。當代學者認為鍮石非本土物產，而是西方的舶來品，主要通過絲綢之路上的貿易往來傳入中國。參見饒宗頤《說鍮石—吐魯番文書札記》（載北京大學中國中古史研究中心編《敦煌吐魯番文獻研究論集（二）》，北京大學出版社 1983 年版）；李鴻賓《大谷文書所見鑌鐵鍮石諸物辨析》（載《文史》第 34 輯）。

（四）磁：通"瓷"。《西域番國志》"哈烈"條載曰："（哈烈）地產銅鐵，製器堅利，造瓷器尤精，描以花草，飾以五采，規制甚佳，但不及中國輕清潔瑩，擊之無聲，蓋其土性如此。"（周連寬點校本，頁 72）

（五）琉璃：一種指有色半透明的玉石。一種指用鋁和鈉的硅酸化合物燒製而成的釉料，常見綠色和金黃色兩種，燒製成磚瓦、缸等。還有一種指玻璃。依據其他史料推斷，此及"琉璃"當為玻璃。宋人趙汝適著《諸蕃志》卷下《志物》記載說："琉璃出大食諸國，燒煉之法與中國同。其法用鉛硝石膏燒成，大食則添入南鵬砂，故滋潤不烈，最耐寒暑，宿水不壞，以此貴重於中國。"（楊博文校注本，頁 201）常德《西使記》亦載："又西南行過孛羅城，所種皆稻麥……城居肆圃間錯，土屋窗戶皆琉璃。"（陳得芝校注本，頁76）同書又載："四日，過忽章河，……土人云：'河源出南大山，地多產玉。'疑為昆侖山。以西多龜蛇……門戶皆以琉璃飾之。"（陳得芝校注本，頁86）《西域番國志》"哈烈"條載："（哈烈）出產玻璃器，人家不常用，但充玩好而已。多以五色玻璃薄葉疊綴牕牖，以取光明，炫耀人目。"（周連寬點校本，頁72）

（六）鑌：指精煉的鐵，即鋼。勞費爾在《中國伊朗編》指出，鑌鐵是"一種鋼，正如大馬士革鋼，塗上腐劑酸，上面就生細黑紋。"同時指出"'鑌'這個字至今不知作何解，甚至於泛突厥民族的語言中也尚未發現過此字。它和伊朗語 Spaina、帕米爾語 spin、阿富汗語 Ospina 或 ōspana，奧塞提克語 äfsän 都相同。"（林筠因漢譯本，頁 345）《魏書·西域傳》載鑌鐵出波斯。《一切經音義》卷35 謂鑌鐵出罽賓（今克什米爾、阿富汗等地），其後文獻多所記載。該詞當從西域輸入。據日本學者本田實信考證，應為波斯語 Pūlād。這個波斯語詞在西北遊牧民族中廣為流傳。"四夷館本"《高昌館譯書·珍寶門》中有"bulud，鑌鐵，卜祿"（《北京圖書館古籍珍本叢刊》經部6，頁389）；"袁氏本"《委兀兒譯語·珍寶門》中有"鑌鐵，普剌"（同前引書，頁603）；此字也傳入蒙古語，《至元譯語·珍寶門》收有"鑌，播羅福闌"，其中之"播羅"即波斯語 pulad（《遼金元語文僅存錄》第5 冊，頁29）。《元史·西北地附錄》記有普剌城，其他漢文載籍又譯作"孛羅"或"不剌"。據張承志研究認為，今新疆維吾爾自治區博爾塔拉蒙古自治州內博樂古城應為元普剌城，該古城遺址大量堆積的冶鍛鐵痕跡及鐵錠表明，此地名應與鋼、鐵加工業有關（張承志：《關於阿力麻里、普剌、葉密立三城的調查及探討》，載中國社會科學院民族研究所主編：《中國民族史研究》，頁154—158）。

（七）無輪孔：關於西域諸地金錢無孔的紀事，耶律楚材亦提及。《湛然居士文集》卷6《西域河中十咏》其八曰："寂寞河中府，西來亦偶然。每春忘舊閏，隨月出新年。強策渾心竹，難穿無眼錢。異同無定據，俯仰且隨緣。西人不計閏，以十二月為歲，有渾心竹。其金銅芽，錢無孔郭。"（謝方點校本，頁115—116）。同書卷12《贈高善長一百韻》亦謂："錢貨無孔郭，賣飯稱斤量。"（謝方點校本，頁267）《西遊錄》亦言："尋思干甚富庶，用金銅錢，無孔郭。"（向達校注本，頁3）

（八）兩面鑿回紇字：常德《西使記》亦謂："孛羅城迤西，金銀銅為錢，有文而無孔方"（陳得芝校注本，頁81）。徐松《西域水道記》卷4載：阿力麻里古城附近之土呼魯克土木勒罕（Tuqluq-Temür qan，1346—1363）墓旁"土中多金銀銅三種錢，皆無輪廓，肉好，面幕有字，不可識。銅錢至薄。大如宋當百錢。銀錢至小，如王莽直一，而稍厚。金錢薄如銅錢，大如開通元寶錢。"（朱玉麒整理本，頁254）這種無孔方的金銀銅錢在新疆南北疆多有出土，其中哈喇汗朝的錢幣出土尤多，幣面上鑄有回鶻文（［俄國］波·德·阔奇涅夫著，張鐵山譯：《喀喇汗錢幣綜述》，載《中國錢幣論文集》第5輯，頁152—153）。此外，在昌吉古城出土1370餘枚察合台汗國時期的銀幣，幣上壓印阿拉伯文，內容為伊斯蘭教祈禱辭："除了安拉，別無神靈，穆罕默德是安拉的使者"或"最大的公正的國王"等語，以及鑄造年代（回曆）和地點（詳見陳戈：《昌吉古城出土的蒙古汗國銀幣研究》，《新疆社會科學》1981年創刊號）。

其人物[1]多魁梧有膂力[一]，能負戴[2]重物不以擔。婦人出嫁，夫貧則再嫁，遠行踰[3]三月[4]，則[5]亦聽他適[二]，異者或有鬚髯[三]。國中有稱大石馬[四]者，識其國字，專掌簿籍。遇季冬[五]設齋一月[六]。比[七]暮，其長自刲^(八)羊為食，與席者同享，自夜及旦。餘月則設六齋^(九)。又於危舍^(十)上跳出大木如飛簷，長闊丈餘。上搆⁽⁶⁾虛亭^(十一)，四垂纓絡^{(7)(十二)}。

【校記】

（1）物：黨本脫此字。

（2）戴：餘本皆作“載”。

（3）踰：張本、紀本、黨本作“逾”。

（4）月：王本、黨本在此字後衍“者”。

（5）則：連本、輿地本、備要本、初編本、張本、紀本、史地本無“則”字。

（6）搆：初編本、史地本、黨本作“構”。

（7）纓絡：王本、黨本作“瓔珞”。

【注釋】

（一）膂力：膂，脊骨，體力。身體強而有力。

（二）婦人出嫁，夫貧則再嫁，遠行踰三月，則亦聽他適：據清人椿園（字七十一）《西域聞見錄》卷7《回疆風土記》載：“夫婦不和，隨時皆可離異，回語謂之揚土爾。”“揚土爾”亦譯作“揚都爾”，離異的意思。從法律上說，女方也有主動提出離婚的權利。《古蘭經》上說：“如果你們恐怕他們倆不能遵守真主的法度，那麼，她以財產贖身，對於他們倆是毫無罪過的。”（馬堅漢譯本。頁27）妻方主動提出離婚，教法上稱為“胡爾（Khul'）”，意為“脫掉衣服”，即脫離丈夫管束妻子的權力；如屬感情破裂，雙方共同提出離異，則稱為“穆巴拉（Mubāra'a）”意為“互相解脫”（參見吳云貴著《伊斯蘭教法概略》，頁116）。

（三）異者或有鬜鬚：鬜鬚，指髯鬚，多為絡腮狀。關於西域婦人有髯鬚的記載較多。《湛然居士文集》卷5《贈蒲察元帥七首》，其五有“素袖佳人學漢舞，碧鬚官妓撥胡琴”的詩句（謝方點校本，頁92），同書卷6《戲作二首》，其一吟誦道：“歌姝窈窕鬚遮口，舞妓輕盈眼放光。”（謝方點校本，頁136）又，卷12《贈高善長一百韻》：“佳人多碧鬚，皎皎白衣裳。”（謝方點校本，頁

267)《北使記》亦云："其婦人衣白，面赤衣，止外其目。間有髯者，并業歌舞音樂。"（劉祁撰，崔文印點校：《歸潛志》，頁 168）

（四）大石馬：即答失蠻、達失蠻之異譯，元代對回回學者的稱呼。宋代文獻曾譯作打廝蠻，都是波斯語 Dānishmand 的音譯。意為"明哲的人"，"有知識者"。中亞地區伊斯蘭教徒尊稱其教師或神學家為 Dānishmand，蒙古人最初接觸的是中亞伊斯蘭教徒，故以此稱號來稱呼伊斯蘭教士，蒙古語作 Dašman。

（五）季冬：指農曆十二月，冬季的第三個月。也稱"末冬""嚴冬""臘月""歲尾"。

（六）設齋一月：伊斯蘭教法規定：每年教曆 9 月（萊買丹月），每個成年男女穆斯林都應齋戒一個月，即每日從天將破曉至日落時，禁飲食、房事，戒除一切邪念，純潔思想，一心向主。一般來說，"在看月方便的情況下，齋月為 29 天，在遇有雲蒙遮蔽或陰雨連綿的天氣看月困難時，齋月則以補足前一個月的 30 天為準。在齋戒期間，每天從日出到日落，不吃不飲，禁止房事，除禮拜外，其他事一律停止，白天前往清真寺做禮拜或在家閉門思過，不看不聽，不說不動。除病患者、旅行者、婦女月經期、孕婦、哺乳者外，其他穆斯林一律參加齋戒，而不能封齋者以後要計日照補，耽誤多少補多少。衰弱的老人每天不能封齋者，要以一定數量的糧食或財產參加濟貧工作。從這些規定可以看出伊斯蘭教對于齋戒功的重視和嚴格程度。"（楊啓辰等編：《中國穆斯林的禮儀禮俗文化》，頁 202）

（七）比：此為介詞，及，等到之意。

（八）刲：割。

（九）六齋：原為佛教用語，指六齋日。佛教認為農曆每月的初八、十四日、十五日、二十三日、二十九日、三十日這六天是四天王伺察人間善惡和餓鬼窺伺人間的日子，故諸事須謹慎，過了正午就斷絕一切食物，稱為六齋日。但這裡並非指佛教所言六齋，因後文指出："不奉佛，不奉道"，所以穆斯林也應有六齋。

（十）危舍：危，高峻；意為高聳的房屋。

（十一）上搆虛亭：此"虛亭"指伊斯蘭寺院中的宣禮樓（又

名邦克樓）。邦克，是<u>波斯語</u> Bāng 的漢譯音，意為喊叫聲、呼聲、喧鬧聲。<u>中國穆斯林</u>把禮拜前呼喚人們前來的呼詞稱為"宣邦克"（參見<u>劉迎勝</u>：《〈回回館雜字〉與〈回回館譯語〉研究》，頁 179）。

（十二）纓絡：珠玉綴成的飾物。

　　每朝夕^(一)，其長登之，禮西方^(二)，謂之告天^(三)。不奉佛，不奉道。大呼吟於其上，丁男、女聞之，皆趨拜其下^(四)。舉國皆然，不爾則棄市^(五)。衣與國人同，其首則盤以細麼斯，長三丈二尺，骨以竹。師異其俗，作詩以紀⁽¹⁾其實⁽²⁾云："<u>回紇丘</u>⁽³⁾墟萬里疆，<u>河中</u>城大⁽⁴⁾最為強。滿城銅器如金器^(六)，一市戎裝似道裝，剪⁽⁵⁾鏃⁽⁶⁾黃金為貨賂，裁縫白氎作衣裳。靈瓜素椹非凡物，<u>赤縣</u>^(七)何人搆⁽⁷⁾得嘗。"

【校記】

（1）紀：<u>黨本</u>作"記"。

（2）實：<u>王本</u>、<u>黨本</u>作"事"。

（3）丘：<u>連本</u>、<u>輿地本</u>、<u>王本</u>、<u>備要本</u>、<u>初編本</u>、<u>史地本</u>、<u>黨本</u>、<u>宛委本</u>作"邱"。

（4）城大：<u>黨本</u>作"大城"。

（5）剪：<u>連本</u>、<u>輿地本</u>、<u>王本</u>、<u>備要本</u>、<u>初編本</u>、<u>史地本</u>、<u>黨本</u>作"蕑"。

（6）鏃：<u>餘本</u>皆作"簇"。

（7）搆：<u>初編本</u>、<u>黨本</u>作"構"，<u>張本</u>、<u>紀本</u>作"購"。

【注釋】

（一）每朝夕：<u>穆斯林</u>每日有五次禮拜，又稱"五時拜""五番拜"。它們是"晨禮""晌禮""晡禮""昏禮""宵禮"。晨禮在拂曉至日出前進行。晌禮在剛過中午至日偏西之間進行。晡禮在晌禮後至日落前進行。昏禮在日落至紅霞消失前進行。宵禮在霞光完全消失至次日拂曉前進行。

（二）禮西方：穆斯林禮拜時皆面向聖城麥加。

（三）告天：虔誠向天禱告。

（四）大呼吟於其上，丁男、女聞之，皆趨拜其下：宋人鄭思肖在《心史·大義略敘》中也有穆斯林禮拜情景的記述："回回事佛，創叫佛樓，甚高峻。時有一人發重誓登樓上，大聲叫佛不絕。"（陳福康點校本，頁184）鄭氏所記"回回事佛"，不確，應為回回事奉伊斯蘭教。

（五）棄市：古代在鬧市對罪犯執行死刑，並將其屍體暴露街頭示眾，稱作"棄市"。

（六）金器：應指銅器。正如前文所言，用鍮石銅打造的器皿，色澤多為黃色，與金類似。

（七）赤縣：神州的略稱，指代中原地區。《玉堂嘉話》卷7"赤縣"條有載："張衡《靈憲圖》曰：'昆侖東南有赤縣之州，風雨有時，寒暑有節。苟非此土，南則多暑，北則多寒，東則多陰，故聖王不處焉。'《史記》鄒衍曰：'中國於天下八十一分居其一耳，中國名赤縣。赤縣內自有九州，禹之敘九州是也，不得為州數。中國外如赤縣州者又有九，乃謂九州也。有神海環之，如一區中者，乃為一州也。如是者九，乃有大瀛海環其外，天地之際焉。'"（楊曉春點校本，頁163）

當暑(一)，雪山(二)甚寒(1)，烟雲慘淡(三)。師乃作絕句云："東山(四)日夜氣濛鴻(2)，曉(3)色彌天萬丈紅。明月夜來飛出海，金光射透碧霄空(五)。"師在館，賓客甚少。以經書遊戲(六)，復有絕句云："北出陰山萬里餘，西過大石半年居。遐荒(七)鄙俗(八)難論道，靜室(4)幽巖且看書。"

【校記】

（1）甚寒：王本、黨本作"寒甚"。

（2）濛鴻：王本、黨本作"洪蒙"。

（3）曉：連本、輿地本、王本、備要本、初編本、張本、紀本、史地本、黨本作"晚"。

（4）室：輿地本、張本、紀本、史地本作"石"。

【注釋】

（一）當暑：當，正值，遇到之意。當暑即正值暑熱。

（二）雪山：依據行程記載，丘處機經歷的雪山應為阿賴山或其分支。

（三）烟雲慘淡：烟雲指積聚的氣體。慘淡指顏色暗淡。烟雲慘淡指雪山上籠罩的雲氣暗淡。

（四）東山：即阿賴山。

（五）霄空：即天空。

（六）經書遊戲：經書，指可以作為典範的書。經書遊戲，紀本認為是接句或者做字謎之類的遊戲。黨本認為是以讀書作為消遣。根据後文丘處機的詩文來看，黨本的解釋似可信據。

（七）遐荒：遙远蠻荒之地。

（八）鄙俗：鄙陋的習俗。

七月載⁽¹⁾生魄^(一)，遣阿里鮮奉表詣^(二)行宫^{(2)(三)}，稟論道日期。八月七日^(四)得上所批答。八日即行。太師^(五)相送數十里，師乃曰："回紇城東新叛者二千戶^(六)，夜夜火光照城，人心不安。太師可迴安撫。"太師曰："在路萬一有不虞^(七)，奈⁽³⁾何?"師曰："豈關太師事。"乃迴。

【校記】

（1）載：餘本皆作"哉"。

（2）宮：王本、黨本作"在"。

（3）奈：初編本作"柰"。

【注釋】

（一）載生魄：指農曆每月十六，次日開始月缺，即始生月魄。月魄指月初生或圓而始缺時不明亮的部分。道家以日為陽，稱日魄；以月為陰，稱月魄。

（二）詣：往，到。

（三）行宮：也稱行在，專指帝王的居所。行宮則指帝王在<u>京城</u>以外出行時的臨時寢殿。

（四）八月七日：公元 1222 年 9 月 12 日。

（五）太師：即上卷提到的"太師<u>移剌</u>"，即<u>耶律阿海</u>。

（六）回紇城東新叛者二千戶：關於此次叛亂，相關史籍多失載。<u>俄國</u>著名東方學家<u>巴托爾德</u>在其《蒙古入侵時期的突厥斯坦》一書中認為，<u>丘處機</u>所說的 1222 年 9 月，城東出現叛匪約 2000 人，其多半是<u>澤拉夫珊</u>山（Zarafshan）民，夜夜火光照城，人心浮動。（<u>張錫彤</u>，<u>張廣達漢</u>譯本，頁 510）

（七）不虞：指意料不到的事情。

十有二日，過<u>碣石城</u>，十有三日得護送步卒千人、甲騎三百[(1)(一)]。入大山中[(二)]行，即<u>鐵門</u>外別[(2)]路也。涉紅水澗[(三)]，有峻峰[(3)]高數里。谷東南行，山根有鹽[(4)]泉流出，見日即為白鹽[(四)]。因收二斗，隨行日用。又東南上分水嶺[(五)]，西望高澗若冰，乃鹽耳。山上有紅鹽如石[(六)]，親嘗見之。東方唯下地生鹽，此方山間亦出鹽[(七)]。<u>回紇</u>多餅食[(八)]，且嗜鹽，渴則飲水。冬寒，貧者尚負缾[(5)]售之[(九)]。

【校記】

（1）三百：<u>連本</u>、<u>輿地本</u>在此二字後衍"人"。

（2）別：<u>輿地本</u>作"刖"。

（3）峰：<u>連本</u>、<u>輿地本</u>、<u>王本</u>、<u>備要本</u>、<u>初編本</u>、<u>史地本</u>、<u>宛委本</u>作"峯"。

（4）鹽：<u>史地本</u>作"塩"。

（5）缾：即瓶的異體字，<u>王本</u>、<u>張本</u>、<u>紀本</u>、<u>黨本</u>作"瓶"。

【注釋】

（一）得護送步卒千人、甲騎三百：<u>長春真人</u>第一次經<u>碣石</u>，過鐵門覲見成吉思汗時，萬戶博兒尤（博魯只）奉成吉思汗之命率蒙古及穆斯林戰士 1000 人護送。過鐵門後，長春真人南行，護送他的軍隊轉而北入大山，對"賊"作戰。待其返回時，成吉思汗也派一位穆斯林酋長率 1000 騎從行。這次長春真人再次途徑此地時，護送人數增加，表明此地的叛亂還未完全平息。

（二）大山中：當為鐵門兩邊的大山。《大唐西域記》卷 1 載曰："鐵門者，左右帶山，山極峭峻，雖有狹徑，加之險阻，兩傍石壁，其色如鐵。"（季羨林等校注本，頁 98）"鐵"在波斯語中為āhan，亦指劍。粟特與大夏（吐火羅）之間的"鐵門關"，波斯語稱作 Darband—iāhanīn。

（三）紅水澗：澗，為夾在兩山間的流水；或稱山間流水的溝。

（四）白鹽：含鹽分高的泉水，在陽光的照曬下蒸發能析出鹽。關於碣石出產白鹽的資訊，陳誠《西域番國志》也有記載："渴石地面產白鹽，堅明與水晶同。若琢磨為盤碟，以水濕之，可和肉食。"（周連寬點校本，頁 72）

（五）分水嶺：兩個流域分界的山脊或高原。

（六）紅鹽如石：即紅色的鹽或鹽礦。《北史》卷 97《西域傳》記載說："（高昌）出赤鹽，其味甚美。復有白鹽，其形如玉，高昌人取以為枕，貢之中國。"（頁 3212）勞費爾《中國伊朗編》云："伊思塔忽理說在德拉皮其爾特地方有白、黃、綠、黑、紅諸鹽山；其他地區的鹽是出於地下或水中，成結晶體，而這種鹽出於平地以上的山裏。"（林筠因漢譯本，頁 340）美國學者謝弗著《唐代的外來文明》亦言："746 年（天寶五載），突騎施、石國、史國、米國以及罽賓的聯合使團向唐朝貢獻了'黑鹽'——同時貢獻的還有種'紅鹽'。"（吳玉貴漢譯本，頁 474）

（七）當時中國內地開採的鹽礦多為地下開採或鹵水煮鹽，像這種露天鹽礦當極為少見。

（八）多餅食：中亞及新疆地區居民多喜食麵食。其中餅食佔很大比重，包括湯餅（湯麵）和乾餅在內。乾餅在中亞、新疆一帶稱為"饢"，源於波斯語 nān，nān 在波斯語中指發麵烤餅、麵包，是內陸亞洲各民族的主食，中國各地的燒餅亦源於此。在新疆維吾爾自治區博物館陳列著從吐魯番出土的、屬於唐代的饢。

（九）冬寒，貧者尚負餅售之：中亞一帶干旱少雨，飲用水多來自雪山融水，冬天氣溫下降，雪山融水枯竭，多依靠水窖儲水。故街上多有買水之人，至今依然。

　　十有四日，至鐵門西⁽¹⁾南之麓。將出山⁽²⁾，其山門嶮峻⁽³⁾，左崖崩下，澗水伏流^(一)一里許。

　　中秋抵河^(二)上，其勢若黃河，流西北。乘舟以濟，宿其南岸。西有山寨，名團八剌^(三)，山勢險固。三太子之醫官^(四)鄭公^(五)途中相見，以詩贈云："自古中秋月最⁽⁴⁾明，涼⁽⁵⁾風屆⁽⁶⁾候^{(7)(六)}夜彌清。一天氣象^(七)沉⁽⁸⁾銀漢^(八)，四海魚龍^(九)耀⁽⁹⁾水精^(十)。吳越樓臺歌吹滿，燕秦部曲^(十一)酒肴盈。我之帝所臨河上，欲罷干戈致太平。"

【校記】

（1）西：輿地本作"面"，史地本作"靣"。

（2）山：黨本脫此字。

（3）峻：輿地本、張本、紀本、史地本作"峰"。

（4）最：輿地本作"㝡"。

（5）涼：張本、紀本、史地本、黨本作"凉"，"涼"在古代寫作"凉"。

（6）屆：史地本作"屈"。

（7）候：備要本、初編本、張本、紀本、史地本作"後"。

（8）沉：連本、輿地本、王本、備要本、初編本、張本作"沈"，"沉"在古代寫作"沈"。

（9）耀：宛委本作"曜"。

【注釋】

（一）伏流：在岩層裂縫或地下洞穴中的潛流水，多為地表河流經地下的潛伏段。

（二）河：根據其行程，該河應為阿姆河。耶律楚材的《西遊錄》稱："蒲華之西有大河名曰阿謀，稍劣黃河，西入於大海。……又西瀕大河有斑城者頗富盛。又西有搏城者亦壯麗。"。（向達校注本，頁3）

（三）團八剌：王國維認為："班城即下班里城，則磚城即此團八剌也，八剌即八里，華言城。"向達認為："搏城即《西遊記》的團八剌山寨，今地不明。有人以為就是 Kerduan，但詳細情形不甚了了。"（向達校注本，注釋（34），頁10）。陳得芝認為："關於阿母河以南呼羅珊地區，耶律楚材記載了斑城和搏城兩地。斑城即巴里黑，元代又譯班勒紇。羅依果（Igor de Rachewitz）以為當指塔里寒寨（Tālqān），'搏'疑是取其原名第一音節 Tal 的譯音，如巴里黑（Balkn）之稱'斑城'。其說可取。耶律楚材說搏城中'多漆器，皆長安題識'，這是一條很重要的資料。塔里寒城處在巴里黑至馬魯的東西交通幹道上，九世紀時就是一座重要城市，阿拉伯地理學家雅忽比、伊斯塔赫里均有記載，中國漆器運銷至此自屬可能。不過耶律楚材似未親至其地。"（陳得芝：《耶律楚材詩文中的西域和漠北歷史地理資料》，《蒙元史研究叢稿》，頁474—475）。黃時鑒認為："斑城，一般比定為是巴里黑（Balkh），《長春真人西遊記》作斑里，《元史》作斑勒紇、板勒紇與巴里黑，該城實際上位於蒲華的東南，阿姆河中游之南，搏可讀作 tuan，丁謙與布萊施奈德爾均設搏城，即《西遊記》所載的團八剌山寨（八剌系 balik 音譯，意為城）。布萊施奈德爾且進一步指出此即《多桑蒙古史》所記的 Kerduan，那麼成吉思汗的軍隊是在攻克此城後越過興都庫什山的。向達說：'有人以為就是 Kerduan，但詳細情形不甚了了。該城的確切位置不明。'但按照上述考證，它只能在斑城以東或東南（黃時鑒：《釋〈北使記〉所載的"回紇國"及其種類》，《東西交流史論稿》，頁45—46）。張星烺也同意搏城是團八剌的觀點。

（四）醫官：對精通醫療技術人員的統稱，歷代皆置。

（五）鄭公：名師真，字景賢，號龍岡居士。順德（今河北邢臺）人。與耶律楚材的關係很親密，楚材在《湛然居士文集》中與鄭公的唱和詩有七十三首，幾達全部作品的十分之一，二人情誼由此可見一斑。具體情況詳見劉曉《鄭景賢的名字與籍貫》（《中國史研究》2001 年 3 期）。

（六）屆候：屆時。

（七）氣象：自然界的景色、現象。

（八）銀漢：天河或銀河。

（九）魚龍：魚和龍，泛指鱗介水族。

（十）水精：水的精气。

（十一）部曲：古代軍隊編製，有時借指軍隊。

泝^{(1)(一)}河東南行三十里，乃無水。即夜行過<u>班里城</u>^(二)，甚大。其眾新叛去^{(2)(三)}，尚聞犬吠。黎明飯畢，東行數十里。有水北流⁽³⁾，馬僅能渡。東岸憩宿^(四)。

【校記】

（1）泝：即"溯"的異體字。張本、紀本、黨本作"溯"。

（2）去：輿地本、張本、史地本缺此字。

（3）北流：輿地本、張本作"北流去"。

【注釋】

（一）泝："泝"同"溯"。此處是逆流而上的意思。

（二）班里城：《元史·地理志·西北地附錄》作巴里黑城，《聖武親征錄》及《元史·太祖本紀》作<u>班勒紇</u>，《元史·察罕傳》作<u>板勒紇</u>。《西遊錄》作<u>斑城</u>，向達注曰："斑城即《西遊記》之<u>班里城</u>，⋯⋯ 也就是《大唐西域記》的<u>縛喝國</u>。今圖作<u>巴爾克</u>（Balkh），在<u>阿富汗</u>境內。"（頁 10），《大唐西域記》的校注者對此解釋說："<u>縛喝國</u>，古<u>大夏國</u>（Bactria）都城 Bactra、Baktra 之對音。古<u>波斯大流士大帝</u>（公元前 522—486）Behistun 磨崖碑作 Bāxtriš⋯⋯《史記》、《後漢書》稱此城為<u>藍氏</u>，《漢書》為<u>監氏</u>。據學者們考證，<u>馬其頓</u>之<u>亞歷山大大帝</u>東征至此，建城名<u>亞歷山大里亞</u>。《魏書》卷 102《西域傳》作<u>縛提城</u>，《北史》作<u>薄羅</u>，《續高僧傳》卷2《達摩笈多傳》作<u>薄怯羅</u>。此外，<u>漢籍</u>中還有<u>縛叱</u>、<u>拔底延</u>、<u>縛底耶</u>等譯法，<u>縛提</u>、<u>縛叱</u>顯然為 Bāxtriš 的對音，<u>縛羅</u>為 Balk/Balkh的對音，至於<u>拔底延</u>、<u>縛底耶</u>，近年<u>日人內田吟風</u>提出為 Patiyan 的對音，意為‘王城’。……其故址在今阿富汗境內 Mazār-i-Sharīf 以西 23 公里處，主要廢墟名 Bala-Hissar，面積約 150 公頃。”（季羨林等校注本，頁 116 注釋一）成吉思汗西征時，居民被殺，城市遭到毀滅。《元史》卷 1《太祖本紀》謂：“十六年辛巳秋，帝攻班勒紇等城，下之。”（頁 21）。根據波斯史家志費尼《世界征服者史》的相關記載，成吉思汗于 1221 年到達巴里黑城，居民自願請降，但成吉思汗不相信他們的誠意，對居民進行了屠殺，并摧毀了整個城市。“成吉思汗下令，把巴里黑人統統趕到曠野，按慣例分為百人、千人一群，不分大小、多寡、男女，盡行誅戮，沒有留下干濕的一絲行跡。……接著，他們縱火焚燒該城的園林，以全力去摧毀外壘、城墻、邸宅和宮殿。”（何高濟漢譯本，頁 152—153）

（三）其眾新叛去：另據志費尼《世界征服者史》記載，成吉思汗到達時，城中的首領前來迎降並獻禮物，但成吉思汗以清點人數為名，把百姓趕到郊外，全部處死並毀掉全城。但據另一穆斯林作家伊本·哈昔兒的《全史》記載，成吉思汗因城民自願請降，赦免了他們。俄國東方學家巴托爾德推測，屠殺事件可能是在以後因居民的反抗活動所引起的。（參見《蒙古入侵時期的突厥斯坦》，英譯本，頁 438；楊志玖：《元代回回史學家察罕》，載《元代回族史稿》，頁 411—412）。從《長春真人西遊記》的記載來看，伊本·哈昔兒和巴托爾德的說法較為可信，很可能因巴里黑居民後來背叛成吉思汗，才導致蒙古軍隊回師屠城。

（四）憩宿：憩，也作“憇”。憩宿，即休息過夜。

二十二日，田鎮海來迎。及行宮⁽一⁾，上遣復⁽¹⁾鎮海問曰：“便欲見邪⁽²⁾，且⁽³⁾少憩邪⁽⁴⁾？”師曰：“入見是望。且⁽⁵⁾道人從來見帝，無跪拜禮，入帳，折身叉⁽⁶⁾手⁽二⁾而已。”既見，賜湩酪，竟⁽⁷⁾乃辭。上因問：“所居城內，支供⁽三⁾足乎？”師對⁽⁸⁾：“從來蒙古、回紇⁽四⁾，太師⁽五⁾支給。迩⁽⁹⁾者⁽六⁾食用稍難，太師獨辦。”翌日，又遣近侍官合住⁽¹⁰⁾⁽七⁾傳旨曰：“真人每日來就食，可乎？”師曰：“山野修道之人，唯好静處。"上令從便。

【校記】

（1）遣復：餘本作"復遣"。

（2）邪：在古代，同疑問詞"耶"。王本、黨本、宛委本作"耶"。

（3）且：紀本作"欲"。

（4）邪：同本頁校記（2）。

（5）且：輿地本、史地本作"旦"。

（6）叉：王本、備要本作"義"。

（7）竟：紀本在此字前衍"酪"。

（8）對：紀本在此字後衍"曰"。

（9）迩：連本、輿地本、王本、備要本、初編本、史地本、宛委本作"邇"。

（10）住：紀本作"往"。

【注釋】

（一）行宮：指古代京城以外供帝王出行時居住的宮室。如上文所說，成吉思汗駐留的"行在"，位於阿富汗東北興都庫什山北坡的塔里寒。後來戰事結束，成吉思汗率領蒙古軍隊越過興都庫什山，前往八魯灣避暑。《聖武親征錄》稱："（癸未）夏，上避暑於八魯灣川"。（《王國維遺書》第 13 冊，頁 78b）。《元史》和《史集》對此也有相似的記載。

（二）折身叉手：折身，屈身，以此行謙卑之禮。叉手，兩手相交胸前，表達恭敬之情意。

（三）支供：即指首思，蒙古語寫作 Šigüeün 或 Šigüeü，意為"津、汁"，漢譯"祗應"。該詞屢見《元史》、《元典章》、《通制條格》諸載籍。元驛站對乘驛官員、使臣供應飲食，稱首思。宿頓者正使每日支米一升，面一斤，肉一斤，酒一升，油鹽雜鈔十文，從者只支米、面；過路者減半。首思或由站戶負擔，免其和顧和買；或由官府發給驛站（參見方齡貴：《元明戲曲中的蒙古語》，頁 280—284）。

（四）從來蒙古、回紇：這裏泛指丘處機西行所經過的地方，猶蒙古、回紇地界，黨本解釋為蒙古人和回紇人似嫌牽強。

（五）太師：即上文言及"太師移剌"，指耶律阿海。

（六）迩者：迩，近。近來。

（七）合住：紀本作"合往"，解釋成"一塊兒前往"，誤。"合住"應是人名。根據當時的時代背景，有關合住的記載並非鮮見。《元史》卷149《郭寶玉傳》謂："先是，太宗詔大臣忽都虎等試天下僧、尼、道士，選精通經文者千人，有能工藝者，則命小通事合住等領之，餘皆為民。"（頁3523）《新元史》卷100《兵志三》稱："太宗五年，敕田鎮海、猪哥、咸得卜、劉黑馬、胡土花，小通事合住，綿厠哥、木速、孛伯，百戶阿散納、麻合馬、忽賽因、賈熊、郭運成並各官員等，據斡魯朶商販回回人等，其家有馬、牛、羊及一百者，取牝牛、牝羊一頭入官，牝馬、牝牛、牝羊及十頭，亦取牝馬、牝牛、牝羊一頭入官，有隱漏者盡沒之"。（柯劭忞：《元史二種·新元史》，頁471上欄）《析津志輯佚·學校》記載："太宗五年癸巳，初立四教讀，以蒙古子弟令學漢人文字，仍以燕京夫子廟為國學。南城文廟有己酉年道士石刻詔云：皇帝聖旨：道與朶羅鰥、咸得不、綿思哥、胡土花、小通事合住、迷速門，幷十役下管匠人、官人，這必闍赤一十個孩兒，教漢兒田地裏學言語文書去也。"（頁197）據上引材料，本文出現的合住疑為小通事合住。

二十七日[一]，車駕北廻，在路屢賜[1]蒲[2]萄酒、瓜、茶[3]、食。九月朔，渡航[4]橋[二]而北，師奏："話期將至，可召太師阿海。"其月望[三]，上設幄齋[5]莊[四]，退侍女左右[五]，燈[6]燭煒煌[7][六]。唯闍利必[七]鎮海、宣差仲祿侍於外。師與太師阿海、阿里鮮入帳，坐奏曰："仲祿萬里周旋[八]，鎮海數千里遠送，亦可入帳預[8]聞道話[九]。"於是召二人入。師有所說，即令太師阿海以蒙古語譯奏，頗愜[十]聖懷。

【校記】

（1）賜：輿地本作"踢"。

（2）蒲：輿地本、備要本、張本、紀本、史地本作"葡"。

（3）茶：王本、史地本、黨本作"菜"。

（4）航：連本、輿地本、備要本、初編本、張本、史地本、紀本作"河"。

（5）齋：王本、紀本、黨本作"齊"。

（6）燈：連本、輿地本、備要本、初編本、史地本作"鐙"。

（7）煌：紀本作"熿"。

（8）預：餘本作"與"。

【注釋】

（一）二十七日：為農曆八月二十七日，即公元1222年10月3日。

（二）航橋：用船、筏或浮箱等漂浮物聯結而成的橋。從行程上來看，李志常記載九月初所過之河應為阿姆河。"浮橋是很古老的橋梁之一，在中世紀時期很普遍，由於不適用於水流湍急的河流，浮橋通常建在像尼羅河、底格里斯河和幼發拉底河這樣的低地河上。即使在那些水流相對緩慢的河道，有時也需要把船錨定架設浮橋，不僅需要把船錨定在河床上，而且還要固定在兩岸之間拉出的鋼索上……13世紀初，道士丘處機在奉命去撒麻耳干的途中記述了許多這樣的浮橋。"（C. E. 博斯沃思，M. S. 阿西莫夫主編，劉迎勝譯：《中亞文明史》，第4卷（下），第10章，頁218）。15世紀成書的《克拉維約東使記》第11章記載道："當年帖木兒征服撒馬爾罕全境，決意渡過阿姆河，而南入呼羅珊境之際，曾於河上搭起一座浮橋。橋身由船舶排成，上面鋪以木板。"（杨兆钧漢譯本，頁114）

（三）月望：即望月，滿月。月滿之時，通常在月半，故亦用以指農曆每月十五日。

（四）齋莊："齋莊"也作"齊莊"，指潔敬，莊肅。

（五）左右：近臣，侍從。

（六）煒煌：猶輝煌。

（七）闍利必：元代宿衛官銜。亦譯"闍里必"、"扯兒必"、"徹兒必"。成吉思汗時置，指佩有金虎符的人，成吉思汗命親信那可兒六人任此職。有人認為元朝官制中的內府宰相即源於此官，當指掌諸王朝覲儐介事之內八府宰相，秩二品。鎮海曾擔任此官，《元史》卷120《鎮海傳》有載："鎮海，怯烈台氏。初以軍伍長從太祖同飲班朱尼河水。與諸王、百官大會兀難河。上太祖尊號曰成吉思皇帝。歲庚午，從太祖征乃蠻有功，賜良馬一。壬申，從攻曲出諸國，賜珍珠旗，佩金虎符，為闍里必。"（頁2963—2964）

（八）周旋：應酬，打交道。

（九）預聞道話：預聞，參與其事并知悉內情。道話，關於修道的談話。丘處機和成吉思汗的談話被耶律楚材記載于《玄風慶會錄》中，詳見本書附錄。

（十）愜：暢快，滿意。

十有九日，清夜^{（一）}，再召師論道^{（二）}，上大悅。

二十有三日，又宣師入幄，禮如初。上溫顏^{（三）}以聽。令左右錄之，仍勅⁽¹⁾誌⁽²⁾以漢字^{（四）}，意示不忘。謂左右曰："神仙三說養生之道，我甚入心。使勿泄⁽³⁾於外。"

自爾⁽⁴⁾扈從而東，時敷奏道化。^{（五）}

又數日，至邪米思干⁽⁵⁾大城西南三十里。

十月朔，奏告先還舊居^{（六）}。從之⁽⁶⁾。上⁽⁷⁾駐蹕⁽⁸⁾于城之東二十里。是月六日，暨太師阿海入見，上曰："左右不去，如何？"師曰："不妨。"遂令太師阿海奏曰："山野學道有年矣，常樂靜處^{（七）}。行坐御帳前，軍馬雜遝^{（八）}，精神不爽。自此或在先，或在後，任意而行。山野受賜多矣。"上從之。既出，帝⁽⁹⁾使人追問曰："要禿鹿馬否？"師曰："無用。"

于時，微雨始作，青草復生。仲冬過半，則雨雪漸多，地脉^{（九）}方透。自師之至斯城也，有餘糧則惠飢民，又時時設粥。活者甚眾。

【校記】

（1）勅：連本、輿地本、王本、備要本、初編本、張本、紀本、史地本、黨本作"敕"。

（2）誌：黨本作"制"。

（3）泄：黨本作"瀉"，宛委本作"洩"。

（4）爾：王本、黨本作"是"。

（5）干：初編本作"于"。

（6）從之：黨本脫此二字。

（7）上：輿地本作"土"。

（8）蹕：張本、紀本作"驛。"

（9）帝：王本、黨本作"上"。

【注釋】

（一）清夜：清淨的夜晚。

（二）論道：議論、闡明道理。這裡指丘處機給成吉思汗宣講"衛生之道"及道法義理。

（三）溫顏：和顏悅色。

（四）誌以漢字：誌，通"志"。通指記事的文章或書籍。耶律楚材撰《玄風慶會錄·序》有曰："其（丘處機）往回事蹟載於《西遊記》中詳矣，唯余對上傳道玄言奧旨，上令近侍錄而秘之。歲乃逾旬，傳之及外，將以刊行於世，願天下共知玄風慶會一段奇事云。壬辰（1232 年）長至日序"（《正統道藏》第 3 冊，頁 387—390）。全真教道士秦志安在《金蓮正宗紀》有關丘處機的傳記中寫道："（成吉思汗）每日召見，（丘處機）勸之少殺戮，滅嗜慾，前後數千言。耶律晉卿方為侍郎，錄其言以為《玄風慶會錄》。皇帝皆信而用之。"基於上述記載不難看出，當時汗庭已擁有一批以耶律楚材為代表的司文翰之事的儒臣，他們是汗廷通曉蒙古文和漢文的必闍赤。《玄風慶會錄》就是以漢字記載論道內容的重要資料。

（五）自爾扈從而東，時敷奏道化：此恐為李志常等人的溢美之詞。據《至元辨偽錄》卷 3 載："八月後旬，丘公復至行宮。凡有所對，皆平平之語，無可採聽。問其年甲多少，偽云不知。考問神仙之要，唯論固精養氣，出神入夢，以為道之極致。美林靈素之神遊，愛王害風之入夢。又舉馬丹陽恒云，屢蒙聖賢提獎真性，遨遊異域，又非禪家多惡夢境，蓋由福薄不能致好夢也。又問湛然居士觀音贊意，中書輕而不答，而有識聞之，莫不絕倒。"（《北京圖書館古籍珍本叢刊》第 77 冊，頁 508—509）耶律楚材《西遊錄》卷下亦說道："壬午之冬十月，上召丘公以問長生之道。所對皆平平之語言及精神氣之事。又舉林靈素夢中絜宋徽宗遊神霄宮等語。此丘公傳道之極致也。"（向達校注本，頁 14）關於成吉思汗向丘處機問道的時間，據本書記載分別是九月望日、十九日、二十三日三次，與《玄風慶會錄》僅記"壬午之冬十月既望"之夕（《道藏》第 3 冊，頁 388 上）以及《西遊錄》則講"壬午之冬十月"並不完全吻合。此外，丘處機講道時是否向成吉思汗"建言止殺"，並被採納。這些問題，學術界頗有爭議。詳見楊訥《丘處機"一言止殺"辨偽》（載《輯芬集——張政烺先生九十華誕紀念文集》，頁 523—532）、《丘處機"一言止殺"再辨偽》（《中華文史論叢》2007 年第 1 期）、《丘處機"一言止殺"三辨偽——兼評趙衛東〈丘處機"一言止殺"辨正〉》（《中華文史論叢》2015 年第 1 期）。

（六）舊居：即丘處機在邪米思干城所居住的算端故宮。

（七）靜處：猶靜居。清淨、靜謐之處。

（八）行坐禦帳前，軍馬雜遝：行坐，行走或坐定；雜遝，眾多紛雜的樣子。據《元朝秘史》可知，成吉思汗禦帳（斡兒朵）的護衛制度是很嚴密的。除軍務繁雜外，成吉思汗的斡兒朵禁衛森嚴，或許這些使長春真人覺得"精神不爽"的重要原因。

（九）地脉：指地下水，水在地下四處潛行，如脉絡之分布，故稱。

二十有六日，即行。十二月二十三日，雪寒在路，牛馬多凍死者。又三日，東過霍闡沒輦_{大河也}，至行在^{（一）}，聞其航橋中夜斷散。

蓋二十八日也，帝問以震雷事^(二)，對曰：“山野聞國人夏不浴於河，不浣衣^(三)，不造氈^(四)，野有菌，則禁其採⁽¹⁾者⁽²⁾，畏天威也。此非奉天之道也⁽³⁾。常⁽⁴⁾聞三⁽⁵⁾千之罪^(五)，莫大於不孝者，天故以是⁽⁶⁾警之。今聞國俗多不孝父母^(六)，帝乘威德，可戒其眾。”上悅曰：“神仙是言，正合朕心。”勅⁽⁷⁾左右紀⁽⁸⁾以回紇字^(七)。師請徧^(八)諭國人，上從之⁽⁹⁾。又集太子、諸王、大臣曰：“漢人尊重神仙，猶汝等敬天，我今愈信，真天人也。”乃以師前後奏對語諭之，且云⁽¹⁰⁾：“天俾^(九)神仙為朕言此，汝輩各銘諸心^(十)。”師辭退。逮正旦^(十一)，將帥、醫卜^(十二)等官賀師。

【校記】
（1）採：王本、張本、紀本、黨本作“采”。
（2）者：餘本脫此字。
（3）也：王本雙行小字標注“本無也字，據藏本補”。
（4）常：餘本作“嘗”。
（5）三：初編本作“二”。
（6）是：史地本作“示”。
（7）勅：王本、張本、紀本、黨本作“敕”。
（8）紀：餘本作“記”。
（9）之：初編本作“不”。
（10）云：史地本作“曰”。

【注釋】
（一）行在：又作“行在所”，封建帝王駐蹕的地方。此時，成吉思汗已從八魯灣東返。《世界征服者史》記載說：1222年冬，“他（成吉思汗）駐扎在撒麻耳干境內，從那裏遣使召長子尤赤，教他從欽察（Qifchaq）草原出發，把獵物（多系野驢）趕來。”（何高濟漢譯本，頁164）。巴托爾德認為：“1222年秋，成吉思汗渡過阿母河，在撒馬爾罕過冬。”（巴托爾德著，張錫彤、張廣達譯：《蒙古入侵時期的突厥斯坦》，頁513）其行在之地，可能在撒馬爾罕附近。

（二）震雷事：蒙古人畏雷的傳聞在中外文獻中多所記載。究其原因可能是蒙古高原遼闊空曠，稍有不慎極易遭遇雷擊。古時草原遊牧民族缺乏較為全面的避雷知識，往往認為此即天譴，對打雷之事格外看重。《黑韃事略》云：“霆見韃人每聞雷霆必掩耳，屈身至地，若觶避狀。”（《王國維遺書》，頁 15b）“韃人”，即指“韃靼”。該詞在波斯語中記作 mughūl，指廣義的蒙古人（劉迎勝：《〈回回館雜字〉與〈回回館譯語〉研究》，頁 64）。趙珙撰《蒙韃備錄》亦稱：“聞雷聲則恐懼不敢行師，曰天叫也。”（《王國維遺書》，頁 17a）另，《世界征服者史》（何高濟漢譯本，頁 241）亦有類似記載。

（三）國人夏不浴於河，不浣衣：國人指蒙古人，此時他們沒有在河裏洗澡、洗手或洗衣的習慣。《蒙韃備錄》言：“其衣至損，不解浣濯”（《王國維遺書》第 13 冊，頁 16a）。《世界征服者史》亦載：“在蒙古人的札撒和法律中規定：春夏兩季人們不可以白晝入水，或者在河流中洗手，或者用金銀器皿汲水，也不得在原野上曬洗過的衣服；他們相信，這些動作增加雷鳴和閃電。”（何高濟漢譯本，頁 241）。

（四）造氈：《齊民要術》卷 6 謂：“做氈法：春毛秋毛，中半和用，秋毛緊強，春毛軟弱，獨用太偏，是以須雜。三月桃花水時，氈第一。凡作氈，不需厚大，唯緊薄均調乃佳耳。”（繆啟愉校釋本，頁 314）《四時纂要》卷 2 稱：“造氈，春毛、秋毛相半擀造為上。二年鋪後，小有垢黑，九月、十月以水踏洗了，曬乾。明年更洗，永存不敗。”（繆啟愉注釋本，頁 101—102）

（五）三千之罪：又稱“三千罪”，指所有刑罰及法律條文。

（六）國俗多不孝父母：中國古代漢文典籍經常涉及遊牧民族“貴壯而賤老”的記載。宋人趙珙《蒙韃備錄》載曰：“韃人賤老而喜壯，其俗無私鬥爭。”（《王國維遺書》第 13 冊，頁 15a）這些“貴壯賤老”的記載極易引發漢地民眾對遊牧民族尊老敬老的質疑和曲解。《蒙古秘史》有不少尊敬老人、聽從老人訓示的記載，說明老人在蒙古遊牧社會是被充分尊重的。

（七）回紇字：指被蒙古廣泛使用的回鶻體蒙古文。蒙古人原無文字，成吉思汗滅乃蠻，俘獲畏兀兒人塔塔統阿，始以畏兀兒字書寫蒙古文。《元史》卷124《塔塔統阿傳》載曰：“帝（成吉思汗）曰：‘汝深知本國文字乎？’塔塔統阿悉以所蘊對，稱旨，遂命教太子、諸王以畏兀字書國言。”（頁3048）《蒙韃備錄》云：“今韃之始起，並無文書，凡發命令，遣使往來，止是刻指以記之。……迄今文書中自用於他國者皆用回鶻字，如中國笛譜字也。”（《王國維遺書》第13冊，頁4b—5a）在《黑韃事略》中，“徐霆考之：‘韃人本無字書，然今之所用則有三種：行於韃人本國者，則只用小木長三四寸，刻之四角，且如差十馬，則刻十刻，大率只刻其數也。……行於回回者，則用回回字。……行於漢人、契丹、女真諸亡國者，袛用漢字。”（《王國維遺書》第13冊，頁8b—9a）

（八）徧：通“遍”。全面，遍及。

（九）俾：使。

（十）銘諸心：銘記在心。

（十一）正旦：元旦。即公元1223年2月2日。蒙古人起初並無以年月記事的曆法，他們用五色與十二屬相配紀年，無疑是受藏曆五行與十二屬相配的影響（韓儒林：《穹廬集》，頁447）。《蒙韃備錄》記：“正月一日必拜天，重五亦然”（《王國維遺書》第13冊，頁5b）。《黑韃事略》載：“其正朔，昔用十二支辰之象，如子曰鼠兒年之類，今用六甲輪流，如曰甲子年正月一日或三十日，皆漢人、契丹、女真教之。若韃之本俗，初不理會得，但是草青則為一年，新月初生則為一月，人問其庚甲若干，則倒指而數幾青草”（《王國維遺書》第13冊，頁8b）。

（十二）醫卜：在中國古代社會，醫、卜不分，往往並稱。醫卜之士有很高的社會地位，往往被擢升為官員。歷朝也有徵召、稽訪民間醫卜的傳統，正史也為這些人列傳。《遼史》卷108《方技》有曰：“孔子稱‘小道必有可觀’，醫卜是已。醫以濟夭札，卜以決猶豫，皆有補於國，有惠於民。前史錄而不遺，故傳。”（頁1475）蒙古人也不例外，每當疾病無法醫治時，也寄託於巫。約翰·普蘭諾·加賓尼著《蒙古史》載：“他們必須由占卜者以同樣的方式加以淨化。他們幾乎把他們所有的希望都寄託在這些事情上。任何人得了病而醫治不好時，他們就在他的帳幕前面樹立一支矛，並以黑氈纏繞在矛上，從這時起，任何外人不敢進入其帳幕的界線以內。"（道森编，吕浦譯，周良霄注：《出使蒙古記》，頁13）

　　十有一日，馬首遂東^(一)，西望<u>邪米思干</u>⁽¹⁾千餘里。駐大果園中。十有九日，父師誕日^(二)，衆官炷香^(三)為壽。二十八日，太師府提控<u>李公</u>別去。師謂曰："再相見也無。"<u>李公</u>曰："三月相見。"師曰："汝不知天理^(四)，二三月決^{(2)(五)}東歸矣。"

　　二十一日，東遷^(六)一程，至一大川^(七)，東北去賽藍約三程。水草豐茂，可飽牛馬，因盤桓^(八)焉。二月上七日^(九)，師入見奏曰："山野離海上，約三年廻，今茲三年，復得歸山^(十)，固^(十一)所願也。"上曰："朕已東矣，同途可乎？"對曰："得先行便。來時，<u>漢人</u>^(十二)問山野以還期。嘗答云'三歲'，今上所諮訪，敷奏^(十三)訖⁽³⁾。"因復固辭。上曰："少^(十四)俟三五日，太子來。前來道話，所有⁽⁴⁾未解者。朕悟即行。"

【校記】
（1）干：初編本作"千"。
（2）決：王本、黨本作"即"。
（3）訖：黨本作"迄"。
（4）所有：王本、黨本作"有所"。

【注釋】
（一）馬首遂東：馬首，即馬頭。此處之意是向東走。
（二）父師誕日：據<u>李道謙</u>《全真第五代宗師長春演道主教真人内傳》載："師姓丘氏，諱處機，字通密，道號長春子，登州棲霞縣人，世為顯族。生於皇統八年（1148）戊辰正月十九日，幼而聰敏，識量不群。"（陳垣編纂：《道家金石略》，頁634）顯然，這一天正好是<u>丘處機</u>七十五歲生日。

（三）炷香：炷，點燃。炷香，猶焚香。

（四）天理：天道。

（五）決：副詞，必定。

（六）東遷：遷，遷移，這裡指向東行進。

（七）大川：即大河，當為<u>塔什干</u>附近的<u>乞兒乞克河</u>（Chirchik），西南流向，注入<u>錫爾河</u>。

（八）盤桓：逗留不進。

（九）上七日：即農曆每个月的初七。

（十）歸山：謂人死亡或隱居，此處指返回。

（十一）固：堅持，一定。

（十二）漢人："四夷館本"《回回館雜字·人物門》的漢語音譯為"黑他衣"，源於<u>波斯</u>語 Khatāyī。在元代，"漢人"指原<u>遼</u>、<u>金</u>朝遺民，<u>穆斯林</u>則稱之為"<u>契丹人</u>"。<u>明</u><u>火原潔</u>《華夷譯語·人物門》有 qitad，注音"乞塔惕"，漢譯"漢人"。<u>明</u>初<u>朝鮮</u>教科書《老乞大諺解》稱<u>中國</u>北方為"乞大"。<u>清</u>代維吾爾族學者<u>毛拉木莎</u>的《伊米德史》稱漢人為"黑大爺"（參見<u>劉迎勝</u>：《〈回回館雜字〉與〈回回館譯語〉研究》，頁 106）。

（十三）敷奏：陳奏，向帝王報告。

（十四）少：稍微。

八日，上獵<u>東山</u>下，射一大豕⁽⁻⁾。馬蹄⁽⁻⁾失馭，豕傍⁽¹⁾立，不敢前。左右進馬，遂罷獵，還行宮。師聞之，入諫曰："天道⁽⁼⁾好生，今聖壽已高，宜少出獵。墜⁽²⁾馬，天戒也。豕不敢前，天護之也。"上曰："朕已深省，神仙勸我良是，我蒙古人騎射，少所習，未能遽已⁽⁴⁾，雖然神仙之言⁽³⁾在衷焉。"上顧謂<u>吉息利</u>⁽⁵⁾答剌汗⁽⁶⁾曰："但神仙勸我語，以後都依也。"自後兩月不出獵。

【校記】

（1）傍：王本、黨本作“旁”。

（2）墜：黨本作“墮”。

（3）言：紀本作“教”。

【註釋】

（一）豕：俗稱豬，此指野豬。

（二）踏：向前倒下，跌倒。

（三）天道：即天的規律、法則。與“人道”相對應。春秋時已經使用“天道”一語，包括天象變化和以天象變化推測人事吉凶禍福兩層含義。先秦時期人們圍繞“天道”與“人道”的關係展開的辯論稱作“天人之辯”。秦漢期間，不同思想家對天道的解釋不同，有人強調其為自然的規律和法則。

（四）遽已：遽，急促，忽然；已，停止。遽已，指不能立刻停止。

（五）吉息利：又作乞失力，《國朝文類》作啟昔禮、《元朝秘史》和《史集》作乞失里黑。《元史》卷136《哈剌哈孫傳》稱：“曾祖啟昔禮，始事王可汗脫斡璘。王可汗與太祖約為兄弟，及太祖得眾，陰忌之，謀害太祖。啟昔禮潛以其謀來告，太祖乃與二十餘人一夕遁去，諸部聞者多歸之，還攻滅王可汗，併其眾，擢啟昔禮為千戶，賜號答剌罕。從平河西、西域諸國。”（頁3291）

（六）答剌汗：又稱答剌罕，中國古代北方民族突厥、蒙古長期使用的官號，唐代突厥稱為達干（darqan），是專門統兵馬的武官稱號。高昌回鶻時期，這一官號已經成為世襲的空銜。成吉思汗建立蒙古國時，對那些於自己或其兒子有救命之恩的人，皆授以答剌罕稱號。其意為“得自由”、“自在”，享有多種特權。陶宗儀著《南村輟耕錄》”答剌罕”條言：“譯言一國之長，得自由之意，非勳戚不與焉。太祖龍飛日，朝廷草創，官制簡古，惟左右萬戶，次及千戶而已。丞相順德忠獻王哈剌哈孫之曾祖啟昔禮，以英材見遇，擢任千戶，錫號答剌罕。至元壬申，世祖錄勳臣後，拜王宿衛官襲號答剌罕。”（頁18）《元朝名臣事略》卷4《丞相順德忠獻王》謂：“至元壬申，世祖錄勳臣後，一見異之，命襲號答剌罕。

王曾祖啟昔禮，以英才遇太祖於龍飛見躍之際，知可汗將襲之，趣告帝為備，果至，我兵縱擊，大破之，尋併其眾。以功擢千戶，錫號答剌罕。時官制惟左、右萬戶，次千戶，非勳戚不與。答剌罕，譯言一國之長。"（姚景安點校本，頁 55）具體情況可參看韓儒林《蒙古答剌罕考》（《穹廬集》，頁 23—53）及《蒙古答剌罕考增補》（《穹廬集》，頁 54—58）

二十有四日，再辭朝。上曰："神仙將去，當與何物？朕將思之。更少待幾日。"師知不可遽辭，徊⁽¹⁾翔^(一)以待。三月七日，又辭，上賜牛馬等物。師皆不受，曰："祇⁽²⁾得馹⁽³⁾騎^(二)足矣。"上問⁽⁴⁾通事^(三)阿里鮮曰："漢地^(四)神仙弟子多少？"對曰："甚眾。神仙來時，德興府龍陽觀中，常⁽⁵⁾見官司催督差發^(五)。"上謂⁽⁶⁾曰："應于⁽⁷⁾門下人悉令蠲免^(六)。"仍賜聖旨^(七)文字一通，且用御寶^(八)。因命阿里鮮河西⁽⁸⁾也為宣差，以蒙古帶、喝剌八海副之，護師東還。十日辭朝行。自⁽⁹⁾答剌汗已⁽¹⁰⁾下，皆攜蒲⁽¹¹⁾萄酒、琮⁽¹²⁾果相送數十里。臨別，眾皆揮涕⁽¹³⁾。

【校記】

（1）徊：連本、輿地本作"囘"，王本、黨本作"回"。

（2）祇：黨本作"只"。

（3）馹：餘本作"驛"。

（4）問：王本作"聞"。

（5）常：餘本作"嘗"。

（6）謂：王本、黨本缺此字。

（7）于：底本作"干"，今據王本、黨本改。

（8）河西：連本、輿地本、王本、備要本、初編本、張本、紀本、史地本、宛委本作"河西人"。

（9）自：黨本脫此字。

（10）已：連本、輿地本、王本、備要本、初編本、張本、紀本、史地本、黨本作"以"。

（11）蒲：輿地本、備要本、張本、紀本、史地本作"葡"。

（12）珫：餘本作"珍"。

（13）涕：紀本作"淚"。

【注释】

（一）徊翔：盤桓，徘徊，逗留。

（二）馹騎：馹，古時驛站專用的車；騎，驛馬。

（三）通事：指口頭翻譯人員。古代口譯者又稱作"舌人"、"譯者"或"譯語人"，後來稱"通事"。元代通事與怯里馬赤的職掌相同，均為口譯官員，系一職二稱。《黑韃事略》稱："其言語，有音而無字，多從假借而聲，譯而通之，謂之通事。"（《王國維遺書》第13冊，頁8a）大蒙古國早期，通事主要來源於歸降較早，文化較高的遊牧或半遊牧民族，如契丹、女真、畏兀兒、汪古、唐兀等族。"通事"一詞，在蒙古語中稱為"怯里馬赤"（keleme-chi），《高昌館譯書·人物門》所收語詞"通事"為 Kelemechi；波斯語為 Kilimachi（劉迎勝：《〈回回館雜字〉與〈回回館譯語〉研究》，頁468）。明人葉子奇撰《草木子》言："立怯里馬赤，蓋譯史也。以通華夷言語文字"（頁83）。至於元代通事的選任、職能及其社會地位，可參閱蕭啟慶《元代的通事和譯史：多民族國家中的溝通人物》（收入《內北國而外中國：蒙古史研究》下冊，頁415—462）。

（四）漢地：最初，契丹國和遼朝稱燕雲十六州為漢地，後為金、蒙古承襲，大致指涉淮河以北的漢族居住地區，蒙古人的"漢地"概念與漢文化中的"漢地"不盡相同，主要指河北、山東、山西、陝西、河南等北方地區。據《元史》記載，中統元年（1260）劃漢地十道：燕京、真定、大名彰德、益都、濟南、東平、河南、太原、四川、陝西。《元史》卷4《世祖本紀一》曰："歲辛亥，六月，憲宗即位，同母弟惟帝最長且賢，故憲宗盡屬以漠南、漢地軍國庶事，遂南駐爪忽都之地。"（頁57）《元史》卷126《廉希憲傳》亦稱："初分漢地為十道，乃併京兆、四川為一道，以希憲為宣撫使。"（頁3087）

（五）差發：即金、元向民戶徵調攤派的各種賦役的統稱，蒙古語稱作 Qubchur。《黑韃事略》：“其賦斂謂之差發，賴馬而乳，須羊而食。皆視民戶畜牧之多寡而征之，猶漢法之上供也。”“徐霆案：‘霆所過沙漠，其地自韃主、偽后、太子、公主親族而下各有疆界，其民戶皆出牛馬、車仗、人夫、羊肉、馬奶為差發。……此乃草地差發也，至若漢地差發，每戶每丁以銀折絲綿之外，每使臣經從，調遣軍馬、糧食、器械及一切公上之用，又逐時計其合用之數科率民戶，諸亡國之人，甚以為苦，怨憤徹天，然終無如之何也。’”（《王國維遺書》第 13 冊，頁 11b—12a）據此可見當時蒙古統治者對下層民眾的差發是很重的。關於元代差發的具體執行情況，詳見 H. F. 舒爾曼《13 世紀的蒙古賦役制度》（載《哈佛亞洲研究》第 19 輯，1956 年）。

（六）蠲免：指免除租稅、徭役等。

（七）聖旨：本文所賜聖旨與道教日後的發展有著密切關係，這道意在蠲免全真教門人差發的聖旨文字應當就是《西遊記》附錄所收的癸未年（1223）三月聖旨，其內容又見於 1223 年盩厔重陽萬壽宮聖旨碑（山東濰縣玉清宮碑內容與此大致相同）。據《盩厔重陽萬壽宮聖旨碑》：“丘神仙應有底修行院舍等，係逐日念誦經文告天底人每，與皇帝祝壽萬歲者。所據大小差發賦稅，都休教著者。據丘神仙應係出家門人等，隨處院舍都教免了差發賦稅者。其外詐推出家影佔差發底人每，告到官司治罪斷案主者。”（蔡美彪：《元代白話碑集錄》，頁 1）據聖旨原文推斷，當時所有的全真教道觀及門人都被免除了賦役，且蠲免的範圍及各種差發賦稅，條件可謂優厚。據《西遊錄》和《至元辨偽錄》等史籍記載，成吉思汗以上詔書僅令全真教門人免除差役，不及僧人，遂招致佛教徒的不滿。

（八）御寶：指皇帝的印章。蒙古人早期沒有文字和印章制度，成吉思汗滅乃蠻時，乃蠻掌印官畏兀兒人塔塔統阿懷印逃跑，不久被擒。成吉思汗問他印有何用，對曰：“出納錢穀，委任人材，一切事皆用之，以為信驗耳。”於是“帝善之，命居左右。是後凡有制旨，始用印章，仍命掌之。”（《元史》卷 124《塔塔統阿傳》，頁 3048）。《黑韃事略》亦云：“其印曰宣命之寶，字文疊篆而方徑三

寸有奇，<u>鎮海</u>掌之。”（《<u>王國維</u>遺書》第 13 冊，頁 9b）

三日，至<u>賽藍大城</u>⁽¹⁾之東南，山⁽¹⁾⁽²⁾有蛇兩⁽²⁾頭⁽³⁾，長二尺許，土人往往見之。望日，門人出⁽³⁾郊，致奠⁽⁴⁾于<u>虛靜</u>⁽⁵⁾先生<u>趙公</u>⁽⁴⁾之墓。衆議欲負其骨歸，師曰：“四大假軀⁽⁵⁾，終為弃⁽⁶⁾物。一靈真性⁽⁶⁾，自在無拘。”衆議乃息。

【校記】

（1）山：<u>張</u>本、<u>紀</u>本缺此字。

（2）兩：<u>輿地</u>本、<u>張</u>本、<u>紀</u>本、<u>史地</u>本作“二”。

（3）出：<u>紀</u>本作“去”。

（4）奠：<u>黨</u>本作“祭”。

（5）虛靜：<u>黨</u>本作“靜虛”。

（6）弃：<u>餘</u>本作“朽”。

【注釋】

（一）賽藍大城：即前文所說“賽藍城”。

（二）山：此山可能為<u>答剌速山</u>或其支脉。

（三）有蛇兩頭：<u>張星烺</u>注曰：“近代俄人<u>雷甫興</u>（Levshin）之《吉利吉思哈薩克（Kirghiz Kaisaks）紀事》詳舉該地所產各種蛇。末尾注云：土人皆謂尚有兩頭蛇一種，然未之見也。俄領<u>土耳其斯坦</u>曠野中，尤以<u>錫爾河</u>兩岸，產蛇最多。<u>徐樓</u>《土耳其斯坦遊記》載<u>笈柴克</u>（Jisak）至<u>撒馬爾罕</u>中間有地曰蛇峽者，蛇最多。有<u>愛理格司嘉庫祿斯</u>（Eryx jaculus）种者，又名<u>韃靼蛇</u>（Boa tatarica），其尾短而粗，遠望之。與頭無異。兩頭蛇之說，蓋即由此也。”（見<u>張星烺</u>編著，<u>朱傑勤</u>校訂：《中西交通史料彙編》，頁 1734 注釋五）具體情況參看<u>徐傳武</u>《關於“兩頭蛇”》（《文獻》1998 年第 7 期）。

（四）虛靜先生趙公：即前已解釋的<u>趙道堅</u>，原名<u>九古</u>，道號<u>虛靜子</u>，人稱虛靜先生。

（五）四大假軀：四大，原為佛教用語，佛教以地、水、火、風為"四大"，認為世間的一切事物及道理皆由四大假合構成，人的身體亦不例外。

（六）一灵真性：指靈魂。

師明日遂行。二十有三日，宣差阿狗^(一)追餞^(二)師於吹沒輦^(三)之南岸。又十日，至阿里馬城西百餘里。濟⁽¹⁾大河^(四)。四月五日，至阿里馬城之東園。二太子之太⁽²⁾匠^(五)張公^(六)固請曰："弟子所居，營三壇^(七)，四百餘人，晨參暮禮^(八)，未嘗懈怠。且預接數日，伏願^(九)仙慈^(十)渡河，俾壇衆得以請教，幸甚。"師辭曰："南方因緣已近，不能遷路以行。"復堅請，師曰："若無佗事，即當徃焉。"

【校記】

（1）濟：宛委本作"至"。

（2）太：餘本作"大"。

【注釋】

（一）宣差阿狗：此即前文言及的楊阿狗，王國維認為，蓋阿狗其本名，楊則其所加之漢姓也。耶律鑄《雙溪醉隱集》卷 2《述實錄_{四十韻}》自注云："辛巳年，宋主寧宗遣國信使苟夢玉，通好乞和，太祖皇帝許之，敕宣差噶哈護封還其國。"（《景印文淵閣四庫全書》第 1199 冊，頁 399）王國維認為噶哈即阿狗之對音。

（二）餞：以酒、食送行。

（三）吹沒輦：亦稱吹河（Chu müren）。《隋書》作碎葉川，《新唐書》作碎葉川、細葉川、葉水，《大唐西域記》作素葉水，《元朝秘史》作垂河，即今中亞的楚河。該河發源於天山山脈，主要流經今吉爾吉斯斯坦和哈薩克斯坦。最後注入阿克扎伊肯湖。

（四）大河：應為伊犁河。伊犁河，《漢書》稱伊列水，《新唐書》作伊麗河，亦名帝帝河，《西遊錄》作亦列河，危素《耶律希亮神道碑》作亦烈河。伊犁河發源於天山西段，上游在我國新疆維吾爾自治區西部，向西流入哈薩克斯坦境內，注入巴爾喀什湖。

（五）太匠：即大匠，本意指手藝高超的木工。秦漢設置將作大匠的機構，專門負責營建宮室、陵寢等土木工程，由將作少府改名而來。《漢書》卷19上《百官公卿表》云："將作少府，秦官。掌治宮室，有兩丞，左右中侯。景帝中六年更名將作大匠。屬官有石庫、東園主章、左右前後中校七令丞，又主章長丞。"（頁733）

（六）張公：王國維認為此人是張榮，今從之。《元史》卷151《張榮傳》記載："張榮，清州人，後徙鄢陵。歲甲戌，從（金）太保明安降，太祖賜虎符，授懷遠大將軍、元帥左都監。乙亥正月，奉旨略東平、益都諸郡。戊寅，領軍匠，從太祖征西域諸國。庚辰八月，至西域莫蘭河，不能涉。太祖召問濟河之策，榮請造舟。太祖復問：'舟卒難成，濟師當在何時？'榮請以一月為期，乃督工匠，造船百艘，遂濟河。太祖嘉其能，而賞其功，賜名兀速赤。癸未七月，陞鎮國上將軍、砲水手元帥。甲申七月，從征河西。乙酉，從征關西五路。十月，攻鳳翔，砲傷右髀，帝命賜銀三十錠，養病於雲內州。庚寅七月卒，年七十三。"（頁3581）張榮死後，他的兒子襲佩虎符、砲水手元帥，領諸色軍匠。莫蘭河即阿姆河，河上航橋應為張榮所造。

（七）營三壇：《翊聖保德真君傳》有曰："結壇之法有九，上三壇為國家設之，中三壇為巨僚設之，下三壇為士庶設之。"（蔣力生等點校本，《雲笈七籤》卷103，頁626）。李攸《宋朝事實》卷7亦記道："中三壇則為臣僚設之，其上曰黃籙延壽壇，凡星位六百四十，其中曰黃籙臻慶壇，凡星位四百九十；其下曰黃籙去邪壇，凡星位三百六十。此三壇所用法物儀范，各有差降。"（《叢書集成初編》本，頁115）

（八）晨參暮禮：參，問候；禮，施禮，禮敬。早晨參拜，晚上禮敬，表示非常虔誠恭敬。

（九）伏願：俯伏的希望，表示願望的敬辭。多用於奏疏用語。

（十）仙慈：代指丘處機

翌日，師所乘馬突東北去，從者不能挽。於是，張公等悲泣而言曰："我⁽¹⁾輩無緣，天不⁽²⁾許其行矣。"晚抵陰山前宿。又明日，復度⁽³⁾四十八橋，緣溪上五十里，至天池海^(一)。東北過陰山後。行二日^(二)，方接元^{(4)(三)}歷金山南大河^(四)驛路^(五)。復經金山東南⁽⁵⁾，北並^{(6)(六)}山行。四月二十八日，大雨雪。翌日，滿山皆白，又東北並山行。三日，至阿不罕山前，門人宋道安輩九人，同長春、玉華^(七)會衆、宣差郭德全輩遠迎，入棲霞觀^(八)。歸依者日衆⁽⁷⁾。

【校記】

（1）我：輿地本在此字後衍"不"字。

（2）不：輿地本、史地本、張本無此字。

（3）度：宛委本作"渡"。

（4）元：王本、張本、紀本、黨本作"原"。

（5）東南：王本、黨本作"南東"。

（6）並：王本、黨本作"傍"。

（7）歸依者日衆：王本缺此句。

【注释】

（一）天池海：即本書上卷所說的"天池"。

（二）行二日：記載有誤。黨寶海和陳正祥都指出從天山北麓行走到阿爾泰山南麓，兩天的時間是不夠的。同時結合上卷內容，此處顯然脫落了一個"十"字，當為"二十日"。

（三）元：原來，本來，通"原"。

（四）金山南大河：即龍骨河，今名烏倫古河。發源於阿爾泰山東段南坡，位居今新疆維吾爾自治區準噶爾盆地北部，與額爾齊斯河平行西流，注入烏倫古湖，屬內陸河。

（五）驛路：亦稱"驛道"、"驛"或"驛站"。"站"字，在波斯語中記作 yām khāna，來自蒙古語 jam，意為驛館，驛站，今漢語"站"為其音譯（劉迎勝：《〈回回館雜字〉與〈回回館譯語〉研究》，頁166—167）。"站"字漢語本義是"立著"、"停下"，而元

代漢蒙語並用合成 "驛站" 一詞，遂發展為如今車站的 "站" 義。從文中記載內容可知，丘處機東歸的路線和西行時並非同一條線路，王國維認為，長春歸途，蓋取《西使記》常德話行之道。

（六）並：通 "傍"，依也。

（七）長春、玉華：丘處機西行至阿不罕山後，留弟子九人於此建立道觀，廣收門徒，此即他們所建立的兩個教會名稱。王鶚所撰《玄門掌教大宗師真常真人道行碑》指出："師既西邁，公（李志常）率眾興作，刻日落成。又立長春、玉華二會，至今不輟。癸未夏五月，師至自行在，憩於其觀。"（陳垣編撰：《道家金石略》，頁 578）這段記載與本文相映成趣，互為印證。

（八）棲霞觀：正如前文所述，在阿不罕山 "留門弟子宋道安輩九人，選地為觀。……不一月落成。榜曰 '棲霞觀'。" 此棲霞觀，與前述為同一道觀。

師下車時，雨再降。人相賀曰："從來^(一)此地經夏少雨，縱有雷雨多於南北兩山之間。今日霑足^(二)，皆我師道廕^{(1)(三)}所致也。" 居人常歲^{(2)(四)}疏^{(3)(五)}河灌田圃^{(4)(六)}，至八月⁽⁵⁾，禾⁽⁶⁾麥^(七)始熟。終不及天雨。秋成^(八)則地鼠^(九)為害，鼠多白者。此地寒多，物晚結實。五月河岸土深尺餘。其下堅冰亦尺許^(十)。齋後，日使人取之。

【校記】

（1）廕：通 "蔭" 字，紀本、黨本作 "蔭"。

（2）歲：王本、初編本作 "崴"。

（3）疏：黨本作 "輸"，宛委本作 "疏"。

（4）圃：黨本作 "園"。

（5）月：連本、輿地本、備要本、初編本作 "日"，餘本皆作 "月"。

（6）禾：底本作 "床"，乃 "禾" 字的異體，今據王本改。

【注釋】

（一）從來：歷來，向來。

（二）霑足：霑，亦作"沾"。霑足，謂雨水充足。

（三）廕：也作"蔭"，覆蓋、庇護之意。

（四）常歲：即常年。

（五）疏：通，排除阻塞使之通暢。

（六）圃：種植果木、瓜菜的園地。

（七）禾麥：禾，泛指穀類。麥，主要糧食作物之一，有大麥、小麥等，子實亦曰麥，可磨麵粉，也可製糖釀酒。此處禾麥連用泛指莊稼。

（八）成：成熟，茂盛。

（九）地鼠：又名倉鼠、田鼠。屬哺乳綱、嚙齒目、鼠科、地鼠亞科。分佈於亞洲和歐洲內陸等區域。

（十）其下堅冰亦尺許：根據行程，丘處機一行人此時到達阿不罕山附近田鎮海屯田處，即今天蒙古科布多省東部之宗海爾罕山（阿不罕山）附近，緯度接近北緯48°，屬於高寒地區，故此地多寒，冰堅應屬正常的自然現象。

南望高嶺^(一)積雪，盛暑不消。多有異事。少西海子^(二)傍^(三)有風塚^{(1)(四)}，其上土白堊^(五)，多粉裂其上，二、三月中即風起⁽²⁾南山，嵓^{(3)(六)}穴先鳴，蓋先驅^(七)也。風自塚⁽⁴⁾間出，初旋動如羊角者百千數。少焉，合為一風，飛沙走石，發^(八)屋拔木⁽⁵⁾，勢震百川，息于巽^(九)隅^(十)。又東南澗後有水磨三、四，至平地則水漸微⁽⁶⁾而絕，山⁽⁷⁾出石炭^(十一)，又東有⁽⁸⁾二泉，三冬暴漲如江湖。復潛行地中^(十二)，俄而突出，魚鰕^{(9)(十三)}隨之，或漂沒居民。仲春^(十四)漸消，地乃陷。

【校記】

(1) 塚：餘本皆作"冢"。

（2）起：初編本脫此字。

（3）嵒：通"巖"字，連本、王本、與地本、備要本、初編本、宛委本作"巖"。

（4）塚：連本、王本、黨本作"冢"。

（5）發屋拔木：王本作"發木拔屋"。

（6）微：底本為"微"，今據餘本改"微"。

（7）山：黨本在此字後漏"出石炭，又東有二泉，三冬暴漲如江湖。復潛行地中。"疑排版時致誤。

（8）有：張本、紀本脫此字。

（9）鰕：王本、初編本作"蝦"。

【注釋】

（一）高嶺：據陳得芝先生考證，丘處機一行此時應當穿行於哲熱格谷地，谷地之南為巴迪爾山，西南即大阿爾泰山，均長年積雪。（陳得芝：《元稱海城考》，《蒙元史研究叢稿》，頁 59）

（二）海子：陳得芝先生認為："哲熱格谷地北面，就是宗海爾罕山（即阿不罕山）。此山西北為都爾根泊和哈拉馬蘇泊，也符合'少西有海子'的記載。宗海爾罕山出產石炭，此亦可證實《長春真人西遊記》所載甚確。"（陳得芝：《元稱海城考》，《蒙元史研究叢稿》，頁 59）都爾根泊和哈拉馬蘇泊都在今蒙古科布多省境。紀流本認為此海子為阿拉湖，湖中有阿拉爾託伯山，孤峰突起。此山又稱"鐵山"。《西使記》記載說："（孛羅）城北有海，鐵山風出往往吹行人墮海中。"（王惲撰，楊曉春點校：《玉堂嘉話》卷 2，頁 58—59）紀流的觀點值得商榷，阿拉湖位於巴爾喀什湖以東 180 公里，按照文中所記，此時長春真人一行已經到達阿不罕山附近，早已過了阿拉湖。

（三）傍：通"旁"，旁邊。

（四）風塚：塚，高墳。此處指當地因風化而形成的像墳一樣的土丘。

（五）白堊：石灰岩巖的一種，色白不透明。精製成粉末，和入油類，塗飾門屏，俗謂之白墻，也可作為肥料。

（六）嵒：同"岩"、"巖"、"嵓"，指山巖。

（七）先驅：前導。

（八）發：打開，掘。

（九）巽：八卦的卦象之一，按八卦方位，往往指東南方向。

（十）風自塚間出，……息于巽隅：此處所描述的風，古代稱為"羊角風"，旋風之別稱。盤旋而上猶如羊角，故稱。明人張岱《夜航船》卷1《風》云："《莊子》：'大鵬起於北溟，而徙南溟也，搏扶搖羊角而上者九萬里。'宋熙寧間，武城有旋風如羊角，拔木，官舍捲入雲中，人民墜地。"（李小龍整理本，頁10）。

（十一）石炭：古代對煤的稱呼。

（十二）又東有二泉，復潛行地中：疑此潛行地下的泉水為坎兒井。劉郁《西使記》亦載，中亞地區"地無水，土人隔山嶺鑿井，相沿數十里，下通流以溉田。"（陳得芝校注本，頁91）

（十三）魚鰕："鰕"同"蝦"，此指魚和蝦。

（十四）仲春：即農曆二月，時在孟春和季春之間，又有"酣春"、"令月"、"杏月"等稱謂。

西北千餘里儉儉州^(一)，出良鐵^(二)，多青鼠^(三)，亦收禾^{(1)(四)}麥。漢匠千百人居之^(五)，織綾羅錦綺^(六)。道院西南望金山，其山多雨雹，五、六月間或有大雪，深丈餘。此⁽²⁾地間有沙陀⁽³⁾，出⁽⁴⁾肉蓯蓉^(七)，國人呼曰⁽⁵⁾唆眼^(八)。水曰兀速，草曰愛不速。^(九)深入山陰⁽⁶⁾，松皆十丈許。

【校記】
（1）禾：底本作"床"，今據餘本改作"禾"。
（2）此：餘本皆作"北"。
（3）陀：黨本作"坨"。
（4）出：王本、紀本、黨本作"生"。
（5）呼曰：黨本作"呼之"。
（6）山陰：餘本皆作"陰山"。

【注釋】

（一）儉儉州：元代北境屬地，又稱"謙謙州"、"謙州"、"欠欠州"、"繊繊州"等。《史集》中稱為 Kim – Kimji˘ut。其位置在今西伯利亞葉尼塞河上遊的唐努烏梁海地區。儉儉州的名稱源自流經此地的謙河。謙河，即今葉尼塞河上遊烏魯克穆河，又譯作克穆齊克河，唐代稱"劍水"或"劍河"。其西南支流為 Kemčihud, Kem – Kemjihud，近譯作克穆齊克。謙河東南主源近作烏魯克穆（或作大克穆），亦徑稱克穆。故 Kem – kemchik 即指克穆河、克穆齊克河及其流域，而 Kem – Kemchihud 則是 Kem – Kemchik 在蒙古語中變成表示族稱的複數形式，即元代謙謙州的對音，是蒙古人以地名對此兩河流域居民的稱呼，也用來指稱這一地區。Kim，即劍水，突厥語作 Käm/Kem，最早出現在 8 世紀的鄂爾渾碑銘之中。在突厥語中，似有"河流"之意。在喀什噶里的《突厥語大辭典》中，Käm 已經作為一個專名使用。波斯文史籍《世界境域志》（Hudūd al—ʻĀlam）也提到，黠戛斯只有一個城，名欠州（Kemidjkat）。《元史》卷 63《地理志六》載曰："（吉利吉思）其境長一千四百里，廣半之，謙河經其中，西北流……謙州亦以河為名，去大都九千里，在吉利吉思東南，謙河西南，唐麓嶺之北。"（頁 1574—1575）。《清史稿》卷 78 謂："唐努烏梁海部……北：塔爾噶克山，其南為額爾齊克山。有克穆河，即劍河，《元史》稱謙河，亦即此水。"（頁 2451）。儉儉州原來附屬於西遼和吉利吉思部。成吉思汗時，遷漢人工匠和炮手軍至此，從事織作，製造兵甲或屯田。1207 年，成吉思汗長子尤赤征服此地。成吉思汗死後，儉儉州是忽必烈母親唆魯禾帖尼別吉的分地，唆魯禾帖尼死後歸阿里不哥繼承。忽必烈在與阿里不哥皇位爭奪戰中取勝後，以伯八為萬戶駐扎在儉儉州。至元七年（1270），劉好禮被任命為儉儉州五部斷事官，治理民事。元西北諸王叛亂，儉儉州成為他們與元軍連年征戰之地。叛亂平定后，元朝仍派軍駐守儉儉州。

（二）出良鐵：儉儉州出產良鐵，很多載籍都有記錄，《新唐書》卷 217《回鶻傳下》云："（黠戛斯）有金、鐵、錫，每雨，俗必得鐵，號迦沙，為兵絕犀利，常以輸突厥。"（頁 6147）《太平寰宇記》稱："（黠戛斯）其國有天雨鐵，收之以為刀劍，異於鐵。曾問使者，隱而不答，但云：'鐵甚堅利，工亦精巧'。蓋其地產鐵，經暴雨樹涼而出，既經久土蝕，古精利爾。若每從天雨，而人畜必遭擊殺，理固不通。"（頁4822）因此地出良鐵，為元代兵器產地。元置"欠州武器局"，隸武備寺。

（三）青鼠：即灰鼠或松鼠。軀體細長，尾長而大。多棲息於針葉林或針闊混交林中，特別喜愛松林的針葉林帶，在高大的森林樹幹中較多。蒙古語音譯為"客列_舌门"，現代蒙古語為"keremü"。灰鼠皮是經濟價值較高的主要毛皮之一，史書有大量記載，如《新唐書》卷217《回鶻傳下》曰："（黠戛斯）凡調兵，諸部役屬者皆行。內貂鼠、青鼠為賦。"（頁6148）。《北史》卷94《室韋傳》亦載："（大室韋）尤多貂及青鼠。"（頁3131）《契丹國志》卷22有曰："（屋惹國、阿里眉國、破骨魯國）每年惟貢進大馬、蛤珠、青鼠皮、貂鼠皮、膠魚皮、蜜蠟。"（頁238）。青鼠皮是製作衣帽的珍貴皮毛，元朝皇帝常以此賞賜有功之人，《元史》卷9《世祖本紀》稱："（至元十三年）賞阿朮等戰功……賜伯顏、阿朮等青鼠、銀鼠、黃鼬只孫衣。"（頁187）。

（四）亦收禾麥：關於儉儉州出產禾麥的情況，文獻多所記載。《新唐書》卷217《回鶻傳下》記載道："（黠戛斯）氣多寒，雖大河亦半冰。稼有禾、粟、大小麥、青稞，步磑以為麴糜。"（頁6147）。《元史》卷63《地理志六》記曰："（吉利吉思）其語言則與畏吾兒同。盧帳而居，隨水草畜牧，頗知田作……（謙州）地沃衍宜稼，夏種秋成，不煩耘耔。"（頁1574—1575）。元代曾在此地耕種屯田。《元史》卷7《世祖本紀》稱："減乞里吉思屯田所入租，仍遣南人百名，給牛具以往。"（頁141）。《元史》卷12《世祖本紀》又曰："（至元十九年十一月）甲子，給欠州屯田軍衣服。"（頁248）

（五）漢匠千百人居之：依據史料記載，此處居住的漢人應當是元初從漢地遷徙而來的漢人，後有部分遷回元中都，《元史》卷63《地理志·西北地附錄》有曰："（謙州）有工匠數局，蓋國初所徙漢人也。"（頁1575）。《元史》卷6《世祖本紀三》載："（至元

二年正月）敕徙鎮海、百（里八）八里、謙謙州諸色匠戶於中都，給銀萬五千兩為行費。”（頁105）

（六）綾羅錦綺：泛指絲織品。

（七）肉蓯蓉：又名蓯蓉，大芸，現代蒙古語稱作“Čaγanγoyoo”（意白檳榔）。中醫稱其為“地精”或“金筍”。生長於荒漠草原帶和荒漠區的湖盆低地、鹽化低地、沙地梭梭林中。我國的主產區包括內蒙古的阿拉善、烏蘭察布、鄂爾多斯等地。它甘而性溫，鹹而質潤，具有補陽不燥，溫通腎陽補腎虛，補陰不膩，潤腸通腹治便秘的特效。《宋史》卷87《地理志三》載：“保安軍，同下州。崇寧戶二千四十二，口六千九百三十一。貢毛段、蓯蓉。”（頁2148）《宋史》卷186《食貨志下》稱：“西夏自景德四年，於保安軍置榷場，以繒帛、羅綺易駝馬、牛羊、玉、氈毯、甘草，以香藥、瓷漆器、姜桂等物易蜜蠟、麝臍、毛褐、羱羚角、碙砂、柴胡、蓯蓉、紅花、翎毛，非官市者聽與民交易，入貢至京者縱其為市。”（頁4563）。《遼史》卷115《二國外記》載：“西夏……土產大麥、蓽豆、青稞、床子、古子蔓、鹹地蓬實、蓯蓉苗、小蕪荑、席雞草子、地黃葉、登廂草、沙蔥、野韭、拒灰菉、白蒿、鹹地松實。”（頁1524）。

（八）唆眼：王國維注引宋人周密《癸辛雜識》中關於“鎖陽”的記載，認為“唆眼”即“鎖陽”的音轉。《癸辛雜識》續集上“鎖陽”條云：“韃靼野地有野馬與蛟龍合，所遺精於地，遇春時則勃然如筍出地中。大者如貓兒頭，筍上豐下儉，其形不雅，亦有鱗甲筋脈，其名曰‘鎖陽’，即所謂肉蓯蓉之類也。”（頁153—154）。法國學者伯希和《評長春真人西遊記譯文》說：“譯者譯“肉蓯蓉”為“列當”（orobanche），然據貝氏之說，則作 Phelipea，較為確當。貝氏（第1冊102頁）并引有蒙古時代別一撰述著錄之鎖陽，而此鎖陽顯是《西遊記》之“唆眼”，此別一撰述即是《癸辛雜識》，王國維校注本（卷下八頁）亦曾引之，Taranzano 神甫將鎖陽條譯作 balanophore。巴氏（第4冊，420頁）對於“唆眼”之原名疑是 sarana；然此 sarana 不但與唆眼或鎖陽音聲距離太遠，而且是山百合之名稱，與此物毫無關係。貝氏僅譯其音，譯者寫作

söyän，似認識土名（蒙古名），然據我所見諸本，未見有此名稱也。"（馮承鈞譯：《西域南海史地考證譯叢》五編，頁 36）。實際上，肉蓯蓉的蒙古語名稱為"Čaγanγoyoo"，將其對音為"唆眼"比較牽強。在蒙古語中似沒有"唆眼"之確切對音。另據現有研究證明，肉蓯蓉和鎖陽在產地、習性、藥效方面是頗為相似的兩種東西，"鎖陽"很可能是"唆眼"的漢語音轉。

（九）水曰兀速，草曰愛不速：兀速、愛不速，均為蒙古語音譯，兀速，《華夷譯語》稱："水，兀孫，usun"（賈敬顏、朱風合輯：《蒙古譯語、女真譯語彙編》，頁 26）。現代蒙古語為"usu（n）"，意為水。愛不速，《華夷譯語》稱："草，額別孫，ebesün"（賈敬顏、朱風合輯：《蒙古譯語、女真譯語彙編》，頁 30）。現代蒙古語為"ebesü（n）"意為草。"速"和"孫"是當時北方不同地域民族語言的方言發音，明人郭造卿撰《盧龍塞略》卷 20 譯下云："凡我所有，夷地多有之。故方言詳幽燕，而多及於朝鮮。今亦各有其語，而文則不多也者。當關因文而譯，無文未嘗為具。乃茲主三衛，東夷次之，皆環居我塞外，北虜取異同證之文，不甚殊語……草曰額別孫……凡'孫'，東夷曰'速'，北虜曰'素'。"（頁 733—735）

　　會眾[(1)]白[(2)]師曰："此地深蕃，太古[(一)]以來不聞正教。唯山精鬼魅[(二)]惑人。自師立[(3)]觀，疊設醮筵[(三)]，且望[(四)]作會，人多以殺生為戒。若非道化，何以得然。"先是，壬午年[(五)]，道眾為不善人妬[(4)]害[(六)]，眾不安。宋公道安晝寢方丈，忽於[(5)]天窻[(6)]中見虛靜先生趙公[(七)]曰："有書至。"道安問："從何來？"曰："天上來。"受而視之，止見"太清"[(八)]二字，忽隱去。翌日，師有書至，魔事漸消[(7)]。又醫[(8)]者羅生橫生非毀[(九)]，一日墮[(9)]馬觀前，折其脛[(十)]，即自悔曰："我之過也。"對道眾服罪。師東行，書教語一篇示眾云："萬里乘官馬[(十一)]，三年別故人。干戈猶未息，道德偶然陳。論氣當秋夜對上論養生事，故云，還鄉及暮春。思歸無限衆，不得下情^(十二)伸。"

【校記】

（1）衆：輿地本作"眾"。

（2）白：宛委本作"曰"。

（3）立：黨本作"裏"。

（4）妬：即"爐"的異體字，王本與底本同，餘本作"爐"。

（5）於：初編本作"有"。

（6）窻："窗"的異體字，餘本作"窗"。

（7）消：王本作"銷"。

（8）毉：餘本作"醫"。

（9）墮：連本、王本、紀本、初編本作"墜"。

【注釋】

（一）太古：遠古，上古。

（二）山精鬼魅：山精，傳說中的山中怪獸。形如鼓，赤色，一足，稱為暉。或如龍而五色赤角，名叫飛飛。鬼，人死為鬼，物精為魅。

（三）醮筵：道教齋醮儀式的醮壇佈置。《靈寶領教濟度金書》卷1《壇目制度品》稱："醮壇，即醮筵也。中間高，設三清座，前留數尺許，通人行。又設七御座，每位高牌曲几，香花燈燭，供養如法。蓋玉清為教門之尊，昊天為三界之尊，各居一列，各全其尊，故也。開度則東極救苦上帝、南極朱陵大帝，祈襄則東極青玄上帝、東極青華大帝。救苦即青玄，只避世間名字，拘忌耳。左右班列聖位，以外為尊，不立牌位。緣三界班秩等差，難以世間管見測度。惟當付之降聖司，令自排高下可也。別立掌醮、降聖二位，先期請降，正為此耳。兩班醮筵，只聯案通排，香花燈燭，供養如法。自中至外，設三香案，外以備請聖用，次以盛黃道，中則總供養也。"（《正統道藏》第7冊，頁28下欄—29上欄）同書卷319《齋醮須知品》"設醮"條又載："自古建齋無設醮之儀，只於散壇拜表後，鋪設祭饌果殽，或五盤，或九盤或十四盤，或二十四盤，或三十六盤，備以茶酒，列於壇心。自三寶而下，至於三界真司、將吏神祇，無不召請。三獻宣疏，蓋酬其圓成齋福，翊衛壇場，辟斥魔靈，宣通命令故也。所列之杯盤有限，所請之真靈無窮，亦以玄虛鑒察，領人誠意，不在物之豐歉耳。後世按排醮筵，陳列聖位，其小者惟二十有四，其多者至三千六百。每位各設茶酒果食，立牌位供養酌獻，專則專矣，若謂此即可交於神明，則非也。"（《正統道藏》第 8 冊，頁 809 下欄）。

（四）旦望：朔望，即農曆每月的初一和十五。

（五）壬午年：元太祖十七年，即公元 1222 年。

（六）妬害：妬，同"妒"。因忌恨加以陷害。

（七）虛靜先生趙公：即前文提到的趙道堅，原名趙九古，人稱虛靜先生。

（八）太清：道教所講的三清之一，道家認為人天兩界之外，別有三清：玉清、太清、上清，指神仙居住的仙境。

（九）毀：誹謗。

（十）脛：腳脛，從膝至腳跟的部分。

（十一）官馬：政府驛站提供的馬匹。

（十二）下情：謙詞，指自己的心情或欲陳述的意見。

阿里鮮等白師曰："南路饒[1]沙石，鮮水草。使客甚繁，馬甚苦，恐留滯。"師曰："分三班以進，吾徒無患矣。"五月七日，令宋道安、夏志誠[一]、宋德方[2][二]、孟志溫[三]、何志堅、潘德沖[3][四]六人先行。十有四日，師挈[4]尹志平、王志明[五]、于志可[六]、鞠志圓[七]、楊志靜、綦志清[八]六人次之。餞行者夾谷妃、郭宣差[九]、李萬戶等數十人，送二十里，皆下馬再拜泣別。師策馬亟進。十有八日，張志素[十]、孫志堅、鄭志脩、張志遠、李志常[5]五人又次之。師東行十六日，過大山[十一]，山上有雪，甚寒。易騎于拂廬[十二]。

【校記】

（1）饒：黨本作"繞"。

（2）方：紀本作"芳"。

（3）沖：初編本作"中"。

（4）挈：黨本作"攜"。

（5）常：紀本在此字後衍"等"字。

【注釋】

（一）夏志誠（1172—1255）：號清貧道人，濟南章丘（今山東濟南章丘）人，他自金泰和元年（1201）左右拜入丘處機門下，己卯（1219）年隨丘處機西行，歸來後，居住在燕京，先主玉虛觀事，復主白雲觀事。壬辰（1232）后，又提點長春宮事十餘年。戊申（1248），掌教李志常以恩例，授其為"無爲抱道素德清虛大師"，兼賜金冠、錦服。元憲宗五年乙卯（1255）八月仙逝，壽八十三。辛酉（1261），元朝遣使持旨，追贈夏志誠"無爲抱道素德真人"號。詳細情況參看本書附錄《清貧道人夏志誠》。

（二）宋德方（1183—1247）：字廣道，號披雲，萊州掖城（今山東萊州市掖縣）人。年十二歲時，從劉長生為道士，繼而師事丘處機，學習并精通儒、道經典。1220 年，隨丘處機遠赴西域。還駐燕京（今北京）長春宮，丘處機去世後，尹志平任掌教，宋德方為教門提點。元太宗九年（1237），主平陽玄都觀，總管刊刻《玄都道藏》，他奔波海內數萬里，搜羅亡佚，歷時近十年，刊成全藏。此外，他還於萊州神山開九陽洞，自燕至秦晉建立宮觀幾四十餘區。乃馬真後稱制三年（1244），被賜"玄都至道真人"號。丁未（1247）冬十月十有一日，示微疾而逝，春秋六十有五。至元七年（1270），朝廷頒旨追贈"玄通弘教披雲真人"號。平生所作詩文名《樂全》，有前、後二集行於世。詳細資料參見本書附錄《清虛大師宋德方》。

（三）孟志溫（1186—1261）：又名孟志穩、孟志源，字德清，號重玄子。先本上京徒單氏。金大定末年徙居萊州（今山東萊州市），居孟氏宅，因稱孟氏。金章宗泰和三年（1203），志溫拜丘處機為師。1220 年，隨丘處機西行，途中被留於阿不罕山棲霞觀。歸來後，住燕京長春宮。尹志平任全真教掌教時，孟志溫副知長春宮事，不久遷知宮。戊戌（1238），受宮門提舉。丙午（1246），遷宮門提點。戊申（1248），權教門事。己酉（1249），以恩例賜金冠紫服，并"至德玄虛悟真大師"號。丙辰（1256），任教門都提點。戊午（1258）秋，朝廷令旨，賜"重玄廣德弘道真人"號。中統辛酉二年（1261）春去世。春秋七十有五。詳細資料參看本書附錄《悟真大師孟志穩》。

（四）潘德沖（1190—1256）：字仲和，號沖和，山東臨淄齊東（約在今山東濱州市境）人。家世殷饒。成年後，至棲霞濱都觀，從丘長春學道，潛心修煉達十餘年。丘長春西遊，德沖隨從。尹志平繼任掌教後，潘德沖任燕京都道錄兼領宮事。元太宗七年（1235）主持重修興國觀。壬寅（1242）年，任諸路道教都提舉兼本路道錄。甲辰（1244）年，為河東南北兩路道教都提點，主營永樂宮改建事。不數年，新宮告成，又於九峰山增修純陽上宮、下院十余區。定宗四年（1249）中宮懿旨，主持修葺濰陽玉清宮，昆嵛山麻姑洞。元憲宗四年（1254），受詔赴京，設普天醮於京師長春宮。元憲宗六年（1256）病逝，春秋六十有六。庚申（1260）歲，朝廷賜"沖和微妙真人"號。詳細資料參看本書附錄《沖和大師潘德沖》。

（五）王志明：生卒年不詳，關於他的相關資料也較少，主要保存在《長春真人西遊記》中。然清人完顏崇實在《白雲仙表》中為其立傳云："師姓王諱志明，山東鄧州人，幼聞重陽祖師自煙霞洞來文登，闡全真教，度化多人，心焉慕之。及壯，操瓢持笠，遍訪真師。聞長春演道於棲霞，遂往依焉，真君為訓今名。聞半偈一言，無不細心恭悟。興定三年（1219），從真君應元太祖之召。甲申（1224）三月還燕，時秦晉之間道風不振，真君命師往彼開化一方。時值元世祖（疑為元太祖，原書誤——引者注）西伐未回，駐兵秦郡，師恐塗炭生民，遂見於行在。拳拳以止殺為勸，帝嘉納。遂命師由秦至燕并賜金虎牌，仰邱神仙處置道家事。長春上仙後，師乃闡教於秦州。師於入道之始即見重於玉陽王祖，詩有'紫霞堆裏玉容光，長春境界無衰老。'之句。元至大（1308—1311）年間加封為'熙神資道葆光真人'。"（《藏外道書》第 31 冊，頁 400 上欄）。由於《白雲仙表》成書距元代久遠。且内容多有夸大、不實之詞，所以此書記載並未受到學者們的重視。然考此傳記，内中不乏可信之處。關於王志明的籍貫，王處一在《贈文登王志明》的詩作中云：“箇箇修真，人人辦道。玄機妙理須尋討。時時常蒸寶瓶香，朝朝每把心田掃。步步清涼，神光覆罩。十方賢聖加恩報。紫霞堆裏玉容光，長春境界無衰老。”（王處一：《雲光集》卷4，《正統道藏》第25冊，頁686）。其他事跡如“由秦至燕并賜金虎牌”宣旨一事也可據《長春真人西遊記》予以佐證。

（六）于志可（1184—1255）：字顯道，號沖虛。山東寧海（今山東烟台市牟平區）人。十九歲時拜入長生劉真人門下，劉長生去世後，跟隨丘處機，服炊爨之役十餘年。從丘處機西行，歸來後居燕京大長春宮，丘處機仙逝，尹志平嗣教，于志可提點長春宮事六年，後以老賦閑。乙卯（1255）春二月，順化於白雲觀寢室，春秋七十有一。詳細資料參看本書附錄《沖虛大師于志可》。

（七）鞠志圓：生卒年不詳，道號通真大師。侍奉丘處機西遊。丘處機去世後，尹志平建議爲師構堂於白雲觀，因工程浩大，舉薦鞠志圓負責，三年完工。

（八）綦志清（1190—1255），又名綦志遠，字子源，號清真，萊州掖縣（今山東萊州市掖縣）人。先世爲萊州掖縣巨族。年十五，萌發出家志向，不久辭家禮長春丘公爲師。戊寅（1218），奉丘處機之命，住持萊州昊天觀。1220年，侍長春西遊，歸來後住大長春宮，總知宮門事，授清真大師號。長春仙去，清和嗣教門事，綦志清左右維持。甲午（1234）春，掌管山東諸路道教。戊戌（1238）冬，提點陝西教事。庚子（1240）春遂入長安，建立大玄都萬壽宮，修葺驪山之白鹿、終南之太一、樊川之白雲、鳳棲原之長生、藍田之金山等宮觀。次年秋，全真教掌教尹志平在終南祖庭主持重新會葬王重陽祖師，綦志清參與其事。甲辰（1244），授“玄門弘教白雲真人”號。乙卯（1255）七月，順化而終，享年六十有六。詳細資料參見本書附錄《清真大師綦志清》。

（九）郭宣差：即前文提到的宣差郭德全。詳細事蹟不可考。

（十）張志素（1188—1269），號毅神子，睢陽（今河南商丘）

人。在東萊謁長春，并拜其為師。隨長春西遊。長春羽化后，尹志平、李志常先後嗣教，張志素一居提點之位，一錄中都路道教事。曾遠赴漠北演教，并建立道觀，廣收門徒，朝廷特旨賜"應緣扶教崇道大宗師"號。至元五年（1268）十二月去逝，壽八十有一。參看本書附錄《崇道大師張志素》。

（十一）大山：黨寶海認為此山即阿爾泰山向東延伸的山脈。長春真人一行此時沿著阿爾泰山向東南方行走，黨本說法符合實際情況。

（十二）拂廬：古人對吐蕃氈帳的稱呼。《舊唐書》卷 4《高宗本紀上》載曰："辛未，吐蕃使人獻馬百匹及大拂廬，可高五丈，廣袤各二十七步。"（頁 73）。《舊唐書》卷 196《吐蕃傳上》亦云："其國都城號為邏些城，屋皆平頭，高者至數十尺。貴人處於大氈帳，名為拂廬。"（頁 5220）《新唐書》卷 216《吐蕃傳上》稱："其贊普居跋布川，或邏娑川，有城郭廬舍不肯處，聯氉帳以居，號大拂廬，容數百人。其衛候嚴，而牙甚隘。部人處小拂廬，多老壽至百餘歲者。"（頁 6072）。我國著名藏史專家王堯先生考證認為："用牛、羊毛混合，或專用羊毛織出來的料子叫做 phru，漢語準確地譯為'氆氌'。這一詞又作為專門術語被引進西方主要語言。這種紡織品代表了當時吐蕃人的紡織技術水準。把整幅的氆氌聯結起來，每一幅大約在三十到四十公分左右，做成氈帳，唐人稱之為'拂廬'，實際上還是 phru 的音譯。"（詳見王堯《吐蕃飲饌服飾考》，收入《西藏文史考信集》，頁 277—292）劉鐵程對此也做過探討，詳見其《"拂廬"考辨》（《西藏研究》2011 年第 1 期）。

十七日，師不食，但時時飲湯⁽⁻⁾。東南過大沙場⁽⁼⁾，有草木。其間多蚊虻⁽³⁾。夜宿河東。又數日，師或乘車。尹志平輩諮⁽⁴⁾師曰："奚⁽⁵⁾疾？"師曰："余疾非醫可測，聖賢琢磨⁽⁶⁾故也，卒⁽⁷⁾未能愈，汝輩勿慮。"眾愀然⁽⁸⁾不釋⁽⁹⁾。是夕，尹志平夢人曰⁽¹⁾："師之疾，公輩勿憂，至漢地當自愈。"行又經沙路三百餘里，水草絕少，馬夜進不息，再宿乃出，地臨夏人之北倕⁽²⁾⁽十⁾。盧帳漸廣，馬易得⁽³⁾。後行者乃及⁽十一⁾師。

　六月二十一日，宿漁陽關⁽十二⁾。師尚未食。明日度關而東五十餘里⁽⁴⁾，豐州⁽十三⁾元帥以下來迎。宣差俞公請泊⁽⁵⁾⁽十四⁾其家，奉以湯餅。是日輒⁽⁶⁾⁽十五⁾飽食。繼⁽⁷⁾而設齋，飲食乃⁽⁸⁾如故。道⁽⁹⁾眾相謂曰："清和前日之夢驗⁽¹⁰⁾⁽十六⁾，不虛矣。"

【校記】
（1）尹志平夢人曰：餘本在"夢"後衍"神"字。
（2）倕：餘本皆作"陲"。
（3）馬易得：王本、黨本在"馬"後衍"亦"字。
（4）明日度關而東五十餘里：王本、張本、紀本、黨本在"五十餘里"後衍"至"字。
（5）泊：紀本作"洎"。
（6）輒：即"輒"的異體字，餘本作"輒"。
（7）繼：王本、黨本作"既"。
（8）乃：張本、紀本、備要本、初編本脫此字。
（9）道：黨本脫此字。
（10）驗：黨本脫此字。
【注釋】
（一）湯：熱水，開水。
（二）大沙場：黨寶海認為，此大沙場應為沙熱金戈壁。丁謙考證為巴里坤東北大磧鹵地。巴里坤（Barkul），也作 Bars－köl，突厥語意為"虎湖"。元代稱八兒思闊，清代稱巴爾庫勒、巴里庫勒、巴里坤，皆為其音譯，今新疆巴里坤哈薩克自治縣。
（三）蚊虻：一種危害牲畜的蟲類，以尖口刺入牛、馬的皮膚，使之流血，并產卵其中。有時亦指蚊子。
（四）諮：商量，徵詢。
（五）奚：如何，為何。

（六）琢磨：雕玉刻石。常比喻修養品行或修飾詩文，研討義理。此處當指考驗。

（七）卒：急速的樣子。通"促"、"猝"。

（八）愀然：容色改變貌。

（九）釋：消除，消散。

（十）夏人之北陲：西夏國疆域北部。

（十一）及：追上。

（十二）漁陽關：黨本注曰："該關在今呼和浩特西北的陰山山脈中。"今檢諸史籍，對其多所記述。《遼史》卷29《天祚帝本紀》稱："上遂率諸軍出夾山，下漁陽嶺，取天德、東勝、寧邊、雲內等州。"（頁349）《金史》卷24《地理志五》雲內州柔服縣下有小注謂："夾山在城北六十里"（頁569）。王國維認為，"漁陽關亦當在柔服境。"柔服，治所在今內蒙古自治區托克托縣東北白塔村。《元史》卷63《地理志·河源附錄》記載說："黑河源自漁陽嶺之南，水正西流，凡五百餘里，與黃河合。"（頁1566）黑河，又稱荒幹水、白渠、金河，即今內蒙古呼和浩特市南之大黑河，源出卓資縣境內大青山，西南流經呼和浩特市郊，到托克托縣河口鎮入黃河。由此可知漁陽關當在今大青山南。另據陳得芝先生考證，夾山應在天德軍（即豐州，今呼和浩特東白塔村）附近之漁陽嶺以北。據《長春真人西遊記》，漁陽嶺在豐州之西五十里，當即呼和浩特西北之吳公壩（陳得芝：《耶律大石北行史地雜考》，《蒙元史研究叢稿》，頁79）。

（十三）豐州：據《三朝北盟會編》和《滿洲金石志》諸載籍，豐州又稱"天德軍"，即今內蒙古自治區呼和浩特市東南白塔村附近。遼神冊五年（920）置州，金因之，治所在富民縣（今內蒙古呼和浩特市東南白塔村）。《遼史》卷41《地理志五》載曰："豐州，天德軍，節度使。秦為上郡北境，漢屬五原郡。地磧鹵，少田疇。自晉永嘉之亂，屬赫連勃勃。後周置永豐鎮。隋開皇中升永豐縣，改豐州。大業七年為五原郡。義寧元年太守張遜奏改歸順郡。唐武德元年為豐州總管府。六年省，遷民於白馬縣，遂廢。貞觀四年分靈州境，置豐州都督府，領番戶。天寶初改九原郡。乾元元年復豐州，後入回鶻。會昌中克之，後唐改天德軍。太祖神冊五年攻下，更名應天軍，復為州。有大鹽濼、九十九泉、沒越濼、古磧口、青塚——即王昭君墓。兵事屬西南面招討司。統縣二：富民縣。本漢臨戎縣，遼改今名。戶一千二百。振武縣。本漢定襄郡盛樂縣。背負陰山，前帶黃河。元魏嘗都盛樂，即此。"（頁508）。

（十四）泊：停留，停頓。

（十五）輒：則。

（十六）驗：效驗，應驗。

時已季夏(一)，北軒涼風(1)入坐(2)，俞公以璽(3)紙(二)求書。師書之云(4)："身閒無俗念(三)，鳥(5)宿至雞鳴(四)。一(6)眼不能(7)睡，寸心(五)何所縈。雲收溪月白，窊(8)爽(9)谷神(六)清(10)。不是朝昏坐，行功(七)扭捏(八)成。"

七月朔，復起(11)。三日至下水(九)。元帥夾谷公(十)出郭來迎(12)，館於所居。來瞻禮者無慮(十一)千人，元帥日益(13)敬。有雛雁三，七夕(十二)日師遊郭外，放之海子(14)中。少焉翔(15)戲於風濤之間，容與(十三)自得(十四)，師(16)賦詩曰："養爾存心(十五)欲薦庖(十六)，逢吾念善(十七)不為肴。扁舟送在鯨波(十七)裏，會待三秋(十八)長六梢(十九)。"又云："兩兩三三好弟兄，秋來羽翼未能成。放歸碧海深沈(18)(二十)處，浩蕩波瀾快野情(二十一)。"

【校記】

（1）北軒涼風：張本、紀本、輿地本、備要本、初編本作"當北軒涼風"。

（2）坐：底本、連本、初編本作"坐"，餘本作"座"。

（3）璽：即"繭"的別體字，王本、黨本、宛委本作"繭"。

（4）云：除紀本、初編本外，餘本作"曰"。

（5）鳥：紀本作"一"。

（6）一：紀本作"雙"。

（7）能：黨本作"見"。

（8）炁：同"氣"，王本、張本、紀本、黨本、宛委本作"氣"，初編本作"無"。

（9）爽：餘本作"爽"。

（10）清：黨本作"輕"。

（11）七月朔，復起：紀本脫此句。

（12）來迎：張本、與地本、初編本作"迎接"。

（13）益：黨本脫此字。

（14）子：紀本脫此字。

（15）翔：初編本作"相"。

（16）師：王本、黨本脫此字。

（17）念善：餘本皆作"善念"。

（18）沈：此字在古代通"沉"，除連本、張本、備要本、初編本外，餘本作"沉"。

【注釋】

（一）季夏：夏季的最末一個月，即農曆六月，又稱作"荷月"、"伏月"、"暑月"等。

（二）璽紙：用璽絲製成的紙。紙質堅韌，色潔白，爲我國早期書寫、繪畫材料之一。相傳晉代書法名家王羲之用璽紙、鼠須筆書寫《蘭亭序》。

（三）俗念：世俗的想法。

（四）雞鳴：指丑時，相當於現在半夜的一點至三點。

（五）寸心：即指心，又稱"方寸"，舊時認為心在胸中有方寸大小，故名。

（六）谷神：指谷中空虛之處，虛懷深藏之意、一說為腹中元神。《老子》第六章謂："谷神不死，是謂玄牝。玄牝之門，是謂天地根。綿綿若存，用之不勤出。"（朱谦之：《老子注釋》，頁25—26）陸墅、陳致虛注《紫陽真人悟真篇三注》卷4有曰："陰陽不測之謂神，感而遂通如谷應聲，故曰谷神。"（《正統道藏》第2冊，頁1002）《修真十書雜著指玄篇》卷4《谷神不死論》云："谷者，天谷也。神者，一身之元神也。天之谷舍造化，容虛空，地之谷容

萬物，載山川。人與天地同所稟也，亦有谷焉。其谷藏真一、宅元
神，是以頭有九宮，上應九天。中間一宮，謂之泥丸。又曰黃庭，
又名崑崙，又名天谷，其名頗多。乃元神所住之宮，其空如谷，而
神居之，故謂之谷神。"（《正統道藏》第 4 冊，頁 618）

（七）行功：猶言修行。

（八）扭捏：原意指身體擺動的樣子，以此形容身言語動裝腔
作勢，也指人工造作；這裡有"勉強"的意思。

（九）下水：《遼史》卷 29《天祚帝本紀》載："上遂率諸軍出
夾山，下漁陽嶺，取天德、東勝、寧邊、雲內等州。南下武州，遇
金人，戰於奄遏下水，復潰，直趨山陰。"（頁 349）王國維認為
"奄遏下水"即本文所指"下水"。《清史稿》卷 81《地理志》云：
"莽喀圖河，源出正紅旗察哈爾，西北流，會阿拉齊河，入黛哈池，
即奄遏下水海。"（頁 2480）由此可知，下水海，應指今內蒙古自治
區烏蘭察布盟南部涼城縣境內的岱海。則下水當以海名地。另據陳
得芝先生考證，夾山在今內蒙古自治區呼和浩特市西北吳公壩以北
一帶，而耶律大石從夾山北行三日，過黑水。此黑水，即愛畢哈河
（陳得芝：《耶律大石北行史地雜考》，《蒙元史研究叢稿》，頁 84）。
長春一行自漁陽關（即漁陽嶺）南行三日至下水，似與愛畢哈河有
關。據周清澍主編《內蒙古歷史地理》介紹，愛布哈河（即愛畢哈
河）發源於烏蘭察布盟茂明安旗東南（今包頭市固陽縣東北），北
流，再折向東北，入喀爾喀右翼旗。遂瀦為阿勒坦托輝泊（今騰格
日淖日），或許下水指此（《內蒙古歷史地理》，頁 198—199）。

（十）夾谷公：即指唐兀歹（字奠住）。元人李庭《故宣授陝西
等路達魯花赤夾谷公墓志銘》有曰："公諱唐兀歹，小字奠住。其
先本遼東臨潢路女真人。金國初，從太祖武元佐命有功，世襲謀
克。其後子孫枝分派別，有居西京下水鎮深井村，因以為家，數世
墳塋在焉。……父灰郎、伯通住皆倜儻好施，予為鄉里所畏服。會
天兵起朔方，遂相與歸命，太祖承吉嗣皇帝因署通住為千夫長，灰
郎副焉，令將兵攻西京，連戰破之，太祖大悅，錫通住金符加招討
使，益分兵數萬人，因併力南下徇城邑之未附者，所至無不披靡。
既累立大功，太祖愈加獎重，擢通住為山西路行省兼兵馬都元帥，

召灰郎充護尉，俾世食真定之咸寧、晉鉅二縣，租賦以旌其勞。通住尋以疾薨，合罕皇帝詔灰郎嗣其職，令公襲護衛兼奉御，佩以金符，時年十三。"（李庭：《寓庵集》卷6，《元人文集珍本叢刊》第1冊，頁38—39）。王國維認為此通住即為夾谷公，今從之。

（十一）無慮：大約，總共。

（十二）七夕：農曆七月初七之夕。民間傳說，每年此時，牛郎織女在天河相會。舊俗婦女於是夜在庭院中進行乞巧活動。

（十三）容與：隨水波起伏動盪貌。

（十四）自得：自己感到得意或舒適，此處當指自由自在。

（十五）存心：專心，用心著意。

（十六）庖：廚房。

（十七）鯨波：猶言驚濤駭浪。

（十八）三秋：指秋季。七月稱孟秋、八月稱仲秋、九月稱季秋、合稱三秋。

（十九）六梢：翅膀。

（二十）深沈：亦作"深沉"，形容程度深。

（二十一）野情：野外游賞的兴致。

翌日乃⁽¹⁾行。是月九日，至雲中^(一)。宣差總管阿不合^(二)與道衆出京⁽²⁾，以步輦^(三)迎歸于第^(四)，樓居二十餘日，總管以下晨參暮禮。雲中士大夫日来請教，以⁽³⁾詩贈之云⁽⁴⁾："得旨還鄉⁽⁵⁾早⁽⁶⁾，乘春造物多。三陽^(五)初變化，一氣自沖和^(六)。驛馬程程送，雲山⁽⁷⁾處處羅^(七)。京城一萬里，重到即如何。"

【校記】

（1）乃：王本、黨本作"遂"。

（2）京：餘本皆作"郭"。

（3）以：宛委本在此字前衍"因"字。

（4）云：王本、黨本作"曰"。

（5）鄉：宛委本作“香”。

（6）早：王本、黨本作“少”。

（7）雲山：初編本作“雲上”。

【注釋】

（一）雲中：即今山西省大同市境。戰國時趙武靈王置。秦漢時治所在雲中（今內蒙古自治區托克托東北）。後來不斷南遷至今山西大同市境，遼為西京大同府，金因之。

（二）阿不合：當為蒙古語abaqa的音譯，意為“叔叔”。蒙古人以此作為人名。此處之阿不合尚不可考。

（三）步輦：輦，用人推挽的車，殷周時用以載物，至秦以後，去輪為輿，是一種類似於轎子的代步工具，唯皇帝、皇后才得以乘輦。

（四）第：房屋。帝王賜給臣下的房屋有甲乙次第，故房屋稱“第”。

（五）三陽：指春天的開始。農曆十一月冬至日，晝最短，此後晝漸長，古人以為陰氣漸去，而陽氣始生，稱冬至一陽生，十二月為二陽生，立春為三陽生。立春後萬物復發，合稱三陽開泰。

（六）沖和：謂修道者氣息氤氳的和諧狀態。

（七）羅：分佈，排列之意。

十有三日，宣差阿里鮮欲徃山東^(一)招諭^(二)，懇⁽¹⁾求與門弟子尹志平行。師曰：“天意未許，雖徃何益。”阿里鮮再拜曰：“若國王^{(2)(三)}臨以大軍，生靈必遭殺戮，願父師一言垂^(四)慈。”師良久曰：“雖救之不得，猶⁽³⁾愈^(五)於坐視其死也。”乃令清和同徃，即付招諭書二副⁽⁴⁾。又聞宣德以南諸方道眾來參者多，恐隨庵^{(5)(六)}困於接待，令尹公約束。付親筆云：“長行萬里，一去三年。多少道人，縱橫^(七)無賴者。尹公到日，一面⁽⁶⁾施行，勿使教門有妨道化。眾生福薄，容易轉流^(八)。上山即難，下坡省力耳。”

宣德元帥移剌公遣專⁽⁷⁾使持書至雲中，以取⁽⁸⁾乘馬奉師。

【校記】

（1）懇：黨本脫此字。

（2）王：連本、王本、備要本、初編本、紀本作"主"。

（3）猶：黨本作"尤"。

（4）副：紀本作"封"。

（5）庵：宛委本作"菴"。

（6）面：史地本作"面"。

（7）專：連本、與地本、備要本、初編本作"耑"。

（8）取：餘本皆作"所"。

【注釋】

（一）山東：即金代的山東東路，治益都。《金史》卷25《地理志》曰："山東東路，宋為京東東路，治益都，府二，領節鎮二，防禦二，刺郡七，縣五十三，鎮八十三。"（頁609）

（二）招諭：告諭招降。

（三）國王：此指木華黎（1170—1223）之子孛魯（1197—1228）。《元史》卷119《木華黎傳》謂："丁丑八月，詔封太師、國王、都行省承制行事，賜誓券、黃金印曰：'子孫傳國，世世不絕。'分弘吉刺、亦乞烈思、兀魯兀、忙兀等十軍，及吾也而契丹、蕃、漢等軍，並屬麾下。且諭曰：'太行之北，朕自經略，太行以南，卿其勉之。'賜大駕所建九斿大旗，仍諭諸將曰：'木華黎建此旗以出號令，如朕親臨也。'乃建行省于雲、燕，以圖中原。……（癸未春三月）薨，年五十四。……子孛魯嗣。"（頁2932—2936）成吉思汗西征期間，中原戰事由木華黎全權負責，然癸未（1223）春三月，木華黎已經去世，其子孛魯襲職，後於至治元年（1321）被封為魯國王。

（四）垂：上施於下，賜予。

（五）愈：勝過。

（六）庵：圓形草屋，也作"菴"。小廟，多指尼姑居所。此指道觀。

（七）縱橫：比喻肆意橫行，無所顧忌。

（八）轉流：原指漲、落潮流相互轉換的過程。此指皈依與脫離<u>全真教</u>的變化。

八月初，東邁<u>楊河</u>(一)，歷<u>白登</u>、<u>天城</u>(二)、<u>懷安</u>(三)，渡潰(1)河(四)，凡十有二日至宣德。元帥(五)具威儀(六)，出郭西遠迎師入，居州之朝元(2)觀。道友敬奉，遂書四十字云："萬里遊生(3)界(七)，三年別故鄉。迴頭身已老，過眼夢何長。浩浩天空闊(4)，紛紛事杳茫。<u>江南</u>及<u>塞北</u>，從古至今常。"道眾且云："去冬有見<u>虛靜先生趙公</u>牽(5)馬自門入者，眾為之出迎，忽(6)不見。又<u>德興</u>、<u>安定</u>(八)亦有人見之。"<u>河朔</u>(九)州府王官將帥及一切士庶，爭以書疏(十)來請，若輻輳(7)(十一)然。止(8)迴答數字而已，有云："王室未寧，道門先暢。開度(十二)有緣，恢弘(9)(十三)無量。群方帥首，志心歸向，恨不化身，分酬(十四)眾望。"

【校記】

（1）潰：宛委本與底本同，餘本作"渾"。

（2）元：王本、張本作"玄"。

（3）生：黨本作"走"。

（4）闊：連本、史地本、宛委本作"濶"。

（5）牽：紀本、張本作"率"。

（6）忽：宛委本與底本同，餘本在此字後衍"而"。

（7）輳：王本作"湊"。

（8）止：黨本作"只"。

（9）弘：連本、輿地本、備要本、初編本、張本、紀本、史地本、黨本、宛委本作"宏"。

【注釋】

（一）楊河：根據<u>長春真人</u>一行的路程，他們基本上是沿今<u>桑</u>

乾河北一直向東走，此楊河當為今之桑乾河支流禦河。禦河發源於內蒙古自治區豐鎮縣。由北而南入山西省大同市境，經懷仁縣注入桑乾河。黨本注為"澤河"，不知何據，紀本注作"今之洋河"，根據下文所記行程，此時離洋河還遠。

（二）天城：又稱天成縣，遼置，隸大同府，金因之，即今山西省天鎮縣。

（三）懷安：金代西京路大同府懷安縣，即今天的河北省懷安縣。

（四）潰河：根據行程，長春真人一行是從今河北懷安東行至宣化，則其跨過之河當為桑乾河支流洋河無疑。

（五）元帥：即上卷之耶律禿花。

（六）威儀：儀仗、隨從。

（七）生界：宋代對於偏遠少數民族地區的稱呼。因其離州、縣城鎮較遠，朝廷與地方官府一般無法管轄，多稱其地為"生界"，其民戶爲"生戶"。離州、縣城鎮較近而向官府納稅、服役的少數民族居住區，則稱爲"熟界"。其民戶便爲"熟戶"。而由朝廷和地方官府嚴密控制的州、縣管轄地，統稱"省地"，其間的少數族民戶一般也稱爲"省民"。然三者界綫較模糊，尤其是熟界與省地之間，若某地少數民族臣服而納稅服役成爲熟戶後，官府對其加緊控制，其地區也可稱"省地"。這裡指比較僻遠的地方。

（八）安定：金代大名府元城縣安定鎮，在今河北大名縣境。《金史》卷26《地理志下》有曰："元城，有悡山，漕運御河、屯氏河，鎮二：安定、安賢。"（頁628）

（九）河朔：泛指黃河以北地區。

（十）書疏：書信。

（十一）輻輳：原意指車輪上的輻條內端集中于轂，此處指人或物聚集像車輻集中於車轂一樣，形容人多而聚集。

（十二）開度：開示度脫。

（十三）恢弘：亦作"恢宏"，博大、寬宏。

（十四）酬：實現願望。

十月朔，作醮於龍門川^(一)。望日，醮於本州朝元⁽¹⁾觀。十一月望，宋德方⁽²⁾等以向日^(二)過野狐嶺見白骨，所發願心，乃同太君尹千億^(三)醮于德興之龍陽觀，濟度^{(3)(四)}孤魂。前數日稍寒，及設醮二夜三日，有如春。醮畢，元帥賈昌^(五)至自行在，傳旨：“神仙自春及夏，道途匪⁽⁴⁾易^(六)。所得食物、馹⁽⁵⁾騎好否？到宣德等處⁽⁶⁾有司^(七)在意館穀^(八)否？招⁽⁷⁾諭在下人⁽⁸⁾戶得來否？朕常念神仙，神仙⁽⁹⁾無忘朕。”

【校記】

(1) 元：連本、王本、張本作“玄”。

(2) 方：紀本作“芳”。

(3) 度：餘本皆作“渡”。

(4) 匪：連本、王本、黨本作“非”。

(5) 馹：餘本皆作“驛”。

(6) 處：黨本作“地”。

(7) 招：史地本作“詔”。

(8) 人：史地本作“八”。

(9) 神仙：黨本脫此二字。

【注釋】

(一) 龍門川：在今河北張家口市赤城縣境內。明代李賢《明一統志》卷5有載：“龍門川，在雲川堡東，合獨石、紅山二處之水、從龍門峽南下，故名。”（頁478）《明史》卷40《地理志》亦謂：“雲州堡，元雲州，屬上都路。洪武三年七月屬北平府，五年七月廢。宣德五年六月置堡。景泰五年置新軍千戶所於此。東北有龍門山，亦曰龍門峽，下為龍門川。”（頁905）

(二) 向日：向，舊時、往昔。向日，指往日。

(三) 太君尹千億：疑為尹志平。

(四) 濟度：佛教指救濟從生使度生死海而登涅槃境界。

(五) 元帥賈昌：疑即賈塔剌渾之子賈抄兒赤，趙翼在《廿二史劄記》卷30"元漢人多作蒙古名"條指出："賈塔剌渾"即漢人取蒙古名者（頁442），查檢《元史·賈塔剌渾傳》，賈塔剌渾有一子名"賈抄兒赤"，疑此人為賈昌。《元史》卷151《賈塔剌渾傳》稱："賈塔剌渾，冀州人。太祖用兵中原，募能用砲者籍為兵，授塔剌渾四路總押，佩金符以將之。及攻益都，下之，加龍虎衞上將軍、行元帥左監軍，便宜行事。師還，駐謙謙州，即古烏孫國也。歲己丑（應為己卯年，即公元 1219 年——引者注），將所部及契丹、女直、唐兀、漢兵，攻斡脫剌兒城。塔剌渾督諸軍，穴城先入，破之，即軍中拜元帥，改銀青（光）〔榮〕祿大夫。……十六年，卒。子抄兒赤襲，從諸王也孫哥、塔察兒南征。"（頁3577）

（六）匪易："匪"通"非"，不易。

（七）有司：官吏，古代設官分職，事各有專司，故稱"有司"。

（八）館穀：居其館、食其穀，這裏指住宿與膳食。

　　十二月既望$^{(一)}$，醮于蔚州$^{(二)}$三館。師於龍陽$^{(三)}$住$^{(1)}$冬$^{(四)}$，旦夕$^{(五)}$常徃$^{(2)}$龍岡。閑$^{(3)}$步下視，德興以兵革之後，村$^{(4)}$落蕭條，作詩以寫其意云："昔年林$^{(5)}$木參天合，今日村$^{(6)}$坊徧地開。無限蒼生臨白刃，幾多華屋變青灰。"又云："豪傑痛吟千萬首，古今能有幾多人。研窮物外閑$^{(7)}$中趣，得脫輪迴泉下塵。"

【校記】

（1）住：黨本作"駐"。

（2）徃：輿地本、張本、紀本、黨本作"住"。

（3）閑：連本、輿地本、王本、備要本、初編本、史地本作"閒"，"閒"是"閑"的別體字。

（4）村：連本、輿地本、備要本、初編本、張本、紀本、史地本作"邨"。

（5）林：王本、黨本作"喬"。

（6）村：連本、輿地本、王本、備要本、初編本、張本、紀本、史地本作"邨"。

（7）閑：王本作"間"。

【注釋】

（一）既望：殷周曆以陰曆每月十五、十六日至二十二、二十三日為既望。後來稱農曆十五為望，望後一日為既望，即農曆十六日。

（二）蔚州：即金代西京路蔚州。《金史》卷24《地理志》云："西京路蔚州，下，中順軍節度使。遼嘗為武安軍。尋復。貢地蕈。戶五萬六千六百七十四。縣五：靈仙、廣靈、靈丘、安定、飛狐。"（頁568—569）。今河北蔚縣。

（三）龍陽：即前面提到的龍陽觀。

（四）住冬：住，停止，停留。住冬即過冬。

（五）旦夕：早晚，日常。

甲申(1)(一)之春二月朔，醮於繒山(二)之秋陽觀(三)。觀在大翮山(四)之陽(五)，山水(2)明秀，松蘿(六)煙月(七)，道家之地也。以詩題其檗云："秋陽觀後碧嵓(3)深，萬頃煙霞插翠岑(4)(八)，一徑桃花春水急，彎環流出(5)洞天心。"又云："羣山一帶碧嵯峨(6)(九)，上有羣仙日夜過。洞府深沈(7)人不到，時聞巖壁(8)洞仙歌(十)。"

【校記】

（1）申：輿地本作"中"。

（2）水：王本、黨本作"川"。

（3）嵓："巖"的別體字，餘本皆作"巖"。

（4）岑：史地本作"嶺"。

（5）出：連本、輿地本、備要本、初編本、紀本、張本、史地本作"水"。

（6）峨：連本、輿地本、初編本、史地本作"羲"。

（7）沈：紀本、黨本作"沉"。

（8）巖壁：王本、黨本作"巖墼"。

【注釋】

（一）甲申：元太祖十九年，即公元1224年。

（二）縉山：金代縉山縣，今北京延慶。

（三）秋陽觀：元代道觀名，在今北京延慶縣境。尹志平撰《葆光集》有《秋陽觀作》多首（《正統道藏》第25冊，頁506，519）。又有《縉山秋陽觀乙酉正月上元木凌降》詩一首（《正統道藏》第25冊，頁514）。

（四）大翮山：即今海坨山，屬於燕山山脉，位於今北京延慶縣西北張山營鎮北部與河北省赤城縣交界處。

（五）陽：山南、水北為陽。這裡是說秋陽觀在大翮山之南。

（六）松蘿：地衣類植物，常寄生在松樹上，絲狀，蔓延下垂。

（七）煙月：雲霧籠罩的月亮，朦朧的月色。

（八）岑：小而高的山。

（九）嵯峨：形容山勢高峻。

（十）洞仙歌：詞調名，原為唐教坊曲名。有令詞、慢詞兩體。令詞的名稱來自唐代的酒令。而慢詞並不後於令詞，它一部分是從大曲、法曲截取出來的，一部分則來自民間（夏承燾、吳熊和著：《讀詞常識》，頁41）。令詞自八十三字至九十三字，慢詞自一百一十八字至一百二十六字。宋康與之詞，名洞仙歌令，潘牥詞，名羽仙歌，袁易詞名洞仙詞，《宋史·樂志》名洞中仙，蘇軾、辛棄疾兩詞家填洞仙歌者最多。

燕京行省金紫^(一)石抹公、宣差便⁽¹⁾宜^(二)劉公^(三)以下諸官遣使者⁽²⁾持疏^(四)懇請師住大天長觀，許之。既而以驛召，乃度居庸^{(3)(五)}而⁽⁴⁾南。燕京道友來迎於南口^(六)神游觀^(七)。明旦^(八)，四遠^(九)父老^(十)士女^(十一)以香花^(十二)導師入京。瞻禮者塞路。初，師之西行也，眾請還期。師曰："三載歸，三載歸。"至是果如其言^(十三)。以上七日入天長觀，齋者日千人。望日，會眾請赴<u>玉虛觀</u>。

【校記】

（1）便：<u>輿地本</u>、<u>史地本</u>作"使"。

（2）者：<u>連本</u>、<u>王本</u>、<u>紀本</u>、<u>黨本</u>脫此字。

（3）居庸：<u>輿地本</u>、<u>張本</u>、<u>紀本</u>、<u>史地本</u>作"居庸關"。

（4）而：<u>輿地本</u>、<u>張本</u>、<u>紀本</u>、<u>史地本</u>脫此字。

【注釋】

（一）金紫：卽金紫光祿大夫。光祿大夫為官名。<u>戰國</u>時置中大夫。<u>秦</u>郎中令的屬官有中大夫。<u>漢武帝</u>時改為光祿大夫，秩比二千石，與諫議大夫、太中大夫同，無常事，掌顧問應對，屬光祿勳。<u>魏晉</u>以後無定員，皆為加官及禮贈之官。加金章紫綬者，謂之金紫光祿大夫，加銀章青綬者，謂之銀青光祿大夫。<u>唐宋</u>以後始用作階官之號。<u>元</u>、<u>明</u>升為從一品，<u>清</u>升為正一品。遂為文臣最高之階官。

（二）便宜：武官名。<u>遼</u>置便宜從事府，屬北面軍官。其主官稱便宜從事，在軍事行動中具有隨宜處置之權（《<u>遼史</u>》卷46《百官志二》，頁736）。

（三）劉公：此人當為<u>劉敏</u>，1223年，授安撫使，便宜行事，兼<u>燕京路</u>徵收稅課、漕運、鹽場、僧道、司天等事。於此相吻合。據《<u>元史</u>》卷153《<u>劉敏傳</u>》（頁3609）以及<u>元好問</u>撰《<u>大丞相劉氏先塋神道碑</u>》（《<u>遺山先生文集</u>》卷28）知悉，<u>劉敏</u>（1201—1259），字<u>有功</u>、<u>得柔</u>，<u>金宣德州</u>（今<u>河北宣化</u>）<u>青魯里</u>人，<u>元太祖</u>七年（1212）為<u>蒙古</u>軍俘獲，因其通曉<u>蒙古</u>諸部語言，受到<u>太祖</u>賞識，賜名<u>玉出幹</u>，隨<u>太祖</u>西征。公元1223年授安撫使，便宜行事，兼管<u>燕京路</u>徵收課稅、漕運、鹽場、僧道、司天等事，授予<u>西域</u>工匠千餘戶，及<u>山東</u>、<u>山西</u>兵士，立兩軍戍<u>燕</u>。置二總管府，以<u>敏</u>從子二人，佩金符，為二府長，命<u>敏</u>總其役，賜玉印，佩金虎符。<u>尚衍斌</u>對<u>劉敏</u>隨從<u>成吉思汗</u>征討<u>西域</u>史事多所辨析，詳見其《<u>讀〈遺山先生文集〉雜識</u>》（《<u>元史及民族與邊疆研究集刊</u>》第26輯，頁34—40）。

（四）疏：書信，此指燕京官員請長春真人丘處機主持天長觀的奏疏，具體內容詳見本書附錄《燕京行尚書省石抹公謹請真人長春公主持天長觀者》。

（五）居庸：即居庸關。在北京昌平縣西北，距北京市區 50 多公里，長城的一個重要關口，古代北京西北的屏障，關門南北相距四十里，兩山夾峙，巨澗中流，懸崖峭壁，稱為絕險，即《呂氏春秋》九塞之一。《析津志輯佚・屬縣》對居庸關的地望及功能表述詳盡："居庸關，在（昌平縣）西北四十里。……連亙數千里，入於三韓、肅慎、高句麗。居庸在直都城之北，中斷而為關，南北三十里，古今夷夏之所共由定，天所以限南北也。每歲聖駕行幸上都，並由此塗，率以夜度關，躍止行人。……國言謂之納鉢關，置衛領之，以司出入。"（頁 251—252）

（六）南口：即居庸關南口。北魏時稱下口，北齊時稱夏口，元代在此設千戶所，《元史》卷 86《百官志二》稱："南口千戶所，秩正五品。達魯花赤一員，千戶一員，百戶一員，彈壓一員。於大都路昌平縣居庸關置司。"（頁 2163）並在此築城，稱南口城，今北京市昌平區有南口鎮。

（七）神遊觀：南口的道觀，"在會城門外近西"（《析津志輯佚・寺觀》，頁 89）。故址在今北京市昌平區南口鎮境。

（八）明旦："旦"，天明，早晨。"明旦"，即第二天早晨。

（九）四遠：四方邊遠之地。

（十）父老：是對民間和鄉里有聲望的老人和耆舊的尊稱。

（十一）士女：成年男女。

（十二）香花：香料和鮮花。

（十三）至是果如其言：長春真人從元太祖十六年（1221）二月八日離開宣德（今河北宣化），十一月十八日抵邪米思干（今中亞烏茲別克斯坦撒馬爾罕）。於太祖十七年（1222）四月五日，抵達大雪山（今興都庫什山）行在。十月，從邪米思干東返。元太祖十八年（1223）回到宣德州朝元觀。元太祖十九年（1224）二月到燕京，往返用時三年。

是月二十五$^{(1)}$日，喝剌$^{(一)}$至$^{(2)}$自$^{(3)}$行宮，傳$^{(4)}$旨："神仙至漢地以清净$^{(二)}$道化人，每日與朕誦經祝壽，甚好$^{(5)}$。教$^{(6)}$神仙好田$^{(7)}$地內愛住處住。道與阿里鮮，神仙壽高，善為護持$^{(三)}$，神仙無$^{(8)}$忘朕舊言。"

【校記】

（1）五：王本、黨本作"二"，紀本作"有二"。

（2）至：史地本脱此字。

（3）自：興地本、張本脱此字。

（4）傳：史地本、興地本、張本、紀本在此字前衍"來"字。

（5）"神仙至漢地以清净道化人，每日與朕誦經祝壽，甚好"：黨本脱此句。

（6）教：黨本脱此字。

（7）田：史地本作"天"。

（8）無：黨本作"勿"。

【注釋】

（一）喝剌：即前文提到的陪伴丘處機回來的喝剌八海。

（二）清淨：在佛教法理中，清淨謂遠離罪惡與煩惱。在道教中清淨為修道方法之一，由唐代道士司馬承禎提出。"清"為清其心源，"靜"為靜其氣海，涵義為清心寡欲、清靜無為，是道徒必須遵守的修持方法和處世態度。道教重清淨，視其為道教的根本，學道之人唯清淨方能修道得道，"清淨"有雙重含義，既是道教的根本，又是認識道的方法，清淨思想最早由老子提出，唐宋以後，"清淨"逐漸為道教修煉理論所重，逐漸演變為內丹學的重要內容。

（三）護持：保護，扶持。

仲夏，行省金紫石抹公、便宜劉公再三$^{(1)}$持疏$^{(一)}$請師住$^{(2)}$持大天長觀$^{(3)(二)}$。是月二十有二日赴其請。空中有數鶴前導，儻$^{(三)}$西北而去。自師寓玉虛$^{(四)}$或$^{(4)}$就人家齋，常$^{(5)}$有三、五鶴飛鳴其上。北方從來奉道者鮮，至是聖賢欲使人歸向，以此顯化耳。八⁽⁶⁾會之衆皆稽首拜跪，作道家禮。時俗一變。<u>玉虛</u>井水舊鹹⁽⁷⁾苦，甲申、乙酉年^{(8)(五)}西來道衆甚多，水味⁽⁹⁾變甘，亦善緣^(六)所致也。

【校記】

（1）三：宛委本作"四"。

（2）住：王本、黨本作"主"。

（3）大天長觀：黨本作"大長天觀"。

（4）或：宛委本作"成"。

（5）常：王本作"嘗"。

（6）八：輿地本、備要本、張本、紀本、史地本、黨本作"入"。

（7）鹹：宛委本作"醶"。

（8）年：輿地本、史地本脫此字。

（9）味：輿地本、張本、紀本、史地本在此字後衍"忽"字。

【注釋】

（一）疏：該疏內容詳見本書附錄《燕京尚書省石抹公謹請丘神仙久住天長觀》。

（二）天長觀：據《析津志輯佚·寺觀》載："天長觀在南城歸義寺南。內有<u>唐</u>碑三。<u>燕京</u>古道觀，惟此一也。"（頁87）至於"歸義寺"，同書載其地望云："在舊城時和坊，內有<u>大唐</u>再修<u>歸義寺</u>碑"（頁67）。至於時和坊不見著錄。藉此可知<u>天長觀</u>應位於舊城<u>時和坊</u>以南不遠處。

（三）愫：趨向，向著。

（四）玉虛：即前文提到的<u>玉虛觀</u>。

（五）甲申、乙酉：<u>元</u><u>太祖</u>十九、二十年。即公元1224、1225年。

（六）善緣：原意多指<u>佛教</u>徒與<u>佛門</u>的緣分。此指道士與<u>道門</u>的因緣。

季夏望日^(一)，<u>宣差相公劄</u>⁽¹⁾八^{(2)(二)}傳旨："自神仙

去，朕未嘗一日忘神仙。神仙無忘朕，朕所有之地愛願處即住，門人恒為朕誦經祝壽則嘉[3]。"

【校記】

（1）劄：即"札"或"扎"的別體字。連本、王本、黨本作"札"。

（2）八：輿地本作"人"。

（3）嘉：王本作"佳"。

【注釋】

（一）季夏望日：農曆六月十五日。

（二）劄八：即《元史》傳記中的札八兒火者，回回人，伊斯蘭教創始人穆罕默德後裔，以賽夫（Sayyid）為氏。《元史》卷120《札八兒火者傳》稱："札八兒火者，賽夷人。賽夷，西域部之族長也，因以為氏。火者，其官稱也。""火者"，波斯語形式為 Khwaja，用來稱呼市民中的顯貴，阿拉伯語形式為 Khuwaja，意為"先生"，突厥語為 Khoja。札八兒與成吉思汗同飲班朱尼河水。太祖征西域，"留札八兒與諸將守中都。授黃河以北鐵門以南天下都達魯花赤，賜養老一百戶，并四王府為居第。……有丘真人者，有道之士也，隱居崑崙山中。太祖聞其名，命札八兒往聘。丘語札八兒曰：'我嘗識公'。札八兒曰：'我亦嘗見真人。'他日偶坐，問札八兒曰：'公欲極一身貴顯乎？欲子孫蕃衍乎？'札八兒曰：'百歲之後，富貴何在？子孫無恙，以承宗祀足矣。'丘曰：'聞命矣'。後果如所願云，卒年一百一十八。贈推忠佐命功臣、太傅、開府儀同三司、上柱國，追封涼國公，諡武定。"（頁 2960—2961）關於成吉思汗命札八兒敦請丘處機的紀事，《元史》卷202《丘處機傳》亦曰："歲己卯，太祖自乃蠻命近臣札八兒、劉仲祿持詔求之。"（頁 4524）然本書並未提及曾派遣札八兒召請丘處機之事。王國維認為系《元史》誤。另據《蒙韃備錄》謂："劄八者，乃回鶻人，已老，亦在燕京同任事。"（《王國維遺書》第 13 冊，頁 11b）此即劄八。因其出任黃河以北鐵門以南天下都達魯花赤，所以漢人稱之為"宣差相公"。

自師之復來，諸方道侶雲集，邪說日寢^(一)。京⁽¹⁾人翕然^(二)歸慕，若戶曉家諭。教門四闢，百⁽²⁾倍往昔。乃建八會^(三)於天長，曰平等，曰長春，曰靈寶^(四)，曰長生，曰明真，曰平安，曰消灾，曰萬蓮。

【校記】

（1）京：宛委本缺此字。

（2）百：宛委本在此字前衍"而"字。

【注釋】

（一）寢：止息。

（二）翕然：翕，合、聚，此為一致的意思。

（三）八會：黨本認為指群眾性道教組織，今從之。

（四）靈寶：道家謂長生之法，這裡指教會名稱。

師既歸天長^(一)，遠方道人繼來求法名^(二)者日⁽¹⁾益眾。嘗以四頌示之。其一云⁽²⁾："世情無斷滅，法界有消磨。好惡縈⁽³⁾心曲，漂淪奈爾何。"其二云："有物先天貴，無名不自生。人心常隱伏，法界任縱橫。"其三云："徇物^(三)雙眸眩，勞生^(四)四大窮^(五)。世間⁽⁴⁾渾是⁽⁵⁾假，心上不知空。"其四云："昨日念無蹤⁽⁶⁾，今朝事亦同。不如齊放下，度日且空空。"

【校記】

（1）日：黨本脫此字。

（2）云：王本、黨本作"曰"。本段"其二云"、"其三云"，王本、黨本分別為"其二曰"、"其三曰"，不再出校。

（3）縈：張本、紀本作"榮"。

（4）間：史地本作"界"。

（5）是：史地本作"似"。

（6）蹤：王本作"踪"。

【注釋】

（一）天長：即上文解釋的天長觀。

（二）法名：佛教用語，謂僧徒皈依佛教後，由法師為其起的名字。道教徒也有法名，意義與佛教相似。

（三）徇物：追求身外之物，屈從世俗。

（四）勞生：辛勞的生活。

（五）四大窮：四大，原為佛教用語，佛教以地、水、火、風為“四大”，認為世間一切事物及道理皆由四大假合組成。此“四大窮”，當指窮盡世間一切事物與道理。

　　每齋畢，出遊故苑^{（一）}瓊華^{（二）}之上。從者六、七人，宴坐^{（三）}松陰⁽¹⁾，或自賦詩，相次屬和^{（四）}。間^{（五）}因茶罷，令⁽²⁾從者歌《游仙曲》^{（六）}數闋。夕陽在山，澹⁽³⁾然^{（七）}忘歸。由⁽⁴⁾是，行省^{（八）}及宣差劄⁽⁵⁾八相公⁽⁶⁾北宮^{（九）}園池⁽⁷⁾并⁽⁸⁾其近地數十頃^{（十）}為獻，且請為道院^{（十一）}。師辭不受。請至于再，始受之。既而⁽⁹⁾，又為頒文牓^{(10)（十二）}以禁樵採^{（十三）}者⁽¹¹⁾，遂安置道侶，日益脩茸。後具表^{（十四）}以聞，上可其奏。自尔，佳時勝日^{（十五）}，師未嘗不往來乎其間⁽¹²⁾。

【校記】

（1）陰：史地本、黨本作“蔭”，早期做“樹蔭”講，二者可通用，後來固定用“蔭”字。今從底本，用“陰”。

（2）令：王本、黨本作“命”。

（3）澹：張本、紀本作“淡”。

（4）由：王本、張本、紀本、黨本作“於”。

（5）劄：連本、輿地本、紀本、史地本作“剳”，黨本作“札”，張本、紀本在此字後衍小字“《元史》作扎八兒”。

（6）公：王本、張本、紀本、黨本、宛委本在此字後衍“以”。

（7）池：張本、紀本作“地”。

（8）并：備要本、初編本作"幷"。

（9）而：王本、黨本脱此字。

（10）牓：宛委本與底本同，餘本皆作"榜"。古時二字通用，今寫成"榜"。

（11）者：王本、黨本脱此字。

（12）"上可其奏。自尒，佳時勝日，師未嘗不往來乎其間"：史地本漏此句。

【注釋】

（一）故苑：有兩種理解，一指金朝之園林，因此時金朝中都燕京早已被蒙古軍佔領。二指長春真人以前到過的園林，今故地重遊。陳時可撰《長春真人本行碑》謂："（金大定）二十八年春，師以道德升聞，徵赴京師，官建庵于萬寧宮之西，以便咨訪。夏五月召見于長松島，秋七月復見。師剖析至理，進《瑤臺第一層曲》，眷遇至渥。翌日，遣中使賜上林桃。師不食茶果十餘年矣，至是取其一啖之，重上賜也。"（陳垣編撰：《道家金石略》，頁 457）也就是說長春子很可能在金朝時遊歷過當時的皇家園林，遂有"故苑"之稱。

（二）瓊華：即瓊華島，簡稱瓊島。即今北京市北海公園内的瓊華島。金代名瓊華島，元代謂萬壽山（或萬歲山），明代稱瓊華島或萬壽山。《金史》卷24《地理志上》載，京城"寧德宮西園有瑤光臺，又有瓊華島，又有瑤光樓。"（頁 573）《元大都宮殿圖考》稱："萬歲山在大内西北太液池之陽，即金之瓊華島"，"至元八年（1271）賜名萬壽，泰定以後史作萬歲"（頁 31—32），在元代，瓊華島被稱為"燕京八景"之一，《元一統志》卷1 記云："燕山八景：太液秋波、瓊島春陰、居庸疊翠、玉泉垂虹、金臺夕照、盧溝曉月、西山霽雪、薊門飛雨。"（頁 21）《析津志輯佚·古跡》亦曰："瓊林苑有橫翠殿、寧德宮。西園有瑤光臺；又有瓊華島。"（頁 112）明代，瓊華島也稱萬壽山，而萬歲山亦指煤山，《廣志繹》卷2《兩都》："西苑在禁垣西，内有太液池，池内有瓊華島，島上有廣寒殿。喬松高檜，儼然蓬萊，祿荷開時，金碧輝蘸。永、宣朝，嘗敕侍從遊之，如三楊業皆有記。此禮數近不聞矣。苑東北

萬歲山，正直宮門後，隱映城闕，亦禁中勝景也。然不敢登，其麓以煤土堆疊之。此亦有深意。"（頁 15）

（三）宴坐：閑坐。

（四）相次屬和："相次"，次第，相繼；"屬和"，隨人唱和。"相次屬和"，即相互按一定規則唱和。

（五）間：中間，間歇。

（六）遊仙曲：道教文學體裁之一，為歌詠仙人漫遊之情的詩，源於漢代以前的歌賦，及至魏晉時期，隨著道教活動的發展及道教神譜系統的壯大，遊仙曲日益成熟，體裁多為五言詩，句長 10 至 16 句不等，其類型從思想格調上看，以富貴而遊仙者為正體，以坎坷而遊仙為變體，從表現形式上，以作者與眾神共遊為正體，以神仙自遊者為變體，遊仙曲神韻磅礡，想像奇異，其鋪陳追漢賦遣詞華麗之遺風，開浪漫主義詩風。

（七）澹然：淡薄，恬靜的樣子。

（八）行省：此指燕京行省長官石抹咸得不。

（九）北宮：指金朝宮殿的北部部分。

（十）十頃：金制，一百畝為一頃，十頃即為一千畝。《金史》卷 47《食貨志二》云："田制：量田以營造尺，五尺為步，闊一步，長二百四十步為畝，百畝為頃。"（頁 1043）

（十一）關於行省及劏八相公獻地，請為道院這件事，史料多所記載。陳時可撰《長春真人本行碑》有曰："明年春，（長春真人）住燕京大天長觀，行省請也。……繼而，行省又施瓊華島為觀。兵革而來，天長已殘破，島猶甚。師葺之。工物不假化緣，皆遠邇自獻者，三年一新。"（陳垣編纂：《道家金石略》，頁 457）。

（十二）文牓：指佈告，文告。

（十三）樵採：打柴。

（十四）表：漢制，下言於上，分用章、奏、表、駁議。表多用於陳述衷情，後來應用漸廣，有賀表、謝表等。

（十五）佳時勝日：佳，勝，都是"美好的"意思。佳時勝日指美好的時光或日子。

寒食日^(一)作春遊詩二首，其一云："十頃方池^(二)間⁽¹⁾御園，森森^(三)松柏⁽²⁾罩清煙。亭臺萬事都歸夢，花柳三春卻屬仙。島外更無清絕地，人間唯有廣寒^(四)天。深知造物安排定，乞與官⁽³⁾民種福⁽⁴⁾田^(五)。"其二云："清明^(六)時節杏花開，萬戶千門日往來。島外茫茫春水闊⁽⁵⁾，松間獵獵暖⁽⁶⁾風迴。遊人共嘆斜陽逼^(七)，達士^(八)猶嗟短景催。安得大丹^(九)冥換骨，化身飛上鬱羅臺^(十)。"

【校記】

（1）間：黨本作"閑"。

（2）柏：底本作"栢"，今據後文改。

（3）官：史地本作"宫"。

（4）福：初編本作"禍"。

（5）闊：連本、史地本、宛委本作"濶"。

（6）暖：宛委本作"曉"。

【注釋】

（一）寒食日：節令名，在農曆清明前一或二日。相傳春秋時晉國介子推輔佐重耳（晉文公）有功，晉文公歸國分封時，忘記分封，介子推隱於山中，重耳燒山逼他出來，子推抱樹而死，文公為紀念他，禁止在子推忌日生火煮食，只吃冷食，以後相沿成俗，遂稱寒食。

（二）十頃方池：即上文提及的北宮園池。

（三）森森：比喻樹木挺拔、高聳的樣子。

（四）廣寒：即廣寒宮，又稱廣寒殿，傳說月中的仙宮名，即月宮。

（五）福田：佛家謂積善行可得福報，猶如播種田地，秋獲其實。

（六）清明：農曆二十四節氣之一，舊稱為三月節，在陽曆四月五日或六日，中國自古以來有清明節踏青掃墓的習俗。在宋代，寒食的最後一天為清明節。《燕京歲時記》記載說："清明即寒食，又曰禁煙節。古人最重之，今人不為節，但兒童截柳祭掃墳塋而已。世族之祭掃者，於祭品之外，以五色紙錢制成幡蓋，陳於墓左。"（頁57）

（七）逼：迫近。

（八）達士：明智達理之士。

（九）大丹：道家術語。亦作"內丹"。指修煉後神氣相交，結為有形之物。

（十）鬱羅臺：也稱"鬱羅蕭臺"，位於清微天玉清境，相傳為<u>元始天尊</u>升座之臺，<u>道教</u>高功法師常把郁羅蕭臺的圖案用金、銀、彩線繡於法衣背後，該圖案的主要形狀為：中心是一寶塔，寶塔上方有五老，五老左側有玉兔，象徵月亮，右側有金烏，象徵太陽，四周有二十八顆金星，象徵二十八宿，此外還有祥雲、仙鶴、金龍等圖案。

乙酉^(一)四月，<u>宣撫王公巨川</u>^(二)請師致齋于其第。公<u>關右</u>^(三)人也，因話<u>咸陽</u>^(四)、<u>終南</u>^(五)竹木之勝⁽¹⁾，請師看庭竹。師曰："此竹殊秀。兵火而後，蓋不可多得也。我昔居於<u>磻溪</u>，茂林修竹，真天下之奇觀也⁽²⁾。思之如夢，今老矣，歸期將至。當分我數十竿，植寶玄^{(3)(六)}之北軒，聊以遮眼。"宣撫曰："天下兵革未息，民甚倒懸。主上方尊師重道，賴師真道力^(七)，保護生靈，何遽出此言邪⁽⁴⁾？願垂大慈以救世為念。"師以杖叩地，笑而言曰："天命已定，由人乎哉！"眾莫測其意。

【校記】

（1）勝：連本、輿地本、備要本、初編本、紀本、張本、史地本作"盛"。

（2）也：連本、輿地本、備要本、初編本、紀本、張本、史地本皆脫此字，王本注："本無此字，從藏本增"。

（3）玄：連本、輿地本、備要本、初編本、紀本、張本、史地本、宛委本作"元"。

(4) 邪：王本、黨本作"耶"。

【注釋】

(一) 乙酉：元太祖二十年，即公元 1225 年。

(二) 王公巨川：即王檝。

(三) 關右：古地區名。古人以西為右，亦稱"關西"，漢唐時期泛指函谷關或潼關以西之地。

(四) 咸陽：今陝西咸陽市。

(五) 終南：即終南山。

(六) 寶玄：即寶玄堂。

(七) 道力：指修道者的功力。

夏五月終，師登壽樂山^(一)巔⁽¹⁾，四顧園林，若張翠⁽²⁾幄^(二)，行者⁽³⁾休息其下，不知暑氣之甚⁽⁴⁾也。因賦五言律詩^(三)云："地土臨邊塞，城池壓^(四)古今。雖多壞宮闕，尚⁽⁵⁾有好園林⁽⁶⁾。綠樹攢攢^(五)密，清風陣陣深。日遊仙島上，高視八紘^(六)吟。"

【校記】

(1) 巔：餘本皆作"顛"。

(2) 翠：王本、黨本脫此字。

(3) 者：王本、黨本作"人"。

(4) 甚：宛委本作"盛"。

(5) 尚：王本、黨本作"猶"。

(6) 園林：張本作"林園"。

【注釋】

(一) 壽樂山：今北海瓊華島的最高峰。

(二) 翠幄：幄，篷帳，翠幄，翠色的篷帳。

(三) 五言律詩：典詩體之一，簡稱五律，是律詩的一種。全篇五言 8 句，40 個字，故又稱"四十字詩"。

（四）壓：超越。

（五）攢攢：聚集。

（六）八紘：大地的極限，猶言八極。

　　一日，師自瓊島^(一)廻，陳公秀玉^(二)來見，師出示七言律詩^(三)云：“蒼山突⁽¹⁾兀倚⁽²⁾天孤，翠柏⁽³⁾陰森邁⁽⁴⁾殿扶^(四)。萬頃煙霞常自有，一川風月等閑無。喬松挺拔來深澗，異石嵌空出太湖^(五)。盡是長生閑活計^(六)，脩真^(七)薦福^(八)邁京都^(九)。”

【校記】

（1）突：宛委本作“深”。

（2）倚：史地本作“依”。

（3）柏：王本作“栢”。

（4）邁：王本、張本、紀本、黨本作“繞”。

【注釋】

（一）瓊島：即瓊華島。

（二）陳公秀玉：即陳時可，字秀玉。

（三）七言律詩：詩體的一種，每句七字或以七字為主，如：七谷、七律、七絕等，七言之始或說出於詩騷，或說出於柏梁臺詩，說法不一，近人多以為起於漢魏，至六朝而趨於成熟。

（四）扶：攀援，沿著。

（五）太湖：湖名，在江蘇吳縣西南，跨江蘇、浙江二省，湖中小山甚多，東西二洞庭最著名。

（六）活計：原意指生計、謀生的手段，這裡指宗教徒修行的功課。

（七）脩真：即修道，指潛心一志，修煉成真。

（八）薦福：薦，過節時以食物祭供，這裡指祭神以求福。

（九）邁京都：邁，超過，超越。京都，即燕京，此指修道、薦福的活動超出了京師的範圍，意思是範圍很廣。

九月初吉^(一)，宣撫王公^(二)以熒惑犯尾宿，主燕境災^(三)。將請師作⁽¹⁾醮，問所費幾何，師曰："一物失所，猶⁽²⁾懷不忍，況闔境乎？比年^(四)已⁽³⁾來，民苦徵役，公私交罄，我當以觀中常住物^(五)給之，但令京官齋戒以待行禮足矣，餘無所用也。"於是約作醮兩晝夜，師不憚其老，親禱于玄⁽⁴⁾壇。醮竟^(六)之夕，宣撫喜而賀之曰："熒惑已退數舍^(七)，我輩無復憂矣。師之德感，一何^(八)速哉！"師曰："余有何德，所⁽⁵⁾禱之事自古有之，但恐不誠耳。古人曰⁽⁶⁾：'至誠動天地⁽⁷⁾'，此之謂也。"

【校記】

（1）作：自此字往後，輿地本、史地本漏 500 餘字。

（2）猶：王本、黨本作"尚"。

（3）已：連本、王本、備要本、初編本、紀本、張本、黨本、宛委本作"以"。

（4）玄：連本、備要本、初編本、宛委本作"元"。

（5）所：連本、輿地本、王本、備要本、紀本、張本、黨本作"祈"。

（6）曰：王本、張本、紀本、黨本作"云"。

（7）地：連本、備要本、初編本、張本、紀本脫此字。

【注釋】

（一）初吉：陰曆初一日。

（二）宣撫王公：即王檝。

（三）熒惑犯尾宿，主燕境災：熒惑，即火星，亦稱赤星、罰星、執法。火星在古天文學上被認為是不詳之星，它出現在那裏，預示那裏將有災難降臨；尾宿，二十八星宿之一，地理分野對應燕地。按古代天文星術的說法，"熒惑犯尾宿"表示燕地將有災禍。

（四）比年：連年，近年。

（五）常住物：僧、道的寺舍、什物、樹木、田園、僕畜、糧食等，統稱常住物，簡稱常住。

（六）竟：窮，終。

（七）舍：古代行軍三十里為一舍。

（八）一何：何其，多麼。

重九日遠方道衆咸^{（一）}集，或以菊為獻，師作詞一闋，寓^{（二）}聲《恨歡遲》，云："一種靈苗^{（三）}體性殊，待秋風、冷透根株。散花開，百億^{（四）}黃金嫩⁽¹⁾，照天地⁽²⁾清虛。九日持來滿座隅^{（五）}，坐中⁽³⁾觀、眼界^{（六）}如如^{（七）}，類長生，久視無凋謝，稱作伴閑居。"

【校記】

（1）嫩：餘本皆作"嫩"。

（2）地：黛本作"空"。

（3）中：張本、紀本作"定"。

【注釋】

（一）咸：皆，都。

（二）寓：寄託。

（三）靈苗，傳說中的仙草，此指菊花。

（四）百億：億，數詞，古代億的計數有大小兩種：其小數以十為等，十萬為億，十億為兆。其大數以萬為等，萬萬為億。此處極言數目之多。

（五）座隅：座位的旁邊。

（六）眼界：視力所及的範圍，多指精神境界。

（七）如如：佛教指真如常住，圓融而不凝滯的境界。

繼而有奉道者持璽⁽¹⁾紙大軸來求親筆，以《鳳棲梧》詞書之云："得好休^{（一）}來休便是，贏取逍遙，免把身心使。多少聰明英烈士，忙忙虛負平生志。造物推移無定止，昨日歌歡⁽²⁾，今日愁煩至。今日不知明日事，區區^{（二）}著甚勞神思"。

【校記】

（1）璽：餘本皆作“繭”。“璽”通“繭”。

（2）歌歡：連本、輿地本、王本、備要本、初編本、紀本、張本、史地本、宛委本作“歡歌”。

【注釋】

（一）好休：原為佛教用語，闡發清靜無為之旨。《五燈會元》、《古尊宿語錄》有此語；後為道教採用，《三洞群仙錄》、《重陽全真集》俱見。

（二）區區：小、少，這裡指人們日常所遇瑣事。

一日或^(一)有質^(二)是非^(三)于其前者，師但^(四)漠然^(五)不應，以道義^(六)釋之。復示之以頌曰：“拂、拂、拂，拂盡心頭無一物。無物心頭是好人，好人便是神仙佛。”其人聞之，自愧⁽¹⁾而退。

【校記】

（1）愧：連本、王本、備要本、初編本作“媿”。

【注釋】

（一）或：代詞，有人。

（二）質：就正，請評定，咨詢。

（三）是非：爭執，糾紛。

（四）但：連詞，猶言“只是”。

（五）漠然：漠，無聲，平靜。漠然，平靜的樣子。

（六）道義：原指道德義理，此指道教教義。

丙戌^(一)正月，盤山^(二)請師黃籙醮^(三)三晝夜。是日，天氣晴霽^(四)，人心悅懌^(五)，寒谷^(六)生春。將事之夕，以詩示眾云：“詰^(七)曲亂山深，山高快客心。羣峰爭挺拔，巨壑太蕭森。似有飛仙過⁽¹⁾，殊無宿鳥吟。黃冠^{(2)(八)}三日醮，素服萬家臨。”

【校記】

（1）過：王本、黨本作“至”。

（2）冠：王本作“寇”。

【注釋】

（一）丙戌：元太祖二十一年，即公元 1226 年。

（二）盤山：山名，又名四正山、盤龍山。位於今天津薊縣西北部，屬燕山山脉南部分支。相傳，古有田盤先生在此隱居，故名。

（三）黃籙醮：道教齋醮名稱之一。指超度亡靈並作的度亡道場。黃是眾色之宗，籙是萬真之符。早期道教並無黃籙齋法，《洞玄靈寶五感文》中列舉“洞玄靈寶之齋有九法”，其二即為黃籙齋，稱與金籙齋相同，只是其目的為“拔九祖罪根”。（《正統道藏》第 32 冊，頁 618）南北朝時期的黃籙齋壇與金籙齋壇相同，即露天設壇，廣三丈，壇有重壇，廣二丈，圍欄，上下設十門，但圍壇四面安放燈、香火紋繪之類，庶人、諸侯、天子各異，還要安放金龍十枚，枚重一兩，到宋代時黃籙齋的規模更為浩大，有內壇三級，各高一尺五寸，或一尺二寸，或九寸，內壇設十門，中壇設四門，外壇離宮開一門，門間以絳繩或青繩攔之，壇心安放三寶位，上施賬座寶蓋，中安神經，內壇設十香方案，蕃花燈纂，壇前左右分設六壇，壇之左立煉度堂，右立神虎堂，東南設受度堂，令有靜默堂，靖室、普度堂、誦經堂等，壇外一共燃燈 159 盞，齋儀的規模非常龐大，或一日一夜、三日三夜，七日七夜不等，唐代以後，齋醮漸連稱，但是黃籙齋名由於使用頻繁，至今亦然，當今各道教宮觀教徒參預的儀式活動大多屬黃籙齋類。

（四）霽，雨、雪後初晴。

（五）悅懌：高興愉快。

（六）寒谷：深山溪谷，為日光所不及，故稱“寒谷”。

（七）詰：屈曲，這裡是“曲折”之意。

（八）黃冠：黃帝時衣冠的名稱，後引申專指道士。

五月，京師大旱。農不下種⁽¹⁾，人以爲憂。有司移市^(一)立壇^(二)，懇禱^{(2)(三)}前後數旬無應。行省差官賫^{(3)(四)}

疏，請師爲祈雨醮^(五)三日兩夜。當設醮請聖^(六)之夕，雲氣四合^(七)。斯須^(八)雨降，自夜半^(九)及食時^(十)未止。行省委官奉香火^(十一)來謝曰："京師久旱，四野欲然^(十二)，五穀未種，民不聊生。賴我師道力感通上真^(十三)，以降甘澍^(十四)，百姓僉^{(4)(十五)}曰：'神仙雨也'。"師答曰："相公至誠所感，上聖垂慈，以活生靈，吾何與焉？"使者出，復遣使來告曰："雨則既降，奈久旱未霑^{(5)(十六)}足，何更得⁽⁶⁾滂沱大作？此旱可解^(十七)。願我師慈悲^(十八)。"師曰："無慮。人以⁽⁷⁾至誠感上真，上真必以誠報人，大雨必至。"齋未竟，雨勢海立^(十九)。

【校记】

（1）種：備要本作"動"。

（2）懇禱：王本、紀本、黨本脱此二字。

（3）賚：連本、王本、備要本、初編本、黨本作"齎"，紀本、張本作"齋"，宛委本作"賷"。"賷"與"齋"通，"賷"、"賷"為"賚"的別體字。

（4）僉：王本、紀本、黨本作"皆"。

（5）霑：張本、紀本、黨本作"沾"。

（6）何更得：興地本、史地本在此三字前漏約五百字。

（7）以：宛委本作"心"。

【注釋】

（一）市：貿易場所。

（二）壇：即祭場，指在平坦的地上，用土築就的高臺。古代以壇祭天地及祖先是常見的事，凡遇大事如朝會、盟誓、冊封等皆築壇祭祀以示虔誠。

（三）懇禱：懇，誠懇，忠誠。禱，祈禱。懇禱即誠懇的祈禱。

（四）賚：同"賷"、"齋"，持物贈人。

（五）祈雨醮：道教齋醮名稱。《道門科範大全集》卷10《靈寶太一祈雨醮儀》云："此醮不關涉九皇，凡信，止奏碧玉宮十二分道場，依後壇圖。可使十二分上箋紙禮，不許公吏上壇與事。此醮大有感應，可作十二位座位，不許苟簡。降真香、茅香、沉香、龍涎香、青木香，不用檀香，有天條，違者奪算。"（《正統道藏》第 31 冊，頁 781）

（六）聖：即"聖人"，<u>佛教</u>、<u>道教</u>信徒分別對佛祖、上仙的尊稱。

（七）雲氣四合：雲和氣從四面八方聚攏過來。<u>北齊魏收</u>撰《魏書》卷 91《王早傳》謂："至申時，雲氣四合，遂大雨滂沱。"（頁 1957）

（八）斯須：暫，片刻。

（九）夜半：即三更，指晚二十三時到次日凌晨一時。古人將一夜分為"五更"，每更又有單獨的稱呼，一更稱作"黃昏"，二更稱作"入定"，三更稱作"夜半"，四更稱作"雞鳴"，五更稱作"平旦"。

（十）食時：指日出之後，午時以前的一段時間。古人一日兩餐，於此時用朝食，故稱"食時"。

（十一）香火：香煙燭火，用於祭祀活動。

（十二）然："燃"的本字，燃燒。

（十三）上真：<u>道教</u>信徒稱修煉得道之人為"真人"，上真即上仙。

（十四）甘澍：及時雨，猶言甘露。

（十五）僉：皆、眾。

（十六）霑：亦作"沾"，潤澤，沾濡。

（十七）觧：同"解"，脫去，排除。

（十八）慈悲：崇信佛教者稱慈愛、悲憫的行為為慈悲。

（十九）雨勢海立：海立，像海水立起來一樣，形容雨勢很大。<u>唐杜甫</u>《朝獻太清宮賦》有曰："九天之雲下垂，四海之水皆立。"（杜甫著，<u>高仁標</u>點校：《杜甫全集》，頁 295）

　　是歲有⁽¹⁾秋，名公碩儒^{(2)（一）}皆以詩來賀。一日，有<u>吳大卿德明</u>^{（二）}者，以四絕句來上⁽³⁾，師復次韻^{（三）}答之。其

一云⁽⁴⁾："<u>燕國</u>^(四)<u>蟾公</u>^{(5)(五)}即此州，超凡入聖洞賓^{(6)(六)}傳^(七)。一時鶴駕歸<u>蓬島</u>^(八)，萬劫^(九)仙鄉^(十)出土丘⁽⁷⁾。"其二云："我本深山獨自居，誰能⁽⁸⁾天下眾人譽。軒轅道士^(十一)來相訪，不解言談世俗書。"其三云："莫把閑人作等閑，閑人無欲近仙班^(十二)。不於此日開心地^(十三)，更待何時到寶山^(十四)。"其四云："混沌^(十五)開基^(十六)得自然^(十七)，靈明^(十八)翻^(十九)小大椿年^(二十)。出生入死^(二十一)常無我^(二十二)，跨古騰今自在仙。"

【校記】

（1）歲有：興地本、史地本脫此二字。

（2）儒：興地本、史地本在此字後衍"有名"二字。

（3）上：王本、黨本脫此字。

（4）云：王本、黨本作"曰"。

（5）公：連本、興地本、備要本、初編本、張本、紀本、史地本作"宮"。

（6）賓：餘本作"賓"。

（7）丘：連本、王本、備要本、初編本、宛委本作"邱"，史地本作"坵"。

（8）能：王本、張本、黨本作"知"。

【注釋】

（一）名公碩儒：名公，即著名的文人；碩儒，大儒，飽學之士。

（二）吳大卿德明：即前文提到的<u>吳章</u>。

（三）次韻：唱和別人的詩并依原詩用韻的次序，叫次韻。始於<u>唐元稹</u>、<u>白居易</u>。

（四）燕國（911—913）：又稱"<u>桀燕</u>"，五代十國時期的割據政權，大致範圍包括今<u>山東</u>北部、<u>河北</u>東部、<u>北京</u>、<u>天津</u>、<u>遼寧</u>一部分。<u>後梁乾化</u>元年（911）八月，原<u>後梁</u>燕王、盧龍節度使<u>劉守光</u>割據稱帝，國號"<u>大燕</u>"，定都城於<u>幽州</u>（今<u>北京</u>），改元"應天"。後梁乾化三年（913）十一月，晉王李存勖拔幽州，劉守光出逃，不久被擒，燕國滅亡。由於劉守光統治期間殘暴不仁，故此燕國又稱為"桀燕"。

（五）蟾公：生卒年不詳，又稱海蟾公，原名劉操，字招遠。得道後改名玄（元）英，字宗成。號海蟾子，世稱劉海蟾。五代北宋燕地廣陵（今屬河北）人，一說為渤海（今山東賓縣）人，一說為大遼人。喜好黃老之學，相傳受到正陽子鐘漢離的點化而徹悟，并接受呂洞賓清靜無為、養性修命及金液還丹諸道法，與張無夢、種放、陳希夷結為方外之友。在遼應舉，中甲科進士，事五代時期燕主劉守光為丞相，后棄官隱居華山修道，又移居終南山，后歸隱代州鳳凰山。因其曾居全真教祖庭終南山，故被尊奉為"全真北五祖"（王玄甫、鐘離權、呂洞賓、劉海蟾、王重陽）之一。元世祖至元六年（1269），被封為"明悟弘道真君"。善詩文，有詩集行於世。著有《還金篇》、《還丹破迷歌》、《黃帝陰符經籍解》等。其事跡散見於《曆世真仙體道通鑒》、《陝西通志》、《畿輔通志》、《堅瓠集》等。

（六）洞賓：即呂洞賓（約798—?），初名呂紹先，後改呂喦，字洞賓，號純陽子。一說其於唐咸通年間（860—874）及第，兩調縣令，後棄官前往終南山修道。一說其兩舉進士不第，遊長安遇鐘離權，授以大道天遁劍法，龍虎金丹秘文。於是歸隱山林，潛心修道。他以慈悲度世為成道路徑，以金丹術為內功，發揮道教長生駐世、修真成仙的思想，兼容儒、釋之說，弘揚道教內丹修煉，形成鐘呂金丹派，對宋元以後的道教發展有深遠影響。被後來的全真教尊奉為"全真教碑五祖"之一，通稱"呂祖"。曾多次受到宋元朝廷的冊封，北宋宣和元年（1119）詔封"苗通真人"，元世祖至元六年（1269）封"純陽演正警化真君"。元武宗至大三年（1310），加封為"純陽演正警化孚佑帝君"。民間傳言，他百餘歲時鶴髮童顏，步履輕盈，為"八仙"之一。其著述較多，但大多為明清時期託名偽撰，真假混雜。《全唐文》錄其詩四首，另撰有《純陽呂真人文集》八卷。事跡散見於《純陽帝君神化妙通錄》、《歷世真仙體道通鑑》、《成化陝西通志》等。

（七）儔：同輩，伴侶。

（八）蓬島：即蓬萊島，古代方士相傳，此島為道人修煉的海上仙山。後被視作道教仙境"三島"之一。

（九）萬劫：亦作"萬刧"。"劫"在梵語中的意思為"極其久遠的一段時間"。佛教用以表示極長的時間。佛經説世界有成、住、壞、空四個時期，合謂一"劫"，萬劫則與"萬世"近義。

（十）仙鄉：仙人居住的地方。

（十一）軒轅道士：軒轅即傳說中的黃帝，相傳他姓公孫，居於軒轅之丘，故名曰軒轅。後被方士、道士尊為神仙。並將道教思想與軒轅相附，許多道教經書託名軒轅黃帝所著。此處"軒轅道士"泛指那些道行深厚的道徒。

（十二）仙班：原意為"神仙行列"。後用於比喻翰林官階的清貴。此處當為原意。

（十三）開心地：開，開導。開導心靈的地方。

（十四）寶山：出產珍寶的山，此乃隱喻道法。

（十五）混沌：天地未開闢以前之元氣狀態。

（十六）開基：開創基業，此指開天闢地。

（十七）自然：既是道教信徒對道義的表述，又是其修煉理論的一個基礎。道教以老莊思想為基礎衍生出復雜的"自然"觀念，他們認為：①自然是產生道的根本。②自然為宇宙萬物之本性，萬物以道為法，以自然為法。③自然是道的本性，本身即在道中，無須效法。

（十八）靈明：指"心"。即主觀精神。

（十九）翻：反而，反倒。

（二十）大椿年：大椿，木名。後稱父為椿，即取大椿高壽之義。也用於祝男子長壽之詞。《莊子·逍遙遊》記載道："上古有大椿者，以八千歲為春，八千歲為秋。"（《南華真經注疏》，頁5）大椿年，意為長壽。

（二十一）出生入死：原指從出生到死去這一過程。後指自由進出於生死境地，即冒著生命危險，把生死置之度外。此處當為原意。

（二十二）無我：<u>佛教</u>用語。指一切事物不僅形體不會永存，而且精神也會隨之消滅，即世間不存在永恆的精神主體。

又題<u>支仲元</u>^(一)畫<u>得一</u>、<u>元保</u>、<u>玄</u>⁽¹⁾<u>素</u>^(二)《三仙圖》^(三)云：“得道^(四)真仙世莫窮，三師^{(2)(五)}何代⁽³⁾顯靈蹤^(六)。直教御府^(七)相傳授，閱向人間類<u>赤松</u>^(八)。”又奉道者求頌，以七言絕句^(九)示之云⁽⁴⁾：“朝昏⁽⁵⁾忽忽^(十)急相催，暗換^(十一)浮生^(十二)兩鬢⁽⁶⁾絲。造物戲人俱⁽⁷⁾是夢，是非嚮日又何爲⁽⁸⁾？”

【校記】

（1）玄：連本、輿地本、備要本、初編本、史地本、宛委本作“元”，道藏本“玄”字上面無點。清避康熙玄燁諱，常以“元”代“玄”。

（2）師：王本、黨本作“仙”。

（3）代：張本、紀本作“待”。

（4）云：史地本作“曰”。

（5）昏：王本作“昬”。

（6）鬢：王本作“髩”。

（7）俱：宛委本作“原”。

（8）何為：黨本作“如何”。

【注釋】

（一）<u>支仲元</u>：生卒年不詳，<u>鳳翔</u>（今<u>陝西寶雞</u>西北）人，<u>五代前蜀</u>畫家，工人物畫，多畫<u>道家</u>、神仙等方外人物。北宋時期成書的《圖畫見聞志》載曰：“<u>支仲元</u>，<u>鳳翔</u>人。工畫人物。有《老子誡徐甲》、《蕭翼賺蘭亭》、《商山四皓》等圖傳於世。”（<u>郭若虛</u>：《圖畫見聞志》卷2，頁72）北宋《宣和畫譜》卷3《五代支仲元》稱：“<u>支仲元</u>，<u>鳳翔</u>人，畫人物極有工，隨其所宜見於動作態度，多畫<u>道家</u>與神仙像，意其亦物外人也，又喜作棋圖，非自能棋，則無由知布列變易之勢，至於松下林間對棋者，莫不率有思致焉。”

（頁95—96）

（二）得一、元保、玄素：為道教敬奉的三位神仙。得一、元保仙跡無考，玄素即玄素真人，相傳為太乙真人的徒弟。《雲笈七籤》卷59記載有玄素真人用要氣口訣，同書卷99稱："不才吳子，知命任真，志尚玄素，心樂清貧。"（蔣力生等點校，《雲笈七籤》卷99，頁2145）相傳玄素真人曾在赤壁玄素洞修煉，今湖北赤壁市至今仍存玄素洞遺跡。

（三）《三仙圖》：為支仲元的畫作之一，據《宣和畫譜》卷3記載，當時御府收藏支仲元的畫作二十一幅："今御府所藏（支仲元畫）二十有一：《太上傳法圖》一、《太上誡尹喜圖》一、《太上度關圖》一、《三教像》一、《五星圖》一、《三仙圖》一、《七賢圖》二、《商山四皓圖》一、《四皓圍棋圖》一、《圍棋圖》一、《會棋圖》一、《松下弈棋圖》二、《勘書圖》一、《堯民擊壤圖》二、《林石棋會圖》二、《棋會圖》二。"（頁96—97）。可見《三仙圖》只是其中的一幅。此畫為何從南宋御府流出，並出現在當時的燕京地區。由於缺乏史料，難以考明。

（四）得道：佛教、道教信徒謂因信教而最終成佛、成仙者為"得道"。

（五）三師：即《三仙圖》中所畫的得一、元保、玄素三人。

（六）靈蹤：猶"仙蹤"。指仙人的蹤跡。

（七）御府：官署名，秦置，後世沿襲，屬少府，主要負責掌管皇家器物。

（八）赤松：亦稱"赤誦子"、"赤松子輿"。（1）相傳為上古時神仙。晉幹寶《搜神記》卷1載曰："赤松子者，神農時雨師也。服冰玉散，以教神農。能入火不燒。至昆侖山，常入西王母石室中。隨風雨上下。炎帝少女追之。亦得仙俱去。至高辛時，復為雨師，遊人間。今之雨師本是焉。"（幹寶撰，汪紹楹校注：《搜神記》，頁1）（2）相傳為晉代得道成仙的皇初平。"皇初平者，丹溪人也。年十五，家使牧羊，有道士見其良謹，便將至金華山石室中四十餘年，忽然不復念家。其兄初起入山索初平，歷年不得見。後在市中有道士，善卜，乃問之曰：'吾有弟名初平，因令牧羊，失之今四十餘年，不知死生所在，願道君為占之。'道士曰：'金華山中有一牧羊兒，姓皇，名初平，是卿弟非耶？'初起聞之驚喜，即隨道士去尋求，果得相見，兄弟悲喜。因問弟曰：'羊何在？'初平曰：'近在山東。'初起往視之，不見，但見白石無數，還謂初平曰：'山東無羊也。'初平曰：'羊在耳，兄但自不見之。'初平便乃俱往看之。乃叱曰：'羊起。'於是白石皆變為羊數萬頭。初起曰：'弟獨得神通如此，吾可學否？'初平曰：'唯好道便可得耳。'初起便棄妻子，留住初平。共服松脂茯苓，至五百歲，能坐在立亡，行於日中無影，而有童子之色。後乃俱還鄉里，親族死亡略盡，乃復還去。臨去，以方技授南伯逢，易名為赤，初平改字為赤松子，初起改字為魯班。其後傳服此藥得仙者，數十人焉。"（晉葛洪撰，胡守為校釋：《神仙傳校釋》，頁41—42）

（九）七言絕句：省稱"七絕"。每句七個字，四句二韻或三韻。平仄定格有四式。有四式根據七言絕句的平仄變化，又可分為三類：古體、拗體和律體。七言絕句起源於民間歌謠，至唐代定型並臻成熟。它的特點就是採用樂府古題來表現最完整的意境或抒發自己的思想感情。唐人七絕以李白、王昌齡的成就最高。

（十）忽忽：倏忽。形容時間過得很快。

（十一）暗換：不知不覺地更換。

（十二）浮生：典出《莊子·刻意》："其生若浮，其死若休。"老莊以人生在世，虛浮無定。後來相沿稱為浮生。

　　師自受行省已下[(1)][(一)]眾官疏以來，憫[(2)]天長之聖位殿閣[(二)]、常住堂宇皆上頹下圮[(3)][(三)]，至於[(4)]窗[(5)]戶堵[(6)]砌，毀撤殆盡。乃命其徒日益修葺。罅漏[(四)]者補之，傾斜者正之。斷手[(五)]于丙戌[(六)]，皆一新之。又創修[(7)]寮舍[(七)]四十餘間，不假外緣[(八)]，皆常住自給也。凡[(8)]遇夏月[(九)]，令[(9)]諸齋舍不張燈[(10)]，至季秋[(十)]稍親之，所以預[(11)]火備[(十一)]也。

【校記】

（1）已下：連本、輿地本、初編本、張本、紀本、史地本脫此二字。

（2）憫：王本、黨本作"閔"。

（3）圮：底本原作"圯"，餘本皆作"圮"，今據王本改。

（4）至於：黨本作"至是"。

（5）窻："窗"的別體字，餘本皆作"窗"。

（6）堦："階"的別體字，王本、黨本、張本、紀本作"階"。

（7）修：王本、黨本作"建"。

（8）几：餘本作"凡"。

（9）令：張本、紀本脫此字。

（10）燈：連本、輿地本、備要本、初編本、張本、紀本、史地本作"鐙"。

（11）預，連本、輿地本、王本、備要本、初編本、張本、紀本、史地本作"豫"。

【注釋】

（一）已下：古時"已"通"以"，已下即以下。

（二）聖位殿閣：放置道教神明靈位的殿堂。

（三）上頹下圮：頹，崩塌、墜落。圮，毀壞，坍塌。這裏指建築物毀壞嚴重。

（四）罅漏：縫隙、漏洞。

（五）斷手：結束、完畢。

（六）丙戌：即元太祖二十一年，公元 1226 年。

（七）寮舍：原指僧舍，此指道士居住的房屋。

（八）外緣：原為佛教用語，謂眼、耳，舌等感覺器官，緣於色、聲、味等外物。後泛稱外來的物慾。此指外來的施捨、幫助。

（九）夏月：夏天、夏季。

（十）季秋：秋季的第三個月，即農曆九月，又稱"暮秋"、"深秋"、"菊月"、"玄月"。

（十一）預火備：預，本作"豫"，事先。火備，亦稱"火具"。防火、救火器具之統稱。預火備，當指事先做好了防火、救火的準備。

　　十月，下寶玄⁽¹⁾居方壺^(一)，每夕^{(2)(二)}召衆師德^(三)，以次坐^(四)。高談清論^(五)，或通宵不寐。仲冬^(六)十有三日夜半，振衣^(七)而起，步於中庭^(八)。既還坐，以五言律詩示衆云：“萬象^(九)彌天闊⁽³⁾，三更^(十)坐地勞。參^(十一)橫西嶺^(十二)下，斗^(十三)轉北辰^(十四)高。大勢無由遏^(十五)，長空不可韜^(十六)。循環誰⁽⁴⁾主宰，億劫^(十七)自堅牢^(十八)。”

【校記】

（1）玄：連本、輿地本、備要本、初編本、張本、紀本、史地本、宛委本作“元”。

（2）每夕：王本、黨本作“每日”。根據下文“通宵不寐”以及其他內容判斷，應為“每夕”。

（3）闊：連本、史地本、宛委本作“濶”。

（4）誰：王本、黨本作“諸”。

【注釋】

（一）方壺：古代傳說中的仙山，即方丈山。《列子·湯問》謂：“渤海之東，不知幾億萬里，有大壑焉……其中有五山焉：一曰岱輿，二曰員嶠，三曰方壺，四曰瀛洲，五曰蓬萊。”（楊伯峻：《列子集釋》，頁151—152）此處指當時以“方壺”命名的居室。尹志平《葆光集》卷下有詞曰《方壺過冬》：“嚴冬共喜小方壺，稱幽居，論元初。話到三更皆似覺，清虛。萬事有心求不得，憑象同，獲玄珠。一言了了性如如，樂無為，駕雲車。朝拜高真功滿赴仙都，速悟。人人俱有分，聽予勸，莫癡愚。”（《正統道藏》第25冊，頁525）

（二）夕：晚上。

（三）師德：原為佛教信眾對僧師的尊稱，此乃對那些有一定道行和操守的道士的尊稱。

（四）以次坐：次，順序。即按一定順序落座。

（五）高談清論：亦作"高譚清論"，指不接觸實際問題，海闊天空、不務實際的談論。

（六）仲冬：即冬季的第二個月，農曆十一月。又稱"冬月"、"雪月"、"暢月"。

（七）振衣：抖衣去塵。

（八）中庭：庭院之中。

（九）萬象：萬事萬物，指世間的一切事物或現象。

（十）三更：古人將一夜分為五更，半夜子時為三更，即夜十一時至次日凌晨一時。

（十一）參：星宿名，西方七宿之一。

（十二）西嶺：當指今北京西山。為太行山東部支脈。

（十三）斗：星宿名，北方七宿之一。

（十四）北辰：即北極星。

（十五）無有遏：無由，無從、沒有門徑；遏，阻止。此指無法阻止。

（十六）韜：掩藏。

（十七）億劫：與前面解釋的"萬劫"一詞，意思相同。形容時間極長。億，數詞，在古代該字的計數有大小兩種：其小數以十為等，十萬為億，十億為兆。其大數以萬為等，萬萬為億。劫，古印度用於表示世運周期的時間單位，指很長很長一段時間。該詞為佛教及其他宗教所接受。佛教中多稱人間毀滅再造的一個輪回為一劫。道教亦有"四千六百二十年數盡三元，是為一劫"的說法。

（十八）堅牢：堅固耐久。

丁亥^(一)，自春及⁽¹⁾夏，又旱。有司祈禱屢矣，少^(二)不獲應。京師奉道會眾，一日請⁽²⁾師為祈雨醮。既⁽³⁾而消災等會^(三)，亦請作醮。師徐謂⁽⁴⁾曰："我⁽⁵⁾方留意醮事，公等亦建此議，所謂好事不約而同^(四)也。"公等兩家但^(五)當慇懃^{(6)(六)}，遂約以五月一日為祈雨醮，初三日為賀雨醮^(七)，三日中有雨，是⁽⁷⁾名瑞應雨^(八)。過三日雖得，非醮家雨也。或曰："天意未易度^{(8)(九)}。師對衆出是⁽⁹⁾語，萬一失期能⁽¹⁰⁾無招小人之訾^(十)邪⁽¹¹⁾?"師曰："非爾所知也。"及醮竟日，雨乃作，翌日盈尺。越三⁽¹²⁾日，四天廓清^(十一)，以終⁽¹³⁾謝雨醮。事果如其言。

【校記】

（1）及：輿地本、張本、紀本作"反"。

（2）請：餘本皆作"謁"。

（3）旣：史地本作"即"。

（4）謂：黨本脱此字。

（5）我：宛委本與底本相同，餘本皆作"吾"。

（6）慇懃："殷勤"的別體字，餘本皆作"殷勤"。

（7）是：王本、黨本脱此字。

（8）易度：王本、紀本、黨本作"可知"。

（9）是：王本、黨本作"此"。

（10）能：王本、黨本作"得"。

（11）邪：王本、黨本作"耶"。

（12）三：宛委本脱此字。

（13）終：宛委本在"終"字後衍"而"。

【注釋】

（一）丁亥：元太祖二十二年，即公元1227年。

（二）少：副詞，少頃，不多時。此處指一段時間。

（三）消災等會：前面曾經提及在天長觀建有八會，即"平等、長春、靈寶、長生、明真、平安、消災、萬蓮。"

（四）不約而同：不約，言事前未嘗約好。不約而同，指事先沒有商量而彼此行動相同。

（五）但：猶言"只是"。

（六）慇懃：亦作"殷勤"。比喻情意懇切。

（七）賀雨醮：即與祈雨醮、謝雨醮同爲道教祈雨醮事的種類之一。祈雨醮，指雨前作醮祈求下雨；賀雨醮，即雨中、恭賀感謝上蒼降雨，謝雨醮，為雨後感謝蒼天降雨。《龍角山記》有一篇《賀雨醮謝文》稱：“伏以神龍薦祉，克符元首之禎；風雨應期，足表精誠之感。否泰交通，雲雷混合，霑槁稼以重甦，灑輕埃而泯絕。群心悅澤，百穀滋榮，覩豐兆則信可徵，摧癘災則知不作，倉箱有望，長幼無虞，輒憑玉笈之靈科。用答高真之景貺，共荷鴻休，均蒙大賚。”（《正統道藏》第 19 冊，頁 700）。

（八）瑞應雨：瑞應，古人認為天降祥瑞以應人君之德。此處瑞應雨當指天應人意而降之雨。

（九）度：揣測、考慮。

（十）訾：詆毀。

（十一）四天廓清：四天，指整個天空。廓清：肅清，澄清。四天廓清指天氣晴霽。

時暑氣$^{(一)}$煩燠$^{(二)}$，元帥<u>張資胤</u>$^{(1)(三)}$者請師遊<u>西山</u>$^{(四)}$，再四$^{(2)(五)}$過觀$^{(3)}$，師赴之。翌$^{(4)}$日齋罷，雨後遊<u>東山庵</u>，師與客坐于林間，日夕$^{(六)}$將$^{(5)}$還，以絕句示眾云：“<u>西山</u>爽氣$^{(七)}$清，過雨白雲輕。有客林間$^{(6)}$坐，無心$^{(八)}$道自成。”

【校記】

（1）胤：餘本皆作“允”。

（2）四：王本、黨本作“三”。

（3）觀：底本、宛委本作“勤”，餘本皆作“觀”，今據王本改。

（4）翌：連本、輿地本、備要本、初編本、史地本作“翼”。

（5）將：史地本作“相”。

（6）間：宛委本與底本同，餘本皆作“中”。

【注釋】

（一）暑氣：盛夏時的熱氣。

（二）煩燠：悶熱，形容煩熱的樣子。

（三）張資胤：此人資料不詳。有趣的是，2008 年 3 月在北京西山發現一塊元代石碑（詳見北京市文物局網站），碑文從左至右縱書，分三部分，共九行。陰刻楷書。字體大小不一，大的 12 釐米，小的 6 釐米。全文曰：“軍一千名，千戶、百戶。石匠百十名，提領田瑛、高貴，百戶張資胤。□子。大德十一年八月十八日，石門。”儘管地點、人名都吻合，然大德十一年即 1307 年，上距 1226 年已過去 81 年，當為不同時期的同名之人。

（四）西山：位於北京西部，為太行山北段支脈，是有名的風景區。丘處機等人在燕京期間經常登臨西山，尹志平《葆光集》中有多首關於西山的詩詞，其中一首題為《詠西山》，專門稱讚西山氣候涼爽，適宜修煉。詩云：“西山深處道人家，養道修真何處加。九夏高眠無暑氣，三秋結實有新稼。亂山坡下宜禾黍，渾水河邊長麥麻。四季平和人事少，三湌終日是生涯。”（《正統道藏》第 25 冊，頁 528）

（五）再四：連續多次。

（六）日夕：時近黃昏。

（七）爽氣：謂清涼之氣。

（八）無心：指摒除一切雜念，使心靈進入一種無思無慮、一塵不染之境界。

既還元帥[一]第，樓居數日。來聽道話者，竟夕不寐。又應大谷庵請，次日清夢庵[二]請。其夕大雨自北來，雷電怒合[三]，東西震耀[(1)][四]。師曰：“此道之用也[(2)]，得道之人威光烜赫[五]，無乎不在，雷電莫能匹[六]也。”夜深客散，師偃息草堂，須臾[七]風雨駁至，怒霆[八]一震，窻[(3)]戶幾裂。少焉收聲。人皆異之，或曰：“霹靂[九]當游至[十]，何一舉而息邪[(4)]？”有應者曰：“無乃[(5)][十一]至人[十二]在[(6)]茲，雷師[十三]為之霽威[十四]乎？”

【校記】

（1）耀：宛委本作“曜”。

（2）此道之用也：黨本在此句之後脫“得道之人威光烜赫，無乎不在，莫能匹也。”

（3）窻：“窗”的異體字，餘本皆作“窗”。

（4）邪：王本、黨本作“耶”。

（5）乃：黨本作“奈”。

（6）在：史地本作“大”。

【注釋】

（一）元帥：即前面提到的張資胤。

（二）大谷庵、清夢庵：此時丘處機身處西山，因此，大谷庵、清夢庵有可能是位於西山上的兩個小道觀。

（三）怒合：合，聚集。形容雷電非常密集。

（四）震耀：亦作“震曜”、“震爍”。雷聲震動，電光閃耀，言雷電威猛之狀。

（五）烜赫：聲威盛大。

（六）匹：對手、匹配。

（七）須臾：片刻。

（八）怒霆：即雷霆，此指比較響亮的炸雷。

（九）霹靂：雷之急聲者為霹靂。

（十）游至：再至，相繼而至。

（十一）無乃：表示委婉揣測的語氣，相當於“莫非”、“恐怕是”。

（十二）至人：修煉道教之人對修仙悟道者的尊稱之一。

（十三）雷師：神話中司雷之人。

（十四）霽威：收斂威怒。

既還，五月二十有五日，道人王志明至自秦州（一），傳旨：“改北宮仙島爲萬安宮（二），天長觀爲長春宮（三），語（1）天下出家善人皆隸焉，且賜以金虎牌（四），道家事一仰神仙處置。"小暑^(五)後，大雨屢至，暑氣愈熾^(六)，以七言詩^(七)示眾云⁽²⁾："潦暑^(八)熏天^(九)萬里遙，洪⁽³⁾波拍海大川潮。嘉禾^(十)已見三秋熟，旱魃仍聞⁽⁴⁾五月消。百姓共忻^(十一)生有望，三軍^(十二)不待令方調。寔⁽⁵⁾由道化行無外，暗賜豐年助聖朝。"自瓊島為道院，樵薪捕魚者絕迹數年，園池中禽魚蕃育^(十三)，歲時^(十四)遊人往來不絕。齋餘，師乘馬日凡⁽⁶⁾一往。

【校記】
(1) 語：宛委本與底本相同，餘本皆作"詔"。
(2) 云：王本、黨本作"曰"。
(3) 洪：史地本作"其"。
(4) 聞：史地本作"開"。
(5) 寔：通"實"，餘本皆作"實"。
(6) 凡："凡"字的別體，餘本皆作"凡"。

【注釋】
(一) 秦州：金代秦州屬鳳翔路。元屬鞏昌路。轄境相當今甘肅省天水市及周邊地區。《元史》卷 60《地理志三》謂："秦州，唐初為秦州。宋為天水郡。金為秦州。舊領六縣。元至元七年，併雞川、隴城入秦安，治坊入清水。領縣三：成紀，清水，秦安。"（頁 1430）1227 年春天，成吉思汗率軍征西夏，故王志明自秦州傳旨。

(二) 改北宮仙島為萬安宮：北宮仙島，即前面提到的瓊華島。陳時可撰《長春真人本行碑》記載道："丁亥之五月，有旨以瓊華島為萬安宮，天長觀為長春宮，且授使者金虎牌，持護教門。"（陳垣編纂：《道家金石略》，頁 457）

(三) 長春宮：前身"是女姑主之，后轉為道宮"（《析津志輯佚》，頁 243）。1203 年改名"太極宮"，1227 年易名"長春宮"。《元一統志》卷 1 載曰："長春宮，在舊城，長春演道主教真人邱神仙處機以全真設教，此初基也。舊名太極宮，國朝改曰長春。"（頁

43）長春宮在元代是全真教歷代教主的駐地，元歷朝皇帝對該宮觀主持“賜神仙符命。”並“依前再鑄黃金符命，較之於昔，制度亦大，而重數有加焉。”（《析津志輯佚》，頁 93）朝廷的重大祭祀活動也在長春宮舉行齋醮。元末毀於兵燹。

（四）金虎牌：元代牌符的一種，即前面提到的虎頭金牌。

（五）小暑：二十四節氣之一，此時暑氣上升，氣候炎熱。農曆五月二十二或二十三日入小暑。

（六）熾：濃烈而昌盛。

（七）七言詩：詩體名。全篇每句七字或以七字為主。源於古代民謠。第一首完整的七言詩當推東漢張衡的《四愁詩》，魏曹丕的《燕歌行》是更為完整、更富有藝術性的七言詩。六朝以來，七言詩有很大發展，鮑照於此貢獻尤巨。將句句用韻改為隔句用韻，且可換韻，為其發展開出新路。唐代的李白、杜甫、岑參、韓愈和白居易等人，均對此體之成熟與發展作出過重大貢獻，並由此為其成為古代詩歌主要體式奠定了基礎。七言詩又分七古、七律與七絕三種。

（八）溽暑：指盛夏極其濕熱的氣候。

（九）熏天：形容氣勢極盛。

（十）嘉禾：生長得特別苗壯的禾稻，古時認為是吉瑞的象征。

（十一）忻：心喜，同“欣”。

（十二）三軍：軍隊的統稱。

（十三）蕃育：繁衍。

（十四）歲時：一年中的季節。

六月二十有一日，因疾不出，浴於宮（一）之東溪（二）。二十有三日，人報巳、午（三）間雷雨大作，太液池（四）之南岸崩裂，水入東湖，聲聞數十里。黿鼉（1）魚鱉（2）（五）盡去，池遂枯涸，北口山（六）亦摧（七）。師聞之，初無言，良久笑曰：“山摧池枯，吾將與之俱乎！”

七月四日，師謂門人曰：“昔丹陽（八）嘗（3）授記（九）於余云⁽⁴⁾：‘吾沒^{(5)(十)}之後，教門當大興，四方^(十一)徃徃化為道鄉^(十二)。公正當其時也。道院皆勑賜⁽⁶⁾名額^{(7)(十三)}，又當住⁽⁸⁾持大宮觀。仍有使者佩符乘傳^(十四)，勾⁽⁹⁾當^(十五)教門事。此時乃公功成名遂，歸休^(十六)之時也。’丹陽之言，一一皆驗，若合⁽¹⁰⁾符契^{(11)(十七)}。況教門中⁽¹²⁾勾當人，內外悉具。吾歸無遺恨矣。”

【校記】

（1）黿：史地本脫此字。

（2）鼈：紀本、黨本作“鱉”。

（3）甞：王本作“常”。

（4）云：史地本作“曰”。

（5）沒：連本、輿地本、備要本、初編本、張本、紀本、史地本作“歿”。

（6）勑賜：連本、輿地本、備要本、初編本、張本、紀本、史地本作“賜勑”；王本、黨本作“敕賜”。

（7）額：王本、黨本作“號”。

（8）住：輿地本、史地本作“往”。

（9）勾：王本、宛委本作“句”，下同不再出校。

（10）合：底本作“念”，餘本皆作“合”，今據王本改。

（11）契：紀本作“節”。

（12）中：輿地本、紀本、張本、史地本作“事”。

【注釋】

（一）宮：即指長春宮。

（二）東溪：金之金口河，今為北京西城區的三里河。渠成於金大定十二年（1172），但是浚通之後金口河不能行船，無法轉運漕粮，只好用以灌溉。元人郭守敬曾建言重開金口河以通漕運，但疏通後多次發生洪害，元政府不得已，只好將上遊堵閉，以絕水患（侯仁之：《北京城市歷史地理》，頁404—412）

（三）巳、午：即上午九時至下午一時。古人將一天劃分為十二時辰，每個時辰相當於今天的兩個小時。分別以十二地支對應，巳時為上午九時至十一時，午時為上午十一時至下午一時。

（四）太液池：金代皇宮西苑的池園，池中南部有瓊華島。《南村輟耕錄》卷1記曰：“萬歲山在大內西北太液池之陽。金人名瓊華島。”（頁15）這種格局在明代依然如故，《廣志繹》卷2《兩都》稱：“西苑在禁垣西，內有太液池，池內有瓊華島，島上有廣寒殿。”（頁15）另據《析津志輯佚》載，高良（梁）河水“順城門石橋，轉東隆福宮橋，流入於太液池。”（頁100）

（五）黿鼉魚鱉：黿指淡水龟鱉類中體型最大的一種，背青黃色，頭有疙瘩，亦稱“癩頭黿”；鼉即揚子鰐；鱉俗名作“甲魚”、“腳魚”或“團魚”。此及“黿鼉魚鱉”泛指淡水類水生動物。

（六）北口山：紀本、黨本解釋為“古北口一帶之山。在今北京密雲縣境。”《金史》、《元史》中的“古北口”多以全稱出現。如《金史》卷24《地理志上》稱：“密雲，遼檀州武威軍。有古北口，國言曰留斡嶺。”（頁575）元代在古北口一帶設立千戶所，“古北口千戶所，秩正五品……於檀州北面東口置司。”（《元史》卷86《百官志二》，頁2163）實際上，當時還有被稱為“北口”的地方，指的是居庸關之北口。元人郝經《居庸關銘》記載說：“居庸關在幽州之北，最為深阻，號天下四塞之一。大山中斷，兩岩峽縈，石路盤腸，縈帶隙罅，南曰南口，北曰北口，滴瀝濺漫，常為冰霰，滑濕濡灑，側輪趾足，殆六十里石穴。及出北口，則左轉上轂之右，並長嶺而西，陰煙枯沙，遺鏃朽骨，悽風慘日自為一天。”（《郝文忠公陵川文集》卷21，《北京圖書館古籍珍本叢刊》第91冊，頁670下欄）北口在元代同樣是重要的軍事關隘，元朝廷在此設有千戶所。《元史》卷86《百官志二》云：“北口千戶所，秩正五品。……於上都路龍慶州東口置司。”（頁2163）顧炎武《昌平山水記》亦謂：“原上關，七里至彈琴峽，上有佛閣。又七里為青龍橋，道東有小堡。又三里至八達嶺，有城南北二門，元人所謂北口也，以守備一人守之。”（頁17）。

（七）根據李志常描述，導致此次“山摧池枯”的原因恐為一場地震。據《金史》記載，是年六月間，今河南、河北一帶確實發生過地震。如《哀宗本紀》云："正大四年（1127）六月丙辰，地震。"（頁379）《金史·五行志》亦載，同年"六月丙辰，地震。"（頁544）

（八）丹陽：即馬鈺（1123—1183）。原名從義，字宜甫，學道後更名鈺，改字玄寶，道號丹陽子。山東寧海（今山東煙臺）人。家世業儒，馬鈺年輕時工文學，不喜科進。金大定七年（1167），師事王重陽，入全真教。九年（1169），隨重陽攜譚處端、劉處玄、丘處機西歸陝西，至開封，重陽去世，授意馬鈺嗣教，馬鈺與其他三人葬王重陽於劉蔣，並守喪三年。此後四人分頭四處修行傳道，馬鈺先居關中，金大定二十二年（1182），歸寧海，在山東廣度門徒。大定二十四（1184）年去世，死後被全真教尊奉"北七真"之一，元世祖至元六年（1269）贈號"丹陽抱一無為真人"，武宗皇帝時又加封"丹陽抱一無為普化真君"。著《洞玄金玉集》、《漸悟集》、《丹陽神光璨》等書。

（九）授記：佛教用語。梵語"和加那"。佛對發心修行的人授與將來成果作佛的預記。

（十）沒：通"歿"，死亡。

（十一）四方：東南西北，泛指天下各方。

（十二）道鄉：修道之地，仙境。此指信奉道教的地方。

（十三）名額：名，事物的稱號；額，懸於門上的牌匾。此處當指名號和匾額。

（十四）佩符乘傳：佩帶牌符，乘用驛馬。乘傳，古代驛站用四匹下等馬拉的車。漢朝時，驛站乘傳等級有置傳、馳傳、乘傳、軺傳。四馬高足為置傳；四馬中足為馳傳；四馬下足為乘傳；一馬二馬為軺傳。元代乘傳必須憑借"牌符"、"驛券"和"給驛璽書"。

（十五）勾當：源於蒙古語的硬譯詞彙，即"公務"、"事情"的意思（詳見亦鄰真：《元代硬譯公牘文體》，載《亦鄰真蒙古學文集》，頁583—605）。

（十六）歸休：此指死亡。

（十七）符契：符節，即古代朝廷用作憑證的信物，符通常以竹、木或金屬為之，上書文字，剖分為二，各執其一，使用時兩片相合為驗。

師既示疾于寶玄[(1)]，一日數如偃[(2)(一)]中，門弟子止之，師曰：“吾不欲勞人，汝等猶有分別[(二)]在。且偃[(3)]、寢奚異哉。”七月七日，門人復請曰：“每日齋會[(三)]，善人甚眾。願垂大慈還堂上，以慰瞻禮。”師曰：“我[(4)]九日上堂去也。”是日午後，留頌[(四)]云：“生死朝昏[(5)]事一般，幻泡[(五)]出沒水常[(6)]閑[(7)]。微光見處跳烏兔[(六)]，玄[(8)]量[(七)]開時納海山。揮斥八紘[(9)]如咫尺，吹噓[(八)]萬有似機關。狂辭[(10)]落筆成塵垢，寄在時人妄[(11)]聽間。”遂登葆光[(12)]堂歸真[(九)]焉，異香滿室。[(十)]

【校記】

（1）玄：連本、輿地本、備要本、初編本、張本、史地本、紀本、宛委本作“元”。

（2）（3）偃：連本、輿地本、王本、備要本、初編本、張本、史地本、紀本、黨本作“匽”。

（4）我：王本、黨本作“吾”。

（5）昏：連本、王本、初編本作“昬”。

（6）常：輿地本、王本、備要本、初編本、紀本、史地本、宛委本作“長”。

（7）閑：史地本作“間”。

（8）玄：連本、輿地本、備要本、初編本、史地本作“立”，宛委本作“元”。

（9）紘：史地本作“弦”。

（10）辭：史地本作“醉”。

（11）妄：史地本作“忘”。

（12）光：連本、王本作“玄”，輿地本、備要本、初編本、張本、紀本、史地本作“元”。

【注釋】

(一)偃：通"匽"，偏僻隱蔽的地方，這裡指屏廁。

(二)分別：為佛教教義名詞，源於梵文意譯，指有區分、辨別能力的思維和認識活動。此處當指弟子們分別有自己的事情。

(三)齋會：在佛教典籍中，會僧而施食稱"齋會"。此指聚集道眾施舍食物。

(四)頌：指下文所說的《遺世頌》。

(五)幻泡：即"夢幻泡影"，喻世事空虛。

(六)烏兔：古代神話謂，日中有烏，月中有兔。因稱太陽為金烏，月亮為玉兔。合稱日月為烏兔。

(七)玄量：玄常指"道"，玄量意為"道"的容量。

(八)吹噓：即道教中所說的"吹噓工法"，指以吹噓呼吸化幻丹為真丹的功法。

(九)歸真：古人稱死為歸，佛教對人死亡的別稱。

(十)關於丘處機的死因，有文獻記載說是得毒痢，據廁而死。釋祥邁《至元辨偽錄》卷3載："（丘處機）後毒痢發作，臥於廁中，經停七日，弟子移之而不肯動，疲困羸極，乃詐之曰：且偃與寢何異哉？又經二日，竟據廁而卒，而門人弟子外誑人云：師父求福，即日登葆光而化，異香滿室。此皆人人具知，尚變其說，餘不公者，例皆如此。故當時之人為之語曰：'一把形骸瘦骨頭，長春一旦變為秋。和濰帶屎亡圊廁，一道流來兩道流'。斯良證也。"（《北京圖書館古籍珍本叢刊》第77冊，頁509）耶律楚材《西遊錄》卷下謂："予不許丘公之事，凡有十焉……又順世之際，據廁而終，其徒飾辭，以為祈福，此其十也。"（向達校注本，頁16）

門人捻⁽¹⁾香^(一)拜別，眾欲哭臨^(二)，侍者張志素、武志攄等遽止^(三)眾曰："真人適^(四)有遺語，令門人宋道安提舉教門事，尹志平副之，張志松又其次⁽²⁾，王志明依舊勾⁽³⁾當。宋德方⁽⁴⁾、李志常等同議教門事。"遂復舉似^{(5)(五)}《遺世頌》，畢⁽⁶⁾，提舉宋道安等⁽⁷⁾再拜而受。

【校記】

（1）撚：黨本作“拈”。

（2）其次：黨本作“次之”。

（3）勾：王本作“句”。

（4）方：紀本作“芳”。

（5）似：王本、張本、紀本、黨本作“示”。

（6）畢：紀本在此字前衍“觀”字。

（7）等：史地本漏此字。

【注釋】

（一）撚香：撚指、拈取。撚香，指取香而焚之。

（二）哭臨：帝后之喪，集眾舉哀叫哭臨。此謂眾弟子因失去師父痛哭不已，深表哀慟。

（三）遽止：遽指疾、速。即急速制止。

（四）適：適合，恰好。

（五）似：與，給。

黎明，具^{（一）}麻服^{（二）}行喪禮，奔走赴喪者萬計。宣差劉仲祿聞之，愕然^{（三）}歎曰：“真人朝見以來，君臣道合。離闕^{（四）}之後，上意眷^{（1）}慕，未嘗少^{（2）}忘，今師既昇去，速當奏聞。”首七^{（五）}之後，四方道俗遠來赴喪，哀慟^{（3）}如喪考妣^{（六）}。於是求^{（4）}訓法名者日益多^{（5）}。

【校記】

（1）眷：宛委本作“轉”。

（2）少：史地本作“稍”。

（3）慟：史地本作“痛”。

（4）求：輿地本、張本、史地本、紀本作“來”。

（5）多：王本、黨本作“眾”。

【注釋】

（一）具：通“俱”，都，全。

（二）麻服：即緦麻服制，古代喪服制度之一。依制可分五等，即緦麻、小功、大功、齊衰和斬衰。緦乃布名，其縷在五服中最細，所以緦麻服在五服中也最輕。緦麻衰裳用緦布織成，首絰約圍三寸八分，腰絰約圍三寸，首絰、腰絰皆無根，殤緦麻腰絰散垂，成人緦麻的腰絰在成服以後與殯屍的束帶結在一起，緦冠用緦布，冠纓則以加澡治之緦布製成，左縫，形制與斬衰冠相似。

（三）愕然：驚訝的樣子。

（四）闕：封建帝王宮門前的望樓。這裡指成吉思汗居住的地方。

（五）首七：即中國古代“七七”喪俗中的第一個“七天”。所謂“七七”喪俗，即人死後每隔七天為一祭日，祭奠一次，到七七四十九天為止；第一個七天叫“首七”，第二個叫“二七”，以此類推，最後一個七天叫“終七”。道教亦有“七七”喪俗，即“七七”奠，起源於“魂魄聚散說”，道家認為，人有三魂七魄，人死後，魂魄雖然與肉體分離，卻未立即離散，要經過七七四十九天，人的魂魄才會徹底飛散而去，這時候，如果請道士做法招魂，七天一次，連續做法七天，就可以使魂魄附歸肉體，人便起死回生了。如果做了七次法，仍不能使魂魄與肉體結合，則人必死無疑。

（六）考妣：父母的別稱，後多指已亡故的父母。

一日，提舉宋公^{（一）}謂志常曰：“今月上七日，公暨我同⁽¹⁾受師旨，法名等⁽²⁾事，尔其⁽³⁾代書，止用吾手字印^{（二）}，此事已行，姑沿襲^{（三）}之。”繼⁽⁴⁾而清和大師尹公至自德興。行祀事既終七，提舉宋公謂清和曰：“吾老矣，不能維持教門，君⁽⁵⁾可代我⁽⁶⁾領之也。”讓至于再，清和受其託^{(7)（四）}。遠邇^{(8)（五）}奉道，會中善衆不減徃昔^{(9)（六）}。

【校記】

(1) 同：張本、紀本脫此字。

(2) 等：王本作“之”，黨本作“旨”。

（3）其：黨本漏此字。

（4）繼：王本、黨本作"既"。

（5）君：史地本作"尹"。

（6）我：餘本皆作"吾"。

（7）託：張本、紀本、黨本、宛委本作"托"。

（8）邇：王本、黨本作"近"。

（9）昔：連本、輿地本、備要本、初編本、張本、紀本作"者"。

【注釋】

（一）宋公：即宋道安。

（二）字印：即表字印。漢、魏、南北朝的私印皆用姓名印，偶有刻表字者也必著有姓。唐、宋以後始單刻表字而不著姓，其印多為二字，也有加姓氏於前者。此處當為蓋印。整句意思是"只用我的手蓋印"。

（三）沿襲：依照舊例行事。

（四）讓至于再，清和受其託：託，請求，囑咐。關於宋道安繼任全真教掌教以及讓位與尹志平的紀事，他書多不著錄，而且多認為尹志平是直接受嗣丘處機為掌教。如《終南山仙真祖庭內傳》卷下《清河真人》載曰："迨長春上仙，師方隱上谷之煙霞觀。又欲絕邇遠逼，為眾以主教事敦請，勉從之還長春宮，以嗣玄教。"（《正統道藏》第 19 冊，頁 533）王惲《玄門掌教清河妙道廣化真人尹宗師碑銘並序》亦提到："長春仙去，命公（尹志平）嗣主玄教，即建處順堂於白雲觀，奉藏丘公仙蛻。"（陳垣編纂：《道家金石略》，頁 589）《長春真人西遊記》成為宋道安繼丘處機之後出任全真教掌教並讓位於尹志平的少數記載之一。

（五）遠邇：邇為近的意思，遠邇即為遠近。

（六）往昔：往日，以前。

戊子^{（一）}春三月朔，清和建議為師構^{（1）}堂于白雲觀^{（二）}。或曰："工力浩大，粮^{（2）}儲鮮少，恐難成功。"清和曰："凡事要人前思，夫眾可與樂成，不可與慮始^{（三）}。但事不思⁽³⁾已，教門竭力，何為而不辦。況先⁽⁴⁾師遺德在人⁽⁵⁾，四方孰⁽⁶⁾不瞻仰。可不勞行化，自有人贊助此緣，公等勿疑。更或不然，常住⁽⁷⁾之物，費用靜⁽⁸⁾盡^{（四）}，各操⁽⁹⁾一瓢^{（五）}，乃所願也。"^{（六）}

【校記】

（1）構：連本、輿地本、王本、備要本、初編本、史地本作"搆"，"搆"為"構"的別體字。

（2）粮：連本、輿地本、王本、備要本、初編本、史地本作糧。

（3）思：餘本皆作"私"。

（4）先：王本、黨本作"仙"。

（5）人：黨本漏此字。

（6）孰：史地本作"熟"，宛委本作"莫"。

（7）住：史地本作"往"。

（8）靜：宛委本與底本同，餘本皆作"凈"。

（9）操：黨本作"持"。

【注釋】

（一）戊子：即公元1228年，此年元太祖成吉思汗第四子拖雷監國。

（二）白雲觀：1227年，丘處機在長春宮東側寶玄堂仙逝，弟子尹志平為安葬丘處機，遂改建長春宮東部建築為白雲觀，觀內修建處順堂以供奉丘處機仙骨。元末長春宮毀於兵燹，未能恢復。後來，白雲觀在明代得以重建，並替代長春宮為全真教祖庭。其地址在今天的北京市西城區西便門外西側二里許的白雲觀。陳時可撰《燕京白雲觀處順堂會葬記》稱："長春大宗師既仙去，嗣其道者尹公乃易其宮之東甲第為觀，號曰白雲，為葬事張本也。"（陳垣編纂：《道家金石略》，頁458）胡濙撰《白雲觀重修記》記載說："白雲觀在都城西南三里許，乃長春丘真人藏蛻之所。歲久傾圮，洪武二十七年（1394），太宗文皇帝居潛邸時，命中官董工重建前

後二殿、廊廡廚庫及道侶藏修之室，落成於次年正月十九日，適真人降誕之辰。"（陳垣編纂：《道家金石略》，頁 1256）

（三）慮始：慮指憂愁。慮始，就是擔憂事情的開始。

（四）靜盡：靜，古通"淨"，靜盡猶淨盡，指沒有剩餘，佛教特指情慾的摒除淨盡。

（五）一瓢：瓢，原指剖葫蘆做成的舀水或盛酒用具。《論語·雍也篇第六》云："子曰：'賢哉，回也！一簞食，一瓢飲，在陋巷，人不堪其憂，回也不改其樂。賢哉，回也！'"（楊伯峻：《論語譯注》，頁 59）後來，人們多以"一簞食，一瓢飲"來形容所經歷的窮苦生活。這裡的"一瓢"應是"一簞食，一瓢飲"的縮寫，在此句中意為"各自過艱苦生活"。

（六）這段內容在陳時可的《燕京白雲觀處順堂會葬記》也有反映："長春大宗師既仙去，嗣其道者尹公乃易其宮之東甲第為觀，號曰'白雲'，為葬事張本也。越明年三月朔，召其徒而告之曰：'父師殯于葆光，未安也。吾將卜地白雲，構堂其上而安厝之何如？'或曰：'工力非細，道糧不足，未易為也。'公曰：'誠以孝思報德，何患乎不成？矧我父師遺德在人，四方門弟子疇不追慕，當自有成贊成者，公等勿疑；縱復不然，盡常住物給其費，各操一瓢可也。'"（陳垣編纂：《道家金石略》，頁 458）

宣差便宜劉公^{（一）}聞而喜之，力贊其事。遂舉鞠志圓等董^{（二）}其役。自四月上丁^{（三）}，除^{（四）}地建址^{（五）}，歷戊、已、庚^{（六）}。俄有平陽^{（七）}、太原^{（八）}、堅^{（九）}、代^{（十）}、蔚^{（十一）}、應^{（十二）}等輩⁽¹⁾道人二百餘，賚^{(2)（十三）}粮⁽³⁾助力，肯⁽⁴⁾構^{(5)（十四）}是堂，四旬⁽⁶⁾告⁽⁷⁾成。其間同結茲緣者，不能備紀⁽⁸⁾。議者以為締構^{(9)（十五）}之勤，雖由⁽¹⁰⁾人力，亦聖賢^{（十六）}陰有以扶持也。^{（十七）}

【校記】

（1）輩：紀本脫此字。

（2）賫：連本、輿地本、王本、備要本、初編本、史地本作"齎"。

（3）粮：連本、輿地本、王本、備要本、初編本、史地本作"糧"。

（4）肯：連本、輿地本、初編本作"肎"，史地本作"肩"。

（5）構：連本、輿地本、備要本、初編本作"搆"，"搆"為"構"的別體字。

（6）旬：王本作"月"。

（7）告：史地本作"造"。

（8）紀：通"記"，王本、黨本作"記"。

（9）構：連本、輿地本、備要本、初編本、史地本作"搆"，"搆"是"構"的別體字。

（10）由：黨本脫此字。

【注釋】

（一）宜差便宜劉公：指劉仲祿，紀本解釋為"劉敏公"，誤。

（二）董：督察。

（三）上丁：即農曆四月丁未日，公元 1228 年 5 月 9 日。據陳時可《燕京白雲觀處順堂會葬記》記載，尹志平等"以四月丁未除地建址，越四日庚戌，雲中、河東道侶數百輩裹贏粮來助，凡四旬成。"（陳垣編纂：《道家金石略》，頁 458）由此可知，這裡的"上丁"日應為丁未日。

（四）除：修治，修整。

（五）址：根基。

（六）歷戊、己、庚：指的是丁未日後的戊日、己日、庚日三天，紀本將其解釋為"五月、六月及七月"，當誤。甲、乙、丙、丁、戊、己、庚、辛、壬、癸，叫做十天干，在古代曆法中，用於紀日，也就是計算十天的符號，十日為旬。日為陽，所以又將"十天干"稱"歲陽"。子、丑、寅、卯、辰、巳、午、未、申、酉、戌、亥，稱十二地支。因為一年只有十二個月，在古代曆法中，用以紀月。月屬陰，所以又稱它為"歲陰"。這裡的戊、己、庚分別指農曆四月丁未日后的戊申、己酉、庚戌三日，即公元 1228 年 5 月 10 日、11 日、12 日。

（七）平陽：今山西臨汾。金代為平陽府，隸屬河東南路，元改為晉寧路。紀流本解釋為"山東省新泰縣西北"，誤。

（八）太原：今山西太原。金代為太原府，隸屬河東北路，元為冀寧路。《元史》卷58《地理志一》稱："冀寧路，上。唐並州，又為太原府。宋、金因之。元太祖十（三）年，立太原路總管府。大德九年，以地震改冀寧路。"（頁1377）

（九）堅：今山西繁時，金代為堅州。《金史》卷26《地理志》云："繁時，貞祐三年九月升為堅州。"（頁633）。《元史》卷58《地理志一》曰："堅州，下。唐繁時縣。金為堅州，隸太原路。元因之。"（頁1379）

（十）代：今山西代縣。金代為代州，隸屬河東北路。《元史》卷58《地理志一》稱："代州，下。唐置代州總管府。金改都督府。元中統四年，併雁門縣入州。"（頁1379）

（十一）蔚：即蔚州，今河北蔚縣。

（十二）應：今山西應縣。金代為應州，隸屬西京路。

（十三）賚：付與，送與，贈與。

（十四）肯構：構建房屋。

（十五）締構：營造，建築。

（十六）聖賢：指丘處機等已經仙逝的全真教賢達人士。

（十七）該段內容在陳時可的《燕京白雲觀處順堂會葬記》亦有記載："於是普請其眾，以四月丁未除地建址，越四日庚戌，雲中、河東道侶數百輩裹贏糧來助，凡四旬成。"（陳垣編纂：《道家金石略》，頁458）

期以七月九日大葬仙[(1)]師[(一)]。六月間霖雨[(二)]不止，皆慮有妨葬事。既七月初吉，遽報[(2)]晴霽，人心翕然[(三)]和悅。前一日，將事[(四)]之初，乃爇[(3)]香設席[(4)]以嚴[(五)]其祀。及啟柩[(六)]，師容色儼[(5)]然如生[(七)]。遠近王官、士庶、僧尼、善眾，觀者凡三日，日萬人，皆以手加額[(八)]，嘆其神異焉。繼[(6)]而喧[(7)]播[(8)][(九)]四方，傾心歸嚮來奉香火者，不可勝計。

【校記】

（1）仙：宛委本作"先"。

（2）報：張本、紀本作"投"。

（3）炷：黨本作"燭"。

（4）席：輿地本、張本、初編本、紀本、史地本作"度"。

（5）儴：史地本作"纏"。

（6）繼：王本、黨本作"既"。

（7）喧：黨本作"宣"。

（8）播：王本、黨本作"布"。

【注釋】

（一）期以七月九日大葬仙師：期，決定的意思。關於丘處機何時下葬的問題，後來的研究者多有誤判。王國維在《長春真人西遊記校注》的序文中說："卷末有庚寅七月大葬仙師事，蓋書成後所加入。"（《王國維遺書》第 13 冊，頁 1b）而向達先生在校注本耶律楚材《西遊錄》的前言中引用了王國維的判斷，亦說："《西遊記》末一直記到庚寅即 1230 年長春之葬。"（頁 3）其實，《西遊記》紀事僅至戊子（1228）年，書中根本沒有庚寅年的記事。導致王國維誤判為庚寅（1230）年七月的，是李志常下面一段文字："戊子春三月朔，清和建議為師構堂於白雲觀。……自四月上丁，除地建址，歷戊、已、庚。……期以七月九日大葬仙師。"文中所說"歷戊、已、庚"，是指戊子年四月第一個丁日以後的戊、已、庚三日。或許是一時疏忽，王國維竟以為"戊、已、庚"是指戊子、己丑、庚寅三年了，因此遂把丘處機的葬禮誤定在庚寅年七月。疑向達先生未及校對原書，也跟著錯了。當時記丘處機葬事的，還有一篇陳時可寫的《燕京白雲觀處順堂會葬記》，其中寫道：尹志平等"以四月丁未除地建址，越四日庚戌，雲中、河東道侶數百輩裹贏粮來助，凡四旬成。"（陳垣編纂：《道家金石略》，頁458）據此可知，《西遊記》中的"上丁"為丁未日，"庚"為庚戌日，而非王國維說的"庚寅"年。丘處機於丁亥年（1227）年七月七日去世，並於次年戊子七月九日下葬。對此，陳時可另撰《長春真人本行碑》亦可佐證："明年（1228）七夕前一日，將葬，羣弟子啟棺視之，師儼然如生。道俗瞻禮者三日，日萬人，悉歎異之。九日醮畢，闔仙蛻於白雲觀之處順堂。"（陳垣編纂：《道家金石略》，頁457）依陳時可記載，丘真人於戊子年（1228）七月九日下葬，所以"庚寅七月大葬仙師"的論斷是不可靠的（詳見楊訥《丘處機"一言止殺"再辨偽》，載《中華文史論叢》2007年第1期）。

（二）霖雨：連綿大雨。

（三）翕然：翕，合，聚。翕然，一致的樣子。

（四）將事：行事，奉命辦事。

（五）嚴：整肅。

（六）柩：裝著遺體的棺材。

（七）師容色儼然如生：儼然：宛然，此處說丘處機死後的容貌跟活著時一樣。陳時可撰《長春真人本行碑》亦有記載："明年（1228）七夕前一日，將葬，羣弟子啟棺視之，師儼然如生。道俗瞻禮者三日，日萬人，悉歎異之。"（陳垣編纂：《道家金石略》，頁457）尹志平為此還專門填詞《讚師傅先體不朽》道："玉骨元清，金丹已就，長春不老，何年朽？圓成一性遍河沙，遺骸全體仍依舊。萬代希逢，一時罕有，天涯門弟，來奔湊。安居處順慶真容，焚香十里連三晝。"（尹志平：《葆光集》卷下，《正統道藏》第25冊，頁529）

（八）以手加額：把手放在額頭上，以示崇敬、慶幸、感激。

（九）喧播：喧，顯赫的樣子。播，傳揚、傳佈。喧播指顯赫聲名傳播四方，即聲名遠揚。

本宮（一）建奉安（1）（二）道場（三）三晝夜，預（2）告（3）齋（四）旬日。八日辰時（五），玄（4）鶴自西南來，尋有白鶴繼至，（六）人皆仰而異之。九日子時（七）後（5），設靈寶清醮（八）三百六十分位。醮禮終（6），藏仙蛻（九）于堂，異香芬馥（十），移時不散。臨午致齋（十一），黃冠羽服（十二）與坐者數千人，奉道之眾又復萬餘。既寧（7）神（十三），翌（8）日（十四），大雨復降，人皆嘆曰："天道人事，上下和應，了此一大事。非我師道德純備，通于天地，達于神明，疇克如是乎^(9)(十五)？諒非人力所能致也。"

【校記】

(1) 安：黨本脱此字。

(2) 預：連本、輿地本、王本、備要本、初編本、張本、紀本、史地本作"豫"。

(3) 告：輿地本、備要本、張本、紀本、史地本漏此字。

(4) 玄：連本、輿地本、初編本、史地本、宛委本作"元"。

(5) 後：輿地本、王本、黨本脱此字。

(6) 終：輿地本、史地本脱此字。

(7) 寧：輿地本作"宵"。

(8) 翌：連本、輿地本、備要本、初編本、史地本作"翼"。

(9) 是乎：王本作"此"。

【注釋】

(一) 本宮：即長春宮。

(二) 奉安：古稱帝后安葬及神主遷廟曰奉安。

(三) 道場：道教舉行齋醮的場所以及儀式的統稱。原出於佛教典籍，其義或指佛成道之處，或指得道行法之處，或指學道場所，或指供養佛之處，或指寺院，或指佛教儀式。

(四) 預告齋：疑為道教的一種齋醮名稱或步驟之一。"預告齋，意仍申玄虛監察，應感靈司符，致功曹三界，符使竪告盟旛，關聞十方。自此，法師與齋主封齋不交人事。每日，法師默朝三天，為亡者懺罪，誦度人九章、九幽、救苦、升天諸經……。"（寧全真、林靈真：《靈寶領教濟度金書》卷2，《正統道藏》第7冊，頁33）"預告齋期自後，法師默朝為亡者懺罪，看誦經懺至建齋前一日。"（寧全真、林靈真：《靈寶領教濟度金書》卷2，《正統道藏》第7冊，頁35）《上清靈寶大法》卷29《傳度儀範門》亦載："一，某月某日具奏。一，帝申聞三界真司預告齋事。"（《正統道藏》第31冊，頁532）

(五) 辰時：指上午七點到九點。

（六）玄鶴自西南來，尋有白鶴繼至：鶴屬鳥類涉禽類，因其長壽，且形貌瀟灑，飛翔高遠，人們視其為高雅的仙禽，為仙人之坐騎。道教產生以後，鶴便被道眾尊奉為"仙禽"。道教門徒在進行攘除災祟的齋醮道場時，往往要乞靈於仙鶴。元陶宗儀《南村輟耕錄》卷29《降真香》記載說："道家者流，為人典行醮事，曰'高功'。其有行業精白者，則必移檄南嶽魏夫人，請借仙鶴，或二雙，或四雙，青鸞導衛，翔鶩澄空。昭揚道妙，往往親見之。"（頁359）。

（七）子時：指晚二十三點至次日凌晨一點。

（八）靈寶清醮：道教的一種齋醮形式，主要用於祈福、消災。《道門科範大全集》卷60《北斗延生道場儀》載："某伏值本命所屬，北斗某星君下降之辰，預夜就某處建立華壇，修設延生注祿靈寶清醮一壇。命臣等以今月日時宣行齋法，薦福消災，奏章懇願，增延福壽，濟度存亡。"（《正統道藏》第31冊，頁898）《廬山太平興國宮訪真君事實》卷4《上元醮意》云："江州路達魯花赤總管府同本路提點道錄司，恭遇上元令節，天官賜福之辰。虔就福地太平興國宮九天，採訪真君大殿，啟建祝聖靈寶清醮一座。轉誦真經，宿啟齋科，敷露雲篆三時，朝奏禮，懺陳詞滿，散。設醮一百二十分位。"（《正統道藏》第32冊，頁678）

（九）仙蛻：道教稱人升仙後留下的遺體。

（十）芬馥：香氣濃盛。

（十一）致齋：舉行祭祀或禮拜以前清整身心的儀軌。

（十二）黃冠羽服：黃冠是道士的別稱。羽服，即羽衣，常用來稱道士或神仙所著衣服。"黃冠羽服"在此處指道士。

（十三）寧神：寧，安定，平安。神，天神，神靈，此指丘處機。寧神，意為將丘處機安葬完畢。

（十四）翌日：同"翼日"，明天。

（十五）疇克如是乎：疇，助詞，無義。克，能。這句話的意思是（如果不是師傅道德純粹完備，通達於天地，令神明知曉）能像這樣（順利）嗎？

權^(一)省宣撫<u>王公巨川</u>⁽¹⁾，<u>咸陽</u>巨族也。素慕玄⁽²⁾風^(二)，近歲又與父師相會于<u>燕</u>，雅懷^(三)昭⁽³⁾映^{(4)(四)}，道同氣合⁽⁵⁾，尊仰之誠，更甚疇⁽⁶⁾昔^(五)。故會茲葬事，自爲主盟^(六)。京城內外屯以甲兵，備其不虞^(七)。罷散之日，畧無驚擾，於是親榜^(八)其堂⁽⁷⁾曰"處順"^(九)，其觀曰"白雲"^(十)焉。

【校記】

（1）川：輿地本、史地本漏此字。

（2）玄：連本、輿地本、初編本、史地本、宛委本作"元"。

（3）昭：王本、黨本作"照"。

（4）映：王本作"暎"。

（5）合：宛委本作"令"。

（6）疇：輿地本、史地本作"聽"。

（7）堂：王本、黨本作"室"。

【注釋】

（一）權：唐代以來稱代理、攝守官職爲權。

（二）玄風：談玄的風氣。指道家義理之言。

（三）雅懷：風雅的情懷。

（四）昭映：昭，彰明，顯示。映，照耀。昭映，指顯示照耀。

（五）疇昔：往日。疇，在此爲助詞，無義。

（六）主盟：主，主持、掌管之意。主盟就是主持會盟。這裡指親自主持<u>丘處機</u>的葬事。

（七）不虞：意料之外，出乎意料的事。

（八）親榜：榜，意爲木片、匾額，此處作動詞。意爲親自書寫匾額。

（九）處順：即處順堂，<u>尹志平</u>爲安葬<u>丘處機</u>遺體所修建。<u>陳時可</u>在《燕京白雲觀處順堂會葬記》記載，建成之後的處順堂"制度雄麗，榜之曰'處順'"，關於其名稱，他提道："<u>老聃</u>之死也，棄佚調之，三號而出，曰：適來夫子時也，適去夫子順也，安時而處順，哀樂不能入也，古者謂之是帝之懸解。道家者流，學<u>老聃</u>者也，今夫<u>長春子</u>之徒以處順名其堂，而其師反真之日，想與嚴敦匠之事，且嗷嗷然哭之，其哀如是。"（<u>陳垣</u>編纂：《道家金石略》，頁458—459）

（十）白雲：即<u>白雲觀</u>。

師為文，未始起稾^{(1)(一)}，臨紙肆筆而成，後復有求者，或⁽²⁾輒^(二)自增⁽³⁾損，故兩存之。嘗夜話^(三)，謂門弟子曰："古之得道人，見于書傳者，畧而不愽^{(4)(四)}，失其傳者可勝言哉！余屢⁽⁵⁾對汝衆舉近世得道之士，皆耳目所親接者。其行事甚詳，其談道甚明。暇日^(五)當集《全真大傳》，以貽^(六)後人。"師既沒，雖嘗口傳其槩而後之學者^(七)，尚未見其成書，惜哉！^(八)

【校記】

（1）稾：即"稿"的別體字。王本作"藁"；紀本、張本、黨本作"稿"。

（2）或：王本、黨本作"復"。

（3）增：史地本作"壞"。

（4）愽：宛委本與底本同，餘本皆作"傳"。

（5）屢：黨本脫此字。

【注釋】

（一）稾：撰寫詩文的草底。

（二）輒：即時。

（三）夜話：夜間敘談。

（四）愽："博"的異體字，眾多、豐富之意。此處的意思當為詳盡。

（五）暇日：閑暇的日子。

（六）貽：遺留。

（七）學者：治學之士，有學問的人。

（八）清人陳教友在《長春道教源流》卷 4《長春弟子紀略上》寫道："李志常《西遊記》云，長春師'嘗夜話，謂門弟子曰，古之得道人，見於書傳者，略而不博，失其傳者可勝言哉！余屢對汝眾舉近世得道之士，皆耳目所親接者。其行事甚詳，其談道甚明。暇日當集《全真大傳》，以貽後人。師既沒，雖嘗口傳其概，而後之學者，尚未見其成書，惜哉！'余於茲篇亦云。"（《藏外道書》第 31 冊，頁 73）丘處機此願，也算是有人回應了。

（原書） 附錄⁽¹⁾

詔 書

<u>成吉思皇帝</u>勑⁽²⁾<u>真人丘師</u>：

省所奏應詔而來者，備⁽³⁾悉。惟師道踰⁽⁴⁾三子，德重多方⁽⁵⁾。命臣奉厥玄⁽⁶⁾纁^(一)，馳傳訪諸滄海。時與願適，天不人違。兩朝^(二)屢詔而弗⁽⁷⁾行，單使一邀而肯⁽⁸⁾起。謂朕天啓，所以身歸。不辭暴露於風霜，自願跋涉於沙磧。書章來上，喜慰何言。軍國之事，非朕所期。道德之心，誠云可尚。朕以彼酋⁽⁹⁾不遜，我伐用張^(三)，軍旅試⁽¹⁰⁾臨，邊陲底定。來從去背，寔⁽¹¹⁾力率之故然⁽¹²⁾。久逸暫勞，冀⁽¹³⁾心服⁽¹⁴⁾而後已。於是⁽¹⁵⁾載揚威德，略駐車徒⁽¹⁶⁾。重念雲軒既發於<u>蓬萊</u>，鶴馭可遊於<u>天竺</u>。<u>達磨</u>⁽¹⁷⁾東邁，元印法以傳心。<u>老氏</u>西行，或化胡⁽¹⁸⁾而成道。顧川途之雖闊⁽¹⁹⁾，瞻几杖^(四)以非遙。爰答來章，可明朕意。秋暑，師比平安好。指不多及。

【校記】

（1）此附錄為底本所附，<u>張本</u>、<u>史地本</u>、<u>紀流本</u>無。

（2）勑：<u>連本</u>、<u>輿地本</u>、<u>初編本</u>作“勅”，<u>王本</u>、<u>備要本</u>、<u>黨本</u>作“敕”。

（3）備：<u>黨本</u>作“俱”。

（4）踰：<u>黨本</u>作“逾”。

（5）方：連本、輿地本、備要本、初編本作"端"（後注一作"方"）。

（6）玄：連本、輿地本、初編本、宛委本作"元"。

（7）弗：宛委本作"不"。

（8）肯：連本、輿地本、初編本作"肎"。

（9）酋：宛委本作"隊"。

（10）試：輿地本作"誠"。

（11）寔：連本、輿地本、王本、備要本、初編本、黨本、宛委本作"實"。

（12）然：宛委本脫此字。

（13）巽：連本、輿地本、王本、備要本、初編本、紀本、黨本、宛委本作"冀"。

（14）服：宛委本在此字後衍"焉"。

（15）於是：連本、輿地本、王本、備要本、初編本作"是用"。

（16）徒：宛委本作"途"。

（17）磨：輿地本、備要本作"摩"。

（18）胡：宛委本脫此字。

（19）闊：連本、宛委本作"潤"。

【注釋】

（一）玄纁：指黑色的幣帛，色有玄有纁，纁，是黃赤色。後世帝王常用玄纁為聘請賢士的贄禮。

（二）兩朝：指金與南宋。丘處機曾分別於 1216 年和 1218 年拒絕了金朝與南宋將領的禮聘。

（三）彼酋不遜，我伐用張：指的是花拉子模算端摩訶末劫殺蒙古商隊，并殺害蒙古使臣，從而使成吉思汗率軍西伐的事情。花拉子模是 12 至 13 世紀中亞地區最為強盛的伊斯蘭政權，1215 年，蒙古軍攻占金中都的消息傳到中亞，為了打探蒙古實力，花拉子模算端摩訶末派遣了一個使團觀見成吉思汗，成吉思汗友好地接待了使團，并遣使回訪，且組織一個龐大的商隊前往花拉子模貿易。1218 年，商隊在花拉子模的邊境城市訛答拉被當地守軍截留，商人被殺，貨物被搶。成吉思汗再次派使者前往花拉子模交涉，狂妄的摩訶末殺死為首的使臣，其餘人被剃掉鬍鬚後遣回蒙古草原。摩訶末的這一舉動，徹底激怒了成吉思汗，1219 年，他親自率軍西進，征討花拉子模。

（四）几杖：几案與手杖，以供老年人平時走路時扶持之用，故古時以賜几杖為敬老之禮。

聖　旨

成吉思皇帝聖旨：道與諸處官員每：

丘神仙應有底修行底院舍等，係逐日念誦經文、告天底人每與皇帝祝壽萬萬歲者，所據大小差發稅賦(1)都休教著者，據丘神仙底應係出家門人等隨處院舍，都教免了差發稅賦者。其外詐推出家影(2)占(一)差發底人每，告到官司治罪斷按(3)主(二)者，奉到如此，不得違錯，須至給付照用者。

右付(4)神仙門下收執

照使所據神仙應係出家門人精嚴住持院子底人等(5)，並免差發稅賦。准此。

癸未羊兒年(三)三月　御寶(6)日。

宣差阿里鮮回奉成吉思皇帝聖旨：

丘神仙奏知來底公事是(7)也，瞧(8)好。我前時已有聖旨文字與你來(四)，教你天下應有底出家善人都(9)管著者，好底(10)歹底，丘神仙你就便理會(11)，只你識者，奉到如此。

癸未年九月二十四日

宣差都元帥賈昌傳奉成吉思皇帝聖旨：

丘神仙你春月行程別來，至夏日路上炎熱艱難來。沿路好底鋪馬得騎來麼？路裏飲食廣⁽¹²⁾多不少來麼？你到<u>宣德州等處</u>⁽¹³⁾，官員好覷你來麼？下頭百姓得來麼？你身起心裏好麼⁽¹⁴⁾？我這裏常思量著神仙你，我不曾忘了你，你休忘了我者。

　　癸未年十一月十五⁽¹⁵⁾日。

【校記】

（1）稅賦：輿地本、王本、備要本、初編本作"賦稅"。

（2）影：王本作"隱"。

（3）按：連本、輿地本、王本、備要本、初編本作"案"。

（4）付：連本、輿地本、備要本、初編本脫此字。

（5）等：王本脫此字。

（6）御寶：黨本將此二字置於"日"字後。

（7）是：王本無此字。

（8）瞞：王本在此字後衍"是"。

（9）都：黨本在此字後衍"教"。

（10）底：連本、輿地本、王本、備要本、初編本作"的"，下同不再出校。

（11）會：連本、輿地本、備要本、初編本作"合"。

（12）廣：輿地本、備要本作"頗"。

（13）處：王本無此字。

（14）你身起心裏好麼：連本、輿地本、備要本、初編本脫此句。

（15）十五：黨本脫"十"字。

【注釋】

（一）影占：隱沒，隱藏。

（二）斷按主：《黑韃事略》曰："其犯寇者，殺之，畜產以入受寇之家。或甲之奴盜乙之物，或盜乙之奴物，皆沒甲與奴之妻子、畜產，而殺其奴及甲，謂之斷案主。"（《王國維遺書》第13冊，頁16b）元徐元瑞《吏學指南》稱："官監户，謂前代以來配隸相生，或今朝配役鑿属諸司州縣無貫者，即今之斷按主戶是也。其斷没者，良人曰監戶，奴婢曰官戶。"（楊訥點校：《吏學指南（外三種）》，頁103）

（三）癸未羊兒年：即元太祖十八年，公元1223年。蒙古人用生肖紀年，以虎年為歲首，依次為虎、兔、龍、蛇、馬、羊、猴、雞、狗、豬、鼠、牛十二生肖。記錄蒙古早期歷史的史書《蒙古秘史》即以此法紀年，稱虎兒年、羊兒年等。後因此曆法循環一次十二年，週期較短，遂出現用藍（青）、紅、黃、白、黑五色分陰陽共十數，與十二生肖相配，稱青龍年、白馬年等，加陰陽，循環週期為六十年。喇嘛教傳入蒙古後，受藏族紀年的影響，又以木、火、土、金、水五行，分陰陽，為十數，與十二生肖相配，稱陰木馬年、陽金龍年等，循環週期也為六十年。《黑韃事略》云："（蒙古）其正朔昔用十二支辰之象如子曰鼠兒年之類，今用六甲輪流如曰甲子年正月一日或卅日，皆漢人、契丹、女真教之。"（《王國維遺書》第13冊，頁7a）

（四）我前時已有聖旨文字與你來：當指第一道聖旨。

請疏三

燕京行尚書省石抹公謹請真[1]人長春公住[2]持天長觀者：

竊以必有至人，而後可以啓箇[3]中機；必有仙闕，[4]而後可以待方外士[5]。天長觀者，人間紫府[一]，主[6]上福田。若非真神仙人，誰稱此道場地？仰惟[7]長春上人，識超群品，道[8]悟長生，舌根有花木香，胷襟無塵土氣。寔[9]人天[10]之眼目，乃世俗之津梁[二]。向也乘青牛[三]而西邁，不憚朝天；今焉[11]奉紫詔而南廻，正當傳道。幸無多讓，早賜光臨。謹疏。

癸未年八月　日。

又

宣撫使、御史大夫王^(四)敦請<u>真人師父</u>住持<u>燕京十方</u>^(五)<u>大天長觀</u>者：

竊以應變神龍，非蹄涔^(六)所能止；無心野鶴，亦何天不可飛。故蒙<u>莊</u>出遊，<u>漆園</u>增價^(七)；<u>陳摶</u>歸隱，<u>雲臺</u>生光^(八)。不到若輩人，難了如此事。伏惟<u>真人師父</u>，氣清而粹，道大而高。已書絳闕^(九)之名，暫被玉壺之謫^(十)。以千載為旦暮，以八極為門庭。振柱史^(十一)之宗風，提<u>全真</u>之法印。昔也三朝之教主，今茲萬乘之國^(十二)師。幾年應詔北行，本擬措⁽¹²⁾安於海內；一旦廻轅南邁，可能獨善⁽¹³⁾於<u>山東</u>。維太極之故宮，寔⁽¹⁴⁾<u>大燕</u>之宏構⁽¹⁵⁾。國家元辰^(十三)之所在，遠近取⁽¹⁶⁾則之所先。必欲立接人之基，莫如⁽¹⁷⁾宅首善之地。敢輒伸於管見，冀⁽¹⁸⁾少駐於霓旌^(十四)。萬里雲披，式副人天之望；四方風動，舉聞道德之香⁽¹⁹⁾。

謹疏。

癸未年八月　日。

又

<u>燕京</u>尚書省<u>石抹公</u>謹請<u>丘神仙</u>久住<u>天長觀</u>⁽²⁰⁾：

竊以時止時行，雖聖人不凝滯於物，爰居爰處，而君子有恒久之心。於此兩端，存乎大致⁽²¹⁾。<u>長春真人</u>，<u>重陽</u>高弟，四海重名⁽²²⁾。為帝者之尊師，亦天下之教父。昔年應聘，還自萬里<u>尋思干</u>⁽²³⁾；今日接人，久住<u>十方天長觀</u>。上以祝皇王之聖壽，下以薦生靈之福田。頃因譏察於細，

人非敢動搖於仙仗。不圖大老，遂有退心。況京師者，諸夏^(十五)之本根⁽²⁴⁾，而遠近取此乎⁽²⁵⁾法則。如或⁽²⁶⁾舍此而就彼，是謂⁽²⁷⁾下喬而入幽^(十六)。輒敢堅留，幸不易動。休休莫莫，無⁽²⁸⁾為深山窮谷之行；永永長長，而作太⁽²⁹⁾極瓊華^(十七)之主。

謹疏。

丙戌年八月　日。

【校記】

（1）真：王本作“仙”。

（2）住：輿地本作“侍”。

（3）箇：王本作“個”。

（4）而後可以啓箇中機，必有仙闕：黨本脫此句。

（5）士：黨本作“事”。

（6）主：連本、輿地本、備要本、初編本（後著注一作“主”），王本作“天”。

（7）惟：王本作“維”，下同不再出校。

（8）道：宛委本作“長”。

（9）寔：連本、輿地本、王本、備要本、輿地本、初編本、黨本、宛委本作“實”。

（10）人天：黨本作“天人”。

（11）焉：王本作“也”。

（12）措：王本作“借”。

（13）善：輿地本作“三”。

（14）寔：同本頁校記（9）。

（15）構：輿地本、備要本作“搆”。

（16）取：輿地本作“明”。

（17）如：輿地本在“如”字後衍“首”字。

（18）巽：連本、輿地本、王本、備要本、初編本、黨本作“冀”。

（19）香：王本作“音”。

（20）久住天長觀：黨本在"住"字後衍"持"，連本、輿地本、王本、輿地本在"觀"字後衍"者"。

（21）致：輿地本作"智"。

（22）重名：黨本作"名重"。

（23）干：底本、備要本、黨本作"于"，餘本作"干"。

（24）本根：黨本作"根本"。

（25）乎：宛委本脫此字。

（26）或：連本、輿地本、備要本、初編本作"謂"。

（27）謂：宛委本在此字後衍"一"。

（28）無：輿地本在此字後衍"無"。

（29）太：連本、輿地本、初編本作"大"。

【注釋】

（一）紫府：道家稱仙人居所。

（二）津梁：橋梁。

（三）青牛：指仙人所乘之牛。傳說老子乘青牛西遊，故道家謂仙人騎青牛。

（四）宣撫使、御史大夫王：即正文提到的王檝，字巨川。

（五）十方：佛經稱東、南、西、北、東南、東北、西南、西北、上、下十個方位，為十方。

（六）蹄涔：牛馬路上所留足跡中的積水，比喻容量小。

（七）蒙莊出遊，漆園增價：蒙莊，即莊子（約公元前369—公元前286年），蒙（今河南商丘，一說為今安徽蒙城）人，戰國時期道家學派的代表人物。相傳莊子曾當過漆園吏。司馬遷在《史記》卷63《老子韓非列傳》載曰："莊子者，蒙人也，名周。周嘗為蒙漆園吏。"（頁2143）漆園，地名，具體在何處，至今並無確切說法。

（八）陳摶歸隱，雲臺生光：陳摶，字圖南，号扶搖子。生年不詳，學術界普遍認為其生活在公元871—989年。陳摶是五代、宋初著名的道士，早年熟讀經史百家之言，兼通醫理、佛學、天文地理，後唐長興中，舉進士不第，遂以山水為樂。曾多次出入宮廷，備受禮遇。后入華山，居雲台觀。著作有《指玄篇》、《入室還丹詩》、《陰真君還丹歌注》、《釣潭集》等，此外有詩六百餘首。其生平事跡詳見《宋史・陳摶傳》、《續資治通鑑》、《太華希夷志》等書。

（九）絳闕：宮殿的門闕。

（十）暫被玉壺之謫：典出《後漢書》卷82《費長房傳》，其云：“費長房者，汝南人也。曾為市掾。市中有老翁賣藥，懸一壺於肆頭，及市罷，輒跳入壺中。市人莫之見，唯長房於樓上覩之，異焉，因往再拜奉酒脯。翁知長房之意其神也，謂之曰：‘子明日可更來。’長房旦日復詣翁，翁乃與俱入壺中。唯見玉堂嚴麗，旨酒甘肴，盈衍其中，共飲畢而出。翁約不聽與人言之。”（頁2743）

（十一）柱史：柱下史的簡稱，相當於漢以後的御史，以其所掌及侍立常在殿柱之下，故名。相傳老子曾任此官，因此也常常用來代稱老子。

（十二）萬乘之國：萬乘，指萬輛車。周代制度規定，天子地方千里，能出兵車萬乘，故以“萬乘”指周天子。戰國時，諸侯國小的稱“千乘”，大的稱“萬乘”。後萬乘之國往往指大國。

（十三）元辰：吉利的時日。

（十四）霓旌：相傳仙人以雲霞做的旗幟。

（十五）諸夏：指周代分封的諸侯國。

（十六）下喬而入幽：語出《孟子・滕文公上》：“吾聞出於幽谷，遷于喬木者，未聞下喬木而入于幽谷者。”後引申為“下喬入幽”，亦作“下喬遷穀”，比喻人降職，或者從良好的處境進入惡劣的處境。

（十七）太極瓊華：即正文提到的太極宮和瓊華島。

侍行門人

虛靜[1]先生趙道堅	沖虛大師宋道安
清和大師尹志平	虛寂大師孫志堅
清貧道人[2]夏志誠	清虛大師宋德方
葆光大師王志明	沖虛大師于志可
崇道大師張志素	通真大師鞠志圓
通玄[3]大師李志常	頤真大師鄭志修

玄真大師張志遠　　　悟真大師孟志穩⁽⁴⁾

清真大師綦志清　　　保⁽⁵⁾真大師何志清⁽⁶⁾

通玄大師楊志靜　　　沖和大師潘德沖

特旨蒙古四人從師護持：

蒙古打　　　　喝剌八海

宣差阿里鮮　　宣差便宜使劉仲祿。

【校記】

（1）虛靜：輿地本作“靜虛”。

（2）清貧道人：連本、輿地本、王本、備要本、初編本作“清貞真人”。

（3）玄：連本、輿地本、備要本、初編本、宛委本作“元”，下同不再出校。

（4）孟志穩：王本此後注“卷下作孟志溫”。

（5）保：黨本作“葆”。

（6）何志清：王本後注“卷下有何志堅無何志清”。

校注徵引文獻

基本史料

（一）漢文文獻部分

[1]《周禮》，劉波、王川、鄧啟銅注釋本，南京：南京大學出版社，2014 年。

[2]《列子集釋》，楊伯峻集釋本，北京：中華書局，1979 年。

[3]《論語譯注》，楊伯峻譯注本，北京：中華書局，1980 年。

[4]（秦）呂不韋：《呂氏春秋》，北京：中華書局，1991 年。

[5]（漢）司馬遷：《史記》，北京：中華書局，1959 年。

[6]（漢）班固：《漢書》，北京：中華書局，1962 年。

[7]《四十二章經》，尚榮譯注本，北京：中華書局，2010 年。

[8]（晉）干寶撰，汪紹楹校注：《搜神記》，北京：中華書局，1979 年。

[9]（晉）張華撰，範寧校證：《博物志校證》，北京：中華書局，1980 年。

[10]（晉）郭象注、（唐）成玄英疏，曹礎基、黃蘭發點校：《南華真經注疏》，北京：中華書局，1988 年。

[11]（晉）葛洪撰，胡守為校釋：《神仙傳校釋》，北京：中華書局，2010 年。

[12]（南朝）范曄：《後漢書》，北京：中華書局，1965 年。

[13]（南朝）陸修靜：《洞玄靈寶五感文》，《正統道藏》第 32 冊，北京：文物出版社，上海：上海書店，天津：天津古籍出版

社，1988 年。

　　［14］（北魏）賈思勰原著，繆啟愉校釋：《齊民要術校釋》，北京：農業出版社，1982 年。

　　［15］（北魏）酈道元原著，陳橋驛校證：《水經注校證》，北京：中華書局，2007 年。

　　［16］（北魏）楊衒之原著，範祥雍校注：《洛陽伽藍記校注》，上海：上海古籍出版社，1982 年。

　　［17］（北齊）魏收：《魏書》，北京：中華書局，1974 年。

　　［18］（唐）姚思廉：《梁書》，北京：中華書局，1973 年。

　　［19］（唐）魏徵等撰：《隋書》，北京：中華書局，1973 年。

　　［20］（唐）房玄齡：《晉書》，北京：中華書局，1974 年。

　　［21］（唐）李延壽：《北史》，北京：中華書局，1974 年。

　　［22］（唐）李延壽：《南史》，北京：中華書局，1975 年。

　　［23］（唐）孔穎達：《春秋左傳正義》，收入（清）阮元校刻《十三經注疏》，北京：中華書局，1980 年。

　　［24］（唐）段成式著，方南生點校：《酉陽雜俎》，上海：上海古籍出版社，1981 年。

　　［25］（唐）慧立、彥悰著，孫毓堂、謝方點校：《大慈恩寺三藏法師傳》，北京：中華書局，1983 年。

　　［26］（唐）李吉甫著，賀次君點校：《元和郡縣圖志》，《中國古代地理總志叢刊》本，北京：中華書局，1983 年。

　　［27］（唐）歐陽詢撰，汪紹楹校：《藝文類聚》，上海：上海古籍出版社，1985 年。

　　［28］（唐）李德裕：《會昌一品集》，北京：中華書局，1985 年。

　　［29］（唐）杜佑著，王文錦等點校：《通典》，北京：中華書局，1988 年。

　　［30］（唐）李隆基等撰：《龍角山記》，《正統道藏》第 19 冊，北京：文物出版社，上海：上海書店，天津：天津古籍出版社，1988 年。

　　［31］（唐）義淨原著，王邦維校注：《大唐西域求法高僧傳校注》，北京：中華書局，1988 年。

［32］（唐）朱法滿：《要修科儀戒律鈔》，《正統道藏》第 6 冊，天津：天津古籍出版社影印，1988 年。

［33］（唐）釋法琳：《辯正論》，《大正新修大藏經》第 52 卷，臺北：佛陀教育基金會，1990 年。

［34］（唐）杜甫著，高仁標點校：《杜甫全集》，上海：上海古籍出版社，1996 年。

［35］（唐）杜環著，張一純箋注：《經行紀》，北京：中華書局，2000 年。

［36］（唐）玄奘、辯機原著，季羨林等校注：《大唐西域記校注》，北京：中華書局，2004 年。

［37］（後晉）劉昫等撰：《舊唐書》，北京：中華書局，1975 年。

［38］（宋）王溥：《唐會要》，北京：中華書局，1955 年。

［39］（宋）郭若虛著，黃苗子點校：《圖畫見聞志》，北京：人民美術出版社，1963 年。

［40］（宋）歐陽修、宋祁：《新唐書》，北京：中華書局，1975 年。

［41］（宋）《宣和畫譜》，臺北：臺灣商務印書館，1982 年影印本。

［42］（宋）周密著，張茂鵬點校：《齊東野語》，北京：中華書局，1983 年。

［43］（宋）王延德：《使高昌記》，收入《王國維遺書》第 13 冊，上海：上海古籍書店，1983 年。

［44］（宋）趙珙：《蒙韃備錄》，王國維箋證本，收入《王國維遺書》第 13 冊，上海：上海古籍書店，1983 年。

［45］（宋）彭大雅撰，徐霆疏：《黑韃事略》，王國維箋證本，收入《王國維遺書》第 13 冊，上海：上海古籍書店，1983 年。

［46］（宋）葉隆禮著，賈敬顏、林榮貴點校：《契丹國志》，上海：上海古籍出版社，1985 年。

［47］（宋）李攸：《宋朝事實》，《叢書集成初編》本，北京：中華書局，1985 年。

［48］（宋）吳自牧：《夢梁錄》，北京：中華書局，1985 年。

［49］（宋）贊寧著，範祥雍點校：《宋高僧傳》，北京：中華書局，1987 年。

［50］（宋）周密：《癸辛雜識》，北京：中華書局，1988 年。

［51］（宋）寧全真、林靈真：《靈寶領教濟度金書》，《正統道藏》第 7 冊，北京：文物出版社，上海：上海書店，天津：天津古籍出版社，1988 年。

［52］（宋）金允中：《上清靈寶大法》，《正統道藏》第 31 冊，北京：文物出版社，上海：上海書店，天津：天津古籍出版社，1988 年。

［53］《道門科範大全集》，《正統道藏》第 31 冊，北京：文物出版社，上海：上海書店，天津：天津古籍出版社，1988 年。

［54］（宋）張耒著，李逸安等校注：《張耒集》，北京：中華書局，1990 年。

［55］（宋）鄭思肖著，陳福康點校：《鄭思肖集》，上海：上海古籍出版社，1991 年。

［56］（宋）程大昌：《演繁錄》，北京：中華書局，1991 年。

［57］（宋）張君房纂輯，蔣力生等校注：《雲笈七籤》，北京：華夏出版社，1996 年。

［58］（宋）趙汝適原著，楊博文校釋：《諸蕃志校釋》，北京：中華書局，2000 年。

［59］（宋）王明清：《揮麈錄》，上海：上海書店出版社，2001 年。

［60］（宋）朱弁：《曲洧舊聞》，北京：中華書局，2002 年。

［61］（宋）李昉等撰：《太平廣記》，北京：中華書局，2006 年。

［62］（宋）樂史著，王文楚點校：《太平寰宇記》，北京：中華書局，2007 年。

［63］（宋）道原著，顧宏義譯注：《景德傳燈錄譯注》，上海：上海書店出版社，2010 年。

［64］（宋）唐慎微著，郭君雙等校注：《證類本草》，北京：中國醫藥科技出版社，2011 年。

［65］（宋）姚勉著，曹詣珍、陳偉文點校：《姚勉集》，上海：

上海古籍出版社，2012 年。

[66]（金）元好問：《遺山先生文集》，四部叢刊初編本。

[67]（金）元好問：《中州集》，北京：中華書局，1962 年。

[68]（金）劉祁著，崔文印點校：《北使記》，收入《歸潛志》，北京：中華書局，1983 年。

[69]（金）王處一：《雲光集》，《正統道藏》第 25 冊，北京：文物出版社，上海：上海書店，天津：天津古籍出版社，1988 年。

[70]（金）元好問著，姚奠中主編，李正民增訂：《元好問全集》（增訂本），太原：山西古籍出版社，2004 年。

[71]（金）王重陽著，白如祥輯校：《王重陽集》，濟南：齊魯書社，2005 年。

[72]（金）丘處機著，趙衛東輯校：《丘處機集》，濟南：齊魯書社，2005 年。

[73]（元）歐陽玄：《圭齋集》，四部叢刊初編本。

[74]（元）郝經：《郝文忠公陵川文集》，《北京圖書館古籍珍本叢刊》本，北京：書目文獻出版社，出版時間不詳。

[75]（元）釋祥邁：《至元辨偽錄》，《北京圖書館古籍珍本叢刊》本，北京：書目文獻出版社，出版時間不詳。

[76]（元）蘇天爵輯：《元文類》，上海：商務印書館，1936 年。

[77] 蔡美彪：《元代白話碑集錄》，北京：科學出版社，1955 年。

[78]（元）陶宗儀：《南村輟耕錄》，北京：中華書局，1959 年。

[79]（元）孛蘭肹等撰：《元一統志》，北京：中華書局，1966 年。

[80]（元）脫脫等撰：《遼史》，北京：中華書局，1974 年。

[81]（元）脫脫等撰：《金史》，北京：中華書局，1975 年。

[82]（元）耶律楚材著，向達校注：《西遊錄》，北京：中華書局，1981 年。

[83]（元）李志常著，王國維校注：《長春真人西遊記校注》，

收入《王國維遺書》第 13 冊，上海：上海古籍書店，1983 年。

［84］佚名著，王國維校注：《聖武親征錄校注》，收入《王國維遺書》第 13 冊，上海：上海古籍書店，1983 年。

［85］（元）熊夢祥原著，北京圖書館善本組輯：《析津志輯佚》，北京：北京古籍出版社，1983 年。

［86］（元）脫脫等撰：《宋史》，北京：中華書局，1985 年。

［87］（元）李庭：《寓庵集》，《元人文集珍本叢刊》第 1 冊，臺北：新文豐出版公司，1985 年。

［88］（元）王惲：《秋澗先生大全集》，《元人文集珍本叢刊》第 2 冊，臺北：新文豐出版公司，1985 年。

［89］（元）鮮于樞：《困學齋雜錄》，北京：中華書局，1985 年。

［90］（元）耶律楚材著，謝方點校：《湛然居士文集》，北京：中華書局，1986 年。

［91］（元）尹志平：《葆光集》，《正統道藏》第 25 冊，北京：文物出版社，上海：上海書店，天津：天津古籍出版社，1988 年。

［92］（元）李道謙：《七真年譜》，《正統道藏》第 3 冊，北京：文物出版社，上海：上海書店，天津：天津古籍出版社，1988 年。

［93］（元）李道謙：《甘水仙源錄》，《正統道藏》第 19 冊，北京：文物出版社，上海：上海書店，天津：天津古籍出版社，1988 年。

［94］（元）李道謙：《終南山祖庭仙真內傳》，《正統道藏》第 19 冊，北京：文物出版社，上海：上海書店，天津：天津古籍出版社，1988 年。

［95］（元）佚名：《廬山太平興國宮采訪真君事實》，《正統道藏》第 32 冊，北京：文物出版社，上海：上海書店，天津：天津古籍出版社，1988 年。

［96］（元）徐元瑞著，楊訥點校：《吏學指南》（外三種），杭州：浙江古籍出版社，1988 年。

［97］陳垣編纂，陳智超、曾慶瑛校補：《道家金石略》，北京：文物出版社，1988 年。

［98］楊訥編：《元代白蓮教資料彙編》，北京：中華書局，1989 年。

［99］（元）王士點、商企翁編，高榮盛點校：《秘書監志》，杭州：浙江古籍出版社，1992 年。

［100］《廟學典禮》，王頲點校本，杭州：浙江古籍出版社，1992 年。

［101］（元）蘇天爵輯，姚景安點校：《元朝名臣事略》，北京：中華書局，1996 年。

［102］（元）蘇天爵著，陳高華、孟繁清點校：《滋溪文稿》，北京：中華書局，1997 年。

［103］（元）李志常著，黨寶海譯注：《長春真人西遊記》，石家莊：河北人民出版社，2001 年。

［104］（元）劉郁著，尚衍斌注釋：《劉郁〈西使記〉校注》，載朱誠如主編：《清史論集——慶賀王鍾翰教授九十華誕》，北京：紫禁城出版社，2003 年。

［105］（元）劉應李原編，詹友諒改編，郭聲波整理：《大元混一方輿勝覽》，成都：四川大學出版社，2003 年。

［106］王宗昱編：《金元全真教石刻新編》，北京：北京大學出版社，2005 年。

［107］賈敬顏：《五代宋金元人邊疆行記十三種疏證稿》，北京：中華書局，2004 年。

［108］（元）王惲著，楊曉春點校：《玉堂嘉話》，北京：中華書局，2006 年。

［109］（元）耶律鑄：《雙溪醉隱集》，《景印文淵閣四庫全書》第 1199 冊，臺北：臺灣商務印書館股份有限公司，2008 年。

［110］（元）忽思慧著，尚衍斌、孫立慧、林歡注釋：《飲膳正要》，北京：中央民族大學出版社，2009 年。

［111］（元）袁桷著，楊亮校注：《袁桷集校注》，北京：中華書局，2012 年。

［112］楊鐮主編：《全元詩》，北京：中華書局，2013 年。

［113］（元）劉郁著，陳得芝校注：《［常德］西使記校注》，

載《中華文史論叢》2015 年第 1 輯。

［114］（明）葉子奇：《草木子》，北京：中華書局，1959 年。

［115］（明）宋濂撰：《元史》，北京：中華書局，1976 年。

［116］（明）葉盛：《水東日記》，北京：中華書局，1980 年。

［117］（明）王士性撰：《廣志繹》，北京：中華書局，1981 年。

［118］（明）李賢：《大明一統志》，西安：三秦出版社，1990 年。

［119］（明）嚴從簡著，余思黎點校：《殊域周咨錄》，北京：中華書局，1993 年。

［120］（明）郭造卿撰：《盧龍塞略》，臺北：臺灣學生書局，1997 年影印本。

［121］（明）陳誠著，周連寬點校：《西域番國志》，北京：中華書局，2000 年。

［122］（明）李時珍著，王育傑整理：《本草綱目》（上中下三冊），北京：人民衛生出版社，2004 年。

［123］（明）王九思等輯，穆俊霞等校注：《難經集注》，北京：中國醫藥科技出版社，2011 年。

［124］（明）張岱撰，李小龍整理：《夜航船》，北京：中華書局，2012 年。

［125］（清）寧完福、朱光纂修：《康熙保安州志》，國家圖書館古籍館藏清康熙［1662—1722］刻本。

［126］（清）張思勉：《乾隆披縣志》，乾隆二十三年刻本。

［127］（清）張穆著：《蒙古遊牧記》，臺北：文海出版社，1965 年。

［128］（清）王樹楠等撰：《新疆圖志》，《中國邊疆叢書》，臺灣：文海出版社，1965 年版。

［129］（清）《乾隆宣化府志》，《中國方志叢書·塞北地方》第 18 號，臺北成文出版社 1968 年版。

［130］（清）《嘉靖宣府鎮志》，《中國方志叢書·塞北地方》第 19 號，臺北成文出版社 1968 年版。

［131］（清）張廷玉等撰：《明史》，北京：中華書局，1974 年。

［132］（清）趙翼：《廿二史劄記》，北京：中國書店，1987年。

［133］（清）富察敦崇：《燕京歲時記》，北京：北京古籍出版社，1981年。

［134］（清）于敏中編纂：《日下舊聞考》（第7冊），北京：北京古籍出版社，1983年。

［135］（清）顧嗣立：《元詩選·初集》，北京：中華書局，1987年。

［136］（清）完顏崇實：《白雲仙表》，《藏外道書》第31冊，成都：巴蜀書社，1994年。

［137］（清）陳銘珪：《長春道教源流》，《藏外道書》第31冊，成都：巴蜀書社，1994年。

［138］（清）沈垚：《落帆樓文稿》，《續修四庫全書》，第1525冊，上海：上海古籍出版社，2002年影印本。

［139］（清）劉統勛等撰，鍾興麒、王豪、韓慧校注：《西域圖志校注》，烏魯木齊：新疆人民出版社，2002年。

［140］（清）顧祖禹著，賀次君、施和金點校：《讀史方輿紀要》，北京：中華書局，2005年。

［141］（清）徐松著，朱玉麒整理：《西域水道記》，北京：中華書局，2005年。

［142］（清）佚名著，李德龍校注：《新疆四道志》，北京：中央民族大學出版社，2010年。

［143］（清）翟灝撰，顏春峰點校：《通俗編：附直語補證》北京：中華書局，2013年。

［144］（民國）朱偰著：《元大都宮殿圖考》，上海：上海商務印書館，1946年。

［145］（民國）趙爾巽等撰：《清史稿》，北京：中華書局，1976年。

［146］張星烺編注，朱傑勤校訂：《中西交通史料彙編》，北京：中華書局，2003年。

［147］陳佳榮、錢江、張廣達合編：《歷代中外行紀》，上海：上海辭書出版社，2008年。

〔148〕（民國）柯劭忞、屠寄：《元史二種》，上海：上海古籍出版社，2012 年。

（二）民族語文及域外文獻

〔1〕札奇斯欽：《蒙古秘史新譯並注釋》，臺北：聯經出版事業公司，1979 年。

〔2〕（伊朗）志費尼著，J. A. 波伊勒英譯，何高濟漢譯：《世界征服者史》，呼和浩特：內蒙古人民出版社，1980 年。

〔3〕（亞美尼亞）乞剌可思·剛紮克賽著，何高濟譯：《海屯行紀》，北京：中華書局，1980 年。

〔4〕（波斯）拉施特主編，余大鈞、周建奇譯：《史集》，北京：商務印書館，1983 年。

〔5〕（英）道森著，呂浦譯，周良霄注：《出使蒙古記》，北京：中國社會科學出版社，1983 年。

〔6〕耿昇、何高濟譯：《柏朗嘉賓蒙古行紀·魯布魯克東行紀》，北京：中華書局，1985 年。

〔7〕（西班牙）克拉維約著，楊兆鈞漢譯：《克拉維約東使記》北京：商務印書館，1985 年。

〔8〕賈敬顏、朱風合輯：《蒙古譯語、女真譯語彙編》，天津：天津古籍出版社，1990 年。

〔9〕方齡貴：《元明戲曲中的蒙古語》，上海：漢語大辭典出版社，1991 年。

〔10〕馬堅譯：《古蘭經》，北京：中國社會科學出版社，1996 年。

〔11〕耿世民、阿不都熱西提·亞庫甫編著：《鄂爾渾—葉尼塞碑銘語言研究》，烏魯木齊：新疆大學出版社，1999 年。

〔12〕烏蘭：《〈蒙古源流〉研究》，沈陽：遼寧民族出版社，2000 年。

〔13〕（英）H. 裕爾著，（法）考迪埃修訂，張緒山譯：《東域紀程錄叢》，北京：中華書局，2000 年。

［14］麻赫默德·喀什噶里著，校仲彝等譯：《突厥語大詞典》，北京：民族出版社，2002 年。

［15］耿世民：《維吾爾古代文獻研究》，北京：中央民族大學出版社，2003 年。

［16］（意）馬可·波羅著，（法）沙海昂注，馮承鈞譯：《馬可波羅行紀》，北京：中華書局，2003 年。

［17］羅常培、蔡美彪編著：《八思巴字與元代漢語》（增訂本），北京：中國社會科學出版社，2004 年。

［18］呼格吉勒圖、薩如拉編著：《八思巴字蒙古語文獻彙編》，呼和浩特：內蒙古教育出版社，2004 年。

［19］耿世民：《古代突厥文碑銘研究》，北京：中央民族大學出版社，2005 年。

［20］耿世民：《回鶻文社會經濟文書研究》，北京：中央民族大學出版社，2006 年。

［21］劉迎勝：《〈回回館雜字〉與〈回回館譯語〉研究》，北京：中國人民大學出版社，2008 年。

［22］佚名著，王治來譯注：《世界境域志》，上海：上海古籍出版社，2010 年。

［23］蔡美彪：《八思巴碑刻文物集釋》，北京：中國社會科學出版社，2011 年。

［24］（元）佚名撰，烏蘭校勘：《元朝秘史》，北京：中華書局，2012 年。

［25］R. Dankoff and J. kelly, trans, Compendium of the Turkic Dialects by Mahmud al – kashghari, Harvard University Printing Office, 1982—1985（麻赫穆德·喀什噶里著，丹柯夫等英譯：《突厥語大辭典》，哈佛，1982—1985 年）。

［26］Paul Pelliot Notes on Marco Polo Ⅲ（伯希和：《馬可波羅注》，三卷）Paris – 1959. Imprimerie Nationale LibrairieAdrien – Maisonneuve.

［27］Рашид – ад – дин, Сборник Летописей（перевод с персидского Л. А. Хетагурова редакция и примечания проф. А. Н.

Семенова） Издательство Академии Наук СССР Москва. 1952. Ленинград（拉施特：《史集》，赫達洛夫譯自波斯文，謝米諾夫教授注釋與編輯，蘇聯科學院出版社，莫斯科—列宁格勒，1952 年）。

［28］Махмуд ал - Кашгари, Диван Лугат ат - Турк.（Перевод редисловие и комментарии З. А. М. Ауэзовой . Индексы соста влены Р. Эрмерсом. Алматы：Дайк Пресс，2005 г（阿烏埃扎娃譯注：穆哈穆德・喀什噶里《突厥語大辭典》，阿拉木圖，2005 年）。

［29］Ибн ал - Асир，Ал - Камил Фи - Т - Та́рих（Полный свод истории）Перевод с арабского языка，примечания и комментарии П. Г. Булгакова，Ташкент，《Узбекистан》2006 г（布爾加考夫譯自阿拉伯文，卡默利特金審校并注釋：伊本・阿西爾《全史》，塔什幹：烏茲別克斯坦出版社，2006 年）。

研究論著

（一）論文部分

［1］（法）伯希和著，馮承鈞譯：《評長春真人西遊記譯文》，載《西域南海史地考證譯叢》五編，北京：商務印書館，1962 年。

［2］黃文弼：《元阿力麻里古城考》，《考古》1963 年第 10 期。

［3］張廣達：《關於馬哈木・喀什噶里的〈突厥語詞彙〉與見于該書的圓形地圖》，《中央民族學院學報》1978 年第 2 期。

［4］張廣達：《碎葉城今地考》，《北京大學學報》1979 年第 5 期。收入《西域史地叢稿初編》，上海：上海古籍出版社，1995 年。

［5］蔡美彪：《元代圓牌兩種考釋》，《歷史研究》1980 年第 4 期。

［6］陳得芝：《元稱海城考》，載南京大學元史研究室編《元史及北方民族史研究集刊》第 4 輯，1980 年。

［7］陳得芝：《元察罕腦兒行宮今地考》，《歷史研究》1981 年第 1 期。

［8］姚大力：《曲出律敗亡地點考》，載南京大學元史研究室編

《元史及北方民族史研究集刊》第 5 輯，1981 年。

[9] 陳得芝：《耶律大石北行史地雜考》，《歷史地理》第 2 輯，
1982 年。

[10] 亦鄰真：《元代硬譯公牘文體》，原載中國元史研究會編
《元史論叢》第 1 輯，北京：中華書局，1982 年；收入《亦鄰真蒙
古學文集》，呼和浩特：內蒙古人民出版社，2001 年。

[11] H. F. 舒爾曼：《十三世紀的蒙古賦役制度》，載《哈佛亞
洲研究》第 19 期（1956 年），姚大力漢譯文分別載元史研究會編
《中國元史研究通訊》1984 年第 2 期（總第 9 期），第 10—22 頁；
《中國元史研究通訊》1985 年第 1 期（總第 10 期），第 12—24 頁。

[12] 章巽：《桃花石和回紇國》，《中華文史論叢》1983 年第 2
輯，上海：上海古籍出版社，1983 年。

[13] 饒宗頤：《說鍮石——吐魯番文書札記》，載北京大學中
國中古史研究中心編《敦煌吐魯番文獻研究論集》（二），北京：北
京大學出版社，1983 年。

[14] 白拉都格其：《成吉思汗時期斡赤斤受封領地的時間和範
圍》，《內蒙古大學學報》1984 年第 3 期。

[15] 洪修平：《老子、老子之道與道教的發展——論"老子化
胡說"的文化意義》，《南京大學學報》1984 年第 4 期。

[16] 戴良佐：《獨山城故址踏勘記》，載南京大學元史研究室
編《元史及北方民族史研究集刊》第 8 輯，1984 年。

[17] 蔣其祥：《試論"桃花石"一詞在喀喇汗朝時期使用的特
點和意義》，《新疆大學學報》1986 年第 3 期。

[18] 張承志：《關於阿力麻里、普剌、葉密立三城的調查及探
討》，載中國社會科學院民族研究所主編《中國民族史研究》，北
京：中國社會科學出版社，1987 年。

[19] 華濤：《賈瑪爾·喀爾施和他的〈蘇拉赫詞典補編〉》，
載南京大學元史研究室編《元史及北方民族史研究集刊》第 11 輯，
1987 年。

[20] 張廣達、榮新江：《有關西州回鶻的一篇敦煌漢文文
獻——S. 6551 講經文的歷史學研究》，《北京大學學報》1989 年第

2 期。

[21] 張廣達、王小甫：《劉郁〈西使記〉不明地理考》，原載中國中亞文化研究會、中國社會科學院歷史研究所中外關係研究室編《中亞學刊》第 3 期，北京：中華書局，1990 年，收入《西域史地叢稿初編》，上海：上海古籍出版社，1995 年。

[22] 莫任南：《五代宋遼金時期的中西陸路交通》，《西北史地》1991 年第 3 期。

[23] 周清澍：《蒙元時期的中西陸路交通》，載中國元史研究會編《元史論叢》第 4 輯，北京：中華書局，1992 年。

[24] 蔡美彪：《試論馬可波羅在中國》，《中國社會科學》1992 年第 2 期。

[25] 張廣達：《蒙元時期大汗的斡耳朵》，載張寄謙編《素馨集——紀念邵循正先生學術論文集》，北京：北京大學出版社，1993 年。

[26] 黃時鑒：《“條貫主”考》，原載《文化與傳播》第 1 輯，上海：上海文化出版社，1993 年；收入《東西交流史論稿》，上海：上海古籍出版社，1998 年。

[27] 王堯：《吐蕃飲饌服飾考》，收入《西藏文史考信集》，北京：中國藏學出版社，1994 年。

[28] 黃時鑒：《釋〈北使記〉所載的“回紇國”及其種類》，載南開大學歷史系《中國史論集》編輯組《中國史論集——祝賀楊志玖教授八十壽誕》，天津：天津古籍出版社，1994 年。

[29] 蕭啟慶：《元代的通事與譯史》，載中國元史研究會編《元史論叢》第 6 輯，北京：中國社會科學出版社，1996 年。

[30] 楊志玖：《元代回回史學家察罕》，載《何茲全先生八十五華誕紀念文集》，北京：中國社會科學出版社，1997 年。

[31] 洪濤：《歷史上新疆伊犁的果子溝路》，《西域研究》1997 年第 1 期。

[32] 徐傳武：《關於“兩頭蛇”》，《文獻》1998 年第 7 期。

[33] 韓儒林：《蒙古答剌罕考》，載《穹廬集》，石家莊：河北教育出版社，2000 年。

［34］韓儒林:《蒙古答剌罕考增補》,載《穹廬集》,石家莊:河北教育出版社,2000年。

［35］陳得芝:《常德西使與〈西使記〉中的幾個問題》,載南京大學元史研究室編《元史及民族史研究集刊》第14輯,2001年。

［36］尚衍斌:《元代色目人史事雜考》,《民族研究》2001年第1期。

［37］劉曉:《鄭景賢的名字與籍貫》,《中國史研究》2001年第3期。

［38］楊訥:《邱處機"一言止殺"辨偽》,載《揖芬集——張政烺先生九十華誕紀念文集》,北京:中國社科文獻出版社,2002年。

［39］陳得芝:《耶律楚材詩文中的西域和漠北歷史地理資料》,載《蒙元史研究叢稿》,北京:人民出版社,2005年。

［40］尚衍斌:《元代西域史事雜錄》,《中國邊疆史地研究》2006年第4期。

［41］楊訥:《丘處機"一言止殺"再辨偽》,載《中華文史論叢》2007年第1輯。

［42］蔡美彪:《罟罟冠一解》,《中華文史論叢》2010年第2輯,上海:上海古籍出版社,2010年。

［43］尚衍斌:《讀〈遺山先生文集〉雜識》,載劉迎勝主編《元史及民族與邊疆研究——陳得芝教授八十華誕慶壽專輯》,上海:上海古籍出版社,2014年。

［44］鍾焓:《遼代東西交通路線的走向——以可敦墓地研究為中心》,《歷史研究》2014年第1期。

［45］黃太勇、王麒:《趙道堅生平考略》,《吉林師範大學學報》2014年第3期。

［46］楊訥:《丘處機"一言止殺"三辨偽——兼評趙衛東〈丘處機"一言止殺"辨正〉》,載《中華文史論叢》2015年第1輯。

［47］陳曉偉:《釋"答蘭不剌"——兼談所謂"德興府行宮"》,《歷史研究》2015年第1期。

［48］黃太勇:《〈西遊錄〉與〈長春真人西遊記〉所載"馬首

形瓜"名稱考》，《中國農史》2015 年第 1 期。

（二）專著部分

［1］謝維揚、房鑫亮主編：《王國維全集》，杭州：浙江教育出版社，廣州：廣東教育出版社，2009 年。

［2］馮承鈞譯：《西域南海史地考證譯叢》，北京：商務印書館，1962 年。

［3］姚從吾撰，姚從吾先生遺著整理委員會編纂：《姚從吾先生全集》，北京：中華書局，1981 年。

［4］楊志玖：《元史三論》，北京：人民出版社，1985 年。

［5］札奇斯欽：《蒙古文化與社會》，臺北：臺灣商務印書館，1987 年。

［6］中國社會科學院民族研究所主編：《中國民族史研究》，北京：中國社會科學出版社，1987 年。

［7］賈敬顏：《民族歷史文化萃要》，長春：吉林教育出版社，1990 年。

［8］蔣其祥：《新疆黑汗朝錢幣》，烏魯木齊：新疆人民出版社，1990 年。

［9］魏良弢：《西遼史綱》，北京：人民出版社，1991 年。

［10］吳云貴：《伊斯蘭教法概略》，北京：中國社會科學出版社，1993 年。

［11］王堯：《西藏文史考信集》，北京：中國藏學出版社，1994 年。

［12］周清澍主編：《內蒙古歷史地理》，呼和浩特：內蒙古大學出版社，1994 年。

［13］張廣達：《西域史地叢稿初編》，上海：上海古籍出版社，1995 年。

［14］黃時鑒：《東西交流史論稿》，上海：上海古籍出版社，1998 年。

［15］韓儒林《穹廬集》，石家莊：河北教育出版社，2000 年。

［16］候仁之：《北京城市歷史地理》，北京：燕山出版社，2000 年。

［17］（美）勞費爾著，林筠因譯：《中國伊朗編》，北京：商務印書館，2001 年。

［18］亦鄰真著，齊木德道爾吉、烏雲畢力格、寶音德力根編：《亦鄰真蒙古學文集》，呼和浩特：內蒙古人民出版社，2001 年。

［19］方齡貴：《古典戲曲外來語考釋詞典》，上海：漢語大詞典出版社，昆明：雲南大學出版社，2001 年。

［20］周清澍：《元蒙史札》，呼和浩特：內蒙古大學出版社，2001 年。

［21］楊訥：《元代白蓮教研究》，上海：上海古籍出版社，2004 年。

［22］陳得芝：《蒙元史研究叢稿》，北京：人民出版社，2005 年。

［23］牟鍾鑒主編：《全真七子與齊魯文化》，濟南：齊魯書社，2005 年。

［24］劉迎勝：《察合台汗國史研究》，上海：上海古籍出版社，2006 年。

［25］黨寶海：《蒙元驛站交通研究》，北京：昆侖出版社，2006 年。

［26］王一丹：《波斯拉施特〈史集·中國史〉研究與文本翻譯》，北京：昆侖出版社，2006 年。

［27］姚大力：《北方民族史十論》，桂林：廣西師範大學出版社，2007 年。

［28］李宗賢編：《嶗山論道》，北京：宗教文化出版社，2007 年。

［29］蕭啟慶：《內北國而外中國——蒙元史研究》，北京：中華書局，2007 年。

［30］夏承燾、吳熊和：《讀詞常識》，北京：中華書局，2009 年。

［31］趙衛東：《金元全真道教史論》，濟南：齊魯書社，

2010 年。

［32］楊訥：《元史論集》，北京：國家圖書館出版社，2012 年。

［33］程越：《金元時期全真道宮觀研究》，濟南：齊魯書社，2012 年。

［34］蔡美彪：《遼金元史考索》，北京：中華書局，2013 年。

［35］劉迎勝：《蒙元史考論》，蘭州：蘭州大學出版社，2014 年。

［36］（印度）世親：《俱舍論》，收入《中華大藏經》編輯局：《中華大藏經》（漢文部分）第 45 冊，北京：中華書局，1990 年。

［37］（美）謝弗著，吳玉貴譯：《唐代的外來文明》，北京：中國社會科學出版社，1995 年。

［38］（法）勒內·格魯塞著，藍琪譯：《草原帝國》，北京：商務印書館，1998 年。

［39］（瑞典）多桑著，馮承鈞譯：《多桑蒙古史》，上海：上海書店出版社，2006 年。

［40］（俄）巴托爾德著，張錫彤、張廣達譯：《蒙古入侵時期的突厥斯坦》，上海：上海古籍出版社，2007 年。

［41］（英）C. E. 博斯沃思、M. S. 阿西莫夫主編，華濤、劉迎勝譯：《中亞文明史》（第四卷），北京：中國對外翻譯出版公司，2010 年。

［42］W. Radloff, VersucheinesWörterbuches der Türk – Dialecte, St. pctersbourg. 1911（拉德洛夫：《突厥語方言辭典稿》，聖彼得堡，1911 年）。

［43］W. Barthold, Turkestan down to the Mongol Invasion, London, 1958（巴托爾德：《蒙古入侵時期的突厥斯坦》，倫敦，1958 年）。

［44］Gerhard Doefer, Türkische und Mongollische Elemente im Neupersischen Band Ⅱ, Wiesbaden, 1965（德福：《新波斯語中的突厥、蒙古語成分》，第 2 卷，威斯巴登，1965 年）。

［45］G. clauson, An Etymological Dictionary of Pre – Thirteenth – Century Turkish, Oxford：University Press, 1972（克勞遜：《十三世

紀前的突厥語辭源學詞典》，牛津，1972 年）。

［46］Encyciopaedia of Islam New edition. vol. 1 – 4. Leiden，1978—1983（《伊斯蘭百科全書》，新版，卷 1—卷 4，萊頓，1978—1983）。

［47］E，Betschneider，Medieval Researches from Eastern Sources，Ⅱ，1988，London（布萊特施奈德：《中世紀研究》，兩卷，1988 年，倫敦）。

［48］В. В. Бартольд，Туркестан в эпоху монгольского нашествия，Издательство Восточной литературы，Москва，1963г（巴托爾德：《蒙古入侵時期的突厥斯坦》，莫斯科：《東方文獻》出版社，1963 年）。

［49］А. М. Беленицкий совместно с И. Б. бентович и О. Г большаковым，Средневековый город Средней Азии，Ленинград，Наука，1973г（別列尼茨基、別東維奇、巴里沙科夫合著：《中亞中世紀城市》，列寧格勒：科學出版社，1973 年）。

［50］В. В. Бартольд，Работы по исторической географии. Москва，Издательская фирма 《Восточная литература》 РАН，2002г（巴托爾德：《歷史地理論集》，莫斯科：俄羅斯科學院《東方文獻》出版社，2002 年）。

［51］В. В. Бартольд，Работы по исторической географии и истории Ирана，Москва，Издательская фирма 《Восточная литература》 РАН，2003г（巴托爾德：《伊朗史及其歷史地理論集》，莫斯科：俄羅斯科學院《東方文獻》出版社，2003 年）。

附　錄

一、丘處機傳記資料

按語：《長春真人西遊記》中的主要人物丘處機，由於其作為全真教掌教的特殊身份，關於他的傳記資料較為豐富。但是相當多的傳記均出自全真教道士之手，內容相似度較大，且多溢美之詞。因此我們選取了金末元初人陳時可的《長春真人本行碑》、元人李道謙所作《全真第五代宗師長春演道主教真人內傳》、元人陶宗儀《南村輟耕錄》中所錄的《丘真人》，《元史》卷202《丘處機傳》，以及曾經對全真教多有攻訐的僧人釋祥邁所撰的《至元辨偽錄》中的丘處機傳記，希望能對丘處機有更為客觀的認識。

長春真人本行碑

寂通居士陳時可撰

戊子（1228）之秋，八月丙午，余自山東抵京城，館於長春宮者六旬。將徙居，清和子尹公謂余曰：“我先師真人既葬矣，當有碑。知先師者君最深，願得君之詞刻之，以示來世。”余再讓于耆宿，且以晚塗思澗，不足以發明老仙為解，弗從也。乃命其法弟玄通大師李君浩然，狀老仙之行，謁文于余，曰：

父師長春子，姓丘氏，諱處機，字通密，登州棲霞人。幼聰敏，日記千餘言，能久而不忘。未冠學道，遇祖師重陽子于崑崙山之煙霞洞。祖師知其非常人也，以《金鱗頌》贈之，遂執弟子禮。尋長生劉公、長真譚公、丹陽馬公，皆造席下，相視莫逆，世謂之邱、劉、譚、馬焉。大定九年（1169），從祖師遊梁。明年，祖師厭世。十有二年（1172），師洎丹陽公護仙骨歸終南，葬于其故里。

師乃入磻溪穴居，日乞一食，行則一簑，雖簞瓢不置也，人謂之“簑衣先生”，晝夜不寐者六年。既而隱隴州龍門山七年，如在磻溪時。其志道如此。道既成，遠方學者咸依之。京兆統軍夾谷公奉疏請還祖師之舊隱，師既至，構祖堂輪奐，餘悉稱是，諸方謂之祖庵，玄風愈振。二十八年（1188）春，師以道德升聞，徵赴京師，官建庵于萬寧宮之西，以便咨訪。夏五月召見于長松島，秋七月復見。師剖析至理，進《瑤臺第一層曲》，眷遇至渥。翌日，遣中使賜上林桃。師不食茶果十餘年矣，至是取其一啖之，重上賜也。八月，得旨還終南，仍賜錢十萬，表辭之。爾後復居祖庵。

明昌二年（1191），東歸棲霞，乃大建琳宮，勅賜其額曰“太虛”。氣象雄偉，為東方道林之冠。泰和間，元妃重道，遙禮師禁中，遺道經一藏。師既居海上，達官貴人敬奉者日益多。定海軍節度使劉公師魯、鄒公應中二老，當代名臣，皆相與友。貞祐甲戌（1214）之秋，山東亂，駙馬都尉僕散公將兵討之，時登及寧海未服，公請師撫諭，所至皆投戈拜命，二州遂定。

己卯（1219）之冬，成吉思皇帝命侍臣劉仲祿持詔迎師。明年春，啓行。夏四月，道出居庸，夜遇群盜于其北，皆稽顙以退，且曰：“無驚父師”。是年十月，師在武川進表，使回復有勅書，促師西行。稱之曰“師”，曰“真人”，其見重如此。又明年春，踰嶺而北。壬午（1222）之四月甫達印度，見皇帝于大雪山之陽。問以長生藥，師但舉衛生之經以對。他日，又數論仁孝。皇帝以其實，嘉之。癸未（1223）之三月，車駕至賽藍，詔許師東歸，且賜以贐禮，師固辭曰：“臣歸途萬餘里，得馹騎館穀足矣。”制可其奏，因盡蠲其徒之賦役。師之馳傳往返也，所過迎者動數千人，所居戶外之屨滿矣，所去至有擁馬首以泣者，其感人心如此。及入漢地，四方道流不遠千里而來，所歷城郭皆挽留。八月，至宣德，元帥邀師居真州之朝元觀。明年春，住燕京大天長觀，行省請也。自爾使者赴行宮，皇帝必問：“神仙安否？”還即有宣諭語。嘗曰：“朕所有地，其欲居者居之。”繼而行省又施瓊華島為觀。兵革而來，天長已殘廢，島尤甚，師葺之，工物不假化緣，皆遠邇自獻者，三年一新。師之在天長也，靜侶雲集，參叩玄旨，旁門異戶，靡不向風，每醮輒鶴見。熒惑犯尾宿，師襄之即退舍。旱魃為民虐，師祈之則雨應。京人歸慕，建長春等八會，教行四方。

丁亥（1227）之五月，有旨以瓊華島為萬安宮，天長觀為長春宮，且授使者金虎牌，持護教門。六月二十有三日，雷雨大作，太液池之南岸崩裂，水入東湖，聲聞數里，魚鱉悉去。北口山亦摧。人有亦是報者，師莞爾而笑曰："山摧池枯，吾將與之俱乎？"七月四日，顧謂門人曰："昔丹陽公嘗記余曰：'吾歿之後，教門當大興，四方往往化為道鄉，公正當其時也。公又當住持大宮觀。'其言一一皆驗，吾歸無遺恨矣。"俄而示疾，數如偃中，侍者止之，師曰："吾不欲勞人，汝等猶有分別在，且偃寢奚異哉？"七日，提舉宋道安輩請師登堂，慰會眾之望。師曰："吾九日上堂去。"及是日，留頌葆光堂而歸真焉，春秋八十。明年七夕前一日將葬，羣弟子啓棺視之，師儼然如生。道俗瞻禮者三日，日萬人，悉嘆異之。九日醮畢，閟仙蛻于白雲觀之處順堂。師誠明慈儉，凡將帥來謁，必方便勸以不殺。人有急必周之，士有俘于人者必援而出之，士馬所至，以師與之名，脫欲兵之禍者甚眾。度弟子皆視其才何如，高者挈以道，其次訓以功行，又其次化以罪福，罔有遺者。故其生也，四方之門人，丹青其像事之；其歿也，近者號慕，遠者駿奔，如考妣焉；及其葬也，會者又萬人。近世之高道，福德兼備未有如師者。師於道經，無所不讀，儒書梵典，亦歷歷上口。又喜屬文賦詩，然未始起藁，大率以提唱玄要為意，雖不事雕鐫，而自然成文。有《磻溪》、《鳴道》二集行于世云。

嗚呼！浩然君能述其父師之道行若是，昭昭然可謂能子矣，又豈待鄙夫文之而後著耶？雖然，舉其大者論之可也。我老仙生能無欲，沒能不壞，百世異人也。又能以一介黃冠，上而動人主如此，下而感人心如彼，非至誠粹德能然乎？長松之見道已崇矣，及乎至自印度，教門益闢，求之古人，大略與寇天師相似。至校其出處之道，大有不同者。何哉？謙之之受知魏主也，自言嘗遇老子，授以辟穀輕身之術及科戒，使之清整道教。又遇老子之玄孫，授以圖籙真經天宮靜輪之法，使之輔佐北方太平真君。且有崔浩贊之，帝始崇奉。老仙則不爾，方其未召也，澹然海上，其與世相忘久矣。一日有詔，迎致誠，出自然，非有以要之也。又其所以奏對者，皆以道。由是推之，賢於謙之遠甚，是已足銘矣，而況道眼之具，道行之圓乎？宜乎嗣得其人，世有如尹公者，接跡而出，以光揚妙道，俾無墜耳，謹系之以銘，其辭曰：

> 全真一派，道為之源，鼻祖其誰？聖哉玄元。誰其導之？重陽伊始，誰其大之？子長春子。子居磻溪，一蓑六年，簞瓢無有，人皆曰賢。廬于龍門，亦復如是，羽服來歸，如渴于水。子誠真仙，道林之天，退然其中，氣吞大千。世宗問道，再見松島，俄聽還山，煙籮甘老。章廟之世，作宮海濱，帝妃遺經，寶藏一新。干戈既舉，一炬焦土，子率其徒，往來雲嶼。龍興北庭，召以使星，逮乎東歸，道乃益弘。方其生也，世繪其像，忽焉沒兮，高堂厚葬。有子克嗣，尹公其人，福德兩全，偉哉長春！

（《甘水仙源錄》卷2，《正統道藏》第19冊，頁734—736，文物出版社，上海書店，天津古籍出版社1988年聯合出版；又見陳垣編纂：《道家金石略》，頁456—458，文物出版社1988年版）

全真第五代宗師長春演道主教真人內傳

師姓丘氏，諱處機，字通密，道號長春子，登州棲霞縣人，世為顯族。生於皇統八年（1148）戊辰正月十九日，幼而聰敏，識量不群。大定六年（1166）丙戌，師甫十九，悟世空華，即棄家學道，潛居昆崙山。七年（1167），聞重陽師祖寓寧海馬氏全真庵，即往師焉。重陽贈之詩云："細密金鱗戲碧流，能尋香餌會吞鈎，被予緩緩收綸線，拽入蓬萊永自由。"又賜今之名號，其器重可見。八年（1168）春，祖師挈居烟霞洞。九年（1169）冬，與丹陽、長真、長生從祖師遊汴梁。祖師日夕訓誨，比之餘人尤加切至。明年春，祖師羽化，師與長真、長生從丹陽入關。十二年（1172），復詣汴護喪，葬之終南劉蔣村。廬墓三年，各任所適。十四年（1174）秋，師居西虢之磻溪，修真煉行，日丐一餐，晝夜不寐者六載。二十年（1182），遷居隴山之龍門，守志如在磻溪日。二十二年（1184），官中有牒發事，師至祖庭，丹陽付以後事東歸，師即還隴山。二十六年（1188）冬，京兆將軍夾轂公禮請居終南祖庭，載揚玄化。過汧陽之石門，覽泉石佳勝，筑全真堂，即今玉清宮也。

　　二十八年（1190）春二月，興陵召至燕都，請問至道。師以寡欲修身之要，保民治國之本對。上嘉納之，蒙賜以巾冠袍系，敕館於天長觀。十一日，命主萬春節醮事，奉旨令有司就城北修庵，塑純陽、重陽、丹陽三師像，彩繪供具，靡不精備。夏四月菴成，命徙居之，以便咨問。五月，召見於長松島。秋七月復召見，師剖析天人之理，進《瑤臺第一層》曲。又應制五篇。明日，賜上林桃。師不食茶果十餘年，至是一啖之，重上賜也。八月，得旨還終南，賜錢十萬，辭不受。冬，盤桓山陽，創蘇門之資福、修武之清真，孟州之岳雲，又增置洛陽雲溪之地。二十九年（1191）春二月西還祖庭，大建琳宇。明昌二年（1191），東歸樓霞，即祖宅創太虛觀。二年冬主醮於芝陽，五年（1194）秋，醮於福山。俱有聖降天光之端。泰和七年（1207），元妃施道經一藏，驛送太虛。貞祐間，師居登州。時宣宗幸汴，強梗蜂聚，互相魚肉，師為撫諭，民乃得安。有司以聞，朝廷賜“自然應化弘教大師”號，仍命東平監軍王庭玉護師歸汴京。師曰：“天道運行，無敢違也。”不起。未幾齊魯陷宋。

　　己卯（1219），師居萊州昊天觀。一日靜中作而言曰：“西北天命所與，他日必當一往，生靈庶可相援。”秋八月，宋主遣使來召，亦不起。州牧勸行，師曰：“吾之出處，非若輩可知。至時恐不能留爾。”是歲五月，聖元太祖聖武皇帝自奈蠻國遣近侍劉仲祿賫召請師。八月，仲祿抵燕，聞師在萊州，適益都安撫司遣行人吳燕等計事中山，就為前導。十二月，達東萊，傳所以宣召之旨，師慨然而起。庚辰（1220）正月十八日，選門弟子十八人從行。二月入燕，行省石抹公館於玉虛觀。仲祿先遣曷剌馳奏，師亦奉表以聞。

四月作醮於太極宮，登寶玄堂傳戒，有鶴自西北來。焚簡之際，一簡飛空，五鶴翔舞其上。明日北行，道出居庸關，遇群盜，皆羅拜於前曰：無驚父師。五月至德興龍陽觀，中元日醮，午後傳戒，衆露坐暑甚。須臾雲覆其上，狀若圓蓋，事畢方散。觀中井水僅給百人，是時汲之不竭。八月，太傅移剌公請居宣德之朝元觀。十月曷剌進表回，有詔促行，又敕仲祿無使真人饑且勞，可扶持緩來，其禮敬如此。

　　辛巳（1221）二月八日，道俗餞於西郊，至有擁馬首而泣血者曰："師雲萬里外，何時復獲瞻拜？"師曰："三載歸矣。"五月朔，抵陸局河。七月至阿不罕山，鎮海來迎，言前有大山廣澤，不可以車。師留弟子宋道安等九人立棲霞觀，率趙九古輩九人輕騎而往。中秋日抵金山，至白骨甸。昔云此地天氣陰黯，魑魅為祟，過者必以血塗馬首厭之。師笑曰："道人何憂此？"過之卒無所見。抵陰山，王官、士庶、道釋數百來迓。十一月，至邪迷思干大城之北，太師移剌公及蒙古帥首載酒以迎，冬居算端氏之新宮。壬午（1222）三月上旬，阿里鮮至自行在，傳旨宣諭仲祿、鎮海，仍敕萬戶播魯赤以甲士十人衛師過鐵門。四月五日達於行宮，舍館定，入見。上賜坐勞之曰："他國征聘皆不應，今遠逾萬里而來，朕甚嘉焉。"對曰："山野詔而起者，天也。"略語，上重其誠實，設二帳於御幄之右，以師居之。擇以十四日問道，將及期，有報山賊之叛，上乃親征，不果，改卜十月吉。七月初，師遣阿里鮮奉表諫上止殺、赦叛，上悅。八月七日使回，傳旨請師西行。二十二日見上於太師城南，承旨令師扈帳殿以行。

　　十月望日，上齋莊設庭燎，虛前席，以太師阿海泪阿里鮮譯語，請問長生之道。師曰："夫道生天育地，日月星辰，鬼神人物，皆從道生。人止知天之大，不知道之大也。山野生平棄親出家，惟學此耳。道生天地，輕清者為天，天陽也，屬火；重濁者為地，地陰也，屬水。天地既闢，人稟元氣而生，負陰而抱陽。陽男也，屬火；女陰也，屬水。惟陰能消陽，水能克火，故養生者首戒乎色。夫經營衣食則勞乎思慮，雖散乎氣，而散之少，貪婪色欲則耗乎精神，亦散其氣，而散之多。夫學道之人，澄心遣欲，固精守神，唯煉乎陽。是致陰消而陽全，則升乎天而為仙，如火之炎上也。凡俗之人，以酒為漿，以妄為常，恣情遂欲，損精耗神，是致陽衰而陰盛，則沉於地而為鬼，如水之流下也。夫神為氣子，氣為神母，氣經目為淚，經鼻為釀，經舌為津，經外為汗，經內為血，經骨為髓，經腎為精。氣全則生，氣散則死，氣盛則壯，氣衰則老。常使氣不散，則如子之有母，氣散則如子之散父母，何恃何怙。夫修真者，如轉石上山，愈高而愈難，跬步顛沛，前功俱廢。以其難為，故舉世莫之為也。背道逐欲者，如輥石下山，愈卑而愈易，斯須隕墜，一去無回。以其易為，故舉世從之。山野前所謂修煉之道，皆常人之事。若夫天子之說，又異於是。陛下本天人耳，皇天眷命，假手我家，除殘去暴，為元元父母，恭行天伐。如代大匠斲，克艱克難，功成限畢，復升天位。在世之日，切宜減聲色嗜欲，自然聖體安康，睿筭遐遠耳。夫古人以繼嗣而娶，先聖<u>孔子</u>、<u>孟子</u>亦各有子。<u>孔子</u>四十而不惑，<u>孟子</u>四十不動心，人生四十已上，氣血漸衰，故戒之在色也。陛下春秋已及上壽，聖子神孫，枝蔓多廣，但能節欲保身，則幾於道矣。昔皇帝嘗問道於<u>廣成</u>，<u>廣成</u>告以無勞汝形，無搖汝精，無使汝思慮營營。此言是也。”上又問：“有進長生藥者，服之何如？”師曰：“藥為草，精為髓。去髓添草，譬如囊中貯金，旋去金而添鐵，久之金盡，囊之雖滿，但遺鐵耳。服藥之理，何異乎是。昔<u>金</u>世宗皇帝即位之後，色欲過節，不勝衰憊。每朝會，令二人掖之而行。亦嘗請余問養生之道，余如前說，自後身體康強。陛下試一月靜寢，必覺精神清爽，筋骨強健。天子雖富有四海，飲食起居，珍玩貨財，亦當依分，不宜過差。海外之國不啻億兆，奇珍異寶，比比出之，皆不及<u>中國</u>天垂經教，世出異人，治國治身之道，為之大備。<u>山東河北</u>，天下美地，多出良禾美蔬，魚鹽絲枲，以給四方之用。自古得之者為大，所以歷代有國者惟重此地耳。今盡為陛下所有，奈何兵火相繼，流散未集。宜選清干官為之撫治，量免三年賦役，使軍國足金帛之用，黔黎復蘇息之安。一舉而兩得，斯乃開創之良策也。苟授非其才，不徒無益，反以為害。其修身養命之道，治國保民之理，山野略陳梗概，用之舍之，在宸衷之斷耳。”

上嘉納其言，自是不時召見，與之論話。一日，上問曰："師每言勸朕止殺，何也？"師曰："天道好生而惡殺。止殺保民，乃合天心，順天者，天必眷祐，降福我家，況民無常懷，惟德是懷，民無常歸，惟仁是歸，若為子孫計者，無如布德推恩，依仁由義，自然六合之大業可成，億兆之洪基可保。"上悅，又問以雷震事。師曰："山野聞國俗夏不浴於河，不浣衣，不瞰甋，野有菌，禁其采，畏天威也。然非奉天之至道。嘗聞三千之罪，莫大於不孝。今聞國俗於父母未知孝道，上乘威德，可戒其衆。"上悅曰："神仙前後之語，悉合朕心。"命左右書之策，曰："朕將親覽，終當行之。"遂召太子、諸王、大臣，諭以師言曰："天俾神仙為朕說此，汝輩各當銘諸心。"神仙之稱，肇於此矣。

癸未（1223）二月七日，因入見而辭。上曰："少俟數日，從前道話有所未解者，朕悟即行。"三月七日，又入辭，制可。而所賜金幣、牛馬，備極豐腆，皆辭之。授蠲免道門賦役之旨，以寵其歸。仍命<u>阿里鮮</u>輩護送，別者泣下。至<u>阿不罕山</u>，憩<u>樓霞觀</u>，門人<u>宋道安</u>等與<u>玉華</u>會衆設齋數日乃行。五月中，師不食，但飲湯而已。衆問之曰："師奚疾？"師曰："予疾非爾輩可知，聖賢琢磨耳。"是夕，<u>清和尹公</u>夢人告曰："師疾公輩勿憂，至<u>漢地</u>當自平復。"六月晦抵<u>豐州</u>，宣差<u>俞公</u>請止其家，奉以湯餅，輒飽食，自是飲食如故。衆相謂曰："<u>尹公</u>之夢驗矣。"八月至<u>宣德</u>，居<u>朝元觀</u>。河朔州府王官將帥，以書來請者若輻湊。師答云："王室未寧，道門先暢，開度有緣，恢洪無量。群方帥首，志心歸向，恨不化身，分酬衆望。"甲申（1224）二月，<u>燕京</u>行省<u>石抹公</u>、便宜<u>劉公</u>各遣使懇請住<u>太極宮</u>，師允其請。是月，曷剌至自行在，傳旨云："神仙至<u>漢地</u>，凡朕所有之地，其欲居者居之。"衆官咸曰："師已許<u>太極</u>矣，請無他議。"三月，仙杖入<u>燕</u>。厥后道侶雲集，玄教日興，乃建八會：曰平等、曰長春、曰靈寶、曰長生、曰明真、曰平安、曰消災、曰萬蓮。會各有百人，以良日設齋供奉上真，<u>延祥觀</u>枯槐一株，師以杖繞而擊之云："此槐生矣。"迄今□□。秋九月，宣撫<u>王楫</u>善於天文，以熒惑犯尾宿，主<u>燕</u>境災，請師作醮禳之。問其所費，師曰："一物所失，猶懷不忍，況闔境乎！比年民苦征役，公私交困，我當以常住物備之，令京官齋戒以待行禮足矣！"醮竟，機等謝曰："熒惑已退數舍，無復憂矣，師德之感，何其速哉！"師曰："予何德，汝輩誠也。"

丙戌（1226）夏五月，京師大旱，行省請師作醮，雨乃足，僉曰神仙雨也。名公碩儒，皆以詩賀。丁亥夏復旱，有司禱無少應，奉道會衆請師作醮，師曰："我方留意醮事，公等亦有是請，所謂好事不謀而同。"仍云五月一日為祈雨醮，三日作謝雨醮，約中得者是名瑞應雨，過所約非醮家雨也。或曰："天意匪易度，萬一失期，能無招衆口之訾耶？"師曰："非爾所知。"後皆如師言。是月，門人王志明至自秦州行宮，奉旨改太極宮為長春宮，及賜以虎符，凡道家事一聽神仙處置。六月中，雷雨大作，人報云太液池南岸崩裂，水入東湖，聲聞數十里，黿鼉魚鱉盡去，池遂枯涸，北口山亦摧。師初無言，良久笑曰："山摧池枯，吾將與之俱乎！"七月四日，師謂門人曰："昔丹陽嘗授記於予：吾歿之後，教門當大興，四方往往化為道鄉道院，皆敕賜名額，又當住持大宮觀，仍有使者佩符乘驛干教門事，此乃功成名遂歸休之時也。丹陽之言，一一皆驗，吾歸無遺恨矣！"九日，登寶玄堂，留頌而逝，享春秋八十。有《磻溪》、《鳴道》二集行於世。清和嗣教，建議於白雲觀構處順堂，會集諸方師德，以戊子（1228）七月九日大葬，設像以奉香火，至元六年（1269）正月奉明旨，褒贈長春演道主教真人，十八年二月既望，門下法孫天樂子李道謙齋沐謹編并題額。

鳳翔府管內道錄袁志安書

清真崇道大師鳳翔府虢縣磻溪長春成道宮提點方志正等立石。

（陳垣編纂：《道家金石略》，頁 634—637，文物出版社 1988 年版）

丘處機傳

丘處機，登州棲霞人，自號長春子。兒時，有相者謂其異日當爲神仙宗伯。年十九，爲全真學于寧海之崑崳山，與馬鈺、譚處端、劉處玄、王處一、郝大通、孫不二同師重陽王真人。重陽一見處機，大器之。金、宋之季，俱遣使來召，不赴。

歲己卯（1219），太祖自乃蠻命近臣札八兒、劉仲祿持詔求之。處機一日忽語其徒，使促裝，曰："天使來召我，我當往。"翌日，二人者至，處機乃與弟子十有八人同往見焉。明年（1220），宿留山北，先馳表謝，拳拳以止殺爲勸。又明年（1221），趣使再至，乃發撫州，經數十國，爲地萬有餘里。蓋蹀血戰場，避寇叛域，絕糧沙漠，自崑崙歷四載而始達雪山。常馬行深雪中，馬上舉策試之，未及積雪之半。既見，太祖大悅，賜食、設廬帳甚飭。

太祖時方西征，日事攻戰，處機每言欲一天下者，必在乎不嗜殺人。及問爲治之方，則對以敬天愛民爲本。問長生久視之道，則告以清心寡欲爲要。太祖深契其言，曰："天錫仙翁，以寤朕志。"命左右書之，且以訓諸子焉。於是錫之虎符，副以璽書，不斥其名，惟曰"神仙"。一日雷震，太祖以問，處機對曰："雷，天威也。人罪莫大於不孝，不孝則不順乎天，故天威震動以警之。似聞境內不孝者多，陛下宜明天威，以導有衆。"太祖從之。

歲癸未（1223），太祖大獵于東山，馬踣，處機請曰："天道好生，陛下春秋高，數畋獵，非宜。"太祖爲罷獵者久之。時國兵踐蹂中原，河南、北尤甚，民罹俘戮，無所逃命。處機還燕，使其徒持牒招求於戰伐之餘，由是爲人奴者得復爲良，與濱死而得更生者，毋慮二三萬人。中州人至今稱道之。

歲乙酉（1225），熒惑犯尾，其占在燕，處機禱之，果退舍。丁亥，又爲旱禱，期以三日雨，當名瑞應，已而亦驗。有旨改賜宮名曰長春，且遣使勞問，制若曰："朕常念神仙，神仙毋忘朕也。"六月，浴于東溪，越二日天大雷雨，太液池岸北水入東湖，聲聞數里，魚鱉盡去，池遂涸，而北口高岸亦崩。處機嘆曰："山其摧乎，池其涸乎，吾將與之俱乎！"遂卒，年八十。其徒尹志平等世奉璽書襲掌其教，至大間加賜金印。

（《元史》卷202《丘處機傳》，頁4524—4525，中華書局1976年版）

丘真人

　　大宗師<u>長春真人</u>，姓<u>丘</u>氏，名<u>處機</u>，字<u>通密</u>，號<u>長春子</u>。<u>登州棲霞縣濱都里</u>人也。祖父業農，世稱善門。<u>金皇統</u>戊辰（1148）正月十九日生，生而聰敏，有日者相之曰：“此子當為神仙宗伯。”<u>大定</u>丙戌（1166），年十九，辭親居<u>崑崙山</u>，依道者修真。丁亥（1167），謁<u>重陽全真開化王真君</u>嘉於<u>海寧</u>，請為弟子。戊申（1188），召見闕下，隨還<u>終南山</u>。

　　<u>貞祐</u>乙亥（1215），<u>太祖平燕城</u>，<u>金主奔汴</u>。丙子（1216），復召，不起。己卯（1219），居<u>萊州</u>，時<u>齊魯入宋</u>，<u>宋</u>遣使來召，亦不起。是年五月，<u>太祖</u>自<u>乃蠻國</u>遣近侍<u>劉仲祿</u>，持手詔致聘，十二月，至隱所。詔文云：“制曰，天厭中原，驕華太極之性。朕居北野，嗜慾莫生之情。反朴還淳，去奢從儉，每一衣一食，與牛豎馬圉，共弊同饗。視民如赤子，養士若兄弟。謀素和，恩素畜。練萬衆以身人之先，臨百陣無念我之後。七載之中成大業，六合之內為一統。非朕之行有德，蓋<u>金</u>之政無恒。是以受天之祐，獲承至尊。南連<u>趙宋</u>，北接<u>回紇</u>，東夏、西夷，悉稱臣佐。念我單于國千載百世以來未之有也。然而任太守，重治平，猶懼有闕。且夫剡舟剡楫，將欲濟江河也。聘賢選佐，將以安天下也。朕踐祚已來，勤心庶政，而三九之位，未見其人。訪聞<u>丘</u>師先生，體真履規，博物洽聞，探賾窮理，道沖德著，懷古君子之蕭風，抱真上人之雅操，久棲岩谷，藏身隱形，闡祖宗之遺化，坐致有道之士，雲集仙逕，莫可稱數。自干戈而後，伏知先生猶隱<u>山東</u>舊境，朕心仰懷無已。豈不聞<u>渭水</u>同車，茅廬三顧之事，奈何山川懸闊，有失躬迎之禮。朕但避位側身，齋戒沐浴。選差近侍官<u>劉仲祿</u>，備輕騎素車，不遠千里，謹邀先生暫屈仙步，不以沙漠悠遠為念，或以憂民當世之務，或以恤朕保身之術，朕親侍仙座，欽惟先生將咳唾之餘，但授一言斯可矣。今者，聊發朕之微意萬一，明於詔章。誠望先生既著大道之端要，善無不應，亦豈違衆生之願哉。故茲詔示，惟宜知悉。五月初一日筆。”

　　庚辰（1220）正月，北行。二月，至燕，欲俟駕回朝謁，仲錄令從官曷剌馳奏，真人進表陳情。表曰："登州棲霞縣志道丘處機，近奉宣旨，遠召不才。海上居民，心皆怳惚。處機自念，謀生太拙，學道無成，辛苦萬端，老而不死。名雖播於諸國，道不加於衆人。內顧自傷，衷情誰測。前者南京及宋國屢召不從，今者龍庭一呼即至，何也。伏聞皇帝天賜勇智，今古絕倫，道協威靈，華夷率服。是故便欲投山竄海，不忍相違，且當冒雪衝霜，圖其一見。兼聞車駕只在桓、撫之北，及到燕京，聽得車駕遙遠，不知其幾千里，風塵澒洞，天氣蒼黃，老弱不堪，切恐中途不能到得。假之皇帝所，則軍國之事，非己所能，道德之心，令人戒欲，悉為難事。遂與宣差劉仲祿商議，不若且在燕京德興府等處盤桓住坐，先令人前去奏知。其劉仲祿不從，故不免自納奏帖。念處機肯來歸命，遠冒風霜，伏望皇帝早下寬大之詔，詳其可否。兼同時四人出家，三人得道，惟處機虛得其名，顏色顦顇，形容枯槁，伏望聖裁。"龍兒年（即庚辰年，1220）三月日奏。

　　十月，曷剌回，復奉敕旨曰："成吉思皇帝敕真人丘師，省所奏應召而來者，具悉。惟師道踰三子，德重多方。命臣奉厥玄纁，馳傳訪諸滄海。時與願適，天不人違，兩朝屢召而弗行，單使一邀而肯起。謂朕天啟，所以身歸，不辭暴露於風霜，自願跋涉於沙磧。書章來上，喜慰何言。軍國之事，非朕所期，道德之心，誠云可尚。朕以彼酋不遜，我伐用張，軍旅試臨，邊陲底定，來從去背，實力率之故。然久逸暫勞，冀心服而後已。於是載揚威德。略駐車徒。重念雲軒既發於蓬萊，鶴馭可遊於天竺，達磨東邁，元印法以傳心，老氏西行，或化胡而成道，顧川途之雖闊，瞻几杖以非遙。爰答來章，可明朕意。秋暑，師比平安好，旨不多及。十四日。"

　　辛巳（1221）十一月，至邪迷思干城。壬午（1222）三月，過鐵門關。四月，達行在所。時上在雪山之陽，舍館定，入見。上勞曰："它國徵聘皆不應，今遠踰萬里而來，朕甚嘉焉。"賜坐，就食，設二帳於御幄之東以居之，約日問道。以回紇叛，親征，不果。至九月，設庭燎，虛前席，延問至道。真人大略答以節慾保躬，天道好生惡殺，治尚無為清淨之理。上說，命左史書諸策。

癸未（1223），乞東還。賜號神仙，爵大宗師，掌管天下<u>道教</u>。甲申（1224）三月，至<u>燕</u>。八月，奉旨居<u>太極宮</u>。丁亥（1227）五月，特改<u>太極</u>為<u>長春</u>。七月九日，留頌而逝，年八十。<u>至元己巳</u>（1269）正月，詔贈<u>五祖七真</u>徽號，而曰<u>長春演道主教真人</u>。

已上見《礴溪集》、《鳴道集》、《西遊記》、《風雲慶會錄》、《七真年譜》等書。

初，真人自行在歸，道由<u>宣德</u>日，一富家新居落成，禮致下顧，將冀一言以為福。既入其室，默然無語，輒以所持鐵拄杖於窗房牆壁上，頗毀數處而出。主人再拜希解悟。曰："爾屋完矣美矣，完而必毀，理勢然也。吾不爾毀，爾將無以圖厥終。今毀矣，爾宜思其毀而欲完，克保全之，則爾與爾子子孫孫，庶幾歌斯哭斯，永終弗替。"主人說服。吁，真人真知道哉。

（《南村輟耕錄》卷10《丘真人》，頁120—123，<u>中華書局</u>1959年版）

丘處機傳

道士<u>丘處機</u>，字通密，<u>登州棲霞</u>人，號<u>長春子</u>，師<u>王害風</u>，繼唱<u>全真</u>，本無道術，有劉溫字仲祿者，以作鳴鏑幸於<u>太祖</u>，首信僻說，阿意甘言，以醫藥進於上，言："<u>丘公</u>行年三百餘歲，有保養長生之術。"乃奏舉之。

戊寅（1218）中，應召北行，<u>丘公</u>倦於跋涉，聞上西征，表求待迴，使中書<u>湛然</u>溫詔召之，<u>丘公</u>遂行。初，上西征<u>大石林牙</u>，及<u>可弗義國</u>，盡有其地，唯箏端汗，奪破乃滿之地，軍馬強盛，據有<u>尋思干城</u>或云邪木思干，遼之河中府也。聞上西討，即南走入鐵門，遁於<u>大雪山</u>南，潛趨<u>印度</u>，上率眾襲之，駐蹕<u>大雪山</u>南，辛巳（1221）冬十一月十八日，<u>丘公</u>至<u>尋思干城</u>，以雪山大雪屯谷可有二丈深，不可行，且止城中。壬午（1222）夏四月初五日，始過<u>雪山</u>，達於行宮，至上前數拜退身致敬，禮畢然後入帳，上問："有何長生之

藥，以資朕躬。"丘公逡巡拱身答曰："有衛生之道，而無長生之
藥。"上以言實，賜以馬乳。時回紇山賊亂於密邇，且令丘公還尋
思干城，期以十月再話。八月後旬，丘公復至行宮。凡有所對，皆
平平之語，無可採聽。問其年甲多少，偽云不知。考問神仙之要，
唯論固精養氣，出神入夢，以為道之極致。美林靈素之神遊，愛王
害風之入夢。又舉馬丹陽恒云，屢蒙聖賢提獎真性，遨遊異域；又
非禪家多惡夢境，蓋由福薄不能致好夢也；又問湛然居士觀音贊
意，中書輕而不答，而有識聞之，莫不絕倒。

既而東回，表求牌符，自出師號，私給觀額，自填聖旨，謾昧
主上。獨免丘公門人科役，不及僧人及餘道衆，古無體例之事，恣
欲施行。上之所說，湛然居士編入《西遊錄》中，備明丘公十謬。
回至宣德等州，屈僧人迎拜。後至燕城，左右鼓獎，特力侵占，使
道徒王伯平驥從數十，懸牌出入馳躍諸州，便欲通管僧尼。丘公自
往薊州，特開聖旨，抑欲追攝甘泉本無玄和尚，望其屈節，竟不能
行。西京天城，毀夫子廟為文成觀。景州奪龍角山，賈先生改為冲
虛觀，後僧欲爭，丘公移書從樂居士，文過飾非。平谷縣水谷寺正
殿三身，皆劉鸞絕手，悉打澗中，改觀居之。太原府丘公弟子宋德
芳，占淨居山，穿石作洞，改為道院，立碑樹號。相州黃華山隋唐
古剎，碑刻存焉，道士占定。混源西道院，本崇福寺，道士占訖。
澟州下縣數坐佛殿，道士拆訖，并毀佛像。檀州黍谷山靈巖寺，昔
是鄒衍吹律之處，堂殿廊廡，悉皆完足，全真賈志平、王志欽，倚
著丘公氣力，蕩除佛像，塑起三清，石幢子推入澗中，有底田園占
佃為主，改名大同觀。檀州木林寺，正殿懸壁，壬子年（1192）全
真許知觀，拆毀塑像，改立三清，號為天寶萬壽宮。良鄉縣東南張
謝村興禪寺地土、棗樹、林檎園，并外白地，丘公弟子孔志童，強
占種佃，欺侮尼衆。如此等例，略有數百。

雖莊蹻狼戾於南荊，盜跖跋扈於東魯，方今剽劫，未為過也。
不以道德為心，專以攘奪為務。後毒痢發作，臥於廁中，經停七
日，弟子移之而不肯動，疲困羸極，乃詐之曰："且偃之，與寢何
異哉？"又經二日，竟據廁而卒，而門弟子外誑人云："師父求福"
編丘公錄者李浩然集來。即日登葆光而化，異香滿室。此皆人人具知，

尚變其說，餘不公者，例皆如此。故當時之人為之語曰："一把形骸瘦骨頭，長春一旦變為秋，和灘帶屎亡圊廁，一道流來兩道流。"斯良證也。大道四祖之語也。即丁亥年（1227）七月初九日也。

（北京圖書館古籍珍本叢刊（77）子部·釋家類《大元至元辨偽錄》卷3，頁508—509，書目文獻出版社）

二、十八侍行弟子傳記資料

按語：丘處機此次西行，預選隨行弟子十九人，實際隨行十八人。除大弟子趙道堅病逝於途中賽藍城外，其餘人均跟隨丘處機返回。歸來之後，大部分人都成為全真教的核心人物，如宋道安、尹志平、李志常等人相繼於丘處機之後掌管全真教。但是，此十八人的傳記資料卻詳略不一，有的甚至僅僅保留姓名。據清人陳銘珪在《長春道教源流》卷4《丘長春弟子紀略上》中考訂："長春西遊時，侍行者十八人，皆鉅子也。而可紀者只十二人，考之李道謙《仙真祖庭內傳》、《甘水仙源錄》。餘六人俱不能詳。道謙去長春未久，而猶若是，豈《道德經》所謂：'知我者希，則我貴。'彼六人固以逃名為事耶！"（《藏外道書》第31冊，巴蜀書社1994年版，頁73）。即使是這十二人，其中很多人的記載也多有牴牾。在此我們輯錄《終南山仙真祖庭內傳》、《甘水仙源錄》、《長春道教源流》等書關於可考者十二人的傳記資料，對於有疑誤的地方，以"按語"說明。

1. 虛靜先生趙道堅

趙九古

先生姓趙氏，諱九古，道號虛靜子。家世檀州，祖宗簪纓相繼，咸有政聲。父淄州太守改同知平涼府事，因家焉。先生大定三年癸未（1163）生，天姿澹靜，日者相之曰："風清骨奇，非塵坌中所能留也。"夙喪其父，每有升虛之志。十七年丁酉（1177），母欲娶之而不從命，屢請入道。母數詰責，知其志不可奪，乃從之。

　　聞府中崔羊頭者爲有道，徃師焉。崔命執廚爨之役，每夜令造食五七度，度必改味。及所進亦不多食，亦不令多造，使通宵不寐。如此三載，其心益恭，亦無分毫驕氣，人以"內奉先生"呼之。崔知其可教，十九年己亥（1179）俾先生詣華亭丹陽席下請益，丹陽納之。

　　庚子（1180），丹陽還終南，命先生徃龍門供侍長春，而親訓炙，長春易名道堅。時往來於平涼。丙午（1186），長春挈居終南祖庭。長春起戊申（1188）之詔也，留先生事靈陽李君。明昌辛亥（1191），長春東歸海上，攜過掖城，命謁長生。

　　未幾，長生令先生歸棲霞，長春喜其來也，命充文侍掌經籍典教。凡僚庶道流來謁，必先參先生，然後入拜丈室。其爲文清古，筆法類《瘞鶴銘》。迨己卯歲（1219），長春赴詔適西域，選侍行者，先生爲之首。至賽藍城，先生謂清和尹公曰："我至宣德時覺有長徃之兆，嘗蒙師訓，道人不以死生介懷，何所不可，公等善事師真。"言畢而逝，享年五十有九。葬之郭東原上，迄今土人祀之。

　　初，長春過阿不罕山，留宋道安等九人建棲霞觀以待，至壬午（1222）爲惡人妬忌起訟，衆皆憂懼。道安晝寢見先生自天窗而下，曰："吾師書至。"道安曰："自何來。"曰："自天上。"受而觀之，止見"太清"二字，宋覺白於衆。翌日，果有書至自行在，訟事乃寢。蓋先生之陰護也。癸未（1223），長春東還，過其塋域，諸友欲扶櫬而歸，長春止之曰："四大假軀，終爲棄物。一靈真性，自在無拘。奚拘拘然以棄物爲念哉。"明日遂行。既達漢地，自雲中、武川、澶陽、燕薊十餘處，見先生單騎而至，預報長春宗師東還，何不遠迎。其神異之迹，不能備紀，姑錄一二以表死而不亡者也。

　　庚戌歲（1250），真常真人奉命褒美道門師德，贈先生"中貞翊教玄應真人"號，葬冠履於五華山，以奉歲祀焉。

　　（《終南山仙真祖庭內傳》，《正統道藏》第19冊，頁528，文物出版社，上海書店，天津古籍出版社1988年聯合出版）

趙道堅

趙道堅，原名九古，號虛靜子，家世澶州。父淄川太守改同知平涼府事，因家焉。大定三年癸未（1163）生，早喪父。丁酉（1177），母欲爲之娶，不從。

聞府中崔羊頭有道，往師之。崔命執厨爨，每夜令造食五七度，使通宵不寐。如此三載，心益恭，崔知其可教，己亥（1179），令詣華亭丹陽席下，丹陽納之。

庚子（1180），丹陽命往龍門侍長春，長春爲易今名。丙午（1186），挈居終南祖庭。辛亥（1191），長春東歸，攜過掖城，使謁長生。

未幾，還棲霞，充文侍。爲文清古，筆法類《瘞鶴銘》。己卯（1219），長春赴召西遊，選侍行十九人，虛靜爲之首。辛巳（1221）十一月，至賽藍，虛靜語清和尹公曰：“我隨師在宣德時覺有長往之兆，嘗蒙師訓，道人不以死生動心，不以苦樂介懷。所適無不可，今歸期將至，公等善事父師。”數日示疾而逝。長春命門弟子葬於郭東原上。

先是七月至阿不罕山，長春留弟子宋道安九人筑棲霞觀。壬午（1222）爲不善人妬害，衆不安。道安晝寢方丈，忽於天窗見虛靜曰：“有書至。”問從何來，曰：“天上來。”受視之，止見“太清”二字，忽隱去。翌日，長春果書至。魔事漸消。癸未（1223）三月，長春東還，至塞藍，衆議負其骨歸，長春曰：“四大假軀，終爲棄物。一靈真性，自在無拘。”衆議乃息，明日遂行。至宣德之朝元觀，道衆云：“去冬有見虛靜先生牽馬自門入者。衆爲之出迎，忽不見。德興、安定亦有人見之云。《祖庭内傳》參《西遊記》

（《長春道教源流》卷4《丘長春弟子紀略上》，《藏外道書》第31册，頁61，巴蜀書社1994年版）

2. 沖虛大師宋道安

沖虛大師宋道安

沖虛大師宋道安侍長春西行，辛巳（1221）七月至阿不罕山北，田鎮海言："前有大山廣澤，宜減車從。"長春用其言，留道安輩九人選地爲觀。人不召而至，壯者效其力，匠者效其技，富者施其材，不一月落成，榜曰："棲霞"。癸未（1223）四月，長春還至阿不罕山，道安輩九人同長春玉華會衆迎入棲霞觀。歸依者日衆。及長春將歸真，遺語令道安提舉教門，尹志平副之，宋德方、李志常等復舉似《遺世頌》，道安等再拜而受。繼而志平至自德興。行祀事既終七，道安謂志平曰："吾老矣，不能維持教門，君可代我領之也。"讓至於再，志平乃受其託焉。《西遊記》、《甘水仙源錄》、《祖庭內傳》無宋道安碑誌，故始未詳。疑後還阿不罕山棲霞觀，羽化后，人不得其事實，因以失載也。

（《長春道教源流》卷4《丘長春弟子紀略上》，《藏外道書》第31冊，頁61—62，巴蜀書社1994年版）

3. 清和大師尹志平

清和真人

夷山天樂道人李道謙編

師姓尹氏，諱志平，字大和。遠祖居滄州，前宋時有官萊州者，因家焉。顯高祖妣，有子七人俱登進士第，仕至郡守者五人。大父公直、考弘誼，皆隱德不耀。於大定九年己丑（1169）正月二十日生師，是夕其母方寐，夢儀衛異常、皆盛服而入，神思愕然，驚寐，師已誕矣。時里人相驚曰："尹氏宅火。"奔徃救之，至則光照庭宇，知生子矣。咸曰："是家陰德動天，他日必爲異人。"

三歲穎悟，善記事。五歲入小學，日誦千餘言，於理即玄解。

在髫齔日，舉止異凡兒。嘗因祀事究生死理，杳然遐想自忘。十四歲遇丹陽宗師，遽欲入道，其父難之，潛徙。十九歲復迫令還家，錮之，竟逃出再三，始從之。詣武官靈虛觀長生宗師席下，執弟子禮。尋住昌邑縣之西菴，常獨坐樹下達旦。或一夕靜中見長生飄然而來，斷其首，剖其心，復置之，覺而大有所悟。後住菴福山縣，惠濟貧困者數年，衆德之。

明昌初聞長春宗師還棲霞，徃侍左右。長春特器異之，付授無所隱。玉陽王宗師屢握手談道，授以口訣。又受《易》於太古郝宗師，皆世所未嘗聞。自是道業日隆，聲價大振，四方學者，翕然宗之。時濰州龍虎完顏氏素豪倨，慕師道德，施囷地創玉清觀事之。數載之間，姬侍供奉者未嘗識其面目，亦未嘗知其姓字，其所守如此。

興定己卯歲（1219）冬，大元太祖聖武皇帝自西域遣便宜劉仲祿徵長春宗師，仲祿及益都會真常李公，曰：“長春今居東萊，非先見尹公必不能成此盛事。”及濰陽謁師於玉清，見其神采嚴重，不覺畏敬，自失從容。語及詔旨，師大喜曰：“將以斯道覺斯民，今其時矣。”遂偕徃覲長春於萊州昊天觀。先是金宋聘命，交至皆不應。至是長春與師議決計北上，時從行者十有八人，皆德望素重者，師爲之冠。

自庚辰（1220）春啓途，至癸未（1223）秋回轅。四載跋涉，備嘗艱阻。既見上於西印度，奏對稱旨。還及雲中，長春聞山東亂，天兵又南下，曰：“彼方生靈，命懸砧鼎，非汝莫能救。”因遣師徃招慰，聞者樂附，所全活甚多。甲申（1224）歲敕令長春住太極宮，即今之長春宮也。師在席下最爲入室，四方尊禮者雲合。師曰：“我無功德，敢與享此供奉乎？”遂辟退，住德興之龍陽觀。屢承長春手澤，示以託重意，及蒙賜清和子號。迨長春上仙，師方隱上谷之煙霞觀。又欲絕迹遠遁，爲衆以主教事敦請，勉從之。還長春宮，以嗣玄教。厥後門徒輻輳輦幣樂貢者，日充塞庭戶。

壬辰（1232）春太宗英文皇帝南征還師，迎見於順天，慰問甚厚。仍令中宮代祀香於長春宮，貺賚優渥。癸巳（1233）夏遊母間山，太玄觀之李虛玄語人曰：“去年院中青氣氤氳者累日，占者以爲當有異人至，今師來既驗矣。"其演化白霤之間，道緣真蹟備見《北遊錄》。至甲午（1234）春南歸及玉田，衆喜爲數日留。日已晡，遽促駕兼夜行五六十里，舍豐草中，衆莫知所以。後還官，始知在玉田時，有寇數十欲劫掠，追至大合甸，不及而返。從者相賀曰："非師奈我輩何。"

夏，聞朝廷遣官撫綏關輔，適無欲李公自衛來燕致祭處順堂，師命入關招集道侶，興復終南劉蔣之祖庭。秋，中宮遣使勞問，賜道經一藏。乙未（1235）春，沁州牧杜德康請師主黃籙醮事，師由雲應南下，所至原野道路，望塵迎拜者日千萬計。願納宮觀爲門弟子者，若前高之玉虛，崞縣之神清，定襄之重陽，平遙之興國，咸請主於師。及理醮，時旱久且風，醮之三晝宵，燈燭恬然，在他境猶風。杜以州之神霄宮爲獻，尊事之。師以玄化大行歸功於重陽祖師，乃留意於終南祖庭。冬，京兆總管田德燦遣官偕無欲李公馳疏來請，雅與師意合，丙申（1236）春正月始達終南規度兆域。初重陽祖師修道於劉蔣村，既成，火其菴而東貽，詩有後人復修語。先大定間丹陽、長春二宗師已嘗建立，值天興劫火焚毀殆盡。至是師廣之，亦有繼祖來修之什。於是剪蕪平丘，築垣架屋，而草創之。又若樓觀宗聖宮，終南之太平，炭谷之太一，驪山之華清，太華之雲臺諸宮遺址，悉擇四方緣重耆德付之，俾任興復之責。

時陝右甫定，遺民猶未安業，道衆艱於得食，師以道德罪福之報撫慰之。是年夏被命令，師選戒行精嚴之士就禾林住持，爲國祈福。秋，中書楊惟中召還燕，道經太行山間，羣盜羅拜受教，悉爲良民。戊戌（1238）春，忽曰："吾老矣，久厭勞事。"以正月上日會四方耆宿，嗣法於真常李公，俾主教席。遂於長春西院及五華、大房，增葺道院以爲佚老之所。庚子（1240）冬，京兆太傅移剌寶儉、總管田德燦請師主重陽祖師葬事，師欣然而徃，雖冒寒跋涉不憚也。常曰："吾以報祖師恩耳。"當時秦地大旱，師下車而雪，大闡葬禮。以明年（1241）辛丑正月二十五日既事，時盛行興造及經理會葬者，多方道俗常數千人，物議恟恟不安，賴師道德威重，鎮伏邪氣，故得完其功。師嘗與老師宿德，徃來于樓觀諸宮，逍遙自若，以揚玄化。是歲冬十月，仙仗還燕山，居五華、大房之間，遠近達官士庶，仰之如景星丹鳳。乙巳（1245）春，命潘沖和主領河東永樂純陽宮之法席，以事建立。無何，中宮遣近侍賜黃金冠服，仍敕有司衛護。又令門人增飾濰陽之玉清，不數載煥然一新矣。至辛亥（1251）二月五日謂侍者曰：“我常便房山之幽邃，故居之。今爲我灑掃殿宇，以備長生昇仙之齋。”翌日，焚香禮聖畢，謂衆曰：“吾將逝矣。”衆驚愕，師嘿不應，惟戒葬事無豐。遂不食，但飲水歠茶，危坐談道，語音雄暢如平日。是夜正衣冠，曲肱而逝，享春秋八十有三。門衆毀哭若喪考妣，時馨香之氣滿室，遠近聞者奔走賵贈，絡繹如市。

初，師遺言葬大房，嗣教真常李君以大房去京師稍遠，艱於登涉輦柩，葬于五華，構堂曰復真，以事香火。師平日著述目曰《葆光集》行于世，中統二年（1261）秋九月璽書追贈清和妙道廣化真人號。

（《終南山仙真祖庭內傳》卷中，《正統道藏》第 19 冊，頁 532—534，文物出版社，上海書店，天津古籍出版社 1988 年聯合出版）

清和妙道廣化真人尹宗師碑銘並序

汝陽弋轂撰、平陸員擇書丹、襄山李犹篆額

宗師，全真嗣教六世祖也。自守真緒，風化鼎盛，什百於疇昔。形器之域，古今同盡，春秋八十有三，遽有拂衣啓手之嘆，以辛亥（1251）二月六日升于大房山清和宮之正寢。寧神五華山者，幾十稔矣。嗣教誠明張公一日語衆曰：“清和師思報祖師之恩，遂大葬之禮，仍即其福地，並建宮宇，勝概甲天下，弘闡祖道，功越古今。吾儕享其成業，今無一報，顏實靦矣。將刻碑紀實，以詔無窮，若何？”僉曰：“唯。”遂以中統三年（1262）冬十月吉日，徵文於汝陽弋轂。

僕以師真道德高厚，奧妙無方，詎以荒疎淺淺者所能窺測形容哉？固讓不可，謹按門人馬志通所紀行狀，仍撦其功德之著，見於

耳目者，序述之。夫道之在天下一而已，惟天之所以畀付於聖賢者
無不備，其所以濟斯世而見於功用者，或久近廣狹之不齊，何哉？
曰："時也。"時非聖賢所能必，能不滯其時而已。或拱揖廊廟，或
私淑側陋，或清靜而化、揖讓而治，或平水土、降播種，或放伐以
救焚溺，或寬默以革苛僞。文勝質喪，則示還純反朴之訓；禮壞樂
崩，則正三綱五常之教。大則天下後世，小則一郡一邑，隨機應
變，與物推移，要不過乎徇道以濟斯世耳。由跡以觀之，功用之不
齊者，所遇之時異也。則天之以是道而畀付於聖賢者，曷嘗有二
哉？道猶水也，渴則爲酌飲，旱則爲灌溉；道猶火也，飢則爲烹
飪，寒則爲煦嫗。用雖不同，而水火曷嘗有二哉？頃以金錄訖運，
喪亂並興，黔黎殄於菹醢，玉石爔於烈火，天意開顧，挺生至人，
全畀斯道，以假援之之手，於是<u>重陽</u>而後，<u>丹陽</u>、<u>長真</u>、<u>長生</u>、<u>長
春</u>繼出，而<u>全真</u>之教興。及<u>清和</u>接<u>長春</u>之統，授受之際，累聖之妙
無餘蘊。父作子述，闡化數十年，徒侶遍天下，聞望重朝野。風之
所靡，狠戾易心，強梗順命，革煩苛爲清靜，化湯火爲衽席，挈一
世鄙夭之民，躋之仁壽之域。

　　自古教法之盛，功德之隆，惟<u>清和</u>師爲最，蓋天之畀付之道
一，而所遇之時異也。師諱志平，字<u>大和</u>，姓<u>尹</u>氏。遠祖居<u>滄州</u>，
前<u>宋</u>時有官<u>萊州</u>者，因家焉。顯高祖姅有子九人，俱登進士第，仕
至郡守者七人。顯大父<u>公直</u>、顯考<u>弘誼</u>，皆隱德不耀。師於<u>大定</u>九
年（1169）正月二十日生，是夕其母方寐，見儀衛異常，皆盛服而
入，神思愕然，驚寤，師已誕矣。時里人相驚曰，<u>尹</u>氏宅火。奔救
之，至則無火。

　　稍長舉止異凡兒，三歲穎悟善記事，五歲入學，日誦千餘言，
讀書即玄解。嘗因祀事，究生死理，杳然遐想自忘。七歲遇<u>陝西王
大師</u>，有從遊意。十四歲遇<u>丹陽真人</u>，遽欲棄家入道，其父難之，
潛往。十九歲復迫令還家，錮之，竟逃出再三，始從之。住<u>昌邑縣</u>
之<u>西庵</u>，常獨坐樹下達旦。或一夕，見<u>長生劉真人</u>飄然而來，斷其
首，剖其心，復置之，覺而大有所悟。後住庵<u>福山縣</u>，養疾惠困，
勤瘁者累年，衆德之。遊<u>濰州</u>，時<u>龍虎完顏</u>氏素豪倨，慕師道德，
施囿地，創觀曰<u>玉清</u>，率家人尊事之。今觀廢於兵，而松檜鬱爲茂

林。後觀長春真人於棲霞觀，執弟子禮，真人特器異之，付授無所隱。又受《易》於太古郝真人，受口訣於玉陽王真人。自是道業日隆，聲價大振，四方學者翕然宗之。

己卯（1219）歲，太祖皇帝遣便宜劉仲祿，徵長春真人。仲祿及益都，真常李公曰：“長春今在海上，非先見尹公，必不能成此盛事。”及濰陽，謁師於玉清之丈室，見其神采嚴重，不覺畏敬，自失從容，語及詔旨，師大喜曰：“將以斯道覺斯民，今其時矣。”遂偕往覲長春真人於萊州昊天觀。先是金宋聘命交至，皆不應，至是師勸行，決計北上。時從者十八人，皆德望素重者，師爲之冠。

辛巳（1221）及癸未（1223），備嘗難阻，既見帝於西印度，奏對稱旨。還及雲中，真人聞山東亂，國兵又南下，曰：“彼方生靈，命懸砧鼎，非汝莫能救。”遂遣往招慰，聞者樂附，所全活甚多。乙酉（1225）歲，勅令長春真人住太極宮，即今長春宮也。師在席下，四方尊禮者雲合，師曰：“我無功德，敢與享此供奉乎。”遂辭，退住德興之龍陽觀。屢承真人手劄，示以托重意。及真人升，師方隱煙霞觀，又欲絕跡遠遁，爲衆以主教事敦請，勉從之。還長春宮，以嗣事自任，自是徒衆輻湊，輦贐樂貢者，日充塞庭宇。忽謂衆曰：“吾素壓冗劇，喜山林。遂因平樂請主醮事，而出遁景州之東山。未幾，燕之僚士固請還宮。”

壬辰（1232），帝南征還，師迎見於順天，慰問甚厚，仍令皇后代祀香於長春宮，賬賚優渥。甲午（1234）春，遊毋閭山，太玄觀之李虛玄語人曰：“去年院中青氣氤氳者累日，占者以爲當有異人至。今師來，既驗矣。”踰春南歸，及玉田，衆喜，爲數日留。日已晡，遽促駕兼夜行五十餘里，舍豐草中，衆莫知所以。後還宮，始知在玉田時，有寇數百欲劫掠，追至大合甸，不及而反。從者相賀曰：“非師奈我輩何？”時皇后遣使勞問，賜道經一藏。乙未（1235）春，詣沁州，主黃籙醮事。入郊城境，居人或夢縣之地祇曰：“真人來，當警衛無虞。”及平遙理醮事，時旱久且風，醮之三晝夜，燈燭恬然，在他境猶風。沁帥杜德康、平遙帥梁瑜各施宮觀，一方傾心焉。九月達平陽，分命披雲宋公率衆鏤道藏經板，不數載而完，所費不貲，而人樂成之，亦師爲之張本。師以此道化大行，歸功祖師<u>重陽真人</u>，遂留意祖庭。時<u>京兆</u>行省<u>田公</u>馳疏來請，適與師意合，丙申（1236）春始達。於榛莽中規度兆域，及宮觀基址。<u>終南太華</u>等處諸觀宇，廢不能復，咸請主於師。

時<u>陝右</u>甫定，遺民猶有保柵未下者，聞師至，相先歸附，師爲撫慰，皆按堵如故。繼而被命於<u>雲中</u>，令師選天下戒行精嚴之士，爲國祈福，化人作善。時<u>平遙</u>之<u>興國觀</u>、<u>崞</u>之<u>神清</u>、<u>前高</u>之<u>玉虛白雲洞</u>、<u>定襄</u>之<u>重陽</u>、<u>沁</u>之<u>神霄</u>、<u>平陽</u>之<u>玄都</u>，皆主於師。秋，帝命中書<u>楊公</u>召還<u>燕</u>，道經<u>太行山</u>間，群盜羅拜受教，悉爲良民。出<u>井陘</u>，歷<u>趙魏齊魯</u>，請命者皆謝遣，原野道路設香花，望塵迎拜者日千萬計，貢物山積，略不顧。戊戌（1238）春，忽曰："吾老矣，久壓勞事，以正月上日傳衣鉢於<u>真常李公</u>，俾主教事。"乃卜築<u>五華山</u>，並增葺<u>大房山</u>之<u>真陽觀</u>，更曰<u>清和宮</u>，以爲菟裘焉。<u>終南祖庭</u>葬具已備，庚子冬請師董其成，欣然而往，雖冒寒跋險不憚也。常曰："吾以報師恩耳。"時季冬，<u>京兆</u>一境旱，衆禱曰："師來和氣必應。"下車而雪。大箴葬禮，以明年（1238）正月二十五日既事。

時<u>陝右</u>雖甫定，猶爲邊鄙重地，經理及會葬者，四方道俗雲集常數萬人，物議恟恟不安，賴師道德素重，鎮伏邪氣，故得完其功。初，<u>重陽真人</u>修道於此，既成，火其庵而東，貽詩有後人復修意，至是師廥之，亦有繼祖來修之語。噫，百年事終始吻合，豈偶然哉。於是翦蕪平丘，土木並作，堂廡殿閣，燦然一新。既成，額以<u>重陽</u>，以示報本意。若<u>華山</u>之<u>雲臺</u>、<u>驪山</u>之<u>華清</u>、<u>太平宗聖</u>等宮，悉擇名重者宿以主之，興完皆踰舊。是年還<u>燕</u>，夏五月過<u>太原</u>，時自春不雨，禾種不入，師憐之，出己帑物爲香火費，爲民祈禱，雨大霈。及還<u>燕</u>，無幾何，謂侍者曰："我常便<u>清和宮</u>之<u>西堂</u>，故居之，今爲我灑掃方丈。"從之，翌日長徃，及宮洮頮禮聖畢，訣衆曰："吾將逝矣。"衆驚愕，師曰："吾意已決，夫復何言。"有進紙筆者，默不應。惟戒葬事勿豐，遂不食，但飲水啜茶，危坐談道，語音雄暢異常。是夜久正衣冠，曲肱而逝。衆毀哭過哀，時馨芳之氣滿室，遠近聞者奔走賻賵，哀戚若喪考妣。

初，師遺言葬<u>大房</u>，至是僚士固請，遂葬<u>五華</u>，徇興意也。<u>中</u>

统改元二年（1261），詔贈<u>清和妙道廣化真人</u>。師平日著述甚多，門人板之，目曰《葆光集》，並《語錄》皆通貫經藝，洞見道體，所謂博學而約說者。當時朝旨褒崇，及宏儒名卿詩文贊美，裒爲一集，目曰《應綠錄》。其覺後進，則高下不遺，蹊徑坦明，以謙遜勤約爲治心之要，以踐履功行爲入道之基，及其縱說，則時亦露機緘之妙，所謂窮理盡性以至命者也。得其門者，由堂及奧，其次不失爲誠謹之士，其成就於人者如此。

初居<u>濰陽龍虎</u>家，餘二十年，姬侍日滿前，終莫一識其面。嘗失善馬，獲其盜，物色既驗，盜畏罪不承，曰此我馬也。師即還馬縱去，其高潔不累於物如此。至大至剛之氣，充諸內，形諸外，望之如神，即之如春，不怒而威，匪爵而尊，雖萬乘不足加其重，雖窮處不足爲之輕，其平日之所養者如此。及遭時得君，權道濟物，祥風時雨，覆及遠方，跂行喙息，罔不得其所，其見於功用者如此。其至誠前知，感通神明，則又時出人意表。以天挺之姿，承積累之基，譬猶日中之陽，月盈之光，不期盛而自盛，尚且謙抑自居，淡泊自樂，化應乎無窮之綠，神寂乎寥廓之鄉，體用兼備，無過不及之弊，其諸異乎同源而異流者歟？抑世有以綱常爲言者，是又大不然。自四海橫潰，華禮蕩滅，污俗所染，又豈特於借鋤德色，取箽誶語，《八佾》舞庭，召王出狩者乎？及風化所過，暴者仁，奪者讓，泰者抑，上下帖然，此於綱常之助，其功豈易量哉？僕悼夫昧大體而妄自分裂者，故并及之。銘曰：

> 叔世運厄坤軸旋，皇綱解紐兵方連。
> 鼎中生靈若小鮮，磨牙萬喙垂飢涎。
> 天生至人蓋汝憐，神道設教畀己專。
> <u>重陽</u>發源亦有傳，得自無始先天先。
> 世間果有甘河泉，萬劫老派常涓涓。
> 流入<u>濰陽玉清</u>前，灌漑六葉開金蓮。
> 混沌雖鑿大道全，積靄掃盡孤月圓。
> 至理渾融無正偏，漆園鄭圃非獨賢。
> 遭時得君明機權，鑑光亦豈從媸妍。

冥鴻高舉蓬海邊，閶闔萬里來翩翩。
鰲頭可釣虎可編，萬蚌誰信容笞鞭。
頹波力障迴九川，塗炭氣化成几筵。
惠雨一灑劫火燃，大地墾作種玉田。
精衛投石海空填，蟭螟遇祝速變遷。
風雲千載非偶然，轉禍爲福皆夤緣。
歸來演教談妙玄，英華咀嚼九九篇。
琅函萬軸成蹄筌，始信天上無癡仙。
洙泗豈特徒三千，燈分大小俱煇煇。
有心不敢自聖癲，有口難說無礙禪。
人云功行徧八埏，波浪幻跡從沺沺。
草樓菟裘茅一椽，茹芝大房腹便便。
直鈎坐釣三峯巔，寶地花木肥芊芊。
青山不礙行雲煙，死而不亡壽更延。
他山有琰實可鑴，光騰億劫無歲年。
千谿萬壑分嬋娟，明月依日懸青天。

（《甘水仙源錄》卷3，《正統道藏》19冊，741—744頁，文物出版社，上海書店，天津古籍出版社1988年聯合出版；又載陳垣編纂：《道家金石略》，頁567—570，文物出版社1988年版）

尹宗師志平

尹宗師志平，字太和，萊州人。大父而上擢進士第歷郡守凡七人，師生時里人相驚曰：“尹氏宅火。”十四歲遇丹陽真人，遽欲棄家入道，常獨坐樹下達旦。一夕見長生劉真人飄然來，斷其首，剖其心，已復置之，覺而大有所悟。

金明昌辛亥（1191）觀長春真人於棲霞觀，執弟子禮。真人特器之，付授無所隱，又受《易》於太古郝真人，受口訣於玉陽王真人，自是道業日隆。遊濰州，龍虎完顏氏施囷地創觀曰玉清，率衆人尊事之。大元己卯（1219）歲，太祖遣劉仲祿徵長春真人。至益都，真常李公曰：“長春今在海上，非先見尹公不能成此盛事。”及濰陽，謁師於玉清丈室。師大喜曰："將以斯道覺斯民，今其時矣。"遂偕往覲長春真人。師勸行，決計北上，時從行十八人皆德望素重者。師爲之冠，還及雲中，真人聞山東亂，國兵又南下，曰："彼方生靈，命懸砧鼎，非汝莫能救。"遂遣往招慰，所全活甚多。真人住太極宫，師在席下，四方尊禮者雲合。師曰："我無功德，敢與享此供奉乎?"遂辭，退住德興之龍陽觀。真人屢剖示以託重意，及真人升退，衆以教事敦請，勉承之。

壬辰（1232）春，太宗南征還師，迎見於順天，慰問甚厚，仍令皇后代祀香於長春宫。甲午（1234）春，南歸及玉田。日已晡，遽促駕夜行五十里，舍豐草中，衆莫知所以。後知有寇數百欲劫掠，追至大合甸，不及而反。從者相賀曰："非師奈我輩何?"師以道化大行歸功重陽祖師，遂留意祖庭。適京兆行省田公來請，丙申（1236）春既至於榛莽中規建宫觀，又興復佑德、雲臺二觀，太平、宗聖、太一、華清四宫。時陝右甫定，遺民猶保柵未下，聞師至，相率歸附，師爲撫慰安堵如故。秋，帝命中書楊公召還燕。戊戌春忽曰："吾老矣，久厭塵勞。"遂傳衣鉢於真常李公，俾主教事終南祖庭成，葬具已備。庚子（1240）冬，請師董其成，欣然往。雖冒寒，跋險不憚也，曰："吾以報師恩耳。"時季冬，京兆旱，下車而雪。大蔵葬禮，以明年正月二十五日既事，尋勑賜祖庭曰"十方大重陽萬壽宫。"

初，重陽火其庵而東，貽詩有後人修復語，至是始驗。已酉（1249）賜號清和演道至德真人，金冠、錦帔付焉。是年還燕，一日忽謂侍者曰："我常便大房山清和宫之西堂，今爲我灑掃方丈。"翌日及宫洮頮畢訣衆曰："吾將逝矣。"是夜正衣冠，曲肱而逝。時辛亥（1251）二月六日，春秋八十有三。師初居濰陽龍虎家逾二十年，姬侍莫一識其面。嘗失善馬，獲真盜，畏罪不承曰："此我馬也。"師卽還馬縱去，其高潔不累於物如此。至其覺後進則高下不遺，蹊徑坦明，以謙遜勤約爲治心之要，以踐履功行爲入道之基。及其縱說亦時露機緘之妙，得其門者由堂及奥，次亦不失爲誠謹之士。著有《葆光集》并《北遊語錄》。

　　元弌毅《清和妙道廣化真人尹宗師碑》。此碑在陝西，盩厔云汝陽弌毅，撰末云至元元年（1264）十月二十三日，考元《遺山集・弋公表》云：弋唐佐名穀英，汝州人，文學行義高出時輩，當即其人。遺山又有《送弋唐佐南歸詩》，碑文內京兆行省田公，係田雄。《元史》："雄，字毅英，北京人。太宗時從攻西和、興元諸州。癸巳（1233）授鎮撫陝西總管、京兆等路事。時關中苦於兵雄，招徠囚山堡砦之未降者，獲其人皆慰遣之，由是附者日衆。"與碑所述略同。又中書楊公，係楊惟中。《元史》："惟中，字彥誠，弘州人。皇子闊出伐宋，命惟中於軍前行中書省事，克宋襄陽、光化等軍。"其事在太宗八年丙申（1236），與碑云丙申秋，令召還燕合。

（《長春道教源流》卷4《長春弟子紀略上》，《藏外道書》第31冊，頁62—64，巴蜀書社1994年版）

4. 通玄大師李志常

真常真人

夷山天樂道人李道謙

師族李氏，諱志常，字浩然。其先洺州永年人，宋季避地濮之范陽，尋又徙開之觀城，因著藉焉。高祖皓、曾祖昌、祖明、父蔓皆隱德不耀，素爲鄉里所重。母聶氏夜夢異人，授之玉兒，覺而生師，即明昌四年癸丑（1193）正月二十日也。

師生六歲，考妣俱喪。養於伯父濟川家，濟川諱蒙，名舉子也。賦義兩科，屢占上遊。雖以四舉終場，同進士出身歉如也。愛師穎悟不羣，意用作成，以償平昔之願。而師不喜文飾，雅好恬淡，常默禱高穹，望早逢異師勝友，式副夙心。年十有九，伯將議婚，師聞之歎曰："本期學道，未涉津涯，若愛欲纏縛，則聖賢高蹈出塵之事業難乎有成矣。"

居無幾，負書曳杖，作雲水之遊。初隱東萊之牢山，復徙天柱山之仙人宮。宮之主者曰湯陰李先生有藻鑒見師儀觀魁偉，固已知其不凡。因冬夜談道，言及日用，乃大加賞異。退謂其徒曰："余在道三十年，老師宿德與之談論者，能如此子精當，曾不一二見。"迨眒，始告之曰："君玄門大器也，山菴荒僻非君久淹之地，海上昔祖師至異人並出，今獨長春在焉，宜徃從之，他日成就，未可量也。"師翌日遂行，至即墨之東山屬。

　　貞祐喪亂，土寇蜂起，山有窟室，可容數百人。寇至則避其中，衆以師後拒而不納，俄爲寇所獲。問窟所在，箠楚慘毒，絕而復甦，竟不以告。寇退，窟人者出，環泣而謝之曰："吾儕小人數百口之命，懸於公一言，而公能忘不納之怨，以死救之，其過常情遠甚。"爭爲給養，至於康調。迄今父老猶能道之。

　　歲戊寅（1218）夏六月，聞長春宗師自登居萊，師促裝以徃，拜謁席下。長春一見器許，待之異常。師於承教之後，益自奮勵。歷兵革死生憂患之際，曾不易其所守。山東東路轉運使田琢器之，高其行，且聞昔在即墨，其主帥黃摑副統咨師籌畫保完一城，以書邀至益都，待以賓禮。己卯（1219）夏六月，益都副帥張林叛金歸宋。冬十有二月，太祖聖武皇帝遣便宜劉仲祿齎詔備禮，起長春宗師于東萊。師覿此事機，知張林新以其地入宋，叛股靡常，密念若不先入白，則必見阻滯。乃往說林曰："長春師天人也，今三使徵聘，毅然北行。舍近道而即遠途，救世之心於斯可見。相君能爲推轂，則非惟一方受賜，實四海生靈無涯之福也。"林悅，移檄所經，俾衛送以行。

　　庚辰（1220）春正月，長春命駕，從行者一十八人，師其一也。二月達燕，明年（1221）春北上，秋七月至阿不罕山，距漢地僅萬里。並山漢人千家逆塵羅拜，以爲希世之遇，咸請立觀，擇人主之。長春坐上指師語衆曰："此子通明中正，學問該洽，今爲汝等留此，其善待之。"因賜號真常子，仍預書其觀曰棲霞。長春既西邁，師率衆興作，刻日落成。又立長春、玉華二會，至今不輟。癸未（1223）夏五月，長春至自行在，憇于其觀。一日齋客四集，長春手持弓弦一，不言，以授師，師亦不言而受，圈而佩之，作詩爲謝，長春但笑領而已。蓋阿不罕之留弓弦之授識者，知其有付囑之意。秋七月至下水，時殘暑尚熾，長春納涼於官舍之門樓宇，呼師而教之曰："真師不易逢，得道者不易遇，遇之而不易識也。守道之篤，人貌而天，行直寓六骸而淵宗，忘飢渴而常寧，至靜而遺形，獨遊乎無極之妙庭。此語汝當記之，以俟他日自得之耳。"師拜謝，已，乘間因問："向者避地山東爲寇箠撻，俄墮窈冥，赫日方中而目無所見，幽明路隔。其歸根復命之理，果何如哉?"長春曰:"人之生死猶晝夜，乃幻相相因之道，叩其道之至，則無有也。當汝疑念未起時，體取死生，晝夜了無干涉，則天光湛澄，若太虛之無際。名言象教不可得而喻，斯汝疑心靜盡之地。"師復再拜受之。

長春自入漢地，人事益繁，四方道俗來覲謁者，皆託於師。師陰蓄歸隱之念而未有以發，雖心交不知也。長春忽語之曰:"昔有一道人趙其姓，初在門下，向道甚勤。一日遽辭欲往他所，我因戒之曰'不應去而去，不爲退道，即爲慢道'。"師愕然，知斯言爲己設，其念遂絕。師以長春西域見上演道之語編爲《西遊記》行于世。丁亥（1227）秋七月，長春仙去，清和嗣教，以師爲都道錄，兼領長春宮事。

當時朝廷在禾林，師歲一往，以扶宗翊教爲己任，雖龍沙風雪寒裂肌膚弗憚也。庚寅（1230）秋七月太宗英文皇帝始即大寶，師見於乾樓輦，時方詔通經之士教儲君，師乃進《詩》、《書》、《道德》、《孝經》，上嘉之，冬十一月得旨方還。辛卯（1231）冬，有誣告處順堂繪壁有不應者，清和被執，眾皆駭散。師獨請代之曰:"清和，宗師也，職在傳道，教門一切我悉主之，罪則在我，他人無及焉。"使者高其節從之，特免枷械，鎖之入獄。夜半鎖忽自開，師以語獄吏，吏復鎖之，而復自開。平旦，吏以白有司，適與來使會食，所食肉骨上隱然見長春相，其訟遂息。

癸巳（1233）夏六月，承詔即燕京，教蒙古貴官之子十有八人，師薦寂照大師馮志亨佐其事，日就月將，而才藝有可稱者。乙未（1235）秋七月奉詔築道觀於禾林，委師選高道住持。戊戌（1238）春正月，清和會四方耆宿，手自爲書付師，嗣主教席，師度不能辭，乃受之。三月，赴闕以教門事條奏，首及終南山靈虛觀，係重陽祖師鍊真開化之地，得旨改稱重陽宮，勅洞真于君住持，主領陝右教事。以白雲綦公、無欲李公輔翼之，大行營建。乙巳（1245），奏請河東、永樂、純陽祠宇及師真堂下並賜宮額，以彰玄化。丙午（1246），定宗皇帝即位，詔師以戊申（1248）上元日就長春宮，設普天大醮，仍降璽書，凡名山大川諸大宮觀，及玄門有道之士，委師就給師德名號。

　　歲舍辛亥（1251），憲宗皇帝嗣登寶位，欲遵祀典，徧祭嶽瀆。秋八月，遣中使詔師至闕下，上端拱御榻，親緘信香，冥心注禱於祀所，賜師金符寶誥及內府白金五千兩，以充其費。師奉旨驛車南下，徧詣嶽瀆，以行祀事。越明年（1252）春正月初吉，來終南祖庭，敬展精衷，恭行祀禮，規度營建，整治玄綱。凡山下仙宮道觀皆爲一到，建功師德賜賚各有差，以是地係教門根本故也。至四月既望，仙仗東歸，由中條之純陽宮，亦如終南故事。秋九月還燕。癸丑（1253）冬十月，聖天子在藩邸開府上都，命師修金籙大齋，作大宗師，普度隨路道士女冠，給授戒牒。甲寅（1254）春正月，上遣使就宮，會集諸路高道作普天醮，敕師濟度海內亡魂，賜黃金五百兩、白金五千兩，凡龍璧環鈕鎮信之物、焚獻香燈，並從官給。自啓事至滿散，鸞鶴五雲之瑞，不可殫紀。秋，聞亳社戍兵，師遣道人石志堅輩興復太清宮。乙卯（1255）秋七月，見上於行宮，適西域進方物，時太子、諸王就宴，敕師預焉。十有二月朔旦，上謂師曰：“朕欲天下百姓安生樂業，然與我同此心者，未得其人，何如？”師奏曰：“自古聖君有愛民之心，則才德之士必應誠而至。”因歷舉勳賢並用，上嘉納之，自午刻入承顧問，及燈乃退。丙辰（1256）春正月，以老辭。

　　夏四月，至自北庭。六月庚申朔，師倦於應接，謝絕人事，隱几不言。戊寅，正襟危坐，語左右曰：“昨夜境界異常，吾自知卦數已盡，歸其時矣。主領後事，向已奏誠明張志敬受代，餘無可議者。”翌日乃留頌，順正而化。春秋六十有四，葬于五華山之存存堂。平昔著述有《又玄集》二十卷行于世，中統辛酉（1261）秋九月制書超贈真常上德宣教真人號。

　　（《終南山仙真祖庭內傳》卷中，《正統道藏》第 19 冊，頁 534—536，文物出版社，上海書店，天津古籍出版社 1988 年聯合出版）

真常子李真人碑銘

朝請大夫翰林修撰同知制誥賜紫金魚袋張邦直撰

學道之難，大要有三：一曰悟理，二曰弘教，三曰付畀得人。能備是者，其真常真人乎。真人之所學，即世之所謂全真者也。是道之傳，古所未有，倡始於重陽王君，門弟子得其傳者，馬丹陽玄寶泊其室孫清淨不二，譚長真通正，劉長生通妙，丘長春通密，王玉陽體玄，郝廣寧大通七人而已。厥後學者徧天下，無慮數千萬人，而習他教者爲衰，嗚呼盛哉。真人之時，馬已謝世，而丘、劉、王、郝尚無恙，真人歷扣四君，見者皆以爲可教，乃抽關啓鑰，不少靳固。真人會集微妙，淵停海涵，無一不具，由是心益明了，而其道坐進矣。性好山林，乘興即往，然未嘗留滯一處。始在燕薊間，尋之登、之萊、之嵩、之河秦，既而即大梁之丹陽觀居焉。所至則徒衆奔走往來，願受教門下者無虛日，真人一皆接納飲食，教誨略無倦容，故人人咸自以爲有得，而依歸之誠益堅。

真人一日遣人詣郿之五姓，邀寧海于公伯祥主中太乙宮，且曰：「于吾友也，風神灑落，識度夷曠，衣褐懷玉而不願人知，蓋吾先師長春子所密授者。他日興吾教者，其斯人歟？」及癸巳（1233）之春，大朝遣使徵真人，既受命治裝，行有日，忽顧謂其衆曰：「天將興治古之道，而吾不及見。吾向所以邀于者，正謂今日也。」遂以後事付于，而問曰：「日景午未？」侍者曰：「午矣。」乃枕肱而逝，享年八十有三。

真人德興人，諱志源，李其氏，真常蓋丘師所賜號云。其他神異之事，當世名公鉅人載之詳矣，故不復具。系之以銘曰：

維昔重陽，倡此全真，孰承孰傳，作者七人。迨及真人，
會同諸師，微顯闡幽，于南之陲。聲聞于天，大朝來徵，
受命既還，忽焉遐登。真人嘗云，寧海之于，他日興教，
在斯人歟？出言必酬，如響應聲，所以前知，得於至誠。
維生有聞，維後有傳，媲之古人，不幾乎全。夷山之陽，

汴水之湄，刻我銘詩，以求厥垂。

（《甘水仙源錄》卷4《真常子李真人碑銘》，《正統道藏》19冊，頁749，文物出版社，上海書店，天津古籍出版社1988年聯合出版；又載陳垣編纂：《道家金石略》，頁467—468，文物出版社1988年版）

玄門掌教大宗師真常真人道行碑銘

翰林學士承旨資善大夫知制誥兼修國史王鶚撰

道教之曰全真，以重陽真人爲祖師，其自甘河仙遇，劉蔣焚庵，行化關東，前后僅十年，而天下翕然宗之，非信道篤而自知明，安能特立章章如是？卒之搜奇訪逸，得高第四人，曰丹陽、曰長真、曰長生、曰長春。四人者，俱能整玄綱，弘聖教，使運數起而道德新，韙矣哉！至於禮聘兩國，聲馳四方，生能無欲，歿能不壞，惟長春師爲然。師救物以仁，度人以慈，澹然無極，而衆美從之，故遊其門者，率聰明特達之士。然傳法嗣教，止於尹清和、李真常二公而已。清和公早慕真風，徧趨法席，濰陽化度，沙漠侍行，爲長春門弟子之冠。其踵師掌教，謙抑不居，竟脫煩勞，優遊以壽終。若夫以清淨養真，以仁恕接物，華實相副，文質兼全，名重望崇，使遠近道俗趨拜堂下，惟恐其后，則吾真常公有之矣。

公諱志常，字浩然，其先洺州永年人，宋季避地濮之范陽，尋又徙開之觀城，因著籍焉。高祖皓、曾祖昌、祖明、父蔓，皆隱德不耀，素爲鄉里所重。明昌癸丑（1193）春正月十有九日，母聶氏夜夢異服一人，授以玉兒，覺而生公。二歲喪父，六歲喪母，養於伯父濟川家。濟川諱蒙，名舉子也。賦義兩科，屢占上遊，雖以四舉終場同進士出身，歉如也。見公穎悟不群，嶄然出頭角，意欲作成，以償平昔之願，而公不喜文飾，雅好恬澹，常默禱高穹，望早逢異師勝友，式副夙心。年十有九，伯將議婚，公聞之嘆曰："本期學道，未涉津涯，若愛欲纏縛，則古人高蹈出塵之事業，難乎有成矣！"同舍兄張本敏之初以嗣續規公，既知牢不可奪，乃各言所志而訣。居無幾，負書曳杖，作雲水之遊，初隱東萊之牢山，復徙天柱山之仙人宮。宮之主者曰湯陰李仙，見公儀觀魁偉，音吐不凡，大加賞異。逮公辭，告之曰：“君玄門大器也，山庵荒僻，非久淹之地。昔祖師所至，異人並出，今獨長春在焉，宜往從之。他時成就，未可量也。”公翌日遂行，至即墨之東山屬。貞祐喪亂，土寇蜂起，山有窟室，可容數百人，寇至則避其中。眾以公後，拒而不納。俄爲寇所獲，問窟所在，捶楚慘毒，絕而復蘇，竟不以告。寇退，窟人者出，環泣而謝之曰：“吾儕小人，數百口之命，懸於公一言，而公能忘不納之怨，以死救之，其過常情遠甚。”爭爲給養，至於康調，迄今父老猶能道之。

歲戊寅（1218）夏六月，聞長春師自登居萊，公促裝往拜席下。師一見器許，待之異常。山東路轉運使田琢器之，高其行，且聞昔在即墨，主帥黃摑副統咨公籌畫，保完一城，以書邀至益都，待以賓禮。己卯（1219）冬十有二月，我朝遣便宜劉相仲祿，齎詔備禮，起長春師于東萊。時益都副帥張林，自金歸宋，叛服靡常，公懼其爲阻滯，乃往說林，俾移檄所經，衛送以行。庚辰（1220）春正月，師始命駕，從行者十有八人，公其一也。二月達燕，明年春二月北上，秋七月至阿不罕山，距漢地幾萬里，并山漢人千家逆師羅拜，以爲希世之遇，咸請立觀，擇人主之。師將行，指公坐上語眾曰：“此子通明中正，學問該洽，今爲汝等留此，其善待之。”因賜公真常子號，額名其觀曰棲霞。師既西邁，公率眾興作，刻日落成，又立長春、玉華二會，至今不輟。癸未（1223）夏五月，師至自行在，憩于其觀。一日齋客四集，師手持一弓弦，不言以授公，公亦不言而受，圈而佩之，仍作詩爲謝，師但笑領而已。蓋阿不罕之留，弓弦之授，識者知其有付屬之意。秋七月從師還，至下水時，殘暑尚熾，師因納涼官舍之門樓宇，呼公而教之曰：“真師不易遇，得道者不易逢，逢之而不易識也。守道之篤，人貌而天，行直寓六骸而淵宗，忘飢渴而常寧，至靜而遺形，獨遊乎無極之妙庭。此語汝當記之，以俟他日自得之耳。”公拜而謝。

自承教之後，益自奮勵，息機體真，敬事循理，歷死生憂患之際，曾不易其所守。師住燕京之日，凡教門公事，必與聞之。丁亥

（1227）秋七月，師既仙去，清和嗣教，以公爲都道錄兼領長春宮事。己丑（1229）秋七月，見上於乾樓輦，時方詔通經之士教太子，公進《易》、《詩》、《書》、《道德》、《孝經》，且具陳大義，上嘉之。冬十一月，得旨方還。庚寅（1230）冬，有誣告處順堂繪事有不應者，清和即日被執，衆皆駭散，公獨請代之曰："清和，宗師也，職在傳道。教門一切，我悉主之，罪則在我，他人無及焉。"使者高其節，特免枷械，鎖之入獄。夜半鎖忽自開，公以語獄吏，吏復鎖之，而復自開。平旦，吏以白有司，適以來使會食，所食肉骨上隱然見師像，其訟遂息。癸巳（1233）夏六月，承詔即燕京，教蒙古貴官之子十有八人，公薦寂照大師馮志亨佐其事，日就月將，而才藝有可稱者。乙未（1235）秋七月，奉詔築道院於和林，委公選高道乘傳以來。雖清和掌教，而朝覲往來必以公，故公爲朝廷所知，而數數得旨，璽書所稱曰"仙孔八合識"，八合識譯語，師也。

戊戌（1238）春正月，清和會四方耆舊，手自爲書付公，俾嗣教。公度不能辭，乃受之。三月，大行臺斷事官忽土虎，奉朝命復加玄門正派嗣法演教真常真人號。夏四月赴闕，以教門事條奏，首及終南山靈虛觀，係重陽祖師煉真開化之地，得旨，賜重陽宮號，命大爲營建。甲辰（1244）春正月，朝命令公於長春宮作普天大醮三千六百分位，及選行業精嚴之士，普賜戒錄。逮戊申（1248）春二月既望，醮始告成，凡七晝夜，祥應不可殫紀。歲辛亥（1251），先帝即位之始年也，欲遵祀典，遍祭嶽瀆。冬十月，遣中使詔公至闕下，上端拱御榻，親緘信香，冥心注想，默禱於祀所者久之，金盒錦旛，皆手授公，選近侍哈力丹爲輔行，仍賜內府白金五千兩以充其費。陛辭之日，錫公金符，及倚付璽書，令掌教如故。公至祭所，設金籙醮三晝夜，承制賜登壇道衆紫衣，暨所屬官吏預醮者，賞賚有差。詢問窮乏，量加賑卹。自恒而岱，岱而衡，衡隸宋境，公嘗奏可於天壇望祀焉。既又合祭四瀆於濟源，終之至於嵩，至於華，皆如恒岱之禮。祀所多有徵應，鴻儒鉅筆，碑以紀之。

壬子（1252）春正月，命駕終南祖庭，恭行祀禮，規度營造，凡山下道院，皆爲一例，以是地係教門根本故也。逮四月既望東歸。癸丑（1253）春正月，奉上命作金籙大齋，給散隨路道士女冠普度戒牒，以公爲印押大宗師。甲寅（1254）春，上又遣使作普天大醮，分位日期，如戊申（1248），而益以附薦海內亡魂，勑公爲大濟度師，出黃金五百兩，白金五千兩，凡龍璧環紐鎮信之物，及沉檀龍麝諸香，并從官給。自發牒至滿散，鸞鶴五雲現於空際者，無虛日。公復念燕境罪徒久幽狴犴，不以湔洗，則無由自新，言之有司，蒙開釋者甚衆。冬十有二月，有旨召公，乙卯（1255）秋七月，見上於行宮。適西域進方物，時太子、諸王就宴，勑公預焉。舍館既定，數召見，咨以治國保民之術。十有二月朔旦，上謂公曰："朕欲天下百姓安生樂業，然與我同此心者，未見其人，何如？"公奏曰："自古聖君有愛民之心，則才德之士必應誠而至"，因歷舉勳賢并用，可成國泰民安之效，上嘉納之，命書諸冊。自午未間入承顧問，及燈乃退。

丙辰（1256）春正月，以老辭。夏四月，至自北庭。五月至晦，總真閣之北簷無故摧壞。六月庚申朔，公倦於接應，謝絕賓客，隱几不言。戊寅，正襟危坐，語左右曰："昨夜境界異常，吾自知卦數已盡，歸其時矣。主管教門，向已奏聞，今誠明張志敬受代，餘無可議者。"翌日，悉以符印法衣付之，乃留頌，順正而化，春秋六十有四。平昔著述多爲人所持去，有《又玄集》二十卷、《西遊記》二卷行於世。公以儒家者流，決意學道，事師謹，與人忠，茹葷飲酒之戒，涓毫不犯。主宮門二十年，凡所營繕，皆公指授，鞏飛櫛比，雄冠一時。四方信施，歲入良多，悉付之常住，一無私積，羽化之日，衣衾杖屨而已。性質直，不能曲意順情，故謗訟屢興，隨即自解，公一不校，復以誠信待之。方其與同舍張君敏之之訣也，各言其志，敏之卒中詞賦高第，而公竟掌道教。長春別幾二紀，敏之以使北見留，隱爲黃冠，公兄事如昔，并其屬給養之。時河南新附，士大夫之留寓於燕者，往往竄名道籍，公委曲招延，飯于齋堂，日數十人。或者壓其煩，公不恤也，其待士之誠類如此。長春道侶不下數百，獨能識誠明於齠稚，教育成就，卒付重任，其知人之明又如此。故能歷事三朝，薦承恩顧，雲軿所至，傾動南北，香火送迎，絡繹不絕。及聞訃音，近者素服長號，若喪考妣，遠者出迓仙靈，爲位以哭，可謂其生也榮，其死也哀矣。

庚申（1260）夏四月，今上嗣登寶位，中統辛酉（1261）秋八月，詔贈真常上德宣教真人號。明年（1262）夏五月既望，予方逃暑不出，誠明子携諸執事踵門來見曰："先師嗣法，有功玄教，今壓世幾七年，不有以追述其美，則門弟子輩俯仰慚怍，殆無了期。惟先生與師鄰鄉縣，熟其爲人，敢以斯文請。"予辭之力，不踰月，凡三見臨，具狀其師之道行，及持虛舟道人李鼎之和所爲傳，并以見示。予觀其行實平美，略無纖芥譎怪之事，乃以予平昔之所見聞，并爲次第其先後而銘之。銘曰：

　　道之爲教，基於老氏，不肆不耀，知足知止。性而身之，
全真則是，質而文之，真常乃爾。粵惟真常，系出仙李，
重陽裔孫，長春嫡子。笑授弓弦，傳法微旨，留建棲霞，
嗣教伊始。言必成章，動必循理，誠以待士，廉以律己。
萬口推尊，三朝付倚，善始令終，榮生哀死。蒼蒼五華，
涓涓一水，窈兮窆穸，閟我冠履。付畀得人，追書遺美，
有狀斯述，有傳斯紀，仙靈雖昇，仙聞不已，我銘以辭，
無愧焉耳。

（《甘水仙緣錄》卷 3，《正統道藏》第 19 冊，頁 744—747，文物出版社，上海書店，天津古籍出版社 1988 年聯合出版；又見陳垣編纂：《道家金石略》，頁 578—580，文物出版社 1988 年版）

李公志常

李公志常，字浩然，開之觀城人。母夜夢異人授以玉兒，覺而生。二歲喪父，六歲喪母，養於伯父濟川家。年十九，伯將議婚，公歎曰："本期學道，若愛欲纏縛，事難有成矣。"同舍兄張本敏之以嗣續規公，公志不奪。居無幾，作雲水之遊。湯陰李仙告以長春尚在，公往從之。至即墨之東山屬，貞祐喪亂，有衆數百人避寇山窟中，以公後至拒不納，俄爲寇所獲。問窟何在，捶楚慘毒，絕而復蘇，竟不以告。寇退窟，衆環泣謝之，爭爲給養。戊寅（1218）夏，拜長春師於萊，師一見

器許。

己卯（1219）冬，劉仲祿齎詔起師，時益都張林自金歸宋，公懼爲阻滯，乃往說林，俾移檄所經，衛送以行。庚寅（应作“庚辰”，1220）春，公從師行，踰年七月至阿不罕山，並山漢人千家請立觀，擇主者，師指公語衆曰：“此子通明博洽，今爲汝等留，其善待之。”因賜公真常子號。師既西邁，公率衆興作觀，刻日立成，又立長春、玉華二會。癸未（1223）夏，師至自行在，憩於觀中。一日齋客四集，手持弓弦授公，公圈而佩之，作詩爲謝，師但笑頷而已。秋從師還至下水，師字公而教之曰：“守道之篤，人貌而天，行直寓六骸而淵宗，忘飢渴而常寧，至靜而遺形，獨遊乎無極之庭，汝當記之。”公拜謝。丁亥（1227）秋，師既仙去，清和嗣教，以公爲都道錄。

己丑（1229）秋，見上於乾樓輦。時方詔通經之士教太子，公進《易》、《詩》、《書》、《道德》、《孝經》，且具陳大義，上嘉之，及冬得旨方還。庚寅（1230）冬，有誣告處順堂繪事不應者，清和被執，衆駭散，公獨請代之曰：“罪則在我。”使者鎖之獄，夜半鎖忽自開，獄吏以白。適來使會食，所食肉骨上隱然見長春師像，訟遂息。乙未（1235）秋，奉詔築道院於和林，清和委公朝覲往來，故公爲朝廷所知。璽書稱曰仙孔八合識，八合識，譯語師也。戊戌（1238）春，嗣清和掌教事，朝命加玄門正派，嗣法演教真常真人。

辛亥（1251），憲宗即位，欲遵祀典徧祭嶽瀆，遣中使詔公至闕下，上親緘信香，手授公，選近侍哈力丹爲輔行，自恆而岱，岱而衡，衡隸宋境，公奏於天壇望祀既合，祭四瀆於濟源，終之至於嵩，至於華，祀所多有徵應。甲寅（1254）冬有旨召公，乙卯（1255）秋見上於行宮，適西域進方物，時太子、諸王就宴，勑公預焉，數召見咨以治國保民之術。上嘗謂公曰：“朕欲百姓安樂，然與我同此心者未見其人。”公奏曰：“自古聖君有愛民之心，則才德之士必應誠而至，因歷舉勛賢並用，可致太平之效。”上嘉納，命書諸冊。丙辰春，以老辭。夏四月至自北庭，六月戊寅危坐，語左右曰：“吾卦數盡，歸其時矣。”翌日留頌，順正而化，春秋六十四。著《有玄集》二十卷，《西遊記》二卷。

　　方公與张敏之訣，各言其志，敏之卒中高第，以使北見，留隐爲黄冠，公兄事如昔，并其屬給养之。時河南新附士夫之流寓於燕者往往竄名道籍，公委屈招延，飯於齊堂者，日数千人。或厭其煩，公不恤也，其待士之诚類如此。元王鶚《大宗師真常真人道行碑》，此碑見《甘水仙源錄》。《元史》："王鶚，字百一，金正大元年（1224 年）進士第一甲第一人，世祖授翰林學士承旨，奏請修遼、金二史，著有《應物集》。"碑文内稱："己丑秋見上于乾楼輦"。考《元史·太宗紀》："元年己丑八月，諸王、百官大會於怯绿連河曲雕阿蘭之地，以太祖遺詔即皇帝位於库鏤烏阿刺里。"志常蓋太宗初立入覲也，怯绿連河，元《秘史》作客鲁連河，即今克鲁倫河。《元史》曲雕阿蘭地在河之上源，後名和林，又《元史·憲宗紀》："元年辛亥，以道士李志常掌教事。"文云："戊戌嗣清和掌教事"者，蓋嗣教在戊戌，而奉詔掌教則在辛亥也。文又云："憲宗即位，詔公徧祭嶽瀆。"此事《元史》不載，考《祭祀志》云："岳鎮海瀆代祀，中統初，遣道士或副以漢官。"蓋憲宗命志常掌教西遣之也。

　　（《長春道教源流》卷 4《長春弟子紀略上》，《藏外道書》第 31 冊，頁 67—68，巴蜀書社 1994 年版）

5. 清貧道人夏志誠

無爲抱道素德真人夏公道行碑記

紫微野人姬志真撰

　　公姓夏，諱志誠，號清貧道人，濟南章丘人。世本農家，以積善稱於鄉里，非義不爲，歷祖宗未嘗有及公訟之門者，蓋以分守傳家焉。父珍，有三子，公其長也，生而簡静，體貌魁偉，賦性敦厚，希言笑，自髫齔便有方外之志。甫弱冠，不願有室，常以生死性命事爲虞。俟二弟成人，俱爲之婚姻，教以奉養二嚴，自求出，家人初不之許。泰和改元（1201），公固辭，父母亦知不能奪其志，從之。

　　徑詣棲霞太虛觀，師禮長春宗師，糸求玄理，遂親炙左右得一善則服膺，朝夕不替。公不讀世間書，然進修道德之語，日記千言，恒若不識不知者，但躬勤庶務而已，蓋行衆人之所難爲也。貞祐中，四夷雲擾，有大寇據海州，州之道衆無計可出，宗師命公往救之，即不辭而去。既至，方便援引，獲免者甚衆，觀其從命專直，雖經虎兕甲兵而無所避忌，蓋敬信之心致一也。

己卯（1219），國朝遣使召宗師，公亦從，北行居延沙漠，迢遞數萬里，衆有倦行役者，公以己乘之騎付之，而自徒步，蓋苦己利他之行如此也。及行在，居無幾，復從宗師還燕，肇闢玄門，真風大振，遠近炷香糸謁者如市。公有所得珍玩財賄，雖過目不問其所以，人求則與之而無悋。宗師以公愿愨，命主玉虛觀事，不數歲還宮，曳杖拂袖而來，囊橐俱棄，蓋不以物介意也。復命主白雲觀事，公率衆勉力皆服其德。丁亥（1227）秋七月，宗師壓世，繼而清和主盟玄教。壬辰（1232）以公提點長春宮事。雜處稠人，未嘗有尊大之心，無問則終日不語，有問則怡然而應，惟勸人行道而已。其在紛紜嘈雜中，不擇乞兒皂隸，及門弟之末行者，雖狂童對坐，爾汝談笑，與貴戚大人不分等類，蓋其心無彼此也。

壬寅（1242）秋，領宮事已十餘年，以老乞閑，衆猶戀之不已，固辭方免。雖退居閑處，云爲普請，則以身先之，蓋忘我之至也。在宗師左右，始終恒若一日，其事上之心，無時少替。常危坐終日，介然如石，雖對喧悖淆混，若無聞見，如土木偶。其不識者目以為愚，或叩以方外先天之說，歷歷皆明其要，而未之嘗言，蓋涵養深厚，攖而能寧者也。詳夫莅事則專，行身則真，視財則疎，處衆則寬，奉上則敬，接人則誠，一皆出於道德之純正。戊申（1248），掌教真常真人以恩例，授無爲抱道素德清虛大師，兼賜金冠、錦服。公乙卯（1255）年八月初六日化，享年八十三。門人奉其衣冠葬于五華之仙塋，禮也。辛酉（1261），王庭嘉其德，遣使持旨，追贈今號。

予嘗試論之，昔田子方之師曰東郭順子，其為人也真，人貌而天，虛緣而葆真，清而容物，物無道正容以悟之，使人之意也消，而田子方未嘗譽之，以其德之難言也。素德真人若東郭之爲人，何如是之同也？原自弱冠，以迄於終身，步趨玄域，而無一毫利欲之私，至於以身率物，未嘗詰責傷割於彼，其專心致志，内不失己，外不失物，往來塵境幻化之間而無礙。所謂人貌而天，清而容物者宜矣。至論公行無妄跡，言無愧辭，手橈指顧無不任真，語默作止，無不從實，此皆以跡求之而已。其在玄門六十餘年，有所密受於真師者，未易以示人，所謂聖智造迷鬼神莫測之事，將與天地相終始矣，是豈與人所得而輕議哉？後之人聞公清靜真實平澹之風，勉而效之，未有放其心而不復者，久而肖焉，與道幾矣。中統閼逢困敦，姑洗既望，謹齋沐頓首，勉爲誌云。

（《甘水仙源錄》卷 5，《正統道藏》第 19 冊，頁 763—764，文物出版社，上海書店，天津古籍出版社 1988 年聯合版；又載陳垣編纂：《道家金石略》，頁 570—571，文物出版社 1988 年版）

夏公志誠

　　夏公志誠，號清貧道人，濟南章丘人。父珍，有三子，公其長也。甫弱冠，不願有室。俟二弟婚，即求出家。泰初改元，詣棲霞觀，禮長春宗師，參求玄理。貞祐中，大寇據海州，州之道衆無計可出。宗師命公往，不辭而去。方便援引，獲免者衆。己卯（1219），從宗師北行居延沙漠數萬里，有倦行役者，舍騎付之而自徒步。及清和主教，以公提點長春宮事。在紛紜中，不擇乞兒皂隸，爾汝談笑，與貴戚大人等，或危坐終日如土木。偶有叩以方外先天之說，歷歷皆明其要，其人貌而天，時方之東郭順子。乙卯（1255）八月化，年八十三。元姬志真《夏公道行碑》，此碑見《甘水仙源錄》，姬志真詳後。

（《長春道教源流》卷 4《丘長春弟子紀略上》，《藏外道書》第 31 冊，頁 64，巴蜀書社 1994 年）

6. 清虛大師宋德方

披雲真人

夷山天樂道人李道謙

師姓宋，諱德方，字廣道，萊州掖城人。先世以積善見稱。其初生之夕，里人見其家祥光照徹比日，即大定癸卯（1183）歲八月一日也，時人遂異之。僅能言便好讀書，不為童榠嬉戲事，穎悟强記，識者謂是夙性薰習。故在年十二問其母曰："人有死，可得免乎？"母曰："汝問神仙劉真人去。"時長生劉宗師闡教於武官，於是師明日徑往。長生一見，愛其骨格清秀，音吐不凡，留侍几杖。因於灑掃應對之間，就憤悱鬱積之地，投以正法，而啓發之。師既得指授，朝夕充養，未始少息。後得度於玉陽，占道士籍。迨長生仙去，事長春宗師於棲霞。儒經道典，如《易》、《老》、《中庸》、《大學》、《莊》、《列》等書，尤所酷好。外雖詩、書、子、史，亦罔不涉獵。於中采其窮理盡性之學，涵泳踐履，潛通默識，光明洞達，動與之會，其日新之美，固已不可掩矣。

庚辰（1220）春正月，大元太祖聖武皇帝遣近侍劉仲祿起長春於東海之濱，選其可與侍行者一十八人，師其一也。徂復三載，還燕住長春宮。是時從長春之衆，皆躬勤勞。師獨泰然以琴書自娛，有評之於長春者，長春拒之曰："汝等勿呶呶斯人，已後扶宗翊教之事業，汝等皆不可及。"長春亦嘗私謂師曰："汝緣當在西南。"師因語及道經泯滅，宜為恢復之事，長春曰："茲事體甚大，我則不暇兼，冥冥中自有主之者，他日爾當任之。"仍授以披雲子號。及長春羽化，清和嗣典教事。令師提點教門，一舉一動無偏私，而有規制，內外道流，莫不心服。

癸巳（1233），大丞相胡天祿時行臺河東，請主醮事。甲午（1234）遊太原西山，得古昊天觀故址，有二石洞，皆道像儼存，壁間有宋童二字。師修葺三年，殿閣崢嶸，金碧丹腹，如鼇頭突出，一洞天也。丁酉（1237）復主平陽醮事，因於玄都觀，思及長春向日堂下燕間之際有曰，藏經大事，我則不暇，他日汝其任之，

又曰汝緣當在西南之語，乃私自念云："吾師長春君以神化天運之
力，發而爲前知之妙，凡有言之於其先，莫不驗之於其後，謂緣在
西南之語，我已安而踐之矣，何獨至於藏經而疑焉。"遂與門下講
師通真子秦志安等謀爲鋟木流布之計，丞相胡公聞而悅之，傾白金
千兩以爲剏始之費，即授之通真子，令於平陽玄都觀總其事。至事
成之日，曾不愆于素，故翰林學士李冶所作碑文，從倡始而至畢，
手靡不備錄，讀之見其補完亡缺、搜羅遺逸，而海內數萬里皆經親
歷之地。使他人處之，縱不爲煩冗所困，則必厭其勞矣。師猶假餘
力，即萊州神山開九陽洞，及建立宮觀，自燕至秦晉几四十餘區。

辛丑（1241）春正月，會葬重陽祖師於終南。癸卯（1243）自
甘棠來永樂鎮，拜謁於純陽祠下，見其荒蕪狹隘，師乃招集道衆住
持。後雖掌教真常李君奏請朝命大行興建者，師實爲之張本。甲辰
（1244）春，來終南祖庭，應皇子闊端大王醮事，醮竟，例賜玄都
至道真人號。是時藏經勝緣俱已斷手，即閑居於雪堂，日與耆年宿
德相會談道。至丁未（1247）冬十月十有一日，沐浴更衣，示微疾
而逝於所居之待鶴亭，春秋六十有五。越七日葬於宮之仙蛻園。平
生所作詩文目曰《樂全》前後二集行于世。戊申（1248）冬門人遷
仙柩於河東永樂鎮純陽宮葬之，建祠立碑，以事香火。

至元庚午（1270）歲春三月，聖旨追贈玄通弘教披雲真人號。

（《終南山仙真祖庭內傳》卷中，《正統道藏》第 19 冊，頁 539—
540，文物出版社，上海書店，天津古籍出版社 1988 年聯合出版）

玄都至道披雲真人宋天師祠堂碑銘並引

門人前進士盧州野人太原李鼎撰
門下小師保安逸人周志通、周志全書丹篆額
門人李志□、男李顏、次男李耶鐫

大車以載積中不敗也，此大有九二爻之象也。剛健篤實，輝光
日新，此大畜一卦之德也。何其任之重守之確乎。蓋吾所養者既

正，而推之於外省，塞乎天地，橫乎四海，為不難也。在吾玄門中，克當二卦之美者，惟披雲真人歟？故欒城李敬齋仁卿作玄都寶藏碑文有曰："以兩手匠九天之書，以一躬續千聖之業，以五載建萬世之利。"又曰："補闕天於壞劫，重斡璇璣，捧慧日於虞淵，再臨海鏡。"真人真事，本傳具載，略觀其十之一二，知其言為不妄也。

真人姓宋，諱德方，字廣道，披雲其號也。萊州掖城人。先世以積善見稱。其初生之夕，里人見其家祥光照徹，皆疑其有火，問之，始知其生子也，遂異之。僅能言，便好讀書，不為童稚嬉戲事，穎悟強記，識者謂是夙性熏習故。年十二，問其母曰："人有死否？"母曰："有。"又問："何以得免？"母曰："汝詣武官問劉師父去。"時長生真人闡教于武官，於是明日徑往。長生一見，愛其骨格清秀，音吐不凡，留侍几杖。因於灑掃應對進退之間，就憤悱鬱積之地，投以正法而啓發之。真人得法，朝夕充養修進，未始少息。後得度于玉陽，占道士籍。長生仙去，事長春國師於棲霞。儒道經書，如《春秋》、《易》、《中庸》、《大學》、《莊》、《列》等，尤所酷好。外雖詩書子史，亦罔不涉獵。於中采其性命之學尤精粹中正者，涵泳履踐，潛通默識，光明洞達，動與之會，其日新之□，固已不可掩矣。

庚辰（1220），大朝便宜劉公起致國師於東海之濱，選其可與北行者得一十八人，真人其一也。扈帳殿者三年，還燕住長春宮。是時從師之眾皆躬塵勞。真人獨泰然以琴書自娛，有訴之師者，輒拒之曰："汝等勿言，斯人以後塵勞不小去也。"嘗私謂真人曰："汝緣當在西南。"又嘗議及道經泯滅，宜為恢復之事，師曰："茲事體甚大，我則不暇，兼冥中自有主之者。他日爾當任之。"及長春之居燕也，令提點教門事，一舉一動，無偏私而有規制，內外道俗，莫不心服。壬辰（1232），大行臺外郎崞州王純甫，癸巳（1233），大丞相平陽胡公各請主醮事。甲午（1234）遊太原西山，得古昊天觀故址，有二石洞，皆道家像。壁間有宋全二字，修葺三年，殿閣崢嶸，金朱丹腹，如鼇頭突出一洞天也。

丁酉（1237），復往平陽主醮事，因於長春觀思及國師數年前宮中之語，乃私自念云："吾師長春以神化天運之力，發而為前知之妙，凡有言之於其先，莫不驗之於其後。謂緣在西南之一語，我已安而踐之矣，何獨至於藏經而疑焉。"遂與門人通真子秦志安等謀為鋟木流布之計。胡相君聞而悅之，飲白金以兩計一千五百。真人乃探道奧以定規模，稽天運以設方略，握真機以洞幽顯，秉獨斷以齊眾慮，審人材以敘任使，約□程以限歲月，量費用以謹經度，權輕重以立質要。茲所素既定，即受之秦通真，令于平陽長春總其事。至事成之日，曾不愆於秦。若夫三洞三十六部之零章，四輔一十二義之奧典，仁卿藏經碑文，□真人參校政和、明昌目錄之始，至工墨裝褙之畢手，其於規度旋幹，靡不編錄，讀之一過，見其間補完亡缺，搜羅遺逸，直至七千卷焉。況二十七局之經營，百二十藏之安置，或屢奉朝旨，或借力權貴，而海內數萬里皆經親歷之地，使他人處之，縱不為煩冗所困，則必厭其勤矣。真人猶假餘力，建立宮觀，自燕齊及秦晉，接漢沔，星分棋布，凡百餘區。非蕭然遊心於理事無礙之地者，能之乎？庖丁之刀，十九年解數千牛，自謂若新發於硎。北宮奢之賦斂，三月而成上下之縣，自謂毫毛不挫，是皆得其道歟？由是論之，真人之所養可知已。復恐學者乍見玄經廣大，不知有一貫之實，或致望洋之歎，故每藏立一知道之士主師席，令講演經中所載聖賢之所以為聖賢之事，庶使一一就博學詳說之中，得反說約之妙，得悟同然之理。於中或有推而廣之，廓聖人有教無類之妙用，無問在玄門不在玄門，但虛己而來聽者，以己之天，印彼之天，天天想印，莫之能止。內外上下，流通混合，其益於天下後世，可勝計耶？

庚子（1240）自甘棠來永樂，拜謁于純陽祠下，見其荒殘狹隘，無人葺之，遂召諸道侶而謂之曰："茲中條之南，洪流之北，名山大川，陽明交會之地。氣盛必變，實在純陽呂祖，是氣流行，曾不間斷，他日亦當有繼而出者。予年運而往，將以其宮易祠，不惟光大純陽之遺跡，抑亦為後來繼出者張本耳，汝輩其勉之哉！"尋即元帥張忠暨先住持人王志瑞、韓志沖、雷志和、楊志□等，將祠堂并地基盡具狀以獻，都統張興又施水地三十畝，眾人又施磨棄一區。真人乃運智於精微之間，斟酌事勢。復擇其可任用者令住持之，謀行興建事。甲辰（1244）再來，天理人為，鶴鳴子和，自相感召，致伊趨事勸功者若雷志養、梁德用、李志瑞、白志明、郭志儀、董志宜、劉志安輩數十人，奔奏疏附，唯恐其後。乃指授節次，使之漸進。遂歷懷沁，達平陽，往太原，返終南重陽宮，集衆於待鶴亭，沐浴易衣，留頌歸於真宅。其頌收在《樂全集》中，今見行於世，不必再舉。春秋六十有五，時丁未（1247）冬十月十一日也。越七日，葬之宮後。葬之日，彩雲橫覆其上，異香襲人，兩者衝融紛鬱，瘞畢方散。甲寅（1254）十月十六日，改葬於此。其改葬之由，蓋戊申（1248）秋，通玄張公奉朝命以遷之也。且真人之德在玄門，如召伯之於周人。夫周人之思召伯，尚愛其甘棠，豈玄門之人思真人，不愛其靈骨乎？其洪河南北，皆願得而時祭之，非偽為也。當靈樞之北行，既道於蒲，又道於絳，抵平陽乃改轅而東。其郊迎路祭之際，自京兆達於河東等處數千里之內，皆向已爭挽，日不半舍。及別出古萬戶下宣差賈侯、參謀知事楊郭輩，乘騎而往逆之，長驅而南，至此莫有敢阻滯之者。非惟勢力之不侔，亦無聲無臭之中有運之者存焉耳。是後萬戶遣使劉公往稟於清和、真常二大宗師。清和尹公乃言曰：“披雲宋公，人貌而天者，凡舉事必本天意，未嘗敢有我於其間，故所動皆得不勞而成。然嘗與我言其所遊，甚愛永樂。今雖化，其不化者良在也。”茲以委蛻，如以道人分上論，螻蟻鳥鳶，無有不可，以人情觀，今乃如此，似彼門人中有知公之深者，益慾成其生前之本志爾。人之所慾，天必從之。天意既從之矣，我輩可不從與？仍以藏經板歸之。由是真常李公命楨干畚鍤、木植工役，百色具舉，寧神有室，安措有地。吉兆省日，宣差河解、都總管徐君夫人劉氏、宣差諸軍總管萬戶札忽觰施小麥千斛以充賻襚，解州鹽大使閭公助石槨，葬地乃里人高千所施，沁州長官杜侯暨夫人王氏，輸己資買鄰人物以□之，佽以白金三百兩以周不給，並畫天師殿壁。至於妝塑廟貌，裨補闕乏，衛護強梗，開導壅塞，皆出萬戶並宣差賈侯等，盡誠而為之也。真常復委河東兩路教門提點沖和大師潘公主其事。其襄事之日，四方來會藏，觀之者至有迻國偏陷之嘆。

先於辛亥（1251）歲，奉旨贈披雲天師之號。今年春，門人藏經提點李志烈、楊志素、太原玄都宮提點宋志勤三人，不遠千里而來，令予作銘，將刻石以傳。予謂真人之名，上至王公大人，下至山野隱逸，無不聞之者，至於面其識者，亦十八九，其所養又發為如彼之事業，其門人亦數千餘，且不論如秦通真者，讀元遺山所作墓碣銘，其為人可知已，請為弟子，以至終身。況衝氣周流，金漿玉醴，以千歲之後飛升自期者，亦或有於其間。道言凡能安置三洞經文者，天降一十二瑞，地發二十四應。真人之玄襤洋溢，波及後世，將見斯人輩繼繼而出，如川之方至。則是傳不朽者，固不止一虛名而已，何待予銘？《春秋左傳》："成公二年，宋文公卒，用厚葬。君子罪華元、樂舉，謂棄君於惡。恒十七年八月癸巳，葬蔡桓侯。"《春秋》雖伯子男葬皆稱公，蔡桓何獨降一等而稱侯，啖助謂蔡季賢知而請之也。胡文定公因極論孔、曾死生處正之禮，至謂人子不以非所得加之於父為孝，人臣不以非所得加之於君為忠。又謂極其尊而稱之，不正之大者。弟子於師，實同君父，葬之厚薄，非出於己，其譏既已免矣。

今令予作銘，敢問何以為辭得免世譏？三人同辭而對曰："茲方內之士束於教者之說也。予方外之人，則異於是。子列子之於壺丘子林，田子方之於東郭順子，稱師之語，皆載之書。其精粹古淡之味，使人口之而不厭，微妙玄絕之理，使人心之而有所得。方內之士如宰予、子貢、有若，亦有是說，況其下者乎！苟不至阿其所好，何不正之有？"予瀟然有省於心，曰："有是哉！"雖然，予先師真人今棄予而往矣，其感而遂通天下之故者，與予未始少別也，故予作銘與引，皆取布在眾人之耳目者而實之，庶幾不累真人平昔之所養云爾。屬之以銘曰：

乾坤陰陽，迭用柔剛，正之為用，兩間主張，阿衡得之而相湯，仁傑得之而復唐。吾師披雲，應變無方，其仁然顯，其用則藏。補玄天於壞劫，宣慧日之重光。遍觀三洞，使人激昂，期衰世之薄俗，復太古之鴻荒。至於皇極羲經之奧旨，亦借力於發揚。見之於外者，亦既如是，養之於內者，豈易量也哉！山插空而蒼蒼，河接海而茫茫，樹碑其間，氣勢欲與之頡頏。山有時而劫在，海有時而成桑，惟予真人，其壽雖死而不亡。其道則闇然而日彰，其名又地久天長。非天下之至正，其孰能當？

大朝中統三年六月初六日，宣授絳州節使兼征行千戶懸帶御前金牌劉珍、宣授絳州管民長官靳麟、宣差禎州太守赤盞德安夫人劉妙善、宣差岳瀆行香使臣特授宣應普濟真人劉志真、本路道判刑志墅、衆門人等立石；

宣差陝虢長官河南府路漢軍千戶趙英、太夫人張氏、婿陝州鹽大使盧、夫人趙氏；

宣差河中府知府事功德主陳百福；

宣授河解山東管民總管萬戶功德主徐德祿夫人劉氏、司氏；

宣差平陽總府次三官長男徐清、權萬戶次男徐威、宣差征行頭千戶次男徐澄、使臣次男徐澤、小男徐潤；

宣授河解山東都達魯花赤懸御前虎符都功德主忽押忽思；

宣授蒙古、漢軍征行萬戶都功德主別出古、男萬戶札剌歹、娘子孛魯罕阿黑答赤、蒙古征行千戶拔都魯昔剌乃、娘子吳積善；

宣差權萬戶賈道信、娘子馬妙珍、征行百戶扎撒官人。

（陳垣編纂：《道家金石略》，頁 546—549，文物出版社 1988 年版）

宋師德方

宋師德方，字廣道，號披雲子，萊州掖城人。生僅能言便好讀書。年十二，問其母曰："人有死，可得免乎？"母曰："汝問神仙劉真人去。"時劉長生闡教武官。師即往見長生，留侍几杖。及長生仙去，事長春於棲霞。師於《易》、《老》、《中庸》、《大學》、《莊》、《列》尤所酷好。即詩、書、子、史亦采其窮理盡性之學。庚辰（1220）侍長春西遊。度野狐嶺，指戰場白骨曰："我歸當薦以金籙，此亦余北行一段因緣耳。"及歸，同太君尹千億醮於德興之龍陽觀。前數日稍寒，醮二夜三日乃如春。既還燕，長春私謂師曰："汝緣在西南。"師因及恢復道經事。長春曰："茲事體大，他日爾當任之。"仍授以今號。甲午（1234）遊太原西山，得古昊天觀故址，有二石洞，皆道像，壁間有"宋童"二字。師修葺三年，成一洞天。既私自念云："吾師長春凡有言於先，必驗於後，緣在西南。我已踐之矣。何獨於藏經而疑焉?"遂與門下講師<u>秦志安</u>謀爲鋟布。丞相<u>胡天祿</u>聞而悅之,傾白金千兩為鋟始費。即授之<u>志安</u>,令於<u>平陽玄都觀</u>總其事。補完亡缺,搜羅遺逸,不厭其勞,事成之日,不愆于素。甲辰(1244)春往<u>終南祖庭</u>應皇子<u>闊端</u>大王醮事,醮竟賜號<u>玄都至道真人</u>。丁未(1247)十月,沐浴更衣,示微疾而逝。所作詩文目曰《樂全》前後二集。《祖庭內傳》參《西遊記》《寰宇訪碑錄》藏有<u>大德</u>四年(1300)<u>朱蓳</u>撰《通仙觀披雲真人道行碑》云在<u>山東披縣</u>,拓本未見。文內所稱<u>野狐嶺</u>在今<u>萬全縣</u>北三十里。《元史·太祖紀》:"六年(1211)自將南伐,敗<u>金</u>將<u>定薛</u>於<u>野狐嶺</u>。"《元史類編》:"<u>太祖</u>師次<u>野狐嶺</u>,<u>金</u>將<u>紇石烈</u>、<u>完顏九斤</u>等率兵號四十萬來援,大敗之師,其事<u>德方</u>度<u>野狐嶺</u>時相去已十年,時白骨猶未收也。"<u>胡天祿</u>當<u>太宗</u>時丞相,《元史》無傳。《宰相表》自<u>中統</u>起,亦未列名。<u>闊端</u>大王,據《元史·宗室世系表》係<u>太宗</u>次子。

(《長春道教源流》卷 4《丘長春弟子紀略上》,《藏外道書》第 31 冊,頁 64,巴蜀書社 1994 年)

7. 沖虛大師于志可

沖虛大師公墓碣銘

太原李鼎撰

師姓<u>于</u>,名<u>志可</u>,字<u>顯道</u>,<u>沖虛</u>其號也,<u>寧海</u>人,<u>漢</u>高門<u>于</u>公之後。父諱<u>江</u>,子六人,師其幼也。雅好淡淨,齠齔有出塵之志。<u>承安</u>初,<u>長生劉真人</u>以道接人於<u>武官</u>,師聞之往焉。於顧盼之間似有所契。雖爲父兄約制,不得即從之長往,而默相感召之機已動,而不能自止矣。年甫十九,乃決意往事之席下。居無幾,<u>長生</u>歸真,遂求法於<u>長春</u>宗師。宗師知其為受道器,乃授之。師既得法,因服炊爨之役十餘年,期報厚德,時亦以嚴潔見稱。後從宗師應詔,回處<u>燕京大長春宮</u>。宗師仙去,<u>清和真人</u>嗣教,乃命提點本宮事六年,常住物業,有增益而無廢壞,上下恊穆,內外寧謐,如空冥中有扶持之者。後以老得閑。

至乙卯(1255)春二月庚午朏,越五日甲戌,託以微疾,斂息曲肱,安然順化於<u>白雲觀</u>寢室中,葬之<u>五華</u>之<u>眾仙塋</u>,春秋七十有一。眾耆宿相與言曰：“此老自宗師仙去之後，受清和、真常二大宗師托以提點宮門事，如彼其久，當時常日用度，或出或納，物之充溢流轉於前者，可勝計耶？”及茲小歉之際，一衲一袍之外無長物，可稱者一也。又從在道門以來，五十餘年，衣不解帶，脅不沾席，可稱者二也。其臨化之時，門人問及喪葬安措事，乃拒之曰：“吾將往矣，清濁各有所歸，茲一聚塵，沉焚露瘞，無所不可，又何足問，任爾所為。”可稱者三也。至如其餘，於語默動靜之間，謙柔誠敬之德，日積月累，見之於所行者多矣，不必遍舉。姑以茲三事占之，明見善守其傳之於師者，精確純正而外物不能溷也。乃暨門弟子眾人等，謀為不朽計，狀其師平昔所行之大槩，請文於予，將刻之石。予亦重師之有道，乃因其實而編次之，屬之以銘曰：

萬善之美，藏之於誠，何以占之，觀其所行。五十餘年，脅不沾席，胡不少轉，我心匪石。財貨泉如，人事絲如，胡不少溷，我心本虛。曲肱歇息，不昧所得，今果何存，溪聲山色。假者見假，真者見真，吾玄門中，偉哉若人。耆宿門弟，謀不朽計，刻此銘辭，昭示後世。

（《甘水仙源錄》卷5，《正統道藏》第19冊，頁764—765，文物出版社，上海書店，天津古籍出版社1988年聯合版；又見陳垣編纂：《道家金石略》，頁552—553，文物出版社1988年版）

于師志可

于師志可，字顯道，沖虛其號也，寧海人，承安初事劉長生於武宜。長生歸真，遂求法於長春。長春知其為道器，授之法。後從長春應詔，回處燕京大長春宮。乙卯（1255）二月順化於白雲觀寢室中，春秋七十一。化後眾耆宿相與言曰：“此老可稱者三。自長春宗師仙去，受清和、真常託以提點宮門事，出納流轉不可勝計。及小歉，一衲一袍外無長物，一也。從學道以來，五十餘年，衣不解帶，脅不沾席，二也。臨化之時，門人問及喪葬事，拒之曰：‘吾將往矣，清濁各有所歸，此一聚塵，沉焚露瘞，無所不可。’三也。”時以為善守師傅云。元李鼎《沖虛大師于公墓銘》，此銘見《甘水仙源錄》。李鼎未詳。

（《長春道教源流》卷4《丘長春弟子紀略上》，《藏外道書》第31册，頁67，巴蜀書社1994年）

8. 崇道大師張志素

應緣扶教崇道張尊師道行碑

承事郎太常博士應奉翰林文字孟祺撰

廣哉道之為用，巨無不包，細無不入，後玄元之跡千八百年，黃其冠，鶴其氅，以五千言為宗者，不可勝紀。而全真之教，獨能大振玄風，會衆流而為一，夷考其行，豈無所本而然哉。當乾坤板蕩之際，長春老仙徵自海濱，首以好生惡殺為請，一言之功，既足以感九重而風四海。又侍從之士十有八人，皆英偉宏達道行純備，或心膂之，或羽翼之，欲玄風之不振，衆流之不一，不可得矣。故應緣扶教崇道大宗師，十八人之一也。

宗師姓張氏，諱志素，號谷神子，睢陽人。震肅之際，母夢衣冠丈人以芝見授，明日誕師。及長，風儀秀整，遇異人飲之以酒，襟靈頓悟，有瀟灑出塵之想，遂拉同志謁長春真人於東萊。長春嚼齒大罵，漫不加省，二三子大懼，皆逡巡遁去，師留請益恭。長春噱然笑曰：“孺子可教。”遂以備庖爨之列。始於侍海嶠之遊，赴龍庭之召，迄於環西域之轍，稅燕城之駕，艱關數萬里，首尾四十年，周旋供養，未嘗失長春旨意，暫違几杖，輒有如失一手之喻。長春羽化，清和、真常二真人嗣教，師一居提點之位，一錄中都路道教事，衆務鱗集，他人若不可措手，師處之常有餘裕。既而應北諸侯之聘，演教白霫，門徒琳宇，燦然改一方之觀。時譙郡玄元祖庭，久廢於兵，僉以興復為難，誠明真人念獨師可辦，尺書加幣，改白霫之轅而南之。居十餘年，殿堂廊廡合百餘楹，彩碧一新，郡上其事，有詔特加擁衛，仍錫今宗師之號。

至元五年（1269）十二月，屢有光自頂出，氤氳徹於空際。一日，語其徒曰：“長春有閬風之召。”遂沐浴具衣冠而逝，壽八十有一。嗚呼，異哉！師有才略幹局，遇事必成，文章技術，靡不兼善，故訃傳之日，咸有道林憔悴之嘆。雖然，此奚足以知師。蓋大方之家，以心為死灰，以形為槁木，黜聰明，去健羨，至於嗒焉隱几，不知有己而後已。師至人也，豈獨異夫是哉。但真光內映，心與天遊，物交於前，一與之淵默，一與之波流，發於外者不得不為賢智事業，輿人蚩蚩語其渺冥恍惚之妙，不可得而致詰，特以土苴見稱耳。觀谷神子者，能以此言求之，庶乎其不繆矣！一日，住持太清宮提點李志秘，狀師生平，用道教提點劉公之命，以紀述為請。義不可讓，遂約其所說而書之。至元九年（1272）春謹記。

（《甘水仙源錄》卷4，《正統道藏》第19冊，頁757—758，文物出版社，上海書店，天津古籍出版社1988年聯合版；又見陳垣編纂：《道家金石略》，頁603，文物出版社1988年版）

張師志素

張師志素，號谷神子，睢陽人。母夢衣冠丈人以芝見授，明日誕。及長，拉同志謁長春真人於東萊。長春嚼齒大罵，二三子懼，逡巡遁去，師留請益恭，長春嘿然曰孺子可教，遂以備庖犧之列。師侍長春四十年，間關數萬里，未嘗失旨意。長春化后，應北諸侯之聘，演教白霫，門徒宮宇燦然改觀。至元五年（1268）冬，屢有光自頂出，氤氳徹空。一日語其徒曰：“長春有閬風之召。”遂沐浴具衣冠而逝，壽八十有一。元孟祺《應錄扶教崇道張尊師道行碑》，此碑見《甘水仙源錄》。《元史》：“孟祺，字德卿，宿州符離人。早知問學，廉希憲、宋子貞皆器遇之，擢国史館編修官。”文內所云白霫係北方部落名，《唐書·回紇傳》云：“回紇其先匈奴也，部落凡十五種，散處磧北所稱十五種有白霫。”疑此，即《蒙韃備錄》之白達達，係借同回紇舊名而言。元許有壬《丁文苑哀辭》云：“山北置大窑，古白霫地。”《字尤魯碑》、《姚公神道碑》云：“公長憲遼東其境域，烏桓、白霫故地也。”蓋在今直隸盛京北邊外。

（《長春道教源流》卷4《丘長春弟子紀略上》，《藏外道書》第
31冊，頁67，巴蜀書社1994年）

9. 通真大師鞠志圓

通真大師鞠志圓

通真大師鞠志圓侍長春西遊，長春化後，尹清和建議爲師構堂
於白雲觀，或謂："工力浩大，恐難成功。"清和曰："教門竭力，
何爲而不辦。"遂舉志圓董其役。自戊子（1228）四月上丁，除地
建址，歷己、庚，三年堂遂告成。《西遊記》

（《長春道教源流》卷4《丘長春弟子紀略上》，《藏外道書》第
31冊，頁67，巴蜀書社1994年）

10. 悟真大師孟志穩

按語：《長春真人西遊記》附錄所錄侍行弟子中有孟志穩，可
是《甘水仙源錄》和《長春道教源流》中所錄隨丘處機西行的十八
弟子中只有孟志遠，疑爲一人，姑且錄之。

重玄廣德弘道真人孟公碑銘

太原虛舟道人李鼎撰

公名志源，字德清，號重玄子，其先本上京徒單氏。大定末，
遷萊州膠水，居孟氏宅，人因以孟氏歸之，此亦古之因食采地得氏
者也。高祖覠，卒于汾陽軍節度使，高祖母完顏氏，金源郡王希尹
之妹。曾祖克寧，尚嘉祥縣主，事熙宗、海陵、興陵、道陵凡四
朝，以功累遷至太師，封淄王，及薨，謚曰忠烈。祖斜哥辭世，襲
千戶，終于南京副留守。父給答馬，復世襲千戶職，母烏林答氏。
略以金國名臣傳考之，其家世可謂盛矣，況在大定、明昌、泰和
間，使他人處之，鮮不爲紛華之所流蕩。公獨從髫齔中壓富貴而樂

淡薄，非性分上夙有薰習之力，能之乎？明昌初年饑，即墨人高翔
嘯聚劫掠，詔命公之父討之，乃曰："食者民之天，得之則生，弗
得則死。抵死求生，小人之常情，討而誅之，惡在其爲民父母也！"
遂宣布主上之德，賑以倉廩，不戮一人，冠爲之平。古語有云：
"活千人之命，其後必有顯者。"是公能了此大事，亦必借先世豐功
厚澤陰相之力而致之耳。公有三兄六弟，其兄有官至驃騎者，有至
輔國者，餘皆克紹家聲。

泰和癸亥（1203），父母與議婚事，公因遁去，徑詣濰州玉清
宮，見長春宗師，請爲門弟子。師憐其貴家子，兼異其風骨不凡，
後必爲玄門大器，乃從其請，授今之名字。父兄疑其第四都全真觀
主知之，故爲隱匿，繫歸有司。公聞之，遂還家自言其志。父母知
不可奪，因選第二都樂真觀使居之，樂真今更名玉清矣。公雖得法
於長春，充養之際，亦嘗質於玉陽、太古二師真，玉陽賜號開真
子。太安（应为大安）己巳（1209），長春應詔京師，還住玉清，
知公有所得，乃賜重玄子號，蓋嘉之也。貞祐癸酉（1213），公之
昆弟皆爲兵亂蕩散，而父母失依，公乃扶二親就己所居，致孝養之
力三載。雖二兄還，其安置省問誠敬之禮未嘗缺。

己卯（1219），聖朝遣便宜劉仲祿起長春於海濱，門人中選道
行清實可以從行者，得十八人，公其一也。及進程萬里沙漠，其緇
重車皆兩人主之，惟公獨御焉。清和憫其勤，請副於師，師曰：
"吾知斯人之勤矣，但欲先行其人之所難，而後必有大所獲耳。"公
聞之，乃曰："弟子於師丘山厚德，無以爲報，其僕其御，實當爲
之事。予惟不知所求，亦不知爲勞也。"同行者由是雖勤苦百至，
皆爭赴矣。辛巳（1221），西至阿不罕山，始有漢人耕作，因公等
九人，立棲霞觀。癸未（1223），住德興之龍陽。甲申（1224），長
春奉旨住燕城太極宮，尋更名長春，公亦自龍陽來。丁亥（1227），
師反真，公年四十一矣。一日，靜坐一室，忽於恍惚間見重陽、長
真、長春三師真，公拜畢侍立，祖師言："汝壽當七十五。"長春
言："汝五十後必負教門重任，事雖繁劇，汝勿憚，是皆磨礪汝之
砥石，鍛煉汝之爐冶也。"言訖不知所在，尋覺身中百關通暢，真
氣沂流，昇尾閭，入泥丸，是後日復一日，神物變化，金漿玉液，

黄庭絳宫，灌溉浸漬，非言可及。公因徧考先代師真得道之後，身中之事著見於書者，針芥相投矣。公從此以來，雖顚沛造次，罔不在是。其身中所得流運之理，亦未嘗止，想當時其爲樂可勝計耶。至清和真人掌教，乃副知長春宫事，俄遷知宫。戊戌（1238），受宫門提擧。丙午（1246），遷宫門提點。戊申（1248），權教門事。己酉（1249），以恩例賜金冠紫服，並至德玄虛悟真大師號。癸丑（1253），掌教真常太宗師奉朝命普度戒録，委公爲監度師。

丙辰（1256），真常羽化，誠明真人張公嗣教，以公玄門大老之故已，又在制，遂授以教門都提點印，俾攝其事。戊午（1258）秋，應丞相胡公之請，主平陽黄籙羅天大醮，尋奉令旨，賜今真人號。中統二年辛酉（1261），春秋七十有五矣，度門人五百有奇，宫觀稱是。是年春二月二日，順正而化，前此數日，預以後事囑門人。凡來省視者，見其耳聰目明，音吐洪暢，盡如平昔，皆不之信，至是方知公之所得，過人遠甚。越三日，葬之五華山仙塋，從遺命也。至於度門人，立宫觀，茲皆緒餘土苴，衆人之所共見者，或可得而言之。今壽幾八十矣，而精神不衰，臨行一著，又明白如彼，其素養之於内，必有精真微妙，衆人之所不能見之者，豈易得而言之也。送葬之日，官僚士庶前祭後擁，傾動都邑，道衆不言可知。秋九月，門人狀其行，請文於予，予因按其實而次第之屬以銘曰：

荏苒柔木，言緒之絲，大浸滔天，砥柱不移。二者之美，公並有之，公既有之，我請布之。一遇師真，便得正理。觀公之性，已超異矣。及住大宫，中正不倚，四十年間，又出類矣。苟非其人，道不虚行，本若不立，道無由生。推公之孝，及公之誠，本既立矣，道宜有成。人所見者，緒餘土苴，公之得者，妙絶真假。天地一指，萬物一馬，不以是觀，知公蓋寡。與其觀身，孰若觀神，神如之何，把握乾坤。陰升陽降，黄河崐崙，至人妙處，不屬見聞。精神骸骨，各歸本始，門人治任，奢儉合禮。燕城之北，五華之址，碑以表之，公元不死。

（《甘水仙源録》卷6，《正統道藏》第19册，頁770—772，文物出版社、上海書店、天津古籍出版社1988年聯合版；又見陳垣編纂：《道家金石略》，頁553—554，文物出版社1988年版）

孟公志源（穩）

孟公名志源，字德清，其先本上京徒單氏，大定末遷萊州膠水，居孟氏宅，因稱孟氏。高祖昶，卒於汾陽軍節度使，配完顏氏金源郡王希尹之妹，曾祖克寧，尚嘉祥縣主，事熙宗、海陵、興陵、道陵凡四朝，以功累遷至太師，封淄王，及薨，諡曰忠烈。祖斜哥辭世，襲千戶，終南京副留守。父給答馬，復世襲千戶職，母烏林答氏。明昌初年（1190）饑，即墨人高翊嘯聚劫掠，詔公父討之，乃曰：「食者民之天，得之則生，弗得則死，抵死求生，小人之常情，討而誅之，惡在其爲民父母也。」遂宣布上德賑以倉廩，不戮一人。寇爲之平。公有三兄六弟，兄有官至驃騎者，有至輔國者，餘皆克紹家聲。公獨從韶齔中厭富貴甘淡薄。

泰和癸亥（1203），父母與議婚事，逕遁去，詣濰州玉清宮，見長春宗師請爲弟子。長春授今名字，父兄疑第四都全真觀主爲隱匿，繫歸有司，公聞遂還家，自言其志。父母知不可奪，選第二都樂真觀使居之。公雖得法長春，亦嘗質於玉陽、太古二師。大安已巳（1209），長春知公有所得，賜重玄子號，蓋嘉之也。貞祐癸酉（1213），公昆弟爲兵亂蕩散，乃扶二親就養於己，所居三載，二兄還，省問無缺。己卯（1219）從長春西行，沙漠萬里，輜重車皆兩人，惟公獨御。清和憫其勤，請副於師，長春曰：「吾知其勤矣，但欲其先難而后獲耳。」辛巳（1221）至阿不罕山，長春留公等九人立棲霞觀。

丁亥（1227），長春反真，公年四十一矣，一日，靜坐忽見重陽、長真、長春三師，重陽言：「汝壽當七十五」，長春言：「汝五十後必負教門重任，勿憚繁劇，是皆磨礪汝之砥石，鍛鍊汝之爐冶也。」言訖不見，尋覺身中百關通暢，真氣自尾閭入泥凡。是後一復一日，神物變化，雖顛沛造次，身中流運之理，未嘗止息。中統二年（1261）辛酉春，順正而化。前數日，預以後事囑門人，凡來省視者，見共耳聰目明，音吐洪暢，皆不之信，至是方知公之所得過人，春秋七十五，如祖師言。<u>元李鼎</u>《重玄廣德弘道真人孟公碑》，此碑見《甘水仙源錄》，徒單克寧，《金史》有傳，惟父睨，史作況者，子斜哥，孫給答馬俱表敘入此可補《金史》之闕，志源，《西遊記》作志溫，又作志穩，疑書之誤，穩或後改名。

（《長春道教源流》卷4《丘長春弟子紀略上》，《藏外道書》第31 冊，頁71，巴蜀書社1994 年版）

11. 清真大師綦志清

按語：綦志清，《長春真人西遊記》作"綦志清"，《仙真祖庭內傳》、《甘水仙源錄》和《長春道教源流》作"綦志遠"。

白雲真人
夷山天樂道人李道謙

師姓綦氏，名志遠，字子玄，世為萊州掖縣巨族。祖德中，父遵，皆雅志田園，以陰德見稱於鄉里。皇統間餓莩滿野，其家設粥以濟，至秋成乃止。大定己丑（1169），重陽祖師挈丹陽、長真、長春三師過其門，嘗邀至家，修齋供奉。後於鄉里剏龍翔觀，朝夕香火以奉上真，割膏腴田施充常住，以贍雲眾，當明昌庚戌（1190）正月十九日，師乃生。幼不戲，狎年志學。使之讀書，師曰："所願學者，方外修真之業。"弱冠之歲，父母欲議婚。師聞之，潛於靜室，自潔其身。家人知其志不可奪，即令披道士服，既而往棲霞參長春宗師。服勤久之，於道有所得。無幾何，從長春居萊州昊天觀。

己卯歲（1219）太祖聖武皇帝遣使持詔起長春遊北闕，明年春正月啓途，選從者一十八人，師預其一也。霜眠露寢，往復三載，道路艱辛備嘗之矣。同達金山之巔，林間少憩，長春顧謂清和尹公曰："綦生賦性淳謹，將來吾教可勝大用。"甲申（1224）長春還燕都，住長春宮，師服勤愈謹。迨長春上仙，清和嗣主教席，俾師知長春宮事，仍賜白雲子號。既而委之行化山東，所至迎迓者不輟。師以善言勸諭，四方耆宿奉幣堂下者不可勝計。

戊戌（1238）春，真常李君嗣掌教事。夏四月入覲天廷，以師從行。秋七月真常奏請得旨，命師同洞真于君住持終南山重陽宮，提點陝右教事。還燕，清和謂師曰：“昔長春金山之語，今其時矣。汝當克勤，乃事無怠。”師謝而西來。庚子（1240）率京兆僚屬復上燕都，禮請清和主重陽祖師葬事。厥後祖庭興修，師多所規畫，仍於京兆府城玄都萬壽宮及炭谷太一宮，俱加營建。甲辰（1244）上元日，皇子闊端大王遣使趙崇簡就宮修金籙醮七晝宵，使回啟陳靈異，王特降旨護持玄教，洎預醮五師俱賜徽號，例授玄門弘教白雲真人。丙午（1246）冬皇太后賜以黃金冠服，特加優遇。辛亥（1251）憲宗皇帝嗣登大寶，頒降聖旨，敕師典領陝右道門如故。壬子（1252）冬，是時西蜀未全歸附，一妄人誣告道眾與蜀人相通，有司率兵大加按治，道眾駭散。明年夏四月，聖天子在藩邸行宮六盤，師徃謁見，以實哀訴，蒙降璽書撫慰，始安度門弟子數百人，建立宮觀二十餘所。

至乙卯（1255）秋七月二十四日，示微疾而逝於玄都之丈室，春秋六十有六。初瘞於樊川白雲觀，後改葬于劉蔣祖庭之仙蛻園矣。

（《終南山仙真祖庭內傳》卷中，《正統道藏》第 19 冊，頁 540—541，文物出版社，上海書店，天津古籍出版社 1988 年聯合出版）

玄門弘教白雲真人綦公道行碑

京兆府學教授少華李庭撰

三洞講經開玄崇道大師安西路

道門提點重紫眉山書樓孫德彧書丹並題額

《書》曰：“吉人爲善，惟日不足”，謂心無所爲而爲之也。《易》曰：“積善之家，必有餘慶”，謂天無不報也。夫人有奇偉卓絕之行，而不得享樂於其身者，必在其子孫。竊觀白雲真人綦公之父，修仁行義，孜孜不懈，其於賑貧賙急，若飲食然，勤亦至矣。是以上天降監，挺生善人，仍命仙真周旋誘掖，卒使蟬蛻污濁之中，坐享清净之福者垂五十年，所謂有積於冥冥，獲報於昭昭者，寧不信歟？

公諱志遠，字子玄，萊州掖縣人。高祖元亨，嘗曆官至安化軍節度使，曾祖貞、祖得中皆雅志丘園，潛德不耀。父遵，性明毅慷慨，胷次洞然無畦畛。初綦氏世爲著姓，宗族嘗至萬，指中有孤惸，其征徭不能力給者，皆身任之。事既濟，未嘗纤毫有德色。里中人有以飛語被繫有司者，義其無辜，即爲代之，在囹圄中復能以恩信感動獄吏，因縱其出入，凡獄之冤者，多從容設策理出之，未幾，已亦以恩獲免。大定丁亥（1167），重陽祖師挈諸師真西遊，乃舘穀於其家，因語之曰：“汝將來必有一子爲羽衣。”遂即其里建龍翔觀，朝夕香火，敬奉天真。泰和乙丑（1205）歲餘，民有菜色，自發私廩爲粥以給之，賴以全活者甚眾。癸酉（1213）兵凶之後，遺骸徧野，親犯寒苦，悉以收瘞。數獲遺物甚腆，必伺其主而歸之，無則皆散之以賙不給。母張氏，亦有淑德，事舅姑以敬願稱。既而生公，氣質沉厚，寡言笑，舉止不凡。至十五歲，嘗使之學，辭曰：“性非所好，乃所願則神仙輕舉之事。”父母欲力奪之，即屏居一室，自潔其形。祖師先見之明，於斯驗矣。乃辭家禮長春大宗師丘公爲師。

戊寅（1218），奉宗師教，住持萊州昊天觀。大元龍興，太祖聖武皇帝，天資仁聖，志慕玄風，己卯（1219）冬，遣近臣劉仲祿賫手詔，駕安車，東抵海濱，就徵宗師。明年啓行，仍率高第弟子一十八人與之偕，公即其一也。當時，櫛風沐雨，胼手胝足，跋涉數萬里，見上於西域雪山之陽。宗師承虛已之問，乃答以民爲邦本，本固邦寧，既來之，則安之，此濟世之要術也。是言既奏，深契上心，玉音獎諭，惟恨相見之晚。因被旨佩虎符，宗主天下道流。比回，駐車金山之巔，顧謂清和尹公曰：“綦公從我以來，山行水宿，日益恭敬，可謂勤矣。觀其氣象，將來弘吾教者，必斯人矣。”尹公曰：“然。”至燕，宗師主持太極宮，尋改大長春宮，委公總知宮門事，授清真大師號。洎以助國救民經籙付之，度道士吳志決等以備灑掃。宗師既仙去，遺命清和嗣教門事，公左右維持，終始未嘗怠。

甲午（1234）春，清和委以山東諸路，行緣所至，老師宿德望風迎迓，輦粟帛委堂下者，動以千計。非誠心妙行有以動人悟物，能若是乎？戊戌（1238）春，太宗英文皇帝詔選高道，從掌教真常李公被詔赴闕。是歲冬，奉旨輔洞真于公，偕無欲李公復立終南祖庭，提點陝西教事。庚子（1240）春遂入長安，從府僚之請也。建立大玄都萬壽宮，若驪山之白鹿、終南之太一、樊川之白雲、鳳棲原之長生、藍田之金山，皆斥其舊而新之，其餘宮觀，修廢補弊，不可殫紀。秋，太傅移剌公、總管田侯各差官從公持疏詣燕，邀請清和大葬祖師。既畢，甲辰（1244）春，先鋒使夾谷公祖庭設羅天大醮，禮請于洞真、宋披雲、薛太霞、泊公與李無欲，共成五位真人，攝行醮事。會皇子永昌王遣使趙崇簡設金籙大醮為國祈祥，遂復同諸公莅事。觀其進奏精嚴，靈異昭著，使回具啟其事，因引見，待之敬禮甚厚，進與醮五真人徽號，公例受玄門弘教白雲真人。

丁未（1247）冬，太傅移剌公就佑德觀設黃籙大醮，臨壇仆體者百餘人。戊申（1248）春，皇太后遣使楊仲明齎旨寵錫金符冠服，仍命領職如故。辛亥（1251）夏，憲宗皇帝即位，遣使唐古出持璽書宣諭，倚付掌管關中道教。癸丑（1253），皇太弟遣使脫歡馳驛諭旨，待以師禮。乙卯（1255）六月，無疾晨興，忽集眾謂門人申志信曰：“吾將行矣，汝當嗣吾職，主張後事。”仍命經營喪具。至七月二十四日順化而終，享年六十有六。明年（1256），改葬於祖庭西北隅仙塋之次。

己未（1259）冬，門人將樹碑，志信偕本宮提舉郭德山、李志希等，狀其行實，來謁文於庭。辭再三不獲已，謹次序其事。按：公之為人，恂恂謙退，似不能言，至論及救時濟物之事，屹然山立，辭色俱厲，言必有據，眾皆心服，以是宗師獨為倚重。及來關中，道價日益隆，尋常以恬淡自持，未嘗出怪誕之語以誘愚俗，一時達官聞人翕然歸仰，四方學徒，不可勝數，故能名動闕庭，疊蒙獎賚。非踐履純實，何以及此。今夫世之人所以陷溺其心者，欲與利耳，而公能斷然絕之，其視財貨不啻若涕唾然，蓋其天姿過人遠甚，故碑之無疑，仍系之以銘曰：

綦爲著姓，居海濱兮，世載潛德，生哲人兮，天與之性，
含元淳兮，不雕不飾，全其真兮。有來提警，繫長春兮，
玄言祕訣，授受親兮。刉心去智，專精神兮，始終一節，
無緇磷兮。聖皇嚮道，起隱淪兮，萬里逐師，謁紫宸兮。
一言止殺，如其仁兮，功塞兩儀，孰與倫兮。推其緒餘，
淑吾秦兮，餐和飲惠，鷙猛馴兮。列聖相承，教益振兮，
金冠鶴氅，寵渥新兮。高堂大廈，奐且輪兮，逍遙宴處，
終其身兮。功成歷世，乃上賓兮，往來儵然，肘屈伸兮。
有不亡者，壽無垠兮，門人紀德，刊翠瑉兮，千秋萬歲，
仰光塵兮。

至元二十五（1288）年禩著雍困敦中秋日。
沖虛安靜大師重陽萬壽宮提點兼本宗事賜紫門人蘇志和等立石。
濡須逸人張德寧刊。

（《甘水仙源錄》卷5，《正統道藏》第19冊，頁765—767，文
物出版社，上海書店，天津古籍出版社1988年聯合出版；又見陳垣
編纂：《道家金石略》，頁662—663，文物出版社1988年版）

綦公志遠

綦公志遠，字子源，萊州掖縣人。高祖元亨歷官至安化軍節度
使。父遵以陰德見稱於鄉里。大定丁亥（1167）重陽遠挈諸師真館
穀其家，語之曰："汝將來必有一子，爲羽衣。"遂即其里爲龍翔
觀。公生十五歲，使之學，辭曰："性非所好，乃所願則神仙輕舉
之事。"遂辭家禮長春爲師。己卯（1219）長春赴詔，公與之偕比，
回駐車金山，顧謂清和尹公曰"綦公恭而勤，將來弘吾教者必斯人
也。"尹公曰："然。"戊戌（1238）太宗詔選高道從真常李公赴闕。
是冬，奉旨輔洞真于公，偕無欲李公復立終南祖庭，提點陝西教
事。其餘宮觀修廢補弊，不可殫紀。甲辰（1244）春，先鋒使夾谷
公及王子永昌王設醮祈祥，公同于洞真、宋披雲、薛太霞、李無欲

莅事并加真人號。辛亥（1251）憲宗即位，遣使唐古出持璽書諭掌管關中道教。癸丑（1253）皇太弟遣使脫懽馳諭待以師禮。乙卯（1255）六月，無疾晨興，謂門人申志信等曰："吾將行矣，汝當嗣吾職。"至七月二十四日順化而終，年六十六。元李庭《玄門弘教白雲真人綦公碑銘》，此碑在陝西盩厔，京兆府學教授少華李挺撰。至元二十五（1288）撰立。《元詩選・癸集》：李庭字顯卿，號寓菴，中統間為京兆府學教授辟安西府諮議，即其人。志遠，《西遊記》作志清，疑其后改名。碑文內先鋒使夾谷公未詳，《元史・夾谷之奇傳》云："其先出女貞加古部，後訛為夾谷，則此亦金人降元者。"其云皇子永昌王，考《宗室世系表》、《諸王表》俱無之，然甲辰為乃馬真后稱制之四年，則此皇子當謂太宗子，或定宗子。《元史》於太宗崩後至憲宗立所紀甚略。《憲宗紀》云："帝即位，太宗皇孫失烈門及弟腦忽等心不能平。二年，帝分遷諸王於各所，谪失烈門、也速、孛里等，禁錮和只、納忽、孫脫等。"此皇子永昌王後亦當獲罪，故史失載也。《元史・地理志》："至元十五（1278）年，以永昌王宮殿所在立永昌路，當即此皇子永昌王。《廿二史考異》據《世祖》："紀至元九年（1272）十一月，諸王只必帖木兒築新城成，賜名永昌府。"謂永昌王即只必帖木兒，以未賜印，故《諸王表》不列名，其說似未確。其云皇太弟即世祖。癸丑為憲宗三年，世祖，憲宗弟，后繼憲宗即位，故文稱皇太弟，其子脫懽。《元史》有傳云札剌兒台人，又《憲宗紀》："九年，駐蹕重貴。出問諸王曰："今在宋境，夏暑且至，汝等其謂可居乎。"札剌亦兒部人脫歡曰："南土瘴疠，上宜北还。"札剌兒台與札剌兒當譯者偶異，蓋一人也。《道藏》目錄有《道德真經藏室纂微・開題科文疏》五卷，太霞老人薛致玄述，碑文所稱薛太霞即其人，《陝西通志》："太霞真人，姓薛氏，修煉於太微宮，朝廷閭其有道行，召到，賜號真人及金冠，臨終作辭世文。"以此文考之，于洞真、宋披雲及綦志清俱師長春，太霞當亦長春弟子。

（《長春道教源流》卷四《長春弟子紀略上》，《藏外道書》第31冊，頁71，巴蜀書社1994年版）

12. 沖和大師潘德沖

沖和真人潘公神道之碑

翰林侍講學士少中大夫知制誥兼修國史徒單公履撰

自黃帝問道於廣成，而神仙之說始興。老氏跨殷歷周，以《道德》五千言，推極要妙，其教被於萬世。降秦及漢，代有顯人，安期、赤松、張道陵之流，或出而不晦，或見而不常，神奇之徵，昭

揭於世人之耳目者，非一事也。涉魏、晉、隋、唐以來，蛻跡闐
闠，凝神碧落者，其名不可殫紀。至於協陰陽之祕幻，集靈異之大
成，微而草野鄙人，幽而深閨稚女，一聆其名，知其爲列仙者，唐
呂純陽一人而已。盛矣哉，其傳之也全真之教，蓋發源於此，其流
逮於金初，祖師王公倡之於前，七真繼起於後，而道大行矣。惟丘
公起東海之濱，玄教真風，彌漫洋溢。其高弟一十八人，世稱爲十
八大士者，師其一也。

　　師姓潘氏，諱德沖，字仲和，沖和其號也，淄之齊東人。家世
業農，大父秉政適大安兵興，起家爲軍都統，戍萊州。父楫，字濟
之，以儒爲業，辟充益都府學教授。世父澤民，萊州節度判官。自
高祖以上及於師，九世同居，家素饒財。嘗遇歲凶，發粟賑飢，民
賴以全活者甚衆。鄉閭有貧者即假貸之，不責其償，其樂施如此。
一日，有術士過其家，語之曰：“是家有陰德，必獲陽報，當生異
子。”初，師之母王氏嘗夢有祥雲入室覆其身，良久乃去。自爾有
娠妊十九月，師乃生。七歲不能言，其父憂之，忽有一道者來乞
食，父延之入門，問所從來，云自東海，將適長安。師即從傍與之
語，應答如流，父駭愕，道者曰：“是子神韻沖粹，非凡兒也，異
日當爲人天師，宜善鞠之。”自此遂能言。後稍長，警悟敏慧，常
人莫及，讀書日記千餘言。後聞父母欲爲娶妻，遂宵遁，即往棲霞
濱都觀。道過灘陽，時清和真人住持玉清宮，問所適，知其將詣長
春，乃引見焉。自是服膺問道，得傳心之要。長春委師以焚修之
事，至其暇日，則默坐靜室中，凝神滌慮，物我兩忘，一歸於要妙
幽玄之境，如是者十餘年。

　　太祖聖武皇帝親征西域，聞長春之名，遣仲祿劉君，賷詔詣海
上起之。乃從長春西觀，風沙萬里，不以爲勞也。還燕之三年，長
春仙去，真人尹公嗣法，命充燕京都道録兼領宮事。真常復總玄
機，注倚尤深。燕去和林數千里，朝覲往返，凡十有三，供擬之
費，皆倚辦於師，一無所闕。所以玄教真風恢張誕布，薄海內外無
所不至者，師與有力焉。師之內誠外方，各有所任，道並行而不相
悖者，又可見於此。歲乙未（1235），平遙官長梁公，偕同僚懇疏
請清和真人重修興國觀，真人命師往。甫踰年，撤其舊而新之。壬

寅（1242）署師諸路道教都提舉，仍兼本路道録。甲辰（1244）河東永樂祠堂災，祠蓋呂純陽之仙蹟也，朝議以爲純陽之顯道如此，祠而祀之，事涉簡陋，可改爲純陽萬壽宮，命李真常遴選道望隆盛人所具瞻者崇建焉。

先是，長春自西域回，抵蓋里泊，夜與諸門弟子談，語次謂師曰：“汝緣他年當在西南，此時永樂吾道矣。”至是真常泊清和二宗師，集衆言曰：“純陽，吾教之祖也。今朝廷崇飾如此，孰可任其事者？”衆以師德望幹才，綽有餘裕，即欲堪其役，無踰於師，況長春蓋里泊之言，已嘗命之矣。乃署師爲河東南北兩路道教都提點，命往營之。師率其徒至永樂，百工勸緣，源源而來，如子之趨父事，陶甓伐木，雲集川流，於是略基址，度遠邇，程功能，平枝幹，合事庀徒，百堵皆作，不數稔，新宮告成。堂殿廊廡齋廚廄庫，下至於寮舍湢浴之屬，各有位置，莫不煥然一新。北踰一舍，有山曰九峯，土人云此純陽得道處也。遣其徒劉若水起純陽上宮，及於宮側創下院十餘區，市良田竹葦，及蔬圃果園、丹車碾磑，歲充常住百色之費。至於四方賓侶過謁宮下者，周爰四顧，見其嚴飾壯盛，儼敬之心，油然而生。夫撤祠宇而爲宮庭，其崇卑相去奚啻萬萬，然於純陽之本真，何加損益。但致飾之道，斯其行者遠矣，而人之觀感異焉，此象教所以不可廢於後世。聳天下耳目於見聞之際，而絶其褻易之心，嚴乎外者所以佐乎內，象之所以崇者，道之所以尊也。由是言之，師之恢大盛緣，作新崇構，豈徒以誇其壯麗也哉！已酉（1249）秋，中宮懿旨，凡海嶽靈山及玄教師堂，遣近侍護師，悉降香以禮之。乃增葺濰陽玉清宮，至崑嵛山麻姑洞，取歷代誥冊刊之石，以彰靈蹟。

壬子（1252）夏四月，真常因奉朝命祀嶽瀆，過永樂，見其規模宏敞，喜謂師曰，非師不能畢此勝緣，乃傾帑以助其經費。明旦，與師同躋九峯之巔，見其秀拔如椅，遂易其名曰玉椅峯。甲寅（1254）春，聖天子在藩邸，命設普天醮於長春宮，於是召四方羽侶道行清高者畢集，師首與其選。致彩雲鸞鶴之瑞，真常曰“此瑞公適當之”，遂以清和真人所遺金冠錦服爲贈。事畢還永樂。丙辰（1256）夏四月適上宮，至五月朔旦，忽謂左右曰：“吾幼遇長春師，授以祕傳，終身誦之，粗有所得。繼而清和、真常以純陽師祖世緣見付，吾比年經營，略有次第。今世緣道念亦庶幾兼修而並舉，無復事矣，吾其行乎？”衆不知所謂，二十六日，將返下宫，時方盛夏，畏日載途，從者咸以爲病，師曰：“汝衆弟行，無傷也。”忽陰霧四合，抵下宫四十餘里，人不知暑，此尤可訝。初，純陽殿前有古柿二本，根幹盤錯，枝葉茂盛，一夕無風自折，衆方驚悟曰：“此柿無風而折，可謂大異。吾師前日之言，其兆於此矣！”是夜二更將盡，師忽扶杖而出，面四方，誦咒語，隨即以灰摻之，露坐移時，若有所待。尋復入，以湯頮其面，即易衣索筆，書頌一篇，既畢，乃就枕翛然而逝，春秋六十有六。門人奔訃於掌教誠明真人，遣提點孟公，賻賵甚厚。庚申（1260）歲三月初五日，葬於宫之乾位，仍建別祠，令嗣事者以奉歲時香火，報本反始之道也。既而誠明疏師之德，上于朝，賜沖和微妙真人之號。

師性資仁裕，戒履修潔，雖居道流，然樂善好施。中條東西居民，每歲初，或有貸粟於宫者，數踰千石，適時凶荒，道侶不贍，衆議欲徵之，師曰：“歲荒人飢，奪彼與此，是豈仁人之用心哉！”負者聞而德之，後每於純陽誕日，相率設會，獻香資以致報，歲以爲常。癸丑（1313）春旱，總管徐德禄拉諸耆老禱於師，師爲誦靈寶經，不旬日，致甘澍盈尺。師嘗居九峯純陽上宫，又號九峯老人，門人三宫提點淵靜大師劉若水，乃於師誦經處築臺，志之曰：“九峯老人誦經臺”。因狀其行，付提點純陽萬壽宫事文志通，自永樂走燕，凡二千里，拉知宫劉志復詣予而言曰：“師之道行如此，然神隧之石未有所紀，敢請。”予以不敏辭，凡四五往返，請益堅，予以志通尊其師也篤，而託於予也專，是可嘉已，乃爲述其始終而次第之，因系之以説焉。夫道之爲教尚矣，小而始於鍊度之微，大而極於性命之奥，無非事者。至於營葺宫宇，惠鮮貧乏，此但觸物應緣隨感而動，勞而不有，施而不報，特神化之糟粕耳，非師之至也。與接爲構，紛紛擾擾，殆多事矣。然遊神於淡，合氣於漠，超然獨觀以自出於塵境之外者，彼何足土苴芥蒂乎其間也耶！故自從師海上，締構諸方，跡與世俱，道隨神運，固未嘗一日不接於事爲，亦未嘗一日不在乎悠然泊然之中也。世徒見師之揆日作室，不少輟於斯須之頃，以爲若是而止耳，豈知至人循其故然，無所事事，寂感一致，虛中泛應之心跡也哉！道一而已，自隨其所見而名之者，蓋不止於一而已也。試以四者言之，曰微、曰妙、曰玄、曰通。謂之微者，以其杳冥恍惚，不可爲象者也。謂之妙者，以其變化不測，莫知所以然也。玄者，深而不可探。通者，其化無不徧也。模狀形容，固亦至矣，然智者之智，仁者之仁，雖所見殊方，會歸則一，亦豈有二本哉！渾淪圓周，無所玷缺，在山滿山，在河滿河，道之全也。極六合之內外，盡萬物之洪纖，雖神變無方，而莫非實理，道之真也。由是而爲命，由是而爲性，由是而爲心，又由是而之於情，或源也，或委也，引而伸之，亦將何有不全，何有不真者乎？然則全也、真也，一而二，二而一者也。其萬化之本根，一元之統體歟？長春之傳於師者蓋如此，師則有以推而廣之，是可銘也。銘曰：

渾淪妙理含元精，先天後天無壞成，一真融冶儲萬形，
繄誰不足誰奇贏。于于天樂誠難名，無何七鑿情竇萌，
以智相軋機相傾，紛然百僞無一誠。風頹俗靡三千齡，
何人椅挐還大庭，豈謂否極時方亨，粵有奇人悼含靈。
因心悟理開聵盲，爾全爾真性爾情，若醉而醒昏而醒，
六塵瑩徹神珠明。維師啓鑰通玄扃，十年動息靜不凝，
外營擾擾中常寧，功成羽化何泠泠。乘風萬里遊太清，
俯視八極塵冥冥，中條之山鬱蔥青，黃流宛轉相抱縈，
紀師盛德存吾銘。

(《甘水仙源錄》卷5，《正統道藏》第19冊，頁761—763，文物出版社，上海書店，天津古籍出版社1988年聯合出版；又見陳垣編纂：《道家金石略》，頁554—556，文物出版社1988年版)

潘師德沖

潘師德沖，字仲和，沖和其號也。淄之齊東人，大父秉政，值

大安兵興起家，為軍都統，戍萊州。父楫，益都府學教授。自高祖以上及於師，九世同居。家素饒，遇歲凶發粟賑貸，賴全活者甚眾。一日，有術士過之曰："是家有陰德，必生異子。"師母王氏嘗夢有祥雲入室覆其身，遂爾有娠，妊十九月，師乃生。七歲不能言，父憂之。忽有道者乞食於門，問所從來，云自東海，將適長安。師即從旁與語，應答如流。父駭愕，道者曰："是兒異日當為天人。"師宜善鞠之。自此遂能言，稍長讀書，日記千餘言，聞父母欲為娶妻，即宵遁。道過濰陽玉清觀，清和真人知其將詣長春，乃引見焉。長春委師以焚修之事，暇則凝神滌慮，默坐靜室中，如是者十餘年。

己卯（1219）從長春西行，及還抵蓋里泊，長春詔師曰："汝緣他年在西南，此時永樂吾道矣。"長春仙後，甲辰（1244）河東永樂祠堂災，祠蓋呂純陽仙蹟也。朝議崇建改為純陽萬壽宮，命李真常選道望隆盛者任其事，真常洎清和二宗師集眾議，眾以為無踰於師，且長春命之矣。乃署師為河東南北兩路道教都提點，委往營之。師至永樂，合事庀徒，不數稔，新宮告成。甲寅（1254）春，上在藩邸，命設普天大醮於長春宮，召四方高道，師首與其選，致彩雲鸞鶴之瑞。真常曰："此瑞公適當之。"遂以清和所遺金冠錦服為醮事。畢，還永樂。

丙辰（1256）五月朔，忽謂左右曰："吾幼遇長春師粗有所得，繼而清和、真常以純陽宮世緣見付，今已修舉無復事矣，吾其行乎。"眾不知所謂。二十六日，將返下宮，時盛夏，從者以為病。師曰："第行無傷。"忽陰霧四合，抵下宮四十餘里，人不知暑。重陽殿前古柿二株，一夕無風自折，眾驚悟曰："師前日之言，兆於此矣。"是夜二更，師忽扶杖出，而四方誦咒語，隨即以灰摻之，露坐移時，若有所待，尋入室頮面易衣，書頌一篇乃就枕翛然而逝，春秋六十六。初，新宮北踰一舍，有山曰九峯，土人云此純陽得道處也。師遣其徒劉若水於其地起純陽上宮，往居之，因號九峯老人。化後若水復為築臺，志之曰"九峯老人誦經臺"。元徒單公履《沖和真人潘公神道碑》，此碑見《甘水仙源錄》。又商挺《清逸觀碑》云："長春應聘弟子從行，各自科品，隸琴書科者沖和潘公。"初金朝有名琴二，曰春雷，曰玉振。皆在承華殿。貞祐之變，玉振為長春所得，命公蓄之，後建清逸觀為長春別館，乃築琴臺於殿之陰。此碑未載其事。

（《長春道教源流》卷四《長春弟子紀略上》，《藏外道書》第31 冊，頁 72—73，巴蜀書社 1994 年版）

三、《玄風慶會錄》

按語：長春真人丘處機西行僅見成吉思汗時，曾應邀論道。由於成吉思汗曾囑咐左右："神仙三說養生之道，我甚入心。使勿洩於外。"所以《長春真人西遊記》中沒有記載此次講道內容。但是成吉思汗卻"令左右錄之。仍敕製以漢字，意示不忘。"所以當時有以漢字記錄的論道內容得以保留。後來，在《道藏》中發現由耶律楚材編錄的《玄風慶會錄》，其內容提到丘處機與成吉思汗論道的內容，其中所記情形與《長春真人西遊記》頗為吻合。全真教道士秦志安在《金蓮正宗紀》丘處機傳記中寫道："（成吉思汗）每日召見，（丘處機）勸之少殺戮，滅嗜慾，前後數千言。耶律晉卿方為侍郎，錄其言以為《玄風慶會錄》。皇帝皆信而用之。"（《正統道藏》第 3 冊，頁 360）故《玄風會慶錄》就是耶律楚材用漢字記錄下來的丘處機與成吉思汗論道的內容。現我們以《道藏》所載《玄風慶會錄》為底本，錄之於下。

玄風慶會錄序

國師長春真人昔承宣召，不得已而後起，遂別中土，過流沙，陳道德以致君，止干戈而救物。功成身退，厭世登天。自太上玄元西去之後，寥寥千百載，唯真人一人而已。其往回事跡載於《西遊記》中詳矣，唯餘對上傳道玄言奧旨。上令近侍錄而秘之。藏乃踰旬，傳之及外，將以刊行於世，願與天下共知玄風慶會一段奇事云。壬辰（1232）長至日序。

玄風慶會録

元侍臣昭武大將軍尚書禮部侍郎移刺楚才奉敕編録。

欽奉皇帝聖議，宣請高道長春真人。歲在己卯（1219）正元後一日，敕朝官劉仲禄齎詔尋訪，直至東萊，適符聖意，禮迎仙馭，不辭遠遠而來。

逮乎壬午（1222）之冬，十月既望，皇帝畋于西域雪山之陽。是夕，御行在設庭燎，虛前席，延長春真人以問長生之道。真人曰：夫道，生天育地，日月星辰鬼神人物皆從道生。人止知天大，不知道之大也。余生平棄親出家唯學此耳。道生天地，開闢而生人焉。人之始生也，神光自照，行步如飛。地生菌，自有滋味，不假炊爨，人皆食之。此時尚未火食，其菌皆香，且鼻嗅其香，口嗜其味，漸致身重，神光尋滅，以愛欲之深故也。學道之人，以此之故，世人愛處不愛，世人住處不住。去聲色，以清靜爲娛。屏滋味，以恬淡爲美。但有執著，不明道德也。眼見乎色，耳聽乎聲，口嗜乎味，性逐乎情，則散其氣。譬如氣鞠，氣實則健，氣散則否。人以氣爲主，逐物動念則元氣散，若氣鞠之氣散耳。天生二物曰動、植，草木之類爲植，植而無識，雨露霑濡，目得生榮。人物之屬爲動，動而有情。無衣無食何以卒歲，必當經營耳。且夕云爲，身口爲累故也。夫男，陽也，屬火；女，陰也，屬水。唯陰能消陽，水能剋火。故學道之人首戒乎色。夫經營衣食則勞乎思慮，雖散其氣，而散少；貪婪色欲則耗乎精神，亦散其氣，而散之多。

道產二儀，輕清者爲天，天，陽也，屬火；重濁者爲地，地，陰也，屬水；人居其中，負陰而抱陽。故學道之人知修鍊之術，去奢屏欲，固精守神，唯鍊乎陽，是致陰消而陽全，則昇乎天而爲仙，如火之炎上也。其愚迷之徒，以酒爲漿，以妄爲常，恣其情，逐其欲，耗其精，損其神，是致陽衰而陰盛，則沉於地爲鬼，如水之流下也。夫學修真者，如轉石上乎高山，愈高愈難，跬步顛沛，前功俱廢。以其難爲也，舉世莫之爲也。背道逐欲者，如擲石下乎峻坡，愈卑而愈易，斯須隕墜，一去無迴，以其易爲也。故舉世從之，莫或悟也。

余前所謂修鍊之道，皆常人之事耳。天子之說又異於是。陛下本天人耳，皇天眷命，假手我家，除殘去暴，爲元元父母，恭行天罰，如代大匠斲。克艱克難，功成限畢，即昇天復位。在世之間，切宜減聲色，省嗜慾，得聖體康寧睿筭遐遠耳。庶人一妻，尚且損身，況乎天子多畜嬪，御寧不深損！陛下宮姬滿座，前聞劉仲祿中都等揀選處女，以備後宮。竊聞道經云："不見可欲，使心不亂。"既見之，戒之則難，願留意焉。人認身爲己，此乃假物，從父母而得之者；神爲真己，從道中而得之者，能思慮瘩寐者是也。行善進道則昇天爲之仙；作惡背道，則入地爲之鬼。

夫道產衆生如金爲衆器，銷其像則返成乎金。人行乎善，則返乎道。人間聲色衣食，人見以爲娛樂，此非真樂，本爲苦耳。世人以妄爲真，以苦爲樂，不亦悲哉！殊不知，上天至樂乃真樂耳。余儕以學道之故，棄父母而棲巖穴。同時學道四人：曰丘、曰劉、曰譚、曰馬。彼三人功滿道成，今已昇化。余辛苦之限未終，日一食一味一盂，恬然自適，以待乎時。其富者、貴者，濟民拯世，積行累功，更爲異耳。但能積善行道，胡患不能爲仙乎？中國承平日久，上天屢降經教，勸人爲善，大河之北，西川江左悉有之。東漢時干吉受《太平經》一百五十卷，皆修真治國之方。中國道人誦之、行之，可獲福成道。又恒帝永壽元年正月七日，太上降蜀臨卭，授天師張道陵《南斗北斗經》及《二十四階法籙》諸經籍千餘卷。晉王纂遇太上道君法駕乘空，賜經數十卷。元魏時，天師寇謙之居嵩山，於太上等處受《道經》六十餘卷，皆治心修道祈福禳災、掃除魑魅、拯疾疫之術。其餘經教，不可盡言。降經之意，欲使古今帝王臣民皆令行善。經旨太多，請舉其要。

天地之生人爲貴，是故人身難得如麟之角。萬物紛然如牛之毛。既獲難得之身，宜趣修真之路，作善修福漸臻妙道。上至帝王，降及民庶，尊卑雖異，性命各同耳。帝王悉天人謫降人間，若行善修福則昇天之時，位踰前職；不行善修福則反是。天人有功微行薄者，再令下世修福濟民方得高位。昔軒轅氏天命降世，一世爲民，再世爲臣，三世爲君。濟世安民，累功積德，數盡昇天而位尊於昔。陛下修行之法無他，當外修陰德，内固精神耳。恤民保衆，使天下懷安則爲外行；省欲保神爲乎内行。人以飲食爲本，其清者爲之精氣，濁者爲之便溺。貪慾好色，則喪精耗氣，乃成衰憊。陛下宜加珍嗇，一宵一爲，已爲深損，而況恣慾者乎！雖不能全戒，但能節慾則幾於道矣。

夫神爲子，氣爲母。氣經目爲泪，經鼻爲膿，經舌爲津，經外爲汗，經内爲血，經骨爲髓，經腎爲精。氣全則生，氣亡則死；氣盛則壯，氣衰則老。常使氣不散，則如子之有母；氣散，則如子喪父母，何恃何怙！

夫神氣同體，精髓一源。陛下試一月靜寢，必覺精神清爽，筋骨強健。古人云："服藥千朝，不如獨卧一宵。"藥爲草，精爲髓，去髓添草，有何益哉！譬如囊中貯之金，旋去金而添鐵，久之金盡，囊雖滿，空遺鐵耳，服藥之理，夫何異乎？古人以繼嗣之故，娶婦而立家。先聖周公、孔子、孟子各有子。孔子四十而不惑，孟子四十不動心。人生四十已上，氣血已衰，故戒之在色也。陛下聖子神孫，枝蔓多廣，宜保養戒欲爲自計耳。昔宋上皇本天人也，有神仙林靈素者挈之神遊上天，入所居宮，題其額曰"神霄"。不飢不渴，不寒不暑，逍遙無事，快樂自在。欲久居之，無復徃人間之意。林靈素勸之曰："陛下天命人世，有天子功，限未畢，豈得居此！"遂下人間，自後女真國興，太祖皇帝之將婁失虜上皇北歸，久而老終于上京。由是知上天之樂，何啻萬倍人間。又知因緣未終，豈能遽然而歸也。余昔年出家，同道四人，彼三子先已昇化，如蟬蛻然。委此凡骨而去能化身千百，無不可者。余辛苦萬端未能去世，亦因緣之故也。

夫人之未生，在乎道中，不寒不暑，不飢不渴，心無所思，真爲快樂。既生而受形，眼觀乎色，耳聽乎聲，舌了乎味，意慮乎事，萬事生矣。古人以心意莫能禦也，故喻心爲猿，意爲馬，其難制可知也。古人有言曰："易伏猛獸，難降寸心。"乃成道昇天之捷徑耳。道人修真鍊心，一物不思量，如太虛止水。水之風息也靜而清，萬物照之燦然悉見。水之風來也，動而濁，曷能鑑萬物哉。本來真性，靜如止水，眼見乎色，耳悅乎聲，舌嗜乎味，意著乎事，此數者續續而疊舉，若飄風之鼓浪也。道人治心之初甚難，歲久功深，損之又損，至於無爲。道人一身耳，治心猶難，矧夫天子富有四海，日攬萬機，治心豈易哉。但能節色欲，減思慮，亦獲天祐，況全戒者邪。昔軒轅皇帝造弧矢，創兵革，以威天下。功成之際，請教于仙人廣成子以問治身之道。廣成子曰：“汝無使思慮營營，一言足矣。”余謂修身之道，貴乎中和，太怒則傷乎身，太喜則傷乎神，太思慮則傷乎氣。此三者於道甚損，宜戒之也。陛下既知神爲真己，身是幻軀，凡見色起心，當自思身假神真，自能止念也。

人生壽命難得，且如鳥獸歲歲產子，旋踵夭亡。壯老者鮮，嬰童亦如之。是故二十、三十爲之下壽；四十、五十爲之中壽；六十、七十爲之上壽。陛下春秋已入上壽之期，宜修德保身，以介眉壽。出家學道人惡衣惡食，不積財，恐害身損福故也。在家修道之人，飲食居處珍玩貨財亦當依分，不宜過差也。

四海之外，普天之下，所有國土不啻億兆，奇珍異寶比比出之，皆不如中原天垂經教，治國治身之術爲之大備，屢有奇人成道昇天耳。山東、河北，天下美地，多出良禾美蔬、魚鹽絲枲，以給四方之用，自古得之者爲大國。所以歷代有國家者，唯爭此地耳。今已爲民有，兵火相繼，流散未集，宜差知彼中子細事務者、能幹官，規措勾當。與免三年稅賦，使軍國足絲帛之用，黔黎獲蘇息之安，一舉而兩得之，茲亦安民祈福之一端耳。自天祐之吉，無不利也。余萬里之外一召不遠而來，修身養命之方既已先言，治國保民之術何爲惜口。余前所謂安集山東、河北之事，如差清幹官前去，依上措畫，必當天心；苟授以非才，不徒無益，反爲害也。初金國之得天下，以創起東土，中原人情尚未諳悉，封劉豫於東平，經畧八年，然後取之，此亦開創良策也。願加意焉。

修身養命要妙之道傳之盡矣，其治國保民之術，微陳梗概，其用之捨之，在宸衷之斷耳。昔金國世宗皇帝即位之十年，色欲過節，不勝衰憊，每朝會，二人掖行之。自是博訪高道，求保養之方。亦嘗請余問修真之道，余如前說；自後身體康強，行步如故，凡在位三十年昇遐。

余生平學道，心以無思無慮，夢中天意若曰：“功行未滿，當待時昇化耳。幻身假物，若逆旅蛻居耳，何足戀也。真身飛昇，可化千百，無施不可。上天千歲或萬萬，遇有事奉天命降世投胎就舍而已。"

　　傳道畢，上諭之曰：

　　"諄諄道誨，敬聞命矣！斯皆難行之事，然則敢不遵依仙命，勤而行之。傳道之語，已命近臣錄之簡冊，朕將親覽。其有玄旨未明者，續當請益焉。"

　　玄風慶會錄終

　　（《正統道藏》第 3 冊，頁 387—390，文物出版社、上海書店、天津古籍出版社 1988 年聯合出版。）

内容索引

說明：本索引是本書内容的主體索引，包括《長春真人西遊記》正文、注釋及原書附錄中的專用人名、地名、山川名、道觀名以及重要職官名稱。外國人名、非漢語人名和詞語，一般附有原文或拉丁字母的轉寫。索引條目按漢語拼音字母的順序排列，前一漢字同音時按四聲的聲調順序排列，同音同調按筆畫順序排列。

研究者人名索引

後　記

　　近年以來，我主要在歷史文獻學專業指導碩士研究生。因開設"歷代史籍研讀"課程的需要，選擇了《長春真人西遊記》一書作為研讀對象。至於為何挑選這本書，當時主要考慮到以下三方面的原因：首先，這本書是記載 13 世紀蒙古高原和中亞歷史地理的一部重要著作，同時也是唐代以後第一部根據實地見聞記述從天山東部到河中廣闊地域的書，其資料價值很高，值得研讀。其次，書中對西域各地的山川物產、經濟生活、宗教文化，以及成吉思汗西征史事等多方面重要內容記載豐富，相信同學們對此有些興趣。再者，學術界已有不少學者就這部書作過一些研究，成果較多，為我們的深入研探提供了較好的學術基礎。就這樣，我們從 2011 年初秋一直讀到 2014 年暮冬，前後歷時三年多時間。現在呈現在讀者面前的這部小書，是我們讀書班集體研讀的心得。當時參加讀書班的同學，不僅有本校歷史文化學院專門史、歷史文獻學、歷史地理專業的博士生、碩士生、訪問學者，還有來自兄弟院校歷史學專業的研究生。他（她）們分別是：于潔、艾萌、武曉麗、劉香玉、杜望、劉明、陳新元、阿合買提江・買明、李衛、朱波、肖榮、劉暉、黃太勇、王伏牛、劉珊、范銳超、徐宏、馬志錚、劉宇、蘇峰、肖超宇、安敏、王歡歡、樊薈、段晉媛、張莉等。如今，這些同學大多已畢業走上工作崗位，他們或從事教學、科研、出版等工作，或考取博士研究生繼續深造。如今回想與同學們在一起讀書的那些時光，一種別樣的幸福感油然而生，切實感受到教學相長的快樂。當時大家的積極性很高，為了弄清楚一個字詞或史料來源，有的前往國家圖書館古籍部查閱資料，有的前往外校向精通波斯語文的老師請教。毋庸諱言，每一條注釋都凝聚着同學們辛勤的勞動。在書稿彙總和整理過程中，黃太勇、劉暉、肖超宇、武曉麗、劉珊、范銳超、安敏、王歡歡諸同學出力尤多，貢獻亦大。

　　必須指出的是，整理、校注古籍，尤其是涉及邊疆民族以及内陸亞洲史地内容的古代文獻，難度很大，它不僅需要研究者具備版本、校勘、訓詁等歷史文獻學專業的相關知識，而且還要求從事這一工作的學者應當具有歷史比較語言學的一些基本素養。所以，當我們把書稿呈送出版社和責任編輯手中時，心裏難免忐忑和惶恐。

　　儘管我們已經十分努力，但畢竟學識有限，時間匆促，書中疏漏、謬誤在所難免，有些本應加以注釋的，沒有出注，作了解釋的也未必確當。至於國内外當世學者在這一方面的研究成果，囿於見聞，也未能廣采博收，補苴罅漏，凡此種種，只能有待于以後的進一步努力。全書成稿以後，我和黃太勇同志逐字逐句通篇修潤，幾易其稿，核對了全部引文和史料，并增補和改寫了注釋條目。劉暉和肖超宇同志仔細核對了全部附錄資料，武曉麗和黃太勇費心製作了索引，其他同學為本書的如期完成也付出了辛勞。至於書中存在的問題和不足，理應由我負責，這是需要特別加以說明的。

　　感謝中央民族大學研究生院的領導和同志將本課題列入 2014 年研究生自主科研創新項目，并提供經費支持，使同學們有機會前往西北各地進行實地考察。本校中國邊疆民族歷史與地理研究中心主任達力扎布教授得知本書稿的完成情況後，毅然決定將其列入《中國邊疆民族地區歷史與地理研究》叢書系列出版計劃，資助本書的出版，借此機會特向達力扎布教授深表敬意。業師陳得芝先生是國内外著名的蒙元史專家，尤精于邊疆歷史地理的考釋，為了鼓勵後學的探索精神，特允諾將其撰寫的《李志常和〈長春真人西遊記〉》一文作為本書的代前言，先生審讀了書稿的部分内容，並提出了非常寶貴的修改意見。感謝陳老師對學生一以貫之的關愛和扶持。

尚衍斌謹識

2015 年 7 月 15 日